아메리칸 더트

아메리칸 더트

제닌 커민스
장편소설

노진선
옮김

쌤앤파커스

조에게

● 차례

갈증과 허기가 있었고, 너는 과일이었다.
비통과 폐허가 있었고, 너는 기적이었다.

— 파블로 네루다, 〈절망의 노래〉 —

1
핏빛 토요일

맨 처음에 발사된 총알 중 하나가 루카가 소변을 보려는 변기 위의 열린 창문으로 날아든다. 루카는 그것이 총알인 줄도 모른다. 미간에 총알이 박히지 않은 이유는 순전히 운이 좋아서다. 자신을 지나친 총알이 뒤쪽 타일 벽에 부드럽게 박히는 소리도 듣지 못한다. 하지만 그 후에 이어진 총알 세례는 귀청이 떨어질 듯 요란해서 헬리콥터 날개가 돌아가는 듯한 두두두, 탕탕, 딸칵딸칵 소리가 울려 퍼진다. 비명도 쏟아지지만 오래가지 못하고 이내 총격으로 전멸된다. 루카가 바지 지퍼를 올리고 변기 뚜껑을 내린 다음 그 위에 올라가 창밖을 내다보기도 전에, 저 끔찍한 아우성의 원인이 무엇인지 확인하기도 전에 욕실 문이 활짝 열리더니 엄마가 나타난다.

"미호('내 아들'을 뜻하는 'mi hijo'의 줄임말. - 옮긴이), 이리 와." 엄마가 어찌나 나직이 속삭이는지 처음에는 알아듣지 못한다.

엄마는 거친 손길로 루카를 샤워실 쪽으로 본다. 루카는 샤워실로 올라가는 계단에 발이 걸려 앞으로 넘어지고 손으로 바닥을 짚는다. 엄마도 덩달아 넘어지면서 루카를 덮치는 바람에 루카의 아랫입술이 이에 찔려 찢어진다. 루카의 입에서 피 맛이 난다. 샤워실 바닥에 깔린 연초록색 타일 위로 핏방울이 붉고 작은 원을 그린다. 엄마는 루카를 샤워실 구석으로 밀친다. 이 샤워실에는 문이나 커튼이 없다. 그저 욕실 한쪽 귀퉁이에 타일 벽을 칸막이처럼 하나 더 세웠을 뿐이다. 높이가 168센티미터, 폭이 90센티미터쯤 돼서 둘을 가려줄 수 있다. 운이 따른다면. 루카는 등이 구석에 끼면서 작은 어깨가 양쪽 벽에 닿고 무릎은 턱까지 끌어당긴다. 엄마는 거북이 등처럼 루카를 꼭 끌어안는다. 루카는 욕실의 열린 문이 마음에 쓰인다. 비록 엄마의 몸과 그 뒤에 있는 샤워실 벽에 가려서 문이 보이지는 않지만. 마음 같아서는 이 구석에서 빠져나가 손끝으로 욕실 문을 살짝 밀쳐서 닫고 싶다. 그래서 문이 저절로 닫히게 하고 싶다. 루카는 엄마가 일부러 문을 열어놓았다는 사실을 모른다. 문이 닫혀 있으면 더 자세히 살펴보는 법이다.

밖에서는 총성이 계속되고 숯과 고기 타는 냄새가 더해진다. 아빠는 뒷마당에서 카르네 아사다(멕시코식 스테이크. - 옮긴이)와 루카가 좋아하는 닭 다리를 굽고 있었다. 루카는 아주 살짝 타게 굽는 걸 좋아했는데 그래야 껍질이 바삭하기 때문이다. 엄마는 고개를 들어 루카의 눈을 바라본다. 그러고는 두 손을 루카의 얼굴 양옆으로 가져가 귀를 막아준다. 밖에서는 총격이 느려진다. 멈췄다가 간간이 짧게 퍼부어대는데 이따금 미친 듯이 쿵쾅거리는 자신의 심장 박동과 똑같다고 루카는 생각한다. 총격이 멈출 때마다 여전히 라디오 소리가 들린다. 여자 목소리가 "라 메호르(멕시코 라디오 방송국.- 옮긴이) 100.1 FM 아카풀코!"라고 알리더니 밴드 '반다 MS'가 사랑에 빠져서 너무 행복하다고 노래한다. 누군가 라디오를 쏘고 뒤이어 웃음소리가 들린다. 남자들 목소리다. 둘 아니면 셋인데 어느 쪽인지 확실하지 않다. 외할머니의 집 파티오를 걸어 다니는 육중한 발소리가 들린다.

"놈이 여기 있어?" 욕실 창문 밖에서 한 남자가 말한다.

"응."

"아이는?"

"여기 남자아이가 있어. 이 앤가?"

루카의 사촌 아드리안이다. 바닥에 미끄럼 방지용 밑창이 달린 운동화를 신고, 아론 에르난데스(미식축구 선수. - 옮긴이)의 이름이 적힌 유니폼을 입고 다니는 아드리안은 축구공을 떨어뜨리지 않고 양쪽 무릎으로 번갈아 가며 마흔일곱 번이나 찰 수 있었다.

"모르겠는데. 나이는 맞는 거 같아. 사진 찍어둬."

"여기 닭 다리가 있어!" 또 다른 남자가 말한다. "이야, 맛있어 보이네. 좀 먹을래?"

루카의 머리는 엄마의 턱 밑에 있고, 엄마의 몸은 루카를 꼭 감싸고 있다.

"지금 닭 다리나 먹을 때가 아냐, 이 멍청이야. 집 안부터 확인해."

엄마는 쪼그리고 앉은 자세를 그대로 유지한 채 루카를 타일 벽쪽으로 한층 더 세게 밀치고 루카에게 몸을 더 바짝 붙인다. 그때 뒷문에서 끼익 소리가 나더니 쾅 닫힌다. 부엌을 돌아다니는 발소리. 간간이 따다다다 울려 퍼지는 총소리. 고개를 돌린 엄마는 타일 바닥에 딱 하나 떨어진 루카의 선명한 핏방울을 발견한다. 핏방울이 창에서 비스듬히 들어오는 햇살을 받아 반짝거린다. 루카는 엄마의 숨이 가슴에서 턱 걸리는 걸 느낄 수 있다. 이제 집 안은 조용하다. 이 욕실 앞에서 끝나는 복도에는 카펫이 깔려 있다. 루카는 셔츠 소매를 손 아래로 끌어당기는 엄마를 겁에 질린 채 지켜본다. 엄마는 루카에게서 몸을 떼더니 선명한 핏방울 쪽으로 몸을 내밀어 소매로 쓱 닦는다. 바닥에는 희미한 핏자국만 남는다. 엄마가 다시 루카에게 돌아온 순간, 복도에 있던 남자가 AK-47의 개머리판으로 열려 있던 욕실 문을 끝까지 밀친다.

남자들은 세 명이 틀림없다. 왜냐하면 마당에서 다른 두 남자의 목소리가 계속 들리기 때문이다. 샤워실 벽 너머에서 세 번째 남자가 바지 지퍼를 내리더니 변기에 오줌을 눈다. 루카는 숨을 멈추고 엄마도 숨을 멈춘다. 두 사람은 눈을 꼭 감고 미동도 하지 않는다. 심지어 절대 움직이면 안 된다는 그들의 석회화된 의지에 아드레날린마저도 분비를 멈춘다. 남자는 딸꾹질을 하고 변기의 물을 내린 다음 손을 씻는다. 그러고는 외할머니가 손님이 올 때만 내놓는 노란색 고급 수건에 손을 닦는다.

남자가 떠난 뒤에도 모자는 움직이지 않는다. 부엌문이 또 한 번 삐걱거리다가 쾅 닫힌 후에도 두 사람은 서로의 팔과 다리, 무릎, 턱, 꼭 감은 눈꺼풀과 손가락이 얽힌 자세를 그대로 유지한다. 욕실에 들어왔던 남자가 밖에 있는 동료들에게 합류한 뒤에도, 집 안에는 아무도 없다고 말하며 이제 자기는 닭 다리를 먹을 거라고, 아프리카에서 굶어 죽는 아이들이 있는데 이렇게 맛있는 바비큐를 버리는 건 용서받지 못할 일이라고 말한 뒤에도. 남자는 여전히 창문 근처에 있는 터라 루카는 그가 닭고기를 씹을 때 촉촉하면서도 쫄깃한 쩝쩝 소리가 나는 걸 들을 수 있다. 루카는 아무 소리도 내지 않은 채 들어오고 나가는 호흡에 집중한다. 이건 그냥 악몽이라고, 전에도 많이 꿨던 끔찍한 악몽일 뿐이라고 자신을 타이른다. 이런 꿈을 꾸고 나면 늘 심장이 두근거리면서 잠에서 깼고 안도감이 밀려들었다. **그냥 꿈이야.** 왜냐하면 멕시코 도시에서는 저런 자들이 현대판 부기맨(벽장 속에 숨어 있다가 아이들을 잡아가는 귀신. - 옮긴이)이기 때문이다. 부모가 아무리 아이들 앞에서는 잔인한 사건을 입에 올리지 않으려고 조심하고, 또 다른 총격 사건이 발생했다는 뉴스가 나오면 라디오 채널을 돌려버리고, 자신들의 가장 큰 두려움을 감춘다 해도 아이가 다른 아이에게서 전해 듣는 것까지 막을 수는 없기 때문이다. 놀이터, 축구장, 학교 화장실에는 섬뜩한 이야기들이 모여들고 또 부풀려진다. 아이들은 부유하건 가난하건 중산층이건 모두 길에서 시체를 본 적이 있다. 살인은 흔한 일이다. 그리고 서로 이야기를 나누면서 위험에도 계급이 있고 어떤 가족은 다른 가족보다 위험에 훨씬 더 취약하다는 사실을 알게 된다. 따라서 루카는 언젠가 이런 날이 오리라는 걸 알고 있었다. 비록 엄마와 아빠에게서 자신들이 그렇게 취약한 처지라는 증거를 한 번도 본 적이 없고, 두 사람은 아들 앞에서 늘 용감하게 행동했지만. 그러나 알고 있다고 해서 이 일을 받아들이기가 쉬워지는 건 아니다. 한참이 지난 후에야 엄마는 루카의 목덜미를 꽉 잡고 있던 손을 떼더니 뒤로 물러나 벽에 기댄다. 그제야 욕실 창문으로 들어오는 햇살을 볼 수 있게 된 루카는 햇살의 각도가 변했다는 걸 알아차린다.

공포가 물러나고 현실을 확인하기 전까지의 몇 분은 축복과도 같다. 마침내 몸을 움직인 루카는 자신이 살아 있다는 사실에 짧지만 아찔한 환희를 느낀다. 잠시 가슴으로 거칠게 들고나는 숨을 음미한다. 살갗 밑의 차가운 타일에 손바닥을 납작 붙여본다. 엄마는 루카의 맞은편 벽에 기댄 채 주저앉아 있고, 턱을 움직여 왼쪽 뺨에 보조개를 만든다. 성당에 갈 때만 신는 엄마의 좋은 신발을 샤워실에서 보니 기분이 이상하다. 루카는 입술의 상처를 만져본다. 피가 말라붙었지만 이로 긁었더니 상처가 다시 벌어진다. 피 맛이 난다는 건 이게 꿈이 아니라는 뜻이다.

마침내 엄마가 일어나더니 속삭인다. "여기 있어. 엄마가 데리러 올 때까지 움직이지 말고 아무 소리도 내지 마. 알겠지?"

루카는 다급히 엄마의 손을 붙잡는다. "엄마, 가지 마."

"미호, 엄마 금방 올 거야, 알았지? 여기 그대로 있어." 엄마는 루카의 손가락을 떼어내더니 다시 한번 말한다. "움직이지 말고 있어. 착하지."

루카에게 그것은 따르기 쉬운 명령이다. 말을 잘 듣는 아이라서가 아니라, 밖으로 나가서 보고 싶지 않기 때문이다. 일가친척이 모두 외할머니의 집 뒷마당에 있다. 4월 7일 토요일인 오늘은 사촌 누나 제니페르의 열다섯 살 생일을 축하하는 성인식인 킨세아녜라가 있는 날이다. 제니페르는 긴 흰색 드레스를 입었다. 누나네 가족인 알렉스 이모부와 제미 이모, 누나의 남동생 아드리안도 있다. 아드리안은 루카보다 겨우 넉 달 먼저 태어났는데도 이미 아홉 살이 된 터라 걸핏하면 자기가 루카보다 한 살 많다고 우겼다.

루카는 소변보러 가기 전까지 아드리안 그리고 다른 사촌들과 함께 축구를 했다. 엄마들은 파티오에 있는 테이블에 둘러앉았고 냅킨 위에 놓인, 얼음이 담긴 팔로마(테킬라로 만든 칵테일. - 옮긴이) 유리잔 표면에는 물방울이 맺혀 있다. 지난번 외할머니 집에 다 함께 모였을 때 루카가 소변을 보고 있는 욕실에 제니페르가 실수로 들어간 적이 있었다. 루카는 그 일이 너무 창피했던 터라 오늘은 엄마에게 화장실에 함께 가서 문밖을 지켜달라고 부탁했다. 외할머니는 달가워하지 않았다. 엄마가 루카의 응석을 너무 받아준다고, 그 나이에는 혼자 화장실에 가야 한다고 말했다. 하지만 루카는 외동아들이라서 다른 아이들에게 금지된 일도 할 수 있었다.

어쨌든 이제 루카는 욕실에 혼자 남았고, 생각하지 않으려 해도 원치 않는 생각들이 마구 올라온다. 엄마와 외할머니가 주고받았던 짜증 섞인 말이 아마도 두 사람 사이에 마지막으로 오간 대화가 되었을 것이다. 아까 루카는 몸을 꼼지락거리며 테이블로 다가가 엄마에게 귓속말했고, 그걸 본 외할머니는 고개를 절레절레 흔들며 못마땅하다는 뜻으로 두 사람 모두에게 손가락을 흔들어 보이고는 나무랐다. 할머니는 혼낼 때 늘 미소를 짓는다. 하지만 엄마는 늘 루카의 편이다. 귀찮다는 듯이 눈을 치뜨기는 했어도 할머니의 잔소리를 무시한 채 의자를 뒤로 밀고 자리에서 일어났다. 그게 언제였지? 10분 전? 두 시간 전? 루카는 늘 존재하던 시간의 경계에서 벗어난 느낌이다.

창밖으로 엄마의 조심스러운 발소리, 부서진 무언가의 잔해 사이를 거니는 엄마의 신발이 부드럽게 바닥을 스치는 소리가 들린다. 그러더니 외마디 헉 소리가 들린다. 흐느낀다고 하기에는 공기가 너무 많이 섞여 있다. 그러더니 발소리가 빨라지며 엄마가 단호하게 파티오를 가로지르고, 휴대전화 버튼을 누르는 소리가 난다. 마침내 엄마의 입에서는 지금까지 루카가 한 번도 들어본 적이 없는 쉰 목소리가 나온다. 목 뒤에서 나는 듯이 긴장되고 카랑카랑한 소리다.

"경찰을 보내주세요."

2
사라져야 해

엄마가 루카를 샤워실에서 끌어내리려고 돌아왔을 때 루카는 몸을 공처럼 둥글게 말고서 앞뒤로 흔들고 있다. 엄마는 루카에게 일어나라고 말하지만, 루카는 고개를 젓고 몸을 한층 더 동그랗게 만다. 겁에 질려서 밖으로 나가고 싶지 않은 마음에 온몸으로 엄마의 손을 뿌리친다. 양쪽 팔꿈치 안쪽에 얼굴을 파묻고 이 샤워실에 있는 한, 엄마의 얼굴을 바라보지 않는 한 이미 아는 사실을 확인하는 순간을 미룰 수 있다. 어제 세상의 아주 작은 일부는 아직 온전할지 모른다는 불합리한 희망을 연장할 수 있다.

차라리 밖으로 나가서 보는 게 더 나을지도 모른다. 제니페르의 하얀 드레스에 후드득 튄 아름다운 핏자국과 하늘을 향해 뜬 아드리안의 눈, 깔끔한 용기 역할을 하는 두개골 안에 담겨서 절대 밖으로 나오지 말아야 할 물질이 엉겨 붙은 외할머니의 희끗희끗한 머리칼을. 아직 온기가 남아 있는 아빠의 시신과 아빠가 쓰러질 때 그 무게를 못 이겨 휘어진 국자, 아직도 파티오 콘크리트 바닥 위로 흘러나오는 아빠의 피를 보는 게 오히려 루카에게는 더 좋을지도 모른다. 왜냐하면 이 광경이 아무리 끔찍하다 해도 루카가 상상 속에서 생생하게 떠올릴 장면보다는 훨씬 덜 끔찍할 테니까.

마침내 엄마는 루카를 일으켜 현관문 밖으로 데리고 나간다. 그건 잘하는 짓일 수도 있고, 아닐 수도 있다. 만약 시카리오(암살자. -옮긴이)가 돌아온다면 어느 게 더 나쁠까? 길거리에 떡하니 서 있는 것? 아니면 어딘가에 숨어 있다가 아무도 그들의 죽음을 목격하지 못한 채 죽는 것? 답이 없는 질문이다. 지금으로서는 어느 하나가 더 낫다고 할 수 없다. 두 모자는 외할머니가 깔끔하게 가꿔놓은 안뜰을 가로지르고 엄마는 대문을 연다. 두 사람은 노란색으로 칠한 갓돌에 함께 앉아 발을 도로에 내려놓는다. 건너편은 그늘이 졌지만, 이쪽은 환하다. 루카의 이마에 닿는 햇볕이 따갑다. 영겁처럼 느껴지는 몇 분이 지나자 다가오는 사이렌 소리가 들린다. 엄마는, 리디아는 자신이 이를 딱딱거리고 있다는 걸 알아차린다. 추워서가 아니다. 겨드랑이는 축축하고, 양팔에 소름이 돋아 있다. 루카는 몸을 앞으로 숙여 구역질한다. 아까 마신 과일 펀치 때문에 분홍색을 띤 감자 샐러드 덩어리가 올라오더니 발 사이로 툭 떨어진다. 하지만 두 사람은 자리를 피하지 않는다. 토사물의 존재조차 알아차리지 못한다. 근처에 사는 이웃들이 자기들은 아무것도 못 봤다고 말할 작정으로 몰래 커튼을 치고, 블라인드를 내리는 것도 알아차리지 못한다.

루카에게는 그저 할머니의 집이 있는 이 거리를 따라 세워진 담장만 눈에 들어온다. 지금까지 수없이 봤지만, 오늘에서야 차이점이 보인다. 이 거리에 있는 집들은 모두 외할머니 집처럼 앞쪽에 작은 안뜰이 있는데 역시 외할머니 집처럼 길에서는 보이지 않도록 담장을 세워두었다. 담장 위에는 면도날형 철조망 혹은 일반 철조망을 두르거나, 외할머니 집처럼 끝이 뾰족한 철심을 박아 놓았고, 역시 외할머니 집처럼 잠금장치가 있는 대문을 통해서만 안으로 들어갈 수 있다. 아카풀코는 위험한 도시다. 여기 사는 사람들은 예방 조치를 취하는데 심지어 이렇게 좋은 동네에 사는데도 그렇다. 아니, 오히려 이렇게 좋은 동네에 사니 더욱 그렇다. 하지만 시카리오가 들이닥치면 이런 예방 조치는 아무 소용이 없다. 루카는 엄마의 어깨에 머리를 기대고 엄마는 한 팔로 루카를 끌어안는다. 루카에게 괜찮냐고 묻지 않는다. 이제부터 영원히 괜찮을 수 없는 그들에게 그 질문은 어리석고 고통스러울 뿐이기 때문이다. 리디아는 앞으로 절대 자신의 입에서 나오지 않을 단어, 절대 입에 올리지 않을 많은 단어의 갑작스럽고 거대한 공백을 외면하려고 최선을 다한다.

현장에 도착한 경찰은 블록의 끝에서 끝까지 노란색 폴리스 라인을 친다. 차량 통행을 막고, 곧 들이닥칠 섬뜩한 구급차 행렬의 공간을 마련하기 위해서였다. 한 부대는 되어 보이는 수많은 경관이 미리 연습한 듯한 공손한 태도로 루카와 리디아를 돌아가고 지나친다. 선임 형사로 보이는 남자가 다가와 질문을 던지자 리디아는 잠시 머뭇거리며 루카를 어디로 보내야 할지 고민한다. 루카는 그녀가 해야 할 이야기를 다 듣기에는 너무 어리다. 아이를 잠시 다른 사람에게 보내야 이 끔찍한 질문에 솔직하게 대답할 수 있다. 남편이나 엄마, 언니 제미에게 보내야 한다. 하지만 그들은 다 뒷마당에 죽어 있고, 시신은 무너진 도미노처럼 다닥다닥 붙어 있다. 어차피 다 소용없다. 경찰은 그들을 도와주려고 온 게 아니다. 리디아는 흐느끼기 시작한다. 루카는 자리에서 일어나 차가운 손바닥을 엄마의 목덜미에 대고 형사를 향해 어른스럽게 말한다.

"엄마에게 조금만 시간을 주세요."

잠시 후에 형사는 여자와 함께 돌아온다. 검시관이다. 그녀는 곧장 루카에게 다가가더니 아이의 어깨에 손을 얹고 저쪽 트럭에 가서 앉아 있지 않겠냐고 묻는다. 옆면에 SEMEFOServicio Médico Forense(과학 수사 연구소. - 옮긴이)라고 적혀 있는, 뒷문이 열린 트럭이다. 엄마가 고개를 끄덕이자 루카는 검시관과 함께 트럭으로 가고 트럭 짐칸에 올라타 범퍼 위로 발을 달랑거린다. 검시관이 루카에게 이슬이 맺힌 차가운 레프레스코(멕시코 음료 브랜드. - 옮긴이) 캔을 건넨다.

충격으로 잠시 정지되었던 리디아의 뇌가 다시 작동하지만, 고물처럼 아주 천천히 움직인다. 형사는 여전히 갓돌에 앉아 있는 리디아와 트럭에 앉아 있는 루카 사이에 서서 묻는다.

"총을 쏜 사람의 얼굴을 봤습니까?"

"한 명이 아니었어요. 세 명이었던 것 같아요." 리디아는 루카가 시야에 들어오도록 형사가 옆으로 비켰으면 좋겠다고 생각한다. 루카는 겨우 열두 발짝 떨어져 있다.

"그들을 봤나요?"

"아뇨, 소리만 들었어요. 우린 샤워실에 숨어 있었거든요. 우리가 숨어 있는 동안 한 사람이 욕실에 들어와서 소변을 봤죠. 아마 수도꼭지에 지문이 남았을 거예요. 남자가 손을 씻더라고요. 믿어 지세요?" 리디아는 그 무서운 기억을 떨쳐내려는 듯이 손뼉을 딱 친다. "밖에서 적어도 두 사람의 목소리가 들렸어요."

"혹시 범인을 특정하는 데 도움이 될 만한 행동이나 대화가 있었나요?"

리디아는 고개를 젓는다. "한 남자가 닭고기를 먹었어요."

형사는 수첩에 '닭고기'라고 적는다.

"한 남자가 '놈이 여기 있냐'고 물었고요."

"그들에게 표적이 있었나요? '놈'이 누구를 가리키는지 말했나 요? 이름이라든가."

"말 안 해도 알죠. 내 남편이에요."

형사는 메모하다 말고 기대하는 눈으로 리디아를 바라보며 묻 는다. "남편분이 누구시죠?"

"세바스티안 페레스 델가도요."

"그 기자?"

리디아는 고개를 끄덕이고, 형사는 이 사이로 휘파람을 분다.

"남편분이 여기 있습니까?"

리디아는 다시 고개를 끄덕인다. "파티오에요. 국자와 함께. 팻 말과 함께요."

"정말 유감입니다, 부인. 남편분은 협박을 많이 받았죠?"

"네, 하지만 최근에는 아니었어요."

"정확히 어떤 협박을 받았나요?"

"카르텔을 다루는 기사를 쓰지 말라고 했어요."

"안 그러면?"

"안 그러면 일가족을 몰살할 거라고 했죠." 리디아의 목소리는 담담하다.

형사는 숨을 깊이 들이쉬고는 동정 비슷해 보이는 눈빛으로 리디아를 바라본다. "남편분이 마지막으로 협박받은 때가 언제인가요?"

리디아는 고개를 젓는다. "모르겠어요. 오래전이에요. 이건 있을 수 없는 일이에요. 있을 수 없는 일이라고요."

형사는 양 입술을 안으로 말아서 가느다란 직선으로 만들고는 침묵을 지킨다.

"그들이 나도 죽일 거예요." 이 말을 내뱉은 후에야 리디아는 정말 그럴지도 모른다는 생각이 든다.

형사는 반박하지 않는다. 대다수 동료—정확히 누구인지는 모르지만 그건 중요치 않다—와 달리 그는 카르텔로부터 뇌물을 받지 않고 아무도 믿지 않는다. 사실 지금 이 순간 사건 현장인 집과 정원을 돌아다니며 탄피가 떨어진 자리를 표시하고, 족적을 검사하고, 피가 튄 자국을 분석하고, 사진을 찍고, 맥박을 확인하고, 리디아의 몰살된 가족들 시신 위로 성호를 긋는 스물네 명이 넘는 경찰과 의료진 중 일곱 명이 이 지역 카르텔로부터 정기적인 뇌물을 받고 있다. 이 불법 수당은 정부가 주는 월급보다 세 배나 많다. 사실 이미 한 명이 헤페(보스.-옮긴이)에게 리디아와 루카가 살아 있다는 소식을 문자로 전했다. 나머지는 아무 일도 하지 않는다. 왜냐하면 바로 그러라고 카르텔이 돈을 주기 때문이다. 그저 제복을 입고 돌아다니면서 상황이 잘 통제되고 있는 것처럼 보이게 하라고. 몇몇 사람은 그런 현실에 양심의 가책을 느끼지만, 나머지는 아예 느끼지도 않는다. 어차피 그들에게는 선택의 여지가 없으므로 그들이 어떤 감정을 느끼는지는 별로 중요치 않다. 멕시코에서 미해결 범죄율은 90퍼센트를 훨씬 넘는다. 제복 입은 경찰의 존재는 카르텔이 전혀 처벌받지 않는 현실을 은폐하는 데 꼭 필요한 반反환상을 제공한다. 리디아는 이 사실을 알고 있다. 모두가 알고 있다. 리디아는 지금 당장 여기를 빠져나가야 한다고 마음먹고 앉아 있던 갓돌 위에서 벌떡 일어난다. 놀랍게도 다리에 힘이 하나도 없다. 형사는 리디아에게 공간을 주려고 뒤로 물러선다.

"제가 살아 있다는 걸 알면 그가 다시 사람을 보낼 거예요." 그러자 가슴이 욱신거리며 기억이 되살아난다. 마당에서 "아이는?"이라고 외치던 목소리. 리디아는 다리가 후들거린다. "그가 내 아들을 죽일 거라고요."

"'그'라뇨? 배후가 누구인지 정확히 아십니까?" 형사가 묻는다.

"농담하세요?"

아카풀코에서 이 정도 학살을 벌일 수 있는 사람은 한 명뿐이며 다들 그가 누구인지 알고 있다. 하비에르 크레스포 푸엔테스. 리디아의 친구. 왜 그녀가 굳이 그 이름을 입 밖에 내야 하는가? 저 질문을 한 형사는 연기를 하고 있거나 그녀를 떠보려는 것이다. 형사는 수첩에 좀 더 끄적거린다. '라 레추사? 로스 하르디네로스?'라고 쓴 다음 리디아에게 보여준다. "지금은 이럴 때가 아니에요." 리디아는 이렇게 말하며 형사를 밀치고 걸어간다.

"몇 가지만 더 질문하겠습니다. 부탁드립니다."

"아뇨, 질문은 그만 받을게요. 더는 말하고 싶지 않아요."

뒷마당에는 열여섯 구의 시신이 있다. 리디아가 이 세상에서 사랑하는 사람들이 모두 모여 있다 해도 과언이 아니다. 하지만 리디아는 여전히 이 사실이 실감 나지 않는다. 그들이 죽는 소리를 들었고 시신도 봤으니 사실이라는 건 알고 있다. 리디아는 아직 온기가 남아 있던 엄마의 손도 만져보았고, 남편의 손목을 들어 올렸을 때 맥박이 사라진 것도 느꼈다. 하지만 마음은 여전히 과거로 돌아가 이 모두를 없었던 일로 만들려 한다. 왜냐하면 사실일 수가 없기 때문이다. 사실이라고 하기에는 너무 끔찍하다. 곧 패닉에 빠질 듯한데도 의외로 멀쩡하다.

"루카, 이리 와." 리디아가 손을 뻗자 루카가 검시관의 트럭에서 훌쩍 뛰어내린다. 아직 많이 남은 탄산음료는 트럭 범퍼에 올려놓는다.

리디아는 루카의 손을 잡고, 둘은 함께 걸어간다. 블록 끝에 주차된 세바스티안의 차를 향해서. 형사는 리디아가 대화를 끝냈다는 사실을 받아들이지 못하고 그녀와 이야기하려고 뒤따라간다. 리디아가 더 단호하게 말했어야 했을까? 리디아가 갑자기 걸음을 멈추는 바람에 형사는 하마터면 그녀의 등에 부딪힐 뻔한다. 형사는 부딪치지 않도록 발가락에 힘을 준다. 리디아가 빙글 돌아서더니 이렇게 말한다.

"열쇠가 필요해요."

"열쇠요?"

"남편의 자동차 열쇠요."

리디아가 다시 형사를 밀치고 루카를 끌고 가는 동안에도 형사는 계속 그녀에게 말을 건다. 리디아는 대문을 통과해 엄마의 집 안뜰로 들어가더니 루카에게 기다리라고 말한다. 그랬다가 마음을 바꿔 루카를 집 안으로 데려가 황금색 벨벳 소파에 앉히고는 꼼짝하지 말라고 일러둔다.

"아이 곁에 있어 주시겠어요? 부탁드려요."

형사는 고개를 끄덕인다.

리디아는 잠시 뒷문 앞에서 머뭇거리다가 어깨를 펴고 문을 민 다음 밖으로 나간다. 뒷마당 그늘에서 새까맣게 탄 소스와 라임의 달콤한 냄새가 풍긴다. 리디아는 다시는 바비큐를 못 먹을 거라고 확신한다. 이제 몇몇 시신은 비닐을 덮어 놓았고, 마당 주위로 검은 글자와 숫자가 적힌 샛노란 카드를 세워두었다. 증거의 위치를 표시해둔 것이지만 저 증거가 범인의 유죄를 확정하는 데 쓰이는 일은 결코 없을 것이다. 카드를 보니 기분이 더 나빠진다. 카드가 있다는 건 이 일이 현실이라는 뜻이다. 허파가 쓰리고 너덜너덜해진 듯한 느낌이 든다. 평생 한 번도 경험한 적이 없는 감각이다. 리디아는 세바스티안 쪽으로 발걸음을 옮긴다. 세바스티안은 여전히 몸 아래로 왼쪽 팔을 이상하게 구부린 채 꼼짝하지 않는다. 엉덩이 옆으로 국자가 삐죽 튀어나와 있다. 저기 벌렁 누워 있는 세바스티안을 보니 남편이 저 몸을 가장 활기차게 움직였던 때가 떠오른다. 저녁을 먹고 남편이 거실에서 루카와 레슬링을 하던 때가. 둘은 비명과 함성을 질렀다. 가구에 몸이 부딪치기도 했다. 부엌에서 설거지를 하던 리디아는 두 부자를 향해 한심하다는 듯이 눈을 치떴다. 하지만 이제 그 열기는 다 사라지고 없다. 세바스티안의 살갗 밑에서는 정적만 재깍거린다. 그의 혈색이 모두 사라지기 전에 남편과 이야기를 나누고 싶다. 방금 전에 벌어진 일을 다급하게, 절박하게 말하고 싶다. 정신 나간 머릿속 한쪽에서는 이 일을 잘 설명하기만 하면 그가 죽지 않도록 설득할 수 있다고 믿는다. 자신에게 남편이 얼마나 필요한 존재이고, 아들에게 없어서는 안 될 존재인지 설득할 수 있다. 이런 말을 할 수 없으니 목구멍이 미칠 듯이 답답하다.

놈들이 남편의 가슴에 돌덩어리로 눌러둔 마분지 팻말이 있었는데 누가 치워버렸다. 마분지에는 초록색 마커로 이렇게 적혀 있었다. "나 때문에 내 일가족이 죽었다."

리디아는 남편 발치에 쪼그리고 앉지만, 차가워진 그의 창백한 살갗을 만지고 싶지는 않다. 그것은 증거니까. 대신 한쪽 신발의 발끝을 잡고 눈을 감는다. 리디아는 그의 시신이 대부분 온전하다는 사실에 감사한다. 그의 가슴에 마체테(길을 내거나 사탕수수 같은 작물을 자르는 데 쓰는 넓적한 칼. ─옮긴이)를 꽂아 팻말을 달아두었을 수도 있었다. 남편이 비교적 멀쩡하게 죽은 것이 일종의 기형적 친절임을 알고 있다. 그녀는 다른 범죄 현장들을 본 적이 있어서 얼마나 끔찍하게 죽일 수 있는지 알고 있다. 그때 본 시신은 더는 사람의 몸이라고 할 수 없을 정도로 토막 나 있었다. 카르텔은 사람을 죽일 때 본보기를 보이기 위해서 그렇게 죽인다. 과장되고 기괴한 실례를 보여주듯이. 어느 날 아침, 리디아가 책방 문을 여는 동안 길 저쪽에서 아는 소년이 무릎을 꿇은 채 아빠의 신발 가게 셔터를 올리려 하고 있었다. 셔터 열쇠는 소년의 목에 건 신발 끈에 매달려 있었다. 당시 소년은 열여섯 살이었다. 시카리오가 탄 차가 도착했을 때 소년은 달아날 수 없었다. 열쇠가 셔터 잠금장치에 꽂혀 있었기 때문이다. 시카리오가 셔터를 올리자 소년은 신발 끈에 목이 매달린 채 몸이 허공에 떴고 그들은 주먹으로 소년을 두들겨 팼다. 소년이 몸을 축 늘어뜨린 채 경련을 일으킬 때까지. 리디아는 황급히 책방으로 들어가서 문을 잠갔다. 덕분에 시카리오가 소년의 바지를 벗기고 페니스에 장식하는 모습은 보지 못했지만, 나중에 들었다. 다들 그 소식을 들었다. 그리고 동네의 가게 주인들은 소년의 아버지가 카르텔에 뇌물을 주기를 거부했다는 사실을 알고 있었다.

따라서 리디아는 자신이 사랑하는 열여섯 명이 순식간에 쏟아진 냉정한 총알에 맞아 죽었다는 사실에 감사한다. 마당에 있던 경관들은 그녀를 보지 않으려고 눈을 돌렸고, 리디아는 이 사실에도 감사한다. 현장을 찍는 사진사는 가장자리에 아직 그녀의 연베이지색 립스틱 자국이 남아 있는 유리잔 옆에 카메라를 내려놓는다. 팔로마 속에 든 정육면체 얼음은 다 녹았고, 유리잔 밑에 깔린 냅킨에는 축축한 둥근 자국이 남았다. 리디아는 저 둥근 자국이 대기 속으로 증발하는 데 걸리는 것보다 짧은 시간에 자신의 삶이 산산이 부서질 수 있다는 사실이 거짓말처럼 느껴진다. 파티오에는 그녀를 배려하는 정적이 감돈다. 리디아는 일어나지 않고 손과 발로 기어서 세바스티안 옆으로 간 다음, 머뭇거리며 남편의 쭉 뻗은 한쪽 손을 바라본다. 볼록 솟은 관절과 손가락 마디의 주름, 손톱 속

완벽한 반월까지. 손가락은 움직이지 않는다. 결혼반지는 생기가 없다. 눈을 감은 세바스티안을 보며 리디아는 혹시 그가 일부러 눈을 감은 것은 아닌지, 그를 발견할 리디아에게 텅 빈 눈을 보여주지 않으려고 마지막까지 그녀를 배려한 것은 아닐지 하는 터무니없는 생각을 한다. 리디아는 한 손으로 입을 틀어막는다. 자신의 아주 중요한 일부가 떨어져 나간 듯한 느낌이 들기 때문이다. 그 느낌을 떨쳐내고 아무런 반응이 없는 남편의 손아귀 속으로 손가락을 집어넣는다. 그러고는 그의 가슴 위로 살짝 눕는다. 그는 이미 차갑다. 차갑다. 세바스티안은 사라졌고 그녀가 사랑했던 익숙한 형태만 남았다. 숨결도 없이.

리디아는 남편의 턱에 손을 댄다. 입을 꽉 다물고는 그의 서늘한 이마에 손바닥을 댄다. 처음 만났을 때 세바스티안은 멕시코시티 도서관에서 스프링이 달린 노트 위로 몸을 숙이고 손에 볼펜을 쥐고 있었다. 어깨는 기울어졌고 입술은 도톰했다. 입고 있는 자주색 티셔츠에는 그녀가 모르는 밴드의 이름이 적혀 있었다. 자신을 들뜨게 했던 것은 그의 몸이 아니라 그 몸의 움직임이었음을 이제야 깨닫는다. 리디아가 남편을 위해 기도하는 동안 바닥의 널돌이 무릎을 찌른다. 눈물이 터졌다가 멈춘다. 구부러진 국자는 엉겨 있는 피 웅덩이 속에 있고, 국자의 납작한 부분에는 아직도 생고기 얼룩이 남았다. 리디아는 메스꺼움과 싸우며 남편의 바지 주머니에서 자동차 열쇠를 꺼낸다. 남편과 함께 사는 동안 그의 바지 주머니에 손을 넣은 적이 몇 번이나 있었을까? **생각하지 마, 생각하지 마, 생각하지 마.** 남편의 손에서 결혼반지를 빼내기가 쉽지 않다. 관절의 늘어진 살갗이 자꾸 걸려서 반지를 비틀어야만 한다. 한 손으로 남편의 손가락을 곧게 편 상태에서 다른 손으로 반지를 비트니 마침내 그의 결혼반지가 리디아의 손에 들어온다. 10년도 더 전에 그녀가 누에스트라 세뇨라 데 라 솔레다드 성당에서 그의 손가락에 끼워준 반지. 리디아는 반지를 엄지에 끼고 양손으로 그의 가슴을 짚으며 자리에서 일어난다. 그러고는 비틀비틀 자리를 뜨면서 누군가가 나서서 반지를 가져간 일을 문제 삼기를 기다린다. 누군가가 반지를 가져가면 안 된다고, 증거를 훼손하면 안 되네 어쩌네 하는 헛소리를 해주기를 바란다. 잠시나마 분노를 채찍처럼 휘둘러댈 수 있는 화풀이 대상이 생긴다면 얼마나 흐뭇할까. 하지만 아무도 감히 나서지 않는다.

리디아는 어깨를 축 늘어뜨린 채 우두커니 서 있다. 엄마. 리디아는 엄마 쪽으로 다가간다. 엄마의 시신에는 검은 비닐을 대충 덮어 놓았다. 한 경관이 그녀를 막아서더니 그저 이렇게 말한다.

"부인, 제발."

리디아는 사나운 눈빛으로 그를 바라본다. "엄마에게 작별 인사를 해야 해요."

경관은 보일 듯 말 듯하게 고개를 한 번 젓는다. 그러고는 부드러운 목소리로 말한다. "저 사람은 어머님이 아닙니다. 제 말 믿으세요."

리디아는 움직이지 않고 남편의 자동차 열쇠를 손에 꼭 쥔 채 눈을 깜빡인다. 그 말이 맞다. 이 대학살 현장에서 시간을 더 보낼 수도 있다. 하지만 왜 그래야 하나? 그들은 모두 사라졌다. 이건 그녀가 기억하고 싶은 그들의 모습이 아니다. 리디아는 뒷마당에 누워 있는 열여섯 개의 형체에서 눈을 돌리고는 삐그덕 쾅 소리를 내며 뒷문을 열고 부엌으로 들어간다. 뒷마당에 있던 경찰들이 다시 일을 시작한다.

리디아는 침실 벽장을 열고 엄마의 하나뿐인 여행 가방을 꺼낸다. 작은 빨간색 보스턴백 안에는 더 작은 가방들이 잔뜩 들어 있다. 가방을 넣어두는 가방이다. 리디아는 보스턴백에 든 가방을 침대에 모두 쏟고, 침대 머리맡 탁자 서랍에서 묵주와 작은 성경을 꺼내 자동차 열쇠와 함께 보스턴백에 넣는다. 그리고는 허리를 숙여서 침대 매트리스 밑으로 손을 밀어 넣는다. 안쪽으로 계속 밀어 넣으니 마침내 손끝에 돈다발이 닿는다. 돈다발을 끄집어낸다. 거의 15,000페소다. 리디아는 돈다발을 보스턴백에 넣는다. 보스턴백에서 나온 작은 가방들은 벽장 속으로 던진 다음, 보스턴백을 들고 욕실로 가서 수납장을 열고 보이는 대로 집어 든다. 빗, 칫솔, 치약, 영양 크림, 립밤, 핀셋. 모두 가방으로 들어간다. 리디아는 아무 생각 없이, 어떤 물건이 필요할 거라든가 쓸모없을 거라는 생각도 없이 그저 그렇게 한다. 달리 뭘 해야 할지 알 수 없어서 행동할 뿐이기 때문이다. 엄마는 리디아와 발 사이즈가 같다. 그나마 다행이다. 리디아는 엄마가 가진 신발 중에서 유일하게 편한 신발, 한쪽에 지퍼가 달린 반짝이는 금색 퀼팅 운동화를 가방에 넣는다. 엄마가 정원을 가꿀 때 신는 신발이다. 부엌에서도 닥치는 대로 물건을 집어 든다. 쿠키 한 통, 땅콩 한 캔, 감자 칩 두 봉지를 슬그머니 가방에 넣는다. 부엌문 옆쪽 벽에 부착된 고리에는 엄마의 부드러운 갈색 가죽 가방이 걸려 있고, 그 옆 두 고리에는 앞치마와 엄마가 아끼는 청록색 스웨터가 걸려 있다. 리디아는 고리에서 가죽 가방을 내려 안을 들여다본다. 엄마의 입속을 들여다보는 듯이 지극히 개인적인 물건들이 들어 있다. 리디아는 가죽 가방을 반으로 접어 보스턴백 안쪽 주머니에 통째로 넣고 지퍼를 닫는다.

리디아가 다시 거실로 나갔을 때 형사는 루카와 나란히 소파에 앉아 있지만, 더는 질문하지 않는다. 그의 수첩과 연필은 체념한 듯 커피 테이블에 놓여 있다.

"우린 그만 가야 해요." 리디아가 말한다.

루카는 그 말만 듣고도 자리에서 일어난다.

형사도 일어난다. "이 말씀은 꼭 드려야겠군요. 지금 집에 돌아가시면 안 됩니다, 부인. 안전하지 않을 겁니다. 여기서 기다리시면 저희가 집까지 모셔다드릴 수 있습니다. 부인과 아드님이 머물 수 있는 안전한 은신처를 찾아드릴 수도 있고요."

리디아는 미소 지으며 자신이 아직 미소를 지을 수 있다는 사실에 잠깐 놀란다. 그러고는 피식 웃으며 말한다. "형사님 도움을 받기보다는 운에 맡기겠어요."

형사는 얼굴을 찡그리지만, 고개를 끄덕인다. "안전하게 머물 수 있는 곳이 있으신가요?"

"제발 우리 안전은 걱정하지 말고 정의 실현에나 힘써주세요. 그거나 걱정하라고요." 리디아는 자신의 입에서 나오는 말이 작고 무독한 화살처럼 부질없다는 것을 알고 있다. 그저 분노에 차 있을 뿐이다. 리디아는 말을 가리려고 노력하지 않는다.

형사는 양손을 주머니에 넣은 채 바닥을 향해 얼굴을 찌푸린다. "이번 일은 정말 유감입니다. 진심으로 조의를 표합니다. 부인께서 어떻게 생각하실지 압니다. 이 나라에서 일어나는 살인 사건이 전부 미해결로 남는 것도 알고요. 하지만 이런 상황을 정말로 염려하고, 이런 폭력에 몸서리를 치는 사람들도 있습니다. 제가 노력할 거라는 걸 알아주시기 바랍니다." 형사 역시 자신의 말이 부질없음을 알지만 그래도 그 말을 꼭 해야 할 것만 같다. 그는 가슴에 달린 주머니에서 자신의 이름과 전화번호가 적힌 명함을 꺼낸다. "준비되시면 부인의 공식 진술을 받아야 합니다. 며칠 후에 오셔도 됩니다."

형사는 명함을 건네지만, 리디아는 움직이지 않는다. 대신 루카가 팔을 뻗어 명함을 대신 받는다. 그러고는 엄마 옆으로 가서 엄마의 어깨에 매달린 빨간색 보스턴백 끈 사이로 손을 넣어 그녀의 허리를 감는다.

이번에는 형사도 그들을 따라오지 않는다. 두 사람의 그림자는 울룩불룩한 덩어리 괴물이 되어 보도를 따라 움직인다. 눈에 확 띄는 그들의 자동차, 오렌지색 1974년식 폭스바겐 비틀의 와이퍼 밑에 쪽지가 꽂혀 있다. 쪽지가 어찌나 작은지 거리를 따라 세차게 부는 바람에도 꿈쩍하지 않는다.

"젠장." 리디아는 욕을 내뱉고는 자동으로 루카를 뒤로 밀친다.

"왜 그래, 엄마?"

"여기 있어. 아니다, 저쪽으로 가서 서 있어." 리디아는 그들이 왔던 방향을 가리키고, 이번에도 루카는 순순히 따른다. 종종걸음으로 열두 발짝, 혹은 그 이상을 걸어간다. 리디아는 보스턴백을 발치에 던지고 차에서 한 발짝 물러나 거리 좌우를 살펴본다. 심장은 두근거리지 않는다. 오히려 납덩이처럼 무겁다.

앞유리창에 주차권이 붙어 있고 뒤쪽 범퍼는 살짝 녹슬어 있다. 리디아는 도로로 내려가 쪽지를 만지지 않고서 거기 적힌 내용을 보려고 몸을 내민다. 노란색 테이프를 두른 범죄 현장을 지나 그 블록 맨 끝에 방송국 차량 하나가 주차되어 있지만, 기자와 카메라맨은 방송 준비를 하느라 바빠서 리디아와 루카를 미처 보지 못했다. 리디아는 그쪽을 등진 채 와이퍼 밑에서 쪽지를 꺼낸다. 쪽지에는 초록색 마커로 딱 한 글자가 적혀 있다. '왁!' 리디아는 숨을 헉 들이쉬고, 그 숨은 칼날처럼 몸 중심부를 관통한다. 그녀는 루카를 돌아보고 쪽지를 손으로 구겨 주머니에 쑤셔 넣는다.

사라져야 한다. 아카풀코를 떠나야 한다. 하비에르 크레스포 푸엔테스가 절대 찾을 수 없는 아주 먼 곳으로. 이 차를 타고 갈 수는 없다.

3

알콘

리디아는 오렌지색 폭스바겐 비틀 주위를 두 번이나 돌면서 아무것도 손대지 않은 채 차창 너머를 들여다보고, 타이어와 연료 탱크를 비롯해 허리를 숙여서 볼 수 있는 하부 구조를 살핀다. 아까 내릴 때와 달라진 점은 없는 듯하다. 그렇다고 해서 평소 이런 것을 유심히 본 건 아니지만. 리디아는 뒤로 물러서서 팔짱을 낀다. 운전할 용기는 나지 않지만 적어도 차 문을 열고 안에 있는 몇몇 소지품은 꺼내야 한다. 꼭 그래야 한다. 마음이 눈앞의 일밖에 생각할 수 없는 터라 '유품'이라는 단어는 미처 떠오르지도 않는다.

리디아는 차창 너머를 들여다본다. 세바스티안의 배낭이 조수석 바닥에 있고, 계기판 위에는 그녀의 선글라스가 햇볕을 받아 반짝거린다. 뒷좌석에는 노란색과 파란색으로 된 루카의 맨투맨 티셔츠가 널브러져 있다. 지금 집에, 그들이 함께 살았던 곳에 가는 건 너무 위험하다. 어서 빨리 루카를 데리고 여기에서 벗어나야 한다. 만약 차 안에 폭탄이 설치되어 있다면 차 문을 열기 전에 루카를 이리 오라고 불러서 함께 죽는 편이 더 낫지 않을까? 리디아는 잠시 고민하지만 모성 본능이 그 끔찍한 생각을 떨쳐낸다.

열쇠를 쥔 손을 부들부들 떨며 앞으로 내밀고 다른 손으로 떨리는 손을 붙잡는다. 루카를 돌아본다. 루카는 그녀를 향해 양손 엄지를 들어 보인다. **폭탄은 없을 거야. 그렇게 총을 쏴댔는데 폭탄까지 설치하는 건 너무하잖아.** 리디아는 자신을 그렇게 안심시키고는 열쇠를 열쇠 구멍 속에 밀어 넣는다. 심호흡을 한다. 한 번 더. 열쇠를 돌린다. 딸칵. 차 문의 잠금장치가 해제되는 소리만으로도 심장이 멎을 듯하다. 하지만 그 후에는 정적이 흐른다. 재깍거리는 소리도, 삑삑거리는 소리도, 사람을 죽일 듯이 훅하고 밀려드는 공기도 없다. 리디아는 눈을 감고 몸을 빙글 돌려 루카에게 양손 엄지를 들어 보인다. 삐걱거리는 차 문을 열고 내부를 뒤진다. 무슨 물건이 필요할까? 그녀는 잠시 멈칫한다. 어리둥절한 마음이 순간적으로 마비된다. **이건 꿈일 거야.** 그녀는 생각한다. 마음이 쭉 늘어나고 휘어지는 듯하다. 리디아는 아빠가 죽고 몇 주 동안 엄마가 싱크대에서 냉장고로, 다시 냉장고에서 싱크대로 왔다 갔다 했던 일이 기억난다. 엄마는 수도꼭지에 손을 올린 채 틀 생각을 하지 않았다. 하지만 그녀에게는 그렇게 무한 고리를 그릴 여유가 없다. 지금은 위험한 상황이고 움직여야 한다.

여기 있는 세바스티안의 배낭은 반드시 챙겨야 한다. 눈앞의 일을 지금 당장 해치워야 한다. 어떻게 이런 일이 생겼는지, 왜 생겼는지는 나중에 따질 여유가 있을 것이다. 리디아는 남편의 배낭을 열고 물이 담긴 보온병과 안경, 사무실 열쇠, 휴대전화, 작은 노트 세 권과 손에 한 움큼 잡히는 싸구려 볼펜, 소형 녹음기, 기자 신분증을 꺼내 전부 조수석에 놓는다. 남편이 쓰던 삼성 갤럭시 탭과 충전기는 가져가지만 먼저 전원을 끈 다음, 이제는 빈 배낭에 도로 넣는다. 이런 장치의 GPS가 어떻게 작용하는지 모르지만 추적 당하고 싶지 않다. 계기판 위에 놓인 선글라스를 집어 들고 얼굴에 밀어 넣다가 한쪽 다리로 눈을 찌를뻔한다. 앞좌석을 앞으로 밀치고 이번에는 뒷좌석을 살펴본다. 루카가 성당 갈 때 신는 신발이 바닥에 놓여 있다. 아까 아드리안이랑 축구를 하려고 운동화로 갈아 신으면서 여기 둔 것이다. **맙소사, 아드리안.** 조카를 생각하자 마치 도끼로 흉골을 맞은 듯이 가슴에 패인 상처가 더 깊어진다. 리디아는 잠시 눈을 질끈 감은 채 몸에 들어오고 나가는 호흡의 흐름에 억지로 집중한다. 그런 다음 루카의 신발을 집어 들어 배낭에 넣는다. 세바스티안의 빨간색 뉴욕 양키스 모자도 뒷좌석에 있다. 그걸 집어 들고 차에서 내려 루카에게 던지자 루카가 받아서 쓴다. 트렁크를 열어보니 세바스티안의 고급 갈색 카디건이 있다. 리디아는 그것도 배낭에 밀어 넣는다. 농구공과 지저분한 티셔츠도 있었지만, 티셔츠만 챙긴다. 트렁크를 닫고 앞좌석으로 걸어가 노트 세 권 중에서 한 권을 고른다. 하지만 자신이 왜 그러는지 미처 생각하지 못한다. 더는 볼 수 없는 남편의 필적을 간직하고 싶어서라는 걸. 아무 노트나 골라서 배낭에 넣고 차 문을 잠근다.

루카는 리디아가 손짓하기도 전에 그녀 옆으로 와서 선다. **내 아들은 이제 완전히 달라졌어.** 리디아는 생각한다. 루카는 리디아를 지켜보고 있다가 그녀가 말하기도 전에 의중을 파악한다.

"이제 어디로 갈 거야, 엄마?"

리디아는 루카를 힐끗 본다. 여덟 살. 이미 일어난 일은 잊어버리고 기운을 내서 어떻게든 수습해야 한다. 그녀는 루카의 정수리에 키스하고 걷기 시작한다. 기자들과 오렌지색 자동차, 엄마의 집, 처절히 파괴된 그들의 삶에서 멀어진다.

"모르겠구나, 미호. 가다 보면 알게 되겠지. 우린 모험을 할 거야." 리디아가 말한다.

"영화에서처럼?"

"그래, 미호. 영화에서처럼."

리디아는 배낭끈을 양쪽 어깨에 메고 줄을 줄인 다음, 그 위로 보스턴백을 멘다. 두 사람은 북쪽으로 몇 블록 걷다가 왼쪽으로 돌아서 해변을 향해 걷다가 다시 남쪽으로 돈다. 관광객들로 북적이는 곳에 있어야 할지, 아예 눈에 띄지 않게 숨어 있어야 할지 아직 결정하지 못했기 때문이다. 그녀는 계속 어깨 너머를 돌아보며 지나가는 차의 운전사를 살피고 루카를 잡은 손에 힘을 준다. 대문이 열린 주택 앞에서 똥개 한 마리가 그들을 향해 짖어대더니 달려들어 문다. 칙칙한 꽃무늬 원피스를 입은 여자가 개를 붙잡으려고 집에서 나오지만, 여자가 개에게 오기도 전에 리디아는 개를 사납게 차버린다. 아무런 죄책감도 들지 않는다. 뒤에서 여자가 소리를 지르지만 리디아는 루카의 손을 잡은 채 계속 걷는다.

루카는 아빠가 쓰던 양키스 모자가 너무 커서 둘레를 줄인다. 모자 밴드에 아빠의 땀이 스며든 터라 모자를 잡아당길 때마다 아빠 냄새가 살짝 풍긴다. 그래서 루카는 주기적으로 모자를 잡아당기며 아빠의 냄새를 맡는다. 그러다가 문득 이 냄새가 영원하지 않을 것이라는 생각이 든다. 냄새가 다 날아갈까 두려워 더는 모자를 만지지 않는다. 마침내 버스를 발견한 두 사람은 타기로 한다.

토요일 늦은 오후라서 버스 안에는 승객이 많지 않다. 루카는 자리에 앉을 수 있어서 기분이 좋다. 그러다 문득 두 다리가 계속 움직이며 도시 곳곳으로 그의 작은 몸을 실어 날랐던 덕분에 참담한 공포에서 벗어날 수 있었고, 이제 걷는 걸 멈추자 그 공포가 밀려오려 한다는 걸 깨닫는다. 푸른색 비닐이 씌워진 의자에 엄마와 함께 앉아 지친 다리를 좌석 아래로 흔들거리자마자 생각하기 시작한다. 몸이 떨리기 시작한다. 엄마는 한 팔로 루카를 꼭 끌어안고 말한다.

"여기서 울면 안 돼, 미호. 아직은."

루카는 고개를 끄덕인다. 눈물이 날 뻔했던 위험한 순간은 그냥 그렇게 증발해버린다. 루카는 따뜻한 버스 창문에 머리를 기대고 밖을 내다본다. 알록달록한 도시의 색과 초록색 야자수 이파리, 딱정벌레를 퇴치하기 위해 흰색 페인트를 칠한 나무줄기 그리고 상점, 호텔, 신발 가게의 시끄럽고 선명한 간판에 집중한다. 엘롤로 워터파크에서는 어린아이와 청소년들이 매표소에 줄을 서 있다. 플립플롭을 신고 목에는 비치 타월을 둘렀다. 그들 뒤로 노란색과 빨간색 워터 슬라이드가 솟아올랐다가 급강하한다. 루카는 손가락을 차창에 대고 줄 서 있는 아이들을 하나씩 누른다. 버스가 끼익 브레이크를 밟으며 인도 옆에 정차하자 머리가 젖은 남학생 셋이 올라탄다. 그들은 리디아와 루카에게는 눈길도 주지 않고 옆으로 지나가더니 맨 뒷자리에 앉아 양쪽 팔꿈치로 무릎을 짚은 채 통로를 사이에 두고 조용조용 이야기를 나눈다.

"아빠가 올 여름에 날 데려가기로 했어." 루카가 말한다.

"뭐?"

"엘롤로에. 올여름에 함께 갈 수 있다고 아빠가 그랬어. 내가 학교 쉬는 날에 하루 휴가를 내겠다고."

리디아는 양쪽 볼을 입안으로 빨아당겨 이로 씹는다. 이런 상황에서도 의리 없이 반사적으로 남편에게 화가 치민다. 버스 기사는 문을 닫고 다른 차들과 함께 출발한다. 리디아는 발치에 놓인 보스턴백의 지퍼를 열고, 신고 있던 구두를 벗어서 엄마의 황금색 퀼트 운동화로 갈아 신는다. 평소와 달리 아무 계획도 없다. 지금은 계획을 세우기가 힘들다. 머릿속이 정신없이 돌아가는 동시에 질척거려서 낯설게 느껴지기 때문이다. 그래도 15분에서 20분마다 버스를 갈아타야 한다는 사실만은 기억하고 있어서 그렇게 한다. 가끔은 방향을 바꾸기도 하고 계속 같은 방향으로 가기도 한다. 한번은 버스가 성당 앞에 멈추자 두 사람은 잠시 성당에 들어간다. 하지만 평소 열심히 기도하던 그녀의 신앙심은 완전히 정지된 상태였다. 예전에도 이런 무감각한 상태를 몇 번 경험한 적이 있다. 열일곱 살에 아버지가 암으로 돌아가셨을 때, 루카를 낳고 2년 뒤 둘째를 임신했다가 말기에 자연 유산되었을 때, 의사에게서 더는 아이를 가질 수 없다는 말을 들었을 때. 그런 터라 리디아는 지금 신앙에 위기가 찾아왔다고 생각하지 않는다. 그보다는 신성한 친절이라고 생각한다. 강제 무급 휴가처럼 하느님은 별로 중요치 않은 부서로 그녀를 보낸 것이다. 성당 밖으로 나와 다음 버스를 기다리는 동안 루카가 한 번 더 토한다.

리디아는 교차된 세 개의 고리가 달린 가느다란 금목걸이를 걸고 있다. 눈에 잘 띄지 않는 목걸이로 왼손 약지에 낀 세선 세공(금, 은을 세밀하게 꼬아 섬세한 문양을 만드는 고난도 세공술. - 옮긴이) 금반지를 제외하고 그녀가 유일하게 착용하는 장신구다. 세바스티안은 루카가 태어나고 처음 맞는 크리스마스에 이 목걸이를 선물했고, 리디아는 보자마자 목걸이가 마음에 들었다. 세 고리가 상징하는 바가 좋았다. 그 후로 매일 목걸이를 하고 다녔고 급기야 목걸이는 그녀의 일부가 되어 버릇처럼 만지게 되었다. 지루할 때는 엄지로 섬세한 줄을 앞뒤로 쓰다듬는다. 긴장될 때는 새끼손가락 손톱으로 교차된 세 개의 고리를 따라 원을 그렸는데 그러면 희미하게 짤랑거리는 소리가 난다. 지금은 그 황금 고리를 만지지 않는다. 아무 생각 없이 목으로 손을 가져가지만 자신이 그 동작을 한다는 걸 알아차린다. 리디아는 이미 옛 습관을 버리는 훈련을 하고 있다. 살아남고 싶다면 전혀 알아볼 수 없는 사람으로 변해야 한다. 그녀는 목걸이 뒤의 잠금쇠를 열고, 엄지에 끼고 있던 세바스티안의 결혼반지를 목걸이 줄에 끼운다. 다시 잠금쇠를 닫고 목걸이를 블라우스 칼라 안으로 집어넣는다.

절대 버스 기사의 주의를 끌면 안 된다. 버스 기사들은 카르텔을 위해 망보는 알콘으로 활동하기 때문이다. 나이를 가늠할 수 없고 적당히 매력적이지만 아름답지는 않은 여자가 평범하게 생긴 아이를 데리고 여행하는 듯한 자신들의 모습이 오히려 자연스러운 위장이 될 수도 있다. 하루 날을 잡아 쇼핑하러 나왔거나 도시 반대편에 사는 친구를 만나러 온 모자 같다는 인상을 주려고 노력한다면. 실제로 리디아와 루카는 버스에 탄 승객들 대다수와 별로 달라 보이지 않는다. 그녀는 이 사실이 진정으로 어처구니없게 느껴진다. 자신들이 조금 전 겪은 끔찍한 일을 어떻게 이 사람들이 모를 수 있을까. 그녀로서는 마치 머리 위에 피해자라고 적힌 반짝이는 네온사인이라도 달고 다니는 듯하기 때문이다. 리디아는 생명체처럼 그녀 안에서 펄떡거리는 비명과 매 순간 싸운다. 예전에 루카를 임신했을 때처럼 비명도 그녀의 뱃속에서 몸을 펴고 발길질한다. 그녀는 엄청난 통제력을 발휘해 비명을 목 조르고 억누른다.

안개가 자욱이 낀 리디아의 머릿속에서 마침내 계획이 모습을 드러낸다. 그게 좋은 계획이라는 확신은 없지만, 달리 대안이 없어 따르기로 한다. 칼레티야 해변의 상점가가 문 닫기 직전인 3시 45분, 리디아와 루카는 버스에서 내려 낯선 은행 지점으로 들어가 줄을 선다. 리디아는 휴대전화를 켜서 잔액을 확인하고 다시 전원을 끈 다음 출금 전표에 금액을 기재한다. 219,803페소, 대략 12,500달러다. 자식 없이 음료 회사를 경영했던 세바스티안의 대부가 물려준 돈이다. 리디아는 고액권으로 달라고 부탁한다.

몇 분 뒤, 리디아와 루카는 다시 버스에 탄다. 그들의 전 재산은 현찰로 세 개의 봉투에 나뉘어 보스턴백 밑바닥에 놓여 있다. 버스를 두 번 갈아타고 한 시간 넘게 달린 끝에 두 사람은 디아멘테에 있는 월마트에 내린다. 그러고는 루카가 쓸 배낭, 속옷 두 갑, 청바지 두 개, 무늬나 글자가 전혀 없는 흰색 티셔츠 세 개가 들어 있는 상자 두 개, 양말, 후드티 두 개, 따뜻한 점퍼 두 개, 칫솔 두 개, 물

티슈, 반창고, 선크림, 블리스텍스 립밤, 구급상자, 물통 두 개, 손전등 두 개, 건전지 몇 개, 멕시코 지도를 산다. 리디아는 마체테를 사려고 가정용품 코너를 오랫동안 서성이다 마침내 칼날이 접히는 작은 마체테와 다리에 착용할 수 있는 깔끔한 검은색 칼집을 고른다. 총은 아니지만, 무기가 없는 것보다는 낫다. 리디아는 현찰로 계산하고 루카와 함께 고가 도로 아래를 지나 해변 호텔들이 모여 있는 쪽으로 걷는다. 루카는 아빠의 야구 모자를 썼고 리디아는 금목걸이를 만지작거리지 않는다. 그녀는 걸어가는 동안 다른 보행자와 지나가는 차의 운전자, 심지어 스케이트보드를 타는 말라깽이 소년들까지 한 명도 빼놓지 않고 유심히 바라본다. 알콘은 사방에 있기 때문이다. 둘은 발걸음을 재촉한다. 리디아는 두케사 임페리알 호텔을 고른다. 익명성이 어느 정도 제공될 만큼 대형 호텔이면서도 사람들 뇌리에 남을 정도로 새 호텔은 아니다. 그녀는 길가 쪽 방을 달라고 하면서 이번에도 현찰로 계산한다.

"보증금 대신 신용카드 정보가 필요합니다." 남자 직원이 카드 키 두 개를 종이 덮개에 넣으며 말한다.

리디아는 카드키를 바라보며 그냥 열쇠를 낚아채고 엘리베이터로 달려갈까 생각한다. 그러다 보스턴백을 열고 신용카드를 찾는 척한다. "젠장, 차에 두고 왔나 봐요. 보증금이 얼마죠?"

"4,000페소요." 직원이 싸늘하게 미소 짓는다. "체크아웃하실 때 전액 돌려드립니다, 당연히요."

"당연히 그렇겠죠." 리디아는 그렇게 말하고 무릎으로 보스턴백을 받친 다음, 밑바닥에 있는 봉투에 손을 넣어 4,000페소를 꺼낸다. "현찰도 괜찮죠?"

"아." 남자 직원은 살짝 놀란 표정으로 재빨리 매니저를 바라본다. 하지만 매니저는 다른 손님을 응대하느라 바쁘다.

"현찰도 괜찮습니다." 매니저가 눈을 돌리지 않은 채 말한다.

직원은 리디아에게 고개를 끄덕이고, 리디아는 그의 손에 분홍색 지폐 네 장을 쥐여준다.

"성함이?" 남자 직원은 봉투 앞면에 검은 볼펜을 가져간다.

리디아는 잠시 머뭇거리다가 제일 먼저 떠오르는 이름을 말한다. "페르미나 다사."

직원이 카드키를 건넨다. "편안한 시간 보내세요, 다사 씨."

엘리베이터를 타고 10층까지 가는 시간이 루카에게는 평생 가장 긴 1분 30초처럼 느껴진다. 발이 아프고, 등도 아프고, 목도 아프고, 아직 울지도 않았다. 한 가족이 4층에서 탔다가 엘리베이터가 올라간다는 걸 알고 다시 내린다. 아빠와 엄마는 손을 잡은 채서로 웃고 있고 아이들은 아옹다옹한다. 남자아이는 루카를 보더니 엘리베이터 문이 닫히는 동안 혀를 메롱 내민다. 루카는 본능적으로 그리고 미묘하게 느껴지는 엄마의 신호 때문에 지금은 모든 일이 정상인 것처럼 행동해야 한다는 사실을 알고 있다. 그리고 지금까지는 그 힘든 임무를 그럭저럭 수행해왔다. 하지만 함께 엘리베이터에 탄 우아한 아주머니가 황금색 퀼트 운동화, 외할머니의 신발을 칭찬하자 루카는 눈을 빠르게 깜빡인다.

"신발이 너무 예쁘네요. 정말 특이해요." 여자가 리디아의 팔을 살짝 치며 말한다. "어디서 샀어요?"

리디아는 몸을 돌려 여자와 대화를 나누지 않고 발만 내려다보며 말한다. "아, 기억이 안 나네요. 워낙 예전에 산 거라서." 그러고는 손가락으로 10층 버튼을 계속 누른다. 그런다고 엘리베이터가 빨라지지는 않지만, 의도했던 효과를 발휘해 대화를 이어가려는 여자를 침묵하게 한다. 여자가 6층에서 내리자 리디아는 14층과 18층 그리고 19층도 누른다. 두 사람은 10층에서 내린 다음 세 개 층의 계단을 내려가 7층으로 간다.

마침내 엄마가 카드키로 객실 문을 열고 카펫이 깔린 복도를 좌우로 바라보며 루카를 얼른 객실 안으로 밀어 넣는다. 엄마가 문을 잠그고 체인까지 걸고 타일이 깔린 바닥을 가로질러 책상 의자를 끌고 와 손잡이 밑에 찔러넣고 나자 루카에게 놀라운 일이 벌어진다. 놀랍게도 아무 일도 일어나지 않는다. 루카가 꾹꾹 눌러온 고통은 폭우가 되어 쏟아지지 않는다. 그렇다고 사라지지도 않는다. 참고 있는 숨처럼 가슴에 갇힌 채 그대로 남아 루카의 마음 주변을 맴돈다. 하지만 고개를 돌려 둥그런 악몽을 손가락으로 아주 조금만 건드려도 거대한 급류가 쏟아져나와 영원히 휩쓸리리라는 걸 알고 있다. 루카는 한동안 가만히 있다가 발을 차서 신발을 벗고 싱글 침대 가장자리로 올라간다. 침대 위에는 수건이 백조 모양으로 접혀 있다. 루카는 백조의 긴 목을 잡아 바닥으로 내던지고는 리모컨이 구명조끼라도 되는 듯이 꼭 움켜쥐고 텔레비전을 켠다.

엄마는 월마트 비닐봉지와 배낭, 외할머니의 보스턴백을 작은 테이블로 옮긴 다음, 안에 든 물건을 다 꺼낸다. 가격표를 떼고 물건을 정리해서 쌓아놓더니 갑자기 의자에 털썩 앉아 족히 10분 동안 움직이지 않는다. 루카는 엄마를 보지 않는다. 니켈로디언 채널에서 눈을 떼지 않은 채 '헨리 데인저'(미국의 슈퍼 히어로 시트콤. - 옮긴이)의 음량을 높인다. 마침내 다시 움직인 엄마는 루카에게 다가와 이마에 거칠게 키스한다.

리디아는 방을 가로질러 발코니로 이어지는 문을 옆으로 민다. 신선한 공기를 아무리 들이마셔도 머릿속이 맑아지지 않을 듯하지만, 그래도 시도는 해봐야 한다. 문을 열어둔 채 발코니로 나간다.

공포에 한 가지 좋은 점이 있다면 슬픔보다 즉각적이라는 사실이다. 리디아는 이제야 그걸 깨닫는다. 곧 오늘 있었던 일을 대면해야 할 테지만 지금으로서는 앞으로 또 어떤 일이 벌어질지 모른다는 사실이 마취제가 되어 지독한 고통을 느낄 수 없다. 그녀는 발코니 너머를 바라본 다음 아래쪽 길을 살핀다. 밖에는 아무도 없다고, 우리는 안전하다고 자신을 달랜다.

아래층 로비에서는 데스크 업무를 보던 남자 직원이 잠시 실례한다고 말하고는 직원 휴게실로 간다. 화장실 둘째 칸에 들어가 양복 재킷 안쪽에서 대포폰을 꺼내더니 다음과 같은 문자를 보낸다. **특별 손님 둘이 방금 두케사 임페리알 호텔에 체크인했음.**

4

첫 만남

두 사람이 처음 만난 화요일 아침, 하비에르 크레스포 푸엔테스는 혼자서 리디아의 책방을 방문했다. 리디아는 마침 책방 앞에 작은 칠판을 내놓으려는 중이었다. 그 주에 먼 나라 작가들의 책 열 권을 선정해 칠판에 분필로 이렇게 적어두었다. '책, 항공권보다 쌉니다.' 리디아가 한쪽 다리로 열린 문을 지탱한 채 칠판을 들어서 내놓으려는데 그가 나타나더니 재빨리 문을 붙잡아 주었다. 문 위에 달린 종이 무언가를 선포하듯이 딸랑거렸다.

"고맙습니다." 리디아가 말했다.

하비에르는 고개를 끄덕였다. "하지만 훨씬 더 위험하죠."

리디아는 얼굴을 찡그리고는 이젤을 세웠다. "네?"

"그 문구 말입니다." 하비에르가 고갯짓을 했고, 리디아는 뒤로 물러나서 자신이 쓴 글자를 바라봤다. "책이 여행보다 싸기는 하지만 훨씬 더 위험하다고요."

리디아는 미소를 지어 보였다. "글쎄요, 어디를 여행하느냐에 달렸죠."

두 사람은 책방으로 들어갔고, 하비에르가 책을 둘러보는 동안 리디아는 참견하지 않았다. 하지만 마침내 그가 계산대로 와서 금전 등록기 옆에 책을 내려놓자 그녀는 깜짝 놀랐다.

책방을 운영한 지 거의 10년이 다 될 동안 리디아는 자신이 좋아하는 책과 별로 좋아하지는 않지만 잘 팔리는 책으로 서점을 채워왔다. 그뿐만 아니라 카드, 펜, 달력, 장난감, 게임, 돋보기, 냉장고에 붙이는 자석, 열쇠고리도 재고를 넉넉히 쌓아두었다. 돈이 되는 것은 이런 물건들과 눈에 확 띄는 베스트셀러였다. 인기 있는 상품들 속에 자신이 가장 사랑하는 비밀스러운 보물들, 리디아의 마음을 열고 인생을 바꿔준 보석들을 위한 보금자리를 만들어주는 일은 오랫동안 은밀한 즐거움이었다. 그런 책들 중에는 심지어 스페인어로 번역되지 않은 경우도 있었는데 그래도 진열해둔 이유는 언젠가 팔릴 거라고 기대해서가 아니라, 그 책이 거기 있다는 사실만으로도 행복했기 때문이다. 대략 열두 권쯤 되는 그 책들은 진화하는 이웃 책들을 견뎌내며 늘 변하는 선반 한쪽에 숨어 있었다. 가끔 리디아는 감동적이거나, 전에는 있는 줄도 몰랐던 마음의 창을 열어 세상 보는 관점을 영원히 바꿔준 책을 만날 때면 비밀의 선반에 꽂아두었다. 어쩌다 한 번씩 손님에게 권하기도 했다. 그녀가 잘 알고 좋아하는 손님, 그 보물의 가치를 알아볼 거라고 믿을 수 있는 사람에게만. 하지만 거의 늘 실망하곤 했다. 10년 동안 권하지도 않았는데 손님이 먼저 그녀의 보물을 뽑아서 계산대로 가져오는 기쁨을 경험한 적은 딱 두 번이었다. 10년 동안 두 번은 책방에 경이로운 불꽃이 튀었고, 문 위쪽에 달린 종은 미슬토(성탄 장식에 사용하는 덩굴식물. 서양권에서는 크리스마스에 남성이 미슬토 아래 서 있는 여성에게 키스할 수 있는 풍습이 있다. - 옮긴이)가 되어 뭔가 마법 같은 일이 일어날 가능성을 암시했다.

따라서 계산대 뒤에 서서 카탈로그를 읽고 있던 리디아는 하비에르가 고른 책을 보고 깜짝 놀랐다. 그녀의 보물이 한 권도 아니고 두 권이나 있었기 때문이다. 리아 헤거 코헨이 쓴 《심장, 이 깡패, 이 반항아》와 시배스천 배리가 쓴 《이니어스 맥널티의 행방》이었다.

"맙소사." 리디아가 속삭였다.

"뭐가 잘못됐나요?"

리디아는 남자를 올려다보았고, 아까 그들이 유쾌한 농담을 나누기는 했어도 그의 얼굴은 처음 본다는 걸 깨달았다. 그는 화요일 아침치고는 멋지게 차려 입었다. 짙은 남색 바지에 흰색 구아야베라 셔츠는 평일보다 일요일 성당 미사를 보러 갈 때 더 적합한 차림이었다. 숱이 많은 검은색 머리는 옛날 사람처럼 가르마를 깔끔하게 타서 한쪽으로 빗어 넘겼다. 굵고 검은 뿔테 안경 역시 구식이었지만, 복고풍이라서 오히려 세련되어 보일 정도였다. 두꺼운 렌즈 뒤에서 그의 눈동자가 이리저리 방황했고 리디아가 바라보는 동안 콧수염이 미세하게 떨렸다.

"이 책, 이 두 권은 제가 좋아하는 책이거든요." 불충분한 설명이었지만 리디아는 그렇게밖에 말할 수 없었다.

"저도 그렇습니다." 계산대 맞은편에서 남자가 말했다. 그가 머뭇거리며 미소를 짓자 콧수염이 아주 살짝 위로 올라갔다.

"이 책들을 읽으셨나요?" 리디아가 말했다.

"음, 이것만요." 그는 리디아가 들고 있는 《심장, 이 깡패, 이 반항아》를 향해 고갯짓했다.

리디아는 책 표지를 내려다보고는 영어로 물었다. "영어로 읽으셨어요?"

"읽느라 힘들었죠, 네. 영어가 유창하지는 않지만, 그 비슷한 수준입니다. 이 책은 아주 섬세하더군요. 지난번에 읽었을 때 분명 놓친 것들이 있을 테니 다시 읽어보고 싶습니다."

"그렇군요." 리디아는 남자에게 미소 지으며 살짝 바보가 된 기분이 들었다. 하지만 그런 기분을 무시한 채 무모하게 진격했다. "다 읽으시면 또 오세요. 책에 대해 함께 토론해봐요."

"아." 남자는 열심히 고개를 끄덕였다. "책방에서 독서 모임을 운영하시나요?"

리디아는 입을 살짝 벌렸다. "아뇨." 그러고는 웃음을 터뜨렸다. "그냥 저랑 이야기하자고요!"

"더 좋군요."

그는 미소 지었고, 리디아는 이 신성한 순간을 지키고 싶은 마음이 간절한 탓에 얼굴을 찡그렸다. 지금 이 남자가 추파를 던지는 건가? 남자들의 행동이 헷갈릴 때마다 대답은 보통 '예스'였다. 그녀는 계산대에 책을 내려놓고 표지를 손바닥으로 꾹 눌렀다.

리디아의 몸짓에서 경고를 읽어낸 남자는 해명하려고 했다. "의견이 너무 많으면 독서의 즐거움을 망칠 수 있다는 뜻이었습니다."

그러고는 그녀의 손 밑에 놓인 책을 바라보았다. "좋은 책입니다. 훌륭하죠."

리디아는 다시 미소 지으며 거치대에 놓인 바코드 스캐너를 집어 들어 책으로 가져갔다.

다음 주 월요일에 다시 책방을 찾아온 남자는 리디아가 다른 손님을 상대하느라 바쁜데도 곧장 계산대로 갔다. 남자는 몸 앞에서 양손을 모은 채 한쪽에 서서 기다렸고, 손님이 떠나자 둘은 서로에게 환히 미소 지었다.

"오셨어요?" 리디아가 말했다.

"두 번째 읽으니 훨씬 더 좋더군요."

"그렇죠!" 리디아는 손뼉을 쳤다.

이 책에는 높은 곳에만 올라가면 뛰어내리지 않고서는 견딜 수 없는 병을 가진 인물이 등장한다. 죽고 싶은 건 아니지만, 이 위험한 충동 때문에 끊임없이 자해하는 것이다.

"저도 같은 병이 있습니다." 하비에르가 느닷없이 털어놓았다.

"네? 설마요!"

그건 현실에는 존재하지 않는 병이다.

그런데도 리디아 역시 그런 충동을 느꼈다. 집에서 베란다 난간에 가까이 설 때마다 난간을 꽉 잡고 발꿈치로 바닥을 꾹 눌러야 했다. 언젠가 아무 생각 없이, 아무 목적도 없이 뛰어내릴까 두려웠다. 그랬다가는 아래쪽 도로에 철퍼덕 떨어질 테고, 아카풀코 차들은 끼익 브레이크를 밟고 경적을 울려대며 쓸데없이 돌아가야 할 것이다. 구급차는 너무 늦게 도착할 것이다. 루카는 엄마 없

첫 만남

는 아이가 될 테고, 사람들은 다들 그녀가 자살했다고 오해할 것이다. 리디아는 머릿속으로 이 시나리오를 천 번은 돌려보며 해독제로 삼았다. **절대 뛰어내리면 안 돼.**

"그런 사람은 세상에 나 하나뿐인 줄 알았습니다." 하비에르가 고백했다. "내 마음이 만들어낸 미친 증상이라고 생각했죠. 근데 이 책에 저와 똑같은 증상을 가진 사람이 나오는 겁니다."

리디아는 자신이 입을 벌리고 있는 줄도 모르다가 비로소 입을 다물었다. 그러고는 스툴에 털썩 앉으며 말했다.

"저도 저만 그런 줄 알았어요."

하비에르는 계산대에서 몸을 떼고 등을 곧추세웠다. "당신도요?"

리디아는 고개를 끄덕였다.

"이런 세상에." 하비에르가 영어로 말하더니 웃음을 터뜨린다. "우리끼리 소모임이라도 만들어야겠군요."

하비에르는 거기 서서 리디아와 오랫동안 이야기를 나눴고 마침내 그녀는 커피를 권했다. 그는 사양하지 않았다. 리디아는 그가 편안히 커피를 마실 수 있도록 계산대 반대편에 스툴 하나를 놓아주었다. 하비에르는 콧수염에 거품이 묻지 않도록 조심했다. 그들은 문학과 시, 경제, 정치, 둘 다 열렬히 좋아하는 음악에 관해 이야기했고 하비에르는 거의 두 시간 가까이 머물렀다. 급기야 리디아는 그가 어디선가 실종된 줄 알고 가족들이 걱정할지도 모른다는 생각이 들었다. 하지만 하비에르는 그럴 리 없다는 듯이 손사래를 쳤다.

"바깥세상에 이보다 더 중요한 일은 없습니다."

이건 리디아가 늘 꿈꿔왔던 책방 주인의 삶이었다. 책방 운영과 관련된 지루하고 단조로운 일을 하는 틈틈이 그들을 둘러싼 책만큼이나 활기차고 매력적인 손님들을 즐겁게 해주는 것이다.

"당신 같은 손님이 세 명만 더 있다면 전 더 바랄 게 없겠어요." 남은 커피를 다 마시며 리디아가 말했다.

하비에르는 가슴에 손을 얹고 살짝 허리를 숙였다. "저 하나만으로도 충분하도록 노력해보죠." 그러고는 아무렇지도 않게, 부드럽게 말했다. "다른 상황에서 만났다면 당신에게 청혼했을 겁니다."

리디아는 스툴에서 벌떡 일어나 고개를 저었다.

"미안합니다. 당신을 불편하게 하려는 의도는 없었어요." 하비에르가 말했다.

리디아는 말없이 커피 잔 두 개를 치웠다. 그녀가 배신감을 느낀 이유는 그의 고백 때문이 아니라 미처 말하지 못한 자신의 대답 때문이었다. 다른 상황이었다면 그녀 역시 그 청혼을 승낙했을 거라는 대답.

"이제 다시 일해야겠어요." 리디아는 대신 그렇게 말했다. "오늘 오후에 책을 주문해야 하거든요. 우편으로 보낼 책도 포장해야 하고요."

그날 하비에르는 책 일곱 권을 샀는데 그중 세 권은 리디아가 추천한 책이었다.

다음 주 금요일 아침, 덩치 크고 무섭게 생긴 남자 둘이 거리를 씻어내리는 여름 소나기를 피해 리디아의 책방 출입문 위에 걸린 차양 아래 비좁게 서 있었다. 몇 분 뒤, 하비에르가 나타나자 리디아는 뛸 듯이 기뻤다. 이제 새 책에 대해 토론할 수 있다! 그녀는 자연스럽게 행동하려고 했지만, 문 앞에 서 있는 남자들을 볼 때마다 가슴이 답답했다.

"저들 때문에 긴장하는군요." 그녀를 지켜보던 하비에르가 말했다.

"대체 왜 왔는지 모르겠어요." 리디아는 늘 서 있던 계산대 뒤에서 서성거렸다. 이 거리의 다른 가게 주인들과 마찬가지로 그녀 역시 매달 카르텔이 강제로 부과한 뇌물을 내고 있었다. 하지만 지금보다 더 낼 여력은 없다.

"내가 쫓아버리죠." 하비에르가 말했다.

리디아는 그의 팔을 잡으며 말렸고 점점 더 언성을 높였다. 하비에르가 쉬쉬 하면서 달래도 소용없었다. 리디아가 앞을 가로막자 하비에르는 옆으로 돌아갔다.

"당신만 다칠 거라고요." 하비에르를 겁주지 않으면서 최대한 거칠게 리디아가 속삭였다.

하비에르는 콧수염을 살짝 실룩이며 미소를 짓더니 그녀를 안심시켰다. "그럴 일 없을 겁니다."

하비에르가 출입문을 열고 밖으로 나가는 동안, 리디아는 계산대 뒤로 들어가 몸을 숙였다. 그러고는 하비에르가 차양 밑에 서 있는 덩치 큰 깡패들에게 말하는 모습을 경악하며 바라보았다. 두 남자는 비를 가리키며 곤란하다는 표정을 지었지만, 하비에르는 손가락으로 가리키며 가라고 손짓했다. 그러자 남자들은 폭우 속으로 총총 걸어갔다.

리디아는 그 상황을 이해하고 싶지 않았다. 하비에르가 계속 찾아오고, 서점에 머무는 시간이 길어지고, 그들의 대화가 더 사적인 영역으로까지 깊어지고, 그 후로도 덩치 큰 남자들을 얼핏 두 번이나 더 봤는데도 그녀는 비가 퍼붓던 그날 아침에 하비에르가 휘둘렀던 권력을 기꺼이 잊어버렸다. 마침내 하비에르가 '내 심장의 영혼'이라 부르며 자신의 부인을 찬양하자 리디아는 경계심이 누그러졌다. 그에게 '내 바지의 영혼'이라 부르는 젊은 정부까지 있다는 사실을 알게 되자 그녀의 방패는 한층 더 내려갔다.

"역겨워요." 리디아는 그렇게 말했지만, 놀랍게도 웃고 있었다.

남자가 바람을 피우는 건 흔한 일이지만, 다른 여자에게 솔직하게 말하는 경우는 흔치 않다. 하비에르의 고백 덕분에 혹시나 그가 자신을 좋아할지 모른다고 약간 우쭐했던 리디아의 마음은 치유되었고, 하비에르가 비밀을 점점 더 많이 털어놓을수록 둘의 우정을 지켜주는 은밀한 자물쇠는 굳게 잠겼다. 두 사람은 속내를 털어놓는 친구가 되어 농담과 자기 생각, 실망스러운 일을 나누게 되었다. 심지어 가끔 배우자의 짜증 나는 점까지 이야기했다.

"내가 당신과 결혼했다면 난 절대 그렇게 행동하지 않았을 거야." 세바스티안이 더러운 양말을 부엌 조리대에 벗어둔다고 리디아가 불평하자 하비에르가 말했다.

"당연히 그랬겠죠." 리디아는 웃었다. "당신은 완벽한 남편이었을 거예요."

"내가 집 안의 양말을 모조리 빨았을 거야."

"아무렴요."

"아예 양말을 다 태워버리고 매주 새 양말을 샀을 거라고."

"네네."

"아예 양말을 신지 않았을 거야. 당신만 행복하다면."

리디아는 웃지 않을 수 없었다. 그녀는 하비에르의 이런 말에 그냥 어이없는 표정을 지으며 흘려듣는 법을 배웠다. 그들의 우정이라는 날씨 속에서 하비에르의 이런 추파는 지나가는 구름에 불과했기 때문이다. 둘 사이에는 훨씬 더 중요한 폭풍우가 있었다. 이를테면 둘 다 어린 나이에 아버지가 암으로 돌아가셨는데 그 사실만으로도 유대감을 느꼈다. 둘 다 좋은 아버지 밑에서 자랐고, 아버지를 잃었다.

"세상에서 가장 거지 같은 클럽에 가입한 기분이지." 하비에르가 말했다.

리디아는 아버지가 돌아가신 지 거의 15년이 되어 이제는 가끔 슬픈 정도였는데도 어쩌다 그 감정에 빠지면 아직도 아버지가 돌아가셨던 날처럼 가슴 저리게 슬펐다.

"나도 알아." 리디아가 이런 사실을 입 밖으로 꺼내지도 않았는데 하비에르는 그렇게 말했다.

리디아는 하비에르의 열렬한 아부를 참아주었고, 하비에르는 자신의 추파를 거부하는 리디아의 태도를 받아들이다 못해 즐기는 듯했다. 리디아는 그것이 하비에르가 가진 매력의 일부라고 생각하게 되었다.

"하지만 리디아," 하비에르가 두 손을 심장에 올린 채 경건하게 말했다. "내가 사랑하는 여자들이 있기는 해도 당신은 진정 '내 영혼의 여왕'이야."

"이 사실을 알면 당신의 불쌍한 부인은 뭐라고 할까요?" 리디아가 대꾸했다.

"내 훌륭한 아내는 그저 내가 행복하기만을 바라지."

"성인군자네요!"

하비에르는 자신의 외동딸, 바르셀로나 기숙 학교에 재학 중인 열여섯 살짜리 딸 이야기를 종종 했다. 그럴 때면 완전히 다른 사람이 돼서 목소리, 얼굴, 태도가 달라졌다. 딸을 향한 사랑이 어찌나 지극한지 딸이라는 화제 자체도 극도로 조심스럽게 다루었다. 하비에르에게 딸의 이름은 떨어뜨릴까 두려운 유리 공 같았다.

"내가 사랑하는 여자들이 많다고 농담하기는 했지만, 사실은 딱 하나뿐이지." 하비에르가 미소 지었다. "내 딸 마르타. 그 애가 내게는 하늘이자 달이자 모든 별이야."

"나도 엄마라서 그 사랑이 어떤 건지 알아요." 리디아가 고개를 끄덕였다.

하비에르는 계산대 맞은편에, 이제는 리디아도 으레 그의 의자라고 생각하게 된 스툴에 앉아 있었다. "그 사랑이 너무 커서 가끔은 두려워. 내가 노력해서 얻을 수 있는 사랑도 아니니 그 사랑이 사라질까, 그 사랑에 사로잡힐까 두려워. 동시에 딸을 사랑하는 것만이 내가 세상에서 유일하게 잘한 일 같기도 하고."

"아, 하비에르. 그럴 리 없어요." 리디아가 말했다.

그 주제만 나오면 하비에르는 시무룩해졌다. 그는 고개를 흔들더니 안경 속에 손을 넣어 눈을 거칠게 비볐다.

"난 내 의도와 전혀 다른 삶을 살고 있어. 그게 어떤 심정인지 당신도 알 거야."

하지만 리디아는 몰랐다. 몇 주간 서로에 대해 알게 된 뒤 그녀는 이 부분만큼은 하비에르에게 공감할 수 없었다. 아이가 하나뿐인 것만 제외하면 리디아는 늘 바랐던 삶을 살게 되었다. 더는 가질 수 없는 딸에 대한 희망을 포기했고, 열심히 노력한 끝에 그 부재를 받아들였다. 살면서 자신이 내렸던 여러 선택에 만족했다. 아니, 만족하는 것 이상이었다. 행복했다. 하지만 하비에르는 구부러진 안경 렌즈 너머로 리디아를 바라보았고, 그녀는 그의 얼굴에서 이해받고 싶은 갈망을 볼 수 있었다. 그래서 입술을 꾹 다물었다 떼면서 말했다. "잘 알죠."

하비에르는 안경을 벗더니 안경다리를 접어 가슴에 달린 주머니에 넣고 눈을 깜빡거렸다. 익숙한 방패가 사라진 그의 눈은 작고 미완성된 듯했다. "난 내가 시인이 될 줄 알았거든!" 하비에르는 웃음을 터뜨렸다. "어리석은 생각이지? 요즘 같은 시대에."

리디아는 그의 손 위에 자신의 손을 포갰다.

"아니면 학자가 돼서 조용하게 살 줄 알았어. 난 가난에도 잘 적응했을 거야."

리디아는 입술을 비틀며 하비에르가 손목에 찬 우아한 시계를 만졌다. "과연 그랬을까요?"

하비에르는 어깨를 으쓱였다. "내가 신발을 좋아하긴 하지."

"스테이크도요." 리디아가 일깨워주었다.

하비에르는 껄껄 웃었다. "맞아, 스테이크. 스테이크를 싫어하는 사람은 없지."

"책을 사들이는 당신의 습관만으로도 대부분의 사람은 파산할 거예요."

"맙소사, 당신 말이 맞아, 리디아. 난 형편없는 극빈자야."

"최악이죠." 리디아가 동의했다. 그러고는 한 박자 뒤에 말을 이었다. "늦었다고 생각한 때가 빠를 때에요, 하비에르. 당신이 정말로 불행하다면 다시 시작할 수 있어요. 아직 젊잖아요."

"난 쉰한 살이야!"

심지어 리디아가 생각했던 나이보다 어렸다. "그 정도면 아기나 마찬가지죠. 게다가 당신이 불행해야 할 이유가 뭐가 있나요?"

하비에르는 계산대를 내려다봤고, 리디아는 그의 얼굴에 정말로 괴로운 기색이 스치는 걸 보고 놀랐다.

리디아는 목소리를 낮추고 그에게 몸을 내밀며 덧붙였다. "당신은 다른 길을 선택할 수 있어요, 하비에르. 할 수 있고 말고요. 당신은 아주 재능 있고 유능한 사람이에요. 뭘 망설여요?"

"아." 하비에르는 고개를 저으며 다시 안경을 썼다. 그러더니 평소 표정으로 돌아갔다. "이제는 모두 낭만적인 꿈이 돼버렸지. 다 끝났어. 난 오래전에 결정을 내렸고, 그 선택으로 이런 삶을 살게 된 거야."

리디아는 그의 손을 꼭 잡았다. "그렇게 나쁘진 않잖아요. 안 그래요?" 평소 루카에게 자주 하는 말이었다. 아이를 긍정적인 방향으로 인도하려고.

하비에르는 눈을 천천히 깜빡이더니 고개를 한쪽으로 갸웃했다. 모호한 몸짓이었다. "만족해야지 별수 있나."

리디아는 계산대 위로 내밀었던 몸을 다시 펴고 미지근하게 식은 커피를 한 모금 마셨다. "그 선택 덕분에 마르타를 얻었잖아요."

하비에르의 눈동자가 반짝였다. "맞아, 마르타. 그리고 당신도."

그다음에 왔을 때 하비에르는 콘차(멕시코인이 즐겨 먹는 빵으로 생김새 때문에 조가비를 뜻하는 '콘차'라는 이름이 붙었다. - 옮긴이) 한 상자를 사 와서 늘 앉는 자리에 앉았다. 가게에는 손님이 몇 명 있었던 터라 리디아가 서가 사이를 걸어 다니며 손님들을 도와주는 동안 하비에르는 상자를 열어 냅킨에 콘차를 두 개씩 놓아두었다. 그러고는 손님들이 물건을 계산하려고 오면 마치 서점 직원인 양 그들에게 인사하며 콘차를 권했다. 마침내 리디아와 단둘이 남게 되자 그는 재킷 안주머니에서 작은 몰스킨 수첩을 꺼내 계산대에 올려놓았다.

"그게 뭐예요?" 리디아가 물었다.

하비에르는 긴장한 표정으로 침을 삼켰다. "내가 쓴 시야."

리디아는 기뻐서 눈이 휘둥그레졌다.

"마르타 말고는 아무에게도 보여준 적이 없어. 마르타는 학교에서 시를 공부해. 프랑스어와 수학도. 늙은 아빠보다 훨씬 재능이 있지."

"어머, 하비에르."

그는 긴장한 표정으로 수첩 모서리를 만지작거렸다. "난 평생 시를 썼어. 어릴 때부터. 당신도 듣고 싶어 할 것 같아서 가져왔지."

리디아는 스툴을 계산대로 더 가까이 끌어당기고 하비에르에게 몸을 내밀었다. 그러고는 양쪽 팔꿈치로 계산대를 짚어 팔을 세우고 깍지낀 손으로 턱을 받쳤다. 두 사람 사이에는 밑에 깔린 냅킨을 기름으로 물들이는 콘차가 놓여 있었다. 하비에르는 수첩을 펼쳤다. 수첩은 낡아서 종이가 보드라웠다. 그는 조심스럽게 수첩을 뒤적이더니 마침내 점찍어둔 시를 찾아내 헛기침을 하고 낭송을 시작했다.

아, 시는 형편없었다. 진지하면서 경박했고 어찌나 별로인지 리디아는 그를 한층 더, 더더욱 사랑하게 되었다. 그 시를 보여주기가 매우 두려웠을 테니 말이다. 낭송을 끝낸 하비에르가 그녀의 반응을 보려고 고개를 들었을 때 그의 얼굴은 걱정으로 일그러져 있었다. 하지만 리디아의 눈은 따뜻하게 반짝거렸고 그 순간만큼은 진심으로 이렇게 말할 수 있었다.

"정말 아름다운 시예요. 너무 아름다워요."

하비에르와의 우정은 놀라울 정도로 빨리 깊어졌고 끈끈해졌다. 이제는 예전처럼 그가 추파를 던지는 일도 거의 없었고, 그 자리에는 리디아가 가족 외의 사람에게서는 거의 느껴본 적이 없는 친밀감이 생겨났다. 설레는 감정은 전혀 없었지만, 그와의 유대감은 리디아에게 삶의 활력이 되었다. 한창 엄마로 살아가는 그녀에게 하비에르의 존재는 삶이 짜릿하며 전에는 미처 몰랐던 누군가혹은 무언가를 발견할 가능성이 늘 존재한다는 사실을 일깨워주었다.

리디아는 하비에르에게 자신의 생일이 언제인지 말해준 기억이 없는데도, 그는 그녀의 생일날에 책만 한 크기의 은색 상자를 들고 책방을 찾아왔다. 상자에 묶인 리본에는 '자크 제닌'이라고 적혀 있었다.

"파리의 일류 초콜릿 가게지." 하비에르가 설명했다.

리디아는 사양했지만, 똑 부러지게 거절하지는 않았다. (그녀는 초콜릿을 아주 좋아했다.) 그날 저녁, 생일을 맞아 가족끼리 외식하기 위해 세바스티안과 루카가 책방에 오기도 전에 리디아는 그 조그만 초콜릿의 걸작을 하나도 남김없이 다 먹어버렸다.

아카풀코의 라이벌 카르텔 간에 싸움이 벌어지면서 리디아와 그녀의 가족은 물론이고 대부분의 사람들이 더는 단골로 다니던 동네 카페에 갈 수 없게 되었다. 기득권층에 도전장을 던진 새로운 카르텔의 이름은 '로스 하르디네로스'(정원사들.—옮긴이)였다. 처음에 그 이름은 대중에게 아무런 공포심도 일으키지 못했다. 하지만 그들이 결성된 지 얼마 지나지 않아 아카풀코 시민들은 이 '정원사들'이 창조성을 발휘할 시간이 없을 때만 총을 쓴다는 사실을 알게 되었다. 로스 하르디네로스는 삽, 도끼, 낫, 갈고리, 마체테처럼 보다 친근한 무기들을 선호했다. 난도질하고 땅을 팔 수 있는 간단한 도구를. 그러고는 이 도구로 아카풀코를 갈아엎고, 경쟁사들을 자리에서 쫓아내고, 땅에 파묻었다. 쫓겨난 몇몇 생존자는 간신히 정복자에게 합류했지만, 대부분은 아카풀코를 떠났다. 새로 탄생한 승자가 아카풀코의 어깨에 불안한 평화의 수의를 둘러주자 유혈 사태는 줄어들었다. 거의 넉 달간 비교적 조용한 나날이 이어졌고, 아카풀코 시민들은 조심스럽게 다시 거리로 나가 식당과 상점을 찾아갔다. 그들은 경제적 피해를 간절히 복구하고 싶었다. 칵테일을 마실 준비도 되어 있었다. 그리하여 리디아는 가장 안전한 구역의—관광객의 돈이 도는 곳은 늘 어느 정도 규제가 된다—음식이 아닌 안전을 기준으로 선택한 식당에서 가족들의 환한 얼굴에 둘러싸여 서른두 번째 생일 케이크의 촛불을 껐다.

그날 저녁 루카가 잠자리에 든 후 세바스티안은 소파에서 와인 한 병을 땄고, 그들의 대화는 불가피하게 아카풀코의 현 상황으로 흘러갔다. 리디아는 앞이 트인 조리대 뒤에 서서 조리대 위로 몸을 내밀었다. 그녀의 팔꿈치 옆에는 와인 잔이 놓여 있었다.

"오늘 밤에 외식하니까 좋더라." 리디아가 말한다.

"거의 정상으로 돌아간 기분이지?" 세바스티안은 거실 커피 테이블에 양다리를 올린 채 발목을 꼬고 있었다.

"외출한 사람들이 많던데."

올여름 이후로 루카를 데리고 외식을 한 건 처음이었다.

"다음 단계는 관광객들이 돌아오는 거지." 세바스티안이 말했다.

리디아는 숨을 깊이 들이쉬었다. 아카풀코에서 관광 산업은 언제나 생명선이었고 폭력 사태는 관광객 대다수를 쫓아버렸다. 그들이 돌아오지 않으면 언제까지 책방을 운영할 수 있을지 알 수 없었다. 리디아는 최근의 평화가 큰 변화의 신호라고 믿고 싶었다.

첫 만남

"이제 정말로 상황이 호전된 걸까?"

리디아가 그런 질문을 던진 이유는 세바스티안이 카르텔에 관해서라면 모르는 게 없기 때문이다. 리디아는 그 사실에 감탄하면서도 당황스러웠다. 세바스티안은 그쪽 방면으로 전문가였다. 대다수 사람은 리디아처럼 알고 싶어 하지 않았다. 진실을 감당할 자신이 없기 때문에 흉측한 마약 범죄로부터 멀어지려고 했다. 하지만 세바스티안은 그 분야를 게걸스럽게 파고들었다. 자유 언론이야말로 최후의 보루이자, 멕시코 시민이 몰살당하지 않도록 막아주는 유일한 수단이라고 주장했다. 세바스티안은 그 일을 자신의 사명이라고 생각했다. 어릴 때는 리디아도 그런 이상주의를 존경했다. 자신의 자궁에서 나오는 세바스티안의 아이는 영광스럽게도 의심의 여지 없이 완벽한 도덕성을 갖추었을 거라고 생각했다. 심지어 아이에게 선악을 가르칠 필요조차 없을 정도로. 하지만 이제 몇 주에 한 번씩 카르텔이 멕시코 기자들을 살해하자 리디아는 남편의 청렴한 도덕성에 반감이 들었다. 그런 도덕성이 이기적이고 독선적으로 느껴졌다. 세바스티안의 확고한 원칙보다는 그가 살아 있기를 더 원했다. 남편이 기자 일을 그만두고 더 단순하고 안전한 일을 하기를 바랐다. 남편을 지지하려고 노력했지만, 가끔은 그가 이런 위험을 선택했다는 사실에 화가 치밀었다. 하지만 그 분노가 불타올라 그들의 일상을 침해해도 리디아와 세바스티안은 아무렇지도 않은 척하며 지냈다.

"이미 호전됐어." 세바스티안이 곰곰이 생각하다가 입에 와인 잔을 대고 말했다.

"더 조용해지기는 했지. 하지만 정말로 나아진 거냐고." 리디아가 물었다.

"그거야 당신 기준이 무엇이냐에 달렸지." 세바스티안은 리디아를 올려다보았다. "저녁에 외식하고 싶어서 묻는 거라면, 그래, 상황이 나아졌어."

리디아는 얼굴을 찡그렸다. 저녁에 외식하는 게 정말로 좋기는 했지만, 자신이 그렇게 얄팍한 사람인 걸까?

"새 헤페는 똑똑한 사람이야." 세바스티안이 말했다. "안정적인 상황이 제일 중요하다는 걸 알고 있어. 또 평화를 원하고 있고. 그러니까 두고 보자고. 로스 하르디네로스 밑에서는 상황이 전보다 나아질지도 몰라."

"어떻게 나아져? 헤페가 경제를 살릴 수 있을 거라고 생각해? 관광객을 돌아오게 할 수 있어?"

"나도 몰라. 어쩌면 그럴 수도 있지." 세바스티안은 어깨를 으쓱였다. "장기간 폭력 사태를 막을 수 있다면 말이야. 지금은 적어도 카르텔끼리만 싸우잖아. 재미로 죄 없는 사람들을 죽이고 다니지는 않아."

"지난주에 해변에서 죽은 아이는 어쩌고?"

"그건 부수적 피해야."

리디아는 움찔하며 와인을 한 모금 마셨다. 남편은 냉담한 사람이 아니었지만 저런 식으로 말하는 건 못마땅했다. 세바스티안은 리디아의 반응을 알아차리고 자리에서 일어나 조리대 위로 손을 뻗어 그녀의 손을 꼭 잡으며 말했다.

"끔찍한 일이라는 건 나도 알아. 하지만 해변의 그 아이는 사고로 죽은 거야. 고래 싸움에 새우 등 터진 거라고. 그들이 아이에게 총을 겨눈 게 아니야." 세바스티안은 리디아의 손을 살짝 끌어당겼다. "가서 나랑 함께 앉자."

리디아는 조리대를 돌아서 세바스티안과 함께 소파로 갔다.

"당신이 이런 식으로 생각하기 싫어하는 거 알지만 결국 그자들은 사업가야. 특히나 이 헤페는 똑똑해." 세바스티안은 그녀의 어깨에 팔을 둘렀다. "전형적인 마약상이 아니라고. 다른 상황이었다면 빌 게이츠 같은 사업가가 됐을 거야."

"대단하네. 시장 선거에 출마라도 해야겠어." 리디아는 그의 배에 팔을 두르고 가슴에 얼굴을 기댔다.

"시장보다는 상공 회의소가 더 어울릴걸." 세바스티안은 웃었지만 리디아는 웃음이 나오지 않았다. 잠시 정적이 흐르더니 세바스티안이 말했다. "라 레추사(부엉이. 멕시코 민담에 등장하는 요괴를 의미하기도 한다. - 옮긴이)."

"뭐?"

"그게 헤페의 이름이야."

그제야 리디아는 웃을 수 있었다. "정말이야?" 그러고는 남편의 얼굴을 보기 위해, 장난인지 아닌지 확인하려고 몸을 일으켰다. 가끔 세바스티안은 그녀가 속아 넘어가는지 보려고 농담할 때가 있다. "부엉이라고? 촌스러운 이름이네!" 리디아는 다시 웃었다. "부엉이는 안 무섭잖아."

"무슨 소리야? 부엉이가 얼마나 무서운데." 세바스티안이 말했다.

리디아는 고개를 저었다.

"부엉부엉." 세바스티안이 부엉이 흉내를 냈다.

"맙소사, 하지 마."

세바스티안이 리디아의 머리카락 속으로 손가락을 집어넣자 마음이 풀어진 그녀는 그의 가슴에 머리를 기댔다. 세바스티안의 입에서 달콤한 레드 와인 냄새가 났다.

"사랑해, 세바스티안."

"부엉부엉."

둘은 함께 웃었고 키스했다. 마시다 만 와인은 테이블에 그대로 놓아두었다.

밤이 한참 깊어 세바스티안은 자신의 맨 팔에 머리를 뉘고 잠든지 오래였고, 그의 코 고는 소리가 부드러운 베일처럼 방에 친근한 분위기를 드리웠다. 리디아는 침대에 앉아 자신이 있는 쪽만 비추는 스탠드의 둥근 불빛 속에서 책을 읽으려는데 어떤 걱정이 화살처럼 의식을 뚫고 올라왔다. 세바스티안이 한 말이 마음에 걸렸다. '다른 상황이었다면 그 남자는 빌 게이츠가 됐을 거야.' 리디아는 책을 덮어 머리맡 탁자에 내려놓았다.

'다른 상황이었다면'. 그 말이 머릿속에서 불쾌하게 울렸다.

리디아는 이불을 젖히고 침대에서 내려왔다. 세바스티안은 꿈지럭거렸지만, 깨지 않았다. 그녀가 입은 헐렁한 티셔츠는 엉덩이를 간신히 가렸고, 달빛이 비치는 복도 타일을 걸어가는 발은 차가웠다. 리디아는 부엌으로, 세 식구가 종종 저녁을 먹는 식탁으로 소리 없이 걸어갔다. 남편의 배낭이 거기 있었다. 지퍼가 살짝 열린 채. 리디아는 배낭에서 노트북을 꺼내고 가스레인지 위에 달린 조명을 켰다. 배낭에는 노트 몇 권, 사진과 서류가 잔뜩 든 서류철도 몇 개 있었다.

자신이 틀렸기를 바랐지만 왠지 모르게 무엇을 발견하게 될지 이미 알고 있었다. 두 번째 서류철의 사진 더미 거의 맨 밑에서 나온 사진, 베란다 테이블에 몇몇 남자들이 앉아 있는 사진 속에 이제는 리디아에게 소중해진 얼굴이 있었다. 넓은 코밑수염, 눈에 익은 안경. 라 레추사가 누구인지 의심의 여지가 없었다. 아까 먹은 와인과 케이크, 저녁 식사 때 먹은 음식들 뒤로 혀에는 아직 그에게 받은 초콜릿 맛이 남아 있었다.

5

영혼의 여왕에게

집에 있는 루카의 작은 방에는 머리맡 테이블에 노아의 방주 모양 스탠드가 있다. 아주 환하지는 않지만, 악몽을 꿔서 아빠에게 가려고 이불을 젖힐 때 타일이 깔린 바닥에 자신의 맨발이 닿는 걸 보기에는 충분한 불빛이다. 두케사 임페리얼 호텔의 캄캄한 방에서 잠이 깬 루카는 어리둥절하다. 암흑 속에서 어떤 형체도 알아볼 수 없다. 익숙하지 않은 침대에서 몸을 일으켜 두 다리를 침대 가장자리 밖으로 내민다.

"아빠?" 루카는 늘 아빠를 먼저 부른다. 엄마와 아빠가 자는 침대로 간 루카는 아빠가 있는 쪽으로 가서 어깨를 두드렸다. 그러면 아빠는 팔을 벌려 루카를 품에 들어오게 하고 방으로 돌려보내지 않았다. 아빠의 베개에서는 아빠가 자기 전에 마시는 연갈색 액체 냄새가 희미하게 났다. 낮에 루카를 돌보는 일은 엄마가 잘하지만, 자다가 깼을 때 짜증 내지 않는 건 아빠가 더 잘했다. 훨씬 더 잘했다. "아빠." 루카는 또 한 번 아빠를 부른다. 바로 옆에 소리를 담아 두는 벽이 없으니 목소리가 이상하게 들린다.

루카는 부드러운 이불 가장자리를 움켜잡고 이번에는 다르게 부른다. "엄마?" 곁에서 들리던 숨소리가 멈추더니 바뀐다.

"엄마 여기 있어, 미 아모르('내 사랑'이라는 뜻의 애칭. - 옮긴이). 이리 와."

루카는 두 다리를 다시 이불 속에 집어넣고 뒤에 쌓인 베개 무더기에 기댄다. 그때 갑자기 어제의 기억이, 지금 그들이 처한 현실이 한꺼번에 밀려든다. 루카의 작은 몸이 숨을 쥐어짜고 루카는 양 무릎을 얼굴로 끌어당긴다. 양팔로 머리를 감싸며 자신도 모르게 비명을 지른다. 비명이 몸에서 새어 나왔다고 하는 편이 맞을 것이다. 엄마는 무릎으로 침대를 짚으며 벌떡 일어나 스탠드를 향해 손을 뻗더니 스위치를 찾아 더듬거린다. 이제 방이 환해지지만, 루카는 굳게 닫힌 눈꺼풀 너머로 어렴풋이 느낄 뿐이다. 엄마는 루카를 끌어당긴 다음 안아 올려 자신의 무릎에 내려놓는다. 엄마의 무릎 위에서 몸을 동그랗게 만 루카와 엄마는 오랫동안 그렇게 붙어 있다. 엄마는 루카에게 소리 지르지 말라거나 울지 말라고 하지 않는다. 그저 최선을 다해 루카를 꽉 잡고 자신의 몸으로 루카를 감싼다. 두 사람은 허리케인이 지나가기를 기다리는 듯하다. 15분쯤 지나 어느 정도 진정되자 루카는 눈이 사포처럼 뻑뻑하다. 여전히 몸에 잔뜩 힘을 주고 있지만, 적어도 다시 숨 쉬고 있다. 들이쉬었다가 내쉬고, 들이쉬었다가 내쉬고. 루카의 얼굴은 부어 있다.

월마트에서 산 긴 티셔츠를 입고 있던 리디아가 침대에서 내려가자 루카는 몸부림친다. 엄마와 조금만 떨어져도 몸에 통증이 느껴진다. 리디아는 서랍장 위에 있는 생수병을 집어 들어 루카에게 던진다.

"엄마 여기 있어. 아무 데도 안 가."

루카는 몸을 웅크린 채 모로 눕는다. 리디아는 생수병 뚜껑을 비틀어서 열고, 물을 한 모금 마신 뒤 루카에게 건넨다. 그녀의 검은 머리카락은 잔뜩 헝클어졌다. 루카는 고개를 젓지만 리디아는 고집을 부린다.

"일어나서 앉아. 물 마셔."

루카는 몸을 일으키고 리디아는 루카의 입술로 병을 가져가 물을 조금씩 흘려 넣는다. 루카가 아기였을 때처럼.

"예전에 누군가 엄마에게 이런 말을 한 적이 있어. 슬플 때 해줄 수 있는 가장 좋은 충고는 물을 계속 마시라는 것뿐이라고. 다른 충고는 다 개쓰레기니까."

엄마가 또 욕한다! 어제 이후로 두 번째야. 루카는 입을 다물고 생수병을 밀어내지만, 리디아는 다시 병을 건네며 말한다.

"좀 더 마셔."

엄마의 얼굴은 얼룩덜룩하고 건조하며 눈 밑에는 다크서클이 있다. 지금껏 루카가 한 번도 본 적이 없는 표정이다. 루카는 그 표정이 영원히 사라지지 않을까 두렵다. 마치 낚시꾼 일곱 명이 엄마의 얼굴에 낚싯바늘을 걸어 동시에 다른 방향으로 잡아당긴 듯하다. 바늘 하나는 눈썹에, 하나는 입술에, 하나는 코에, 하나는 볼에. 엄마의 얼굴은 뒤틀려 있다. 엄마는 탁상시계를 돌려 시간을 확인한다. 엄마가 머리맡 테이블 쪽으로 몸을 내밀 때 아빠의 묵직한 결혼반지 때문에 목걸이가 아래로 처지며 티셔츠 밖으로 나온다.

결혼반지와 함께 있으니 목걸이에 늘 달려 있던 고리 세 개가 작아 보인다. 엄마는 목걸이를 다시 티셔츠 안으로 집어넣는다.

"4시 48분이네. 잠은 충분히 잤지?" 엄마가 묻는다.

루카는 대답 대신 생수병에 든 물만 마신다. 엄마는 헝클어진 머리를 뒤로 모아 묶고 다시 침대에서 일어나 텔레비전을 튼다. 영어로 말하는 만화 채널이 나오자 "이거 보면서 연습해"라고 말한다. 루카는 연습할 필요가 없을 정도로 영어를 잘하는데도.

엄마는 룸서비스로 달걀 요리와 토스트, 과일을 주문한다. 루카는 먹는다고 생각만 해도 속이 울렁거려서 생각하지 않기로 한다. 텔레비전만 뚫어지게 바라보니 몸에서 긴장이 풀린다. 머리는 콘크리트 블록처럼 무겁고, 코는 꽉 막혀서 입으로 부드럽게 숨을 쉰다. 하지만 엄마가 욕실로 들어가 샤워기를 틀자 루카는 침대에서 벌떡 일어나 방을 가로질러 욕실로 간다. 엄마가 변기에 앉아 있어서 루카는 욕조 가장자리에 걸터앉는다. 엄마가 오줌을 다 누자 이번에는 루카가 변기에 앉는다. 오줌이 마려워서가 아니라 방에 혼자 남고 싶지 않아서다. 팬티를 발목까지 내린 채 변기에 앉아 기다린다. 샤워기의 수도꼭지를 잠그는 소리가 나면서 물소리가 그칠 때까지. 엄마가 샤워실 커튼을 젖히자 루카는 변기에서 일어나 물을 내린다.

"너도 샤워해야 해. 앞으로 며칠간 샤워를 못 할 거야." 엄마가 수건으로 몸을 감싼 채 샤워실에서 나오며 말한다.

루카는 거울 속 엄마를 바라보며 고개를 한 번 젓는다. 지금 루카에게 샤워는 불가능한 일이다. 할머니의 뒷마당을 훑어내리던 총성과 함께 샤워실 타일 벽 사이에 혼자 서 있는 건 도저히 할 수 없다. 루카는 다시 고개를 젓고 눈을 꼭 감지만 소용없다. 다시 그 순간으로 돌아가 몸은 극도로 흥분하고, 패닉에 빠져 숨이 가빠진다. 이번에는 흐느낌과 꺅하는 비명의 중간에 해당하는 소리가 나온다. 루카는 머릿속에서 들리는 총성보다 더 큰 소리를 내려고 한다.

"괜찮아, 괜찮아, 괜찮아." 엄마가 그렇게 말하며 루카를 안아준다. 루카는 그 말이 꼭 사실이 아니라는 걸 알면서도 그 말에 매달린다.

엄마는 샤워 대신 세면대에서 비누 거품을 낸 물과 수건으로 루카를 씻긴다. 루카가 어린아이였을 때처럼. 목, 귀, 겨드랑이, 배, 등, 엉덩이, 가랑이, 다리, 발. 때와 말라붙은 핏자국, 아직 붙어 있는 토사물 파편을 닦아낸다. 깨끗이 씻기고 말린다. 따뜻하고 보송한 하얀 수건으로 루카의 살갗을 톡톡 친다.

룸서비스가 오기를 기다리고 있기는 했어도 막상 문을 두드리는 노크 소리가 나자 둘 다 깜짝 놀란다. 슬픔으로 신경이 곤두선데다가 방안은 공기가 희박해서 어떤 소리든 증폭된다. 리디아가 대답하는 동안 루카는 그러기 싫었지만 욕실로 들어가 문을 잠근다. 그러고는 부드럽게 콧노래를 흥얼거린다. 하지만 음악은 아니다. 가락이 없다. 리디아는 두 개의 닫힌 문 사이에서 머뭇거린다. 욕실 문 뒤에서는 가락 없는 콧소리가 들리고, 또 다른 문 뒤에서는 남자의 목소리가 다시 한번 룸서비스라고 알린다. 카펫 위에 맨발로 서 있던 리디아는 떨리는 손으로 문손잡이 밑에 끼워둔 책상

의자를 치운 다음, 문손잡이를 향해 손을 뻗는다. 발꿈치를 들고 문에 달린 렌즈를 들여다봐서 확인하고 싶지만 그럴 엄두가 나지 않는다. 어찌 엄두가 나겠는가. 그랬다가는 렌즈 너머로 총구의 검은 터널만 보이고 그 즉시 다시는 아무것도 못 볼 것만 같은데. 하지만 그것이 그녀를 기다리는 운명이라면 적어도 문을 열어주지는 않겠다고 다짐한다. 리디아는 숨을 죽인 채 조용히 양손을 뻗어 렌즈 양옆을 짚는다. 밖에는 한 청년이 은색 쟁반이 놓인 카트를 잡고 있다. 유니폼을 입었고 얼굴에는 여드름 흉터가 있다. 이름표에는 이칼이라고 적혀 있다. 그렇다고 그를 믿어도 된다는 뜻은 아니지만. 리디아는 발꿈치를 내리고 조용히 서랍장으로 걸어가 맨 위 서랍을 열어 마체테를 꺼내며 말한다.

"금방 가요. 잠깐만요!"

리디아는 두툼한 가운의 헐렁한 주머니에 마체테를 넣고, 한 손으로 마체테 손잡이를 꽉 잡는다. 그러고는 "됐어"라고 중얼거리고 문을 연다.

이칼은 어느 모로 보나 시카리오가 아님을 리디아는 단번에 알아차린다. 그는 룸서비스 배달조차 제대로 못 해서 고개를 숙이고, 헛기침을 하며, 목욕 가운을 입은 여자와 호텔 방에 함께 있다는 사실에 민망해한다. 시선을 피한 채 그녀 옆으로 지나가더니 미안하다는 듯이 쟁반을 책상에 내려놓는다. 그러고는 문간에 놓아둔 카트로 돌아가 서명을 받기 위해 계산서가 든 폴더를 건넨다. 리디아는 마체테를 주머니에 놓아둬도 되겠다 싶어서 잠시 손을 빼고 서명한다. 그러고는 고맙다고 말하고 다시 계산서를 돌려준다. 문이 저절로 돌아가며 닫히려는 찰나에 이칼이 "잠깐만요, 깜빡했네요"라고 말하자 그녀는 재빨리 다시 주머니 속으로 손을 집어넣는다. 하지만 이칼이 건넨 물건은 천 냅킨으로 싼 포크와 나이프, 스푼 두 세트다.

"그리고 이것도요." 이칼은 카트 아래쪽 선반에서 완충재가 든 서류 봉투를 꺼낸다. "프런트에서 손님께 가져다주라고 했습니다."

리디아는 뒤로 한 발짝 물러선다. "그게 뭐죠?"

"택배요. 어젯밤에 도착했답니다."

리디아는 고개를 젓는다. **우리가 여기 있는 걸 아는 사람은 없어. 아무도 우리가 여기 있는 걸 모른다고.** 패닉에 빠진 후렴구다.

이칼은 서류 봉투를 내밀지만 리디아는 움직이지 않는다. 그저 갈색 서류 봉투를 바라볼 뿐이다. 봉투에는 아무 표시도 없다. 그녀의 이름조차 적혀 있지 않다.

"음식 옆에 둘까요?" 이칼이 물으며 방 안쪽으로 고갯짓하지만, 주인의 허락 없이 다시 방에 들어가는 게 내키지 않는 표정이다.

"아뇨. 안 받을래요." 리디아는 자신이 미친 여자로 보이리라는 걸 알지만 상관없다.

"네?"

그녀는 다시 고개를 젓는다. "받고 싶지 않아요. 그냥 버려주세요."

이칼은 고개를 힘차게 끄덕이며 어리둥절한 내색을 하지 않으려 노력하고 물건을 다시 카트에 내려놓는다. 덜커덩거리는 카트 소리가 복도 끝에 있는 엘리베이터에 거의 다다를 때야 리디아는 마음을 바꿔 방문을 열고 그에게 달려간다.

"잠깐만요!"

방으로 돌아오니 루카는 이미 욕실에서 나와 뚜껑을 벗긴 접시 옆에 서 있다. 리디아는 팔을 뻗어 작은 서류 봉투를 몸에서 최대한 멀리 떨어뜨린 채 욕실로 가져가 욕조 바닥에 깔린 수건 위에 조심스럽게 내려놓는다. 그러고는 욕실에서 나가 문을 닫고 서류 봉투를 욕실 안에 가둬버린다. 쟁반에 놓인 커피를 집어 들어 입을 떼지 않고 한 번에 다 마신 다음, 목욕 가운 밑으로 거친 새 청바지를 끌어 올려 재빨리 입는다.

루카는 속옷만 입은 채 서서 먹고 있다. 배가 고파 죽을 지경이고, 그 허기가 배신처럼 느껴진다. 어떻게 몸이 음식을 원할 수 있지? 루카는 토스트 한 쪽을 입에 밀어 넣는다. 어떻게 버터가 이렇게 맛있을 수 있지? 루카는 토스트가 반죽이 될 때까지 씹었다가 삼킨다. 텔레비전에서 고개를 돌리지 않은 채 엄마를 곁눈질한다. 입술을 한쪽으로 비틀고 있는 엄마를 보며 이제부터는 자신이 엄마를 돌보겠다고 마음먹는다. 더는 아이처럼 굴지 않을 것이다. 루카는 아주 무덤덤하게, 순식간에 그런 결정을 내리고 그러자 정말 그래야 한다는 확신이 든다.

"우린 엘 노르테(북쪽.-옮긴이)로 가야 해." 루카는 이렇게 말한다. 엄마가 이미 엘 노르테로 가려는 계획을 세웠을 것 같았고, 아무도 그들을 찾아낼 수 없는 곳으로 가는 게 좋은 계획이라고, 유일한 계획이라고 말해주고 싶기 때문이다.

"그래." 엄마는 청바지에 목욕 가운을 입고서 침대 옆에 서 있다. 옷을 반쯤 입다가 말고 자기가 뭘 하고 있는지 잊어버린 사람 같다. 서두르는 동시에 움직일 수 없는 듯하다. "우린 덴버로 갈 거야." 잠시 후에 엄마가 말한다.

리디아의 삼촌이 거기에 살고 있다. 그녀는 아무 글씨도 적히지 않은 흰색 티셔츠를 머리로 끌어 내려 입고, 발치에 웅덩이처럼 떨어져 있는 목욕 가운 밖으로 발을 내디딘다. 맨살에 닿는 티셔츠가 어찌나 따끔거리고 쓰린지 팔에 소름이 돋는다. 그녀는 소름을 문지르고는 루카에게 다 먹으면 빨리 옷을 입으라고 말한다.

다시 욕실로 들어가 욕조 바닥에 놓인, 완충재가 든 갈색 서류 봉투를 내려다보며 이걸 다시 방으로 가져가는 게 옳은 결정일지 아닐지 갈등한다. 어쩌면 그건 중요치 않을지도 모른다. 누군가 그들이 여기에 있는 걸 알고 있다면 저 안에 뭐가 들었든 당장 떠나야 한다. 아까 룸서비스 배달 청년을 쫓아간 이유는 호기심 때문이 아니다. 궁금하지 않다. 저 안에 뭐가 들었는지 알고 싶지 않다. 하지만 이제 무관심은 그들이 누릴 수 없는 사치라는 걸 리디아는 알고 있다. 루카와 함께 이 시련에서 살아남고 싶다면 사소한 것 하나에도 주의를 기울여야 한다. 이용할 수 있는 모든 정보에 신경을 곤두세워야 한다. 리디아는 서류 봉투의 한쪽 모서리를 조심스럽게 집어 들고 뒤에 봉인된 부분을 유심히 살핀다. 특이한 점은 없다. 봉투를 열어야만 한다. 여기 욕실에서? 아니면 폭발할 경우를 대비해서 발코니로 가져가야 할까?

"젠장." 리디아가 큰 소리로 말한다.

"나한테 뭐라고 했어, 엄마?" 욕실 문 너머에서 루카가 말한다.

"아냐, 미호. 어서 옷 입어!"

리디아는 봉투를 귀에 대보지만 아무 소리도 나지 않는다. 재깍재깍 소리도, 삐삐 소리도 들리지 않는다. 봉투를 코에 대고 냄새를 맡아보지만 뚜렷이 나는 냄새는 없다. 봉인된 입구 가장자리 밑으로 손가락 하나를 조심스럽게 밀어 넣으며 눈을 감는다. 느슨하게 붙어 있는 봉투 뚜껑을 따라 손가락을 부드럽게 들어 올린다. 머릿속에서는 공포가 쿵쾅거리는 소리가 봉투 찢어지는 소리보다 더 크게 들리지만 어쨌든 봉투가 열린다. 평범한 갈색 서류 봉투다. 끔찍한 독극물 가루가 새어 나오지도 않고, 불길한 독성 연기가 피어오르지도 않는다.

봉투 안에는 연푸른색 리본이 묶인 책이 들어 있다.《콜레라 시대의 사랑》영역본이다. 그녀가 하비에르와 토론했던 책, 두 사람이 공통으로 좋아하는 여러 책 중 하나다. 책장 사이에 무언가 꽂혀 있다. 리디아가 끈을 잡아당기자 리본이 풀어지면서 바닥에 있는 그녀의 맨발로 떨어진다. 그녀의 몸은 시위를 떠났으나 아직 목표물을 찾지 못한 화살처럼 호를 그리며 날아오르고, 정지하고, 중력의 영향을 받아 바닥으로 떨어질 것 같다. 리디아는 봉인되지 않은 카드 봉투가 꽂힌 책장을 펼친다. 당연히 알고 있다. 마당에서 아수라장의 시작을 알리는 소리가 들릴 때부터 알고 있었다. 그녀의 가족을 몰살시킨 사람이 하비에르라는 것을. 그건 진실인 만큼이나 불가능하게 느껴진다. 하지만 이 순간까지 그녀는 자신을 보호하기 위해 그 사실을 완전히 받아들이지 않았다. 반박의 여지가 없는 그 사실을 받아들이고 나면 자신의 유죄도 인정해야 하기 때문이다. 그녀는 이 남자를 알고 있었다. 분명히 알고 있었다. 그런데도 그가 어떤 위험을 불러올지 알아보지 못했다. 가족을 보호하지 못했다. 하지만 아직은 그런 걸 생각할 수 없다. 절망에 빠지는 걸 미룰 방법을 찾아내야 한다. 지금 중요한 건 루카뿐이다. 루카. 그 애는 아직 위험하다.

"어서 옷 입으라니까!" 리디아는 다시 소리치고, 목소리는 익숙지 않은 각도로 튀어 나간다.

리디아는 손에 든 책을 바라본다. 펼쳐진 책장에는 형광펜으로 표시된 구절이 있다. 남편의 죽음으로 충격을 받은 여주인공 페르미나 다사가 50년 전에 청혼을 거절했던 남자 플로렌티노 아리사를 만나는 순간이다.

"페르미나, 반세기가 넘도록 이런 기회가 오길 기다렸소. 영원히 당신에게 정절을 지키고 변함없이 사랑하겠다는 맹세를 다시 한번 하기 위해서 말이오."

리디아가 책을 내던지자 책은 공중제비를 해서 욕조 속으로 떨어진다. 책에 꽂혀 있던 봉투는 그녀의 손에 남아 있다. 그것도 그냥 버릴까, 두고 갈까 고민하지만 내용을 확인해야 한다. 리디아는 두근거리는 가슴으로 도톰한 봉투에서 카드를 꺼낸다. 카드 앞면에 흰 백합이 그려져 있다. '삼가 조의를 표합니다.' 안쪽에는 한눈에 알아볼 수 있는 익숙한 필체가 있다.

영혼의 여왕에게

리디아,

이제는 당신 손에도 피가 묻었군. 당신과 나의 고통을 정말로 유감스럽게 생각해. 우리는 이 슬픔으로 영원히 하나가 되었어. 이 장후이 우리 이야기가 될 줄은 꿈에도 몰랐어. 하지만 걱정하지 마. 내 영혼의 여왕이여. 당신의 고통은 금방 끝날 테니.

하비에르

리디아의 손에서 떨어진 카드는 변기에 내려앉아 순식간에 물에 젖는다. 카드를 펼칠 때 그녀는 과연 뭘 기대했을까? 카드에 뭐라고 적혀 있든 달라질 것은 없다. 펜촉이 조용히 종이를 그으며 뭐라고 썼든 죽은 엄마와 남편이 되살아날 수 없다. 어떤 사과나 설명도 제니페르의 뇌를 되살리고 그 애의 영혼을 다시 육신에 고정할 수 없다. 포도와 설탕 냄새가 났던 제니페르는 이제 사라지고 없다. 리디아는 새어 나오려는 흐느낌을 다시 들어가게 하려고 평소 싫어했던 영어 단어를 써본다. "Fuck!" 효과가 있다. 그래서 그 말을 반복하고 또 반복한다. 아마 그녀는 카드에 확실한 설명이 쓰여 있기를 바랐을 것이다. 변기에 떠 있는 카드를 한 번 더 읽는다. 잉크가 검은 피를 흘리고 있다. 그 익숙한 필체가 머리에서 떠나지 않는다. 뭘 놓친 걸까? 어떻게 이게 현실일 수 있을까? 아무리 노력해도 도무지 납득이 가지 않고, 너무 애쓴 탓에 어지럽기만 하다.

한 가지는 확실하다. 하비에르는 그들이 여기에 있다는 걸 알고 있다. 패닉에 빠지거나 심사숙고할 시간이 없다. 여기서 루카를 데리고 나가야 한다. 지금 당장. 뛰어나가야 한다. 리디아는 욕실 문을 쾅 열고는 루카에게 옷을 입으라고 한 번 더 위협적으로 말한다. 루카는 대답하지 않는다. 그녀가 고개를 들어보니 루카는 이미 새로 산 청바지를 입고, 아빠의 빨간 야구 모자를 쓰고, 책상 옆 의자에 앉아 새로 산 양말에 발을 꼼지락꼼지락 밀어 넣고 있다. "어서 신어. 잘했어." 리디아가 말한다. 하지만 루카는 반대쪽 양말을 신기 전에 토스트를 한 입 더 먹으려고 음식이 놓인 쟁반으로 손을 뻗는다. 그녀는 얼른 루카에게 달려가 토스트를 쥔 루카의 손을 찰싹 때린다. 토스트가 바닥에 떨어진다.

"엄마!" 루카는 충격을 받는다.

리디아는 그저 고개를 젓는다. "먹지 마. 인제 그만 먹어." 루카는 아무 말도 하지 않는다. "먹어도 되는 음식인지 확실하지 않아."

리디아는 루카를 욕실로 데려가 목구멍에 손가락을 넣어 토하게 할까 생각하지만, 시간이 없다. 일단 엄마의 보스턴백과 두 개의 배낭에 소지품을 몽땅 밀어 넣는다. 아직 브래지어도 착용하지 않았다. 시간이 없다. 젖은 머리카락이 티셔츠 양어깨 위로 축축하고 둥근 자국을 남긴다. 그녀는 엄마의 퀼트 운동화에 맨발을 밀어 넣고 어깨에 배낭을 멘 다음, 보스턴백을 집어 든다.

"준비됐니?"

루카는 고개를 끄덕이고 두 번째 배낭, 어제 월마트에서 산 배낭을 집어 든다.

"진짜 조용히 해야 해. 아무 소리도 내지 마." 리디아가 말한다.

영혼의 여행에게

루카는 입을 꽉 다문다.

리디아는 문을 열기 전에 먼저 문 앞에 서서 귀를 대고 밖에서 무슨 소리가 나는지 확인한다. 루카를 자신의 옆쪽 벽에 붙어서게 하고는 문을 빼꼼 열어본다. 복도에는 아무도 없고 건너편 방에서 나는 텔레비전 소리만 들린다. 그녀는 루카의 손을 잡고 방에서 나간 다음, 닫힐 때 딸칵 소리가 나지 않도록 문틈에 수건을 끼워 넣는다. 두 사람은 말없이 뒤쪽 계단으로 달려간다. 복도 끝에서 엘리베이터가 도착하는 땡 소리가 나자 리디아는 루카를 비상구 문으로 밀어 넣는다. 일곱 층의 계단. 루카는 리디아 앞에서 나는 듯이 뛰어가고 그녀는 한 번에 서너 계단씩 건너뛴다.

6

탈출

리디아와 루카는 계단을 다 내려가 호텔 주방과 악취가 풍기는 뜨거운 대형 쓰레기통 뒤쪽의 작은 주차장으로 들어선다. 리디아는 루카에게 괜찮을 거라고, 하지만 이제는 차분하면서도 민첩하게 행동해야 한다고 말한다. 냉정을 유지해야 한다. 관광객들에게 관광 산업의 배후를 가리기 위해 설치된 산울타리가 길게 이어져 있고, 두 사람은 산울타리를 헤치고 잔디가 깔끔하게 손질된 길로 나간다. 길은 햇살에 반짝이는 수영장들 사이를 구불구불 돌아 해변으로 이어진다. 리디아는 걸어가는 내내 뒤에서 누가 따라오는 소리가 나는지 귀를 곤두세우지만 아직은 해변에 인사를 건네는 바다의 나직한 목소리뿐이다. 비치 타월 보관소는 아직 문을 열지 않았지만, 수영장 옆에서 한 남자가 잘 개켜진 깨끗한 비치 타월이 잔뜩 쌓인 카트를 밀고 있다. 남자가 리디아에게 타월을 건네자 그녀는 웃으며 타월을 받아 목에 건다.

"고마워요." 리디아는 그렇게 말하고 루카 용으로 하나 더 집어 든다.

모래사장이 나오자 그들은 신발을 벗고 아침에 태평하게 해변을 산책하는 사람처럼 보이려고 노력한다. 몇 분 후에는 안전하게 해변 옆 호텔에 도착한다. 다시 신발을 신고 로비를 가로질러 빠르게 앞쪽으로 걸어간다. 가는 동안 비치 타월은 선베드에 던진다. 화분에 심은 야자수와 오렌지 주스가 담긴 쟁반을 들고 가는 웨이터, 갓 내린 커피 향기를 지나간다. 리디아는 지키는 사람이 없는 걸 확인하고 긴 다리가 달린 트레이에 진열된 머핀 중에서 두 개를 집어간다. 호텔 현관에 도착하자 셔틀버스가 대기하고 있다. 그들은 버스에 올라타고 버스는 곧 두케사 임페리알 호텔 정문을 지난다. 주차장에 잠복하고 있는 검은 SUV 세 대가 눈에 들어오자 리디아는 금목걸이에 걸린 세바스티안의 결혼반지를 움켜잡고 교차한 세 개의 고리를 만지작거린다.

그들이 여기 있는 걸 하비에르가 어떻게 알아냈을까? 혹은 왜 알아냈을까? 그저 그녀를 깜짝 놀라게 하려고? 슬픔에 공포를 더해주려고? 아니면 경고하려고? 이상하고 역겨운 연민으로 그녀의 순수한 고통을 더럽히려고? 리디아는 그 복잡한 동기를 도무지 이해할 수 없다. 하비에르가 형광펜으로 표시해둔 구절은 남편을 잃은 여자에게 천박하게도 사랑을 고백하는 장면이다. 그다음에 무슨 일이 벌어졌는지 하비에르는 기억을 못 하는 걸까? 그 사랑 고백에 혐오감을 느낀 페르미나 다사가 플로렌티노 아리사를 저주하며 집 밖으로 쫓아내고, 그가 죽기를 바라며, 그에게 다시는 찾아오지 말라고 명령한 걸? 리디아는 도무지 이해할 수 없다.

순간적으로—아주 짧은 순간—리디아는 셔틀버스 운전사에게 차를 세워달라고 말할까 고민한다. 주차장에 숨어 있는 SUV로 다가가 운전석 차창을 두드리는 상상을 한다. 하비에르가 어디에 있든지 그에게 데려다 달라고 해서 처음으로 서점이라는 틀 밖에서 그를 만나는 것이다. 어쩌면 리디아는 그를 껴안고, 자비를 구하고, 설명해달라고 요구할지 모른다. 그냥 죽여달라고 애걸할지도 모른다. 그에게 주먹질하고, 발로 차고, 바짓가랑이에서 마체테를 꺼내 그의 얼굴과 목을 그어버릴지도 모른다. 그러다 루카를 보자 그런 생각이 모두 날아간다. 여기는 공기가 텁텁한 셔틀버스 안이고, 그녀는 끈적한 무언가가 묻어 있는 의자에 앉아 있다. 어떤 아이가 먹다가 녹아버린 사탕의 유령이다. 그녀는 루카와 함께 있고, 무슨 수를 써서든 아이를 보호할 것이다. 중요한 일은 그것뿐이다. 그들 앞에서 검은 SUV 한 대가 천천히 교차로를 지나간다.

"버스 터미널까지 데려다줄 수 있나요?" 리디아는 운전 기사에게 묻는다.

"노선에서 벗어나면 안 됩니다."

"하지만 승객은 우리뿐이잖아요. 겨우 서너 블록 더 가는 건데 누가 알겠어요?"

"GPS가 알죠." 기사는 계기판에 고정된 화면을 손으로 가리킨다. "버스 터미널까지 가는 셔틀버스는 따로 있습니다. 이건 상점가로 갑니다. 호텔로 돌아가고 싶으면 다른 셔틀버스를 타세요."

"부탁 좀 할게요. 사례도 할 수 있고요." 리디아가 말한다.

기사는 대답 대신 브레이크를 밟더니 문을 열어준다. 리디아는 기사를 노려보지만 가방을 챙긴 다음, 루카를 앞세워 버스에서 내린다. 쇼핑하기에는 너무 이른 시간이라 거리에는 아무도 없다. 기사는 버스 문을 닫고 자리를 뜬다. 대로는 넓고 탁 트여 있다. 여기서 버스 터미널까지 1킬로미터가 채 안 되지만 무기나 갑옷도 없이 자신들을 완전히 드러낸 채 전장을 가로지르는 듯한 기분이다. 리디아가 아무리 두려움을 잘 감춰도 루카는 차갑고 매끈거리는 엄마의 손에서 그녀가 두려워한다는 걸 느낄 수 있다.

버스 터미널까지 가는 일은 '길 건너 친구들' 게임의 미친 버전 같다. 엄마와 루카는 그 게임에서처럼 택시와 트럭, 기차를 피해 길을 건너는 게 아니라 선팅된 SUV에 숨어 있을지 모를 카르텔 조직원들을 피해 허리를 숙이고 뛰어다녀야 한다. 언제 총성이 울릴지 모른다는 위협이 루카의 머릿속에서 비명을 지른다. '길 건너 친구들'에서 갑자기 튀어나오는 기차처럼.

"걱정하지 마" 루카가 그녀에게 말한다. "만약 우릴 찾는 사람이 있다면 시내에 있는 중앙 버스 터미널로 갈 거야. 우리가 여기 디아만테까지 왔을 거라고는 예상하지 못할 거야." 루카는 아까 그녀가 받은 택배에 대해 모르지만 아이의 논리를 들으며 리디아는 잠시 미소 짓는다.

"엄마도 그렇게 생각했어. 똑똑하네." 리디아는 루카가 쓴 빨간 야구 모자 차양을 아래로 끌어내린다. 그러고는 너무 빨리 걷는 루카에게 "평상시처럼 걸어야 해. 지금 너무 빨라"라고 말한다.

"평상시에도 가끔은 버스를 놓치지 않으려고 빨리 걷잖아." 루카의 팔다리가 초조하게 움직인다.

"버스는 늘 또 와." 엄마가 말한다.

6시 7분에 엄마는 멕시코시티행 편도 티켓 두 장을 산다. 버스가 출발할 때까지 13분을 기다려야 한다. 버스 터미널은 대부분이 유리로 된 현대식 건물이다. 아직 해가 뜨지는 않았어도 하늘이 환해서 주차장에 세워진 차의 형태를 구분할 수 있다. SUV는 딱 한 대인데 차 안에는 아무도 없는 듯하고 전조등도 꺼져 있다. 하지만 누군가 차 안에서 의자를 뒤로 젖힌 채 기다리다가 잠들었을 수도 있다. 루카가 SUV를 빤히 바라보는 동안 엄마는 매표소 직원에게 잔돈을 받는다. 오늘은 일요일이라서 멕시코 시티로 가는 버스는 짧은 주말 휴가를 보내고 집으로 돌아가는 가족들로 꽉 찰 것이다. 루카와 엄마도 그런 가족으로 보일 수 있다. 터미널에는 벌써 아이들이 보인다. 기운이 넘치는 아이들은 게슴츠레한 눈으로 커피를 마시는 엄마와 아빠 주위를 폴짝폴짝 뛰어다니며 조잘대고 있다.

엄마는 루카를 여자 화장실로 데려가 장애인 칸으로 밀어 넣은 다음, 뚜껑을 내린 변기 위에 올라서게 한다. 평소에는 절대 허락하지 않는 행동이다. 루카는 터미널에서 사람들 얼굴을 계속 뚫어지게 보고 다녔던 터라 그들을 알아본 사람이 없다고 확신한다. 하지만 그들을 찾아 터미널까지 따라온 사람이 있고, 그가 여자 화장실로 따라 들어와 급기야 장애인 칸 앞에 서 있다면 지금 루카처럼 벽에 기댄 채 변기 위에 서 있다가는 총에 맞아 죽기 십상이다. 루카는 양손으로 무릎을 짚으며 떨지 않으려고 한다. 엄마는 배낭을 벗어 화장실 구석에 내려놓고 보스턴백은 화장실 문에 달린 고리에 건다. 보스턴백을 거의 바닥까지 뒤진 끝에야 양말을 찾아낸다. 엄마는 양말 두 짝을 연결하고 있는 플라스틱 줄을 똑 끊어버린다.

루카는 엄마가 어떻게 그럴 수 있는지 의아하다. 자신은 늘 가위로 줄을 끊어야 하기 때문이다. 엄마는 그다지 강해 보이지 않지만, 사실은 힘이 세다는 걸 루카는 알고 있다. 플라스틱 줄 따위는 늘 쉽게 끊어버리기 때문이다. 엄마는 보스턴백에서 브래지어도 꺼내더니 몸을 꿈틀거리며 셔츠 밑으로 집어넣어 착용한다. 그다음에는 할머니의 황금색 운동화의 지퍼를 올리고 몸을 돌려 두 발이 앞으로 오게 앉는다. 혹시라도 누가 칸막이 아래쪽을 바라볼 경우를 대비해서. 화장실에는 두 사람뿐이지만 루카는 아주 조용조용 이야기한다. 혹시 누가 화장실에 들어오는 소리를 들을 수 있도록.

"그래서 콜로라도 주로 가는 거야?"

리디아는 고개를 끄덕이고 루카는 팔로 그녀의 목을 감싼다.

그러고는 그녀의 어깨에 턱을 댄다. "좋은 생각이야."

"아무도 우리가 콜로라도로 갈 거라고는 생각 못 할 거야." 리디아는 앞에 걸린 보스턴백을 바라보며 하비에르에게 덴버 이야기를 한 적이 있는지 기억해내려 한다. 말했을 리가 없다. 그곳에 간 적도 없고 어릴 때 이후로 삼촌을 본 적도 없다.

"게다가 멀기도 하고." 루카가 말한다.

"그래. 여기서 아주 멀지."

사실 루카는 아카풀코에서 덴버까지 얼마나 먼지 어느 정도 정확히 알고 있다. (자동차 주행 거리가 거의 3,000킬로미터다.) 몇몇 영재에게 절대 음감이 있듯이 루카에게는 절대적인 방향 감각이 있기 때문이다. 마치 인간 GPS처럼 우주를 가로질러 지구상에서 자신의 위치가 어디인지 본능적으로 아는 능력을 타고났다. 지도에서 뭔가를 보면 기억 속에 영원히 박혀버린다.

"지리 대회에는 못 나가겠다." 루카가 말한다. 그 대회에 나가려고 몇 달 동안 계속 공부한 터였다. 지난 9월, 학교 측에서는 루카를 위해 600페소를 지불하고 국제 자격시험에 지원했다. 루카가 상금 10,000달러를 딸 거라고 확신했기 때문이다.

"미안하구나, 미호." 리디아가 루카의 팔에 키스하며 말한다.

루카는 어깨를 으쓱인다. "괜찮아."

어제 전까지만 해도 지리 대회는 그들에게 아주 중요한 일이었는데, 이제는 세상에서 가장 하찮은 일처럼 느껴진다. 더불어 리디아가 책방 금전 등록기 옆에 보관해두고 정기적으로 추가하는 '해야 할 일' 목록에 적힌 것들도. 루카의 첫 성찬식을 위해 성당 신청서 작성하기, 수도세 납부, 엄마 데리고 심장외과 진료 받기, 제니페르의 킨세아녜라 선물 사기. 완전히 시간 낭비였다. 제니페르를 위해 산 오르골을 조카가 다시는 못 본다고 생각하니 짜증이 난다. 얼마나 비싸게 주고 샀는데. 그런 생각이 떠오르는 동안에도 그게 얼마나 괴상하고 끔찍한 생각인지 알지만 침입하는 걸 막을 수 없다. 리디아는 그런 생각을 하는 자신을 꾸짖지 않는다. 자신의 고장 난 논리를 용서하는 작은 친절을 베푼다.

루카가 리디아의 귀에 대고 속삭인다. "인구가 거의 70만에 달하고 해발 고도가 높아서 '마일 하이 시티'라 불리는 덴버는 로키산맥 산기슭 바로 동쪽에 자리한다. 콜로라도주의 주도이며 인구의 4분의 1은 멕시코 혈통이다." 암기 카드에 적혀 있던 내용을 암송한 것이다.

리디아는 루카의 팔을 꼭 쥐고 손을 뻗어 루카의 검은 머리카락을 쓸어내린다. 재작년 여름, 지도에 대한 루카의 지속적인 관심이 흥미에서 집착으로 변하기 시작할 때 리디아는 루카를 책방으로 데려와 가이드북과 지도책을 보여주었다. 지금은 불가능한 일처럼 느껴지지만 비교적 최근이었던 당시 아카풀코는 관광객과 음악, 가게, 바다로 환하게 빛났다. 양비둘기는 으스대며 모래사장을 걸어 다녔다. 거대한 외국 유람선이 운동화를 신은 승객들을 거리로 토해냈는데 그들의 주머니는 달러로 두둑했고, 살갗은 코코넛 향기가 나는 선크림으로 번들거렸다. 달러는 술집과 레스토랑으로 흘러 들어갔고 리디아의 책방에서는 금전 등록기가 가득 찼다. 관광객들은 가이드북과 지도책은 물론 심각한 소설과 가벼운 소설, 기념품 열쇠고리, 금전 등록기 옆 큼직한 어항 속에 든, 작은 고무 마개로 막아 모래를 넣어둔 유리관을 사 갔다. 그리고 관광객들은 루카를 끔찍이 예뻐했다. 리디아는 루카를 꼭두각시 인형처럼 스툴에 앉혀 두었고 루카는 관광객들에게 정확한 영어로 그들의 고향에 대해 말해주었다. 여섯 살짜리 신동이었다.

"인구 64만의 포틀랜드는 컬럼비아강과 윌래밋강이 만나는 지점에 자리하며 오리건주에서 가장 큰 도시다. 포틀랜드는 1851년, 동부 메인주 해안에 자리한 동명의 도시가 설립된 지 65년 후에 시로 승격되었다."

오리건주 포틀랜드에서 온 헨리는 루카 앞에 입을 딱 벌린 채 서 있었다. "마지, 이리 와서 애 좀 봐봐! 너 한 번만 더 해볼래?" 마지는 남편 옆으로 왔고 루카는 다시 암기한 내용을 늘어놓았다. "대단하네. 너, 진짜 똑똑하구나, 꼬마야. 마지, 이 애한테 용돈 좀 줘."

"네가 다 지어낸 거니?" 마지는 미심쩍은 표정으로 묻지만, 그래도 돈을 찾아 가방을 뒤졌다.

"아냐, 강 이름을 정확히 알더라고. 그걸 어떻게 지어내겠어?" 헨리가 루카를 두둔했다.

"다 사실이에요. 전 기억력이 좋아요. 특히 지도랑 지명을 잘 외워요." 루카가 말했다.

"그래, 당신 말이 맞아. 정말 똑똑하네." 마지는 루카에게 1달러를 주었다. "게다가 영어도 완벽하고! 그렇게 완벽한 영어는 어디서 배웠니?"

"이 도시에서요." 루카가 간단하게 말한다. "그리고 유튜브도요."

리디아는 말없이 지켜보며 엉큼한 자부심을 느꼈다. 우쭐하기까지 했다. 그녀의 아들은 완벽했다. 똑똑하고 재주가 많고 잘생겼고 행복한 아이였다. 리디아는 루카가 말을 떼기 시작했을 때 곧바로 영어를 가르쳤다. 관광지에서 자랄 때는 영어를 알아두면 도움이 된다. 하지만 루카의 영어 실력은 금세 그녀를 추월했다. 그들은 주로 리디아의 휴대 전화나 컴퓨터로 유튜브 수업, 로제타 스톤, 미국 드라마를 보며 함께 영어를 배웠다. 세바스티안이 없을 때, 혹은 남편 앞에서 둘만의 비밀이 있는 척할 때 두 사람은 종종 영어로 대화했다. 가끔은 서로에게 속어를 쓰기도 했다. 리디아는 루카를 'dude(형씨)'라고 불렀고, 루카는 리디아를 'shorty(꼬마)'라고 불렀다. 마지와 헨리는 루카의 실용적인 정보를 들으며 깔깔 웃더니 유람선의 친구들을 끌고 다시 돌아와 루카가 암송하는 걸 보여주었다. 그들은 루카가 한 도시에 대해 말해줄 때마다 1달러씩 주었다. 그날 루카는 37달러를 벌었고 계속할 수도 있었지만, 관광객들은 유람선으로 돌아가야 했다.

그렇다. 그들은 이 지리 대회를 거의 2년간 준비했다. 하지만 지금은 세세한 사항이 기억나지 않는다. 리디아 인생의 취소된 계획이었고 그녀의 뇌는 그걸 담지 못한다. 심지어 더 중요하고 가장 근본적인 사실조차도 이해하지 못하는 듯하다. 그때 칸막이 밖에서 화장실 출입문이 활짝 열린다. 삐걱 소리는 나지 않지만 누군가 들어왔다는 걸 알 수 있다. 화장실 밖에서 들리는 소리가 갑자기 일시적으로 커졌다가 문이 저절로 닫히면서 다시 부드러워졌기 때문이다. 그들은 숨을 죽인다. 리디아는 아직 자신의 등에 매달려 있는 루카의 팔을 꽉 잡는다. 루카의 손가락이 리디아의 손목을 파고들면서 손끝이 노랗게 변한다. 리디아는 움직이지 않는다. 루카는 눈을 질끈 감는다. 하지만 이내 옆 칸막이 문의 걸쇠를 거는 소리가 나더니 나이 든 여자가 큰소리로 헛기침을 한다. 루카는 터진 풍선에서 바람이 빠지듯이 엄마가 숨을 내쉬는 걸 느낀다. 루카는 엄마의 목에 입술을 댄다.

옆 칸에 들어온 여자는 볼일을 마치고 손을 씻고 거울을 보며 큰 소리로 자신을 칭찬한 뒤에 밖으로 나간다. 이제는 두 사람이 위험을 무릅쓰고 다시 밖으로 나가야 할 때다. 이 화장실에 영원히 있을 수 없다는 건 알지만, 엄마가 칸막이 문을 열자 루카는 가슴이 요란하게 쿵쾅거린다. 버스에 타야 할 시간이다. 버스 터미널 로비를 가로지르며 루카는 터미널에 남아 있는 사람들의 얼굴을 기억해둔다. 말끔하게 꾸미고 매표소 뒤에 앉아 있는 여자는 입술에 칠한 립스틱보다 더 진한 색으로 입매를 그렸다. 종이로 만든 모자를 쓰고 커피를 파는 아저씨도 있고, 칭얼대는 갓난아이를 데리고 있는 부부는 출발 직전까지 기다렸다가 버스에 올라탄다. 터미널 벽에 고정된 텔레비전에서는 단정한 아나운서가 보이더니 갑자기 화면이 바뀌어 외할머니의 작은 집이 나온다. 노란색 폴리스라인이 바람에 펄럭거리고 축 늘어진다. 카메라는 안뜰의 열린 문에 초점을 맞추더니 이내 뒤뜰 그리고 비닐 방수포에 덮여 텐트 모양으로 쌓여 있는 루카의 친척들, 걸어 다니고 허리를 숙이고 서 있고 긁적이고 숨을 쉬며 살아 있는 사람들이 시신 사이를 걸어 다닐 때 할 법한 동작을 하는 경찰들의 암울한 얼굴을 보여준다. 루카는 엄마의 손을 꽉 잡는다. 엄마의 주의를 끌기 위해서가 아니라 울음이 터지려는 걸 참기 위해서다. 엄마는 올려다보지 않는다. 그저 반짝이는 타일 바닥 위로 루카를 끌고 가지만, 루카는 만조에 발이 빠지는 모래사장 속을 걷는 듯하다. 어디선가 총알이 날아와 터미널 앞면 벽에 박힐 것만 같다. 유리 파편이 비처럼 쏟아질 것 같다. 하지만 이제 루카는 터미널 앞 보도에 서 있고, 도시에 점차 햇살이 드리우며 보도는 뿌연 보랏빛 그늘에 잠긴다. 그 보도에 루카의 파란색 운동화가 있다. 그들 앞에는 딱 두 사람이 버스에 타려고 기다리고 있다. 이제 한 명 남았다. 엄마는 루카를 먼저 올라가게 한 다음 자신도 버스에 올라간다. 루카의 배낭에 딱 붙어서 양쪽 좌석 사이의 통로로 튀어나온 팔꿈치와 무릎을 지나 루카를 안쪽으로 밀어 넣는다. 마침내 루카가 부드러운 천을 씌운 좌석에 털썩 앉고 엄마가 바로 옆자리에 앉자 루카는 그 어느 때보다도 감사하며 안도한다.

"성공했어, 엄마." 루카가 나직이 말한다.

엄마는 이를 움직이지 않으면서 입만 벌린다. 별로 안도하는 표정이 아니다. "그래, 미호." 엄마는 그렇게 말하고는 자신의 무릎에 루카의 머리를 눕힌 뒤, 머리카락을 쓰다듬는다. 마침내 버스는 디아만테 고가교가 있는 북쪽으로 서서히 나아가다가 속도를 내고 루카는 잠이 든다.

7

칠판싱고

살아서 아카풀코를 빠져나간 것은 승리다. 리디아도 그걸 알고 있다. 그렇다. 그들은 중요한 첫 번째 장애물을 넘었다. 리디아 역시 안도하는 아들의 낙천적인 마음을 즐기고 싶지만, 로스 하르디네로스와 그들의 헤페가 어떤 사람인지 너무 잘 아는 터라 두려움이 전혀 사그라지지 않는다. 그들의 마수는 아주 멀리까지 뻗어 있으며 한번 마음먹은 일은 절대 포기하지 않는다. 리디아는 창밖을 내다보며 고개를 숙인다.

결혼 초기에 관광객이 아카풀코를 찾아오는 주말이면 리디아와 세바스티안은 종종 멕시코시티로 여행을 떠났다. 둘 다 거기서 대학을 다녔고, 거기서 처음 만났다. 둘 다 멕시코시티에서 살고 싶은 마음은 없었지만, 가까운 곳에 살면서 자주 방문할 수 있는 이점은 충분히 누렸다. 당시 게레로주는 안전하면서도 보호받는 기분이 들었다. 당시에도 마약 카르텔은 있었지만, 할리우드나 알카에다처럼 먼 나라 일이었다. 폭력 사태는 멀리 떨어진 지역에서만 집중적으로 발생했다. 처음에는 시우드후아레스, 그다음에는 시날로아주, 그다음에는 미초아칸주. 산과 바다에 둘러싸인 아카풀코는 그들을 보호해주는 관광객의 화창한 비눗방울을 간직하고 있었다. 짭조름한 바닷바람, 반복되는 갈매기 울음소리, 큼직한 선글라스, 대로를 따라 휘몰아쳐 햇볕에 갈색으로 그은 얼굴 주위의 머리카락을 헝클어뜨리는 바람. 이 모두가 아카풀코는 안전하다는 부푼 환상을 강화해주었다.

오렌지색 비틀을 타고 아카풀코에서 멕시코시티까지 운전하면 네 시간이 조금 넘게 걸렸다. 세바스티안이 미친 듯이 속도를 내서 산의 완만한 커브 길을 돌아가고, 경치 좋은 경사지를 따라 오르락내리락 달렸기 때문이다. 세바스티안의 운전 실력은 의심스러워도 길은 넓고 평평했다. 리디아는 차창 너머로 경치를 바라보았다. 멀리 있는 두 산봉우리 사이로 기우는 햇살과 울퉁불퉁한 땅을 향해 내려오려는 겹겹이 쌓인 구름, 스쳐 지나가는 마을의 옥상과 첨탑들. 작은 오렌지색 차에 새신랑과 함께 있는 리디아는 안전하다고 느꼈다. 그들은 종종 칠판싱고에서 차를 세우고 커피나 샌드위치를 사 먹었다. 가끔은 친구를 만나기도 했다. 세바스티안의 대학 시절 룸메이트가 결혼해서 갓난아기와 함께 거기 살았는데 세바스티안이 그 아기의 대부였다. 그러고 나서 두 시간쯤 지나면 멕시코시티에 도착해 싸구려 호텔에 방을 잡고 몇 시간씩 시내를 걸어 다녔다. 박물관, 쇼, 레스토랑, 춤, 아이쇼핑, 차풀테펙 공원. 가끔은 호텔 방에만 처박혀 있을 때도 있었고, 땀에 젖은 채 헝클어진 시트 속에서 깔깔 웃던 세바스티안은 그녀의 머리칼에 대고 차라리 아카풀코에 있었더라면 돈이 굳었을 거라고 속삭였다.

리디아는 머리를 버스 좌석에 기댄다. 그때가 벌써 10년 전이라는 사실이, 세바스티안이 정말로 죽었다는 사실이 믿기지 않는다. 안에서 무시무시한 무언가가 올라오자 리디아는 팔을 뻗어 루카의 잠든 귀를, 부드러운 곡선을 어루만진다. 최근 몇 년간 모든 것이 급격하게 변했다. 아카풀코는 언제나 사치의 중심지였던 터라 마침내 명성이 추락했을 때는 세상의 기대에 걸맞게 아주 호화롭게 추락했다. 카르텔은 도시를 피로 물들였다.

전원을 가로지르는 도로를 따라 어깨가 비뚤어진 나무들과 폭발로 인해 흉터가 생긴 암벽이 등장하는 걸 보니 어느새 오코티토에 도착한 모양이다. 리디아는 여기서 멕시코시티까지 검문소가 없게 해달라고 기도하지만 불가능하다는 걸 알고 있다. 아카풀코가 추락하기 전에도 게레로주 주변의 검문소는 다른 지역과 마찬가지로 이미 위협적인 존재였다. 검문소는 갱단이나 카르텔 조직원 혹은 카르텔 조직원일 수 있는 경찰이나 군인이 지켰다. 최근에는 카르텔로부터 마을을 지키기 위해 몇몇 마을의 주민들로 이뤄진 무장 민병대가 지키기도 했다. 물론 이 민병대 역시 카르텔 조직원일 수 있다.

검문소의 위험도는 그저 성가신 수준에서 목숨을 위협하는 수준까지 다양하게 분포되어 있다. 루카가 태어난 직후에 리디아와 세바스티안이 정기적으로 다녔던 멕시코시티 여행을 중단했던 이유이자 루카가 기억하지 못할 정도로 아주 어렸을 때 딱 한 번만 멕시코시티를 다녀온 이유이며, 리디아가 거의 2년 전에 만료된 운전면허증을 갱신하지 않은 이유도 바로 매우 위험한 검문소 때문이었다. 그래서 그들은 아카풀코를 거의 떠나지 않았고, 리디아는 더 위험한 지역에 사는 대부분의 여자와 마찬가지로 절대 혼자서 자동차를 몰고 여행하지 않는다. 비록 혼자서 여행을 떠나고 싶은 마음이 없기는 했지만, 지난 2년간 그 사실에 점점 더 짜증이 났고 현대 여성의 자치권에 대한 모욕이라고 생각했다. 하지만 오늘은 그 사실이 정말로 목에 걸린 올가미처럼 느껴진다. 지금은 아카풀코에서 탈출했을지 몰라도 그들은 여전히 게레로주에 갇혀 있는 처지인 데다, 그녀의 마음속 가장자리에서 점점 다가오는 검문소가 느껴진다.

리디아는 루카가 깨지 않도록 조심하면서 지도를 펼쳐 앞 좌석에 핀으로 꽂는다. 사방으로 뻗어 나간 도로를 골똘히 바라보지만이게 얼마나 부질없는 시간 낭비인지 알고 있다. 지도 속 길을 훑는 손가락처럼 그들의 몸도 빠르고 안전하게, 아무런 장애물 없이고속도로를 통과할 수 있다면 좋으련만. 만약 검문소를 지도에 표시한다면 조그맣게 그린 AK-47이 그 기호가 될 것이다. 하지만 검문소는 지도에 표시되지 않는다. 기습하기 위해서는 늘 장소가 바뀌어야 하기 때문이다. 리디아는 여기서 멕시코시티로 가는 모든길에 로스 하르디네로스가 장악한 검문소가 적어도 하나는 있다고 확신한다. 또한 그 검문소를 지키는 소년들은 특별히 그녀와 루카를 찾을 것이다. 그중에는 야심만만한 데다 폭력적인 소년도 있을 테고, 그들은 눈에 불을 켜고 리디아를 찾을 것이다. 통째로든, 토막을 내서든 리디아를 그녀의 친구에게 데려다주는 대가로 어떤보상을 받게 될까?

리디아는 이미 생긴 금을 따라 지도를 접으려고 하지만, 인내심을 잃고 그냥 앞 좌석 등받이에 달린 주머니에 지도를 쑤셔 넣는다. 맑은 정신으로 자신들의 선택지가 무엇인지 검토하려 한다. 평소 그녀가 도움을 청하던 사람들은 대부분 죽었고, 설사 죽지 않았다고 해도 그들에게 도움을 청하기란 자살 폭탄 테러용 조끼를 입고 친구네 집 부엌으로 들어가는 것과 비슷하다. 그녀의 존재 자체가 너무 위험해서 도움을 청하는 것이 너무 이기적으로 보인다. 칠판싱고는 하르디네로스 조직원들로 우글거릴 테지만, 검문소를 피하고 싶다면 거기서 내려야 한다. 몇 분 전만 해도 이 버스에 탄 것이 엄청난 승리로 느껴졌지만, 어쩌면 실수였을 수도 있다. 그들은 덫을 향해 빠르게 달려가고 있는 것일지도 모른다. 리디아는 자면서 오르락내리락하는 루카의 가슴을 바라보며 아이의 숨소리와 자신의 숨소리를 일치하려 한다.

리디아는 어렸을 때 《내 맘대로 골라라, 골라맨Choose your own Adventure》게임북 시리즈를 좋아했다. 그 책은 각 장이 끝날 때마다 다음 행동을 결정해야 한다. 자전거를 타고 공원에 가려면 23페이지로, 의문의 이방인을 따라가려면 42페이지로. 리디아는 자신이 선택한 줄거리의 결과가 마음에 들지 않을 때마다, 가끔은 마음에 들어도 앞으로 돌아가 다른 선택을 하곤 했다. 자신의 결정을 고칠 수 있다는 게 좋았다. 세상 어떤 것도 영원하지 않으며 언제든 다시 시작할 수 있다는 사실이 좋았다. 하지만 가끔은 그런 사실이 중요치 않고 어떤 선택을 하든 책의 미로 속에서 늘 같은 결과로 빠지게 되는 듯했다. 그들은 오늘 아침에 디아만테에서 출발하는 6시 20분 버스를 탔고 이제 버스는 지연 없이 북쪽으로 향하고 있다. 리디아는 눈을 감고 그것이 올바른 선택이었기를 기도한다.

버스가 칠판싱고로 다가가자 루카가 잠에서 깬다. 자리가 뒤쪽이라서 별로 보이는 게 없지만 리디아는 어떻게든 전방을 보려고 노력한다. 통로로 몸을 내밀어 앞에 검문소가 있는지 살핀다. 루카는 차창에 이마를 대고 손자국투성이 유리창을 손가락으로 누르며 말한다.

"엄마, 저거 봐!" 그러고는 하품을 한다. "저게 뭐야?" 위쪽 산등성이에 줄줄이 늘어선 알록달록한 집들이 뱀처럼 산비탈을 감아올라가는데 같은 색 집끼리 모여 있다. 빨간색, 파란색, 초록색, 자주색.

"아, 저건 그냥 집이란다, 아모르시토('내 작은 사랑'이라는 뜻의 애칭. - 옮긴이)."

"그냥 집?" 바깥은 밝고 아직 덜 익은 아침이다. 버스가 달린 지거의 두 시간이 다 되었다.

"근데 왜 저렇게 알록달록해?"

"그냥 그렇게 꾸민 거야."

"레고 블록 같아."

버스가 갑자기 움직이거나 방향을 틀거나 속도가 달라질 때마다 리디아는 숨이 턱 막힌다. 하지만 버스는 멈추지 않는다. 무장하고 길을 가로막은 남자들도 없다. 이내 좁은 길 양쪽으로 건물들이 보인다. 성공했다. 칠판싱고에 도착한 것이다. 리디아는 가슴 위로 성호를 긋고 루카의 이마 앞에도 작은 성호를 그려준다. 버스는 눈에 익은 건물, 오늘 아침 아카풀코에서 출발했던 버스 터미널을 축소한 듯한 건물 앞에 멈춘다. 운전기사가 버스를 세우고 브레이크를 밟자 요란하게 딸꾹질을 하는 듯한 소리가 난다. 기사가 자리에서 일어나더니 콧수염 밑에서 외친다. "5분간 정차합니다."

한 커플이 자리에서 일어나 기지개를 켠다. 앞쪽에서 누군가 담배를 피우려고 내린다. 하지만 여기서 하차하려고 짐을 챙기는 사람은 리디아와 루카뿐이다. 버스에 탄 사람은 다들 멕시코시티까지 간다.

"우리 내리는 거야, 엄마?"

"그래, 미 아모르."

하지만 리디아는 배낭을 멘 채 좌석 옆 좁은 통로에 우두커니 서서 잠이 덜 깬 아들을, 아이의 헝클어진 검은 정수리를 내려다보며 그냥 이대로 도망갈 수 있으면 얼마나 좋을까 생각한다. 그냥 여기, 이 버스 속 다른 승객들 사이에 숨어서 멕시코시티까지 숨을 죽인 채 갈 수 있다면 얼마나 좋을까. 어쩌면 성공할 수 있을지도 모른다. 여기서 멕시코시티 사이에 있는 검문소는 위험하지 않을지 모른다. 잠깐 잡아 세우기만 하고 돈을 한 움큼 쥐여 주면 기분이 좋아져서 가라고 손짓할지도 모른다. 즐거운 여정에 나서는 버스의 측면을 탕탕, 두 번 쳐줄지도 모른다. 리디아는 떨리는 희망 속에서 이 모든 걸 상상한다. 이제 버스 운전사가 터미널 건물에서 나와 다시 버스에 올라탄다. 새로운 승객이 버스에 올라타고 운전사는 표를 한 장씩 회수한다.

"엄마?"

"가자."

버스 그림자가 보도에서 멀어지자 칠판싱고의 햇살 속에서 리디아와 루카가 눈을 깜빡거리며 모습을 드러낸다. 버스에서 내리니 안도하는 동시에 마음이 아프다. 하지만 그래도 여기까지 왔다는 사실을 잠시 상기한다. 재앙의 진원지에서 19시간, 110킬로미터나 멀어졌다. 시간과 거리가 쌓일수록 그들이 살아남을 확률도 높아진다. 잘한 일은 격려해줘야 한다. 아직 닥치지 않은 큰일을 두고 절망해서는 안 된다. 바로 다음 단계에만 집중해야 한다. 일단 세바스티안의 대학 시절 룸메이트를 찾자.

리디아는 루카의 작은 어깨에서 아래로 축 처진 배낭끈을 줄인다. 루카는 몸에 비해 등껍질이 너무 큰 거북이 같다. 지금까지는 용케 자신의 가장 약한 부분을 잘 숨겨왔다. 그렇게 움츠리고 있는 효과가 언제까지 지속될까?

"이제 어디로 가, 엄마?" 루카가 무덤덤한 어조로 묻는다. 이제는 그것만이 루카의 어조가 되어버린 듯하다.

"인터넷 카페를 찾아보자."

"하지만 아빠 태블릿이 있잖아."

태블릿은 전원이 꺼진 채 배낭 속에 있고, 리디아는 전원을 켤 생각이 없다. 휴대전화 유심도 칼레티야 해변의 은행 앞에 있던 쓰레기통에 버렸다. 손톱으로 유심을 빼내며 자신이 약간 미쳤다고, 편집증 환자 같다고 생각하긴 했지만 멀리 떨어진 어느 적대적인 화면 속에서 깜박이는 푸른색 점이 되고 싶지 않았다. 리디아는 세바스티안의 양키스 야구 모자를 루카의 이마보다 살짝 아래 오도록 둘레를 조정한다. 그녀도 이런 모자를 하나 사서 써야 할지 모른다.

"이제 가자."

엘카스카벨리토 인터넷 카페가 막 문을 열었을 때 리디아는 인터넷으로 지도를 좀 더 자세히 들여다보기 위해 커피와 15분짜리 이용권을 구입한다. 루카에게도 바나나 칩 한 봉을 사주지만, 초록색 봉지는 뜯어지지 않은 채 책상에 그대로 놓여 있다. 리디아는 뒤쪽 구석 자리를 고른다. 의자 두 개와 프라이버시가 보호되는 칸막이가 있어서 출입문 쪽에서는 그들이 보이지 않는다. 루카는 두 다리를 의자 위로 올려 무릎으로 턱을 괴지만 초점 없는 눈으로 계속 바나나 칩을 바라본다. 리디아는 화면을 골똘히 바라본다. 칠판싱고에서 멕시코시티까지 갈 수 있는 길은 두 개뿐인데 둘 다 틀림없이 검문소가 있을 것이다. 리디아는 입술 안쪽을 씹으면서 책상 밑에서 초조하게 무릎을 떤다. 여기서 멕시코시티까지 걸어갈 수는 없다. 리디아는 폐소 공포증을 경험한 적이 없지만 오늘은 어딘가에 갇힌 기분이다. 팔다리가 좀이 쑤셔서 미친 듯이 기지개를 켜고 싶다. 출구가 보이지 않는다. **낙담해봐야 도움이 안 돼.**

리디아는 페이스북으로 들어가 변호사인 세바스티안의 친구를 찾아낸다. 프로필에 근무하는 로펌이 나와 있지만 오늘은 일요일이라서 회사가 문을 닫았을 것이다. 스크롤을 아래로 내려 그가 '좋아요' 버튼을 누른 목록을 살펴본다. 지역 신문, 비영리 단체 두 군데, 그의 모교, 아디다스 스니커즈 팬페이지, 수많은 축구 사이트.

그러다가 찾아낸다. 이거다. 여기 칠판싱고에 있는 오순절 교회. 예배는 9시 정각에 시작한다. 위치를 찾아보니 여기서 3킬로미터 정도 떨어져 있다. 중심가에 그곳까지 가는 버스가 있다. 20분 뒤에 리디아와 루카는 그 버스를 탄다.

리디아는 자신이 주소를 잘못 적은 건 아닌지 걱정스럽다. 버스에서 내리니 길 양쪽에는 일요일 아침이라 문을 닫은 상점뿐이기 때문이다. 그들이 찾던 번지수에는 전자제품 매장과 보석상 사이에 꼭 낀 건물이 있다. 리디아가 손에 쥔 쪽지 속 주소를 한 번 더 확인하는 순간, 젊은 남자가 유모차를 밀며 다가와 임신한 아내를 위해 문을 열어준다. 리디아는 문이 다시 닫히기 전에 안쪽을 들여다본다. 교단을 향해 접이식 의자가 줄줄이 놓여 있다. 루카가 소매를 끌어당기며 그녀가 미처 보지 못한, 창문 안쪽에 기대어 놓은 팻말을 가리킨다. 이글레시아 오순절파 타부르나쿨로 데 라 빅토리아. 첨탑이나 스테인드글라스는 없지만 여기가 교회다.

내부는 생각보다 넓어서 천장이 낮고 벽에는 선풍기가 달려 있다. 교단 뒤에는 드럼 세트와 확성기, 거대한 스피커 몇 개가 설치되어 있다. 십자가도 없고 입구에는 성수가 담긴 성수반도 없지만, 리디아는 습관적으로 성호를 긋고 루카도 그녀를 따라 한다. 리디아는 어떤 감정이 부글부글 일어나기를 기다린다. 새로 태어난 천사 부대의 속삭임이라든가 아니면 하느님을 향한 부당한 분노라든가. 하지만 아무것도 느껴지지 않는다. 그녀의 영혼은 회전초가 굴러다니는 황량한 사막이다. 오로지 두려움을 위한 공간밖에 없기 때문이다.

그들은 맨 끝줄로 들어가 벽 옆자리에 앉는다. 리디아는 접이식 의자 밑에 배낭을 내려놓는다. 그러고는 얼굴 앞에서 양손을 깍지 끼고 루카에게도 그렇게 하라고 한다. 기도하기 위해서가 아니라 그저 얼굴을 가리기 위해서. 혹시라도 로스 하르디네로스 조직원 중에 이 교회에 다니는 사람이 있을지 모른다. 혹시라도 그들이 월요일에는 마약을 팔고, 목요일에는 사람을 찔러 죽이고, 일요일에는 여기 와서 용서를 구할지 모른다. 지금까지 일어난 일을 생각하면 충분히 그러고도 남을 듯하다.

리디아는 깍지 낀 손 사이로 누군가 유리문을 열고 들어올 때마다 타일 바닥에 떨어지는 강렬한 사각형 햇살이 점점 더 밝아지는 것을 지켜본다. 뒷줄에 앉은 두 사람을 알아차린 소수의 신도가 환영하는 뜻으로 고개를 끄덕이거나 미소 짓지만, 대부분은 그들을 지나쳐 평소 앉는 자리로 간다.

교회가 반쯤 찼을 때 카를로스가 아내와 아이들을 앞세우고 나타난다. 그의 아내는 사람들과 일일이 포옹하며 인사하고, 실내에서 나직이 웅웅거리는 경건한 대화보다 더 크고 날카로운 외국인 억양으로 말한다. 리디아는 자리에서 반쯤 일어나 인사하려고 손을 들어 올리지만 카를로스는 그녀를 보지 못한다. 그의 막내아들이 리디아가 있는 구석을 가리킨 후에야 카를로스는 그쪽으로 몸을 돌린다.

"리디아, 세상에, 여기 어쩐 일이에요?" 카를로스의 목소리가 먼저 도달하고 이내 그는 의자 사이를 요리조리 빠져나와 리디아에게 와서 그녀를 껴안는다. "얼굴 보니까 너무 좋네요, 와. 이렇게 놀라운 일이!"

루카는 카를로스라는 남자가 엄마의 양 볼에 키스하고 양손으로 엄마의 손을 잡는 모습을 지켜본다.

"네가 루카구나." 남자는 그렇게 말하며 아직 접이식 의자에 앉아 있는 루카에게로 몸을 숙인다. "아빠랑 똑같이 생겼네." 그러고는 허리를 편다. "세바스티안은 어디 있나요? 함께 왔어요?"

"뉴스 못 들었군요." 엄마의 목소리가 아득하게 들린다. 굳이 보지 않아도 루카는 카를로스 아저씨의 표정이 갑자기 변했다는 것을, 얼굴에서 혈색이 사라지고 아픈 사람처럼 창백해지면서 엄마가 말해주려는 끔찍한 이야기를 받아들이려고 벌써 마음을 단단히 먹는 것을 알 수 있다.

"위층으로 갑시다. 거기서 얘기하죠." 카를로스가 말한다.

위층으로 올라가니 사무실이 나온다. 리디아와 카를로스가 이야기를 나누는 동안 루카가 흥미를 잃었다고 한다면 그건 그다지 정확한 표현은 아니다. 그 표현은 루카가 일부러 대화에 참여하지 않기를 선택했다는 의미이기 때문이다. 그보다 루카의 의식은 팽팽하게 늘어나 끊어지기 일보 직전인 실로 묶은 헬륨 풍선처럼 둥둥 떠 있다. 몸은 테이블 앞에 앉아 있고, 배낭은 발치에 뒀으며, 두 다리로는 앉아 있는 의자를 빙빙 돌리고, 손으로는 옆 접시에 수북이 쌓인 클립을 서로 연결해 긴 줄을 만들고 있지만 정신은 휴가를 떠났다. 가끔씩 어른들이 재잘거리는 목소리와 창백한 얼굴의 방어벽 너머로 그를 힐끗 바라보면 루카는 고개를 끄덕이거나 어깨를 으쓱이며 질문에 적절히 대답하고, 앞에 놓인 종이컵의 물을 의무적으로 한 모금 마신다. 아래층에서 누군가 드럼을 연주한다. 일렉트릭 기타도 연주한다. 바닥을 뚫고 베이스의 진동이 느껴진다. 그들은 이내 카를로스 아저씨의 차를 타고 도심을 달려 아저씨의 집으로 향한다. 뒷좌석에 앉은 엄마는 루카의 손을 잡아준다. 루카는 자신의 손을 감싼 엄마의 손을 바라본다. 엄마의 손에서 느껴지는 압력과 온기 덕분에 정신이 돌아온다.

도심을 벗어나자 칠판싱고도 아카풀코와 별반 다르지 않다. 다만 여기에는 갈매기가 없고 관광객이 없고 거리도 아카풀코만큼 넓지 않다. 하지만 알록달록한 점포와 택시가 많고, 사람들은 햇살 속에서 좋은 옷을 입고 미사를 드리러 간다. 어깨에 가방을 둘러멘 아가씨들, 어설프게 문신한 남학생들도 있다. 밝은 색깔에 동글동글한 글자의 그래피티가 수두룩하다. 집들은 모두 알록달록한 색으로 칠했다. 루카는 카드 한 벌을 휘리릭 넘길 때처럼 옆으로 휙휙 지나가는 집들을 바라본다. 라디오에서 네 번째 곡이 절반쯤 흘러나왔을 때 자동차는 다른 길보다 약간 더 넓은 길로 접어든다. 나무들이 아치 모양으로 지붕을 이룬 탓에 비밀스러운 곳, 조용한 은신처로 들어가는 듯한 느낌이 든다. 그 블록 중앙에 멋진 흰색 성당이 있는데 앞면에 두 개의 종루가 있다. 익숙한 가톨릭 성당이다. 성당 주변의 다른 건물은 약간 뒤로 물러나 원래대로라면 다닥다닥 붙어 있었을 거리에 공간을 마련해준다. 카르로스는 주차 구역에 차를 세운다.

카르로스의 집은 청록색이다. 아카풀코에서 보이는 바다의 가운데 토막, 화창한 날 플라사 에스파냐 해수욕장 계단에 서 있을 때 연안 근처의 연갈색 모래사장과 암청색 지평선 사이에 끼어 있는 바다와 똑같은 색깔이다. 오른쪽에 똑같이 생긴 자주색 집이 있고 왼쪽에도 역시 똑같이 생긴 복숭아색 집이 있는데도 그의 집은 크고 현대적으로 보인다. 카를로스는 그들의 짐을 집 안으로 날라준다.

카를로스의 아내 메러디스는 백인으로 미국 출신이다. 루카는 누가 알려주지 않아도 교회에서 카를로스 아저씨를 따라 위층으로 가기 전에 아줌마를 잠깐 본 것만으로 그 사실을 알 수 있었다. 아줌마의 목소리, 옷차림, 사람들과 이야기할 때 상대의 어깨를 잡고 살짝 흔들어대는 습관이 그러했다. 루카는 빈집을 살피며 가족사진을 바라본다. 세 아들 모두 아줌마의 분홍빛 피부와 아저씨의 보조개를 물려받았다. 가운데 있는 아이가 루카와 동갑으로 보인다. 마침내 메러디스 아줌마가 혼자 집에 도착하고(아이들은 교회에 참석해야 할 행사가 더 있다), 아줌마를 통해 루카는 '사회적으로 인정받지 못하는 슬픔'이 무엇인지 처음으로 경험한다.

루카는 '사회적으로 인정받지 못하는'이라는 표현을 알고 있다. (영어로는 모르고 스페인어로만.) 다른 여덟 살짜리 아이들에 비해 아는 단어가 많기 때문이다. '점성'이라든가 '과장', '요행' 같은 단어도 알고 있다. 하지만 '사회적으로 인정받지 못하는'의 의미는 이제야 진정으로 이해하게 된다. 전에는 이런 기분을 느껴본 적이 없다. 그 기분은 무엇이든 납작하게 눌러버리는 넓적한 증기 롤러처럼 루카의 몸속을 우르르 지나간다. 이 아줌마는 누군데 아빠를 위해 이렇게 우는 걸까? 얼굴을 떨고 눈물을 줄줄 흘리고 손을 부들거리며 위로를 필요로 하는 이 아줌마는 누구란 말인가. 루카는 자신이 이런 날것의 감정을 인색하게 해석한다는 사실에 놀란다. 어쨌든 저 아줌마는 한때 아빠의 친구였을 것이다. 적어도 아빠의 친구와 결혼했다. 그리고 맏아들의 대부로 삼을 만큼 아빠를 좋아했다. 그러니 아빠가 갑자기, 그것도 잔혹하게 살해되었다는 소식에 슬퍼하고 심지어 정신적 외상까지 생기지 않을 이유가 없다. 왜 저 아줌마가 울고 슬퍼하고 자신의 절망감을 드러내면 안 된단 말인가? 따라서 루카는 저 아줌마가 그런 감정을 드러내는 모습에 왜 이렇게 짜증이 나는지 설명할 수 없다. 아줌마가 그를 안으려고 하자 루카는 도저히 견딜 수가 없다. 엄마도 강요하지 않는다. 엄마는 루카를 가로채서 화장실로 데려가 세수를 시켜준다. 돌아와 보니 메러디스 아줌마는 진정되어 있다. 아줌마는 엄마를 의자에 앉게 하고 자신은 차를 끓인다. 아무도 찻잔에 손대지 않지만 그에 아랑곳하지 않고 대화는 오랫동안 지속되고, 루카는 대부분 흘려듣는다.

메러디스는 대학 시절 인디애나주에서 선교사로 파견되어 멕시코에 오면서 카를로스를 만났고, 여전히 그 머나먼 옥수수밭 교회에 소속되어 활동하고 있다. 멕시코에 처음 왔던 그해 여름, 메러디스는 카를로스 그리고 그의 나라와 사랑에 빠졌다. 그녀는 종교에 친숙한 멕시코인의 방식이 좋았다. 공개적으로 하느님을 언급해도 논란이 일거나 이상한 시선을 받지 않는 나라에 있다는 게 좋았다. 당시 멕시코에서는 기도가 보편적이고 공공연한 행위였다.

당연하게 받아들여졌다. 메러디스에게는 그런 문화적 전통이 기적처럼 느껴졌다. 그래서 어린 나이에 카를로스와 결혼했고, 칠판싱고와 인디애나주 교회의 유대를 유지하며 멕시코에서의 경험을 다른 이들과 나누는 일을 소명으로 삼았다.

사실 지금도 인디애나주 선교사 열네 명이 봄방학을 맞아 여기에 와 있고, 카를로스와 메러디스가 다니는 교회가 그들을 접대하고 있다. 매해 이맘때 그리고 여름에 두 번 더 오는 이들의 방문을 주관하는 사람이 메러디스다. 금발의 인디애나주 선교사들은 쉬지 않고 게레로주로 유입된다. 지금 있는 선교사들은 수요일 오후에 미국으로 돌아갈 예정이라서 교회 소유의 승합차 세 대가 수요일 오전에 그들을 태우고 멕시코시티로 출발할 예정이다. 이 대목에서 대화가 급격히 다급해진다. 루카는 허리를 똑바로 펴고 앉아 엄마의 찻잔 손잡이를 만지작거린다.

카를로스가 말한다. "당연히 그 승합차를 타고 가야지. 완벽한 위장이 될 거야."

메러디스는 아무 말도 하지 않지만 눈으로 많은 말을 하고 있고, 그 말은 하나 같이 비협조적이다.

그러자 리디아가 말한다. "교회 승합차를 탄다면 검문소를 안전하게 통과할 수 있을 거예요."

"당신이 선교사들과 함께 있을 거라고는 전혀 예상하지 못할 테니까요." 카를로스가 말한다.

리디아는 고개를 끄덕인다. "쳐다도 안 볼걸요."

그러자 메러디스가 입을 뗀다. "누구에게 안전하다는 거죠? 당신에게는 그편이 더 안전하겠죠. 하지만 그 아이들을 위험에 빠뜨릴 수는 없어요. 미안해요." 루카는 고개를 젓는 메러디스를 보며 몇 분 전에 죽은 아빠를 생각하며 울 때와는 완전히 달라 보인다고 생각한다. 안색도 완전히 다르고 스펀지 같은 이목구비는 아예 새로운 형태로 굳어졌다.

리디아는 입을 벌리지만 아무 말 없이 다시 다문다. 그러고는 금목걸이에 달린 고리를 엄지로 훑는다.

카를로스가 탁자를 검지로 톡톡 치자 모두의 시선이 그 손가락으로 향한다. "메레디스, 리디아에게는 다른 선택의 여지가 없어. 당신이 걱정하는 건 이해하지만 이 두 사람이 게레로주에서 안전하게 빠져나갈 방법은 이것뿐이야. 우리가 돕지 않으면 죽을 수도 있다고."

"죽을 수 있는 정도가 아니라 분명히 죽을 거예요." 리디아가 말한다.

하지만 메러디스는 가슴 위에서 팔짱을 끼고 조금 더 고개를 흔든다. 갈색과 금색의 중간색으로 보이는 머리카락은 검은 머리띠를 이용해 뒤로 넘겼다. 코는 빨갛고, 볼도 빨갛고, 눈은 매서운 푸른색이다. 리디아는 찻잔을 들어 올려 한 모금 마시려고 하지만, 찻잔을 다시 내려놓았을 때 차가 조금도 줄어들지 않았다.

"미안한데 너무 위험해요." 메러디스가 말한다. "선교사로 온 학생들에게나 미국에 있는 부모들에게나 부당한 일이에요. 미국 부모들이 아이들을 여기 멕시코로 보내지 않으려는 이유가 바로 이런 일이 생길까 두려워하기 때문이라고요. 그 두려움을 달래기가 얼마나 힘든지 아세요? 우린 아이들이 안전할 거라고 약속했어요. 내가 개인적으로 아이들의 안전을 보장했다고요. 이런 일은 절대 없을 거라고 약속했어요."

리디아는 헛기침을 한다. 그녀의 얼굴은 터지기 직전의 폭탄 같지만 차분하게 호흡한다. "'이런 일'요?"

메러디스는 눈을 꼭 감는다. "미안해요. 그런 뜻으로 한 말은 아니었어요. 그걸 뭐라고 말해야 할지도 모르겠네요."

"세바스티안이 죽었어, 메러디스. 내 친구이자 당신 친구가 죽었다고. 게다가 열다섯 명이 더 죽었고. 이건 유례가 없는 일이야. 이 나라에서조차도. 하루에 가족 열여섯 명을 잃은 사람이 또 있어?" 메러디스는 카를로스를 노려보지만 카를로스는 아랑곳하지 않는다. "우리가 도와야만 해. 친구의 고통이 아무 의미도 없다면, 그 선교사 학생들이 우리를 제대로 보지 못한다면, 멕시코의 현실을 똑바로 보지 못한다면 대체 여기 와서 뭘 하겠다는 거지? 그냥 차를 타고 지나가는 사마리아인이 되겠다는 거야?"

"그만해, 카를로스." 메러디스가 말한다. 루카는 두 사람이 아주 예전부터 이런 대화를 나눠왔다는 느낌이 든다.

"그냥 팬케이크나 만들고 갈색 피부의 말라깽이 아이들과 셀카나 찍겠다고?" 카를로스가 묻는다.

메러디스가 한 손으로 테이블을 내려치자 찻잔 속에 잔물결이 인다. 하지만 두 사람 사이에서 점점 격해지는 분노를 리디아가 가로챈다. 그러고는 텅 빈 목소리로 말한다. 마치 육신은 그 자리에 없고 목소리만 남았다는 듯이. 리디아는 무표정하게 읊조린다. "세바스티안, 제미, 알렉스, 제니페르, 아드리안, 파울라, 아르투로, 에스테파니, 니코, 호아퀸, 디아나, 비센테, 라파엘, 루치아, 라파엘리토. 그리고 엄마. 모두 죽었어요. 다 죽었다고요."

루카는 목에 덩어리가 걸린 듯하고 엄마의 입에서 이름이 나올 때마다 덩어리가 조금씩 커진다. 메러디스의 반응을 살펴보지만 분홍색과 푸른색이 섞인 얼굴에서는 아무것도 읽을 수 없다. 대신 카를로스가 양손으로 테이블을 짚으며 속삭인다. "우리가 도울게요. 당연히 그럴 겁니다."

메러디스는 자리에서 일어나 가슴 위로 팔짱을 낀 채 의자 뒤를 서성인다. "리디아, 당신이 얼마나 힘든지 이해하는 척하지 않을게요. 당신의 고통은 상상도 할 수 없어요. 그리고 맞아요, 당신을 도울 수 있다면 당연히 힘닿는 데까지 노력할 거예요. 하지만 제발 이해해줘요. 이 일에는 내 도의적 책임도 달려 있다고요. 세상에는 쉽게 답할 수 없는 문제도 있는 법이에요."

리디아는 이마 위에서 양 손끝을 삼각형 모양으로 모은다. "나 때문에 누구도 곤란하게 만들고 싶지는 않아요. 난 그냥 루카를 여기서 데리고 나가고 싶을 뿐이에요. 그래야만 해요." 이 일이 시작된 후 처음으로 루카는 리디아가 무너질 것 같다는 생각이 든다. 루카는 엄마를 뚫어지게 바라본다. 엄마가 갈라지는 목소리로 말한다. "제발요. 우린 절박해요."

카를로스가 메러디스를 올려다본다. "여보, 들어봐. 당신이 거부감이 드는 것도 충분히 이해해. 하지만 세상에는 쉽게 답할 수 있는 문제도 있다고. 우리가 이 사람들을 돕지 않으면, 우리가 이 사람들을 도와줄 용기가 없어서 이들이 그냥 버스를 타고 가다가 검문소에 걸려서 죽는다면 당신은 그걸 감수할 수 있어? 우리가 감수할 수 있을까? 이 문제의 답은 쉬워."

메러디스는 한숨을 내쉬고 의자 등받이 앞쪽으로 몸을 내민다. "모르겠어, 모르겠어."

"그냥 기도하자. 하느님께 맡기자고." 카를로스가 말한다.

메러디스는 몸을 돌려 전기 포트의 버튼을 누른다. 아직 첫 잔에 담긴 차를 꾸역꾸역 다 마신 사람이 한 명도 없는데도. 아줌마는 그렇게 테이블을 등진 채 "그들이 당신을 찾는 게 확실해요?"라고 묻더니 몸을 돌려 다시 테이블을 마주 보고 조리대에 몸을 기댄다. "그자들이 본보기로 삼고 싶었던 사람은 세바스티안 아닌가요? 그가 죽었으니까 이제는 끝났을 수도 있잖아요."

루카는 메러디스에게서 엄마로 눈을 돌린다. 엄마는 루카를 바라보더니 잠시 머뭇거린다. 루카 앞에서 어디까지 말해야 할지 가늠하는 듯이. 그러더니 지금으로서는 공포가 루카에게 이롭다는 사실을, 루카는 겁을 먹어야 한다는 사실을 기억해냈는지 이렇게 말한다.

"아뇨. 그자는 우릴 찾을 때까지 멈추지 않을 거예요."

8

라 레추사

하비에르와 라 레추사가 동일인이라는 사실을 알게 된 밤에 리디아는 스탠드를 끄고 침대에 누웠지만 눈은 말똥말똥했다. 그녀와 세바스티안은 부부라고 해도 늘 어느 정도 사생활을 가질 권리가 있고, 서로 모든 걸 말할 필요가 없다는 데 동의했다. 리디아가 그와 사랑에 빠진 이유 중 하나이기도 했다. 세바스티안은 그녀의 개인적인 일을 캐묻지 않았고, 좀처럼 질투하지도 않았으며, 그녀가 다른 남자들과 맺은 우정에 간섭하거나 그 남자들과 친해지려고 하지도 않았다.

"당신은 성인이야. 한 개인이라고." 약혼하기 전에 세바스티안은 그렇게 말했다. "그리고 난 당신 연인이고. 우리가 결혼한다면 당신은 날 선택하는 거야. 당신이 매일 날 계속 선택해주면 좋겠어." 리디아는 '연인'이라는 고리타분한 표현에 웃었지만 그 어감이 짜릿하기도 했다. 세바스티안을 만나기 전에는 늘 결혼하면 자유를 포기해야 할 거라고 생각했다. 하지만 그렇지 않아도 된다는 사실에 기뻤다. 그들은 둘 다 믿을 수 있는 배우자였고 자신들이 꽤

나 현대적인 사람이라는 자부심에 차 있었다. 서로 상대에게 감추는 중대한 비밀은 없었지만, 리디아는 마음속에 오로지 자신만 접근할 수 있는 신성한 벽장이 있다는 게 좋았다.

따라서 리디아가 지금까지 남편에게 하비에르라는 이름을 언급하지 못한 것은 자연스러운 일이었다. 하지만 당연히 그날 밤에 모든 것이 바뀌었다. 아침에 잠에서 깬 세바스티안이 욕실 가는 길에 리디아의 이마에 키스했을 때 그녀는 여전히 깨어 있었다. 침대에서 일어나서 앉자 위장이 요동쳤다.

"세바스티안." 남편에게 말하지 말까, 고백 대신 질문할까 고민되기도 했다. 일단 이 이야기를 꺼내면 하비에르와의 우정은 끝이라는 걸 알고 있었고 무엇보다도 곧 그를 못 보게 된다고 생각하니 슬펐다. 리디아는 새롭게 알게 된 사실이 거짓이길, 오해이길 바랐다.

침실의 잿빛 여명 속에서 남편이 돌아봤다. "무슨 일이야?" 세바스티안은 리디아의 어조에서 문제가 생겼음을 단번에 알아차리고 둘 사이의 공간을 가로질러 침대 위, 그녀 옆에 앉았다.

"그 사람은 내 친구야." 리디아가 털어놓았다.

세바스티안은 그날 출근하지 않았다. 편집장에게 전화해 단서를 추적 중이니 늦게 출근하겠다는 음성 메시지를 남겼다. 둘은 이불이 형클어진 침대에 앉아 몇 시간 동안 이야기를 나눴다. 그동안 밖의 햇살은 잿빛에서 분홍빛으로, 다시 환한 노란색으로 변해 넓게 퍼졌다. 루카를 깨워서 학교에 갈 시간이 되자 그들은 정신이 팔려 멍한 상태로 간신히 준비했다.

"오늘은 내가 학교에 데려갈게. 당신은 집에서 기다려." 세바스티안이 우겼다.

리디아는 샤워하며 울었다.

세바스티안이 돌아온 뒤에는 식탁에서 이야기를 계속했다. 리디아는 젖은 머리카락을 정수리에 모아 틀어 올렸고 얼굴은 얼룩덜룩해진 기분이었다.

"당신이 틀렸을 가능성은 없어?" 가슴 앞에서 팔짱을 낀 채 리디아가 물었다. 답을 이미 알고 있지만 도무지 납득이 가지 않았다. 그녀는 허둥대고 있었다.

세바스티안은 리디아를 마주 보더니 지극히 신중한 어조로 대답했다. "없어."

리디아는 고개를 끄덕였다. "당신이 로스 하르디네로스에 대해 쓰는 기사 말이야. 거기에 구체적으로 그 사람이 나와?"

"당연하지. 전부 그 사람에 관한 내용이야. 그의 화려한 데뷔 기사라고. '안녕, 세상아, 내가 마약왕이다'라고 폭로하는 거야."

리디아는 머리를 갸웃하고 한 손으로 이마를 짚으며 속삭였다. "어떻게 해야 할지 모르겠어. 도저히 있을 수 없는 일 같아."

"당신이 할 일은 아무것도 없어, 리디아."

"하지만 이해가 안 가. 난 하비에르가 어떤 사람인지 안다고."

"알아, 리디아. 아주 매력적이고 박식한 사람이겠지. 하지만 그 자는 또한 굉장히 위험한 사람이야."

리디아는 하비에르의 눈을 떠올렸다. 안경을 벗을 때마다 그 눈이 얼마나 무방비 상태로 보였는지. 그런 눈과 '위험'이라는 단어는 전혀 양립할 수 없는 것만 같았다.

"이해하기 어렵다는 거 알아. 당신이 힘들어하는 것도 알겠고. 유감이야." 세바스티안은 잠시 말을 멈추더니 태도를 바꾼다. "하지만 그자는 살인자야, 리디아. 그것도 수많은 사람을 죽였다고. 그 남자는 피로 만들어졌어."

그 남자. 리디아는 다시 고개를 젓는다. 세바스티안은 자리에서 일어나 양손으로 의자 등받이를 잡고는 의자를 식탁 아래로 밀어 넣는다. "그자는 당신이 생각하는 그런 사람이 아냐."

"하지만 어젯밤에 당신 입으로 그랬잖아. 로스 하르디네로스는 다른 카르텔처럼 폭력적이지 않다고."

세바스티안은 어젯밤에 그렇게 말했다, 젠장. 리디아는 아래에서 차 소리가 들리는 쪽의 부엌 창문을 열었다.

"리디아, 난 당신을 사랑해. 당신의 의리와 선의도 사랑하고. 하지만 우린 지금 살인자를 두고 이야기하는 거야. 덜 폭력적이든 아니든, 그자가 마약왕이라는 사실에는 변함이 없어. 그리고 그렇게 많은 사람을 죽이다 보면 살인이 일상이 되어버리지. 그자가 다른 살인자보다 아이들을 더 적게 죽였다는 게 무슨 의미가 있지? 그건 선의에서 비롯된 절제가 아냐. 그냥 사업상의 더러운 결정이라고. 자신의 사업에 이득이 된다고 생각하면 그자는 누구든 죽일 거야."

"누구든은 아냐. 그 사람에게는 딸이 있어." 리디아의 목소리가 힘없이 애원했다.

세바스티안은 두 손으로 의자 등받이를 잡은 채 양팔 사이로 얼굴을 숙였다.

"정말이야, 세바스티안. 터무니없이 들리겠지만 난 어리석지 않아. 바보가 아니라고. 당신도 알지?"

"내가 아는 여자 중에서 가장 똑똑하지."

"그러니까 난 그냥, 전부 받아들이려는 거야. 당신이 내게 말해 준 모든 사실과 화해하고, 그걸 내가 아는 하비에르와 연결하려는 거라고."

"알아, 알아."

"근데 힘들어."

"그렇겠지."

"왜냐하면 난 정말로 하비에르가 어떤 사람인지 아니까. 당신 말대로 그 사람은 똑똑해. 다른 상황이었다면 아주 좋은 사람이 됐을 수도……."

"하지만 상황이 다르지 않아, 리디아. 그자는 좋은 사람이 아냐."

"그래도 여전히 좋은 사람일 수 있어. 그게 내가 하려는 말이야. 인간은 복잡한 존재야. 당신이 그에 대해 뭐라고 하든, 그에게는 내가 본 모습도 분명히 존재해. 회한으로 가득 찬, 고통받고 시적인 영혼이기도 하다고. 그 사람은 재미있고 친절해. 어쩌면 지금이라도 달라질 수 있을지 몰라."

"잠깐만." 세바스티안은 부엌 창틀에 기대서 있는 아내를 살펴봤다. 밖에서는 경적이 요란하고 메마른 덩굴손처럼 곱슬거리는 그녀의 머리카락이 미풍이 흔들렸다. "잠깐, 리디아. 당신 그 남자를 사랑하는 거야?"

"뭐?"

"그런 거야?"

"세바스티안, 말도 안 되는 소리 하지 마. 연극할 때가 아냐."

세바스티안은 고개를 저었다. "하지만 그 남자한테 특별한 감정
이 있는 거지?"

"아냐, 그런 거 아냐. 그 사람을 사랑하기는 하지만……."

"사랑한다고?"

"그는 내 친구야! 진정한 친구, 내게 아주 중요한 사람이라고!"
리디아는 양손으로 무릎을 짚고 그를 올려다봤다. 커피메이커가
꾸륵꾸륵 소리를 내더니 한숨을 내쉰다. "그 사람 아버지도 암으로
죽었어."

세바스티안은 의자를 빼더니 다시 자리에 앉는다. "아, 리디아."

세바스티안은 리디아의 아버지를 만난 적이 없지만 장인의 죽
음은 리디아의 인생을 완전히 바꿔버린 사건인 터라 그는 죽은 장
인에게 끈끈한 연대감을 느꼈다. 당시 그들은 사귄 지 얼마 안 되
었는데도 세바스티안은 장인과 관련된 모든 사연을 알게 되었다.
리디아가 테디베어를 좋아하기에는 살짝 많은 나이인 열두 살 때
평생 아껴왔던 테디베어의 코가 점점 갈라지게 되었다. 리디아는
그 일로 마음이 아팠고 어찌해야 좋을지 몰랐다. 테디베어가 사방
에 솜을 흘리고 다니자, 리디아의 아버지는 조용히 약국에 다녀오
더니 비닐봉지를 들고 부엌으로 들어가 식탁에 내려놓았다. 식탁
에는 각도와 높이가 조절되는 조명이 있었다. 아버지는 리디아에

게 방에 있는 테디베어를 데려오라고 했다. 리디아가 아주 조심스럽게 인형을 부엌으로 데려갔더니 부엌은 수술실로 변해 있었다. 식탁에는 비닐이 깔렸고 아버지는 마스크와 라텍스 장갑을 착용하고 있었다. 조명 밑에는 수술 도구인 바늘, 실, 반들거리는 새 가죽 샘플이 놓여 있었다. 리디아의 아버지는 테디베어를 위해 새 가죽 코를 완벽하게 재단했다. 세바스티안은 장인이 먹는 초록색 채소는 리마 콩뿐이고, 다리에는 어릴 때 당한 보트 사고로 5센티미터짜리 흉터가 있고, 콘서트에 가면 큰소리로 노래하는데 가끔은 무대에서 무슨 노래를 부르든 상관없이 불협화음을 넣는다는 사실도 알게 되었다. 또한 1992년 바르셀로나 올림픽에서 오스카 델 라호야가 금메달을 땄을 때 리디아가 처음이자 마지막으로 아버지가 우는 모습을 봤다는 사실도 안다. 세바스티안은 장인에게 어찌나 정이 들었는지 장인이 살아 있었다고 해도 이렇게 잘 알지는 못했을 거라는 생각이 들었다. 두 사람이 사귄 지 겨우 8주 되었을 때, 멕시코시티 아줄 경기장에서 축구 시합을 보고 있던 리디아는 끔찍한 전화를 받았다. 암은 진행 속도가 느렸지만 끝은 빠르고 갑작스럽게 찾아왔다. 그때가 2003년 10월 24일, 망자의 날 축제를 정확히 일주일 앞둔 날이었다. 전해 들은 바로는 장인의 마지막 말은 "축제에 갈 준비를 해야 해"였다.

리디아와 세바스티안은 즉시 축구장에서 나왔다. 세바스티안은 먼저 리디아를 멕시코시티의 아파트로 데려간 다음, 밤새 차를 몰아 아카풀코로 갔다. 뒷좌석에는 리디아의 옷이 무더기로 쌓여 있었다. 어떤 옷을 챙겨야 할지 몰라서 몽땅 다 가져온 것이다. 그것

라 레추사

도 빨래 바구니에 담아서. 세바스티안은 어둠 속에서 그녀의 손을 잡아주었고 토할 것 같다는 말에 쿠에르나바카 인근 도로 갓길에 차를 세웠다. 그 주에 멕시코시티를 세 번이나 더 다녀왔는데 이튿날에 자기 옷을 가지러, 이틀 후에는 리디아의 담당 교수와 자신의 담당 교수에게 수업에 빠져야 한다는 사실을 알리기 위해, 마지막으로 리디아의 몇몇 친구를 장례식에 데려가고 리디아의 엄마와 함께 리디아에게 복학하라고 설득하기 위해서였다.

세바스티안은 그 비극 덕분에 여러모로 둘의 관계가 단단해졌다고 믿었다. 그들은 이미 서로 사랑에 빠졌고, 리디아에게는 아버지의 가슴 아픈 죽음이 세바스티안의 성품을 잴 수 있는 척도가 되었다. 장인의 죽음은 세바스티안에게 익숙지 않은 안정감을 불러일으켰다. 그는 리디아의 인생에 생긴 구멍들을 메우려고 어느새 안간힘을 쓰고 있었다. 리디아에게서 하비에르의 아버지도 암으로 죽었다는 짧은 말만 듣고도 세바스티안은 그 공동의 경험이 아내에게 얼마나 큰 의미였을지 이해했다.

"몇 살에 아버지가 돌아가셨대?" 세바스티안이 물었다.

"열한 살."

세바스티안은 얼굴을 찡그렸다. "끔찍하군."

리디아는 찬장으로 가서 머그잔 두 개를 꺼낸 다음 커피를 따랐다. 그중 하나를 남편 앞에 놓고 곁에 앉았다. 그러고는 두 다리를 의자 위로 끌어 올려서 무릎을 세우고 양팔로 다리를 감쌌다.

"세바스티안, 그 사람은 날 사랑하는 것 같아."

세바스티안은 양 볼에 공기를 넣어 부풀렸다가 전부 밖으로 내

보냈다. "젠장, 당연히 그렇겠지."

단기적으로 봤을 때 달라진 점은 세바스티안이 전보다 책방에 더 자주 찾아왔고, 리디아에게 더 자주 전화했다는 것뿐이었다. 그는 하루에 네댓 번 문자 메시지를 보냈고 리디아는 아무리 바빠도 그를 안심시키기 위해 꼭 답장을 보냈다. 모든 게 순조로웠다. 그러다 그 다음 주에 하비에르가 책방에 찾아오자 리디아는 극도로 긴장했다. 그녀는 계산대 밑에서 남편에게 문자를 보냈다. **그가 왔어. 나중에 전화할게.**

하비에르는 조그맣게 포장한 물건을 들고 있었고, 눈동자는 평소보다 더 반짝거렸다. 빨리 다른 손님들이 가기를 바라는 눈치였지만 리디아는 그와 단둘이 있는 게 내키지 않아서 시간을 끌었다. 마지막으로 남아 있던 커플이 문 쪽으로 어슬렁어슬렁 걸어가자 리디아는 그들에게 "도움이 필요하면 말씀하세요"라고 외쳤다. 하지만 대답은 돌아오지 않았고 남자만 묵례했다. 그들이 떠나자 문 위에 달려 있던 종이 놀라서 딸랑거렸다. 리디아는 떨리는 손으로 하비에르가 마실 커피에 설탕을 탔다.

하비에르는 늘 앉는 의자에 앉아 환하게 미소 지으며 말했다. "내가 선물을 가져왔지." 그러고는 종이로 싼 물건을 계산대에 올려놓고 그녀 쪽으로 밀었다.

평범한 갈색 종이로 포장해서 그냥 접착테이프를 붙였고 리본 장식도 없었다. 하지만 수수하게 포장했다고 해서 그들이 수요일 아침에 뚜렷한 이유도 없이 선물을 주는 친한 사이라는 사실은 변하지 않았다. 어쨌든 리디아는 포장을 뜯었다. 안에는 나무로 만든 땅콩 모양의 마트료시카가 들어 있었는데 리디아의 팔뚝 길이만 했고 배 둘레에 보일 듯 말 듯한 이음매가 있었다. 검은 머리에 분홍색 볼, 노란 앞치마, 빨간 장미까지 알록달록하게 칠해졌다. 이음매를 따라 인형을 양쪽으로 잡아당기자 안에서 더 작고 똑같이 생긴 동생이 나왔다. 리디아는 그 인형을 잡아당기고 또 잡아당겼다. 매번 인형 안에는 더 작은 인형이 들어 있었다.

"마트료시카네요." 리디아가 말했다.

"그래." 하비에르는 리디아의 얼굴을 지켜봤다. "하지만 사실 그 애들은 나야. 계속 열어봐."

마지막으로 리디아가 겨우 엄지만 한 크기의 인형을 잡아당겼더니 안에 가장 작은 동생이 들어 있었다. 밝은 청록색이었고 앞의 어떤 언니들보다 아름답고 정교하고 섬세했다. 리디아는 엄지와 검지로 인형을 집어 든 다음, 은을 세선 세공해서 만든 복잡한 무늬를 바라보았다.

"그리고 이게 당신이야. 내 마음속 가장 깊은 곳에 자리 잡고 있지."

리디아는 눈을 맹렬하게 깜빡거렸지만 눈가에 맺힌 눈물을 감추기에는 너무 늦었다. 하비에르는 눈물의 의미를 오해하고 활짝 웃었다.

"마음에 들어?"

리디아는 코를 훌쩍거리며 "마음에 쏙 들어요. 고마워요"라고 말하고는 하비에르가 지켜보는 동안 서둘러 인형을 그다음 인형

속에 차례대로 집어넣었다.

하비에르는 리디아가 인형의 위아래를 제대로 맞추지 않고 집어넣는다는 걸 눈치챘다. 뭔가 단단히 잘못되었음을 말해주는 첫 번째 신호였다. "무슨 일이야, 나의 여왕님?"

리디아는 인형을 재조립한 후에 갈색 종이로 다시 싸서 휴대전화가 있는 계산대 아래에 놓아두었다. 꺼내기 힘든 이야기라면 차라리 정면 돌파가 나을 것이다.

"지난주에 나쁜 소식을 들었어요." 리디아의 말에 하비에르는 얼굴을 찡그리며 몸을 앞으로 내밀었다. "당신에 관한 소식요."

하비에르는 한층 더 얼굴을 찡그린 채 몸을 뒤로 가져갔다. 아주 오랫동안 둘 사이에 정적이 감돌더니 문 위에 달린 종이 쨍그랑거리며 여자 손님이 들어왔다. 여자는 스프링 노트 세 권과 고급 펜 세 개, 생일 카드를 샀다. 리디아는 계산하는 동안 도저히 미소를 지을 수 없었다. 하비에르의 불안이 책방에 저주처럼 퍼져 그녀의 가슴속까지 들어왔다. 하비에르는 구부정한 자세로 앉아 양 손바닥을 맞댄 채 허벅지 사이에 넣어 누르고 있었다. 손님이 떠나자 리디아는 문을 잠그고 문에 달린 팻말을 '영업 끝'으로 돌렸다.

둘은 계산대를 사이에 두고 서로를 바라보았다. 리디아는 그의 눈을 응시했고 둘 다 시선을 피하지 않았다.

마침내 하비에르가 입을 열었다. "당신도 이미 아는 줄 알았어." 긴장되고 쉰 목소리였다.

리디아는 그에게서 눈을 떼지 않은 채 고개를 저었다. "내가 어떻게 알겠어요? 알아야 할 이유도 없고요."

안경 렌즈 뒤로 보이는 하비에르의 눈동자는 평소보다 더 크게 흔들렸다. 그가 떨리는 입술로 말했다. "거의 모든 사람이 다 아는 것 같던데. 난…… 당신은 어떻게든 신경 쓰지 않기를 바랐어. 당신은 날 아니까, 내가 진정으로 어떤 사람인지 볼 수 있으니까 그 사실을 신경 쓰지 않을 줄 알았어."

"맞아요. 난 여전히 당신의 진짜 모습을 볼 수 있어요. 하지만 하비에르, 당신의 다른 모습, 내가 모르는 모습은…… 도저히 받아들일 수 없어요. 그 모습도 진짜잖아요. 그렇죠?"

마침내 하비에르는 시선을 떨어뜨렸다. 눈을 연신 깜빡거리며 안경을 벗어서 셔츠 자락으로 렌즈를 닦았다.

"난 당신을 사랑해." 그가 말했다.

"알아요."

"아니, 당신은 몰라."

리디아는 입을 꾹 다물었다.

"난 당신과 사랑에 빠졌어. 사랑에 빠졌다고."

리디아는 고개를 저었다.

"리디아, 당신은 유일한 진짜 친구야. 내게 아무것도 원하지 않는 유일한 사람. 당신은 그저 나와 즐거운 시간을 보내고 싶어 하지."

"그건 사실이 아니에요."

"사실이야! 당신이 곁에 없을 때면 난 외로워. 당신이 내 삶의 빛이 되어주었다는 걸 당신은 몰라. 당신과 마르타, 내겐 두 사람뿐이야. 다른 건 다 중요치 않아. 할 수만 있다면 카르텔을 떠날 거야."

"그럼 그렇게 하세요! 카르텔을 떠나라고요!" 리디아는 한 손으로 계산대를 내려쳤다.

하비에르는 슬픈 미소를 지었다. "그렇게는 안 돼."

"당신이 말하면 뭐든 그렇게 될 거예요! 당신이 헤페잖아요, 그렇죠?"

"그래. 만약 내가 떠나면 그다음에는? 내가 떠나면 아카풀코는 어떻게 되겠어? 내 자리를 차지하려고 서로 싸우는 동안 얼마나 많은 사람이 죽을까?" 하비에르는 양쪽 팔꿈치를 계산대에 올렸다. 그러고는 괴로운 표정으로 머리카락을 쥐어뜯었다. "난 결코 이런 삶을 원하지 않았어. 운명의 장난으로 여기까지 오게 된 거지."

리디아는 그 말이 절대 사실일 수 없다는 걸 본능적으로 알고 있었다. 만약 그것이 복권이라면 그걸 고르고 자비로 구입한 사람은 다름 아닌 하비에르다. 그 자리에 오르기까지 그가 악행을 저질렀으리라는 사실은 확실하다. 몇 명이나 죽였을까? 어떻게 죽였을까? 두려움과 슬픔이 뒤섞인 감정 때문에 리디아는 차마 물을 수 없었다. 감히 그의 정당화를 반박할 수 없었다.

"어쨌거나 우린 친구가 됐고, 난 그런 사람이야." 하비에르가 간청하는 눈빛으로 말한다. "카르텔을 떠나는 건 불가능해, 리디아. 하지만 그게 나라는 사람을 정의하진 않아."

맥박이 불규칙하게 뛰듯이 머릿속에서 불협화음이 욱신거렸다. **당연히 그게 당신이라는 사람을 정의하죠.** 하지만 그 말을 입 밖으로 내지 않았다. 그저 눈을 꼭 감았다. 그녀의 손을 잡는 하비에르의 손이 느껴졌다.

"제발 이해해줘. 노력해봐." 하비에르가 말했다.

지난주 세바스티안의 폴더에서 하비에르의 사진을 발견했을 때 리디아는 정말로 고통스러워서 가슴이 찢어지는 듯했다. 살면서 그렇게 깊고 진정한 우정을 쌓은 적이 별로 없었다. 그런 애착 관계를 잃는다고 생각하니 슬펐다. 하지만 하비에르가 계산대 맞은편에 앉아 그녀의 손을 꽉 잡은 지금, 둘 사이에서 그 이야기가 오가고 사실로 확인된 지금, 리디아에게 남은 것은 부검뿐이었다. 그를 향한 애정은 이미 새어나가고 있었다. 그 애정이 유령처럼 희미하고 생기 없이 아직 책방에 남아 있는 게 느껴졌지만 이제 그녀의 가슴에서는 느껴지지 않았다. 애정은 사라지고 걸러졌다. 사체에서 피가 빠지듯이. 하비에르가 그녀의 손가락을 꽉 쥐었을 때 리디아는 희미한 포르말린 냄새를 맡았다. 하비에르가 슬픈 눈으로 그녀를 바라봤을 때는 그의 안경에 튄 핏방울이 보였다.

9

침묵

칠판싱고에 있는 카를로스와 메레디스의 집에서는 새로운 유령을 상대해야 한다. 트라우마는 정적을 기다린다. 리디아는 깨진 달걀이 된 기분이다. 자신이 껍질인지 노른자인지 흰자인지는 알 수 없다. 스크램블에그처럼 다 뒤섞인 상태다. 그 후로 사흘간 아이들이 학교에 가고, 카를로스는 출근하고, 메러디스가 인디애나주 선교사들을 고국으로 돌려보낼 준비를 하는 동안 리디아와 루카는 종종 단둘이 집에 남았다. 누가 죽었을 때는 대개 잠시 일상이 멈추지만, 지금은 그럴 수 없다. 공개적으로 그런 모습을 보이면 의심만 사기 때문이다. 리디아와 루카는 숨어 있어야 한다. 카를로스의 가족들은 지금까지 해오던 대로 생활해야 한다. 하느님께 감사하게도 아이들 방마다 책꽂이에 좋은 책이 잔뜩 꽂혀 있어서 루카는 하루에 두세 권씩 읽는다. 리디아도 책을 읽으려 했지만, 그녀의 마음은 글자를 담을 여력이 없다. 머릿속에는 다른 것이 들어갈 공간이 없다. 그래서 대신 몸을 계속 움직인다. 그녀도, 루카도 먹고 싶지 않은 음식을 만들고, 더럽지 않은 싱크대를 청소하고, 더럽지 않은 옷과 깔개를 빤다. 루카가 점점 말이 없어지는 모습을 지켜본다.

오후는 1,000시간이나 되는 듯 길게 느껴진다. 루카는 책을 읽는 동안 자세조차 거의 바꾸지 않는다. 책을 다 읽은 뒤에야 움직이는데 책꽂이에서 다른 책을 가져오기 위해서다. 루카가 화장실에 가려고 일어날 때마다 리디아는 아이에게 뭐라도 먹이려고 한다. 그 외 시간에는 거실 한쪽 구석, 작은 2단 장식장 위에 있는 낡은 IBM 데스크톱 컴퓨터로 인터넷을 한다. 아카풀코에서 발행되는 신문의 헤드라인을 살핀다. 세바스티안의 동료 기자들이 그의 죽음을 기리는 아름다운 헌사를 썼지만, 리디아는 도저히 읽을 수가 없다. 마치 남편이 용감하게 죽음을 선택했다는 듯이, 그의 죽음이 의미가 있다는 듯이 '영웅'이라는 단어를 쓴 것을 보면 화가 치민다. 손에 국자를 든 채 죽었는데 무슨 놈의 영웅. 대신 뉴스를 훑어보며 사건 수사에 관한 새로운 소식을 찾지만, 예상대로 아무것도 없다. 두려움과 부패는 서로 협력해 정의를 가리키는 증거를 발견할 수 있는 사람들을 검열하기 때문이다. 앞으로 어떤 증거도, 정당한 절차도, 무죄 입증도 없을 것이다. 그래서 리디아는 다른 소식, 새로운 폭력 사태, 로스 하르디네로스의 동태를 조금이라도 암시하는 소식이 있는지 살핀다. 어제 오후, 오르노스 해변 탈의실 부근에서 벌어진 총격전 때문에 한 관광객이 총에 맞아 숨졌다. 오늘 아침 콜로니아 로마 라르가에서 불에 탄 자동차가 발견되었는데 차 안에는 시신 두 구가 있었다. 하나는 체구가 크고 하나는 작았다.

마우스를 쥔 리디아의 손이 떨리자 스크린 속 커서도 함께 떨린다. 리디아는 간신히 그 뉴스에서 나와 마음을 가다듬는다. 카를로스가 그들을 멕시코시티까지 데려다줄 수는 있지만, 그다음에는? 계획을 세워야 한다. 버스를 알아보니 아니나 다를까 멕시코 전역에서 검문소가 늘어가고, 실종자도 약간 증가했다는 보고가 있다. 도시 내에서의 이동은 비교적 안전해도 도시 간의 이동은 강력히 만류하고 있다. 정부는 게레로주와 콜리마주, 미초아칸주 지역의 고속도로를 통한 이동은 꼭 필요한 경우가 아니라면 미루라고 권고한다. 새로운 절망감이 리디아를 덮칠 듯하지만 지금은 절망에 빠질 여유가 없다. 자동차 여행은 고려의 여지가 없다. 설사 그녀의 운전면허증이 아직 유효하다 해도 지금은 루카를 데리고 운전하는 위험을 무릅쓰지 않을 것이다. 버스도 나을 게 없다. 검문소는 너무 위험하다. 그러면 뭐가 남을까? 리디아는 항공권을 알아본다. 하지만 탑승객 명단에 이름이 올라가는 게 달갑지 않다. 지금은 모든 게 디지털이고, 인터넷 데이터베이스에 그녀의 이름이 뜨는 순간 하비에르가 알게 된다면 1,000킬로미터를 날아간들 무슨 소용이겠는가? 여권 없이 비행기로 가장 멀리 갈 수 있는 도시는 티후아나인데 멕시코시티에서 티후아나까지는 비행기로 3시간 40분이 걸린다. 하비에르의 명령을 받은 시카리오가 비행기에서 내리는 두 사람을 맞아주기에 충분한 시간이다. 리디아는 수하물 찾는 곳에서 대학살이 벌어지는 장면을 상상한다. 신문에 어떤 헤드라인이 실릴지 눈에 보이는 듯하다. 멕시코에는 장거리 여객 열차가 없다. 따라서 마지막 수단으로 중앙아메리카 난민(미국으로 밀

침묵

입국하기 위해 멕시코 접경지대까지 이동하는 난민을 말한다. - 옮긴이)들이 탄다는 화물 열차를 알아본다. 난민들은 치아파스주에서 치와와주까지 멕시코를 세로로 가로질러 달리는 이 열차 꼭대기에 올라탄다. 그 여정은 상상할 수 있는 모든 면에서 끔찍하기 때문에 이 기차에는 라 베스티아(짐승. - 옮긴이)라는 이름이 붙었다. 선로를 따라 폭력 사태와 유괴가 다반사로 발생하고, 난민들은 범죄 위험에 노출되었을 뿐 아니라 매일 기차에서 떨어져 죽거나 불구가 된다. 오로지 극빈자들만 이 방법으로 이동한다. 리디아는 유튜브에 올라온 이야기와 사진, 최근에 팔다리가 절단된 사람들이 전하는 단호한 경고를 들으며 몸을 떤다. 그래서 다시 시작한다. 처음부터 전부 다시 찾아본다. 버스, 비행기, 기차. 미처 생각하지 못한 무언가가 있을 것이다. 분명 출구가 있을 것이다. 루카가 책장을 한 장씩 넘기는 동안 리디아는 클릭하고 스크롤을 내린다. 시간은 천천히 흐른다.

카를로스와 메러디스 그리고 세 아이와 함께 하는 저녁 식탁에서 루카는 아빠의 모자를 쓰고 있지만 리디아는 벗으라고 하지 않는다. 메러디스가 막내아들에게 "식탁에서는 모자를 쓰면 안 돼"라고 말하는데도. 맏이가 입술 위에 생긴 우유 자국을 닦으며 여전히 양키스 모자를 쓰고 있는 루카를 향해 씩 웃더니 묻는다.

"너 야구 좋아해?"

루카는 그저 어깨를 으쓱인다.

루카는 늘 말이 없는 아이였다. 갓난아기 때도 옹알이를 한 적이 없었다. 사실 네 살이 되기 전까지 한마디도 하지 않았다. 리디아는 루카가 두 살 때부터 패닉에 빠져 있었다. 아이에게 문제가 있는 게 아닐까 의심하기 훨씬 전부터 리디아는 늘 루카에게 책을 읽어줬다. 워낙 독서광이라서 아이에게 큰 소리로 책을 읽어주는 게 재미있었기 때문이다. 아이가 이해하지 못할지라도 가장 아름다운 단어들로 말문이 트일지 모른다고 생각했다. 문학과 시로 언어의 기초가 쌓일 거라고 믿었다. 그래서 마르케스와 톨스토이, 브론테 자매의 책으로 시작했다. 그러다 점점 불안해져서 부모가 잠자리에서 아이들에게 동화책을 읽어주는 수준이 아닌, 아이를 구해야 한다는 생각으로 미친 듯이 다급하게 읽어주었다. 불안이 절정에 달하고, 책을 읽어주는 데 혼신의 노력을 쏟아부으면서 리디아는 옥타비오 파스, 푸엔테스, 트웨인, 카스텔라노스에게 도움을 청했다. 영어에도 능통했기 때문에(대학 때 부전공이었다) 가끔은 예이츠도 읽어주었는데 멕시코 억양이 들어간 영어로 아일랜드의 녹음을 묘사해주었다.

　루카가 갓난아기일 때는 상체를 대각선으로 가로지르는 아기띠로 업고 책방에 데려갔다. 그러고는 주문을 받고, 손님을 상대하고, 청소하고, 선반에 책을 꽂는 틈틈이 함께 책을 읽었다. 한동안 손님이 뜸할 때면 두 사람은 읽고 있는 이야기 속으로 정신없이 빠져들었다. 루카가 자란 뒤에는 아기 바운서에 눕혀 두거나 계산대 뒤쪽 구석에 깔아둔 매트에 앉혀 두었다. 마침내 걸을 수 있게 되면서 루카는 책방을 마음껏 돌아다녔지만, 책 읽을 시간이 되면 읽어달라는 말도 없이 늘 책상다리를 하고 자리에 앉아 고개를 한쪽으로 기울였다. 마치 귀를 깔때기 삼아 엄마가 하려는 말을 받으려는 듯이. 리디아는 그림이 그려진 책도 읽고, 없는 책도 읽었다. 알록달록한 책, 촉감 책, 시집, 사진 책, 화집, 동화책, 요리책, 성경도 읽었다. 루카는 윤기가 흐르거나 얇은 책장을 손으로 조심스럽게 쓰다듬었지만, 여전히 말은 하지 않았다. 가끔 리디아는 목이 쉴 때까지 읽기도 하고, 가끔은 책방에서 자신의 목소리만 들린다는 사실에 낙담하기도 했다. 하지만 리디아가 그만 읽으려고 할 때마다 루카는 끈덕지게 그녀 쪽으로 책을 밀었다. 책을 펼쳐 그녀의 무릎에 올려놓았다.

루카의 네 살 생일을 일주일 앞두고 셋이서 식탁에 둘러앉아 포솔레(푹 곤 고깃국물에 고기, 옥수수, 각종 채소를 넣어서 끓인 스튜. - 옮긴이)를 먹고 있을 때 리디아는 루카가 아직도 말문이 트이지 않았다고 또다시 한탄했다. 세바스티안은 그릇 가장자리에 스푼을 걸쳐놓고 루카의 얼굴을 곰곰이 바라봤다. 루카도 그의 얼굴을 바라보았다.

"어쩌면 넌 스페인어를 안 하는지도 몰라." 세바스티안이 스페인어로 말했다.

루카는 아빠를 흉내 내서 그릇 가장자리에 스푼을 걸쳐놓았다.

"그래, 넌 다른 언어를 쓰는 거야. 그렇지?" 세바스티안이 말했다. "넌 어떤 언어를 쓰니, 미호? 영어? 프랑스어? 잠깐만!" 그러더니 손가락을 튕겨서 딱 소리를 냈다. "너 아이티어를 쓰지? 아니다, 아랍어야! 아니면 타갈로그어?"

리디아는 남편을 보며 눈을 천천히 깜빡거렸다. 하지만 루카는 미소를 지으며 아빠처럼 손가락을 튕기려고 했다. 세바스티안은 루카에게 손가락 튕기는 법을 보여주었다. 탁, 탁, 탁. 리디아 혼자만 필사적이었다. 리디아는 남편도 분명 걱정하고 있지만, 지독한 낙천주의자라서 내색하지 않는 것이라고 짐작했다. 의사들은 아무 문제도 없다고 했다. 리디아는 비명을 지르고 싶었다.

하지만 비명을 지르는 대신 인내심을 발휘해 계속 노력했다. 자신이 소중하게 아끼는 단어들이 아들의 침묵 속으로 침투하기를 바라며 아옌데, 보르헤스, 세르반테스의 책을 계속 읽어주었다. 그러던 어느 날 가식적인 젊은 작가의 단편 소설을 선택해서 아쉬움이 남는 마지막 장까지 다 읽었더니 루카가 허리를 곧추세우고 고개를 저었다. 그러고는 양손으로 무릎을 문질렀다. 리디아는 책을 덮고 둘이 함께 앉아 있던 흔들의자 옆 테이블에 내려놓았다. 그러자 루카가 책을 집어 들어 첫 장을 펼쳤다.

"한 번 더 읽어줘요, 엄마. 이번에는 좀 더 그럴듯한 결말로요."

완벽했다. 마치 태어난 후로 엄마와 계속 나눠온 대화를 이어간다는 듯이. 리디아는 너무 놀라서 하마터면 루카를 내던질 뻔했다. 리디아는 무릎에 있던 루카를 바닥에 내려놓았다. 그러고는 아이를 한 바퀴 돌린 다음 얼굴을 바라보며 물었다. "뭐라고?" 하지만 루카는 입을 굳게 다물었다. "방금 뭐라고 했니?" 리디아는 아이의 양팔을 붙잡았다. 자신이 미쳤을지도 모른다는 불안감에 아마 너무 꽉 잡았을 것이다. "너 방금 말했지! 루카! 너 말했니?"

잠시 두려운 침묵이 흐르더니 루카가 고개를 끄덕였다.

"뭐라고 했어?" 리디아가 속삭였다.

"다시 읽고 싶다고."

리디아는 양손으로 아이의 뺨을 감싸며 웃는 동시에 울었다. "아, 맙소사! 루카!"

침묵

"더 나은 결말로."

리디아는 루카를 가슴에 꼭 끌어안았다가 벌떡 일어나 아이의 손을 잡고 아이를 한 바퀴 돌렸다.

"다시 말해봐. 아무 말이나 해봐."

"뭐라고 말해?"

"바로 그거야. 우리 아들이 말을 하네!"

리디아는 남편에게도 아이가 말하는 모습을 보여주려고 그날 책방 문을 일찍 닫고 루카를 집에 데려갔다. 그때 일이 생생히 기억나지만, 이제는 그 기억을 믿을 수 없다. 시간이 지나면 지날수록 기억이 점점 더 미화되는 듯하기 때문이다. 어떻게 루카는 그때까지 입을 꾹 다물고 있었을까? 그러다가 어떻게 그렇게 아름답고 복잡한 문장을 말했을까? 마치 아나운서나 대학교수처럼. 불가능한 일이다. 언어의 기적이다.

하지만 4년 넘게 두 언어를 아름답게 구사했던 루카는 카를로스의 청록색 집에 머무는 지금, 목소리가 들어가고 예전의 침묵이 되돌아온다. 리디아는 그 변화를 알아차리지만, 둘 다 그걸 막을 도리가 없다. 처음에는 침묵이 루카에게 가볍게 내려앉았지만 이내 광택제처럼 딱딱하게 굳어버렸다. 수요일 아침이 되자 루카의 침묵은 더욱 심해져서 직접적인 질문에 오로지 표정과 몸짓으로만 대답한다. 다시 한번 멍한 눈빛의 대가가 되고, 리디아는 마지막 남은 정신 줄을 붙들고 있던 손이 미끄러지는 걸 느낀다.

루카의 침묵이 점점 굳어가던 사흘 동안 리디아의 마음속에서 돌아가던 무시무시한 바퀴는 그녀가 아무리 막으려 해도 결코 속도를 늦추지 않는다. 루카 앞에서는 담담한 척하지만 가끔씩 얼른 자리를 떠야 할 때가 있다. 그럴 때는 욕실로 살그머니 들어가 수돗물을 틀고 슬픔이 몸을 비틀어 숨죽여 우는 소리가 새어나가지 않게 한다. 그녀의 몸은 불행으로 경련을 일으키고, 신체 감각이 너무 예리해져서 야생동물이나 무리에서 벗어난 포유류가 된 기분이다. 밤이면 세바스티안의 대자代子가 쓰던 좁은 침대에 루카와 함께 누워 생각을 공백 속으로 인도한다. 그녀는 고압적으로 이 훈련을 시행하고 마음은 명령을 따른다. 리디아는 계속 이 말을 반복한다. **생각하지 마. 생각하지 마. 생각하지 마.** 이런 통제력을 발휘한 덕분에 자비롭게도 잠을 향해 나아갈 수 있다. 하루에도 수없이 그때 장면들이 떠오르며 혈액 속에 아드레날린이 분비된 탓에 몸은 기진맥진하고 눈꺼풀이 저절로 감긴다. 하지만 그렇게 의식을 잃은 후 의식의 해안을 벗어나 잠시 떠내려가다가 잠의 급류에 휘말리기 전, 그 찰나의 순간에 리디아는 곤두박질친다. 사지가 움찔하고 가슴이 쿵쾅거리며 다시 기억이 떠오른다. 두두두두 울리던 총성과 타는 고기 냄새, 생기가 지워지고 텅 빈 채 하늘을 올려다보는 열여섯 개의 아름다운 얼굴.

리디아는 침대에서 일어나 앉아 거칠어진 호흡을 가라앉히고 옆에서 자는 루카가 깨지 않도록 조심한다. 매일 밤 잠이 들 때마다 이 장애물을 마주해야 한다. 이것만큼은 그녀도 뛰어넘을 수 없다. 가족을 묻어주지도 않고 도망치는 사람이 세상에 어디 있을까? 어떻게 그들이 눈을 뜨고 입을 벌린 채 뒷마당에서 피가 식어가도록 내버려 두고 올 수 있을까? 리디아는 예전에 남편을 잃고 진실을 폭로하는 과부들, 고통 때문에 용감해진 과부들을 본 적이 있다. 그들은 카메라를 똑바로 보며 이야기했고, 침묵하기를 거부했으며, 책임 있는 사람들을 비난하고, 비겁한 남자들의 폭력을 비웃었다. 이름을 거명했다. 그리고 나중에 남편의 장례식에서 총에 맞았다. **생각하지 마. 생각하지 마. 생각하지 마.**

수요일에 카를로스는 휴가를 내고 멕시코시티까지 가는 교회 승합차의 세 번째 운전자가 되기로 한다. 리디아는 지난 사흘간 잤던 침대 발치에 엄마의 빨간 보스턴백을 두고 간다. 그 안에는 그녀의 하이힐과 루카의 구두가 들어 있다. 나머지는 전부 배낭 두 개에 쑤셔 넣었다. 이제부터는 그것만 메고 다닐 것이다. 멕시코시티에 도착하면 비행기를 타고 북쪽으로 가기로 마음먹었다. 다른 선택의 여지가 없다. 짐은 배낭 두 개뿐이므로 민첩하게 움직일 수 있을 것이다. 수화물 벨트를 바라보며 우두커니 서서 어차피 필요도 없는 물건이 나오기를 기다리지 않아도 된다. 리디아는 카를로스와 메러디스가 선교사 학생들에게 손님 둘이 더 늘어난 사정을 뭐라고 설명했는지, 아니면 아예 아무 말도 안 했는지 모르지만, 승합차에 올라타는 그들에게 아무도 질문하지 않는다. 학생들은 잇몸까지 보일 정도로 환히 웃으며 자기들의 구세주에 대해 말하려고 했지만, 리디아는 영어를 못하는 척한다. 뒷자리에 앉아 한쪽 팔을 루카에게 두르고 평범한 사람처럼 행동하려 해도 그게 어떤 것인지 잘 기억나지 않는다. 학생들의 짐은 더플백과 예쁜 배낭이고 여학생들은 곱슬머리든 직모든, 거칠든 반질거리든 빠짐없이 머리를 양 갈래로 땋았다. 리디아는 그것이 선교사들의 관례임을 깨닫고 뒤로 묶은 자신의 머리로 손을 가져간다. 옆자리에 앉아 있던 여학생이 그걸 알아차리고는 리디아에게 미소 지으며 묻는다.

"당신 머리도 땋아 줄까요? 우린 서로 땋아 주거든요."

리디아는 머뭇거린다. 세상에서 가장 완벽하게 머리를 땋는다 해도 그녀를 인디애나주에서 온 여학생 선교사로 볼 사람은 없기 때문이다. 하지만 우스꽝스러운 갑옷이라도 없는 것보다 나은 법이다. 옆자리 여학생은 리디아가 영어를 못해서 말이 없는 것으로 착각하고, 자신의 땋은 머리와 앞줄에 앉은 두 여학생의 머리를 가리킨 다음 리디아의 머리카락을 가리키며 묻는다. "마음에 들어요? 땋은 머리?"

리디아는 고개를 끄덕이며 숱 많은 검은 머리를 묶고 있던 머리끈을 풀고 여학생에게 등을 돌린다. 여학생은 리디아의 두피를 따라 손끝으로 머리카락을 훑어내린다. 차 안은 덥다. 머리를 다 땋은 여학생은 거울 가진 사람이 있냐고 묻는다. 차에 탄 다섯 명의 여학생 중에서 손거울을 가지고 다닐 정도로 허영심이 있는 사람은 아무도 없다. 마침내 한 여학생이 아이폰 카메라 앱을 열더니 셀카 모드로 바꿔서 리디아에게 건네준다. 그러고는 리디아의 머리를 가리키며 큰 소리로 말한다. "머리 땋으니까 너무 예뻐요!"

리디아는 액정에 뜬 자신의 얼굴을 바라보고 고개를 살짝 틀어서 머리가 잘 땋아졌는지 확인한다. 약간 더 어려 보이는 듯하다. 리디아는 미소 지으며 휴대전화를 다시 돌려준다. 학생들이 노래를 부르기 시작하자 안도감이 밀려든다. 노랫소리가 차 안을 가득 채워 생각할 틈이 없기 때문이다. 학생들뿐 아니라 카를로스도 큰

침묵

소리로 활기차게 노래한다.

"좀 자둬." 악사카쿠알코가 가까워지자 리디아는 루카의 귀에 나직이 속삭인다. 루카는 눈도 깜빡이지 않고서 그녀를 바라본다. "많이 막힐 거야. 그러니까 바닥에 누워서 자, 여기서. 아늑해." 리디아는 좌석 아래로 손을 뻗어 큼직한 더플백 두 개 사이에 공간을 만든다. 루카는 그 사이로 들어가 몸을 작게 웅크린다. 짐이 든 배낭을 베개로 삼는다. 교통이 정체되자 루카는 눈을 감고, 리디아는 숨이 턱 막힌다. 여학생들은 더 크게 "주님, 운전대를 잡아주세요"라고 노래한다. 백미러를 보며 일부러 리디아와 눈을 마주친 카를로스는 눈을 한 번 깜빡인다. 리디아를 안심시키기 위해 할 수 있는 행동이 그것뿐이기 때문이다. 그들 앞에 늘어선 차들이 멈춘다. 그들이 탄 차는 세 대의 승합차 중에서 두 번째다. 앞에 있는 첫 번째 승합차는 메러디스가 몰고 있다.

전방에 AR-15를 멘 젊은 남자 둘이 보인다. 젊은 남자라고 하지만 사실은 십 대 소년이다. AR-15는 멕시코 어디서나 볼 수 있는 AK-47처럼 흔하지 않기 때문에 혹은 섹시하지 않기 때문에 한층 더 무섭게 느껴진다. 어처구니없는 이유라는 건 리디아도 알고 있다. 이 총이나 저 총이나 사람을 죽이기는 마찬가지다. 하지만 날렵하고 검은 AR-15는 어딘가 매우 실용적으로 보인다. 마치 남에게 어떻게 보이든 관심 없다는 듯이.

가끔은 AR-15의 총구가 대기 중인 차량의 열린 차창 안으로 들어가기도 하지만, 대부분은 하늘을 가리키며 차 밖에 머문다. 두 소년은 양손으로 AR-15를 들어올린다. 대개 운전사들은 겁먹지 않는다. 소년들의 한껏 부푼 에고에 경의를 표하고, 으스대며 걷는 그들에게 장단을 맞춰준다. 아무도 그 아이들이 정말 총을 쏠 거라고는 생각하지 않지만, 진정한 용기와 자신감을 얻을 수 있는 유일한 길은 그런 척하는 것임을 다들 알고 있기 때문이다. 아이들이 진짜로 그런 용기를 얻는 것은 시간문제고 마침내 그들이 그걸 행동으로 옮기는 날이 오늘인지 알고 싶은 사람은 아무도 없다. 운전자들은 차례로 조심스럽게 지갑이나 가방, 수납함으로 손을 뻗어 뇌물을 꺼낸다. 그러고는 아무 불만 없이, 진심 어린 축복과 함께 돈을 건넨다. 이 아이들은 누구든 될 수 있기 때문이다. 운전자의 형제나 자식 혹은 손자일 수도 있다. 틀림없이 누군가의 아이들이다.

카를로스는 앞으로 조금 나갔다가 브레이크를 밟고, 다시 앞으로 조금 나갔다가 브레이크를 밟는다. 루카는 눈을 감고 있고 학생들은 노래한다. 리디아는 길에 서 있는 저 소년들이 부패하지 않은 민병대이게 해달라는 희박한 가능성을 기도한다.

노래하는 여학생들도 나름 허세를 부리는 셈이었다. 비록 검문소가 나와서 신나기는 했고, 뒤쪽 승합차에 탄 목사님에게서 멕시코에는 검문소가 상당히 흔하므로 겁먹을 필요 없으며 톨게이트를 지나는 것이나 다름없다는 말을 들었을지라도, 인디애나주에 있는 톨게이트 직원들은 기관총을 들고 있지 않다는 걸 알기 때문이다. 이들 대부분은 가슴 속에 숨겨진 죄스러운 구석에서 내심 검문소를 지나가게 되기를 고대했다. 이국적이면서 짜릿한 일이고, 아드레날린이 쏟아지며, 나중에 집에 돌아가면 사람들에게 들려줄 만한 무용담 아닌가! 하지만 멕시코시티에서 칠판싱고로 오는 길에 검문소가 없어서 차가 한 번도 멈추지 않자 그들은 실망감과 죄책감이 동시에 들었다. 그런데도 이제 막상 그 순간이 닥치고 그들과 비슷해 보이는 나이의 소년들이 무시무시한 기관총을 휘두르며 앞에 서 있는 걸 보니, 그들의 미숙한 선교사 신경계가 혈액 속에 혼란스러운 호르몬을 몽땅 쏟아붓는 바람에 머리를 땋은 소녀들은 하나 같이 두려움에 토할 듯하다. 몇몇은 소년들을 바라보고 예수님을 상기시켜 그들을 구원할 수 있는 용기가 나기를 바라지만, 대부분은 그저 집에 가고 싶은 심정이다. 아까 아이폰을 건네주었던 앞 좌석에 앉은 학생이 다른 노래를 시작하지만 아무도 동참하지 않자 노래는 한두 소절만 이어지다가 사라진다. 카를로스는 차창을 내린다.

앞의 승합차 양쪽에 소년이 하나씩 서 있다. 운전석에 앉은 메러디스의 실루엣이 차창 밖에 서 있는 소년과 이야기하는 게 보인다. 틀림없이 저 아이가 우두머리다. 메러디스가 손가락으로 뒤에 있는 승합차 두 대를 더 가리키자 두 소년이 이쪽을 바라본다. 리디아는 몸이 얼어붙는다. 저들에게 어두컴컴한 승합차 뒷좌석에 앉아 있는 그녀가 보일 리 없다. 승합차 운전석 쪽에 선 소년 대장은 아무런 휘장도 없는 평범한 파란색 야구 모자를 쓰고 있다. 그는 동료에게 다른 승합차를 조사하라고 지시한다. 명령을 받은 소년은 공회전하고 있는 두 차의 범퍼 사이를 지나 카를로스 옆 차창으로 다가오고, 소년이 들고 있는 AR-15의 총구가 도로 중앙의 하얀 점선 위를 따라간다. 리디아는 바닥에 누워 있는 루카를 힐끗 내려다본다. 휘둥그렇게 뜬 루카의 눈은 수프용 스푼처럼 둥그렇다. 리디아는 자세를 살짝 바꿔 자신의 다리로 루카를 가린다.

"어디 가는 길이죠?" 소년이 카를로스에게 묻는다. 메러디스와 같은 대답을 하는지 확인하기 위해서다.

"멕시코시티 공항까지만 갈 거야. 우리 손님들이 오늘 비행기를 타고 집으로 돌아가거든."

"어디에서 왔지?" 소년이 카를로스 바로 뒤에 앉은 여학생에게 묻는다.

"저 학생들은 스페인어를 잘 못 해. 인디애나주에서 왔어." 카를로스가 대신 대답한다.

소년은 유리창이 내려진 차창 안쪽으로 고개를 살짝 기울이고 말없이 미소 짓는 소녀들을 훑어본다. 페로몬에 민감한 남자였다면 정신을 못 차렸으리라. 소년의 눈이 리디아에게 머물더니 한쪽 입꼬리를 들어 올리며 묻는다.

"저 여자는 누구죠?"

"우리 교회 교사야."

"저 여자도 미국 사람인가요?" 소년의 잘생긴 얼굴에 의심스럽다는 표정이 스친다.

"아니, 저분은 여기 사람이야. 우리 교회 신도지."

"왜 뒷자리에 앉아 있죠?"

리디아는 루카를 바라보면 안 된다는 걸 알지만, 루카는 이 세상에 남은 그녀의 유일한 닻인 터라 눈이 자꾸만 그쪽으로 가려고 한다. 리디아는 카를로스의 좌석 등받이에 시선을 고정한다.

"학생 하나가 멀미를 해서 도와주려고 뒤에 앉은 거야." 카를로스가 말한다.

리디아는 옆자리에 앉은 학생, 그녀의 머리를 땋아 준 학생의 날개뼈 사이에 엄마처럼, 기계적으로 손을 대고는 둥근 원을 그리며 문질러준다. 여학생은 자신이 겁에 질린 걸 리디아가 어떻게 알았는지 의아하지만, 위로해주는 게 고마워서 희미하게 미소 짓는다. 차창에 서 있던 소년은 손으로 문 가장자리를 잡고 리디아에게 직접 묻는다.

"이름이 뭐죠, 부인?"

"마리아나." 리디아는 거짓말한다.

"아직 아픈가요?" 소년이 턱으로 리디아 옆에 앉은 여학생을 가리키며 묻는다.

"조금 나아진 것 같기는 한데 아직 안 좋아." 리디아가 계속 소녀의 등을 문지르며 말한다.

상황을 잘 모르는 여학생들은 창백한 안색으로 리디아의 말에 신빙성을 더한다. 옆자리 여학생이 상체를 살짝 숙이자, 리디아는 이 애가 정말로 토할지도 모른다고 생각한다.

소년은 자리를 뜨지 않는다. AR-15는 차창 바로 밖을 맴돌고 소년의 눈은 리디아의 얼굴을 뜯어본다. 그러더니 다시 차 안으로 머리를 살짝 기울이며 묻는다. "이 차에는 여학생들만 있나요? 남학생은 없어요?"

리디아의 좌석 아래쪽 바닥에서 루카는 눈을 딱 벌리고 입은 꾹 다물고 있다. 숨조차 쉬지 않는다. 숨기의 달인이 되어서 자신의 몸 안에 미동도 하지 않고 숨어 있다.

"남학생들은 전부 다음 차에 탔어." 카를로스가 말한다.

소년이 손바닥으로 열린 차창을 두드리자 카를로스가 얇은 지폐 다발을 건네며 말한다.

"조심해라. 신의 가호가 함께 하기를."

소년은 고개를 끄덕이고 접힌 지폐 다발을 청바지 뒷주머니에 넣은 다음, 리디아 옆쪽 차창을 지나 세 번째 승합차로 간다. 소년이 차창을 지나갈 때 왼쪽 귀밑이자 목 위쪽에 새겨진 작고 단순한 마체테 문신이 보인다. 확실하다. 이들은 로스 하르디네로스의 조직원, 하비에르의 아이들이다.

차 안에서 여럿이 동시에 한숨을 내쉬는 소리가 들리지만, 리디아는 예외다. 그녀는 이제야 비로소 위로 쳐든 루카의 얼굴을 살짝 내려다본다. 루카는 눈을 감고 있다. 리디아도 눈을 꼭 감으며 잠시 안도감을 느낀다. 눈꺼풀에서 맥박이 톡톡 뛴다.

"다들 괜찮니?" 카를로스가 뒤돌아 소녀들의 얼굴을 일일이 바라보며 영어로 묻는다.

소녀들은 킥킥거리며 대답하고 리디아는 고개를 끄덕이며 손을 다시 무릎으로 내린다. 소년이 세 번째 승합차 운전자의 신문을 마칠 때까지 아주 오랜 시간이 흐른 듯하다. 마침내 소년은 줄 앞에 있는 대장에게 합류하려고 다시 그들이 탄 승합차 옆으로 지나가며 손을 흔든다. 두 소년은 기관총을 어깨에 둘러메고는 큼직한 통나무로 만든 임시 문을 밀어 선교사들이 탄 승합차가 지나갈 수 있을 정도로만 연다.

30분 뒤에 그들은 발사스강 위에 있는 메스칼라 다리를 건넌다.

여학생들은 탄성을 지르며 다리 아래 펼쳐진, 녹음이 우거진 계곡을 향해 카메라를 들이댄다. 루카가 보금자리에서 나와 리디아의 무릎 위로 기어오르자 마침내 리디아는 숨을 내쉰다.

10

피할 수 없는 선택

리디아와 루카는 거리에 햇살이 흥건하게 고이고 숨 막힐 정도로 알록달록한 멕시코시티를 볼 때까지 살아남는다. 이건 대단한 일이다. 이제는 죽음으로부터 나흘 그리고 380킬로미터 멀어졌다. 그것만이 아니다. 대도시에서는 익명성을 유지할 수 있다. 이는 허술하기는 해도 미래로 가는 길을 열어준다. 이제는 약간의 희망이 느껴진다. 두 사람은 종적을 감출 수 있을지도 모른다. 리디아는 비행기를 타고 떠나는 것이 가장 덜 힘든 방법이라고 이미 결론을 내린 터였다. 왠지 목적지를 늦게 정해야 살아남을 수 있을 듯한 근거 없는 믿음 때문에 아직 목적지를 결정하지는 않았지만, 북쪽 국경 도시들은 모두 조사했고 짧은 후보 목록을 작성해두었다. 서쪽부터 티후아나, 멕시칼리, 노갈레스, 시우다드후아레스, 누에보라레도였다. 이들 중 어느 도시든 상관없다. 모두 집 뒤쪽 베란다의 망사 달린 덧문처럼 숨겨져 있고 비밀스러운 도시들이다. 거기에서는 엘 노르테의 가정집에서 갓 구워 창틀에 놓아둔 파이의 냄새를 맡을 수 있다.

카를로스가 승합차 뒷문을 열자 햇살이 환히 비치는 아스팔트 도로 위로 머리를 땋은 학생들과 짐을 꾹꾹 쑤셔 넣은 배낭이 우르르 쏟아져나온다. 리디아와 루카도 그 뒤를 따른다.

승합차의 열린 뒷문 옆에 선 카를로스는 리디아의 손을 잡고 그녀의 귀에 격하게 속삭인다. "세바스티안은 아직 당신과 함께 있어요. 난 느낄 수 있습니다. 그 친구가 당신과 루카를 지켜줄 거예요. 두 사람은 무사할 겁니다."

리디아는 그의 확신이 부럽다. 두 사람이 껴안자 머리를 땋은 여학생들과 다른 승합차에 타고 있었던 남학생들이 충격받은 표정으로 얼굴을 돌린다. 메러디스는 루카 옆에 서서 루카가 멘 배낭 끈의 길이를 줄여주려고 어색하게 손을 놀리지만, 루카는 은근슬쩍 그녀의 손길을 피한다. 카를로스가 리디아를 놓아주자 메러디스 역시 그녀와 포옹하려고 다가온다. 하지만 남편끼리 친구라는 이유로 한때 두 여인 사이에 존재했던 온정은 이제 사라지고 없다. 그래도 리디아는 진심으로 고마운 터라 메러디스의 눈을 보며 말한다.

"우리를 위해 위험을 감수하기에는 당신이 얼마나 난처한 상황이었는지 알아요." 메러디스는 고개를 젓지만, 부인하는 몸짓치고는 미약하다. "정말 고마워요, 메러디스. 당신이 우리 목숨을 구했어요. 고마워요."

"하느님께서 함께하시길 빌어요." 메러디스가 말한다. 그때 함께 모인 학생들이 각자 검문소에서 겪은 일을 서로 비교하면서 왁자지껄 떠들어대는 소리에 다른 대화가 모두 묻히고, 두 여인은 이제 헤어진다는 사실에 안도한다. 학생 선교사 몇 명이 어슬렁어슬렁 걸어가자 공항 자동문이 덜컹거리며 입을 떡 벌린다. 카를로스와 메러디스가 인디애나주에서 온 목사 부부가 있는 무리와 작별 인사를 하는 동안, 리디아와 루카는 차양 그늘 속으로 들어가 국내선 터미널로 데려다줄 트램이 있는 쪽으로 걸어간다.

루카는 지금까지 트램을 타본 적이 없다. 관심을 갖지 않으려고 해도 유리로 된 매끈한 트램이 소리 없이 도착해 플랫폼에 사람들을 토해놓는 광경이 너무 멋지다. 사람들이 짐을 들고 거칠게 그들을 밀치자 루카는 엄마의 손을 잡고 옆으로 비켜선다. 엄마와 함께 플랫폼과 선로 사이의 좁은 틈을 건널 때는 그 틈에 빠지지 않으려고 조심한다. 엄마는 루카를 트램으로 끌어당기고, 루카는 저항하지 않는다. 두 사람은 맨 앞칸에 탄 터라 루카는 비스듬히 기울어진 유리창에 양손과 이마를 대고 밖을 바라보지 않을 수 없다. 점점 더 빠르게 발밑으로 미끄러져 들어가 사라지는 선로를 본다면 어떤 아이든 짜릿한 스릴을 느낄 것이다. 각기 다른 방향으로 달리며 교차하는 차와 버스, 택시, 가로등, 대기 중인 비행기들이 점점이 찍힌 활주로 가장자리, 뒤에 엄청나게 큰 계단이 달린 트럭들 위로 트램은 롤러코스터처럼 소리 없이 미끄러진다. 비행기 한 대가 그들 앞으로 쑥 내려오며 창밖으로 지나가자 루카는 숨을 헉 들이쉬며 뒤로 펄쩍 물러난다.

"엄마!"

사흘만에 루카가 처음으로 한 말이다. 루카는 즉시 그 말에서 고스란히 느껴지는, 의리 없는 행복을 후회한다. 엄마는 그를 보며 미소 짓지만 평소 미소와 다르다. 정말로 기쁜 척하려는 노력이 역력하다. 그런데 왜 루카는 이렇게 즐거운 걸까? 대체 뭐가 잘못됐길래 평소와 다름없이 행동할 수 있는 걸까? 엄마는 그의 정수리를 쓰다듬고 루카는 다시 유리창으로 얼굴을 내민다. 발아래서 트램이 선로를 삼키는 모습을 지켜본다.

국내선 터미널 안은 에어컨의 웅웅거리는 기계음이 다른 모든 소음 뒤에 윤기처럼 깔려 있다. 한 여자아이가 엄마의 손을 잡고 강아지 모양의 캐리어에 달린 개줄을 끌고 간다. 한 남자가 휴대전화에 대고 쉰 목소리로 낯선 언어를 외쳐댄다. 한 여자는 성난 힐을 또각거리며 서둘러 걸어간다. 레몬과 프레온 가스 냄새가 난다. 루카는 엄마를 따라 모니터가 있는 작은 키오스크 앞으로 간다. 모니터 여기저기를 누르는 엄마를 몇 분간 지켜보다가 엄마를 볼 게 아니라 다른 사람을 지켜봐야 한다고, 그들을 감시하는 사람이 없는지 확인해야 한다는 생각이 들어서 몸을 돌려 주위를 살펴본다. 강아지 캐리어를 끌고 있는 여자아이를 제외하고는 아무도 그들을 보고 있지 않다. 여자아이는 엄마와 함께 줄을 서 있다. 서 있다기보다는 캐리어 위에 앉아 있다. 엄마가 앞으로 조금 움직이자 여자아이는 발로 바닥을 밀어 엄마를 따라간다. 루카도 저런 캐리어를 가지고 싶다.

"여기서는 항공권을 살 수가 없네." 엄마의 목소리가 들리자 루카는 생각에서 깨어난다. "이 기계로는 당일 티켓을 살 수가 없어. 우리도 줄을 서야겠다." 엄마는 발등 위에 내려놓았던 배낭을 집어 들고 루카도 엄마를 따라서 줄을 선다. 강아지 캐리어를 좀 더 가까이에서 볼 수 있어서 행복하다. 이제 보니 이 캐리어에는 복슬복슬한 꼬리와 귀까지 달렸다.

신기한 눈으로 캐리어를 바라보는 루카를 보며 여자아이가 미소 짓는다. 소녀는 루카와 동갑으로 보인다. 한 살 더 어리거나. "쓰다듬어도 돼. 물지 않아." 소녀가 말한다.

루카는 한 걸음 물러나 엄마 뒤에 얼굴을 숨긴다. 하지만 잠시 후에 팔을 뻗어 강아지 꼬리 끝을 쓰다듬는다. 소녀는 웃음을 터뜨린다. 그때 소녀의 엄마가 "어서 가자, 나디아"라고 말하자 소녀는 손을 흔들고 다시 운동화로 바닥을 밀며 카운터로 간다.

그다음이 루카와 엄마 차례다. 이내 그들은 푸른 유니폼에 빨간 실크 스카프를 두른 직원 앞에 선다. 그녀의 목에 걸린 플라스틱 이름표에도 둥근 얼굴이 조그맣게 들어가 있다. 직원이 루카를 보며 미소 짓는다.

"안녕, 꼬마야! 비행기는 처음 타니?"

루카는 엄마를 올려다보고 엄마가 고개를 끄덕이자 자기도 고개를 끄덕인다. 비행기라니! 비행기를 탈 거라고? 비행기를 타고 싶은지는 잘 모르겠지만, 정말로 타고 싶은 것 같기도 하다. 어느 쪽인지 분간하기 힘들다.

"충동적으로 짧게 여행을 다녀오려고요." 엄마가 직원에게 말한다.

직원이 키보드로 손을 가져간다. "어디로 가실 건가요?"

"누에보라레도가 어떨까 싶어요."

직원이 말도 안 되게 빠른 속도로 자판을 딸각딸각 두드린다.

피할 수 없는 선택

저렇게 빠르게 자판을 치는 건 불가능할 거라고 루카는 생각한다. 아마 그냥 빨리 치는 척할 뿐일 것이다. 직원이 눈살을 찌푸린다.

"거긴 금요일까지 표가 없네요. 오늘 떠나실 건가요?"

"네." 엄마는 양쪽 팔꿈치를 카운터 위에 올린다. "그럼 시우다 드후아레스는요?"

딸각, 딸각, 딸각. "네, 거기는 표가 있네요. 오후 3시 출발이고 과달라하라를 경유해서 저녁 7시 4분에 도착합니다."

엄마는 아랫입술을 깨문다. "직항은 없나요?"

딸각, 딸각. "내일 아침 11시 10분에 있네요."

엄마는 고개를 젓는다. "안 되겠네요. 그럼 티후아나는요?"

이번에는 직원이 말하는 소리에 자판 소리가 가려진다. 직원은 모니터도, 손도 바라보지 않고 두 손은 마치 몸에서 분리된 두 마리 짐승처럼 그녀 앞에서 자유자재로 움직인다. 직원은 둥근 얼굴을 엄마에게 돌린다.

"재미있는 도시죠. 가본 적 있으세요?"

엄마는 고개를 젓는다.

"전 자주 다녔답니다. 아기를 낳기 전에는 승무원이었거든요. 티후아나 노선 담당이라서 거기서 자고 오곤 했어요." 직원은 루카에게 윙크한다. "너도 파티를 좋아하면 좋겠구나!"

루카는 파티를 생각하지 않으려고 손톱이 손바닥에 박히도록 주먹을 꼭 쥔다. 직원은 둥근 얼굴과 둥근 눈을 다시 앞의 모니터로 돌린다.

"오후 3시 27분에 티후아나로 가는 직항이 있네요. 5시 13분에 도착해요. 티후아나는 여기보다 두 시간 느리죠."

"딱 좋네요. 두 자리 있죠?" 엄마가 말한다.

"그럼요. 돌아오는 날은 언제로 하실 건가요?"

엄마는 테라조 바닥 위의 황금색 운동화를 내려다본다. 루카는 엄마가 왜 머뭇거리는지, 엄마가 머릿속으로 어떤 게 더 위험할지 계산하고 있다는 사실을 모른다. 리디아는 수중에 있는 돈이 정확히 226,243페소라는 걸 알고 있다. 칠판싱고에 있을 때 카를로스의 집 욕실 바닥에서 세어봤기 때문이다. 벌써 호텔과 쇼핑, 버스를 타는 데 8,000페소 이상을 썼다. 그녀가 가지고 있는 엄마의 지갑에도 은행 카드가 들어 있는데 그건 쓰기가 두렵다. 엄마에게는 은행 계좌가 있고 거기에 얼마가 들었든 간에 그들은 그 돈이 필요할 것이다. 국경에 도달하면 코요테(밀입국자를 미국으로 안내하는 사람.-옮긴이)에게 돈을 줘야 하고, 운이 좋으면 그다음에 뭘 할지 생각해낼 때까지 생계를 유지할 수 있는 약간의 돈이 남을 것이다. 쓰지도 않을 돌아오는 항공권에 돈을 쓸 여유가 없다. 하지만 그렇다고 이 다정한 직원에게, 낯선 사람에게, 알콜일지도 모르는 사람에게 편도 티켓만 필요하다고 말할 여유도 없다. 루카는 엄마의 손을 꼭 잡는다. "일주일 후에 돌아오는 걸로 하죠." 엄마가 말한다.

"알겠습니다." 직원은 밝게 말하지만, 루카는 직원의 미소가 약간 시들해진 것이 걱정스럽다. "돌아오는 비행기를 알아봐 드릴게요. 어디 보자, 오후 12시 55분 비행기는 어떠세요? 여기에 6시 28분 도착이네요. 직항이고요."

엄마는 고개를 끄덕인다. "좋네요. 네, 좋아요. 가격은 얼마죠?"

직원은 빨간 스카프를 바로잡으며 스크롤을 내린다. 끝이 사각형으로 된 손톱에는 콘크리트 색깔의 매니큐어를 발랐다. 직원이 화면을 누르자 손톱이 탁탁 소리를 낸다. "1인당 3,610페소네요."

엄마는 다시 고개를 끄덕이고는 배낭을 앞으로 돌려 무릎으로 받친다. 엄마가 배낭 옆에 달린 주머니에서 지갑을 꺼내는 동안 직원은 계속 자판을 두드린다.

"현찰로 계산해도 될까요?"

"네, 물론이죠. 사진이 있는 신분증만 주시면 돼요."

엄마는 돈을 여러 곳에 분산시켜두고 지갑에는 10,000페소만 넣어서 다녔다. 루카는 엄마가 돈 세는 모습을 지켜본다. 분홍색 일곱 장, 오렌지색 두 장, 푸른색 한 장. 엄마는 카운터에 지폐를 한 장씩 쌓고 직원은 지폐 다발을 집어 들어 세어본다. 엄마는 지갑 속 깊숙이 손가락을 넣어 유권자 카드를 꺼내더니 카운터 위에 딱 소리 나게 내려놓는다. 직원은 자판 너머에 돈을 내려놓고 엄마의 유권자 카드를 집어 든다. 그러고는 한 손으로 신분증을 든 채 다른 손으로 자판을 누른다.

"고맙습니다." 직원은 유권자 카드를 다시 엄마에게 건네주고는 루카를 바라보며 미소 짓는다.

"넌 어때? 너도 유권자 등록 카드 가져왔니?"

루카는 고개를 흔든다. 당연히 투표할 수 있는 나이가 아니다.

직원은 다시 엄마를 바라본다. "그러면 출생증명서나 법적 양육권이 있다는 걸 증명할 수 있는 서류가 필요해요."

"내 아들인데도요?" 엄마가 묻는다.

"네."

엄마는 고개를 젓는다. 루카는 붉어진 엄마의 눈가를 보며 엄마가 울지도 모른다고 생각한다. "그런 거 없어요. 저한테는 그런 서류가 없어요." 엄마가 말한다.

"아." 여자는 양손을 깍지끼고, 자판 위로 숙였던 몸을 똑바로 편다. "죄송하지만 그 서류 없이는 비행기를 타실 수 없어요."

"좀 봐줄 수 없을까요? 이 애는 분명 내 아들이에요."

루카는 고개를 끄덕인다.

"죄송하지만 그게 저희 방침이랍니다. 법으로 정해져 있기도 하고요. 어떤 항공사든 마찬가지예요." 직원은 알록달록한 지폐를 다시 가지런히 모아서 엄마에게 건네지만, 엄마는 돈을 받지 않는다. 그러자 직원은 엄마 앞에 돈다발을 내려놓는다.

"제발 부탁이에요." 엄마가 목소리를 낮추고 몸을 내민다. "우린 절박해요. 이 도시를 꼭 빠져 나가야 해요. 그것만이 유일한 방법이라고요. 제발."

"죄송해요, 부인. 저도 도와드리고 싶어요. 하지만 등기소에 가서 아드님의 출생증명서 사본을 떼어오셔야 해요. 그게 없으면 비행기를 탈 수 없어요. 저는 아무것도 해드릴 수 없어요. 설사 제가 티켓을 드려도 보안 검색대에서 걸릴 거예요."

엄마는 돈을 낚아채 신분증과 함께 청바지 뒷주머니에 넣는다. 최근 엄마의 얼굴은 안색이 계속 바뀌는데 이젠 물로 씻어낸 듯 창백하다.

"죄송해요." 직원이 한 번 더 사과하지만, 엄마는 이미 자리를

피할 수 없는 선택

뜨려고 돌아선 뒤였다. 루카는 엄마를 따라가며 어디로 갈 거냐고 묻지 않는다. 그들은 이내 지하철을 탄다. 아사벨라카톨리카역에서 내려 밖으로 나가자 루카는 더욱 혼란스럽다. 멕시코시티를 둘러보는 것이 진짜 모험처럼 느껴지기 때문이다. 여기는 모든 것이 아카풀코와 다르다. 루카는 모든 색을 받아들이려고 노력한다. 펄럭이는 깃발, 과일 노점, 거대한 돌덩어리처럼 생긴 현대식 건물들과 어깨를 나란히 한 식민지 시대 바로크 양식 건물들. 연철로 만든 발코니에서는 음악이 흘러나오고, 노점에는 알록달록한 탄산음료가 줄줄이 진열되어 있고, 사방이 예술 작품이다. 벽화, 그림, 조각, 그래피티. 한쪽 길모퉁이에는 알록달록하고 키가 큰 예수상이—조각상이라고 하기에는 작지만, 성인 남자라고 하기에는 너무 커서 루카는 예수라고 생각한다—연두색 로브의 한쪽 자락을 팔에 멋들어지게 걸치고 있다. 감각에 엄청난 자극이 쏟아지자 루카는 잠시 죄책감을 묻어둔다. 엄마 옆에서 걸으며 풍경을 꿀꺽꿀꺽 삼키는 동안 입이 살짝 벌어진다.

엄마가 한 노점에서 타말레(옥수수 반죽 속에 여러 재료를 넣고 익히는 요리로 만두와 비슷하다. - 옮긴이)와 자른 오이 한 봉지를 산다. 거의 2시가 다 된 터라 루카는 배가 고프다. 두 사람은 파라솔이 놓인 테이블에 앉아 먹는다. 신기하게도 어떤 것들은 전혀 변하지 않았다. 소금을 뿌린 오이는 그 사건이 있기 전과 맛이 똑같다. 그의 손가락 관절도 변하지 않았다. 그의 손톱도, 엄마의 어깨너비도. 루카는 아무 말 없이 음식을 씹는다. 다 먹고 나자 엄마는 앞쪽에 나체로 춤추는 사람들의 동상이 있는 사각형 콘크리트 건물로 루카를 데려간다. 안으로 들어가니 카운터 뒤에 서 있는 남자 직원이 루카의 출생증명서 사본을 떼려면 루카가 태어난 주의 등기소로 가야 한다고 말한다.

"아이가 멕시코시티에서 태어났나요?"

"아뇨."

"그럼 멕시코주에서?"

"아뇨. 게레로주에서 태어났어요."

"그럼 도와드릴 수 없습니다." 카운터 위에는 직원이 먹던 샌드위치가 놓여 있다. 그는 어서 다시 샌드위치를 먹고 싶은 듯하다.

건물 밖으로 나오자 루카와 엄마는 잠시 걸음을 멈춘다. 그래야 엄마가 생각할 수 있기 때문이다. 두 사람은 사각형 건물 그늘 속에 함께 쪼그리고 앉아 벽에 등을 기댄다. 잠시 후 엄마가 자리에서 일어나더니 "오케이"라고 말한다. 엄마의 얼굴은 원래 안색으로 돌아갔고 두 손은 몸에 딱 붙어 있다. 엄마는 주먹을 불끈 쥐고는 다시 "오케이"라고 말한다.

그들은 몇 블록을 걸어서 한때는 새하얀 석조 건물이었으나 세월과 풍상과 공해를 겪으며 더러워진 거대한 벽돌 건물 앞에 선다. 거기에는 엄청나게 큰 아치형 나무 문이 있는데 큼직한 금색 단추들이 박혀 있다. 건물을 올려다본 루카는 그 압도적인 크기에 겁이 날 지경이다. 자신보다 열 배는 크다. 하지만 엄마가 그의 손을 잡고 있다. 둘은 함께 연보라색 꽃이 핀 자카란다나무 밑을 지나간다. 그러고는 거대한 문 한쪽에 조그맣게 나 있는 문을 통과해 서늘하고 고요한 실내로 들어선다.

피할 수 없는 선택

이곳은 미겔 레르도 데 테하다 도서관으로 경제 전문 도서관이지만 너무 아름다워서 리디아는 문학과 영어를 공부하던 대학생 시절에 여기에서 즐겨 공부했다. 세바스티안을 처음 만난 곳이기도 했는데 둘 다 서로 경제학도인 줄 알았다. 사귀게 된 뒤로는 경제적으로 좀 더 박식한 사람을 만나려고 이 도서관에 왔는데 어쩌다 이렇게 되었는지 모르겠다고 서로 농담을 하곤 했다.

뒤쪽 벽을 따라 놓인 테이블에 새로 설치된 컴퓨터들을 제외하면 도서관의 메인 열람실은 리디아가 기억하는 모습 그대로다. 성당처럼 높은 천장, 천장에서 쏟아지는 자연광에 흠뻑 젖은 동굴 같은 공간, 블라디가 그린 색색의 벽화로 감싸인 벽들. 세바스티안은 리디아에게 계속 여기서 공부하려고 고집을 피웠다가는 시험에 떨어질 거라고 했다. 그 벽화를 보는 데 대부분의 시간을 허비했기 때문이다. 리디아는 예전부터 루카에게 이 놀랍도록 아름다운 장소를 보여주기를 꿈꿨지만, 그 꿈이 이렇게 이뤄질 줄은 몰랐다. 루카에게 늘 이 도서관에 얽힌 사연을 이야기해줄 거라고 생각했지만, 막상 여기 있는 지금은 현실과 너무 괴리된 터라 도저히 추억을 입에 담을 수 없다. 리디아가 기말고사 공부를 하는 동안 도서관에 몰래 가져온 과자를 세바스티안이 빼돌린 일, 세바스티안이 너무 웃겨서 큰 소리로 웃는 바람에 사서에게 쫓겨난 일, 그저 리디아의 아버지가 가장 좋아하는 책이고, 그와 같은 것을 공유하고 싶으며, 그를 알고 싶다는 이유만으로 세바스티안이 저기 보이는 개인 열람실에 들어가 옥타비오 파스의 《고독의 미로》를 힘들게 읽었던 일.

아버지가 돌아가셨을 때 리디아의 슬픔은 굉장했다! 단 한 사람의 죽음이 이십 대 때 그녀의 삶에 얼마나 큰 영향을 미쳤는지 지금 생각해보면 무서울 정도다. 그런데 이제 열여섯 명이 더해졌다. 그 일을 생각하면 자신이 레이스 쪼가리처럼 무엇으로 만들어졌는지보다 어떤 형태의 구멍이 뚫렸는지로 정의되는 듯하다. 이 열여섯 명의 죽음이 루카라는 사람을 어떤 형태로 만들지 상상조차 할 수 없다. 신변이 안전해지는 대로 장례식을 치러야 한다. 루카에게는 의식이 필요하다. 자신의 슬픔을 조금이나마 통제할 수 있는 무언가로 만들 방법이 필요하다. 그렇게 생각하니 가슴이 답답하지만, 리디아는 다시 주문을 외운다. **생각하지 마, 생각하지 마, 생각하지 마.** 그러고는 도서관의 규모를 가늠하고 있는 아들을 바라본다. 뒤로 살짝 젖힌 고개, 모든 물건의 표면을 따라 오르락내리락하는 눈, 어쩌다 떠오르는 미소를 쫓아내는 노력.

"괜찮아, 미호. 가서 보렴." 하지만 루카는 더욱더 그녀의 손에 매달린다. "좋아, 그럼 자리에 앉자." 리디아는 컴퓨터가 있는 빈자리로 아들을 데려가서 앉는다.

등기소 그늘에 쪼그리고 앉았을 때 제일 먼저 떠오른 생각은 위장 전략이었다. 그들은 난민 행세를 할 수 있었다. 하지만 아들과 함께 짐이 가득 든 배낭을 메고 이 고요한 도서관에 앉아 있으니 그건 전혀 위장이 아니라는 청천벽력 같은 생각이 든다. 그녀와 루카는 정말로 난민이다. 그게 그들의 처지다. 새롭게 바뀐 가혹한 현실 속에서 그 사실만으로도 리디아는 숨이 턱 막혀서 잘 쉬어지지 않는다. 그녀는 평생 가여운 난민들을 동정하며 살았다. 그들을 위해 돈을 기부했다. 편안한 삶을 사는 엘리트로서 자신과 동떨어진 그들의 삶에 흥미를 느꼈다. 어느 나라에서 왔든, 그 나라에서 얼마나 끔찍하게 살았기에 밀입국이 더 나은 선택인지 의아했다. 자신들을 원치도 않는 머나먼 나라에 간다는 꿈을 이루기 위해 집과 문화, 가족 심지어 언어도 버리고 죽을 위험까지 무릅쓰며 엄청난 위험을 감수한다는 사실이 의아했다.

리디아는 의자에 등을 기대고 앉아 아들을 바라본다. 루카는 머리 위쪽 벽에 비스듬히 누워 있는 자홍색 형체를 응시하고 있다. 난민. 루카를 도저히 그 단어에 집어넣을 수 없다. 하지만 그것이 현재 그들의 처지다. 상황이 그렇게 되었다. 고향을 떠난 사람이 그들이 처음은 아니다. 아카풀코는 주민들이 사라지고 있다. 작년에 그녀의 동네에서 몇 명이나 도망쳤을까? 몇 명이나 사라졌을까? 지금까지는 다른 도시에서 그런 일이 일어나는 걸 지켜봤고, 그들과 동떨어진 위치에서 마음껏 동정했고, 난민들의 행렬이 멀리서 그들을 지나 남쪽에서 북쪽으로 향하는 걸 보며 고개를 절레절레 흔들었다. 이제는 아카풀코도 그 행렬에 동참했다는 걸 리디아는 깨닫는다. 잔혹하고 피로 얼룩진 그 도시에는 아무도 머물 수 없다.

리디아는 루카에게서 눈을 떼고 눈앞의 모니터에 집중한다. 이제는 패닉에 빠져서만이 아니라 아주 절박한 심정으로 정보를 검색한다. 그들에게는 다른 선택의 여지가 없다. 리디아는 창을 열고 라 베스티아가 멕시코시티와 가장 가깝게 지나가는 곳이 어디인지 찾는다. 컴퓨터 옆 고리에 걸린 헤드폰을 집어 들고 컴퓨터와 연결한다. 먼저 유튜브를 검색하지만 다 끔찍한 내용뿐이다. 상상했던 것보다 훨씬 더 끔찍하다. 그래도 미리 알아두고 대비하는 편이 더 낫다. 리디아는 억지로 계속 유튜브를 본다. 유튜브 속 이야기에 빠져드는 동안 자신의 가빠지는 호흡이나 빨라지는 심장 박동은 무시한다.

라 베스티아에서 맞이할 수 있는 죽음의 형태는 모두 다 끔찍하다. 기차가 커브를 돌 때 움직이는 두 화물칸 사이에 떨어져 으스러질 수 있다. 잠이 들었다가 기차에서 떨어지는 바람에 바퀴 사이에 끼어 다리가 잘릴 수 있다. (그런 일을 당했을 때 즉사하지 않으면 대개 어떤 농부가 소유한 벌판의 외진 구석에서 누군가에게 발견될 때까지 피를 흘리다 죽는다.) 그리고 어디에나 존재하는 인간의 평범한 폭력에 의해 죽기도 한다. 다시 말해, 맞아 죽거나 칼에 찔려 죽거나 총에 맞아 죽는다. 도둑맞는 건 당연한 일이다. 보상금을 노린 유괴도 흔하다. 유괴범들은 종종 가족이 빨리 돈을 내놓을 수 있도록 유괴한 아이들을 고문한다. 이 기차에서는 제복이 원래 상징하는 의미를 상실한다. 난민이나 코요테, 기차 엔지니어, 경찰, 이민국 요원인 척하는 사람의 절반은 카르텔 조직원이다. 모두가 뇌물을 받는다. 인터뷰하기 사흘 전에 두 다리를 잃은, 앞니가 하나 빠진 스물두 살의 과테말라 청년은 이렇게 말한다. "기차에 타기 전에 누군가 내게 이런 말을 해줬죠. 기차에서 떨어져 팔이나 다리가 기차 아래로 빨려 들어가거든 머리도 그 안에 넣을지 말지 결정할 수 있는 찰나의 기회가 있다고요." 청년은 카메라를 보며 눈을 깜빡거린다. "난 잘못된 선택을 했습니다."

피할 수 없는 선택

끔찍한 동영상을 실컷 보고 난 후에 리디아는 잠시 고개를 숙이고 자신의 마음 상태를 살핀다. 방금 본 이야기들이 아무리 끔찍하다 해도 멕시코의 모든 범죄 사업이 그렇듯 라 베스티아도 카르텔의 통제를 받고 있다는 걸 알기 때문이다. 오로지 한 카르텔의 통제를 받고 있는데 모든 카르텔의 어머니 격이자 너무도 악몽 같은 카르텔이라서 사람들은 그 이름을 입에 올리지 않는다. 그리고 지금 리디아에게는 그 사실이 매우 중요하다. 왜냐하면 그 카르텔은 로스 하르디네로스가 아니기 때문이다. 남편의 조사 덕분에 리디아는 하비에르의 영향력이 이제 게레로주를 훨씬 넘어섰고, 그가 멕시코를 세로로 가로지르는 카르텔들과 동맹을 맺었다는 사실도 알고 있다. 뿐만 아니라 텍사스주 접경 지대인 코아우일라주 플라사(본래 의미인 '광장'이 아닌, 마약 거래가 이뤄지는 장소이자 카르텔이 장악한 구역을 말한다. - 옮긴이)까지 장악했다. 하지만 그의 영향력이 아무리 막강하다고 해도 라 베스티아까지는 아니다. 하비에르는 그 기차의 헤페가 아니다. 따라서 리디아는 한 괴물에게서 도망치기 위해 다른 괴물의 소굴로 들어갈지 말지 선택해야 한다.

매해 50만 명이 이 여행에서 살아남아. 우리도 이 여행에서 익명으로 남을 수 있어. 리디아는 속으로 생각한다. 아무도 라 베스티아에서 그들을 찾지 않을 것이다. 하비에르는 그녀가 그렇게 여행하리라고 꿈에도 생각하지 못할 것이다. 그녀 자신조차 상상하기 힘드니까. 따라서 그녀와 루카가 그 열차에서 살아남을 확률은 다른 사람과 똑같다. 어쩌면 더 높을 수도 있다. 그들에게는 여행에 대비할 돈이 있고 자신들이 생존자라는 사실을 이미 증명했기 때문이다. 하비에르에 대한 피가 얼어붙을 듯한 두려움, 초록색 타일이 깔린 샤워실에서의 기억, 세바스티안이 굽던 닭 다리를 먹으며 죽은 가족들 사이를 걸어 다니던 시카리오에 비하면 라 베스티아에 대한 두려움과 거기서 폭력, 유괴, 죽음이 만연하다는 사실은 약과다. 그다지 실감 나지 않는다. 이 점이 가장 중요하다.

리디아는 자신의 계획이 충격적이기는 해도 타당하다는 결론을 내린다. 모니터에 새 창을 열고 라 베스티아의 노선을 신중히 알아본다. 멕시코시티에서는 도심 북쪽 외곽 끝에 있는 레체리아에 난민들이 모이는 듯하다. 거기서부터 북쪽으로 160킬로미터를 달린 후에 세 방향으로 갈라진다. 여기서 멀지 않은 부에나비스타역에 레체리아로 가는 통근 열차가 있다. 리디아의 위장이 요동친다.

"이건 미친 짓이야." 리디아는 큰 소리로 말한다.

루카가 리디아를 향해 눈을 반짝 뜨지만, 아무 말도 하지 않는다. 리디아는 헤드폰을 컴퓨터 옆 고리에 다시 걸고 자리에서 일어나 소지품을 챙긴다.

"안 돼." 리디아는 배낭을 어깨에 메고 루카에게 가자고 손짓한다. 그러고는 다시 한 번 말한다. "안 돼." 왜냐하면 합리적인 책방 주인이자 현모양처인 리디아, 지난주까지의 리디아는 새로운 리디아, 제정신이 아닌 리디아, 여덟 살짜리 아들을 끌고 달리는 화물 열차 꼭대기에 올라타는 게 좋은 계획이라고 생각하는 리디아와 싸우고 있기 때문이다. 그렇다고 더 나은 계획도 없다. "안 돼." 리디아는 마지막으로 그렇게 말하고 다시 떠들썩한 햇살 속으로 나간다. 이제 할 일은 아무것도 없다.

라 시우다델라 시장에서 리디아는 담요 한 장과 컨버스 벨트 네 개를 산 뒤 레체리아로 가는 통근 열차를 타려고 길을 떠난다.

11

바퀴 달린 짐승

부에나비스타역은 세포라와 판다 익스프레스가 입점해 있고 심지어 아이스링크까지 있는 대형 쇼핑몰 한쪽 끝에 있다. 기차역 앞 도로는 분홍색 택시와 빨간 버스로 붐빈다. 쇼핑객이나 상인 모두 아카풀코에서 주로 보는 것보다 더 좋은 옷을 입고 있으며 다들 깨끗한 운동화를 신고 있다. 서점 쇼윈도 앞을 지나던 리디아는 잠시 걸음을 멈추고 일렬로 층층이 진열된 알록달록한 색의 책들을 바라본다. 신간도 있고 그녀의 서점 쇼윈도에 진열된 책들도 있다. 리디아는 그녀가 주문한 책들을 서점으로 배달해주던 운전사를 생각한다. 그는 서점 밖에 멈춰서서 눈 위에 양 손끝을 삼각형 모양으로 모은 채 쇠창살이 내려진 어두컴컴한 쇼윈도 안쪽을 들여다보곤 했다. 또 서점에서 파트 타임으로 일하던 두 직원도 생각한다. 손에 잡히는 책마다 읽어야 직성이 풀리는 탓에 도무지 책 정리를 맡길 수가 없는, 안경을 쓴 키키. 평생 어른용 책은 읽어본 적이 없지만, 아동 문학에 있어서는 안목이 뛰어나고 성실한 일꾼인 글로리아. 둘 다 가족 생계가 그들의 월급에 달려 있는데 이제 리디아가 없으니 어떻게 지내고 있을지 걱정된다. 리디아는 먼지가 쌓였을 창고와 미처 보내지 못한 택배를 생각한다. 그녀가 서점 쇼윈도에서 물러나자 유리창에는 유령처럼 손바닥 자국이 찍혀 있다.

리디아와 루카가 3층에 있는 바나멕스 은행 ATM에 줄을 서 있는 동안 옆에서 한 소녀가 큼직한 캔버스 가방에 든 엽서를 팔고 있다. 해가 지는 소칼로 광장, 크리스마스인 듯 불이 환하게 밝혀진 멕시코 예술 궁전. 리디아는 엽서를 한 장 사서 하비에르에게 보낼까 생각한다. 그 텅 빈 공간에 뭐라고 쓴단 말인가. 그의 방치된 인간미에 호소하고, 그의 이상한 양심을 인정하면서 살려달라고 간청할까? 아니면 자신의 분노와 슬픔을 분명하게 설명하는 부질없는 시도를 할까? 리디아는 글을 사랑하지만 때때로 글은 너무도 미흡하다.

배낭 밑바닥, 아카풀코를 떠난 후로 지퍼를 채우지 않은 칸막이 속에는 잘 접어서 넣어둔 엄마의 가방이 있다. 가방 안쪽에 든 지갑 속에는 엄마의 은행 카드가 있다. 리디아는 그 카드의 비밀번호를 알고 있다. 번호를 설정하도록 도와주고 사용법을 가르쳐준 사람이 바로 그녀이기 때문이다. 리디아가 기억하는 한 엄마는 이 작은 갈색 가방을 말 그대로 늘 들고 다녔다. 리디아가 어릴 때는 가죽이 두껍고 뻣뻣했지만, 세월이 흐르면서 이제는 부드러워졌다. 죔쇠는 오래전에 고장 나서 입구를 덮는 덮개만이 안에 든 내용물이 빠지지 않도록 막아준다. 리디아는 추억에 잠기지 않는다. 곧장 뒤에 있는 유리 벽에 배낭을 기댄 채 엄마의 가방을 연다. 리디아 곁에 선 루카는 그녀를 바라보지 않고 유리 벽에 붙은 큼직한 스티커 한쪽을 떼어내려 한다. 저금리로 대출해준다고 광고하는 스티커다. 얼마 전이었다면 리디아는 루카를 나무랐을 것이다. 누군가 많은 돈을 내고 그 스티커를 붙였으니 떼면 안 된다고. 하지만 지금은 아니다. 리디아는 엄마의 가방을 들여다본다. 특정한 냄새, 혹은 여러 가지가 뒤섞인 냄새가 풍긴다. 지금 서 있는 곳이 맥도날드와 크레페팩토리 사이인데도 가방에서 그 냄새가 훅 올라오며 리디아가 빠져들지 않으려고 했던 기억을 불러일으킨다. 낡은 가죽과 화장지(사용한 것과 아직 사용하지 않은 것), 엄마가 늘 샀던 시나몬 껌, 작고 하얀 종이 봉지에 담긴 검은 감초 사탕들, 살구 추출물이 들어간 작은 튜브형 핸드 로션, 아기 분 냄새가 나는 압축 파우더 컴팩트, 이 모두가 뒤섞여서 친밀하고 의심의 여지 없는 리디아의 어린 시절 향기가 된다. 엄마의 향기.

루카도 그 냄새를 알아차린다. 그러고는 계속 유리 벽을 바라보며 "할머니"라고 말하고 다시 스티커를 공격한다.

리디아는 입으로 숨 쉰다. 그녀의 차례가 되자 파괴된 삶의 잔해가 삐져나온 배낭을 발치에 내려놓고 ATM 앞에 선다. 옆에서 ATM을 사용하는 젊은 여자가 그들 쪽으로 시선을 돌리지 않으려고 조심한다. 리디아는 여자의 조심스러운 행동에 민망해진다. 그녀는 추억을 물리쳤을 뿐만 아니라 두렵기까지 하다. 이 단 한 번의 출금으로 자신의 위치를 알리는 조명탄을 쏘아 올리게 될까 격정된다. 투입구에 카드를 넣고 비밀번호를 누르는 리디아의 손이 떨린다. ATM 기계에서 삐삐 소리가 크게 울리더니 다시 카드를 뱉어낸다.

"아 씨발!" 리디아가 욕하자 루카가 그녀를 바라본다. "괜찮아."
리디아는 거짓말을 한다. 이번에는 더 조심스럽게 카드를 투입구
에 넣고 떨리는 손으로 비밀번호를 누른다. 리디아는 비밀번호를
알고 있다. 루카의 생일이다. 틀릴 리가 없다.

됐다! 하느님 감사합니다.

성인이 된 자녀가 나이 든 부모를 보살피는 멕시코 문화에서 이
례적으로 리디아의 엄마는 자신만의 은행 계좌가 있다. ATM 카드
가 있다는 사실만으로도 엄마는 동년배들 사이에서 별종이나 다
름없었다. 아카풀코처럼 경제적으로 풍족한 도시에서조차, 심지
어 멕시코의 탄탄하고 점점 늘어나는 중산층 안에서도 그렇다. 하
지만 원래 리디아의 엄마는 별종이었다. 매사를 동 세대 여성들과
약간 다르게 살아왔다. 일례로 처음 받은 두 번의 청혼을 모두 거
절했다. 그러다가 혼기를 훌쩍 넘긴 스물네 살에 마침내 선심을 써
서 결혼하기로 했을 때는 경리로 일하고 있던 병원을 곧바로 그만
두지 않고 오히려 다시 학교에 입학해 공부까지 병행하는 바람에
외할머니의 실망이 이만저만이 아니었다. 결혼한 지 3년이 지났을
때는 공인 회계사 자격증을 따서 도시에서 일자리를 구했다. 부모
님과 친구들은 가끔 엄마의 선택에 눈썹을 치켜세웠지만, 리디아
의 아빠는 아내가 선구자라는 사실을 아주 좋아했다. 심지어 두 딸
이 태어난 뒤에는 각서에 썼던 것보다 기저귀를 훨씬 많이 갈아야
했는데도. 그래서 리디아는 자립과 미래를 위한 저축의 중요성을
강조하는 엄마 밑에서 자랐다. 책방을 개업할 때는 엄마에게 돈을
빌리기도 했다. 리디아는 그런 엄마가 고마웠지만, 엄마의 별스러

운 성향 덕분에 언젠가 자신이 목숨을 구하게 될 거라고는 상상도 못 했다.

앞에 있는 스크린에 계좌 잔액이 뜬다. 리디아가 바라던 액수보다 훨씬 많은 금액이다. 212,871페소. 10,000달러가 넘는 돈이다. 리디아는 한숨을 내쉰다. 안도의 한숨이지만, 기쁨의 한숨이기도 하다. 이 정도면 거액이다. 엄마가 소속된 원예 클럽 친구들이 이 액수를 들었더라면 충격을 받았을 것이다. 리디아는 돈을 인출하지 않고 카드만 뺀 다음 다시 엄마의 지갑 속에 모시듯 넣어둔다. 돈이 필요할 때까지 계좌에 넣어두는 게 안전하다. 만약 돈이 모든 문제를 해결해준다면 그녀와 루카는 목숨을 구할 수 있다. 하지만 여전히 멕시코시티를 빠져나갈 방법이 없다. 그리고 이 한 번의 ATM 거래로 하비에르의 지도에는 그녀의 위치를 알리는 핀이 꽂혔을 수 있다. ATM을 이용하고도 곧장 그들의 위치가 발각되지 않는 것은 멕시코시티가 워낙 넓기 때문이다. 이제 볼일을 다 봤으니 이동해야 한다. 그들은 푸드코트로 가서 타코를 주문한다. 루카는 사워크림을 추가로 주문해달라고 한다. 무언가를 요구하는 루카를 보니 리디아는 크게 마음이 놓인다. 그들은 리체리아로 가는 6시 32분 통근 기차 안에서 타코를 먹는다.

루카와 엄마가 도서관에서 찾아낸 주소에 도착했을 때는 아직 환해서 도로 위로 긴 그림자가 누워 있다. 하지만 난민 쉼터는 문이 잠겨 있고 창문은 캄캄하다. 엄마는 손을 들어 눈가에 그늘을 만든 채 창문 너머를 들여다본다. 루카도 엄마를 똑같이 따라 하지

바퀴 달린 짐승

만, 아무것도 보이지 않는다. 식료품이 가득 든 금속 카트를 끌며 그들 옆으로 지나가던 여자가 말한다.

"문 닫았어요."

"닫아요?" 엄마는 몸을 돌려 여자를 본다. "오늘은 문을 닫은 건가요?"

"아뇨, 아예 닫았어요. 몇 달 전에요. 이웃 사람들이 항의했거든요. 주민들에게는 골칫거리였어요. 여길 보세요." 여자는 카트에서 손을 떼더니 문 옆에 달린 우편함을 열어 전단지를 꺼내 리디아에게 건넨다. 리디아는 전단지에 적힌 글을 큰소리로 읽는다.

"친구 여러분. 레체리아 주민들은 여러분이 우에우에토카에 새로 생긴 난민 쉼터에서 여행을 계속하기를 권해드립니다." 리디아는 코웃음을 친다. "참 따뜻하기도 하네요."

여자는 양손을 들어 올린다. "불쌍한 불체자들 잘못은 아니지만, 당신들이 가는 곳에 문제가 따라가니까요." 그러고는 카트로 돌아가 카트가 굴러갈 수 있도록 비스듬하게 기울인다.

"잠깐만요. 우에우에토카가 어디에 있나요?" 리디아가 묻는다.

여자는 걸어가면서 "북쪽에요"라고 말하고는 어깨 너머로 손짓한다. 리디아는 루카를 바라보고 루카는 그저 어깨를 으쓱인다. 엄마에게 우에우에토카는 여기서 17킬로미터 정도 떨어졌다고 말해줄 수도 있다. 아까 엄마가 도서관에서 컴퓨터로 레체리아를 검색할 때 지도에서 봤기 때문이다. 하지만 혀로 말을 조합해서 "엄마, 거긴 오늘 밤에 걸어가기에 너무 멀어"라고 말할 수 있는 능력이 부족하다. 그래서 그저 엄마를 따라 반대 방향으로 세 블록을 걸어간다. 기차역과 지는 해를 향해서. 그러다 배낭을 메고 야구 모자를 쓴 한 무리의 남자를 발견한다. 해가 지면서 그림자가 길어질수록 엄마가 점점 더 불안해하는 걸 루카는 느낄 수 있다. 그들이 다가가자 남자들이 돌아보며 즉시 엄마에게 인사한다.

"안녕하세요, 부인. 별일 없나요?"

"네, 별일 없어요. 우에우에토카까지 어떻게 가는지 물어봐도 될까요? 난민 쉼터가 문을 닫았다는 걸 조금 전에야 알았거든요."

"네, 문을 닫았죠. 저 너머로 옮겼습니다, 부인." 가장 어린 남자가 말한다. 그의 입에서 시큼한 냄새가 난다.

"얼마나 먼가요?"

"꽤 멀죠. 여기서 15킬로, 25킬로미터는 될 겁니다."

"와, 머네요."

남자들이 모두 고개를 끄덕인다. 한 남자는 입에 이쑤시개를 문 채 낮은 벽에 기대서 있다.

"거기 가는 버스는 없나요?"

"없습니다. 하지만 여기서 기차를 타고 종점인 콰우티틀란까지 갈 수 있습니다. 거기가 좀 더 가깝죠. 거기서 걸어가면 아마 너덧 시간 걸릴 겁니다." 제일 어린 남자만 말하고 나머지 두 남자는 둘의 대화를 지켜본다. 테니스 경기를 지켜보듯이. 루카는 테니스 경기를 지켜보는 그들을 지켜본다.

"오늘 밤에 가기에는 너무 머네요." 엄마가 말한다.

"여기서 저희랑 함께 야영하고 내일 아침에 가시죠, 부인." 남자가 씩 웃으며 말한다. 그의 몸은 면발처럼 유연하게 움직이고 그의 제안은 뜬금없고 수상쩍게 들린다. 루카는 남자들과 엄마 사이에 선다. 엄마를 지켜주겠다고 생각해서가 아니라, 아이가 있으면 가끔 사람들은 나쁜 짓을 못 한다는 글을 봤기 때문이다. 루카는 엄마의 손을 잡아당기고 둘은 함께 자리를 뜬다.

다시 레체리아역에 도착한 뒤에는 북쪽으로 가는 기차를 타고 종점인 콰우티틀란까지 간다. 그곳에서 엄마는 거금을 주고 싸구려 모텔에 방을 잡는다. 그러고는 앞으로 오랫동안 호텔에 묵지 못할 거라고 말한다.

아침에 리디아는 해가 뜨자마자 루카를 깨우고, 두 사람은 우에우에토카를 향해 북쪽으로 출발한다. 꼭 난민 쉼터를 찾아야 한다기보다는 난민들을 찾아야 하기 때문이다.

콰우티틀란이 종점이기는 해도 선로는 계속 북쪽으로 이어진다. 백만 달러를 들여 새로 지은 장벽이 선로와 거리를 갈라놓는다. 멕시코 정부가 주로 미국의 돈을 받아 추진 중인 '남쪽 국경 프로그램'의 하나로 기차에 올라타는 난민들을 막으려는 목적이다. 장벽 때문에 난민들은 여기서 기차에 뛰어오를 수 없지만, 북쪽으로 1.5킬로미터 정도 가면 갑자기 장벽이 끝난다. 그래서 루카와 리디아는 잔디가 난 둔덕으로 올라가 선로 옆에 선다.

루카는 왜 걸어가야 하는지 이해할 수 없다. 그들에게 기차표를 살 정도의 돈은 있기 때문이다. 엄마에게 물어보고 싶지만, 목소리가 목 안에 봉인되어버렸다. 루카는 선로 왼쪽에서 오른쪽으로 폴짝폴짝 뛰어다니고 리디아는 뒤에서 기차가 오는지 살피려고 돌아본다. 어제 산 티켓, 레체리아에서 콰우티틀란까지 가는 티켓이 아직 루카의 주머니에 들어 있다. 엄마는 루카를 믿고 티켓을 맡겼다. 티켓을 두 번이나 기계에 넣었다 빼야 했는데도. 한 번은 기차에 탈 때, 한 번은 내릴 때. 루카는 주머니에 손을 넣어 티켓을 꺼낸다음 엄마의 소매를 잡아당긴다. 엄마가 루카를 돌아본다. 루카가티켓을 흔들어보이자 엄마는 루카가 뭘 묻고 싶어 하는지 알아차린다. 엄마는 뭐든 알기 때문이다.

"더는 기차표를 살 수 없어. 아까 거기가 종점이거든." 엄마가말한다.

루카가 눈살을 찌푸리자 이마에 작은 주름이 팬다. 루카는 고개를 위로 젖히고 실눈을 뜬다. 앞으로 뻗은 선로가 보인다. 루카는기억 속 지도에서 본 선로를 따라 손가락으로 허공을 더듬는다.

"우리 발아래 있는 선로는 계속 이어져. 엘 노르테까지." 엄마가확인해준다.

루카의 시야가 확대되고, 발아래 선로가 몇 킬로미터를 굴러 따가운 햇볕과 밤하늘 아래서 텍사스주까지 쭉 뻗어 나가는 게 느껴지는 듯하다. 그런데 왜 기차표를 살 수 없는 걸까?

"여기서 북쪽으로 가는 기차는 화물 열차뿐이야. 사람이 타는열차는 없어." 엄마가 말한다.

루카는 노력 끝에 간신히 한 단어를 내뱉는다. "왜?"

엄마는 고개를 젓는다. "엄마도 몰라, 아모르시토."

루카의 질문은 너무도 당연하게 들린다. 왜 없을까? 예전에는멕시코에도 화물 열차뿐 아니라 객차도 있지 않았던가? 리디아는어릴 때 화물뿐 아니라 사람도 태운 기차가 풍경을 가로질러갔던 기억이 희미하게 난다. 사람들은 캐리어를 든 채 플랫폼에 서 있었고 활기찬 기적 소리도 들렸다. 하지만 기차는 오래전부터 사람을 태우지 않았다. 리디아는 얇은 기억 속을 뒤져보지만 소용없다. 이유가 기억나지 않는다. 어차피 중요하지도 않고.

옆에서는 루카가 계속 선로 왼쪽에서 오른쪽으로 폴짝폴짝 뛴다. 루카는 푸른색 운동화 끝이 침목을 누르는 걸 바라본다. 가끔 루카는 그저 물어보도록 설정되어 있기 때문에 왜냐고 묻는다는 걸 리디아는 깨닫는다. 그녀가 정확한 답을 몰라도 루카는 개의치 않는다. 무언가 대답해주기만 하면 된다.

"그래도 어떤 사람은 기차를 타." 리디아는 루카를 곁눈질한다. "티켓도 없고, 좌석도 없는데도."

발을 바라보던 루카는 고개를 들어 그녀의 얼굴을 빤히 바라본다. 아무 말도 하지 않지만, 눈을 동그랗게 뜨고 있다.

"기차 꼭대기에 올라타는 거야. 상상이 되니?" 리디아가 말한다.

루카는 상상할 수 없다.

리디아는 그들이 여기까지 왔다는 사실에 기운이 난다. 하비에르와 거리가 멀어질수록 기분이 좋지만, 넓은 멕시코시티를 벗어나 과감하게 다시 작은 동네로 들어가니 두렵기도 하다. 그녀를 투명 인간으로 만들어주었던 도시의 안개가 이곳에 도착하는 순간 사라지는 걸 느낄 수 있다. 작은 동네의 낯선 사람은 눈에 띄기 쉬운 법이다. 그래서 리디아는 고개를 숙이고 신경을 바짝 곤두세운다. 두 사람은 빠르게 걷지만, 루카는 불평하지 않는다. 작은 자전거 수리점 앞을 지날 때는 벽에 기대어진 자전거의 손잡이를 꼭 잡아보고 싶지만 그것도 참는다. 황금색 벨이 달린 초록색 자전거인데 저 정도 크기면 루카도 탈 수 있을 것 같다. 하지만 그들은 계속 걷고, 채 한 시간이 되기 전에 선로 옆에 서 있는 젊은 난민 무리와 마주친다. 모두 남자로 스물네 명쯤 되는데 창고 뒤 공터에 모여 있다. 도시의 흔적이 점차 사라지고 풀이 드문드문 나기 시작하는 곳, 도시와 전원의 중간지대다.

난민들은 대부분 어두운 얼굴로 배낭을 메고 있다. 테구시갈파(온두라스의 수도. - 옮긴이)나 산살바도르(엘살바도르 수도. - 옮긴이) 또는 과테말라 산악지대에서 출발해 몇 주 동안 이미 수천 킬로미터를 여행한 사람들이다. 도시나 시골, 혹은 텐트촌에서 왔다. 키체어나 익실어, 맘어, 나우아틀어(모두 마야, 과테말라, 멕시코, 아스텍 원주민이 사용하던 언어. - 옮긴이)를 사용하는 사람들도 있다. 루카는 낯선 소리, 이해할 수 없는 단어들이 오르락내리락하고 굴러가는 소리를 듣는 게 좋다. 어떤 언어에서든 사람들이 똑같은 소리를 내는 게 좋다. 단어 외적인 것만 듣도록, 오르락내리락하는 억양만 듣도록 귀를 훈련하면 소리에 나만의 의미를 붙일 수 있는 게 좋다. 영어로 말하는 사람들도 많다. 하지만 여기서 멕시코시티를 벗어나 북쪽으로 가는 기차를 기다리는 동안에는 다들 스페인어를 사용한다. 대부분이 가톨릭 신자들로 자신들의 목숨을 하느님께 맡겼다. 그들은 자주 그리고 신념에 차서 하느님을 부른다. 그분의 아들과 모든 성인의 축복을 구한다. 마지막 기차가 떠나고 이틀이나 지난 터라 사람들은 기다리는 데 지쳤다.

근처에서 한 여자가 손수레에서 음식을 팔고 있다. 한쪽 양동이에서 토르티야를 꺼내고 다른 양동이에서 콩을 꺼내 토르티야 위에 놓고 돌돌 만다. 아무 말도, 미소도 없이 음식만 판다. 루카와 리디아는 토르티야를 사서 나무 밑 그늘로 간다. 리디아는 어제 도서관에서 나와 라 시우다델라 시장에서 산 알록달록한 담요를 풀이 나지 않은 땅에 깔고 루카와 함께 앉는다. 근처에 배낭을 베개 삼아 누워 있는 두 청년이 있다. 그중 한 명이 팔꿈치로 몸을 일으켜 그들을 마주 보더니 인사를 건넨다.

"안녕하세요, 자매님. 하느님께서 자매님의 여행을 축복하시길 바랍니다."

"고마워요. 하느님께서 당신의 여행도 축복하시길." 리디아가 말한다.

루카와 리디아가 토르티야를 먹는 동안 남자는 다시 배낭을 베고 눕더니 이렇게 말한다. "여행을 시작한 지 얼마 안 되신 모양이네요. 기운이 넘쳐 보이세요. 동생과 전 길을 떠난 지 벌써 2주나 됐답니다."

"어디서 출발했나요?" 리디아가 묻는다.

"온두라스요. 전 난도라고 합니다."

"만나서 반가워요, 난도." 자신의 이름은 밝히지 않은 채 리디아가 말한다. 난도도 묻지 않는다.

"하나만 물어봐도 될까요, 난도? 다들 어디 있죠?" 리디아가 묻자 난도는 다시 몸을 일으킨다.

"네?"

"다른 사람들은 다 어디에 갔나요? 여기서 기차를 기다리는 사람들이 많을 줄 알았거든요.”

“레체리아의 불체자 쉼터가 사라지고 장벽까지 생겨서 이젠 다들 여기에서 안 기다리는 것 같습니다. 그래서 이렇게 젊은 남자들만 있는 거죠, 자매님. 육상 선수들만요.” 난도가 말한다.

“올림픽 선수죠!” 그의 동생이 고개를 들지도, 눈을 뜨지도 않고서 말한다.

동생은 배만 볼록 나왔을 뿐 비쩍 말라서 루카가 보기에는 전혀 올림픽 선수 같지 않다. 그의 얼굴을 덮은 모자가 햇볕을 가려주고 있다.

“정말요? 저 장벽 때문에 사람들이 여기로 안 온다고요?” 리디아가 묻는다. 장벽은 너무도 미약한 장애물처럼 보이건만.

“꼭 여기 장벽 때문만은 아니죠. 역마다 장벽이 설치되어 있거든요.”

“역마다요?”

난도가 어깨를 으쓱인다. “지금은 대부분의 역에 다 설치됐습니다. 적어도 남부에는요.”

“저 비싼 장벽은 전부 사람들이 기차에 못 타게 하려고 설치된 건가요?”

“네, 안전을 위해 설치한다고는 하지만, 보다시피 기차가 서는 곳에만 설치했죠.” 난도가 아까 그들이 왔던 방향의 선로를 가리키자 리디아는 저쪽에는 장벽이 없고 선로가 탁 트여 있었던 기억이 난다. 거기서 이민국 요원들이 트럭에 앉아 도보로 지나다니는 사람들을 관찰하고 있었다. “기차가 여기 올 때쯤에는 벌써 속력을

바퀴 달린 짐승

높입니다. 그러니까 달리는 기차에 올라타려면 뛰어올라야 해요."

루카가 숨을 헉 들이쉬자 리디아와 난도는 아이를 돌아본다. 루카는 다시 토르티야로 시선을 돌린다.

"정부가 장벽에 붙여둔 표지판 못 보셨어요? '안전제일'!" 난도가 깔깔 웃는다. "자매님도 달리는 기차에 뛰어오르실 건가요?"

"아뇨." 리디아는 얼굴을 찡그린다. "그럴 수도 있고요."

남자는 다리를 끌어당겨 책상다리를 하고 루카를 바라본다. "넌 어떠니, 치키토(꼬마. - 옮긴이)? 너도 라 베스티아에 뛰어오를 거야? 로데오에서 황소에 올라타는 카우보이처럼?"

루카는 로데오를 본 적이 없고 살아 있는 카우보이조차 본 적이 없다. 그래서 어깨를 으쓱인다.

"그게 다예요? 정부에서 장벽을 세우고, 그 뒤로는 사람들이 오지 않는다고요?"

"누가 안 온다고 그래요? 제 고국에서는 어느 때보다 사람들이 많이 옵니다. 점점 더 늘어나고 있죠."

"그럼 그 사람들은 어떻게 밀입국을 하나요? 기차를 안 타면요?"

난도는 어깨를 으쓱인다. "요즘엔 대부분 코요테와 함께 갑니다. 온두라스에서부터요. 계속 안가安家만 따라서 이동하죠. 그렇게 엘 노르테까지 연결되어 있습니다만, 돈이 많이 듭니다. 게다가 일부 코요테들은 범죄자가 따로 없죠. 그래서 돈을 낼 여유가 없거나 코요테를 믿지 않는 사람들이 라 베스티아를 타는 겁니다."

"하지만 여기 와서 장벽을 발견하게 되면요? 기차에 못 타면 어떻게 되나요?"

난도는 마른 풀잎 하나를 뜯어서 한쪽 입꼬리에 문다. "아, 자매님, 이런 말은 하기 싫지만, 그럴 땐 걸어갑니다."

리디아는 믿기지 않는다. "온두라스에서 미국까지 걸어간다고요?"

루카는 머릿속으로 암산한다. 이 온두라스인들이 멕시코 북쪽 국경의 최남단 지점까지만 간다고 해도 그들이 걷는 거리는 총 2,600킬로미터쯤 된다. 인간이 정말로 그렇게 많이 걸을 수 있을까?

"이민국 요원에게 붙잡혀서 쫓겨나지 않는 한요. 그럴 땐 잠시 휴식을 취한 뒤에 에어컨이 설치된 버스를 타고 다시 돌아옵니다. 그다음에 맨 처음부터 다시 시작하는 거죠."

리디아는 토르티야의 마지막 조각을 먹는다. "당신은 이민국 요원에게 잡힐까 걱정되지 않나요?" 그러고는 입꼬리에 묻은 부스러기를 손등으로 닦는다.

"별로요." 난도는 미소 짓는다. "이민국 요원보다 빨리 뛸 필요 없습니다. 동생보다 빠르기만 하면 되죠. 그래서 전 안심입니다."

"꿈 깨셔, 똥보야." 동생이 말한다.

"자매님은 어떻게 하실 건가요? 아드님은요? 이민국 요원이 오면 어쩌실 거죠?"

이제는 리디아가 배낭을 베고 눕는다. 엄밀히 말해서 이민국 요원은 그들을 어디로도 쫓아낼 수 없다. 그들은 난도나 다른 난민들과 달리 멕시코인이고 자기 나라를 여행 중이기 때문이다. 추방될 일은 없다. 하지만 공교롭게도 이민국 요원이 로스 하르디네로스를 위해 일하고 있다면 그 사실은 전혀 도움이 되지 않을 것이다. 리디아는 몸을 부르르 떨며 말한다. "잘 해낼 거예요."

난도는 고개를 끄덕이고는 루카에게 따뜻한 미소를 지으며 말한다. "당연히 그러시겠죠."

선로에 앉아 있거나 누워 있던 사람들이 마침내 일어나더니 다른 사람들에게 외친다. 선로에서 진동이 느껴진다고. 기차가 오고 있다고. 루카는 선로로 가서 손을 대보지만, 아무것도 느껴지지 않는다.

"지금은 남쪽 어딘가에 정차해 있어, 치키토. 곧 올 거야." 난도가 말한다.

몇 분이 지나자 다른 남자가 루카에게 오라고 손짓하며 말한다. "지금 선로에 손을 대보렴." 루카는 그 말대로 뜨거운 금속 위에 손을 댄다.

대기 중인 강철을 두드리며 달려오는 기차의 에너지가 느껴진다. 루카는 본능적으로 손을 떼고 다시 엄마 옆으로 간다. 공터에 있던 난민들이 갑자기 부산하게 움직이며 기차에 올라탈 준비를 한다. 다들 소지품을 챙기더니 흩어져서 선로로 다가간다. 각자 자기 자리를 정하고 간격을 벌리며 서로 상대에게 기차를 따라 뛸 공간을 준다. 또한 기차가 도착할 때 급습하는 이민국 요원이 없는지도 살핀다. 갑자기 더 많은 사람이 이틀 동안 숨어 있던 은신처에서 나와 위험천만한 질주를 시작한다.

리디아는 얼른 담요를 말아 배낭 바닥에 끈으로 고정하고 루카의 배낭끈도 가능한 한 짧게 줄인다. 남는 끈이 루카의 다리를 따라 길게 내려오자 리디아는 두 끈을 합쳐 매듭을 만들고 나머지는 루카의 허리춤에 집어넣는다. 그러고는 초조하게 한쪽 발에서 다른 쪽 발로 체중을 옮긴다.

"기차에 타고 싶니, 미호?" 리디아는 루카에게 묻는다. 루카가 싫다고 말해주면 좋을 텐데. "엄마, 이건 미친 짓이야. 난 죽고 싶지 않아. 무서워"라고 말해주면 좋을 텐데. 하지만 루카는 그저 엄마를 바라볼 뿐 아무 말도 하지 않는다. "우리도 해보면 어떨까. 이번에는 보기만 할 거야. 다른 사람들이 어떻게 하는지 보자." 리디아는 두려워서 속이 울렁거린다.

기차가 멀리서 커브를 돌며 시야에 들어오고, 선로 저쪽에서 다가오는 기차의 코가 보일 때는 기차가 느리게 달리는 듯하다. **할 수 있어. 그렇게 빠르지 않아.** 리디아는 마음속으로 그렇게 중얼거린다. 기차가 요란한 소리와 함께 공터로 들어선다. 기차의 칙칙폭폭 소리가 뼈와 흉곽에 느껴지고, 많은 사람이 기차를 따라 종종걸음을 걷는다. 이제부터는 사소한 것까지 경쟁하는 시합이다. 모든 것이 똑같이 중요하다. 리디아는 요령을 배우기 위해 그들을 바라보며 완전히 빠져든다. 반드시 기차의 속도에 맞춰서 달려야 한다. 그러다가 올라타기에 적합한 지점을 찾아야 한다. 튀어나왔거나, 사다리가 있거나, 손으로 움켜잡을 곳이 많으면서 얼른 화물칸 지붕으로 올라갈 수 있는 지점. 일단 어디를 잡을지 선택하고 나면 그 자리를 사수해야 한다. 나 못지않게 다급한 다른 난민들에게 자리를 빼앗기면 안 된다. 그리고 달리기 시작했으면 어떤 상황에서도 노선을 바꾸면 안 된다. 하지만 앞길을 막을지 모를 나뭇가지나 고정된 장애물을 주의해야 한다. 동시에 땅에도 면밀한 주의를 기울여야 한다. 달리면서 구멍에 빠지거나 돌부리에 걸려서 무엇이든 갈아버리는 짐승의 바퀴 밑에 깔리지 않도록 주의해야 한다. 칙칙폭폭, 덜컹덜컹, 달각달각, 우르릉거리는 바퀴의 힘을 절대, 절대 잊으면 안 된다. 그 사실을 일깨워주듯이 바퀴가 비명을 지른다.

"하느님의 은총이 함께 하시길!" 난도가 그들 곁을 떠나 기차 옆으로 달려가며 외친다.

난도의 동생이 그 뒤를 따라 달린다. 조깅보다는 빠르고 전력 질주보다는 느린 속도다. 난도는 앞에 무엇이 있는지 살피면서 동시에 뒤에 오는 화물칸 중에서 올라가기 좋은 자리가 있는지 살피느라 고개를 앞뒤로 움직인다. 두 화물칸 뒤에 사다리 달린 화물칸이 보인다. 난도는 속도를 늦춘다. 이제 한 화물칸 남았다. 난도는 속도를 낸다. 전방을 힐끗 바라보고는 잎이 무성한 덤불의 가지를 피해 고개를 숙인다. 사다리를 향해 손을 뻗어 세 번째 단을 움켜잡는다. 오른손만으로 라 베스티아의 옆구리를 잡은 채 두 걸음, 세 걸음, 네 걸음 달린다. 그러다 갑자기 오른팔에 체중을 다 싣고 이제는 왼쪽 팔도 위로 뻗는다. 그의 손은 잠깐 패닉에 빠지다가 목표물을 찾아내 움켜잡는다. 이제 그의 몸은 기차에 매달려 있다. 지금이다. 지금이 가장 위험한 순간이다. 양팔은 기차에 달라붙어 있고, 매달려 있고, 그의 몸을 끌어당긴다. 몸은 깃발처럼 축 처져 있다. 지면 바로 위에 떠 있는 발은 아직 기차 바퀴에서 벗어나지 못했다.

"올라가. 발을 끌어올려!" 뒤에서 달리고 있던 배 나온 동생이 외친다.

무언가에 매달리면 본능적으로 발을 아래로 뻗고, 뭐가 있는지 느끼고, 발 디딜 곳을 찾아 허우적거리고, 몸을 끌어당길 방법을 찾고 싶어진다. 하지만 여기서는 기차 바퀴 때문에 그러면 안 된다. 무조건 몸을 웅크려야 한다. 두 발을 올려야 한다. 위로, 위로! 난도의 발이 사다리 밑단을 딛는다. 팔은 다음 단을 향해 뻗고 이제 그는 사다리를 오른다. 강인하고 단단하다. 그러다 몇 초 후, 철썩 소리와 함께 옆으로 지나가던 나뭇가지가 사다리를 붙잡은 그의 손을 할퀴고 옆구리를 긁는다. 하지만 이젠 안전하다. 난도는 화물칸 지붕 가장자리를 넘어가 지붕 위에 엎드린다. 그러고는 달리고 있는 동생을 향해 지붕 가장자리 아래로 손을 내민다.

리디아는 눈을 휘둥그렇게 뜨고, 형제들은 그렇게 사라진다. 주위에 있던 다른 난민들도 하나씩, 둘씩 기차에 오르며 점점 줄어든다. 리디아는 루카의 손을 으스러져라 꽉 잡지만, 자신이 그렇게 세게 잡고 있다는 걸 알아차리지 못한다. 루카도 항의하지 않는다. 두 사람은 그 자리에 붙박인 듯이 꼼짝하지 않고 서 있다. 갑자기 기차의 메아리가 모두 다 사라질 때까지.

둘은 걷는다.

선로를 따라 무자비하게 부숴버리는 바퀴와 방충망에 붙은 딱정벌레처럼 기차에 달라붙은 사람들을 두 눈으로 직접 보고 나니 새롭게 경외감이 든다.

아빠의 오렌지색 폭스바겐 비틀 뒷자리에는 루카가 착용하는 어린이용 카시트가 있었다. 원숭이 무늬의 푸른색 쿠션이 덧대어진 카시트였는데 아빠는 그 쿠션을 떼어내서 좌석에 영구적으로 붙여버렸다. 어릴 때 루카는 쿠션에 그려진 원숭이를 좋아했다. 머리 위를 지나 아래로 내려와 허리를 가로지르는 푹신한 띠도. 거기 앉아 있으면 아늑했다. 하지만 작년 여름에는 그걸 좌석에서 떼달라고 졸랐다. 카시트는 아기들이나 앉는 거라고 우겼다. 이제는 안전벨트를 해도 될 만큼 자랐다고 말했다. 정적 속에서 멀리 커브를 돌아 사라지는 기차의 뒷모습을 바라보며 루카는 방금 본 장면이 하나도 이해되지 않았다.

12

카사 델 미그란테

설사 다음 기차가 언제 오는지 안다고 해도, 라 베스티아에 올라타는 장면을 직접 목격하고 나니 따라 할 엄두가 나지 않는다. 리디아는 우에우에토카까지 11킬로미터를 걸어가는 동안 곰곰이 생각한다. 루카를 사다리에 먼저 올릴까? 그래야 한다. 루카 홀로 기차 옆에 세워둔 채 혼자서 기차에 올라탈 수는 없다. 아니면 루카를 업어서 루카가 팔로 그녀의 목을, 다리로 그녀의 허리를 꽉 감은 상태로 달리다가 기차에 올라탈 수 있을까? 육체적으로 불가능해 보인다. 그 장면을 상상할 때마다 결말은 늘 똑같다. 잔인한 죽음이다.

　루카는 흔치 않은 광경을 보느라 다리가 점점 아파진다는 사실을 잊어버린다. 그들은 곰, 사자, 카우보이, 돌고래, 천사, 악어 등등 모든 종류의 조각상이 가득한 곳을 지나친다. 벽돌로 벽을 쌓는 몇몇 남자를 지나친다. 현관 앞 계단을 빗자루 대신 진공청소기로 청소하는 여자도 지나친다. 그걸 본 루카는 엄마도 보라는 뜻으로 엄마의 손을 꽉 잡는다. 학교를 지날 때 운동장에서 축구하는 아이들이 보이자 루카는 오늘이 목요일이라는 사실을 깨닫는다. 평소였다면 아카풀코의 학교에 있었을 테고, 목요일은 아빠가 데리러오는 날이기 때문에 오후에 아빠가 학교로 찾아왔으리라. 가끔씩아빠는 과자를 사주었고 두 사람은 집에 가는 길에 함께 먹었다. 엄마에게 말하지 않는다는 약속을 하고서. 이런 생각이 들자 루카는 주위를 그만 둘러본다. 목덜미에 내리쬐는 햇살이 뜨거운데도발만 바라본다. 그리고 거의 세 시간이나 걸어간 끝에 우에우에토카에 도착한다.

그들은 찾던 곳을 쉽게 발견한다. 그곳은 바람에 흔들리는 초록색 철망 뒤, 선로 부근에 자리하고 있다. 카사 델 미그란테(난민의집.-옮긴이)는 넓고 평평한 땅에 텐트와 간단한 건축물이 모여 있었는데 실용적인 건물들 때문에 아름다움과는 거리가 멀다. 카사와선로 사이에 있는 널찍한 길은 흙과 돌무더기로 이뤄졌고 루카의시야가 닿는 곳까지 아무것도 없다. 멀리까지 평지가 이어지지만, 선로를 따라 지평선까지 시야를 넓히면 양쪽에 구릉이 보인다. 예쁜 뭉게구름이 경치와 만나려고 내려와 있다. 카사 주위와 뒤쪽은모두 허허벌판이고 선로 너머 저쪽 땅도 그렇다. 하지만 땅에 비료를 주었고, 갈아엎었으며, 때가 되면 농부들이 작물을 심으려고 파놓은 고랑이 짙은 색 줄무늬를 이룬다. 바람결에 진한 흙냄새가 실려 온다.

루카와 리디아는 손을 잡고 메마른 길을 건너 마름모꼴 철망으로 다가간다. 철망 구멍 사이로 기다란 초록색 플라스틱 띠를 엮어서 철망 안쪽이 보이지 않는다. 철망 위에는 가시철조망을 세 줄

둘렀고, 그 아래에 표지판 두 개가 걸려 있다. 흐린 푸른색의 첫 번째 표지판에는 예수님과 성모 마리아의 그림이 있어서 루카는 축복의 말일 줄 알았으나 이렇게 적혀 있다.

난민 여러분, 우리는 여러분을 폴레로, 가이드, 코요테로부터 지키고 보호해줄 것입니다. 우리의 접대를 받으며 여기 즐겁게 머무세요. 다음 규정을 위반한 사람은 누구든 적절한 정부 기관으로 인도될 것입니다. 하느님께서 당신의 여정을 보호하시길!

두 번째 표지판에 적힌 내용은 훨씬 더 딱딱한데 평범한 검은색 글씨로 적힌 규정 목록이다. 어찌나 긴지 이 표지판의 유일한 장식이라고 할 수 있는, 맨 밑에 그려진 빨간색 띠가 땅에 닿아 있다. 맨 위에는 '형제자매 여행자님, 환영합니다!'라고 적혀 있다. 루카는 규정 중에서 마구잡이로 골라 일부를 읽어본다.

- 이 카사에 머물고자 하는 사람들은 반드시 난민이어야 합니다. 멕시코나 다른 나라 국적자, 혹은 미국에서 강제 추방된 사람이어야 합니다.
- 술과 마약은 금지입니다. 술이나 마약에 취한 조짐이 보이는 사람은 출입이 거부됩니다.
- 이곳은 성소라는 사실을 명심해주십시오. 여기서 휴식을 취하면 앞으로의 여행을 대비해 하느님께서 여러분의 원기를 회복시켜줄 것입니다. 따라서 이곳에는 어디까지나 일시적으

카사 델 미그란테

로만 머물러야 하며 사흘 밤을 넘길 수 없습니다.

루카가 목록을 다 읽기도 전에 철망 건너편 저쪽에서 두 남자가 그들을 맞이한다. 초록색 플라스틱 끈을 엮어놓은 철망 탓에 그들의 머리만 보인다. 둘 중에서 나이가 더 많고 희끗희끗한 머리칼에 검은 선글라스를 쓴 남자가 말한다.

"환영합니다, 자매님!" 그가 철망으로 한 발짝 다가오자 가시철조망 사이로 남색 카디건을 입은 어깨도 보인다. 남자가 미소를 지으며 묻는다. "쉼터를 찾아오셨나요?"

루카가 고개를 끄덕인다.

"난민입니까?"

리디아는 마지못해 인정하며 고개를 끄덕인다.

"이리로 들어오세요." 남자는 더 젊고 다부진 동행에게 몇 미터 떨어져 있는 문을 열어주라고 손짓하며 친절하게 말한다.

철망 안으로 들어가니 페인트칠도 하지 않은 콘크리트 건물이 있다. 뻥 뚫린 창문은 검은 방수포로 가려놓았다. 흉측한 건물이다. 건물의 음산한 그림자가 루카 안으로 몰래 들어와 안도감을 훔쳐가버린다.

나이 든 남자가 양손을 맞잡으며 부드럽게 말한다. "지금 위급한 상황입니까?"

리디아는 잠시 생각한 후에 대답한다. "아뇨, 그렇진 않아요. 지금은요."

"당장 치료를 받아야 할 곳이 있습니까?"

"아뇨 저흰 건강해요."

"하느님 감사합니다."

"네, 감사할 일이죠." 리디아가 맞장구친다.

"목마른가요?" 남자는 그들이 가야 할 방향을 가리키며 몸을 돌려 걷는다.

"네, 조금요."

흉측한 회색 건물을 돌아가자 갑자기 탁 트인 공간이 펼쳐진다. 루카의 허파는 기다려왔던 안도감으로 가득 찬다. 단지 전체를 둘러싼 마름모꼴 철망은 앞쪽만 막혀 있고 여기서는 밖이 다 보인다. 뒤쪽 철망 너머 헐벗은 옥수수밭을 지나 우에우에토카 도심까지. 도심 산비탈에 집들이 옹기종기 모여 있다. 철망 바로 밖에는 손바닥 선인장이 무리지어 있는데 넓적한 줄기가 황금빛 오후 햇살 속에서 강렬한 초록색을 발한다. 이 안은 길에서 볼 때보다 훨씬 넓어서 흰색 승합차 한 대와 작은 집, 예배당, 일렬로 서 있는 이동식 화장실과 두 개의 거대한 창고까지 갖추고 있다.

"카사 델 미그란테, 산 마르코 다비노에 온 걸 환영해요. 난 레이 신부요. 이쪽은 여기서 일하는 친구 네스토르죠."

네스토르는 한 손을 들어 인사하지만 그들을 보지 않는다. 레이 신부의 검은 샌들만 계속 바라보고 있다.

"바로 마실 것을 가져다줄 테니까 잠시 앉아서 쉬세요."

루카는 배낭끈 밑으로 초조하게 엄지를 밀어 넣는다.

"잠시 쉬고 나면 세실리아 수녀님이 등록해줄 겁니다."

"감사합니다, 신부님. 신부님의 친절을 천주님께서 축복하시

카사 델 미그란테

길." 리디아가 말한다.

그들은 두 창고 중 첫 번째 창고로 들어간다. 창고는 불이 환히 켜져 있는데도 온종일 뙤약볕 아래 있었던 터라 루카의 눈은 불빛에 적응하기까지 시간이 걸린다. 루카보다 어린 소년과 소녀가 테이블에 앉아 색칠 공부를 하고 있다. 여자아이는 머리를 좌우로 갸웃거리며 자신의 그림을 감탄하듯이 바라본다. 다른 테이블에는 한 무리의 남녀가 앉았는데 몇몇은 콩을 씻고 추리는 중이고, 나머지는 당근 껍질을 벗긴다. 채를 친 당근이 테이블 위에 수북이 쌓여 있다. 저쪽 구석의 널찍한 방에서는 더 많은 남자가 모여 축구 중계를 보고 있다. 리디아와 루카는 빈 테이블로 가서 연두색 플라스틱 의자에 앉는다. 빨간색 멜빵 앞치마를 두른 여자가 시원한 레모네이드 두 잔을 가져다준다. 이상하게 갈색빛이 도는 레모네이드지만 루카는 감지덕지하며 벌컥벌컥 마신다.

"저녁은 7시예요. 몸이 아픈 사람이 아니면 예외는 없어요." 여자가 미안하다는 듯이 설명한다.

지금은 오후 3시다. 리디아와 루카는 아침 일찍 선로 옆에서 토르티야를 먹은 뒤로 아무것도 먹지 못했다. 그래도 리디아는 "네, 괜찮습니다. 고마워요"라고 말한다.

여자가 다시 부엌으로 돌아가자 리디아는 여러 감정이 복받치지만, 레모네이드로 그것들을 삼켜버린다. 그녀는 다른 테이블에 앉아 있는 사람들의 얼굴을 살핀다. 아무도 그녀를 보고 있지 않다. 이내 세실리아 수녀가 오더니 그들을 작은 사무실로 데려간다. 사무실은 깔끔하고 벽은 아이들의 그림으로 도배되어 있다. 책상 위 꽃병에는 분홍색 조화가 꽂혀 있고 아까 있던 방과 마찬가지로 여기에도 초록색 플라스틱 의자가 있다. 세실리아 수녀의 목소리는 지금껏 루카가 들어본 것 중에서 가장 포근하다. 지켜주겠다는 단호한 결의가 느껴지는 평화롭고 단조로운 음성이라서 그녀가 무슨 말을 하든 루카의 귀에는 "여기 있으면 안전해, 여기 있으면 안전해, 여기 있으면 안전해"로 들린다. 수녀는 책상 뒤에 있는 선반에서 크레용이 담긴 상자와 깨끗한 흰 종이 몇 장을 꺼낸다.

"이 방에 남아서 그림을 그릴래? 아니면 저 밖에서 다른 아이들이랑 함께 있을래?" 나직한 목소리로 수녀가 루카에게 묻는다.

루카는 손을 뻗어 엄마의 손을 잡는다.

"괜찮아. 여기에 엄마랑 있어도 돼." 세실리아 수녀가 말한다.

리디아는 자리에서 일어나 루카의 어깨에서 배낭을 내려준다. 그러고는 루카를 문 옆의 다른 책상으로 데려가서 앉으라고 한다.

"여기 앉으면 무릎 말고 책상에 종이를 놓고 그릴 수 있어." 리디아가 덧붙인다.

루카는 책상 앞에 앉고 리디아는 다시 수녀 맞은편 자리에 앉는다. 책상 위에는 몇몇 서류와 파일 폴더가 놓여 있다.

"시작하기 전에 먼저 말씀드릴게요. 불편하신 질문이 있으면 대답하지 않아도 됩니다. 그런데도 가능하면 대답을 듣고 싶은 이유는 부인의 대답이 훗날 더 많은 사람을 돕는 데 도움이 되기 때문이에요. 새로운 유형의 난민들을 대비할 수 있죠. 하지만 여기에서 수집하는 모든 정보는 익명입니다. 원하시면 실명을 밝히지 않아도 돼요."

카사 델 미그란테

리디아는 고개를 끄덕인다. 수녀는 볼펜 뚜껑을 열고 질문을 시작한다.

"이름과 나이는요?"

리디아는 목을 좌우로 살짝 흔든 뒤에 대답한다. "전 서른둘이고, 아들은 여덟 살이에요."

세실리아 수녀는 받아적는다. **마리아, 32. 호세, 8.**

"어디에서 오셨죠?"

리디아는 머뭇거리다가 되묻는다. "그 파일은 아무도 못 보나요?"

세실리아 수녀는 양손을 맞잡고 몸을 앞으로 살짝 숙인다. "제가 약속드릴게요, 자매님. 자매님이 두려워하는 사람이 누구든, 혹은 어떤 조직이든 절대 이 파일은 보지 못해요. 복사본도 없고 원본은 이 사무실의 서류함에 넣어서 열쇠로 잠가둔답니다. 제가 없을 때는 이 사무실도 잠가두고요." 수녀의 새파란 눈은 그녀가 미소를 지을 때마다 반짝거린다. "그리고 전 늘 이 사무실에 있답니다."

리디아는 고개를 끄덕인다. "저희는 아카풀코에서 왔어요."

수녀는 다시 받아적는다. "목적지는 어디인가요?"

"미국으로 갈 거예요."

"미국 어디요?"

"덴버요."

"친절한 도시죠. 예쁘기도 하고요. 직계 가족과 재회하려는 목적인가요?"

"아뇨."

"현재 미국에 사는 친척이 있나요?"

"네. 외삼촌과 두 사촌요." 리디아는 어릴 때 이후로 외삼촌을 본 적이 없고 사촌들은 만난 적도 없다.

"그분들이 덴버에 사나요?" 세실리아 수녀가 묻는다.

"네."

"부인과 아드님을 기다리고 있나요?"

"아뇨."

"미국으로 가겠다는 결정은 미리 계획한 건가요, 아니면 즉흥적인 건가요?"

"즉흥적인 결정이에요." 리디아는 깍지낀 손을 가랑이에 넣고 양쪽 허벅지로 꽉 조인다.

"고향을 떠난 주된 이유가 재정적 문제인가요?"

"아뇨."

"고향을 떠난 주된 이유가 건강상 문제인가요?"

"아뇨."

"고향을 떠난 주된 이유가 가정 폭력인가요?"

"아뇨."

"고향을 떠난 주된 이유가 갱단의 폭력이나 갱단에 들어오라는 권유와 연관이 있나요?"

"아뇨." 리디아는 고개를 젓는다.

"고향을 떠난 주된 이유가 고향에서 벌어지는 카르텔의 폭력이나 마약 거래와 연관이 있나요?"

리디아는 헛기침을 하고는 나직이 말한다. "네." 종이 위에서 루

카사 델 미그란테

카가 부드러운 크레용을 맹렬히 문지르는 소리가 들린다.

"최근에 두려워하는 특정한 사람이 있나요?"

"네."

"그 사람으로부터 직접 생명의 위협을 받았나요?"

리디아는 고개를 끄덕인다. "네."

"잔인한 위협이었나요?"

"네."

"어떤 위협을 받았는지 설명해줄 수 있나요?"

리디아는 의자를 끌어당기고 양쪽 팔꿈치를 책상 가장자리에 올려놓는다. 그러고는 양손을 깍지끼고 고개를 떨군 채 목소리를 낮춘다.

"카르텔이 우리 가족 열여섯 명을 죽였어요." 리디아는 수녀의 볼펜을 바라보며 말한다. 수녀는 고개를 들지 않는다. "가족 행사에 와서 총으로 다 쏴 죽였죠. 남편, 엄마, 언니, 조카들. 한 명도 남김없이요. 우리만 도망쳤어요."

세실리아 수녀의 볼펜이 잠시 방황한다. 서류 위에 몇 초간 떠 있다가 다시 움직인다. 수녀는 리디아의 말을 전부 휘갈기고는 다시 입을 연다.

"다른 나라로 떠나겠다는 즉흥적인 결정으로 인해서 생명을 위협받는 문제가 해결됐나요?"

리디아는 머뭇거린다. 이제는 루카를 보호한다는 개념이 완전히 바뀌었기 때문이다. 루카가 두려움에 떠는 건 원치 않지만 동시에 루카가 매우 두려워하길 바랐다. 어쨌거나 그런 일을 겪었는데 그녀가 무슨 말을 하든, 혹은 하지 않든 그게 루카에게 무슨 영향을 주겠는가. 리디아는 고개를 저으며 인정한다. "아뇨. 우린 여전히 위험에 처했어요."

"계속 위협받는다고 생각하나요?"

리디아는 보일 듯 말 듯하게 고개를 끄덕인다. "네. 지금 우리가 어디 있는지 그 사람이 모르기는 해요. 그 일을 지시한 남자요. 하지만 그는 막강한 영향력을 가지고 있어요. 그의 세력이 엘 노르테까지 뻗어 있죠. 우릴 찾을 때까지 멈추지 않을 거예요."

"그에게 속한 플라사가 어디인지, 다른 기관에 있는 그의 협조자가 누구인지 아나요? 그의 알콘이 없는 안전한 이동 경로를 알고 있나요?"

이 사무실에는 고해실 같은 성스러운 분위기가 흐른다. "아뇨. 몰라요. 모릅니다." 리디아가 속삭인다.

"먼 길 오셨네요. 당신이 여기 있다는 건 아무도 모를 거예요. 여긴 안전합니다." 수녀가 말한다.

뒤에서 루카의 크레용 소리가 들리지 않는다. 수녀는 휴대전화 옆에 있는 컵 속에 볼펜을 넣고 서류를 폴더에 넣더니 리디아에게로 손을 뻗는다. 리디아는 두 손으로 수녀의 손을 잡은 채 고개를 숙인다. 눈을 감은 리디아의 손이 떨린다. 세실리아 수녀의 손가락은 차갑다.

"하느님 아버지, 이 자녀들을 당신의 사랑과 은총으로 축복하소서. 이들이 더는 해를 입지 않도록 보호하시고 이루 말할 수 없는 슬픔 속에서 안식을 얻도록 해주소서. 주님께서 이들의 여정에 함께하시고 다친 마음을 어루만져주소서. 성모 마리아께서는 이들 앞길에 있는 모든 위험을 없애주시고 목적지까지 안전하게 인도해 주소서. 하느님 아버지, 이 두 명의 충실한 하인은 이미 너무 무거운 짐을 졌습니다. 바라옵건대 이들을 더는 고통스럽게 하지 마시옵소서. 하지만 우리 뜻이 아닌 당신 뜻대로 하옵소서. 주 예수 그리스도의 이름으로 기도드립니다, 아멘."

"아멘." 리디아도 따라 한다.

뒤쪽 작은 책상에서 루카도 눈을 감고 손에 크레용을 쥔 채 입술을 움직인다.

세실리아 신부는 마지막으로 몸을 내밀며 말한다. "사람을 조심하세요."

그날 밤 리디아는 복도에서 들리는 시끄러운 목소리에 잠에서 깨 일어나 앉는다. 이층 침대 여러 개가 있는 방의 어슴푸레한 불빛 속에서 다른 여자들도 침대에 앉아 있는 게 보인다. 그들은 아이들이 무사한지 조용히 확인한다. 아이들은 이 야단법석 속에서도 여전히 자고 있다. 루카는 침대 위층에서 자는 터라 리디아는 잠들기 전에 다리에 감았던 배낭끈부터 풀어야 한다. 맨발로 차가운 타일 바닥을 짚으며 침대에서 내려와 2층의 헝클어진 시트를 향해 손을 뻗는다. 루카가 없다. 공포심이 목구멍을 타고 올라온다.

"루카!"

리디아는 얼떨결에 그녀의 침대를 확인하고 주위 침대도 둘러본다. 마치 루카가 휴대전화나 책, 안경 같은 물건이고 자신이 무심코 제자리에 두지 않았다는 듯이. 복도로 나가는 문에 달린 유리창으로 사각형 빛이 들어온다. 리디아는 신발도 신지 않고 브래지어도 하지 않은 채 그 사각형 빛을 향해 튀어나간다.

몇 시간 전에 잠자리에 든 후로 루카는 세 번째로 화장실에 갔다. 갈색 레모네이드를 너무 많이 마신 탓이다. 이층 침대에서 자는 터라 화장실에 자주 들락거리기가 한층 더 힘들지만, 엄마는 곯아떨어져서 꿈적도 하지 않았다. 심지어 루카가 사다리를 타고 내려가다가 하마터면 엄마 어깨를 밟을 뻔했을 때도, 심지어 엄마의 머리 바로 옆에 쿵 하고 거칠게 떨어졌을 때도, 심지어 오줌을 참느라 비틀거리는 걸음으로 침대에서 화장실까지 세 번이나 뛰어갔다가 돌아오는 동안에도.

루카가 막 손을 씻고 복도의 형광등 불빛 속으로 나가니 레이 신부님과 네스토르 아저씨가 남자 공용 침실 문간에서 어떤 형과 이야기하고 있다. 저 형은 아까 늦은 오후, 저녁 식사 전에 여기 카사에 도착한 난민이다. 빨간색 바지에 흰 티셔츠를 입고 양말을 신었지만 신발은 신지 않았다. 그리고 지퍼가 열린 배낭을 몸 앞으로 들고 있다. 발치에는 깨끗하고 비싼 흰 운동화가 놓여 있다.

"일단 옷이나 좀 입자고요. 참나, 이런 개 같은 경우가 있나. 당신들은 사람을 도와줘야 하는 거 아닌가요?" 소년이 말한다.

네스토르는 남자 뒤로 물러서서 공용 침실의 어두운 실내로 들어가 남자와 침실에서 자고 있는 사람들 사이에 선다.

"여기 말고 다른 데 가서 이야기하자. 이러면 여기서 자는 사람들에게 방해가 돼." 레이 신부가 차분하게 말한다. "우리랑 메인

룸으로 가자. 거기서라면 사람들을 깨우지 않고 이야기할 수 있으니까."

"이건 말도 안 돼요, 신부님. 그년이 거짓말한 거라고요. 개소리예요!" 소년이 언성을 높인다.

공동 침실에서 몇몇 남자가 침대에서 내려와 네스토르 옆에 나란히 서서 일종의 벽을 만든다. 그들은 가슴 위에서 팔장을 끼고 다리를 넓게 벌린다. 욕실 문 옆에 서 있던 루카는 그대로 얼어버린다. 뒤돌아서 반대 방향으로 가야 한다. 서둘러 복도를 지나 다시 여자와 아이들 방으로 가서 엄마의 머리를 지나 이층 침대로 올라가 이 위경련에서 잠시 벗어나 휴식을 취해야 한다. 하지만 루카는 몸이 얼어붙고 발이 떨어지지 않는다. 맥박이 빨라지고 숨이 얕아지며 손가락이 뒤쪽 벽의 페인트칠한 콘크리트 블록 사이의 매끈한 이음새를 더듬더듬 찾고 있다는 것도 알아차리지 못한다.

"개새끼들!" 소년이 외친다.

"갑시다, 형제님. 괜히 일 어렵게 만들지 말고." 루카는 처음으로 네스토르 아저씨의 목소리를 듣는다. 그의 몸처럼 단단한 목소리다.

소년은 허리를 숙여 한 손으로 운동화를 집어 들고, 네스토르와 다른 남자들은 그에게 좀 더 다가가 몸에 손대지 않고서 복도로 가도록 유도한다. 소년이 허리를 펴고 레이 신부님을 따라 복도를 걸어갈 때 양말 위로 튀어나온 낫 문신이 루카의 눈에 들어온다. 오른쪽 종아리에 새겨졌는데 낫의 칼날에서 세 개의 핏방울이 떨어지고 있다. 루카는 저 문신이 정확히 무슨 의미인지 모르지만 굳이 알지 않아도 충분히 무섭다. 저 피 묻은 낫을 보자 비로소 루카는 발이 떨어진다. 복도를 쏜살같이 달려서 여성 공동 침실로 향한다. 막 침실 문을 통과하는 순간, 엄마와 부딪친다.

"루카, 맙소사. 루카, 너 어디 갔었어?" 리디아는 대답을 기다리지 않고 루카의 어깨를 잡아 방 안쪽으로 밀어 넣는다. 그러고는 문밖으로 고개를 내밀고 왜 이렇게 소란스러운지 살피지만, 보이는 것이라고는 레이 신부를 따라 건물 앞쪽으로 가는 네스토르와 몇몇 남자뿐이다. 리디아는 다시 방으로 들어가고 그녀의 뒤에서 문이 저절로 달칵 닫힌다. 루카는 몸을 떨고 있다.

"무슨 일 있었어?" 리디아가 조용히 속삭인다.

루카는 고개를 젓는다.

"그런데 왜 고함이 들리는 거야?"

루카는 다시 고개를 젓는다. 얼굴은 근심이 가득하다.

"괜찮아. 걱정할 것 없어. 괜찮아."

리디아는 그렇게 말하며 루카를 끌어안고 아이의 머리를 가슴에 꼭 댄다. 아이의 작은 팔이 그녀의 몸을 감고 매달린다. 둘은 한동안 그렇게 붙어 있다가 마침내 리디아는 루카의 겨드랑이 밑에 손을 넣어 루카를 들어 올린다. 아이는 이렇게 들어 올리기에는 너무 크고 무거워서 리디아의 다리가 비틀거린다. 하지만 루카는 두 다리로 그녀의 허리를 감고 리디아는 아이를 침대로 데려간다. 루카는 위층으로 올라가지 않는다. 리디아는 아이의 등 뒤에서 방패가 되어 아이를 감싼다. 한쪽 팔과 다리를 아이의 조그만 몸에 올려 감싸고 아이를 위해 깊고 천천히 호흡한다. 아이의 호흡이 그녀와 동조되어 마음이 편해지고 잠들 수 있도록. 하지만 리디아는 아침까지 뜬눈으로 아이를 지킨다.

13

소문

아카풀코 거리에 처음 잘린 머리가 등장했을 때는 야단법석이었다. 머리 양쪽은 밀고 가운데는 길게 기른, 스물두 살 된 청년의 머리였다. 오른쪽 귀에는 금으로 만든 조그만 링 귀걸이가 달렸다. 눈꺼풀은 붓고 혀는 입 밖으로 나와 있었다. 디아나 카사도라 분수 바로 옆, 피자헛 앞에 있는 공중전화 부스 위에 놓여 있었다. 돌돌 말아 입꼬리에 담배처럼 물고 있던 쪽지에는 이렇게 적혀 있었다. "난 입이 싸다."

머리를 최초로 발견한 사람은 파시피코 병원에서 야간 근무를 마치고 퇴근하던 간호사로 평소에는 피를 봐도 끄떡없었다. 하지만 그날은 동이 트면서 서쪽을 향해 아카풀코 거리 위로 비스듬히 햇살이 비쳤고, 공중전화 부스 꼭대기에 있던 머리가 지친 간호사의 발을 향해 몸이 없는 기괴한 그림자를 드리웠다. 여자는 비명을 지르며 가방을 떨어뜨렸고 세 블록이나 달려간 끝에 주머니에서 휴대전화를 꺼내 경찰에 신고했다. 경찰이 도착하고 언론사가 몰려들었다. 그 곳을 지나 학교나 직장으로 가는 사람들은 겁에 질렸다. 그들은 지나는 길에 무릎을 꿇고 성호를 그은 다음, 한때는 저 머리에 속했을 익명의 영혼을 위해 구구절절한 기도를 올렸다. 그 머리는 유명해졌다.

두 번째 머리가 나타날 때까지는.

잘린 머리 숫자가 열두 개에 이르렀을 때는 부끄럽게도 자기방어적인 무관심이 도시 전체에 속속들이 퍼져 있었다. 그리하여 아침에 해변이나 광장, 골프장 9번 홀 잔디밭에서 머리를 발견했다는 신고 전화가 걸려오면 전화를 받은 접수원은 가끔 이런 농담을 하곤 했다.

"바로 퍼터를 시도해보세요. 그 홀은 파3 홀이니까요."

당시 카르텔 간의 전쟁으로 인해 아카풀코 전체가 가파르게 수렁으로 빠져들고 있다는 현실을 처음 알아차린 사람은 세바스티안이었다. 다른 기자들은 붕괴하는 현실을 마지못해 묵인하는 반면, 세바스티안은 과감한 헤드라인으로 진실을 외쳤다.

급등하는 카르텔 잔혹 범죄.

테러와 무 처벌 : 살인을 저지르고도 처벌 받지 않는 카르텔.

그러던 어느 주말에 기자 둘과 여성 시의회 의원, 가게 주인 셋, 버스 기사 둘, 성직자, 회계사, 아직 바닷물이 마르지도 않은 발로 모래밭에 서서 버터를 바른 옥수수를 들고 있던 아이 하나까지 살해된 끔찍한 사건이 벌어지자 가장 극적인 헤드라인이 실렸다. 5센티미터의 간단명료한 선언이었다.

아카풀코가 추락한다.

그 기사가 나온 월요일 아침에 리디아는 서점 계산대 앞에 앉아 주말에 일어난 살인 사건에 대해 과격하게 써 내려간 남편의 기사를 읽었다. 그동안 그녀가 우리는 차는 찻잔 속에서 쓸쓸하게 식어갔다. 그날 아침에는 교문 앞에서 루카와 작별하기가 한층 더 힘들었다. 학교까지 걸어가는 동안 리디아는 아이의 고사리 같은 손을 난폭할 정도로 꽉 잡고 엄지로 손가락 마디를 문질러댔다. 루카는 모른 척했지만 평소보다 도시락 가방을 더 힘차게 흔들었다. 교문 앞에서 루카에게 작별 키스를 하던 리디아는 아이의 아랫입술 가장자리에 말라붙은 치약 자국을 발견하고는 엄지에 침을 묻혀 닦아주었다. 루카는 더럽다면서 싫어했다. 루카의 말이 맞을지 모른다. 그래도 루카는 뭉클하고 축축한 입술로 그녀에게 키스했고 리디아는 이번만큼은 볼에 남은 침 자국을 몰래 닦지 않았다. 이번만큼은 루카가 교장 선생 옆을 지나 안뜰로 들어가는 순간에 서둘러 뒤돌아 자리를 뜨지 않았다. 대신 거기 서서 기다렸다. 콘크리트 블록으로 만들어진 벽에 한 손을 납작 붙이고 루카의 뒷모습을 바라보면서. 초록색과 흰색으로 된 아이의 교복이 다른 아이들에게 묻혀서 보이지 않을 때까지 몸을 돌리지 않았다.

리디아에게는 이런 변화가 가슴이 철렁 내려앉을 정도로 갑작스럽게 다가왔다. 전날 밤에 그녀는 자신이 태어나고 자랐으며, 멕시코시티에서 대학을 다녔던 기간만 제외하면 평생을 살았던 바로 그 도시에서 잠자리에 들었다. 그녀의 꿈에는 예전과 똑같이 짭짤

한 바닷바람, 예전과 똑같이 밝고 녹아 흐르는 색, 어린 시절과 똑같이 쿵쿵거리는 박자와 향기, 예전과 똑같이 엉덩이를 나른하게 흔들며 걷는 사람들이 자주 등장했다. 그 걸음걸이야말로 리디아가 너무도 잘 아는 이곳, 이 도시에서의 삶의 속도였다. 물론 새로운 폭력 사태가 벌어지면서 낯선 불안감이 고조되기는 했다. 물론 범죄율도 증가했다. 하지만 그날 아침까지는 아카풀코가 다른 도시와 다르다는, 허상에 불과한 얇은 막이 그들을 진실로부터 보호해주었다. 그런데 세바스티안의 헤드라인이 그 보호막을 찢어버린 것이다. 갑자기 사람들은 현실을 직시해야만 했다. 더는 아닌 척할 수 없었다. 아카풀코는 추락하고 있었다. 잠깐이지만 리디아는 그런 헤드라인을 쓴 남편이 미웠다. 그런 기사를 내보낸 편집장이 미웠다.

"좀 과장된 헤드라인이라고 생각하지 않아?" 세바스티안이 그녀와 함께 점심을 먹으려고 책방에 들렀을 때 리디아는 그렇게 시비를 걸었다. 그러고는 팻말을 '영업 끝'으로 돌려놓고 열쇠로 문을 잠갔다.

세바스티안은 얼굴을 찡그렸다. "사실 난 그정도는 약과라고 생각하는데. 어떤 말로도 지금 여기서 벌어지는 잔혹 행위를 충분히 표현할 수 없어." 그러고는 주머니에 양손을 걸친 채 리디아와 함께 걸어가며 그녀의 얼굴을 유심히 바라봤다. 비난하는 어조를 누르려고 애쓰며 조심스럽게 말했지만 그의 목소리에는 비난이 담겨 있었다. 리디아는 그걸 들을 수 있었다. "당신은 이런 일들이 형언할 수 없을 정도로 끔찍하다는 데 동의하지 않는 거야?" 세바스티안이 덧붙였다. 약간의 억눌린 우월감도 느껴졌다.

"당연히 동의하지. 미친 짓이야." 리디아는 가방 속에 열쇠를 넣고 그의 눈을 피했다. "하지만 '아카풀코가 추락한다'고? '로마가 불타고 있다'야 뭐야. 주위를 둘러봐. 태양이 빛나고 평소와 다름없는 날이야. 저기 봐. 관광객들도 있잖아." 리디아는 길모퉁이 카페를 향해 고갯짓했다. 한 무리의 시끄러운 미국인 관광객이 야외 테이블의 차양 그늘에 앉아 있었다.

테이블 위에는 와인을 담았던 카라페(하우스 와인을 담아서 제공하는 유리병. - 옮긴이)가 여러 개인데 거의 다 비어 있었다. "우리도 저걸 마셔야겠네." 세바스티안이 말했다.

아직 정오도 안 됐지만 리디아도 동의했고, 그날 점심은 먹기보다는 주로 마셨다. 리디아는 테이블 맞은편에 앉은 남편을 힐끗 바라볼 뿐 하고 싶은 말을 하지 않았다. 그런 기사를 쓴 건 어리석은 짓이고, 스스로를 카르텔의 표적으로 만들었으며, 자신은 진실을 밝히는 그의 정의로운 캠페인에 참여하고 싶은 마음이 없고, 그런 기사 맨 끝에 그의 이름이 들어간 것에 그가 만족하길 바라며 그일이 위험을 무릅쓸 가치가 있기를 바란다는 말은 하지 않았다. '당신은 아빠고, 남편이야'라는 말도 하지 않았다. 하지만 세바스티안은 테이블 맞은편에서 바라보는 리디아의 시선에서 그 모두를 고스란히 느꼈다. 그러고는 그녀를 비겁하다고 비난하지도 않았고, 그녀의 화를 돋우지도 않았으며, 옛일을 들추지도 않았다. 조심성 많은 그녀의 성격이 단점이 아니라는 걸 알고 있었다. 세바스티안은 테이블 위로 손을 뻗어 리디아의 손을 잡고 말없이 메뉴를 들여다보더니 수프를 먹겠다고 했다.

그게 하비에르를 만나기 1년 반도 더 전의 일이다. 하지만 우에 우에토카에 있는 카사 델 미그란테의 여성 공동 침실의 이층 침대 아래층에서 그녀의 팔을 베고 곤히 잠든 루카와 함께 누워 있는 지금, 그 일을 생각하니 이런 의문이 든다. 하비에르는 그 잘린 머리들과 연관이 있을까? 그 머리를 봤거나 머리를 자르라고 지시를 내렸을까? 혹시 그 머리를 몸에서 분리한 무기를 그가 휘둘렀을까? **당연하지. 틀림없이 하비에르가 한 짓이야.** 리디아는 생각한다. 한때는 도저히 상상도 할 수 없었던 일이 지금은 터무니없을 만치 분명하게 보인다. 맙소사, 그녀가 그 진실을 좀 더 일찍 받아들였더라면 지금 이 순간 그녀의 삶은 어떻게 달라졌을까?

1년쯤 전에는 이런 일도 있었다. 바람이 몹시 불던 날, 한 손님이 책방에 들어왔다. 바람에 머리는 마구 헝클어졌고 뺨은 빨갛게 상기되었다. 그는 어깨를 부르르 떨었고 흥분해서 리디아에게 속사포처럼 말을 쏟아냈다. 몇 블록 떨어진 곳에서 총격전이 있었다고 했다. 오토바이 한 대가 멈춰 서더니 거기에 탄 몇몇 남자가 신문 기자의 머리에 총을 열두 발이나 쏘았고 죽은 기자는 아직도 길바닥에 누워 있다고.

"그게 누구예요? 죽은 기자가 누구예요?"

손님은 고개를 저었다. "모르겠습니다. 그냥 기자라고만 들었어요."

리디아는 벌떡 일어나 휴대전화를 움켜쥐고 밖으로 달려 나갔다. 손님 혼자 계산대 앞에 세워둔 채. 손님이 산 물건을 계산도 해주지 않은 채. 리디아는 거리를 달리며 남편의 번호를 눌렀지만 곧장 음성사서함으로 넘어갔다. 리디아는 겁에 질려서 엉엉 울었다. 길모퉁이에 이르러서야 자신이 어디로 가야 하는지도 모른다는 걸 깨달았다. 총격전이 어디에서 벌어졌지? 어느 거리지? 그녀는 제자리에서 뱅뱅 돌았다. 재발신 버튼을 눌렀다. 이번에도 곧장 음성사서함으로 넘어갔다. 가게 주인들이 가게 문간에 나와 서 있었다.

"사고가 일어난 데가 어디에요?" 리디아는 신발 가게 주인에게 묻고는 세 번째로 세바스티안의 번호를 눌렀다. 이번에도 음성사서함이었다. 리디아는 신발 가게 주인이 가리킨 방향으로 달려갔다. 또 다른 길모퉁이를 돌고 또 돌았다. 재발신 버튼을 계속 눌렀다. 달리면서 사람들에게 방향을 묻고 사람들이 가리키면 그쪽으로 계속 뛰어가며 계속 재발신 버튼을 눌렀다. 계속 달리던 그녀 앞에 마침내 경찰차가 막 멈춰 서고, 시신 주위에 구경꾼들이 모여 있는 광경이 펼쳐졌다. 리디아는 걸음을 멈췄다. 더 가까이 다가가고 싶지 않았다. 보고 싶지 않았다. 그녀의 남편이 소진된 삶의 웅덩이 속에 누워 있었다. 재발신 버튼을 세 번 넘게 누르는 동안 손가락은 차가워졌다. 이번에도 음성사서함이었다. 리디아는 울면서 다가갔다. 바람에 머리카락이 얼굴에 달라붙어 눈물에 젖었다. 리디아는 가슴 앞에서 양손으로 휴대전화를 움켜잡았다. 뱃전 밖으로 걸쳐놓은 판자 위를 걷듯이 리디아는 길에 그려진 두 개의 노란 선 위를 걸어갔고, 다리에서 힘이 빠졌다.

그런데 세바스티안이 아니었다. 피가 낭자해서 처음에는 확인하기가 힘들었지만 몇 분이 지나자 분명히 알 수 있었다. 아니다,

저건 남편의 신발이 아니다. 아니다, 세바스티안은 머리가 저렇게 길지 않고 다리도 저렇게 굵지 않다. 하느님. 그 안도감이라니. 남편이 아니었다. 리디아는 더욱더 목 놓아 울었다. 남편이 아니었다. 낯선 여인이 허리를 숙여 큼직하고 푹신한 팔로 리디아를 일으켜 세우더니 우는 그녀를 안아주었다. 덩치 큰 여자에게서는 파우더 냄새가 났고 리디아는 그녀의 힘찬 포옹을 거부하지 않았다. 죽은 기자와 가까운 사이라서 저렇게 울 거라는 여자의 추측을 바로 잡아주지도 않았다. 사실 리디아는 거의 그런 기분이었다. 따라서 낯선 여자가 그녀를 달래주고, 그녀의 눈물에 위로의 말을 중얼거리고, 스웨터 주머니에서 휴지를 한 장 꺼내주는 친절을 베풀도록 내버려 두었다. 그리고 몇 분 뒤, 모든 게 끝났다. 리디아에게는. 그날은 다른 여자가 과부가 될 차례였다. 마침내 이방인의 품에서 몸을 뗐을 때 리디아의 몸은 경련을 일으켰고 아드레날린이 분비되어 덜덜 떨렸다. 몇 블록을 걸어가 다시 책방으로 돌아갔더니 손님이 물건값에 약간 더 보탠 돈을 계산대 위 금전 등록기 옆에 두고 갔다.

리디아는 언젠가 세바스티안이 그렇게 죽을까 봐 아직도 두렵다. 너무 오랫동안 그런 두려움 속에서 살았던 탓에 세바스티안은 이미 죽었고, 그녀의 가족들도 죽었다는 현실을 따라잡지 못한다. 그 일은 실제로 벌어졌고 그렇게 오랜 세월을 걱정했어도 막지 못했다. 게다가 세바스티안뿐 아니라 엄마와 언니, 예쁜 조카들도 죽었다. 그들 중 누구도 세바스티안과 결혼하지 않았고 그의 직업이 갖는 위험성을 자기 몫으로 받아들이지도 않았다. 오로지 리디아만이 그런 선택을 했는데도 이제는 그녀의 가족이 그 선택의 대가를 치렀다. 과거에 느꼈던 두려움과 현재 느끼는 공포가 마구잡이로 뒤섞인 탓에 그 모두가 맞지 않는 퍼즐 조각처럼 느껴진다. 원래부터 맞지 않는 퍼즐 조각을 억지로 맞추려고 하는 것 같다.

어쩌면 그녀는 준비가 안 되었을지도 모른다. 리디아는 슬픔에 단계가 있다는 사실을 알고 있다. 지금은 부정하는 단계다. 슬픔을 받아들이지 않는 대신 세바스티안의 얼굴과 그날 카페에서 먹었던 점심, 그들이 첫 잔을 비운 뒤에 세바스티안이 장난꾸러기 소년처럼 작은 테이블 위로 몸을 내밀고 그녀를 바라보던 일을 떠올리고 싶다. 그들은 함께 웃었고 세바스티안은 리디아의 드러난 가슴을 몰래 보는 척하더니 테이블 밑에서 그녀의 허벅지를 쓰다듬으며 혹시 서점에 일찍 돌아갈 생각이 있는지, 자기가 '재고 확인' 작업을 도와줄 수 있다고 말했다. 하지만 그 후에 이어진 뜨거운 기억 속에서 리디아는 세바스티안의 얼굴을 기억해낼 수 없다. 그의 완벽한 부재는 철저한 공포로 다가온다.

눈을 뜬 리디아는 날이 환히 밝은 것을 보고 깜짝 놀란다. 잠시 여기가 어디인지 기억나지 않는다. 이미 잠에서 깬 루카는 옆에 누워서 그녀를 바라보고 있다. 아직 잠이 붙어 있는 속눈썹 너머로 아이의 검은 눈동자가 초롱초롱하다. 음식 냄새가 풍기고 멀리서 접시와 포크가 딸그락거리는 소리가 들린다. "어서 가서 아침 먹자." 리디아는 일어나 앉았다가 다시 몸을 뒤로 기울여 루카의 따뜻한 볼에 입술을 댄다. 그게 큰 위안이 되어 리디아는 아이의 부드러운 살결에 손을 댄 채 잠시 그대로 있는다.

그런데 루카가 벌떡 일어나 앉더니 손을 머리로 가져가서 이미 알고 있던 사실을 확인한다. 아빠의 모자가 없다. 이제 루카는 잘 때도 그 모자를 쓴다. 샤워할 때는 어쩔 수 없이 벗어서 샤워가 다 끝날 때까지 리디아에게 들고 있게 한다. 리디아는 모자를 바닥에 내려놓아서도 안 되고 써서도 안 된다. 왜냐하면 모자에 밴 냄새, 루카의 냄새와 섞인 아빠의 냄새가 사라지면 안 되기 때문이다. 루카는 모자를 쓰고 있는 동안 그 냄새가 사라지지 않고 오히려 더 강해진다는 걸 알고 아주 기뻤다. 어쩌면 아빠의 냄새가 루카의 냄새이고, 모자를 계속 쓸수록 그 냄새가 더 강해지는 것인지 모른다. 실수로 새로운 냄새가 섞여 모자의 순도가 떨어져서는 안 된다. 틀림없이 간밤에 루카가 자는 동안 혹은 침대에서 화장실까지 여러 번 왔다 갔다 하는 동안 머리에서 떨어졌을 것이다.

"걱정 마, 미호." 루카를 따라서 일어나 앉으며 리디아가 말한다. 루카가 뭘 찾는지는 뻔하기 때문이다. 루카는 위층 침대를 찾아보려고 이미 따뜻한 아래층을 떠나 사다리를 타고 올라간 뒤다.

루카가 시트 속을 뒤지는 동안 위층 침대가 삐걱거리더니 안도의 한숨 소리가 들리고 모자가 나타난다. 침대 가장자리 밖으로 쭉 뻗은 루카의 팔 끝에 당당하게 걸려 있다.

난민 쉼터에 십 대 청소년은 많지만 어린아이는 얼마 안 된다. 아침을 먹으러 가보니 어린아이들이 중앙에 있는 둥근 테이블에 다 함께 모여 앉아 있다. 루카가 들어서자 그 테이블에 앉아 있던 여자아이가 발딱 일어나더니 루카의 팔꿈치를 잡아끌어 빈 의자에 앉힌다. 리디아는 접시에 루카가 먹을 음식을 덜어서 가져다준 뒤 자신이 먹을 음식도 담아 근처 테이블에 가서 앉는다. 그 테이블에는 넬리와 홀리아라는 두 여자가 앉아 있는데 둘 다 과테말라 출신으로 이십대 초반이다. 넬리는 통통한 체격에 곱슬머리인 반면, 홀리아는 호리호리하고 피부는 갈색이며 눈은 아몬드 모양이다. 그들이 자기소개를 하는 동안 리디아는 고개를 끄덕이며 예의 바르게 미소 짓지만, 자기소개는 하지 않고 침묵을 지킨다. 목소리를 내기가 두렵고 자신도 모르게 정체를 드러내는 억양이나 특정한 표현, 무의식적인 습관이 나올까 두렵다. 그래서 목걸이를 만지작거리는 행동도 하지 않는다. 넬리와 홀리아는 리디아의 이런 조심스러운 태도를 알아차리고 또한 이해한다. 따라서 캐묻지 않는다. 리디아는 접시 위로 고개를 숙인 채 잠깐 눈을 감고 감사 기도를 한다. 넬리와 리디아는 대화를 계속한다.

"다른 사람에게 알리지도 않으려고 했대요? 가엾기도 하지." 넬리가 말한다.

"소란 피우고 싶지 않았대요. 내가 마침 복도에 나갔기 망정이지. 그놈이 하는 짓을 내가 두 눈으로 똑똑히 봤다니까요! 내가 놈을 쫓아버리고 곧바로 신부님께 갔죠."

"그랬더니 신부님이 어떻게 했어요?" 넬리는 자세히 알고 싶어 한다. 공들여 토르티야를 성찬식 빵만 한 크기로 자르더니 한 번에 하나씩 혀에 올린다.

"신부님이 잘 대처하셨죠. 남자 침실로 들어가서 그 새끼를 침대에서 끌어내고 당장 짐을 싸서 나가라고 하셨어요."

"난 그것도 모르고 잠만 잤네!" 넬리는 실망한 표정이다. "그놈이 안 나가려고 버티는 소리는 들었어요."

건너편에 어젯밤 스캔들의 주인공인 열여섯 살 산살바도르 출신 소녀가 고개를 살짝 숙인 채 자기 앞의 접시만 바라보고 있다. 양쪽 어깨가 어찌나 굽었는지 마치 몸이 스스로를 삼키려는 듯하다. 스크램블 에그라서 딱히 오래 씹을 필요가 없는데도 리디아는 음식을 계속 씹는다. 입이 뭔가 할 일이 필요하다. 또 다른 여자가 그들의 테이블로 다가오더니 리디아 옆의 빈 의자를 가리킨다. 넬리는 비었다는 뜻으로 앉으라고 손짓한다. 여자는 접시를 내려놓고 의자를 뺀다. 분홍색 스커트에 플립플롭을 신었고, 색색의 끈을 넣어 양 갈래로 길게 땋은 머리가 등 뒤로 내려왔다. 옷차림에서 그녀가 원주민이라는 걸 몰랐다 쳐도, 억양이 강하게 들어간 스페인어를 들으면 단번에 알 수 있다(남미 지역 대부분에서 스페인어를 쓰지만 나라마다 억양이 다르고 원주민 특유의 억양도 들어간다. - 옮긴이). 여자가 자리에 앉는 동안 넬리와 홀리아는 서로 힐끗 바라본다. 여자는 둘에게 미소를 지으며 자신의 이름이 이셸이라고 밝히지만, 넬리와 홀리아는 보일 듯 말 듯하게 여자에게서 몸을 돌린 채 이야기를 계속한다. 예전 같았으면 리디아는 미소와 친절한 말로 그 무례한 태도에 대응했을 것이다. 상대방을 나무라기까지 했으리라. 심한 편견에 사로잡힌 과테말라 여자들이 새로 온 여자가 원주민이라는 이유로 무시했기 때문이다. 리디아는 이셸의 입장에 공감해서 충분히 화가 났으나, 지금 여기서 예의범절을 따지다가는 자신의 처지가 위험해질 수 있다. 그래서 접시만 바라보며 스크램블 에그를 떠서 토르티야 위에 내려놓는다.

"어제 저녁 식사 후에 둘이 함께 있는 걸 봤어요. 남자애 눈빛을 보고 둘이 사귀는 사이인 줄 알았죠. 하지만 나중에 복도에서 보니까 완전히 남자애 혼자 좋아하는 거였더라고요." 훌리아가 말한다.

"여자애가 반항하긴 했어요?" 넬리는 그렇게 물으며 작은 반점이 있는 사각형 토르티야를 입안에 넣는다.

"그럼 차라리 낫게요? 처음에는 버둥거렸는데 나중에는 체념한 듯하더라고요." 훌리아는 슬픈 얼굴로 고개를 저었지만 목소리에서는 분노가 느껴진다. "일단 남자가 마음을 먹었으면 어쩔 수 없다는 걸 아는 것 같았어요. 젠장."

"남자 새끼들은 다 거세해야 해요. 한 놈도 빠짐없이." 넬리가 곱슬곱슬한 검은 머리카락을 흔들며 말한다.

훌리아는 이야기 속 주인공인 소녀를 바라본다. "애가 너무 예뻐요. 힘든 여행이 될 거예요."

"쿠에르포마티코cuerpomático 신세죠 뭐." 넬리가 맞장구친다.

"그게 뭐예요?" 이셸이 묻는다.

"쿠에르포마티코?" 넬리가 되묻는다.

이셸은 고개를 끄덕인다. 억양이 강하기는 해도 이셸은 훌륭한 스페인어를 구사한다. 하지만 이 단어는 들어본 적이 없다. 아마 속어거나 신조어일 것이다. 리디아도 처음 듣는 단어다.

"이 단어를 몰라?" 훌리아가 묻는다.

이셸은 다시 한번 고개를 젓는다. 리디아는 여자들의 대화를 듣는 한편 둥그런 테이블에 앉아 있는 루카를 바라본다.

"과테말라 사람들은 다 아는 줄 알았는데." 넬리가 먹다 남은 토르티야가 접시 위에서 시들어간다.

"살바도르와 온두라스 사람들도." 훌리아는 팔꿈치로 식탁을 짚고 몸을 앞으로 내밀며 접시를 옆으로 밀친다. "몸으로 때운다는 뜻이지. (몸을 뜻하는 'cuerpo', ATM을 뜻하는 'mático'의 합성 조어. - 옮긴이)"

리디아는 씹던 달걀과 토르티야를 삼키려 하지만 음식이 풀처럼 입에 붙어서 넘어가지 않는다. 그녀의 포크에는 밥이 가득 담겨 있고, 끝에는 동그랗고 바삭한 바나나 튀김이 꽂혀 있으나 포크는 허공에 떠 있다.

"그게 엘 노르테로 가기 위한 대가야." 넬리가 말한다.

고통스러운 몇 분이 지난 뒤 이셀이 입을 열며 자신에게 익숙한 스페인어를 말한다. "강간요? 그게 대가라고요?"

훌리아와 넬리는 멍한 표정으로 이셀을 바라본다. 어떻게 그걸 모를 수가 있지? 지금까지 산간벽지에서 살기라도 했나?

"그런 생각으로 어떻게 밀입국을 하겠다는 거야, 아가씨?" 넬리가 다시 음식으로 주의를 돌리며 말한다.

이셀은 아무 말도 하지 않는다.

훌리아는 몸을 앞으로 숙이며 나직이 말한다. "난 벌써 두 번이나 지불했다고."

몇 분 전까지만 해도 이셀과 거리를 두는 듯했던 훌리아가 이런 고백을 하며 뜻밖의 친밀감을 나타내자 리디아는 자기도 모르게 목에서 소리가 난다. 상처받은 소리다. 세 여자 모두 리디아를 바라보고, 리디아는 과일 펀치를 한 모금 마신 뒤 여전히 음식이 가득 담긴 포크를 접시 가장자리에 걸쳐놓는다.

"당신은요? 당신도 대가를 치렀어요?" 홀리아가 넬리에게 묻는다.

"아직." 넬리가 암울한 표정으로 말한다.

"당신은요?" 다들 리디아의 대답을 기대하며 그녀를 바라본다.

리디아는 고개를 젓는다.

한 젊은 여자가 빙그레 웃으며 루카와 다른 아이들이 앉아 있는 테이블로 다가가 묻는다. "꼭두각시 인형극 볼 사람?"

루카 옆에 앉아 있던 여자아이가 양팔을 들고 벌떡 일어나며 외친다. "저요, 저요!"

"잘됐네. 선생님을 도와줄 사람이 많이 필요하거든."

"그 남자애는 시카리오라고 들었는데."

그 말에 리디아는 얼른 자신이 앉은 테이블로 주의를 돌리며 자기도 모르게 외친다. "뭐라고요?"

"소문이 그렇다고요." 홀리아가 어깨를 으쓱인다. "그런 사람은 쉼터에서 받아주면 안 되는 거 아닌가?"

"하지만 그 남자애가 신부님에게 자기는 카르텔에서 탈퇴했다고 했대요." 넬리가 끼어든다. "어릴 때 카르텔에 끌려가서 다른 선택의 여지가 없었대요. 뻔한 사연 있잖아요. 이젠 그런 삶에 질려서 엘 노르테로 가고 싶다고 했대요."

"어느 카르텔 소속이었대요?" 이셀이 묻는다. 대부분의 사람이 그렇듯 또한 개인적 경험 때문에 그녀에게도 특별히 두려워하는 카르텔이 있다.

"그게 뭐가 중요해? 다 짐승 같은 놈들인데." 넬리가 말한다.

"그렇지 않아요. 개중에는 좀 나은 카르텔도 있다고요." 훌리아가 우긴다.

넬리는 못 믿겠다는 듯이 얼굴을 찡그리지만 반박하지 않는다.

"로스 하르디네로스가 그렇잖아요. 아카풀코에 새로 암 병원을 설립하는 데 기부했다고 들었어."

리디아는 숨을 헉 들이쉬지만 넬리가 손을 흔들며 훌리아의 말을 일축한다. "그건 그냥 사람들의 환심을 사려는 거예요. 프로파간다라고요."

"하지만 이유보다는 사실이 중요할 수도 있죠." 훌리아가 그렇게 말하며 몸을 내밀자 테이블 주위로 꽉 막힌 원이 생긴다. 훌리아는 입에 올려서는 안 될 카르텔 이름을 말한다. "로스 세타스는 사람들에게 자기 몸을 먹게 한대요. 아기 시신을 다리에 걸어두기도 하고요."

리디아는 손으로 입을 틀어막는다. 손가락이 차갑고 뻣뻣하다. 옆자리에 앉은 이셸은 성호를 긋는다. 이제 리디아는 질문할 것이지만 아무렇지도 않은 듯이 물어볼 것이다. 담담한 목소리로.

"그래서 어젯밤에 쫓겨난 남자애는 어느 카르텔 소속이래요?"

훌리아는 어깨를 으쓱이며 말한다. "몰라요. 하지만 그 남자애가 정말로 카르텔에서 벗어나고 싶다면 달아나는 게 좋을 거예요. 멀리 그리고 빨리. 카르텔은 순순히 놓아주지 않으니까요."

리디아는 자신의 접시를 밀어낸다. **멀리 그리고 빨리.** 세상의 몇몇 진리는 아주 간단하다.

14
뛰어내리다

리디아와 루카는 끔찍한 재앙에서 6일, 454킬로미터 멀어졌고 다시 우에우에토카를 떠나 북쪽으로 향한다. 라 베스티아의 선로를 따라서. 지난 일주일간 살아남아 아카풀코에서 여기까지 온 일을 생각하면 리디아는 가슴이 벅차다. 그 엿새 동안 자신이 좋은 결정과 나쁜 결정을 내렸으며, 궁극적으로 오로지 하느님의 은총 덕분에 그 결정이 불운과 만나 참사로 이어지지 않았다는 사실을 알기 때문이다. 그걸 생각하면 머릿속이 새하얘진다. 그녀로서는 도저히 라 베스티아에 타야겠다는 생각이 떠오르지 않았을 테고, 그렇기 때문에 반드시 해야 한다. 두 사람은 반드시 그 기차에 타야 한다. 잠시 선로를 따라 걸으면 생각할 시간을 벌 수 있다. 쉼터를 나서기 전에 물통에 물을 가득 채웠지만 그래도 길가에 있는 작은 가게에 들러 간식거리로 배낭을 가득 채운다. 주로 난민들을 상대하는 가게라서 난민들이 가지고 다니면서 먹기 좋은 음식들이 쌓여 있다. 견과류, 사과, 사탕, 그래놀라, 칩, 육포. 리디아는 배낭에 들어가는 대로 다 사고 태양으로부터 피부를 보호해줄 챙이 넓은 모

뛰어내리다

자도 산다. 하얀 꽃이 달린 분홍색 모자다. 그 모자를 보니 예전에 엄마가 정원에서 일할 때마다 썼던 흉측한 모자가 생각난다. 리디아와 언니 제미는 그 모자를 쓴 엄마를 볼 때마다 킥킥거리며 놀려댔다.

"그래, 웃어라. 하지만 이 모자 덕분에 엄마 피부 나이가 스물네 살인 거야!" 엄마는 그렇게 그들을 꾸짖었다.

화물 열차 선로는 난민들이 타고 올라가야 할 콩나무 줄기처럼 멕시코 땅덩어리를 가로질러 쭉 뻗어 있다. 루카와 리디아는 한 걸음씩, 한 침목씩, 한 이파리씩 나아간다. 태양은 빛나지만 이렇게 이른 아침에는 그다지 덥지 않다. 리디아와 루카는 잠깐 손을 잡았다가 땀이 차서 손을 놓고 다시 잡기를 반복한다. 그들은 가장 서쪽으로 가는 길을 골랐는데 루카의 머릿속 지도에 따르면 비록 그 길이 다른 길보다 돌아가기는 해도 비교적 덜 험하기 때문이다. 특히나 주로 걸어서 갈 생각이라면. 현재로서는 아마도 그럴듯하다. 루카는 엄마가 그의 본능적 선택을 따지지 않아서 기쁘다. 그들이 길을 나섰을 때 엄마는 그저 루카가 이끄는 대로 따라갔다.

리디아는 덴버로 간다는 자신의 계획이 부적절하며 구스타포 삼촌을 찾아내기가 힘들지도 모른다는 사실을 알고 있다. 엄마는 오래전 삼촌이 엘 노르테로 떠났을 당시부터 벌써 미국인 행세를 했다고 투덜거리곤 했다. 삼촌은 아직 어린 나이에 멕시코를 떠났고 그 후로 한 번도 돌아오지 않았다. 리디아는 삼촌이 백인 여자와 결혼했으며 이름도 거스로 바꾸고 건설과 관련된 개인 사업을 시작했다는 사실만 알고 있다. 배관 사업이었던가? 아니면 전기 배선 사업? 삼촌이 성까지 바꿔버렸으면 어쩌지? 미국인 사촌들은 본 적도 없다. 이름조차 모른다. 이런 사실들을 너무 오래 생각하다 보면 패닉에 빠지기 때문에 다시 단계별로, 감당할 수 있는 목표로 나눈다. **북쪽으로 이동하기. 국경에 도달하기. 코요테 찾기. 국경 넘기. 버스를 타고 덴버로 가기.** 거기에도 성당이 있을 것이다. 도서관이며 인터넷, 이민자 커뮤니티가 있을 테고 사람들이 기꺼이 도와줄 것이다. 그러니 지금은 그저 북쪽으로 이동하고 또 이동하면 된다. 루카를 위험에서 끌어내야 한다.

난민 쉼터를 나서서 북서쪽으로 두 시간가량 걸어간 루카와 리디아는 십 대 자매와 마주친다. 둘 다 가느다란 왼쪽 팔에 똑같은 무지개 팔찌를 찼고, 선로 위로 지나가는 고가 도로에 앉아 도로 아래로 다리를 대롱거린다. 둘 다 아주 예쁜데 특히 한두 살 더 많아 보이는 쪽이 치명적일 정도로 예쁘다. 헐렁한 옷을 입은 그 소녀는 재앙을 초래할 자신의 아름다움을 숨기려고 얼굴을 잔뜩 찡그렸지만 소용없다. 더 어려 보이는 소녀는 물건이 잔뜩 든 배낭에 몸을 기대고 있다. 하지만 둘 다 루카를 보더니 몸을 일으킨다. 애써 만든 경직된 표정이 녹아버리고 둘이 함께 "와" 하고 탄성을 지른다. 십 대 여자아이들이 귀여운 아이를 볼 때 종종 내는 소리다.

"너무 귀엽다!" 낯선 억양이 들어간 스페인어로 더 어린 쪽이 크게 외친다.

"그러게." 언니도 맞장구친다.

둘 다 숱이 많은 검은 머리에 진하고 다양한 표정을 보여주는 눈썹, 상대를 꿰뚫어 보는 듯한 검은 눈동자, 쪽 고른 이, 도톰한 입술, 사과처럼 동그란 뺨을 가졌다. 언니 쪽은 그것 말고도 콕 집어서 말할 수 없는 무언가가 더 있는데 그로 인해 눈에 확 띌 정도로 매력적이다. 우연히 그 소녀를 보게 된 루카는 도저히 눈을 떼지 못하고 리디아도 마찬가지다. 소녀는 너무 아름다워서 은은하게 타오르는 듯하다. 자신이 속한 풍경보다 더 오색찬란하다. 고가도로의 칙칙한 잿빛 콘크리트, 진갈색 선로와 흙, 연청색 배기 청바지, 헐렁하고 꼬질꼬질한 흰색 티셔츠, 하얗게 표백되어 높이 솟은 하늘이 모두 소녀 뒤로 물러난다. 소녀의 존재는 주위 모든 것을 희미하게 만드는 생생한 색의 진동이다. 생물학적 사건이자 아름다움의 살아 있는 기적이다. 정말 큰 문제다

"안녕하세요. 어디로 가세요?" 리디아와 루카가 자매의 발밑으로 지나가자 덜 예쁜 아이가 외친다.

"다들 가는 곳으로 간단다. 엘 노르테로." 리디아는 머리 위에 있는 소녀들을 보려고 손을 들어 눈가에 그늘을 만든다. 그러고는 흉한 분홍색 모자를 벗어버리고 그걸 부채처럼 부친다. 모자를 썼던 자리에는 땀에 젖은 머리카락이 이마에 달라붙어 있다.

"우리도요! 아이가 너무 귀여워요!" 소녀가 발을 흔들며 말한다.

리디아는 루카를 바라본다. 루카는 자매를 올려다보며 미소 짓고 있다. 제니페르의 킨세아녜라가 열렸던 아침 이후로 루카의 얼굴에서 새어 나온 가장 진정한 미소다.

"전 레베카고, 여긴 제 언니 솔레다드예요." 레베카는 루카에게 직접 말을 건다. "넌 이름이 뭐니, 치키토?"

말하지 않는 아들을 대신해서 대답하는 게 습관이 된 리디아가

이번에도 입을 연다. 하지만 옆에서 목소리가 들린다.

"루카." 루카의 목소리는 종소리처럼 맑다. 그동안 사용하지 않아서 녹슨 흔적은 전혀 없다. 리디아는 놀라서 입을 딱 다문다.

"몇 살이니, 루카?" 레베카가 묻는다.

"여덟 살."

자매는 신이 나서 서로를 바라보고 동생이 양손을 마주 잡는다. "그럴 줄 알았어! 고향에 있는 우리 사촌하고 동갑이네. 우리 사촌 이름은 후아니토인데 너랑 똑같이 생겼어! 안 그래, 언니?"

아름다운 솔레다드는 마지못해 미소 지으며 인정한다. "그러네. 쌍둥이처럼 닮았어."

"우리 사촌 사진 보여줄까?" 레베카가 묻자 루카는 리디아의 눈치를 본다. 리디아는 다른 사람과 이야기하는 것을 극도로 조심하기 때문이다. 하지만 이 자매는 아들에게 목소리를 돌려주었다. 그래서 리디아는 고개를 끄덕인다.

"여기로 올라와!" 레베카는 그렇게 외치고는 언니의 배낭 앞주머니에서 얇은 비닐봉지를 꺼낸다. 그 안에서 종이로 감싼 사진 뭉치를 꺼내 휘리릭 넘긴다. 루카가 고가 도로에 앉아 있는 자매에게 가려고 언덕을 올라가는 동안 리디아는 아래에서 아들을 지켜본다. 자매의 위치를 파악하려고 해보지만, 리디아가 있는 곳은 선로가 지나가는 아래쪽이라서 주위 지형을 잘 파악할 수 없다. 그래서 루카를 따라 가파르고 모래로 뒤덮인 작은 언덕을 올라간다. 사실 자매는 고가 도로가 아니라 차도 한쪽에 아슬아슬한 런웨이처럼 쭉 붙어 있는 쇠격자 위에 앉아 있다. 리디아는 먼저 발로 쇠격자를 시험해본 다음, 그 위를 내딛는다. 루카는 쇠격자가 아닌, 차도 위에 쪼그리고 앉아 차도와 쇠격자를 가르는 낮은 가드레일 위에 양쪽 팔꿈치를 올린다. 레베카는 가드레일에 등을 기대고, 둘은 가드레일을 사이에 둔 채 함께 사진을 본다.

"이거 봐. 너처럼 귀엽지?" 레베카가 말한다.

루카는 다시 씩 웃으며 고개를 끄덕인다. "나랑 똑같이 생겼어, 엄마. 이거 봐봐. 앞니가 없는 것만 빼고."

레베카는 리디아가 볼 수 있도록 사진을 들어 올리며 말한다. "같은 날 앞니 두 개가 빠져버렸어. 그 바람에 뱀파이어가 됐지. 넌 아직 앞니 안 빠졌니?"

요청하지도 않았는데 강렬한 기억이 불쑥 떠오른다. 처음으로 흔들렸던 이를 아빠가 빼줬던 기억. 가운데 아랫니였다. 몇 주 동안 그 이가 점점 흔들리더니 어느 날 저녁에 탐피케냐(구운 소고기에 엔칠라다, 치즈, 구아카몰, 콩을 곁들여 먹는 요리. -옮긴이)를 한 입 베어 물자 잇몸에 찌르는 듯한 통증이 느껴졌다. 루카는 포크를 떨어뜨렸고, 음식을 입 뒤쪽으로 보내 씹지도 않고 덩어리째 삼켜버렸다. 그러고는 피해 상황을 살펴봤다. 이가 비뚤어져 있었다. 부드러운 지반에 세워진 비석처럼 기울어져 있었다. 손가락으로 이를 가만히 만져봤다가 흔들리는 걸 알고 질겁했다. 엄마와 아빠는 포크를 내려놓고 루카를 지켜봤다. 하지만 루카는 아플까 봐 너무 두려워서 아무것도 할 수 없었다. 엄마가 아마 20분 동안 입을 조금만 벌려보라고, 입안을 들여다보자고 달랬지만 루카는 입을 꾹 다문 채 완고하게 침묵을 지켰다. 마침내 엄마의 인내심이 바닥나자 아빠가 대신해서 루카 옆에 앉았다. 그러고는 어린이가 흔들리는 이를 제때 빼지 않으면 어떻게 되는지 보여준다면서 우스꽝스러운 표정을 지어 보였다. 루카는 무서웠는데도 웃음을 터뜨렸고 마침내 입을 조금 벌려서 식탁 맞은편에 앉은 엄마에게 이를 보여주었다. 이를 만지는 아빠의 손길이 어찌나 부드러웠던지 루카는 아빠의 손가락이 이에 닿는다는 걸 전혀 느낄 수 없었다. 하지만 얼굴에 닿았던 아빠의 손은 기억한다. 한 손은 루카의 턱을 꽉 받쳐주었고 다른 손은 입안으로 들어왔다. 루카는 아빠의 손끝에서 느껴지던 짭짤한 맛과 조그만 이를 입 밖으로 꺼냈을 때 아빠의 얼굴에 피어났던 의기양양한 미소를 기억했다. 그 이를 봤을 때 루카는 눈이 휘둥그레졌고 숨을 헉 들이쉬었다. 통증은커녕 아예 아무 느낌도 없었다는 사실이 놀라웠다. 아빠는 그저 입안으로 손을 넣어 그 작은 이를 빼냈다. 세 사람은 식탁에서 다 함께 웃으며 꺅 소리를 질렀다. 루카는 믿을 수가 없어서 의자에서 벌떡 일어났고 엄마와 아빠는 루카를 안아주며 키스했다. 남은 탐피케냐를 먹는 동안 이가 빠진 자리에 음식물 찌꺼기가 계속 껴서 우유로 빼내야 했다. 그날 밤에 엄마와 아빠는 루카의 베개 밑에 빠진 이를 놓아두었다. 이의 요정이 이를 가져가고 대신 시와 새 칫솔을 두고 가도록.

이제 루카는 한 손을 들어 입으로 손가락 마디를 빨지만 그 맛이 아니다. 그 기억을 성가신 벌레처럼, 파리처럼 쫓아내야 한다. 아빠의 손가락 맛은 사라졌다. 그걸 본 리디아는 손을 뻗어 루카의 운동화 속 엄지발가락을 꾹 누른다. 그것만으로도 루카는 생각에서 깨어나 먼지가 피어오르는 고가 도로로 돌아온다. 몸 안으로 숨을 들이쉰다.

"기차에 못 타셨어요?" 솔레다드의 많은 재능 중에는 적절한 타이밍에 화제를 바꾸는 것도 포함되어 있다. 솔레다드는 레베카보다 조심스러운 성격이지만 저렇게 속눈썹이 길고 수줍게 보조개가 들어가는 루카 앞에서는 무뚝뚝하게 굴기가 힘들다.

리디아는 몸을 꿈지럭거리며 배낭을 내려놓고 물통을 꺼낸다. "아직."

"기차에 타기가 훨씬 힘들어졌어요. 안전제일!" 레베카가 입으로 후 바람을 분다. 다른 상황이었다면 웃는 줄 알았을 것이다.

"그래. 안전." 리디아는 고개를 절레절레 흔든다.

"기차에 타봤어?" 루카가 묻는다.

솔레다드는 몸을 돌려 어깨에 턱을 대고 루카를 바라본다. "타파출라에서 여기까지 계속 타고 왔지."

루카는 레체리아 공터에서 기차를 따라 달리던 남자들을 생각한다. 그들은 하나씩 기차에 올라타 사라졌고 루카와 엄마는 몸이 얼어붙은 채 그들을 바라보았다. 귀청이 터질 정도로 포효하고 덜그럭거리고 지켜보던 그들의 심장과 뼛속 깊이 경고를 외치던 라 베스티아를 생각하자 이 자매에게 경외감이 든다. "어떻게?" 루카가 묻는다.

솔레다드는 어깨를 으쓱인다. "요령이 생겼거든."

리디아는 루카에게 물통을 건네고 루카는 물을 마신다. "무슨 요령? 우리도 좀 알자." 리디아가 묻는다.

솔레다드는 고가 도로 밑으로 늘어뜨렸던 다리를 들어 올려 책상다리를 하고 척추와 어깨를 쭉 편다. 그렇게 작은 동작만으로도 치명적으로 아름다워 보인다. 이 자매는 집을 떠난 후로 아무하고도 친해지지 않았다. 그들 역시 가능한 한 타인과 어울리지 않았다. 하지만 루카 같은 어린아이를 만난 적은 처음이었다. 리디아처럼 걱정스러운 엄마의 눈으로 그들을 지켜봐 주는 사람을 만난 적도 처음이었다. 따라서 잠시나마 평범한 아이로 돌아간 기분이 들고, 다정한 대화를 나눌 수 있어서 매우 즐겁다. 동료 여행객에게 약간의 충고를 해줘서 손해 볼 일은 없을 것이다.

"우리가 한 가지 알아낸 게 있어요. 정부에서 기차역 부근에 엄청난 돈을 들여 장벽을 짓지만 아직 고가 도로를 막는 장벽은 없다는 걸 알게 됐죠. 여기처럼요." 솔레다드는 그렇게 말하며 밑으로 지나가는 선로를 가리킨다.

루카는 엄마를 바라본다. 리디아는 이 새로운 정보에 입각해 그들의 위치를 가늠해본다. 몸을 앞으로 살짝 내밀어 땅까지의 거리를 재본다. 그다지 높지는 않다. 하지만 라 베스티아의 무게와 소음, 존재가 이 공간을 뚫고 지나가면 상황이 어떻게 바뀔지 상상해본다. 그러고는 못 믿겠다는 듯이 묻는다. "여기서 뛰어내린다고?"

"여기 말고요." 솔레다드가 정정한다. "여기서는 뛰어내리자마자 고가 도로에 머리를 부딪칠 거예요. 균형을 잡기도 전에 기절할 거라고요. 우리는 이쪽에 앉아서 기차가 오는 걸 지켜보다가 저 반대편에서 뛰어내리죠." 솔레다드가 가리킨다.

루카는 그녀의 손끝을 따라 고가 도로 반대편을 바라본다. 가드레일에 뭔가가 달려 있다. 중앙에 시든 오렌지색 꽃 한 다발이 붙

뛰어내리다

어 있는 빛바랜 흰색 십자가다. 여기에서 기차에 뛰어내리려다가 실패한 누군가를 기리는 십자가라는 걸 깨닫고 루카는 입술을 깨문다. "뛰어내리기만 하면 기차 지붕에 착지하는 거야?"

"음, 늘 성공하는 건 아냐. 하지만 상황이 맞아떨어지면 기차 지붕에 착지하지." 솔레다드가 말한다.

"상황이 맞아떨어지고 아니고는 어떻게 결정되지?" 리디아가 묻는다.

"음. 첫째로 어디에서 떨어질지 신중히 골라야 해요. 여긴 좋은 장소예요. 왜냐하면……." 소녀는 자리에서 일어나 도로 너머 선로 저쪽을 가리킨다. "저기 앞에 커브가 보이니까요. 보이죠?"

리디아는 솔레다드가 가리키는 곳을 보려고 자리에서 일어난다.

"기차는 늘 커브를 돌 때 속도가 느려져요. 특히 큰 커브일 때는 속도가 현저히 느려지죠. 따라서 저길 지날 때 기차는 속도가 느려질 거예요. 그다음으로 확인해야 할 것은 앞에 다른 장애물이 없어야 해요. 그래서 첫 번째 고가 도로가 아닌 이 고가 도로를 선택한 거죠."

리디아는 방금 자신들이 걸어온 길의 남쪽을 바라본다. 첫 번째 고가 도로 밑을 지날 때 위에 고가 도로가 있는 줄도 몰랐다. 그저 잠시 그늘이 나와서 짧게나마 태양을 피할 수 있다는 사실에 감사했을 뿐이다.

"저쪽 고가 도로에서 뛰어내리면 떨어지자마자 바로 균형을 잡은 다음에 납작 엎드려야 해요. 다시 이 고가 도로 밑을 지나야 하니까요. 쉽지 않죠."

리디아는 눈을 깜빡거리며 고개를 절레절레 흔든다. 그녀로서는 상상도 할 수 없다.

"그래서 우리는 여기 앉아서 지켜봐요." 솔레다드가 말을 잇는다. "기차가 오기를 기다리죠. 마음에 드는 기차가 오면 길을 건너고, 기차의 속도를 가늠하고, 뛰어내릴지 말지 결정을 내린 다음에 뛰어내리죠."

"다이빙대에서 떨어지듯이?" 엘 롤로 워터파크를 생각하며 루카가 묻는다.

"꼭 그런 건 아니야." 솔레다드가 말한다. "우선 배낭을 아래로 내려야 해. 배낭을 메고 있으면 상체가 무거워져서 몸이 흔들리거든. 그러니까 배낭을 먼저 아래로 던져. 그런 다음에 아주 낮은 스쿼트 자세를 취해. 다리를 내리고 걸터 앉아 있다가 뛰어내리면 안 돼. 그러면 하반신은 기차와 함께 앞으로 가고, 상반신은 그걸 따라잡지 못하거든. 그러니까 일단 몸을 고무줄처럼 쭉 늘려준 다음에 작게 웅크리고 개구리처럼 뛰어내리는 거야. 몸을 낮추고 웅크린 자세로. 그리고 뛰어내린 다음에는 곧바로 무언가를 잡아야 해."

생각만 해도 가슴이 두근거려서 루카는 정신 차리고 숨을 쉬어야 한다. 엄마를 바라보니 그들이 살아남을 가능성을 생각하는 표정이다. 갑자기 온몸에서 과도한 에너지가 흘러넘치는 바람에 루카는 벌떡 일어나 제자리에서 뛰고 발을 차며 에너지를 세상에 분출한다.

"운이 아주 좋으면 기차가 그냥 멈출 수도 있어. 그럴 때는 고가

뛰어내리다

도로에서 내려가면 돼. 간단해." 레베카가 말한다.

"하지만 기차를 그냥 보낼 때도 아주 많아. 기차가 너무 빠르면 아예 시도하지도 않지. 기차에 타려다가 실패한 사람을 벌써 둘이나 봤거든." 솔레다드가 말한다.

리디아는 이 정보가 루카에게 어떤 영향을 미치는지 살펴보지만 루카는 아무 내색도 하지 않는다.

"그 사람들도 너희들과 같은 방법으로 기차에 타려고 했니? 이렇게 높은 데서 뛰어내려서?"

"아뇨!" 레베카가 자랑스러운 표정으로 말한다. "이 방법을 쓰는 사람은 저희밖에 없어요. 다른 사람이 하는 건 본 적이 없어요."

리디아는 입을 일그러뜨린다. 그렇다면 이 아이들은 똑똑하거나 아니면 미쳤다고 생각하며 다시 묻는다. "그 방법으로 몇 번이나 기차에 탔지?"

자매는 서로를 바라보고 솔레다드가 대답한다. "아마 다섯 번? 여섯 번?"

리디아는 나직이 한숨을 쉬며 고개를 끄덕인다. "그렇구나."

"아줌마도 우리랑 함께 갈래요?" 레베카는 그렇게 말한 뒤에야 언니를 돌아본다. 매사에 먼저 상의한 후에 결정해야 한다는 사실이 기억났기 때문이다. 솔레다드는 레베카의 정수리를 쓰다듬고, 레베카는 언니와 평생 누려온 친밀감의 언어를 통해 괜찮다는 사실을 확인한다.

"그럴까?" 이 말을 내뱉는 순간, 리디아는 숨이 막히는 듯하지만 무시한다.

기차를 기다리는 동안 그들은 짧게 이야기를 나누고 리디아는 두 자매에 대해 몇 가지 사실을 알게 된다. 그들이 열다섯 살과 열네 살이며, 지금까지 1,600킬로미터 넘게 이동했고, 가족을 매우 그리워하며, 이렇게 둘이서만 생활하는 건 처음이라는 사실을. 왜 집을 떠났는지는 말하지 않고, 리디아도 묻지 않는다. 두 자매를 보니 제니페르가 생각난다. 비록 나이 말고는 비슷한 점이 하나도 없지만. 이 소녀들은 제니페르보다 더 키가 크고 말랐으며, 피부도 더 검고, 둘 다 밝고 재미있다. 반면 제니페르는 학구적이고 진지하다. 갓난아기였을 때조차도 상당히 심각한 표정이었다.

리디아의 언니 제미는 아빠가 돌아가시고 제니페르가 태어났을 때 불과 열일곱 살에 불과했던 리디아를 딸의 대모로 선택했다. 리디아는 세례단 위로 아기를 들고서 울었던 기억이 난다. 그날 입은 원피스가 얼룩지지 않도록 아예 마스카라는 하지 않았다. 리디아는 자기가 울 거라는 사실을 이미 알고 있었다. 조카의 세례식이 너무 기뻐서 혹은 대모가 됐다는 사실이 영광스러워서 혹은 그 순간이 감격스러워서가 아니라 아빠가 이 세례식을 함께 보지 못하기 때문이었다. 리디아의 눈물은 성수와 함께 아기의 이마에 뚝뚝 떨어졌다. 리디아는 시야가 흐릿한데도 품에 안긴 아기가 울지 않는 걸 보고 놀랐다. 제니페르는 눈을 동그랗게 뜬 채 깜빡거렸고 입술 산이 아주 또렷한 분홍색 입술을 쭉 내밀고 있었다. 리디아는 조카를 너무 사랑한 터라 자기 자식을 더 사랑하게 되리라고는 상상도 못 했다. 물론 몇 년 뒤 루카가 태어났을 때 자식을 향한 사랑은 비교할 수 없다는 걸 알게 되었다. 하지만 리디아가 둘째 아이를 유산했을 때 슬픔에 빠진 그녀를 달래준 사람은 역시나 제니페르, 진지하고 빛나는 그녀의 조카였다. 당시 아홉 살이던 현명한 제니페르는 리디아와 함께 울면서 그녀의 이마를 쓰다듬어주고 이런 말로 리디아를 위로해주었다. "하지만 이모에게는 딸이 있잖아. 내가 있잖아."

갑자기 리디아는 이해할 수 없을 정도의 엄청난 상실감을 느낀다. 너무 많은 슬픔이 동시에 밀려와서 따로따로 분리할 수가 없다. 느낄 수도 없다. 옆에서는 두 자매가 밝은 목소리로 루카에게 이야기하고 루카는 되살아난 말로 대답한다. 세 아이 사이에는 특별한 활기가 감돈다. 루카의 목소리는 묘약이다.

가만히 앉아 있으니 햇살이 더 뜨겁게 느껴진다. 리디아는 양팔이 어릴 때처럼 까맣게 타버렸다는 걸 깨닫는다. 루카 역시 예전보다 약간 더 그을렸고 야구 모자 밑으로 땀이 송송 맺혀 있다. 하지만 이글거리는 태양 아래서 기다리는 시간은 거의 찰나처럼 느껴질 정도다. 이 일을 하도록 스스로를 설득하는 데 더 많은 시간도 쓸 수 있을 것이다. 채 두 시간도 지나지 않았을 때 멀리서 기차가 덜커덩거리는 소리가 들리고, 네 사람은 아무 말 없이 자리에서 일어나 준비한다. 사실 리디아는 그들이 정말로 이 일을 할 거라는 확신이 전혀 없다. 그저 기차에 타야 하기 때문에 하고 싶기는 하다. 하지만 죽고 싶지 않기 때문에, 루카가 죽는 것도 원치 않기 때문에 하기 싫기도 하다. 기차가 다가오는 소리를 듣고, 배낭을 도로 맞은편으로 가져가고, 루카에게 앞서라고 손짓하는 동안 리디아는 영혼이 몸 밖으로 빠져나가는 기분이다. 물통을 배낭 앞주머니에 넣고 지퍼를 채운다. 설사 자신은 달리는 기차 위로 뛰어내릴 준비가 되었다고 해도 어떻게 루카에게까지 이 미친 짓을 시킨단 말인가. 어깨가 축 처지고 다리가 후들거린다. 그녀의 초조한 몸에 아드레날린이 흘러넘친다.

옆에서 루카는 운동화 밑으로 보이는 아스팔트의 금을 눈으로 따라가며 사소한 것에만 눈과 생각을 고정한다. 앞으로 그들이 해야 할 일을 고민하는 것은 엄마에게 맡긴다. 그리하여 둑을 뒤덮은 회갈색 풀과 볼품없이 마른 나무들, 그 위의 푸른색 돔, 십자가처럼 교차하는 고가 도로와 선로를 바라본다. 기차 소리가 점점 가까워지면서 바람에 루카의 머리카락이 흩날린다. 금속 선로를 따라 괴물 같은 바퀴가 굴러가는 소리와 덜커덩덜커덩 소리가 쩌렁쩌렁 울려 퍼진다. 그 요란한 소음은 귀에 대고 외치는 경고의 의미로 만들어진 듯한데 오히려 흉골에 박힌다. **물러나, 물러나, 물러나, 미친 짓 하지 마, 미친 짓 하지 마, 미친 짓 하지 마.** 루카는 양손으로 배낭 위에 달린 손잡이를 잡아 배낭을 몸 앞에 낮게 든다. 루카의 학교에는 무모한 짓만 골라서 하는 여자아이가 있다. 이름이 필라르인데 늘 아찔한 묘기를 선보인다. 정글짐 꼭대기에서 뛰어내리기도 하고, 그네가 제일 위로 올라갔을 때 뛰어내린 적도 있다. 한번은 학교 정문 옆에 있는 나무를 타고 올라가 높은 나뭇가지 위에서 춤을 추고는 거기서 학교 건물 지붕으로 내려갔다. 지붕에서 옆으로 재주넘기를 하자 결국 교장 선생님은 필라르를 설득하기 위해 필라르의 할머니를 모셔오게 했다. 하지만 아무리 필라르일지라도 고가 도로에서 달리는 기차 위로 뛰어내리지는 않을 것

뛰어내리다

이다. 또한 얌전한 모범생인 루카가 그런 미친 짓에 동참할 수 있을 거라고는 죽었다 깨어나도 믿지 않을 것이다. 루카는 기차 머리가 다가오다가 고가 도로 남쪽 가장자리 밑으로 사라지는 것을 지켜본다. 몸을 돌리니 다시 그의 발 아래서 나오는 기차가 보인다. 리디아는 기차가 시야에 들어오자 낮은 가드레일 너머를 내려다본다.

"좋네요. 속도도 느리고." 레베카가 그들을 보며 미소 짓는다.

"준비 됐어?" 솔레다드가 묻는다.

레베카는 고개를 끄덕인다. 리디아는 엄숙한 얼굴로 자매를 지켜본다. 기차가 얼마나 긴지 살펴보던 루카는 거의 끝쪽, 마지막 대여섯 개의 차량 지붕에 모여 앉은 몇몇 사람을 발견한다. X자 형태로 서 있던 한 남자가 그들을 향해 손을 흔든다. 루카도 그에게 손을 흔든다.

"가자." 솔레다드가 말한다.

두 자매는 선로 가운데 지점에 나란히 선다. 그러고는 스쿼트 자세를 취하고 배낭을 아래로 들고 있다가 적당한 차량이 오기를 기다린다. 그들이 바라는 건 지붕이 평평한 화물칸이다. 걸어갈 수 있고, 앉을 수 있고, 붙잡을 수 있는 쇠창살이 있는 화물칸. 기차의 첫 절반이 전부 원통형 탱크라서 그들은 기다린다. 그러다가 마침내 꽤 천천히 솔레다드가 배낭을 기차 위로 던지더니 그 뒤를 따른다. 한 번의 우아하고 혼란스럽고 자살 행위와도 같은 점프로 솔레다드의 정지되어 있던 몸이 움직이더니 아래로 떨어진다. 리디아는 고가 도로에서 기차 지붕까지 거리를 가늠할 수가 없다. 2미터?

3미터? 솔레다드는 즉시 기차와 함께 멀어지며 점점 작아진다.

"얼른! 지금이야!" 솔레다드가 동생에게 외친다.

그러자 레베카도 사라진다. 리디아는 이 일을 눈 깜짝할 사이에 해치워야 한다는 걸 깨닫는다. 그들에게는 선택을 고민할 여유도, 어떻게 해야 잘 뛰어내릴지 생각할 시간도 없다. 리디아는 그녀가 좋아하는 소설 속 여자아이처럼 평생 절벽이나 발코니, 다리에서 무심코 뛰어내릴까 봐 두려워했다. 하지만 이제 그 생각은 떨쳐버린다. 그리고 그 두려움과 달리 사실은 자신이 절대 뛰어내리지 않았으리라는 것을, 두려움은 늘 마음의 치밀한 술수였음을 100퍼센트 확신한다. 그녀의 발은 고가 도로에 붙어서 떨어지지 않는다. 일주일 전이었다면 루카에게 뒤로 물러나라고 비명을 질렀으리라. 도로 가장자리에 서 있지 말라고 했으리라. 아이의 팔을 붙잡아 아이가 안전한지 확인하고, 가만히 있게 했으리라. 하지만 지금은 고가 도로 밑을 지나가는 이 기차 위로 아이를 밀쳐야 한다. 소수의 난민이 모여 있는 마지막 차량 서너 대가 다가온다. 난민들은 고가 도로 밑을 지나기 위해 몸을 낮추고는 반대편으로 나와 리디아를 마주 보더니 양팔을 활짝 벌린 채 배낭을 던지라고 손짓한다. 리디아는 자신과 루카의 배낭을 던진다. 그런 다음 루카의 양어깨를 잡고 아이의 뒤에 서서 명령한다.

"발을 내밀어."

루카는 머뭇거리지도, 반항하지도 않고 고가 도로 밖으로 발을 내민다. 발꿈치는 도로에 붙어 있지만 작은 푸른색 운동화 앞부분은 허공에 떠 있고 그 아래로 기차가 지나간다. 루카는 기차의 무시무시한 소음을 듣지 않으려고 콧노래를 부른다.

"아까 그 누나들처럼 무릎을 구부려." 리디아가 말한다.

루카는 무릎을 구부리고 몸을 낮춘다. 만약 루카가 여기서 뛰어내려 죽는다면 그건 리디아의 말을 따랐기 때문이다. 리디아는 악몽 속에서 자신을 패닉에 빠뜨릴 끔찍한 짓, 천만 다행히 현실에서는 절대 하지 않을 짓을 저지르는 자신을 지켜보는 기분이다. 리디아가 그냥 루카를 다시 도로 안쪽으로 끌어당겨 아이의 작은 머리를 자신의 가슴으로 짓누르려는 순간, 아이를 껴안으며 때마침 꿈에서 깼다는 안도감에 눈물을 흘리려는 순간, 목소리가 들린다. 외부와 내부의 소음을 모두 뚫고 확신에 찬 세바스티안의 목소리가 들린다.

리디아가 입을 열고 루카의 귀에 대고 외칠 때 그 목소리는 그녀의 목소리가 아니다. "가, 루카! 뛰어내려!"

루카는 뛰어내리고 리디아의 모든 세포도 루카와 함께 뛰어내린다. 리디아는 루카를, 몸을 잔뜩 웅크린 루카를 본다. 그 애가 얼마나 작고 얼마나 터무니없을 정도로 용감한지, 그 애의 근육과 뼈, 살갗과 머리카락, 생각과 말, 아이디어, 담대한 영혼을 본다. 루카가 안전한 고가 도로를 떠나 날아가고 몸에 잔뜩 힘을 준 탓에 순간적으로 위로 올라가지만, 중력에 이끌려 마침내 라 베스티아의 지붕 위로 떨어질 때까지 리디아는 한순간도 루카에게서 눈을 떼지 않는다. 떨어지는 루카를 지켜보는 리디아의 눈은 두려움으로 휘둥그레져서 튀어나올 듯하다. 그러다 루카는 고양이처럼 네 발로 착륙하고 뛰어내린 속도가 기차의 속도와 충돌해 앞으로 넘어지며 구른다. 한쪽 다리가 기차 가장자리 너머로 내려가 루카를 아래로 잡아끌자 리디아는 루카의 이름을 부르려고 하지만 목소리가 어딘가에 걸려서 나오지 않는다. 다행히 다른 난민이 루카를 잡아준다. 크고 거친 손 하나가 루카의 팔을 잡고 다른 손이 바지 엉덩이 부분을 잡는다. 기차 위 낯선 남자의 튼튼한 팔에 붙잡혀 안전해진 루카는 얼굴을 들어 엄마를 찾는다. 마침내 그녀와 눈이 마주친다.

"성공했어, 엄마! 엄마! 뛰어내려!"

머릿속에 루카 외에는 아무 생각도 없는 리디아가 고가 도로에서 뛰어내린다.

뛰어내리다

15

동행

세바스티안이 살해되기 1년 전, 멕시코는 언론인에게 가장 위험한 나라여서 전장보다 조금도 안전하지 않았다. 심지어 시리아나 이라크보다도 안전하지 않았다. 멕시코 전역에서 언론인들이 살해되었다. 티후아나, 시우드후아레스, 치와와. 하지만 로스 하르디네로스는 대다수 카르텔과 달리 특정 언론인을 표적으로 삼지 않았기 때문에 세바스티안은 거의 2년간 카르텔로부터 죽이겠다는 공식적인 협박을 받지 않았다. 그렇다고 해서 세바스티안과 리디아가 거짓된 안도감을 느꼈던 것은 아니다. 아카풀코에서는 누구도 안전하다고 느끼지 않았다. 멕시코에서 자유 언론이란 심각한 멸종 위기 종이나 다름없었다. 하지만 라 레추사가 리디아의 친구라는 사실을 알게 되었고, 그에게서 노골적인 경고를 받지 않은 데다, 하비에르를 향한 리디아의 걱정스럽지만 진정한 호감까지 합쳐져서 가장 큰 두려움을 달래주는 단기간의 진통제 역할을 했다.

세바스티안은 평소와 마찬가지로 계속 예방 조치를 취했다. 너무 규칙적으로 생활하지 않고, 그의 차로 알려진 오렌지색 비틀을 타고 사건 현장에 가는 횟수를 줄였으며, 특히 위험한 기사를 쓸 때는 정체를 감추기 위해 '전속 기자'라고만 썼다. 그럴 때면 신문사에서 관광객들이 머무는 지역에 따로 호텔을 잡아주기도 했다. 세바스티안은 리디아와 루카를 그 호텔로 데려갔고 며칠간 숨어서 지냈다. 카르텔이 복수하려는 조짐이 보이지 않으면 호텔에서 나와 다시 예전처럼 살았다. 하지만 그런 보호장치는 대개 허상에 불과했다. 세바스티안은 자신이 했던 조사와 알아봤던 범죄 사건, 만났던 소식통이 지뢰가 될 수 있다는 사실을 알고 있었다. 따라서 진실을 말하는 멕시코의 다른 언론인과 마찬가지로 최대한 조심했다.

리디아는 혹시라도 위험한 징후가 보이는지 온몸의 신경을 곤두세웠다. 하비에르는 거의 매주 리디아의 책방을 찾아왔고 하비에르의 정체를 알게 되었을 때 리디아가 느낀 괴로움은 서서히 다른 무언가로 변해갔다. 리디아는 여전히 그와 마주 앉았고, 그에게 커피를 대접했으며, 다양한 주제에 관해 이야기했다. 하비에르는 몰스킨 수첩에 적어놓은 시를 두 개나 더 읽어주었고 리디아는 진심으로 미소 짓기도 했다. 자기가 잘못하고 있다는 불쾌한 느낌과 그 사실을 인정하기 싫은 마음이 들기는 해도 리디아는 여전히 하비에르에게 매력을 느꼈다. 그의 지성, 다정하면서 여린 성격, 유머 감각, 이 모두 변함이 없었다. 그러나 예전보다 줄어들기는 했어도 여전히 누군가가 살해되는 사건이 발생했고 그런 소식을 들을 때마다 리디아는 감정적으로 심하게 움찔했다. 하비에르와 거리를 두는 일은 그저 필요한 정도가 아니라 불가피했다. 마음이 이미 내린 결단을 실행으로 옮겨야 했다.

"그 사람에게 미리 말하면 어때?" 제니페르의 킨세아녜라를 일주일 남겨두고 리디아가 세바스티안에게 말했다.

그들은 그날 밤에 아드리안과 함께 잔다는 루카를 언니 제미의 집에 데려다주고 온 참이었다.

"누구에게 뭘 말해?"

"하비에르에게 그 기사에 대해 미리 말하면 어떻겠냐고. 기사가 나오기 전에."

세바스티안은 가죽 메뉴판을 덮어 접시 위에 내려놓았다.

"당신 미쳤어?"

천으로 덮어둔 바구니에서 꺼낸 따뜻한 롤빵에 버터를 바르고 있던 리디아는 고개를 들지 않았다. "나도 알아. 하지만 진지하게 하는 말이야." 그러고는 빵에 바른 버터가 녹기를 기다렸다.

세바스티안은 그녀에게서 눈을 돌려 바다 저쪽을 바라봤다. 그들이 앉아 있는 레스토랑은 만이 내려다보이는 언덕 꼭대기에 있었고, 마침 황혼 녘이어서 아래 보이는 골짜기를 따라 깜빡거리는 불빛과 수면에 반사되어 흔들리는 불빛이 보였다. 세바스티안은 리디아의 제안을 생각하고 싶지 않았다. 풍경과 메뉴, 아름다운 아내만 생각하고 싶었다. 몇 년간 카르텔 전담 기자로 일하면서 세바스티안은 공사를 잘 구별하게 되어서 흉측한 일은 모두 옆으로 치워버리고 즐거운 시간을 보내는 데 능숙해졌다. 하지만 리디아를 존중했기 때문에 그녀의 의견을 단칼에 무시하고 싶지는 않았다. 그래서 이렇게 제안했다.

"이 이야기는 딱 2분만 하고 그 후로는 다시 꺼내지 않겠다고 약속할 수 있어?"

"응." 리디아는 미소를 지었고 빵을 베어 물었다.

"좋아. 왜 우리가 그에게 미리 말해야 하지? 그래서 얻는 이득이 뭐야?"

리디아는 물을 한 모금 마시고 말했다. "하비에르의 반응을 미리 알아볼 수 있지. 앞으로 우리에게 무슨 일이 닥칠지도 알 수 있고. 어쩌면 당신을 만나줄지도 몰라. 공식적으로 하비에르를 인터뷰할 수도 있다고." 세바스티안은 미동도 하지 않은 채 그녀의 말을 들었다.

"그 사람이 그렇게 해줄 거 같아?"

"모르겠어. 어쩌면? 하비에르는 똑똑한 사람이잖아. 이번 일을 기회라고 생각할 수도 있어. 신문을 통해 자기 홍보를 하면서 시대를 앞서가는 거지."

"모든 카르텔에는 로빈후드 콤플렉스가 있어."

"맞아. 그러니까 그 점을 공략하라고. 어쩌면 하비에르도 좋아할지 몰라."

"하지만 그게 바로 내가 두려워하는 거야. 난 그에게 신세를 질 수 없어."

"그래, 알아."

"하지만 하비에르는 모를 수도 있지. 내가 그의 새로운 홍보 담당자라고 착각할 수도 있어. 그 일로 난 월급을 받고 말이야."

"아아." 리디아가 얼굴을 찡그렸다.

"너무 위험해." 세바스티안은 그렇게 말하고 메뉴를 펼쳤다. "뭐 먹을래?"

리디아는 월요일 저녁, 기사가 실리기 전날에 먼저 읽었다. 그녀와 세바스티안은 이 기사가 얼마나 위험할지 예측해서 앞으로 며칠간 가장 안전한 행동 방침을 결정해야 했다. 신문사에서는 다시 그들에게 호텔을 잡아줄 테니 한동안 은신하라고 했다. 기사는 익명으로 나갈 테지만 누가 썼는지는 쉽게 알아낼 수 있을 것이다. 세바스티안의 소식통 중 하나가 하비에르에게 정보를 누설할 수 있다. 어쩌면 이미 그랬을 수도 있고.

리디아가 식탁 앞에서 남편의 노트북으로 기사를 읽는 동안 세바스티안은 뒤에서 서성거렸다. '라 레추사의 정체: 마약왕의 초상'이라는 제목의 기사에는 사진도 몇 장 첨부되었다. 세바스티안과 그의 편집장은 하비에르가 아주 잘 나온 사진을 골랐다. 사진 속 하비에르는 한쪽 다리를 꼬고 우아하게 앉아 한쪽 팔을 벨벳 소파 등받이에 걸치고 있었다. 검은색 청바지에 트위드 재킷을 입은 그는 어느 모로 보나 학문에 조예가 깊은 교수처럼 보였다. 두꺼운 안경 너머로 보이는 눈동자는 따뜻했고, 미소 짓는 얼굴에서 거만한 구석이라고는 전혀 보이지 않았다. 리디아는 하비에르가 처음 책방에 왔던 날을 떠올리며 그의 정체를 알기 전까지 그의 우정과 여린 마음이 몇 달 동안 그녀에게 얼마나 큰 영향을 주었는지 생각했다. 리디아는 하비에르와 관련된 불쾌한 진실을 더 알게 되는 게 여전히 내키지 않았다. 아직 그를 좋아했던 기억이 남아 있는 터라 그런 진실은 그녀를 불안하게 했다. 리디아는 눈을 감고 심호흡한 후에 기사를 읽기 시작했다.

세바스티안은 취재 대상을 놀랄 만큼 잘 알았고 분명 그가 아는 하비에르는 리디아가 아는 것과 매우 달랐다. 하지만 기사는 객관적이면서도 연민이 담겨 있었다. 남편의 글을 통해 리디아는 자신의 친구가 얼마나 치열하게 살아왔는지 알게 되었다. 또한 하비에르가 얼마나 잔인한 사람인지 보여주는 섬뜩한 일화들도 처음으로 알게 되었다. 머리를 자른 것은 시작에 불과했다. 로스 하르디네로스는 시신을 토막 낸 다음 끔찍하게 재정렬해서 보여주는 것으로 유명했다. 세바스티안의 기사에 따르면 아카풀코를 장악했던 예전 카르텔과 로스 하르디네로스가 전쟁을 벌였을 때 하비에르가 상대 카르텔 두목이 지켜보는 앞에서 그의 두 살짜리 아들을 총으로 쏴 죽였다는 소문이 돌았다. 하비에르는 죽은 아이의 피를 남자의 얼굴에 칠했다고 한다. 물론 그런 이야기는 괴담이고 증거도 없지만, 그 대목을 읽을 때 리디아는 거의 3분이나 눈을 감고 있어야 했다. 또한 기사는 하비에르가 아카풀코를 장악하기까지의 처참한 통계를 강조했다. 권력 이양이 이뤄지는 동안 아카풀코의 살인율은 멕시코에서 가장 높았고 전 세계적으로도 매우 높은 편에 속했다. 많은 젊은이가 죽었고 아카풀코는 관광 산업과 투자에서 큰 출혈이 있었다. 그 출혈은 폭력 사태가 줄어든 후에도 멈추지 않았다. 최근 몇 달간 유혈 사태가 일반 시민의 눈에 잘 띄지 않게 된 것은 사실이었으나, 시내에서는 여전히 매주 열댓 건 정도의 살인 사건이 발생했다. 뿐만 아니라 그보다 훨씬 더 많은 사람이 소리 없이 사라졌다. 아카풀코는 본질적으로 바뀌었고 시민들은 완전히 달라졌다. 사람들이 무너진 삶에서 도망쳐 북쪽으로 향하면서 동네 전체가 텅 비기도 했다. 그들에게 유일한 목적지는 엘 노르테였다. 아카풀코 같은 관광의 메카가 무너졌다면 멕시코에 안전한 곳은 없었다.

기사는 하비에르의 집권과 도시의 몰락이 별개라고 분명히 선을 그었다. 아카풀코는 잔혹하고 새로운 국제도시였으며 과거의 영광과 비교되어 그 흉측한 일면이 한층 더 돋보였다. 세바스티안의 기사는 가슴 아픈 진실을 적나라하게 보여주었고 매우 설득력 있었다. 또한 이 도시에 다시 평화의 조짐이 보이는 것을 하비에르의 덕으로 돌렸고, 그가 자신의 조직원들을 엄격히 통제하는 것을 칭찬했으며 앞으로도 그렇게 통제해줄 것을 당부했다. 기사는 하비에르의 심리 분석으로 마무리 지었는데 그 대목을 읽으며 리디아는 아주 정확한 분석이라고 생각했다. 동시대 그리고 이전 마약왕들과 달리 라 레추사는 요란하거나 사교적이지 않았으며 심지어 딱히 카리스마가 넘치지도 않았다. 오히려 생각이 깨인 듯했다. 하지만 그 자리에 오른 다른 마약왕들처럼 그 역시 영민하고 무자비하며 궁극적으로는 망상에 빠져 있었다. 라 레추사는 자신을 신사라고 착각하는 악랄한 살인마이자 시인인 척하고 싶어 하는 깡패였다. 기사 말미에는 하비에르가 직접 쓴 시가 실려 있었고 그렇게 활자로 찍힌 시를 보자 리디아는 입이 딱 벌어졌다. 그녀는 이 시를 알고 있었다. 하비에르가 그녀에게 처음 읽어준 시였다.

"대체 이 시를 어디서 구한 거야?" 리디아가 속삭였다.

뒤에서 서성이던 세바스티안은 걸음을 멈추고 리디아의 어깨 너머를 들여다보았다. 리디아는 시를 다시 읽어보았다. 이렇게 모니터 속에 활자로 찍혀 있으니 하비에르에게 들었을 때보다 훨씬 더 형편없었다.

"아, 그거. 진짜 쓰레기지? 우리 신문사에서 매해 시 경연 대회를 주최하는 거 알지? 하비에르의 딸이 아버지 대신 출품했더라고. 아버지를 놀라게 하고 싶었나 봐."

"맙소사. 마르타가 그랬구나." 리디아가 말했다.

기사 말미에 시를 집어넣은 것은 굴욕적이었다. 시는 앞서 나온 사실들을 모두 합쳐 생생하게 보여주는 결과물이었고 세바스티안의 설명이 얼마나 정확한지 입증했다. 브라우저를 닫고 의자에 등을 기대며 리디아는 사람을 겁에 질리게 하는 데도 여러 가지 방법이 있다는 걸 깨달았다.

"어때?" 세바스티안은 양손을 청바지 주머니에 밀어 넣고 부엌 조리대에 몸을 기댔다. 그는 맨발이었고 비틀려서 작게 뭉친 양말은 뒤쪽 조리대에 놓여 있었다. 리디아는 그 양말을 바라봤다. "당신 생각은?" 세바스티안이 다시 물었다.

리디아는 턱밑에서 양손을 깍지낀 채 고개를 저었다. "이 정도면 괜찮은 거 같아."

"괜찮아? 좋은 게 아니고?"

"아니, 좋아. 잘 쓴 기사야, 세바스티안. 그걸 말하는 게 아니라 이 정도면 하비에르가 봐도 괜찮을 거라는 뜻이야."

세바스티안은 고개를 끄덕였다. "그래."

리디아가 좀 더 생각하는 동안 침묵이 흘렀다. "사실 하비에르에게는 괜찮은 정도가 아닐 거야. 이 기사를 마음에 들어 할 거야. 공정한 기사잖아. 공정하다 못해 하비에르를 거의 돋보이게 할 정도지."

세바스티안은 고개를 좀 더 끄덕였다. "확실해?"

이번에도 리디아는 자신의 대답이 맞는지 확실히 하기 위해 잠시 뜸을 들였다. "응."

세바스티안은 냉장고로 가서 맥주 두 병을 꺼내더니 둘 다 뚜껑을 비틀어 열고 하나를 아내 앞에 내려놓았다.

"솔직히 말해서 좀 긴장돼." 그는 이렇게 말하더니 단숨에 맥주를 절반이나 비웠다. "그래도 당신이 그렇게 말해주니 안심이야. 확실한 거지?" 그러고는 리디아가 갈색 맥주병을 잡고 식탁 위에서 빙글빙글 돌리는 모습을 지켜봤다. "당신 생각에는 우리가 만전을 기해서 며칠 동안 숨어 있어야 할 필요는 없다는 거지?"

리디아는 이게 얼마나 중요한 문제인지 알고 있었다. 그래서 무모하게 내뱉지 않고 먼저 곰곰이 생각한 다음 입을 열었다. "응. 괜찮을 거 같아."

"100퍼센트 확실해?"

"그래. 100퍼센트 확실해." 리디아는 노트북을 덮고 식탁 가운데로 밀었다.

세바스티안은 조리대에 기대서 있었다. 아침에 면도하지 않아서 턱이 거뭇거뭇했다. "놀랐어? 기사가 하비에르에게 너무 호의적인 것 같아?" 그가 물었다.

"아니. 여전히 끔찍해." 리디아는 맥주를 한 모금 마셨다. "하지만 정확해. 당신은 하비에르도 인간이라는 걸 보여줬어. 사실대로만 쓴다면 하비에르도 좋아할 거야."

그날은 월요일 저녁이었고 그로부터 채 2주도 지나지 않았다. 그날이 월요일이었다는 걸 기억하는 이유는 세바스티안과의 대화 전에 축구 연습을 마친 루카를 집에 데려왔고, 루카가 배고프다고 해서 잘 시간이 지났는데도 토스트 한 쪽과 바나나 하나를 주었기 때문이다. 루카가 현관에서 축구화 벗는 걸 깜빡한 탓에 복도까지 흙이 떨어져 있었고 리디아는 이미 청소를 했던 터라 짜증이 났었다. 채 2주도 되기 전에는 고작 복도에 떨어진 흙이 그녀를 짜증나게 했다. 지금으로서는 상상도 할 수 없다. 그동안 벌어진 일들은 그녀가 두려워했던 것보다 훨씬 더 나쁘다.

하지만 여전히 더 나빠질 수 있다.

아직 루카가 있기 때문이다.

기차 지붕에 떨어진 리디아는 배낭에서 캔버스 벨트 두 개를 꺼내 하나는 루카의 청바지 뒤쪽 벨트 고리에 넣은 다음, 그들이 앉아 있는 쇠창살 위의 금속 구멍에 끼운다. 나머지 벨트로는 같은 방식으로 자신을 기차와 연결한다. 만약 루카가 떨어진다면 이 벨트가 정말로 루카를 구해줄지는 알 수 없다. 그저 할 수 있는 데까지 해볼 뿐이다. 어차피 대부분의 사고는 기차에 타거나 내리려고 할 때 일어날 것이다.

어렸을 때 높이 올라간 그네에서 뛰어내렸다가 바닥에 쿵 착지

해서 저릿한 통증의 여운이 다리를 타고 올라왔던 적이 있다. 그 시절 이후로 이렇게 발이 아픈 적은 처음이다. 발바닥이 욱신거리지만 기분 나쁜 통증은 아니다. 그녀가 살아 있으며, 다리가 피스톤이나 용수철처럼 사용될 수 있고, 여전히 착지할 때 큰 소리를 낼 수 있다는 사실을 일깨워주었을 뿐이다. 리디아는 한쪽 다리를 구부려보고 다른 쪽 다리도 구부려본다. 통증을 줄이려고 발바닥으로 쇠창살을 쿵쿵 친다. 솔레다드와 레베카는 먼저 뛰어내린 터라 몇 칸 앞에 있지만, 곧 차량 지붕 위를 걷고 차량 사이를 건너뛰고 기차가 도로 밑을 지날 때는 몸을 지붕 위에 납작하게 붙였다가 일어나서 그들에게 다가온다. 리디아는 그런 자매를 지켜보는 동안 조마조마해서 계속 미세하게 몸을 움찔거린다.

곧 그들은 다 함께 모여 앉았다. 열차 지붕에는 그들 말고도 루카가 떨어졌을 때 잡아준 남자를 포함해 네 명의 청년이 더 있다. 리디아는 두 자매가 다가오자 남자들이 어떻게 반응하는지 지켜본다. 그들은 차례로 자매가 얼마나 아름다운지 깨닫고 자매에게서 약간씩 몸을 돌린다. 그들은 자매에게 경의를 표한다. 앞으로 그들의 여정이 얼마나 험난할지 알고 있기에 그 위험을 동정한다. 곧 다 지나갈 것이다. 남자들은 루카에게 미소 짓는다. 재미있는 광경이 지나갈 때마다 루카를 톡톡 치며 가리킨다. 새끼와 함께 있는 어미 소라든가 미식축구 할 때 스크럼을 짠 듯이 얽혀 있는 나무들, 나지막한 언덕 위에 보이는 강렬한 흰색 십자가를. 성당 첨탑이나 노변의 무덤이 보이면 성호를 긋고 기도한다.

라 베스티아를 타고 가는 처음 몇 시간은 아주 많이 신났다. 기차는 서쪽으로 서쪽으로 그리고 북쪽으로 느긋하게 달리고 루카는 이제야말로 가고 있다는 아찔한 기분이 든다. 승객이 되어 열심히 일하는 기계의 힘으로 빠르게 전진하니 기분이 최고로 좋다. 그들은 물통에 든 물을 마시고 그래놀라 바를 먹는다. 리디아는 두 자매에게 나눠 먹으라고 그래놀라 바 하나를 준다. 솔레다드와 레베카는 등을 맞댄 채 앉아 텐트 기둥처럼 무릎을 세우고 있다. 솔레다드는 바 절반을 한입에 먹고 레베카는 아껴서 먹는다. 입꼬리에 묻은 부스러기까지 알뜰하게 챙겨서 입 안에 넣어 천천히 녹인 다음에 삼킨다.

그들 아래로는 풍경이 색을 바꿔가며 물결친다. 가끔은 땅딸막하고 볼품없는 나무들이 선로 옆으로 바싹 다가오기도 하고, 가끔은 뒤로 물러나서 하늘을 찌르기도 한다. 가끔은 기차 위로 장애물이 나타나는 바람에 사람들이 기차에서 떨어질 뻔한 위험에 처하기도 한다. 무성한 나뭇잎이라든가 협곡을 가로지르는 좁은 구조물의 다리 그리고 무엇보다 가장 두려운 장애물은 좁은 터널이다. 사람들의 머리에서 겨우 몇 센티미터 위로 터널 천장이 지나가고 귀청이 떨어질 듯한 소음이 울리면서 추락의 공포가 증폭된다. 난민들은 쪼그려 앉기도 하고 기차 지붕 위에 납작하게 눕기도 하고 몸을 젖히기도 하면서 이런 위험에 민첩하게 대응한다. 사지를 몸에 딱 붙이고 숨을 죽인다.

기차는 가끔 정차하는데 시간이 흐르면서 루카는 기차가 언제 정차할지 예측할 수 있게 된다. 첫째로 선로의 방향이 급격하게 바뀔 때다. 이는 근처에 도시가 있고 선로를 만든 사람이 기차가 그

곳에 꼭 들러야 한다고 결정했을 정도로 큰 도시라는 의미이다. 기차는 휘청거리며 방향을 튼다. 처음에는 방향을 바꾸기 위해서, 나중에는 도시에 다가가면서 속도가 느려진다. 갑자기 사람들이 경계 태세에 돌입해 기차 지붕에 납작하게 눕자 리디아와 루카도 따라 한다. 그들은 연방 경찰의 차량, 즉 흰 별이 그려진 검은색 트럭이 있는지 살핀다. 기차에 올라탄 난민들을 떼어내는 것이 연방 경찰의 임무이기 때문이다.

"경찰을 만나면 어떻게 해?" 루카는 기차 지붕에 배를 대고 엄마와 솔레다드 사이에 누워서 묻는다. 솔레다드는 구부러진 팔꿈치 안쪽에 귀를 댄 채 루카를 마주 보고 말한다.

"죽어라 도망가야지, 치키토."

기차는 가끔 짧게 정차하기도 하고 가끔은 한 시간 혹은 그 이상 정차하기도 한다. 그동안 난민들은 숨을 죽인 채 몸은 잔뜩 긴장하고 감각을 활짝 열어둔다. 그들 밑의 빈 차량에서 화물을 싣고 내리는 일꾼들 너머로 다른 움직임이 감지되지 않는지 주위를 샅샅이 살핀다. 가끔은 일꾼들이 기차가 떠나기 전에 기차 지붕으로 간식거리를 던져주거나 근처 호스로 물통을 채워준다. 또 가끔은 난민들을 도와주지 말라는 경고라도 받았는지 기차 위에 있는 난민들이 안 보인다는 듯이 행동하기도 한다. 그럴 때는 마치 미리 연습이라도 한 듯이 다들 안 보고 안 보이는 척한다. 그러다 마침내 호각이 울리면 기차가 덜컹 움직이고 다음 목적지를 향해 여정을 시작하면 사람들은 안도한다. 모든 것이 황금색과 붉은색으로 물드는 시간이 되어 햇살이 원치 않는 스포트라이트처럼 솔레다드의 살갗에 내려앉자 두 자매는 머리를 맞대더니 몇 분간 조용히 이야기를 나눈다.

"우린 기차에서 자지 않아요." 동생과 이야기를 나눈 후에 솔레다드가 리디아에게 설명한다.

"다음에 내릴 거예요. 언제든 다시 정차할 때요." 레베카가 덧붙인다.

리디아는 고개를 끄덕일 뿐 이유를 묻지 않는다.

"그럼 우리도 함께 내리는 거지, 엄마?" 루카가 묻는다.

두 자매는 그들에게 함께 가자고 간접적으로 초대한 듯하다. 레베카는 리디아를 바라본다. 소녀의 얼굴은 루카만큼이나 희망에 차 있다. 솔레다드의 심중은 한층 더 읽기 어렵다. 솔레다드는 얼굴을 돌리고 있어서 옆모습만 볼 수 있다. 리디아는 기차에 힘들게 탄 터라 내리기가 끔찍이 싫다. 마침내 기차에 타게 됐으니 엘 노르테에 도착할 때까지 기차에서 내리고 싶지 않다. 하지만 다시 생각해보면 애초에 라 베스티아에 탈 수 있었던 것은 두 자매와 그들의 가르침을 따랐기 때문이다. 저들은 루카에게 목소리를 돌려주었다. 요령을 알고 있다. "그러자." 리디아가 말한다.

석양이 내려앉기 직전에 기차가 산미겔데아옌데에 정차하자 리디아와 루카는 솔레다드와 레베카를 따라 사다리를 내려간다. 그들은 기차에 남은 사람들에게 잘 있으라고 손을 흔들고, 화물칸 차량을 열어 짐을 내리는 일꾼들에게 인사하는 의미로 손을 흔든다. 그러고는 재빨리 도심으로 향한다.

산미겔데아옌데는 깔끔한 도시로 길을 따라 나직한 돌담이 이어졌고 광장에는 잘 손질된 나무와 꽃이 있다. 그들은 분홍색 성당 옆으로 구부러져 지나가는 대로를 따라 걷는다. 석양에 잠긴 성당은 장밋빛이고 앞면에서 경내로 들어가는 정문까지 여러 개의 삼각형 깃발이 축제 분위기를 내며 걸려 있다. 루카는 아직도 몸에서 기차의 진동이 느껴진다. 발밑의 콘크리트가 미동도 없다는 사실이 새삼 와닿는다. 그들은 가구점과 약국, 술집, 발코니가 달린 예쁜 주택, 야자수 나무 아래서 어슬렁거리는 세 남자를 지나친다. 남자들 옆을 지나칠 때는 두 자매의 발걸음이 빨라진다. 회반죽으로 마감한 새집들과 돌로 지은 낡은 집들, 슈퍼마켓, 축구장, 길에서 구걸하는 여자, 처음 본 것보다 더 좋은 슈퍼마켓 그리고 마침내 도심의 경계를 표시하는 듯한 로터리를 지난다.

두 자매는 본능이 이끄는 데로 걷는다. 능숙하게 간판과 사람들을 따라 도심의 더 붐비는 쪽으로 들어가며 중앙 광장을 찾는다. 깨끗하고 사람들로 붐비는 곳이 제일 안전하다. 호텔, 철물점, 버스 정류장, 날개 달린 천사가 검을 든 사람을 공격하는 조각상을 지나고 분홍빛이던 햇살은 자줏빛으로 변한다. 과일 노점상 옆에 흰 카우보이모자를 쓴 남자가 플라스틱 상자 위에 다리를 벌리고 앉아 있다. 아코디언이 현란한 빛깔의 허파처럼 그의 손에서 늘어났다가 줄어든다. 그의 음악에 맞춰 온 거리가 움직인다. 근처에서 한 여자가 그릴에 고기를 굽고 있다. 그 냄새를 맡은 루카는 배가 고파서 꼬르륵 소리를 내지만 그들은 계속 걸어간다. 넓었던 길은 점점 좁아지고 아스팔트가 아닌 돌길로 바뀐다. 머리 위를 가로질러 종이 등이 쭉 걸려 있는데 연철로 된 발코니에 부착되어 미풍에 끄덕거린다. 이곳은 모든 면에서 아카풀코와 다르다. 멕시코 엽서에서 볼 법한 아름다운 풍경을 오감으로 체험한다는 점만 제외하고. 그들의 등 뒤 서쪽으로 해가 지면서 모든 것이 붉은빛에 잠긴다.

루카는 엄마의 손을 꼭 쥐면서 말한다. "엄마, 나 배고파."

"타이밍이 좋네, 치키토. 이제 다 왔어." 솔레다드가 말한다.

그들은 산미겔데아옌데의 중앙 광장에 있다. 시나몬 색 건물의 아치로 된 주랑 현관을 통과해 잠시 휴식을 취한다. 루카는 엄마의 손을 놓고 어깨에 멘 배낭을 뒤쪽 벽에 기댄다. 광장에서는 사람들이 토르티야와 콜라를 먹고 마시며 이야기를 나누고 깔깔 웃는다. 더 튀려고 경쟁이라도 하듯이 각각 오렌지색, 흰색, 연푸른색 옷을 차려입은 세 명의 마리아치 밴드가 서로 자기 목소리를 더 잘 들리게 하려고 상대와 거리를 둔 채 노래한다. 광장 구석을 천천히 거닐며 자신들의 밝은 음악으로 관광객들의 마음을 설레게 한다. 한 무리의 기이한 나무가 광장을 채우고 있는데 나무의 줄기는 단단하고 촘촘하다. 희한하게 뻗은 나뭇가지 때문에 각 나무의 이파리들이 서로 뒤얽혀 두툼하고 폭신한 초록색 지붕을 만들었다. 초록색 지붕 위로 꼭대기에 황금색 십자가가 달린 화려한 분홍색 첨탑들이 보인다. 동화에 나오는 성처럼 아름다운 이 건물은 산미겔 대성당이다. 어둑한 하늘을 배경으로 한 성당의 실루엣이 숨 막히게 아름답다.

"완전 미쳤다." 모두의 생각을 레베카가 대변한다.

루카는 이렇게 생소한 풍경은 본 적이 없다. 마지막 남은 햇살이 광장에서 사선으로 올라가 첨탑을 타고 마을에서 사라지는 순간, 징이 박힌 가로등에 일제히 불이 환히 켜진다. 나무줄기에 두른 꼬마전구에도 불이 팍 들어온다. 이렇게 아름답고 축제 분위기가 풍기는 곳에 있으니 마음이 불편하다. 리디아는 걷잡을 수 없는 죄책감에 빠져든다. 예쁘고 마법 같은 장소를 목격한다는 것이 그들에게는 어울리지 않고 유혹적이며 잘못되었다는 느낌이 들기 때문이다. 리디아는 루카의 얼굴에도 그와 똑같은 감정이 내려앉는 것을 보고 아이의 손을 잡아준다. 루카는 이 광경에 매혹당하지 않으려고 마음속으로 끔찍한 일들을 떠올린다. 죽은 친척들, 할머니의 욕실 창문 너머로 들리던 끝없는 총성과 비명, 그런 소리를 듣지 못하도록 루카의 귀를 틀어막던 엄마의 부질없던 손, 초록색 타일 위에 떨어져 있던 단 하나의 선홍색 핏방울처럼 도움 되는 기억들이 물밀 듯이 밀려든다. 다들 떠나버렸고 루카도 잠시 그들을 따라간 탓에 그의 이름을 부르는 엄마의 목소리를 듣지 못한다. 걱정스러운 표정으로 다가오는 솔레다드와 레베카의 얼굴도 보지 못한다. 루카는 자신이 흐느끼고 있으며 양손으로 머리를 움켜쥐고 있다는 사실도 모른다. 얼마나 오랫동안 정신이 나갔는지 모르지만, 정신을 차려 보니 엄마가 몸을 웅크린 채 그를 꼭 껴안고 앞뒤로 흔들고 있다. 엄마는 손으로 루카의 머리카락을 쓸어내리고 귀에 위로의 말을 속삭인다.

"쉬, 괜찮아, 아모르시토."

루카는 고개를 끄덕인다. "미안해, 엄마. 미안해. 이젠 괜찮아."

하지만 리디아는 루카를 놓아주지 않는다.

루카의 머리 위에서 솔레다드는 리디아와 눈이 마주치고 둘 사이에는 서로 이해한다는 눈빛이 오간다. 그들은 서로의 사정과 참고 견뎌야만 했던 말 못 할 트라우마, 고향을 떠나야만 했던 이유를 이해한다. 그런 이해는 심장 박동처럼 미묘하면서도 특별한 의미가 있다.

그러자 솔레다드가 말한다. "레베카, 서둘러서 루카가 먹을 음식을 구해오자. 어디서 잘지도 정하고."

리디아는 눈을 천천히 깜빡거리는 것으로 고마움을 표시한다.

두 자매는 마법처럼 금방 음식을 구해서 돌아온다. 리디아는 처음으로 저들이 미모를 통해 얻는 이득이 무엇인지 알게 된다. 리디아와 루카는 킨세아녜라 이후로 이렇게 맛있는 음식은 처음 먹는다. 두 자매는 음식을 구하는 요령을 터득했다. 일단 자신의 가족을 먹이는 게 우선인 노점상들은 귀찮게 하지 않는다. 대신 고급 레스토랑을 찾아가서 잠시 담배를 피우거나 음식을 배달하려고 나오는 젊은 남자 직원과 친구가 된다. 젊은 남자는 집을 떠나 혈혈단신으로 멀리까지 온 어린 자매의 딱한 사정과 아름다움에 마음이 움직여 그들을 도와줘야 한다는 의무감을 느낀다. 그리하여 종종 잠시 사라졌다가 뜨거운 스파게티가 수북이 담긴 포장 용기 두 개를 들고 돌아온다. 여전히 김이 모락모락 나고 마늘과 오일, 소금까지 뿌렸다. 때로는 볼로네제 소스 한 스푼이나 채소, 따뜻한 빵의 딱딱한 꽁지가 들어 있기도 하다. 근면 성실한 젊은 남자는 늘 미소 짓고 그들을 축복하며 친근감을 느낀다. 아름다움은 (다른 무엇보다도) 동감을 불러일으키는 탓에 그들은 자신의 여동생이

나 사촌 혹은 딸이 저들과 같은 처지였다면 어땠을까 생각하며 그들이 무사히 여행하기를 빌어주고 몸조심하라고 간청한다. 가끔은 포크도 함께 주면서. 두 자매는 늘 아낌없이 감사 인사를 하고 신의 모든 은총이 젊은 남자에게 내리기를 기원한다.

정교하게 지은 성당의 넓은 분홍색 계단에 앉아 리디아와 루카, 솔레다드와 레베카는 감사한 마음으로 스파게티에 달려든다. 그러고는 포크 두 개를 나눠서 마지막 한 가닥이 사라질 때까지 말없이 먹는다. 리디아는 두 자매에게 고맙다고 말하지만 그녀가 느끼는 고마움을 제대로 표현하기에는 턱없이 부족하다. 리디아가 정말로 하고 싶은 말은 물론 음식도 고맙지만 이 아이들의 친절과 따뜻한 정, 그저 곁에 있어 준 것 자체가 그녀의 시든 영혼을 되살려주었다는 것이다. 레베카와 루카는 손을 씻으러 분수대로 가고 솔레다드는 남아서 리디아의 얼굴을 똑바로 바라보며 말한다.

"당분간 함께 다니는 게 좋을 것 같아요."

리디아는 고개를 끄덕인다. "그래."

밤이 도시를 덮친다. 사람들의 발길이 끊긴 술집과 식당은 영업을 끝내기 위해 셔터를 내리고 마침내 이리저리 거닐던 마리아치도 흩어져 집으로 향한다. 산미겔데아옌데의 불빛이 약해지고 꺼지는 동안 네 여행자는 배낭을 메고 광장 중심으로 가서 공용 벤치에 드러눕는다. 루카는 노숙자가 된 기분이다. 처음 하는 노숙이지만 전혀 신나는 모험처럼 느껴지지 않는다. 바닥에 책이 쌓여 있고 축구공 모양의 스탠드가 있는 자신의 침실에서 자고 싶다. 벽에 드리우는 아빠의 따뜻한 그림자를 보고 싶다. 하지만 배가 부르고 엄

마의 말랑한 허벅지를 베고 누운 데다 기진맥진하다. 가슴 속에서
는 기억하고 싶은 마음과 잊고 싶은 마음이 이미 줄다리기를 벌이
고 있다. 몇 달 후 루카는 슬픔에 잠겼던 처음 며칠을 낭비하지 않
았더라면 좋았을 거라고 가끔씩 후회할 것이다. 슬픔이 자신을 관
통해서 더 철저히 무너졌더라면 좋았을 것이다. 잊어버리는 일이
고정되고 습관이 되면서 자신이 아빠를 배반했다는 기분이 들기
때문이다. 아빠의 왼쪽 눈썹 위에 있던 사마귀, 거칠고 작은 컬로
이뤄진 곱슬머리, 웃음소리, 밤에 루카의 침대에서 함께 책을 읽을
때 머리에 닿던 까끌까끌한 턱. 나중에 루카는 아빠와 관련된 이런
세세한 기억이 지워진 이유는 자신이 비겁해서라고 오해하게 된
다. 하지만 아직은 이런 미래를 전혀 모른다. 지금 무슨 일을 하든
점점 기억이 상실되는 것을 피할 수 없으며 이는 자신의 잘못이 아
니라는 사실도 모른다. 지친 루카는 기억을 밀쳐내고 쫓아버린다.
그러고는 마음속으로 나이로비, 토론토, 홍콩의 지리학적 특성을
읊다가 이내 엄마의 무릎 위에서 부드럽게 코를 곤다.

유일하게 리디아만 뼛속까지 피곤한데도 잠들지 못한다. 술에
취해 킥킥거리는 커플이 다가오자 그녀는 몸이 굳는다. 그들은 나
무 아래로 살그머니 다가와 키스하더니 배낭을 방패처럼 몸 앞에
움켜쥔 채 벤치에 앉아 있는 리디아의 검은 실루엣과 잠든 루카 그
리고 옆 벤치의 두 자매까지 보고는 움찔한다. 아이들은 움직이지
않고 커플은 재빨리 뒤로 물러난다. 귀뚜라미 소리 뒤로 그들의 발
소리가 울리며 멀어진다.

리디아는 쌔근거리는 숨소리로 합창하는 아이들이 부럽다. 어

릴 때는 따뜻한 욕조에 들어가듯 피곤 속으로 쉽게 미끄러진다. 엄마가 되기 전에는 리디아도 그랬다. 엄마로서의 두려움이 영혼에 경고를 일으키기 전에는 무슨 일이든 할 수 있었다. 젊은 시절의 리디아는 무모했다. 십 대 시절에는 라 케브라다 절벽에서 바다로 뛰어내리기도 했다. 그저 절벽에서 뛰어내릴 때 온몸을 관통하는 전율을 느끼기 위해서. 쓸데없이 위험한 짓을 했던 기억에 리디아는 몸을 부르르 떨고는 옆 벤치에서 얼굴을 맞대고 자는 두 자매를 돌아본다.

마침내 흐릿한 여명이 캐노피로 새어들며 안전한 아침이 되었음을 알리자 리디아는 비로소 긴장이 풀려서 잠든다.

16

두 자매

예전에 루카와 세바스티안은 리디아가 아침에 커피를 두 잔 마시기 전까지는 말을 걸면 안 된다고 농담 삼아 말했다. 리디아는 늘 집에서 커피를 두 잔 마시고 책방 문을 열며 한 잔 더 마셨다. 밤이면 커피 머신의 필터를 청소하고 물을 넣어두는 게 습관이었다. 그래야 아침에 비몽사몽한 상태에서 그런 일을 할 필요가 없기 때문이다. 아침에 알람이 울리면 제일 먼저 하는 일이 욕실로 가면서 커피 머신의 스위치를 누르는 것이었다. 커피 머신에 켜진 빨간 불을 보면서 리디아는 행복한 조바심이 꼬르륵거리는 걸 느꼈다. 여유가 있는 일요일에는 우유로 거품을 내거나 사탕수수 설탕, 시나몬과 함께 커피를 내려서 카페 데 오야를 만들기도 했다. 요즘은 아침에 커피를 못 마시는 경우가 대부분이라서 하루 종일 골치가 지끈거렸고 전날 밤에 잠을 못 자면 더욱 심했다.

넷은 일찌감치 선로로 돌아간다. 그곳에는 열댓 명이 모여서 기차를 기다리고 있다. 선로 근처에 좋은 청바지와 깨끗한 셔츠를 입은 남자가 뒷문을 내린 픽업트럭 옆에 서 있다. 트럭 짐칸에는 밥이 담긴 거대한 솥과 김이 모락모락 나는 토르티야가 잔뜩 쌓인 쿨러가 있다. 남자는 삼각기로 장식한 선로 변 성당의 신부로 사람들에게 음식을 나눠주기 전에 영성체와 축복의 말을 건네고는 토르티야에 밥을 담아서 준다. '게토레이'라고 적힌 오렌지색 통도 있는데 그 안에는 과일 펀치가 들어 있다. 한 난민이 종이컵에 과일 펀치를 담아 목마른 사람들에게 건네준다. 리디아 일행은 벤치에 앉아 말없이 먹는다. 루카가 제일 먼저 알아차리고는 손으로 가리키며 묻는다.

"왜 저 사람들은 저쪽에서 기다려?"

"응?" 리디아가 씹으면서 되묻는다.

난민들이 남쪽행 선로에 모여 있다. 레베카는 자기 몫의 토르티야를 들고 그쪽으로 걸어가 기다리는 사람들과 이야기를 나눈 뒤 돌아와서 설명한다.

"우리가 퍼시픽 노선에서 벗어났어."

"뭐?" 솔레다드가 놀란 목소리로 묻는다.

"많이는 아니니까 걱정 마." 레베카는 언니 옆에 앉는다. "여기서 남쪽으로 한 시간만 가면 셀라야래."

"아, 과나후아토주에서 세 번째로 큰 도시네." 루카가 조용히 끼어든다.

두 소녀는 입을 딱 벌린 채 루카를 돌아본다. 민망해진 루카는 과일 펀치를 후루룩 마신다.

레베카가 다시 설명한다. "그러니까 기차를 타고 남쪽으로 갔다가 셀라야에서 퍼시픽 노선으로 갈아타면 돼."

"왜 그래야 하지? 이렇게 가는 게 더 빠르지 않니?" 리디아가 몸을 앞으로 내밀며 묻는다.

"하지만 안전하지가 않아요." 레베카가 말한다. "우리 사촌 말이……"

"다들 하는 말이야." 솔레다드가 동생의 말을 정정한다.

"다들 우리에게 퍼시픽 노선을 타야 한다고 했어요. 그 외의 다른 노선은 카르텔 때문에 훨씬 더 위험하다면서요."

갑자기 리디아는 입안이 쓰다.

"다들 그랬어요. 퍼시픽 노선만 안전하다고요." 솔레다드가 맞장구친다.

리디아에게 그 정도 설명이면 충분하지만 그래도 궁금한 점이 있다. 두 자매는 그녀보다 훨씬 많이 아는 듯하다. "어느 노선을 어떤 카르텔이 담당하는지 아니?"

"아뇨. 하지만 하느님이 우릴 지켜주세요." 레베카는 그렇게 말하고는 성호를 긋는다. "우린 안전할 거예요."

더욱 확실히 하기 위해 두 자매는 기차를 기다리는 동안 성당으로 가서 초를 봉헌한다.

남쪽행 기차는 산미겔데아옌데에서 정차하지 않지만, 서행하는 덕분에 모여 있던 난민들이 쉽게 기차에 올라탄다. 루카는 기차 옆에서 뛰는 두 자매를 지켜본다. 두려움 때문에 그들은 우아하고 강해지며 움직임은 정확해진다. 사다리 위에서 기다리고 있던 남자들이 그들의 손을 잡아 지붕 위로 끌어당긴다. 루카는 두 자매와 떨어지고 싶지 않아 달린다. 엄마도 함께 달린다. 루카는 자신이 아주 용감해진 기분이 든다. 하지만 앞에 보이는 사다리를 붙잡은 순간 손바닥에 느껴지는 진동이 뼛속까지 전달되면서 자신이 얼마나 작고 기차는 얼마나 거대한지, 자칫 사다리를 놓쳤다가는 죽을 수도 있다는 사실을 깨닫는다. 뒤에 있던 엄마가 루카의 엉덩이를 밀어주고 루카는 손가락 마디가 새하얗게 변할 정도로 사다리를 꽉 잡는다. 사다리의 다음 단으로 올라가려면 먼저 손을 떼야 하는데 그러기가 두려울 정도다. 하지만 그래야 한다. 그래야 엄마가 사다리를 올라올 수 있기 때문이다. 루카는 사다리를 오르면서 두려움이 목구멍 속에서 풍선처럼 부풀어 오르지만 지붕 위에 있던 두 남자가 루카를 도와준다. 한 명은 루카의 배낭을 잡고 다른 한 명은 루카의 팔을 잡아 끌어올린다. 루카는 기차 지붕으로 올라가고 레베카가 루카에게 미소 짓는다. 이내 엄마도 지붕 위로 올라온다. 해냈다.

"제법이네, 치키토." 레베카가 감탄하며 말한다.

루카는 씩 웃는다.

루카는 여자아이를 좋아해 본 적이 없다. 아니다, 그건 틀린 말이다. 무모한 짓만 골라 하는 필라르가 축구를 잘했기 때문에 그 애를 좋아했다. 또 사촌 누나 제니페르도 좋아했다. 누나는 친동생 아드리안에게는 못되게 굴었어도 루카에게는 함께 있는 시간의 85퍼센트는 친절했기 때문이다. 또 같은 아파트에 사는 미란다도 좋아했다. 미란다가 샛노란 운동화를 신었고 혀를 세 잎 클로버 모양으로 만드는 재주가 있었기 때문이다. 여자아이와 사랑에 빠진 적이 없다고 해야 더 정확한 표현일 것이다. 기차 지붕에서 루카는 레베카를 바라보며 보지 않는 척하려고 노력한다. 하지만 어차피 아무도 알아차리지 못할 것이다. 다들 솔레다드를 보느라 정신이 없으니까. 솔레다드의 후광이 남긴 흐릿한 빛 속에서 레베카는 남 모르는 태양처럼 은은하게 빛난다. 레베카가 루카 옆에 등을 대고 눕더니 묻는다.

"넌 왜 엄마랑 고향을 떠난 거야?"

루카는 레베카가 괜한 질문을 했다고 생각하지 않도록 이를 악 물고 빨리 대답을 생각해내려 한다. 하지만 뭐라고 말해야 할지 전 혀 생각나지 않는다.

"아빠한테서 도망친 거야?" 레베카가 짐작해서 묻는다.

"아니. 우리 아빠는 좋은 사람이야." 루카는 레베카를 보기 위해 모로 눕는다. 그렇게 되면 레베카의 팔 옆에 나란히 팔을 뻗을 수 는 없지만.

"그럼 너 스파이니? 다른 사람에게는 절대 말하지 않을게." 레베 카는 마분지 조각을 들어서 얼굴에 그늘을 드리운다. 그녀의 검은 머리카락은 지붕에 있는 쇠 격자 구멍으로 모두 들어간다.

"응. 나 스파이야. 정부에서는 이 기차에 핵탄두가 실렸다는 제 보를 받았어. 난 우주를 구하려고 여기에 왔어." 루카가 말한다.

"맙소사, 진작 왔어야지." 레베카는 깔깔 웃는다. "우리에겐 우 주를 구해줄 사람이 필요하다고."

그들 밑에서는 기차가 불규칙적으로 흔들리고 곁에서는 엄마가 솔레다드 누나와 나직이 이야기를 나누고 있다.

"누나는? 누나는 왜 집을 떠났어?"

"한숨." 레베카는 얼굴을 찡그린다. 실제로 한숨을 쉬지 않고 대신 그렇게 말하니 불행한 표정인데도 웃기다. "결국엔 상황이 다 안 좋았어. 너도 알다시피 우리 언니가 좀 이뻐야 말이지." 레베카는 일어나 앉아 태양이 있는 쪽으로 마분지 조각을 들어 올린다.

"그래? 난 몰랐는데." 루카가 말한다.

"농담도 잘하네." 레베카는 웃음을 터뜨리더니 마분지 조각으로 루카의 머리를 찰싹 때린다. "어쨌든 우리는 아주 작은 마을에 살았어. 산속에 있는 작은 마을이지. 어쩌면 마을조차 아니었을지 몰라. 왜냐하면 집들이 모여 있지 않았거든. 그냥 여기저기 숨어서 사는 사람들의 집합체였어. 거긴 진짜 산간벽지야. 도시 사람들은 우리 마을을 구름 숲이라고 불렀지만 우린 그냥 집이라고 불렀지."

"왜 구름 숲이라고 불러?" 루카가 묻는다.

레베카는 어깨를 으쓱인다. "구름이 있어서 그런 게 아닐까?"

루카는 웃는다. "하지만 구름은 어디에나 있잖아."

"거긴 달라. 우리 동네에서는 구름이 하늘이 아니라 땅에 있어. 구름은 우리와 함께 살아. 마당에, 때로는 집 안에도 있지."

"와."

레베카는 슬쩍 미소 짓는다. "거긴 늘 폭신해. 마법 속 세상 같지. 전화도 안 되고 집에 전기 같은 것도 없어. 우린 그 숲에서 엄마, 아빠, 할머니랑 함께 살았어. 하지만 거기서 생계를 유지하기란 불가능해. 일자리가 없거든."

루카는 고개를 끄덕인다.

"그래서 우리 아빠는 거의 집에 없었어. 늘 도시에서 살았지. 산페드로술라에."

루카는 머릿속으로 생각한다. **산페드로술라: 온두라스에서 두 번째로 큰 도시. 150만 명이 살며 세상에서 살인율이 제일 높은 도시.** 그러고는 이렇게 말한다. "아, 누나는 온두라스인이구나."

"아니. 초르티족이야." 레베카가 정정한다.

루카는 무슨 말인지 모르겠다는 표정을 짓는다.

"마야 원주민. 우린 초르티족이야." 레베카가 설명한다.

루카는 무슨 차이인지 잘 모르겠지만 그냥 고개를 끄덕인다.

"어쨌든 아빠는 산페드로술라에 있는 큰 호텔에서 요리사로 일했어. 우리 마을에서 산페드로술라까지 버스로 대략 세 시간이 걸려. 그래서 아빠는 두 달에 한 번만 집으로 왔어. 하지만 그래도 괜찮았어. 아빠가 그립기는 해도 작은 구름 숲과 우리 마을은 세상에서 제일 아름다웠으니까. 그때는 그걸 몰랐어. 왜냐하면 잡지나 책에 있는 사진 말고는 다른 곳을 본 적이 없었거든. 하지만 다른 곳을 본 후에는 알게 됐지. 그곳이 얼마나 아름다웠는지. 그걸 몰랐을 때도 우린 고향을 사랑했어. 나무에는 침대만큼 거대한 짙은 초록색 이파리가 달려 있고 바람이 불면 이파리들이 흔들렸어. 비가 올 때는 그 거대한 이파리에 굵은 빗방울이 후드득 떨어지는 소리가 들리지. 친구 집이나 성당에 갈 때처럼 먼 길을 나서면 이파리들 사이로 연푸른색 하늘 조각이 보여. 공터를 다 통과하면 비로소 이파리들이 사라지면서 하늘이 드러나고 노란색과 황금색의 뜨

두 자매

겹고 끈적한 햇살이 쏟아지지. 그리고 사방에 폭포가 있고 그 밑에는 바위에 둘러싸인 큰 연못이 있어서 목욕할 수 있어. 물은 늘 따듯하고 햇살 냄새가 풍겨. 밤이면 청개구리 울음소리와 폭포수가 떨어지는 소리, 야행성 새들의 합창 소리가 들리지. 엄마는 세상에서 제일 맛있는 칠라테(코코아, 쌀, 계피, 설탕으로 만드는 전통 음료. - 옮긴이)를 만들어주고 할머니는 옛날 말로 노래해주지. 언니와 나는 약초를 뜯어서 말린 다음 아빠한테 보내드려. 그럼 아빠가 쉬는 날에 시장에 나가서 약초를 팔아. 우린 그렇게 살았어."

레베카가 설명해주는 장면이 루카의 눈 앞에 펼쳐진다. 어느새 루카는 구름이 자욱이 낀 머나먼 구름 숲에 있다. 바닥이 다져진 흙으로 된 오두막에 시원한 미풍이 불어오고 옆에는 솔레다드와 레베카, 두 자매의 엄마, 할머니가 있다. 산 아래 저 멀리, 사방이 꽉 막힌 거대한 도시의 거리를 지나 긴 앞치마를 두르고 셰프 모자를 쓴 두 자매의 아빠까지 보인다. 앞치마 주머니에는 말린 약초가 가득 들어 있다. 루카는 불이 타는 장작 냄새, 칠라테에 들어간 코코아와 계피 냄새를 맡을 수 있다. 그제야 레베카가 마법을 부린다는 걸 깨닫는다. 그저 목소리만으로 루카를 수천 킬로미터 떨어진 그녀의 숲속 집으로 보낼 수 있기 때문이다.

"구름이 어찌나 걸쭉한지 거기에 머리를 감을 수 있을 정도야." 레베카가 말한다. "그러던 어느 날 끔찍한 일이 벌어졌어. 높은 산속에 완전히 고립되어 있던 우리 마을에 카르텔이 쳐들어온 거야. 마을 남자들은 모두 도시에 일하러 가고 없었어. 그래서 나쁜 놈들은 자기들 마음대로 할 수 있었지. 마음에 드는 여자들을 데려가도

막을 사람이 없었어."

루카는 눈을 세게 깜빡거린다. 이 부분은 겪고 싶지 않다. 갑자기 레베카가 쉽게 부리는 마법이 싫어진다. 숲속으로 거칠게 밀고 들어오는 남자들, 그들이 관목을 짓밟고 후려치는 동안 열이 나는 그들의 몸 주위로 구름이 증발한다. 루카는 그 모든 게 느껴져서 싫지만 그래도 질문하지 않을 수 없다. "그 나쁜 놈들이 누나도 데려갔어?"

"아니." 레베카는 쪽 고른 흰 이가 모두 드러나는 표정을 짓지만 그건 미소와 거리가 멀다. "우린 운이 좋았어. 옆집에서 나는 비명을 들었거든. 구름은 소리를 붙잡아 이동하지. 아주 멀리까지. 그래서 우리는 굴뚝에서 연기가 안 나도록 불을 끄고 숨었어. 놈들은 우리를 찾아내지 못했어."

"아." 루카는 안도감을 느낀다. "그다음에는 어떻게 됐어?"

"놈들이 떠난 후에야 우리는 무슨 일이 벌어졌는지 알게 됐어. 놈들이 우리 집 부근에서 여자아이를 넷이나 데려간 거야. 엄마는 그날 언니와 나를 아빠에게 보내기로 했어. 세상에서 우리가 아는 곳은 거기뿐인데 말이야. 우린 떠나고 싶지 않았어."

루카는 얼굴이 일그러지는 것을 느끼고 고통스러운 표정이 아닌 위로하는 표정을 지으려고 노력한다.

"그래서 이튿날 엄마는 나와 언니를 데리고 산에서 내려가서 산페드로술라행 버스에 태웠지."

"잠깐만. 엄마는 누나들과 함께 가지 않은 거야?"

레베카는 양 무릎을 가슴 쪽으로 끌어당기고 마분지 조각을 부

두 자매

채 삼아 부치며 고개를 끄덕인다. "나이 든 두 여자는 아무도 데려가지 않을 거라고 했어. 그래서 엄마랑 할머니는 마을에 남았지."

루카는 침을 삼킨다. 그러고는 하고 싶지 않은 다음 질문을 한다. "두 분은 어떻게 됐어?"

"나도 몰라. 그날 이후로 엄마랑 할머니를 보지 못했어. 우리는 도시로 가서 아빠가 묵는 호텔로 찾아갔어. 그러고는 방 하나짜리 아파트에서 아빠랑 함께 살았지. 정말 끔찍한 집이었어. 햇볕이 너무 들고 덥고 시끄러웠지. 늘 차 소리, 라디오랑 텔레비전 소리, 사람들 말소리가 들렸거든. 하지만 아빠는 여기가 더 안전하다고 했어. 아빠는 늘 일하느라 우리를 볼 시간이 거의 없었는데도 함께 살아서 기뻐했어. 그리고 우리를 학교에 보내고 싶어 했지."

"학교는 고향 마을에 있던 학교랑 똑같았어?"

레베카는 슬픈 미소를 지으며 "아니, 루카. 똑같은 건 하나도 없었어"라고 말하고는 어깨 너머로 솔레다드를 돌아본다. "하지만 그래도 우린 최선을 다했어. 고향 집에서는 학교에 다닌 적이 없어. 어릴 때만 잠깐 다녔지. 그래서 수업을 따라가기가 벅찼어. 그리고 원주민도 많지 않아서 우리만 겉도는 느낌이었고. 우린 아빠랑 함께 버스를 타고 다시 산으로 가서 엄마랑 할머니, 친구들을 만나고 싶었어. 구름도 마시고 영혼도 충전하고. 하지만 몇 주가 지나고 이내 몇 달이 지났는데도 아빠는 늘 바빴고 우리는 고향으로 돌아갈 시간이나 돈도 없었지. 그러다 언니에게 우연히 남자 친구가 생긴 거야."

루카는 한 손을 들어 올린다. "잠깐만. 어떻게 남자 친구가 우연히 생겨?"

"쉬이, 언니 들을라." 레베카가 말한다.

루카는 목소리를 낮추고 몸을 더 내민다. "하지만 어떻게?"

"어느 날 언니가 혼자 집으로 걸어가는데 이 남자애가 언니를 본 거야. 그러고는 언니에게 말을 걸었지. 도시에 온 후로 언니가 어디를 가나 있는 일이었어. 그래서 언니는 늘 그랬듯이 무시하고 그냥 걸어갔지. 하지만 그 남자애는 그게 마음에 들지 않아서 언니를 쫓아와 목을 움켜잡고 다른 데도 몇 군데 만졌어. 그러고는 이제부터 자기가 언니의 남자 친구라고 말한 거야."

루카는 안색이 어두워진다.

"아, 너한테 이 얘기는 하지 말 걸 그랬다. 미안해." 레베카가 말한다.

"아냐, 괜찮아. 미안해할 거 없어."

레베카는 청바지 솔기에서 빠져나온 오렌지색 실을 만지작거린다. "그 일이 있고 난 뒤로 누구에게도 이 얘기를 할 수 없었어. 내가 이야기할 상대는 언니뿐인데 언니는 그 얘기를 하고 싶어 하지 않거든."

루카는 고개를 끄덕인다. "이해해."

"하지만 넌 친구 같아." 레베카는 미소 짓는다.

"난 누나 친구야." 그렇게 말한 루카는 뿌듯하다.

"넌 나이보다 훨씬 조숙해 보여. 이 작은 몸 안에 할아버지가 들어 있는 것처럼."

루카는 이 말을 칭찬으로 받아들이려고 애쓴다. 그의 몸은 작지

두 자매

않다. 그저 여덟 살 소년치고 적당히 작을 뿐이다. "나도 끔찍한 일을 겪었어." 루카가 장담한다.

"정말?"

루카는 고개를 끄덕인다.

"하긴 그런 일을 겪었으니까 네가 이 기차를 탔겠지."

"필수 조건이지." 루카는 그렇게 말한다.

이번에는 레베카가 고개를 끄덕인다.

"우리 아빠는 돌아가셨어." 루카가 속삭인다. 지금까지는 이 말을 입 밖에 내고 싶지 않았다. 그 사실을 인정하고 싶지 않았다. 이 말을 하는 건 이번이 처음이고 이 말이 그의 가슴을 떠나는 게 느껴진다. 썩은 무언가가 툭 끊어지면서 떨어져 나가듯이. 그 말을 담아 두었던 자리에 너덜너덜한 상처가 남는다.

"세상에나." 레베카는 그렇게 말하며 갑자기 균형을 잃었다는 듯이 몸을 앞으로 내밀어 루카와 이마를 맞댄다. 둘은 함께 눈을 감는다.

그 후로 며칠간 루카는 짬짬이 두 자매의 나머지 사연을 듣게 된다. 알고 보니 달갑지 않았던 솔레다드의 '남자 친구'는 국제적인 갱단의 산페드로술라 지부 리더였다. 따라서 그에게는 보복당할 두려움 없이 솔레다드에게 제멋대로 할 수 있을 정도의 권력과 폭력성이 있었다. 하지만 솔레다드를 자기 혼자 독차지할 수 있을 정도의 권력과 폭력성은 없었다. 솔레다드의 삶은 순식간에 일련의 끔찍한 트라우마 속으로 추락했다. 솔레다드는 이런 사정의 일부는 레베카에게 털어놓았지만 아빠에게는 절대 알리지 않으려고 지나치게 노력했다. 솔레다드의 사정을 알게 된 아빠가 딸을 보호하려고 했다가 살해당할 터였기 때문이다.

레베카는 언니의 원치 않는 남자 친구였던 이반이 언니를 학교에 보내줄 때도 있고 보내주지 않을 때도 있다는 사실은 알고 있었다. 하지만 모르는 사실이 훨씬 많다. 이반은 밤이 되면 솔레다드를 꼭 집으로 보내줬다. 그의 타락한 마음은 솔레다드를 꼬박꼬박 집에 보내줘야 그녀의 가치가 유지된다고 생각했기 때문이다. 솔레다드의 품위와 그를 향한 도덕적 거부감, 명백한 혐오. 이 모두가 이반을 흥분시켰다. 솔레다드는 그 사실을 알고 가끔은 그와 함께 있어서 즐거운 척했다. 그렇게 하면 이반이 자신에게 싫증을 느낄지도 모른다고 생각하면서. 그렇게 가짜로 즐거운 척했던 일을 회상하면 수치스럽기 짝이 없다. 어차피 부질없는 짓이었다. 솔레다드는 그런 속임수가 무색할 정도로 아름다웠으니까.

어느날 이반은 솔레다드에게 그녀의 아빠가 일하고 있는 호텔 사진을 보여주면서 아빠의 이름도 알고 있다고 했다. 그러고는 휴대전화를 주면서 전화가 울리거나 문자가 오면 무슨 일을 하고 있든지 간에 재깍 받으라고 명령했다. 문자를 보내는 법도 알려주었다. "살아 있으니까 좋지, 솔레?" 마치 그들이 서로 사랑하는 사이라도 된다는 듯이 이반이 이름을 줄여서 부르자 솔레다드는 움찔했다.

그렇게 고통스러운 시간을 보냈던 몇 주 동안 솔레다드는 레베카를 철저히 외면했다. 그나마 자신이 동생을 보호할 수 있는 유일한 방법은 힘들지만 동생과 거리를 두는 것뿐이었기 때문이다. 이반이 전화하면 솔레다드는 그의 명령대로 무조건 하던 일을 멈추고 그에게 갔다. 슈퍼에서 장을 보다가도 장바구니를 통로 한가운데 내려놓고 나갔다. 버스를 타려고 줄 서서 기다리다가도 자리를 떴다. 읽기 수업 시간에도 의자에서 벌떡 일어나 교실에서 나갔다. 그러고는 마치 자석에 이끌린 좀비처럼 시내를 가로질러 이반에게 갔다.

솔레다드는 이반이 사람의 뒤통수를 쏘는 걸 두 번이나 목격했다. 이반이 아홉 살짜리 아이의 배를 사정없이 걷어차서 아이가 피를 토하는 걸 보기도 했다. 아이들에게 갱단에 들어오도록 회유할 때 쓰는 방법이었다. 그날 솔레다드는 이반에게 혹시 자기가 전화를 안 받으면 어떻게 되냐고 물었다. 그러자 이반은 뒤에서 손으로 솔레다드의 입을 틀어막았다. 그 바람에 그녀의 아래턱에는 멍이 들고 입술이 부어서 아빠에게 둘러대기가 힘들었다. 솔레다드는 이반에게 이렇게 설명했다. "내가 샤워 중이라거나 아빠가 옆에 있으면 전화를 받을 수 없잖아. 그런 경우를 말하는 거야." 그러자 이반은 주먹을 들어 다시 그녀를 때리는 시늉을 했고 솔레다드는 움찔하며 몸을 웅크렸다. 이반은 껄껄 웃으며 말했다. "그냥 전화 받아, 이년아." 그 후로 이반은 같은 카르텔 조직원에게 돈을 받고 솔레다드를 한 시간 동안 빌려주기도 했다.

솔레다드는 죽고 싶다고 생각하지는 않았다. 그녀는 늘 행복한 아이였다. 그리고 행복하다는 게 어떤 느낌인지 기억했다. 다시 그런 감정을 느낄 수 있을지는 확실하지 않았지만 행복했던 기억을 통해 조금은 희망을 얻었다. 그런데도 이반을 만나고 한없이 길게만 느껴졌던 몇 주 동안 엉킨 혈관이 솟아 있는 손목 위로 면도날을 그어버릴까 하는 생각이 숱하게 들었다. 아니면 이반이 머리맡 테이블에 놓아두는 사제 총을 집어 들고 그가 늘 하는 짓을 하기 전에 총을 겨누고 방아쇠를 당길까 하는 생각도 했다. 이반을 쏴서 뇌가 천장으로 튀는 모습을 흡족하게 지켜본 다음 이반의 패거리가 들이닥쳐 그녀를 처벌하기 전에 자신의 머리에 총구를 대는 것이다. 이 모든 것을 끝장내고 반복되는 고통에서 벗어나기 위해. 하지만 이내 아빠가 생각났다. 그녀가 그렇게 떠나면 아빠가 얼마나 괴로워할까. 구름 숲에 있는 엄마와 할머니도 생각났다. 아빠가 산에 있는 집으로 돌아가 그 소식을 전하면 두 분도 슬퍼할 것이다. 하지만 무엇보다도 레베카를 생각했다. 레베카는 겁에 질려 있었지만 그래도 아직 온전했다. 이반은 레베카의 존재를 몰랐고 솔레다드는 그 기적 같은 사실 덕분에 계속 살 수 있었다. 동생은 구원받을 수 있었다.

그러던 어느 오후, 사각팬티만 입고 침대에 누워 담배를 피우던 이반이 솔레다드 쪽으로 담배 연기를 내뿜었다. 솔레다드는 이반의 발치이자 침대 가장자리에 앉아 몸을 살짝 웅크리고 있었다. "너한테 여동생이 있다며?" 이반이 엄지발가락으로 솔레다드의 엉덩이를 찌르며 말했다. 솔레다드는 그를 마주 보고 있지 않다는 사실이 너무 감사했다. 그 말을 들었을 때 느낀 공포감이 얼굴에 그대로 드러났을 터였기 때문이다. "왜 나한테 동생이 있다는 말을 한 번도 안 했냐?"

두 자매

솔레다드는 가슴 위까지 시트를 끌어 올린 상태였고 시트는 양팔 밑으로 들어가 있었다. 솔레다드는 최대한 미소에 가까운 표정을 짓고 이반을 돌아보며 말했다. "걘 나랑 안 친해. 그리고 나랑 하나도 안 닮았어."

침실 밖에서 이반의 패거리인 두 남자가 말다툼하는 소리가 들렸다. 하지만 그 소리 너머로 어딘가에서 뛰어노는 아이들 소리도 들렸다. 거리에서 서로를 뒤쫓으며 꺄악 비명을 질렀다. 열린 창문으로 햇살이 쏟아져 내렸다.

"너랑 안 닮았다고?" 이반은 몸을 일으키더니 솔레다드를 감싸고 있던 시트를 허리까지 휙 끌어내렸다. 그러고는 젖꼭지를 톡톡 치면서 그의 손길에 반응하는 젖꼭지를 바라봤다. "난 그렇게 안 들었는데." 그러더니 아직 많이 남은 담배를 침대 옆 재떨이에 던지고 무릎으로 일어섰다. "이런 나쁜 년. 한 번 더 해야겠다."

솔레다드는 평소보다 더 즉각적이고 두려운 혐오감을 느끼며 꾹 참았다. 일이 끝나자 이반은 내일 아침에 다시 오라고, 그리고 동생을 데려오라고 했다. 솔레다드는 집으로 가서 배낭에 짐을 챙기고 냉장고 위에 놓인 커피 통에서 아빠가 힘들게 모아둔, 얼마 안 되는 돈을 다 꺼냈다. 그런 다음 레베카가 집에 오기를 기다리며 식탁 앞에 앉아 아빠에게 쪽지를 썼다.

사랑하는 아빠

아빠를 정말 정말 사랑해요. 그리고 아빠의 마음을 아프게 할 말을 쓰게 되어서 정말 미안해요. 아빠가 모아둔 돈을 가져가는 것도 미안해요. 하지만 아빠는 우리를 위해 열심히 일하면서 이 돈을 모았으니까 제게 얼마나 끔찍한 일이 일어났는지 알면 꼭 이돈을 가지고 여길 떠나라고 했을 거예요. 진작 아빠에게 말했어야 했는데 내가 입을 다물고 저들이 시키는 대로만 하면 아빠와 레베카를 보호할 수 있을 줄 알았어요. 하지만 이 도시에는 괴물들이 살아요, 아빠. 그리고 이제 난 너무 무서워요. 그들이 레베카를 해치기 전에 레베카도 데려가야 해요. 그래서 우린 오늘 떠날 거예요, 아빠. 아빠가 이 편지를 읽을 때는 우린 이미 떠났을 거예요. 아빠도 제발 조심하고 건강 잘 챙기세요. 우리 마음속에는 늘 아빠가 있을 거예요. 엘 노르테에 도착하면 연락할게요, 아빠. 직장을 구하면 아빠에게 사람을 보낼 테니 우리에게 오세요. 엄마랑 할머니도 함께요. 우리는 예전처럼 함께 살 수 있을 거예요.
다시 만날 때까지 하느님의 축복이 아빠와 함께하기를.

모든 사랑을 담아, 슬픔에 잠긴 아빠의 헌신적인 딸
솔레다드

레베카는 이런 내막을 거의 모른다. 하지만 솔레다드가 그날 오후에 레베카가 돌아오길 기다리는 동안 메릴랜드주에 사는 사촌 세자르에게 문자를 보냈다는 사실은 안다. 그리고 세자르가 아무 것도 묻지 않았다는 사실도 안다. 세자르는 어떤 끔찍한 사연이 있을지 이미 다 알고 있었고, 그저 그들을 거기서 빼주고 싶었다. 또한 레베카는 세자르가 그들을 온두라스에서 엘 노르테까지 데려올 코요테를 알아볼 테니 며칠만 기다릴 수 있겠냐고 물어봤지만, 솔레다드가 기다릴 수 없다고 했다는 사실도 안다. 그들은 오늘 떠나야 했다. 레베카는 세자르가 접경 지대에서 그들을 기다렸다가 미국으로 데려다줄 믿음직한 코요테를 고용해 이미 돈을 줬다는 사실도 안다. 하지만 국경을 넘는 대가로 세자르가 지불한 금액이 한 사람당 4,000달러는 사실은 모른다. 설사 알았다고 해도 레베카는 납득할 수 없을 것이다. 레베카에게 그런 거금은 전혀 와닿지 않아서 400만 달러나 다름없다.

레베카가 털어놓은 사연을 들으면서 루카는 이것이 모든 난민의 공통점이고 그들을 연대하게 만드는 요소임을 깨달았다. 비록 떠나온 나라와 환경은 다 달라서 누구는 도시에서 살았고, 누구는 시골에서 살았고, 누구는 중산층이고, 누구는 가난하고, 누구는 고학력이고, 누구는 문맹이고, 누구는 살바도르인이고, 온두라스인이고, 과테말라인이고, 멕시코인이고, 마야인일지라도 다들 힘든 사연을 기차 위에 실은 채 엘 노르테로 향한다. 레베카처럼 믿어도 될 만한 사람을 만나 자기 사연을 조심스럽게, 한두 명에게만 털어놓으며 기도하듯이 말하는 사람도 있다. 그런가 하면 터진 수류탄처럼 사람을 만날 때마다 자신의 괴로운 사연을 털어놓고 고통을 파편처럼 날리는 사람도 있다. 그리하여 어느 날에는 불현듯 자신의 짐이 가벼워졌음을 깨달을 수도 있다. 루카는 그렇게 터지면 어떤 기분일지 궁금하지만 지금은 불발탄으로 남아 있을 것이다. 공포는 마음속에 단단히 밀봉하고 안전핀은 제자리에 꽉 고정한 채로.

17

로렌소

리디아와 두 자매의 내면에서는 상반된 마음이 끊임없는 줄다리기를 벌인다. 무언가에게 쫓기고 있고 그러니 빨리 도망쳐야 한다는 섬뜩한 느낌이 들면서도, 한편으로는 길 앞에 어렴풋이 보이는 정체를 알 수 없는 괴물을 향해 맹목적으로 나아가기가 꺼려져서 자꾸 꾸물댄다. 셀라야에서 찾아낸 난민 쉼터는 그 줄다리기에서 한숨 돌릴 수 있는 곳이다. 특히 전날 밤에 노숙하느라 잠을 못 잔 리디아에게는 비할 데 없는 하늘의 축복이다.

이제 겨우 정오인데 그들은 쉼터에 도착한다. 루카와 레베카는 마당에서 농구를 하지만, 아무도 동참하지 않는다. 몇몇 아이는 자기들이 만든 규칙이 뒤죽박죽으로 섞인 복잡한 게임을 한다. 리디아와 솔레다드는 근처 벤치에 나란히 앉아서 말없이 루카와 레베카를 지켜본다. 그러다 부엌에 가서 텔레비전 뉴스를 들으며 일손을 거든다. 일이 끝나자 리디아는 낮잠을 잔다. 잠에서 깬 뒤에는 레베카와 도미노 게임을 하는 루카를 지켜본다. 두 사람은 여덟 살과 열네 살이라는 나이 차이를 금세 뛰어넘었다. 루카는 더 어른스러워지고 레베카는 더 아이 같아져서 둘은 중간에서 이음새도 찾아볼 수 없을 정도로 꼭 들어맞는다. 마치 평생 알고 지낸 듯하다. 마치 이 자매가 늘 그들 곁에 있었고 인생의 일부가 되려고 기다렸던 듯하다. 그날 밤 루카는 리디아에게 레베카의 침대에서 누나랑 함께 자도 되냐고 묻는다.

"그건 적절치 않아." 리디아는 선을 긋는다.

어차피 무리한 요구라는 걸 루카도 알고 있었다. 다만 지금은 예전 삶의 규칙들이 더는 적용되지 않는 듯해서 한 번쯤 물어볼 만하다고 생각했다. 루카는 아무런 불평 없이 침대로 올라간다. 리디아는 이불 밑으로 배낭을 끌어당겨 발치에 두고 배낭끈을 발목에 두 번 감는다. 다들 곤히 잔다. 잠금장치가 있는 문에 영광 또 영광 있으라.

솔레다드는 리디아에게 자신들이 어디에서 왔는지, 어떤 일을 겪었는지 말하지 않았다. 리디아도 가족들에게 일어난 일을 말하지 않았다. 그래도 둘 사이에는 서로의 사정을 이해하는 데서 비롯된 말 없는 연대감이 있다. 모성과는 별 상관없지만 전적으로 여자라서 가능한 마법이다. 이튿날 아침, 동생보다 겨우 18개월 먼저 태어났을 뿐이지만 훨씬 더 어른스러워 보이고 평소 자신의 몸에 관한 사적인 문제를 선뜻 털어놓지 않는 솔레다드가 리디아에게 임신 사실을 고백한 것은 놀랄 일이 아니다. 리디아 역시 솔레다드처럼 차분하고 솔직하게 반응하려고 노력한다.

"네 아기는 미국 시민이 될 거야." 입에 댄 커피 잔 위로 리디아가 속삭인다.

로렌소

278

솔레다드는 고개를 젓더니 접시를 치우려고 일어나며 말한다. "내 애가 아니에요." 솔레다드가 양팔을 위로 올릴 때 헐렁한 티셔츠가 허리춤 위로 올라가며 배가 드러난다. 아직은 납작하다.

난민 쉼터에서 보낸 그날 하루 동안 어찌나 푹 쉬었는지 그 후로 거기서 보냈던 평온한 하루를 회상할 때면 실제보다 더 오래 머물렀던 것처럼 느껴질 것이다. 멕시코의 모든 성직자가 그렇듯이 이 쉼터를 운영하는 신부도 사복 차림으로 노란색 폴로 셔츠와 한쪽 다리에 타르 얼룩이 있는 부드러운 청바지를 입었다. 가죽끈에 달린 소박한 나무 십자가 목걸이만이 성직자로서 유일한 장식품이다. 희끗희끗한 머리에 안경을 썼고 몸은 호리호리하다. 오늘 다시 길을 떠나려는 난민은 스무 명이 넘는데 신부는 그들이 떠나기 전에 마당에 모이게 한다. 리디아가 생각하기에 신부의 연설은 어긋난 응원이 되어버린다. 사람들을 격려하려는 의도였을 텐데, 그의 말에서 격려는 찾아볼 수 없기 때문이다. 뒤집어놓은 우유 상자에 올라가 사람들 앞에 선 신부는 주로 경고만 한다.

"지금이라도 돌아갈 수 있는 사람이라면 당장 그렇게 하세요. 집으로 돌아가서 원래대로 살 수 있다면, 고향으로 안전하게 돌아갈 수 있다면 제발 부탁이니 당장 그렇게 하세요. 이 기차 말고, 엘 노르테 말고, 달리 갈 데가 있다면 당장 거기로 가세요." 루카는 팔로 레베카의 허리를 감고 머리는 레베카에게 기댔다. 레베카는 한쪽 팔로 루카의 어깨를 끌어안고 있다. 리디아는 둘의 얼굴을 바라본다. 두 아이는 이런 모진 말에 겁먹지 않는다. 계속 한쪽 발에서 다른 쪽 발로 초조하게 체중을 옮기는 난민들도 있다. "그저 다른 삶을 찾아 떠나는 거라면 다른 데서 찾으세요." 신부가 연설을 계속한다. "이 길은 오로지 다른 선택이 없는 사람, 고향에 폭력과 고난만이 기다리는 사람을 위한 것입니다. 여기서부터 당신의 여정은 갈수록 힘들어질 겁니다. 매사에 틀어져서 좌절하게 될 겁니다. 기차에서 떨어지기도 할 겁니다. 불구가 되거나 다치는 사람이 다반사일 겁니다. 죽는 사람도 속출할 겁니다. 납치와 고문, 인신매매, 몸값 요구에 시달리는 사람은 아주 아주 많을 겁니다. 운이 좋아서 이 모든 역경을 이겨내고 미국까지 간다고 해도 기껏 타락한 코요테에게 버림받아 사막의 뙤약볕 아래서 홀로 죽을 겁니다. 아니면 당신의 인상이 마음에 들지 않는다는 이유로 카르텔 조직원에게 총을 맞아 죽을 겁니다. 그리고 한 사람도 빠짐없이 돈을 털릴 겁니다. 한 사람도 빠짐없이요. 엘 노르테까지 가는 데 성공한다면 땡전 한 푼 없이 가게 될 겁니다. 내가 장담하죠. 주위를 둘러보세요. 어서요. 서로를 바라보세요. 셋 중 한 명꼴로 살아남아서 목적지에 도달하게 될 겁니다. 그게 당신일까요?" 신부는 오십 대 남자를 가르친다. 그는 단정히 다듬은 수염을 길렀고 깨끗한 티셔츠를 입었다.

"네, 신부님!" 남자가 대답한다.

"당신일까요?" 신부는 리디아와 나이가 비슷해 보이는 여자를 가리킨다. 여자는 한쪽 팔로 말 없는 아이를 안고 있다.

"네, 신부님!" 여자가 말한다.

"네가 될까?" 신부가 루카를 가리킨다.

리디아는 강렬한 절망감에 서서히 빠져들지만 루카는 허공에 작은 주먹을 치켜들고 씩씩하게 대답한다. "네, 제가 될 거예요!"

신부의 연설은 난민들에게 열정과 결의를 불어넣었다. 그렇지만 오랫동안 기차가 오지 않자 사람들은 초조해하며 안절부절못한다. 기다린 지 세 시간이 되자 기다리기를 포기하고 걸어가는 사람들도 있다. 네 시간, 다섯 시간이 되자 더 많은 사람이 포기한다. 리디아와 루카와 두 자매는 고가 도로를 찾아 도심 서쪽 가장자리로 향하지만 유일하게 찾아낸 고가 도로는 너무 높다. 저기서 떨어지는 건 자살 행위나 다름없다. 이번에는 기차가 속도를 줄이는 커브 지점을 찾아다닌다. 마침내 오후 중반이 돼서야 라 베스티아가 도착하는데 그 어느 때보다 사람들이 많다. 멀리서도 기차 위에 올라탄 난민들의 실루엣이 보일 정도다. 기차는 어제 산미겔데아옌데에서 탔을 때보다 훨씬 빠르다.

리디아는 기다려야 한다고, 이번 기차는 올라타지 못할 거라고 말하려 한다. 망설이는 마음을 말로 표현하고 싶은데 한발 늦는다. 이제는 기차 소리가 너무 커서 뼛속까지 울린다. 넷은 모두 달리고 리디아는 루카의 손을 꼭 잡는다. 기차 지붕에 탄 남자들이 큰 소리로 방법을 알려주면서 할 수 있다고 격려한다. 레베카가 먼저 올라가고 그다음에 솔레다드가 올라간다. 솔레다드는 루카에게 손을 내민다. 루카는 한 손으로 솔레다드의 손을 잡고 잠시 솔레다드와 리디아 사이에서 양팔이 늘어나는 아찔한 순간이 이어진다. 루카의 한쪽 손은 비명을 지르는 짐승 위에 올라탄 솔레다드가 잡고 있고 다른 쪽 손은 기차 옆에서 뛰는 리디아가 잡고 있다. 루카는 캐러멜처럼 부드럽고 위험에 노출되어 있다. 그러자 리디아가 루카의 작은 팔을 기차 쪽으로 던지고 루카는 위로 올라간다. 솔레 다드가 루카를 잡고 기차 지붕에 있던 남자들이 루카를 끌어올린 다. 루카는 안전하다, 안전하다. 루카와 함께 있기 전까지 아직 안 심할 수 없는 리디아는 계속 달리고 또 달린다. 기차는 속도가 점 점 빨라지고, 리디아는 사다리를 놓치고, 기차를 따라잡을 수 없 다. 그러자 패닉에 빠진 그녀의 다리가 피스톤처럼 힘차게 움직인 다. 리디아는 금속 막대를 붙잡는 순간 덜컥 겁이 난다. 다리가 이 속도를 유지하지 못할까 봐, 다리에서 힘이 빠지고 그러다 기차 밑 에 깔릴까 봐 겁이 난다. 하지만 오늘은 아니다. 갑자기 그녀의 발 이 사다리 맨 밑단에 올라가고 손은 바로 그 윗단을 붙잡았기 때문 이다. 이제 기차는 믿을 수 없을 정도로 빨리 달린다. 리디아의 사 지는 기차에 달라붙어 사다리 밑부분에 벌레처럼 웅크리고 있다. 안도감에 딱 한 번 흐느끼고는 몸을 펴서 사다리 맨 밑단에서 위로 올라간다. 기차 지붕에 오르자 리디아는 루카를 향해 손을 뻗고 재 빨리 벨트로 기차에 몸을 고정한 다음, 루카를 안고 그의 머리카락 속에서 조용히 흐느낀다. 심장이 진정될 때까지.

리디아는 루카와 두 자매하고만 있고 싶다. 다른 사람들과 떨 어져 그들끼리만 있고 싶다. 하지만 남자들은 너무 친절하고 도와 주려고 열심이다. 너무 열심이라 걱정될 정도다. 라 베스티아에는 여자가 많지 않고 아이들은 더 적다. 그래서 리디아는 어디를 가 든 남자들의 주목을 받는다. 남자들에게는 자신과 두 자매가 무언가를 상징한다는 걸 알고 있다. 가정처럼 보이기도 하고, 구원처럼 보이기도 하고, 먹이처럼 보이기도 한다. 알콘에게는 보상금으로 보이리라. 설사 그게 전부가 아니라 해도 두 자매는 어딜 가든 얼굴만으로도 동요를 일으킨다. 늘 경계를 늦추지 않는 리디아지만, 이걸 관찰하는 데 정신이 팔려서 그들이 탄 열차 반대쪽 끝에 앉은 소년이 그녀를 지켜보고 있다는 걸 알아차리지 못한다.

하지만 루카는 알아차린다. 그리고 기억해낸다. 기억해내는 과정에서 루카는 이 상황에 맞지 않는 이상한 만족감과 짧게 분비되는 엔도르핀을 느낀다. 전에는 이런 엔도르핀이 분비되는 것을 한 번도 알아차린 적이 없지만 그의 뇌는 평생 해온 일이다. 거의 완벽하게 기억해낸 것을 스스로 축하하는 화학적 기쁨이다. 루카는 저 얼굴을 본 적이 있다. 저 형을 알아본다. 열차 반대편 끝에 책상다리를 하고 앉아 있는 소년의 문신이 보이기도 전에 그 문신을 기억해낸다. 양말 위로 슬그머니 올라와 있던 핏빛 낫. 낫에서 떨어진 세 개의 핏방울. 햇살이 뜨거운데도 루카는 몸을 부르르 떤다. 저 형은 분명 엄마를 보고 있다. 그러더니 주머니에서 휴대전화를 꺼내 잠금을 해제하고 스크롤을 내리고는 다시 엄마를 바라보다가 전화를 닫아 다시 주머니에 넣는다. 루카는 두려워서 몸이 마비된다. 잠시 후에야 목소리에 힘을 실을 수 있다.

"엄마." 루카는 그렇게만 말하고 자신이 꽤 차분하게 말했다고 생각한다. 비록 아직 기차 지붕에 벨트로 묶인 몸은 패닉에 빠져서 펄럭거리는 듯해도. 엄마는 몸을 내밀지만 아직은 거리가 멀다. 루카가 손을 까닥거리자 리디아는 그게 무슨 뜻인지 이해한다. **더 가**

까이 와 봐요. 빨리. 리디아는 얼른 루카에게 가까이 다가간다.

"엄마, 내가 아는 사람이 있어."

이 말만으로도 리디아는 등줄기가 오싹해진다. "그래." 의지력을 발휘해 뇌를 진정시키며 리디아가 말한다. 그래. "누군데?" 팔다리가 흐물흐물해지는 느낌이지만 한쪽 손의 손가락은 쇠창살을 꽉 잡고 있다. 다른 손은 저절로 목걸이로 올라가더니 세바스티안의 결혼반지 속에 검지를 넣는다.

"보지 마. 지금 엄마를, 우리를 보고 있어." 루카가 말한다.

리디아의 주문이 용감무쌍하게 의식을 박살 내고 새로운 정보에서 비롯된 지독한 공전 상태까지 뚫고 들어온다. **생각하지 마, 생각하지 마, 생각하지 마.** 그녀의 뇌가 그렇게 말한다. "그래, 누군데?" 리디아가 다시 묻는다.

루카가 몸을 내밀자 아이의 입술이 리디아의 귀 위쪽을 스친다. "우에우에토카의 난민 쉼터에서 봤던 형이야."

리디아는 심호흡을 한다. **그래.** 그들이 오는 동안에 우연히 마주쳤던 소년이다. 리디아는 어깨에서 힘이 빠지며 안도한다. 왜 엄마를 놀라게 하냐고 아이를 나무라고 싶지만, 혼란스러운 황무지가 된 새 삶에서 무엇을 두려워해야 하고 무엇을 두려워하지 않아도 되는지 루카가 어떻게 구분하겠는가? 한편으로는 웃음을 터뜨리고 아이에게 키스하며 별일 아니라고 말해주고 싶기도 하다. 리디아는 한 팔로 아이를 끌어안는다. "괜찮아. 걱정 안 해도 돼."

"기억 안 나? 그 나쁜 형이야. 어떤 누나를 귀찮게 해서 쉼터에서 쫓겨났잖아. 그 누나한테 아주 나쁜 짓을 했어."

로렌소

그렇다, 기억난다. **젠장**. 함께 아침을 먹었던 여자들 말로는 그 애가 시카리오라고 했다.

몇 분 전까지만 해도 리디아는 자기들이 놀라운 진전을 이뤘다는 사실에 감히 위안까지 받았다. 막연하고 무차별적인 위협이라는 새로운 두려움을 만끽하던 차였다. 그런데 이제 어느 카르텔 소속인지 모를 시카리오가 불과 100미터 떨어진 거리에서 그녀를 바라보고 있다. 리디아는 주위에 앉아 있는 난민들을 둘러본다. 이들 중 누구든 카르텔 조직원일 수 있다. 누구든 로스 하르디네로스 소속일 수 있다. 그녀가 다리 위로 몸을 숙이자 얼굴이 쇠창살에 닿을 듯하다. 머리가 지시하지도 않았는데 몸이 저절로 그렇게 움직인다. 본능적으로 몸을 숨기고 주위에 스며들어 사라지고 싶은 것이다. 루카도 몸을 아래로 숙이고 말한다.

"그리고 말할 게 하나 더 있어." 저 문신이 매우 거슬리기 때문이다. 비록 왜 거슬리는지, 무슨 의미인지는 모르지만.

"뭔데?" 그 정보가 무엇이든 리디아는 받아들일 준비가 되어 있다. 그 정보를 받아들이려고 문을 연다.

"문신. 저 형에게는 문신이 있어."

리디아의 바지 속 정강이에는 칼집에 든 마체테가 있다. 살갗을 파고든 칼집의 끈이 느껴진다. 리디아는 루카에게 속삭인다. "어떤 문신인데?"

"구부러진 커다란 칼 문신이야, 그리고 핏방울 세 개가 있어."

리디아는 입이 바짝 마르고 손가락이 차가워진다. 허파에서 시작해 몸 안에서 바깥으로, 중심에서 끝으로 전율이 퍼진다. 하지만 루카에게 엄마의 얼굴은 차분하고 무표정해 보인다.

"낫처럼 생겼니?" 리디아는 정확히 알아야 하지만 알고 싶지 않다. "이렇게?" 그러고는 루카의 손바닥에 손끝으로 낫을 그린다.

루카는 고개를 끄덕인다.

"말해줘서 고맙다, 미호. 잘했어." 리디아는 그렇게 말하고 루카의 귀를 쓰다듬는다.

그녀가 계획을 세우기도 전에, 이 정보를 받아들이기도 전에, 루카가 가리킨 쪽으로 고개를 돌려 로스 하르디네로스의 문신이 있는 소년을 보기도 전에, 두 차량 앞에서 여러 사람이 비명을 지르더니 소란스러워진다. 그들은 본능적으로 소란스러운 쪽을 돌아본다. 다들 숨을 죽인다. 그러자 곧바로 긴 호각 소리가 들리고 기차가 터널 속으로 들어가며 사방이 캄캄해진다.

"엄마!" 루카가 비명을 지른다.

"엄마 여기 있어." 리디아는 손을 더듬거려 루카의 손을 잡는다. "엄마, 여기 있다, 미호."

"무슨 일이야?"

"모르겠구나, 미호."

"무서워."

"그래, 알아, 미호. 괜찮아."

리디아는 어둠을 가르고 손을 뻗어 루카 뒤통수의 가늘고 부드러운 머리카락을 쓰다듬는다. 터널은 짧아서 이내 그들은 다시 햇살 속으로 나온다. 소동이 일어나기 전까지 몸을 겹친 채 졸고 있던 두 자매는 일어나 앉아 서로를 바라보며 눈을 급하게 깜빡거린다. 지친 모스 부호다.

"무슨 일이지?" 솔레다드가 묻는다.

두 차량 앞에서 아직도 고함이 난무하고, 특히 두 사람 목소리가 경쟁을 뚫고 다른 사람들보다 더 크게 들린다. 한 남자가 울부짖는다. 아, 동생아! 내 동생, 내 동생! 그러더니 기차 지붕에서 일어나자 곁에 있던 사람들이 그를 붙잡아 다시 앉힌다. 하지만 잠시 뒤에 그 장면이 또 반복된다. 남자는 기차에서 뛰어내리겠다고 결심한 듯 보이고 기차를 따라 남자의 사연이 전해지다가 마침내 두 자매 앞에 앉아 있는 한 무리의 남자에게까지 당도한다. 한 남자가 몸을 돌려 자매에게 그 사연을 알려준다.

"저 사람 남동생이 기차에서 떨어졌대."

솔레다드는 숨을 헉 들이쉬며 가슴에 성호를 긋고 나서 묻는다. "맙소사. 어쩌다가요?"

남자는 방금 그들이 지나온 터널을 가리킨다. "터널을 못 봤대. 무릎을 딛고 서 있다가 터널과 충돌한 거지. 터널 위로 머리를 부딪치고 곧바로 떨어졌대."

솔레다드는 몸서리치는 연민을 느끼며 얼굴을 찡그린다. 그러고는 젊은 남자 옆으로 몸을 내민다. 이제는 볼 수 있기 때문이다. 동생을 잃은 남자가 울부짖으며 세 번째로 일어나는 모습을. 본능적으로 솔레다드의 입에서 말이 튀어나오고, 그를 향해 손을 뻗는다. "저 사람 말려요! 붙잡아요!" 솔레다드가 외친다.

하지만 너무 늦었다. 남자는 이미 뛰어내렸다. 아치 모양으로 들어 올린 양팔과 다리가 늦은 아침의 흐릿한 노란색 하늘을 배경으로 뒤틀린 검은 실루엣이 된다. 그가 땅으로 빠르게 추락하는 동안 그의 그림자가 슬퍼 보인다.

"너무 높아, 너무 높아." 솔레다드의 목소리는 여전히 몸과 상관없이 움직인다. "맙소사, 하느님 맙소사."

그들이 탄 열차는 이미 남자가 떨어진 곳을 지난다. 남자의 몸은 가파른 경사면을 따라 굴러간다. 루카는 남자의 팔다리를 세어본다. 하나, 둘, 셋, 넷. 혹시 몰라서 다시 세어본다. 여전히 네 개 다 있지만 움직이지 않는 듯하다. 남자의 몸은 잡초 덤불 속에서 정지하고 기차는 그 남자 없이, 그의 동생도 없이 요란하게 질주한다.

남자가 뛰어내리는 장면을 본 후로 솔레다드는 거의 정신이 나간다. 마치 그 사고가 그녀의 고통 위에 이제 막 생긴 연약한 딱지를 떼어버린 듯이. 솔레다드는 다시 눕고 레베카는 언니의 머리를 무릎에 놓는다. 그러고는 언니의 길고 검은 머리카락을 머리 뒤로 쓸어넘기며 리디아가 한 번도 들어본 적이 없는 언어로 나직이 노래한다. 솔레다드는 눈도 깜빡이지 않은 채 누워 있지만, 이내 얼굴이 부드러워지고 검은색 눈썹이 처지더니 깜빡이던 눈이 감긴다. 그러고는 잠과 비슷한 상태에 빠진다.

리디아는 차량 반대편에 있는 소년을 바라보지 않지만 이제는 과민할 정도로 그 애의 시선이 느껴진다. 소년은 두 다리를 쭉 펴고 양손으로 뒤를 짚은 채 그들을 지켜보고 있다. 리디아는 이제야 그를 알아보지만, 루카가 말하지 않았더라면 몰랐을 것이다. 소년은 체격보다 훨씬 큰 사이즈의 빨간 바지와 헐렁한 흰색 티셔츠를 입었다. 티셔츠 위에 프로 농구팀 이름이 적힌, 빨간색과 검은색으로 된 탱크톱 저지를 겹쳐 있었고 양쪽 귀에는 큼지막한 다이아몬드 귀걸이를 했다. 다이아몬드는 아마 가짜일 테지만 덕분에 힙합 스타처럼 보였고 그게 정확히 소년이 의도한 바였다. 오른쪽 눈썹에 세로로 스크래치 두 개를 낸 이유도 그 때문이었다.

리디아는 고개를 돌리지 않는다. 하지만 사냥꾼처럼 시야 가장자리에서 그 애의 모든 움직임을 감지할 수 있다. 판판한 챙이 달린 검은 야구 모자를 들어 올리고 이마를 긁거나, 기차 지붕 가장자리로 몸을 살짝 내밀어 침을 뱉거나, 생수병 뚜껑을 비틀어 열어 물을 마시는 행동 모두를. 저 소년은 리디아의 불안을 느낄 수 있을까? 태연한 척하는 그녀의 연기는 생물학적으로 아무 효과도 없을까? 그녀의 몸에서 경보 페로몬이 분출되는 걸 저 소년은 느낄 수 있을까? 둘 사이에는 갑자기 동물적인 연대감이 생긴다. 탁 트인 벌판을 따라 곧게 뻗은 선로가 쭉 펼쳐지면서 소년이 자리에서 일어나 다가오자 리디아 역시 몸이 반응하는 걸 느낄 수 있다. 심장 박동이 빨라지고, 동공이 커지며, 루카를 잡은 손에 힘이 들어가고, 몸의 모든 근육이 수축하거나 실룩거리고, 살갗에 소름이 돋아 따끔거린다. 손바닥은 미끈거리고 축축하다. 리디아는 루카의 손을 놓고 바지 속 종아리에 부착된 마체테를 찾아 더듬거린다.

기차 지붕 위에서 다른 난민들을 지나 조심스럽게 다가오는 소년을 모두가 지켜본다. 누군가 움직이면 으레 모두의 시선이 향한다. 혹시 상대가 취했는지, 일탈 행동을 하려는지 살피는 것이다. 혹은 숨겨둔 칼날이 번뜩이는지도. 사람들이 특히 이 소년을 경계하는 이유는 그 애의 정체가 너무 명확하기 때문이다. 소년이 옆으로 지나갈 때마다 사람들은 그 애와 반대쪽으로 몸을 기울인다.

"식당칸이라도 찾니, 아미고?" 밀짚모자를 쓴 남자가 말한다. 그 말에 주위 사람들이 웃음을 터뜨리지만 수상쩍게 여기는 웃음이다. 저 애는 왜 혼자일까? 대체 어디에 가려는 거지?

"그냥 다리 좀 펴려고요." 소년이 대답한다.

그들은 지나가는 소년의 문신에서 눈을 떼지 않는다. 그들의 친절은 미약한 허울일 뿐이다. 대부분의 난민은 문신 속 핏방울 세 개가 무슨 의미인지 알고 있다. 저 애가 죽인 사람의 숫자다.

소년이 다가오는 동안 리디아는 작은 칼집에서 마체테를 뽑아 바짓단 밑으로 꺼낸다. 버튼을 누르자 칼날이 나오는 걸 보니 만족스럽다. 그녀가 소매 속에 마체테를 숨기는 모습을 루카가 말없이 지켜본다. 본능이 번득이며 마체테는 포기하고 대신 옆으로 지나가는 덤불을 지켜보라고, 착륙하기에 좋은 지점을 찾아내라고 리디아에게 충고한다. 기차에서 떨어져도 살아남을 만한 지점을 찾아내는 대로 루카를 던지라고 충고한다. 리디아는 몸이 그 바보 같은 충동을 무턱대고 따르지 못하도록 손을 뻗어 루카의 다리를 잡는다. 책상다리를 한 루카의 발에 중력을 가하며 캔버스 벨트로 몸을 묶어둬서 다행이라고 생각한다. 그들에게 소년의 그림자가 드리운다. 리디아는 고개를 들지 않는다.

"어이, 내가 아는 얼굴 같은데." 소년이 말한다.

소년은 리디아와 두 자매 사이의 좁은 틈으로 비집고 들어와 앉는다. 리디아는 이미 몸을 잔뜩 움츠리고 있지만 더 움츠릴 수 있다면 그랬을 것이다. 레베카가 그녀와 눈을 마주치려고 하지만 리디아는 일부러 그쪽을 보지 않는다. 이 일에 자매를 끌어들이고 싶지 않기 때문이다. 레베카가 옆으로 움직여 새로 온 소년에게 자리를 내주는 동안 리디아의 머리는 계속 그녀에게 도망치라고 경고하느라 지금 당장 어떻게 해야 할지 적당한 계획을 생각해내지 못한다. 그래서 리디아는 입 속에 제일 먼저 떠오른 말을 내뱉는다.

"난 모르겠는데. 근데 우리 아들이 한참 전에 널 본 적이 있다고 하더구나. 멕시코시티 외곽에서." 리디아는 우에우에토카에서 만났다는 얘기는 일부러 하지 않는다. 소년이 그곳 쉼터에서 쫓겨난 일을 기억해내고 화를 낼지도 모르기 때문이다. 그녀의 몸은 총알이 발사되기 직전의 권총 같다.

"아, 그래요?" 소년이 루카에게 몸을 내밀며 미소를 짓자 리디아는 어리둥절하다. 왜 이런 잡담을 나누는지 이해할 수 없다. 만약 저 애가 시카리오라면 왜 여기 털썩 주저앉아 수다를 떤단 말인가. 그리고 저 옷 속 어디에 무기가 있단 말인가. "안녕, 친구. 모자가 멋지다." 소년이 루카에게 그렇게 말하더니 빨간색 야구 모자 차양을 만지려고 손을 뻗는다. 하지만 루카는 그가 만지지 못하도록 몸을 뒤로 뺀다. "어쨌든 난 로렌소예요." 소년은 그렇게 말하며 리디아에게 손을 내민다. 누군가와 악수하기가 이토록 싫었던 적은 처음이지만, 그래도 리디아는 가볍게 악수하고 얼른 손을 빼서 다시 마체테를 숨겨둔 소매를 붙잡는다. "아줌마는요?"

많아야 열여덟이나 스무 살로밖에 안 보인다고 리디아는 생각한다. 그런데도 어쩌면 저렇게 말할까? 마치 이름을 말해줘야 하는 의무라도 있다는 듯이? "난 아라셀리야." 스러지는 파도를 타는 서퍼처럼 리디아는 숨결에 가짜 이름을 섞어서 내뱉는다.

로렌소는 고개를 젓는다. "아닐걸요."

리디아는 입술 안쪽을 깨문다. 과연 자신이 다른 사람을 칼로 찌를 수 있을지 한 번이라도 의문을 가졌다면 이제 그 의문은 사라진다. "뭐라고?"

"아줌마 이름은 아라셀리가 아니라고요."

리디아가 유일하게 할 수 있는 행동은 부드럽게 코웃음을 치는 것뿐이다. 루카가 그녀에게 몸을 기댄다. 로렌소가 주머니에 손을 넣자 리디아는 몸을 어찌나 웅크렸는지 떨기 시작한다. 놈의 목에 칼을 쑤셔 넣을 것이다. 하지만 안 된다. 위치가 나쁘다. 힘을 쓸 수 없다. 로렌소를 죽일 수 있을까? 아니면 그저 상처만 입혔다가 괜히 로렌소에게 그녀의 살인 미수를 앙갚음하도록 부추기는 건 아닐까? 기차에서 뛰어내리는 게 나을 것이다. 그녀가 껍질처럼 루카를 감싸면 적어도 이번에는 루카가 살아남을 것이다. 빠르게 달리는 기차에서 뛰어내린다. 하지만 그녀가 죽고 난 후에도 루카가 살아남을 수 있을까? 리디아에게 자신을 희생할 기회는 한 번뿐이다. 그 후에 루카는 영원히 혼자다. 리디아는 결정할 수 없어서 몸을 실룩거린다. 소매 속에 숨긴 마체테의 손잡이를 돌린다. 손바닥에 닿는 손잡이가 차갑다. 하지만 주머니에서 나오는 로렌소의 손에는 휴대전화만 들려 있다. 권총도, 칼도 없다. 로렌소는 휴대전화 잠금장치를 해제하고 앨범으로 들어가 스크롤을 내린다.

리디아의 호흡이 가빠진다.

"이거 아줌마 맞죠?" 로렌소는 리디아가 볼 수 있도록 전화를 돌린다. 전화 속에는 하비에르가 책방에서 리디아와 함께 찍은 셀카가 있다. 둘은 계산대 양쪽에 서서 상대에게 몸을 기울여 관자놀이를 맞대고 있다. 리디아는 카메라를 똑바로 바라보고 있지만 하비에르는 얼굴을 살짝 안으로 돌려 리디아를 보고 있다. 리디아는 하비에르가 저 사진을 찍었던 날을 기억한다. 하비에르는 딸 마르타에게 셀카 잘 찍는 법을 완벽히 배워왔다고 했고 둘은 함께 정신없이 웃었다.

"리디아 키사노 페레스, 맞죠?" 옆에 앉은 소년이 말한다.

리디아는 입술을 입안으로 말아 넣고 목을 한 번 돌린다. 하지만 그 행동은 전혀 로렌소의 주장을 반박하지 못한다. 로렌소는 리디아의 얼굴 옆에 전화기를 대고 그녀가 사진 속 여자와 얼마나 닮았는지 살핀다.

"맞네, 맞아. 선남선녀시네요." 로렌소는 그렇게 말하더니 기묘하게 진심 어린 목소리로 말한다. "가족분들 일은 안 됐어요."

엔진이 선로를 따라 칙칙폭폭, 철커덩철커덩하는 수천 톤의 강철을 끌고 가면서 천천히 포효하는 정적이 이어진다. 선로 위에서 바퀴가 비명을 지르고, 강철끼리 부딪치며 신음하고, 차량 사이의 연결기가 덜컹 삐걱 끼익 소리를 낸다. 그런 정적이 몇 초간 흐른 뒤에야 리디아는 말문이 열린다.

"원하는 게 뭐야?"

로렌소는 휴대전화를 끄고 다시 주머니에 넣는다. "내가 뭘 원하냐고요? 빌어먹을." 그러고는 휘파람을 분다. "다른 사람들하고 똑같죠. 좋은 집, 약간의 보석, 예쁜 여자." 그러더니 레베카를 돌아보며 미소 짓는다. 레베카는 여전히 그들 옆에 앉아 있지만 그들이 나누는 대화는 안 듣는 듯하다. 레베카는 로렌소의 시선을 피한다. 리디아는 기차 소음 때문에 레베카가 대화를 듣지 못할 거라고 생각한다. 레베카의 무릎을 베고 누운 솔레다드는 여전히 눈을 감고 있다. 로렌소는 손톱을 바라보며 물어뜯을 만한 곳이 있는지 살핀다. 리디아는 그런 로렌소를 바라보며 이번에는 더 정확히 묻는다.

"나한테 원하는 게 뭐냐고?"

로렌소는 손톱에서 아직 남아 있는 하얀 구석을 찾아내 이로 물어뜯더니 기차 가장자리 너머로 뱉는다. "없어요." 그러고는 어깨를 으쓱인다. "그냥 친절하게 대해주세요."

"그 사진은 어디서 났지?" 리디아는 콧등을 찡그리며 턱으로 로렌소의 주머니 속 휴대전화를 가리킨다.

"아줌마, 이런 말 하긴 싫지만 게레로주에 사는 사람치고 그 사진이 없는 사람은 없어요."

리디아는 숨을 헉 들이쉰다. 예상은 하고 있었지만 그녀의 두려움이 확인되는 순간이다. "날 어떻게 하래?" 리디아는 정확히 알고 싶다.

로렌소는 한쪽 입꼬리를 들어 올리며 씩 웃는다. "정말로 알고 싶어요?"

"우리가 어떤 위험에 처해 있는지 알아야 해."

로렌소는 머뭇거리더니 어깨를 으쓱이며 말한다. "당신들을 데려오라고 했어요."

놀라운 사실이다. 죽이든 살리든 보상금을 준다는 말은 할리우드 갱스터 영화에만 나오는지 모르겠지만, 리디아는 하비에르가 그렇게 말했을 줄 알았다. 그녀는 이 정보를 머릿속 하드 드라이버에 집어넣으려고 하지만 잘 들어가지 않는다. "날 죽이라고 하지 않고? 우리를 죽이라고 하지 않고?"

로렌소는 한숨을 쉰다. 이 대화는 이렇게 흘러가면 안 된다. 질문할 사람은 그녀가 아닌 것이다. "아줌마, 난 이미 너무 많이 말했어요. 나도 죽기 싫다고요."

리디아는 로렌소 옆에서 불편하게 자세를 바꾼다. 마체테 손잡이를 쥔 손바닥에 땀이 흥건하다. "그래서 네가 여기 온 거야? 우릴 데려가려고?"

어쩌면 하비에르는 자기가 직접 죽이려고 하는지 모른다. 고통스러워하는 그녀의 모습을 두 눈으로 보고 싶어 하는지도 모른다. 그녀와 루카는 절대 이 소년과 함께 가지 않을 것이다. 이 소년을 죽여야만 한다면 죽일 것이다. 설사 루카 앞이라고 해도.

"아뇨. 그런 건 게레로주에 다 두고 왔어요." 로렌소는 남쪽을 향해 팔을 흔든다.

리디아는 마체테를 쥔 손에서 힘을 빼지 않는다. "그렇구나."

"정말이에요. 난 새사람이 됐다고요." 로렌소는 그렇게 말하며 씩 웃는다. "손 씻었어요."

리디아는 저 소년의 주장이 맞는지 평가할 자격이 없다는 생각에 아무 말도 하지 않는다.

"근데 아카풀코를 어떻게 빠져나왔어요? 다들 눈이 벌게져서 아줌마를 찾고 있었어요. 무슨 마법이라도 부린 거예요? 주술사라도 돼요? 마녀?" 잠시 후에 로렌소가 묻는다.

놀랍게도 리디아는 웃음이 나지만 입 밖으로 나오는 소리는 그저 거친 숨소리다. "두려움에는 마법의 힘이 있나 보구나." 리디아는 자신이 얼마나 아슬아슬하게 탈출했는지 결코 모를 것이다. 그녀가 루카와 옆 호텔 로비에 막 들어선 그때, 하비에르의 부하 둘이 두케사 임페리알 호텔에서 그녀와 루카와 묵었던 객실의 문을 열었다는 사실을.

"그래서 이제 어디로 갈 거예요?" 로렌소가 묻는다.

"모르겠다. 아직 결정 안 했어." 리디아는 거짓말을 한다.

로렌소가 양쪽 무릎을 세우자 그가 입은 헐렁한 바지가 아래로 늘어진다. 로렌소는 양팔로 무릎을 감싸며 말한다. "난 LA로 갈 거예요. 할리우드에서 일하는 사촌이 있거든요."

"좋은 곳이지." 리디아가 말한다.

그러자 다시 기차의 정적이 이어지고 그 천둥 같은 정적 속에서 리디아는 생각한다. 저 애는 왜 미국으로 떠나는 거지? 로스 하르디네로스 소속이고 저렇게 비싼 운동화와 고급 휴대전화를 살 수 있을 정도의 돈이 있는데 어째서? 첫 번째 핏방울을, 그리고 두 번째, 세 번째 핏방울을 문신할 수 있을 정도의 실력까지 있었는데 왜 게레로주를 떠날까? 여기에는 수많은 답이 있을 수 있다는 사실을 리디아는 알고 있다. 어쩌면 살인이 싫었을 수 있다. 자신이 저지른 폭력 행위가 본인에게 달갑지 않은 영향을 미쳤을 수 있다. 밤이면 악몽을 꾸고 눈을 감을 때마다 자기가 죽인 사람들의 얼굴이 둥둥 떠다녔을 수 있다. 귀신에게 시달리고 쫓겨서 영혼이 지쳤을 수 있다. 아니면 정확히 반대일 수도 있다. 양심의 가책이라고는 털끝만큼도 없어서 로스 하르디네로스가 지키는 엉터리 도덕률마저 따를 수 없는지도 모른다. 건드려서는 안 되는 여자를 강간했을 수도 있다. 아니면 보스의 돈을 훔쳤거나. 그것도 아니면 너무 신나게 살인을 저지르고 다니는 바람에 조직에서 골칫거리가 됐을 수도 있다. 어쩌면 저 아이도 도망치는 중일 수 있다. 반대로 이 모두가 아닐 수도 있다. 저 애는 여전히 로스 하르디네로스 조직원이고 오로지 리디아를 잡기 위해 왔을 수도 있다.

무엇이 진실이든 간에 리디아는 로렌소의 존재만으로도 몸이 움츠러든다. 로렌소는 그녀의 옆에 앉아 있는 위협적인 존재다. 이제 다시 위협이 턱밑까지 다가온 느낌이다. 사방에서 그녀를 에워싼다. 리디아는 위협을 들이마시고, 그것은 예전과 똑같이 무의미하고 혼란스럽고 절대적으로 무섭다. 책방에서 하비에르를 처음 만났던 날처럼 그의 존재가 가깝게 느껴진다. 마트료시카. 하비에르는 손을 뻗어 그녀의 손을 잡았다. 리디아는 손목의 혈관을 누르는 그의 손가락이 느껴진다. 샤워실 초록색 타일 벽 너머로 시카리오가 변기에 오줌을 누는 소리가 들린다.

리디아는 이 소년이 다른 곳으로 가기를 바란다. 도망친 지 9일하고 686킬로미터가 됐는데 아무런 진전도 없다.

18

마르타

루카는 똑같은 군복을 입은 군인처럼 일렬로 정렬된 주택 단지를 좋아한다. 튼튼한 하얀색 치장 벽토를 두르고 빨간색 스페인 기와를 올린 집들은 태양을 향해 똑같은 각도로 기울어져 있다. 루카는 이렇게 개성 없는 집이 마음에 든다. 저런 집에서 엄마와 함께 살면 얼마나 좋을까. 그러면 아무도 그들을 찾아내지 못할 것이다. 루카가 싫어하는 것은 기차가 일시적으로 남쪽으로 향할 때다. 집이 그립기는 해도 제니페르 누나의 킨세아녜라가 있기 전의 삶만 그립고, 그런 삶은 이제 존재하지 않는다는 걸 알기 때문이다. 그것은 잘린 팔다리를 그리워하는 마음과 같다. 따라서 선로가 다시 서쪽으로 구부러지고, 할리스코주의 깔끔한 작은 마을 근처에서 그란데데산티아고 강 옆으로 옆걸음질 쳐서 마침내 북쪽으로 향하자 루카는 마음이 놓인다.

　도시가 점차 모습을 드러내면서 대도시에서 본 익숙한 풍경이 나타난다. 일손을 멈추고 지나가는 난민들에게 손을 흔드는 음식 노점상 주인. 빨래줄에 드문드문 걸려 화창한 바람에 펄럭거리는 알록달록한 옷들. 학교 운동장 담을 따라 모여 있는 불량한 아이들. 하지만 막상 도심은 나오지 않고 갑자기 모든 게 사라지면서 옥수수밭, 옥수수밭, 옥수수밭이 이어진다. 이런 과정이 다시 되풀이된다. 세 번. 네 번. 그러다 마침내 의심의 여지 없이 과달라하라가 등장한다.

과달라하라: 멕시코에서 두 번째로 큰 도시. 할리스코주의 주도. 인구는 150만 명.

각 열차 지붕 위에서 난민들이 내릴 준비를 한다. 친구를 깨우고, 둥글게 말아서 베개로 삼았던 재킷을 배낭에 집어넣고, 서로의 배낭끈을 조여준다. 엄마는 자기 몸을 기차에 묶었던 캔버스 벨트를 풀지만 루카의 벨트는 그대로 남겨둔다. 로렌소는 같은 자리에 같은 자세로 앉아 지켜본다. 루카는 로렌소가 솔레다드와 레베카를 바라보는 눈빛이 마음에 안 든다.

"엄마." 그들과 같은 화물칸에 타고 있던 몇 사람이 사다리를 내려가 자갈길로 뛰어내릴 수 있을 정도로 기차 속도가 느려지자 루카가 엄마를 부른다.

캔버스 벨트를 감고 있던 리디아는 '왜?' 하는 표정으로 루카를 본다.

"나도 벨트 필요 없어." 루카가 말한다.

"넌 필요해."

"엄마."

이번에는 리디아가 한층 더 짜증스러운 '왜?' 표정으로 루카를 본다.

"내가 달리는 기차에 탔다가 내릴 수 있을 정도라면 이렇게 갓난아기처럼 날 묶어놓는 건 좀 바보 같은 짓 아냐?" 루카는 엄마를 향해 턱을 치켜든다. 리디아는 손으로 그 턱을 붙잡고 루카 코앞에 얼굴을 들이민다. 자신이 버릇없이 굴 때 여전히 화내는 엄마를 보니 따뜻한 욕조 물에 들어가는 것처럼 위로가 된다.

"바보 같은 짓이 아냐. 달리 선택의 여지가 없기 때문에 이 기차를 타기는 하지만 이건 굉장히 위험한 짓이야, 루카. 지난번에 남자가 떨어지는 걸 보고도……."

"알았으니까 그만해." 루카가 짜증을 내면서 엄마의 말을 자른다. 엄마의 손에 잡힌 턱을 빼내려고 하지만 엄마는 더 꽉 잡는다. 그래도 눈동자는 마음대로 움직일 수 있다. 그건 엄마도 잡지 못한다. 루카는 엄마의 얼굴에서 왼쪽 귀로 시선을 옮긴다.

"엄마 말 자르지 마. 그리고 엄마가 말할 때는 엄마를 봐." 리디아가 말한다.

루카는 계속 귓불만 바라본다.

"루카, 엄마 보라니까."

루카는 잠시 엄마의 얼굴을 바라봤다가 다시 시선을 돌린다.

"잘 들어. 지금 우리가 얼마나 미친 짓을 하고 있는지 알아. 기차에 올라타고, 낯선 곳에서 자고, 처음 보는 음식을 먹고 이 모두가 무모하고 위험한 일이야. 그리고 전에는 미처 말 못 했지만 엄마는 네가 너무 자랑스러워, 루카."

루카는 엄마의 눈을 힐끗 본다.

"정말이야. 넌 믿을 수 없을 정도로 강하고 전에는 상상도 할 수 없었던 일을 해내고 있어." 리디아가 말한다.

루카는 불현듯 이런 생각이 떠오른다. "아빠가 있었다면 뭐라고 했을까?"

리디아는 루카의 턱을 놓고 미소 짓는다. "아빠는 우리 둘 다 용 감하다고 했을 거야."

루카의 눈에 눈물이 고이지만 여기서 눈물을 보이고 싶지는 않 다. 그래서 눈물을 사라지게 한다. 리디아는 목소리를 낮춰 나직이 속삭인다. "아빠는 널 아주 많이 자랑스러워했을 거야. 엄마는 네 가 그런 일을 해낼 수 있을 줄 몰랐어, 루카. 꿈에도 몰랐지." 리디 아는 루카의 무릎을 꽉 잡고 둘의 엉킨 다리 위로 팔을 뻗어 루카 의 손을 잡는다. "하지만 넌 아직 내 아들이야. 알겠니?"

루카는 고개를 끄덕인다.

"너한테 무슨 일이 생기면 엄마는 못 살아, 루카. 지난 며칠 동안 네가 얼마나 어른스러워졌는지 알아. 하지만 네 몸은 아직 여덟 살 아이에 불과해."

"거의 아홉 살이야." 루카가 말한다.

"거의 아홉 살이지." 리디아는 동의한다. "하지만 제발 부탁이 니까 엄마 말을 들어. 절대 자만하지 마. 이 기차에서 네가 안전할 거라고 생각하지 마. 여기선 누구도 안전하지 않아. 알겠니? 누구 도." 리디아는 루카의 손을 꼭 잡는다. "허세를 부렸다가는 살아남 지 못해."

루카는 다시 고개를 끄덕인다.

속도가 줄어든 기차는 이제 평온하게 좌우로 흔들리고 솔레다드와 레베카는 기차에서 내릴 준비를 하며 머리를 묶는다. 둘은 배낭을 멘 채 셀라야에서부터 그들 앞에 앉아 있던 네 명의 남자와 이야기한다. 그중 한 남자는 이번 여행이 처음이 아니었다. 샌디에이고에서 두 번이나 추방당한 터라 세 번째로 과달라하라를 통과하는 중이다. 그가 자매에게 경고하는 걸 로렌소도 엿듣는다.

"엘 베르데에 도착하기 전에 내려야 해. 거기서 다음 역까지 반드시 걸어가야 한다." 남자가 두 자매에게 말한다.

"왜요?" 솔레다드가 양손을 머리로 올려 검은 머리카락을 돌돌 말아 단단히 고정하며 묻는다.

"이 도시 사람들은 난민들에게 친절해. 복 받을 사람들이지. 여기서는 따뜻한 환영을 받게 될 거야. 하지만 일단 경찰을 피해야 해. 엘 베르데에서 기차를 습격하거든. 경찰에게 잡히면……." 남자는 말을 멈춘 채 고개를 젓는다.

"어떻게든 안 잡혀야죠." 솔레다드가 남자를 대신해 말을 끝맺는다.

"맞아. 그리고 여럿이서 함께 다니도록 해라. 원한다면 우리랑 함께 다녀도 돼." 남자가 말한다. 남자의 친구들은 하나씩 사다리를 향해 움직이고 남자도 그 뒤를 따른다.

레베카는 지금까지 들은 정보를 재빨리 리디아에게 전하며 그들과 함께 가자고 제안한다. 리디아는 머뭇거린다. 라 베스티아에서 사람을 믿는다는 것은 지극히 위험한 일이다. 어떤 마을이든 경찰은 깡패거나 강간범이거나 도둑이거나 카르텔 조직원일 수 있다. 하지만 의심해야 할 사람은 경찰만이 아니다. 그들이 만나는 모든 사람을 의심해야 한다. 가게 주인, 길에서 음식을 파는 사람, 친절한 인도주의자, 아이들, 성직자, 심지어 같은 난민까지. 같은 난민은 더더욱 의심해야 한다. 리디아는 로렌소의 깨끗한 고급 운동화를 힐끗 쳐다본다. 전과자들이 난민 행세를 하고 기차에 타서 순진한 여행객의 신뢰를 얻어낸 다음 그들을 한적한 곳으로 끌어내 폭력을 행사하는 건 흔한 수법이다. 특히나 솔레다드와 레베카는 그런 폭력의 표적이 될 확률이 높다. 친절한 행동, 공유해준 귀중한 정보, 가슴 아픈 사연이 사실은 그저 잘 짜인 덫일 수 있다. 강도나 강간, 납치로 넘어가기 위한 전 단계일 수도 있다. 리디아의 뇌는 그녀가 결정을 내리기 전에 이 모든 점을 고려하게 한다. 하지만 시간이 없다. 기차는 계속 전진하고 사람들은 자꾸 내린다. 기차 전체가 텅 빈 듯하다.

이 네 남자는 친절해 보인다. 중앙아메리카 억양이 강하다. **아마 그쪽 출신이겠지?** 리디아는 결정을 내려야 한다. 로렌소도 그녀의 결정을 기다리고 있다. **저 애는 왜 내 결정을 기다리는 거지?** 계속 그녀의 곁을 맴도는 로렌소 때문에 리디아는 결정을 내린다. 그러고는 루카를 묶고 있던 벨트를 빼서 자신의 배낭에 넣으며 말한다.

"가자."

로렌소가 그들을 뒤따른다.

한동안 선로 한쪽은 창고가, 반대쪽은 흙과 풀과 탁 트인 하늘이 펼쳐져서 루카는 마치 어딘가의 가장자리를 걷는 듯한 느낌이 든다. 창고가 경계이고 그 너머에 더 좋은 것이 있을 것만 같다. 그들은 선로에서 벗어나지 않는다. 앞뒤로 수십 명의 난민이 함께 걸으니 마치 작은 규모의 캐러밴(중미에서 미국까지 수천 킬로미터를 걸어가는 난민 행렬. - 옮긴이) 같다. 로렌소도 근처에 있다. 딱히 그들과 함께 걷는다고 할 수는 없지만 겨우 몇 발짝 떨어져서 그들과 속도를 맞춘다. 루카는 저 형이 따라오는 게 걱정스럽지만 강렬한 냄새에 정신이 팔리고, 저 창고들 너머에 훨씬 좋은 것이 있다는 느낌이 더 강해진다.

"누나도 냄새 맡았어?" 루카가 레베카에게 묻는다.

"초콜릿?"

루카는 고개를 끄덕인다.

"아니. 맡지 마."

루카는 웃음을 터뜨린다. "어떻게 안 맡아?"

그들은 허쉬 초콜릿 공장 뒤쪽을 지나 터덜터덜 걷는다. 그게 초콜릿 공장이라는 사실도 모른 채. 루카는 꼬르륵 소리를 달래려고 주먹으로 배를 누른다. 셀라야의 난민 쉼터에서 아침을 먹은 뒤로 아무것도 못 먹었는데 지금은 늦은 오후다.

"배고프니?" 엄마가 묻는다.

루카는 고개를 끄덕인다.

"엄마도."

어느새 창고가 사라지고 콘크리트 블록으로 만든 주택들이 등장한다. 머리를 땋고 교복을 입은 소녀 둘이 나타나자 난민들은 환호한다. 한 아이의 체구가 살짝 더 크다. 한 소녀는 보조개가 들어가고 다른 소녀는 무릎에 딱지가 앉았다. 두 소녀의 엄마가 앉아 있는 근처 노점에는 음료수가 든 아이스박스와 작은 석쇠가 있다. 레모네이드와 석쇠에 구운 옥수수를 파는 노점이다. 엄마 옆에 놓인 유모차에는 통통한 아기가 잠들어 있다. 커다란 바구니도 있는데 소녀들은 그 위로 몸을 숙여 작고 하얀 종이 봉지를 한 아름 집어 들더니 축복의 말과 함께 난민들에게 봉지를 나눠준다.

"과달라하라에 온 걸 환영해요. 당신의 여행에 하느님의 축복이 함께 하시길."

무릎에 딱지가 앉은 소녀가 루카의 손에 봉지를 쥐여주더니 레베카의 손에도 쥐여준다.

"고마워." 루카가 말한다.

소녀는 깡충깡충 뛰어가서 다른 사람에게로 간다. 푸른색 격자무늬 스커트 밑단이 소녀의 갈색 다리를 스친다. 루카는 봉지를 찢는다.

"엄마! 초콜릿이야!" 봉지 안에는 허쉬 키세스 초콜릿 세 개가 들어 있다.

건물은 점점 더 많아지고 사람들은 도시락이나 장 본 물건을 든 채 선로를 건넌다. 알록달록한 배낭을 멘 아이들이 엄마의 손을 잡고 천천히 선로를 건넌다. 아이들 대다수가 리디아와 루카를 똑바로 바라보며 "신의 축복이 있기를" 하고 말하고는 미소 짓는다. 루카도 미소로 답하고 싶지만 이상한 기분이 든다. 아직 동정받는 데 익숙지 않은 것이다.

엘베르데에 도착하자 벽으로 둘러싸인 깔끔한 정원 앞에 벤치 하나가 놓여 있다. 벤치는 오렌지색과 분홍색, 노란색으로 칠해졌고 뒤쪽 벽에 이렇게 쓰인 팻말이 걸려 있다. '난민들은 여기서 쉴 수 있습니다.' 콧수염을 기르고 덩치 큰 남자가 벤치에 앉아 있다가 난민들이 다가오는 걸 보더니 자리에서 일어난다. 대머리에 카우보이모자를 눌러 쓰고는 땅에 놓여 있던 야구 방망이만 한 마체테를 집어 든다. 아직 칼집에 든 마체테를 한쪽 어깨에 올리고 선로를 향해 걸어온다.

"친구들, 오늘이 자네들에겐 행운의 날이야. 내가 함께 걸어갈 거니까." 남자는 모두가 들을 수 있도록 큰 소리로 말한다.

리디아와 루카 앞쪽에 있던 난민들은 환호하지만, 솔레다드와 레베카는 걱정스러운 표정으로 서로를 바라본다. 남자가 두 자매 옆으로 다가오더니 말한다.

"너희들이 겁을 먹는 것도 당연하지. 하지만 이 아저씨는 무서워하지 않아도 된단다."

레베카는 양쪽 엄지를 배낭끈 밑으로 밀어 넣은 채 아무 말도 하지 않는다.

"너희들 아주 멀리서 왔구나, 그렇지? 온두라스? 과테말라?"

"온두라스요." 레베카가 먼저 경계를 늦춘다.

"여기까지 오는 동안 별일 없었니?"

레베카는 어깨를 으쓱인다. 그들은 몇 분간 침묵 속에서 걷는다. 바짓단이 허공을 휙휙 가르는 소리만 들린다. 루카는 엄마의 손을 잡고 있지만 남자가 자매에게 하는 말을 들으려고 엄마의 팔을 팽팽하게 잡아당기고 있다.

"너희들에게 과달라하라가 행복한 기억으로 남았으면 좋겠구

마르타

나." 남자는 미소를 짓고, 자신을 바라보는 루카와 눈이 마주친다. 덩치가 어찌나 큰지 저 마체테를 이쑤시개로 쓸 수 있을 듯하다. 루카는 겁을 먹고 다시 엄마 옆으로 간다. "아저씨 이름은 다닐로야. 너희들 목적지가 어디든 거기 도착해서 일자리와 좋은 집을 구하고, 잘생긴 미국 남자를 만나서 결혼하고, 아이도 낳아서 살다가 어느 날 할머니가 되어서 손자를 재우려고 침대에 눕혔을 때 아이에게 이렇게 말해주렴. 옛날 옛날에 과달라하라에서 다닐로라는 좋은 아저씨를 만났고, 아저씨가 너와 함께 걸어주었고, 얼간이들이 얼씬도 못 하도록 마체테를 휘둘렀다고."

그 말에 레베카는 자신도 모르게 웃음을 터뜨린다.

"봤지? 나 그렇게 나쁜 사람 아니야."

솔레다드는 여전히 걱정스러운 표정이다. "그 얼간이들이 다 어디 숨어 있죠?"

"아, 꼬마 친구." 다닐로는 얼굴을 찌푸린다. "유감스럽게도 곧 잔뜩 만나게 될 거다."

솔레다드는 눈썹을 치켜세우지만 대답하지 않는다.

"이 도시에는 좋은 놈, 나쁜 놈, 이상한 놈이 있어." 다닐로가 말한다.

"그리고 아름다운 사람도요." 로렌소가 그렇게 덧붙이며 자매들을 향해 손을 뻗는다.

리디아는 움찔한다. **이 아이는 왜 계속 우리를 따라오는 거지?** 로렌소는 바로 뒤에서 이야기를 모두 듣고 있다. 리디아는 로렌소의 말에 몸을 떨고 자매는 본능적으로 더 가깝게 붙어 선다. 다닐로는 로렌소가 아무 말도 안 했다는 듯이 말을 잇는다.

"여기서 난민 쉼터까지는 멀고 온갖 위험이 도사리고 있지."

"어떤 위험이죠?" 리디아가 묻는다.

"뻔하죠. 경찰, 철도청 직원, 보안 요원. 특히 너희 둘은 위험해." 다닐로는 자매를 슬쩍 바라본다. "라스훈타스까지는 선로만 따라가는 게 좋아. 라스 훈타스에 도착하면 시내로 들어가서 쉼터로 가거라. 곳곳에 표지판이 있어. 아니면 가게 주인들이 알려줄 거다. 누가 너희들을 쉼터로 데려다주겠다고 하면 절대 따라가지 마라. 누가 너희들에게 일자리나 머물 곳을 주겠다고 해도 절대 따라가면 안 돼. 너희들에게 말을 거는 사람이 있으면 그들과 이야기하지 마라. 쉼터를 못 찾겠으면 가게 주인들에게만 물어보거라. 라 피에드레라까지는 내가 데려다주마. 몇 킬로미터 안 돼."

"왜요?" 솔레다드가 묻는다.

"왜라니?"

"왜 우리를 데려다주는 건데요?"

"안 될 건 또 뭐냐. 난 적어도 일주일에 세 번씩 난민들과 함께 걷는다. 취미야. 운동도 되고."

"하지만 아저씨 말대로 위험하다면 왜 하시는 거예요? 그래서 얻는 이득이 뭔데요?"

다닐로는 눈이 살짝 튀어나와서 대화 중에 눈빛을 감추기가 불가능하다. 루카는 솔레다드의 질문에 다닐로가 화나지 않았다는 걸 알 수 있다. 솔레다드가 의심하는 게 당연하다는 눈빛이다. "내가 진실을 말해주마." 다닐로는 그렇게 말하더니 엄지와 검지로 콧수염을 쓰다듬으며 잠시 뜸을 들인다. "사춘기 때 트럭을 훔친 적이 있어. 아버지가 근무 중에 사고로 돌아가셨거든. 나는 사장이라는 놈에게 화가 나서 그자의 트럭을 훔쳐버렸지. 그러고는 아버지가 쓰던 망치로 차창을 다 깨버리고 헤드라이트도 부쉈어. 그다음에는 칼로 타이어를 그어버리고 트럭을 몰아 시궁창에 처박아버렸단다."

"그럴 만한데요." 레베카가 말한다.

"석 달 동안 술을 마시고 슬픈 나머지 끔찍한 짓들을 저질렀어. 그런데도 한 번도 잡히지 않았고 하느님은 나 같은 죄인에게도 좋은 삶을 살게 해주셨지. 이게 나의 속죄란다. 난 우리 동네를 지나가는 난민들을 지키는 수호 악마야. 내가 난민들을 보호하지."

솔레다드는 다닐로를 올려다보고 한쪽 눈을 가늘게 뜨면서 그의 표정에 거짓말하는 기색이 있는지 살핀다. 하지만 찾을 수 없다. "좋아요."

다닐로가 웃는다. "좋아?"

"네, 좋아요." 솔레다드는 그렇게 말하고 몇 분간 다시 침묵이 흐른다.

"곤란해진 적은 없나요? 나쁜 놈들에게 맞았다든가, 그런 거요." 뒤에서 로렌소가 묻는다.

다닐로는 어깨에 올려둔 마체테를 내리지 않은 채 로렌소를 돌아보며 말한다. "이젠 없어."

로렌소는 고개를 끄덕이며 양손을 주머니에 찔러넣는다. "멋지네요, 네."

루카가 다닐로 그리고 두 자매와 이야기하자 리디아는 뒤로 처져서 로렌소와 나란히 걷는다. 리디아는 로렌소가 싫으면서도 그 애에게서 정보를 얻어낼 수 있을지도 모른다는 사실에 끌린다. 로스 하르디네로스와 연합한 카르텔이 어디인지, 그녀의 정체가 발각될 가능성이 가장 큰 루트가 무엇인지 로렌소가 알 수도 있다. 하지만 어떤 질문을 생각해내든 로렌소를 비난하는 것처럼 들리는 터라 선뜻 말문을 열지 못한다. 그러다 마침내 질문 하나를 꺼낸다.

"넌 어쩌다 혼자 여행하게 됐니? 게레로주에 가족이 없어?"

"네, 없다고 할 수 있죠." 로렌소는 선로 옆에서 마른 풀잎 하나를 뽑아서 입꼬리에 문 채 말한다. "몇 년 전에 엄마가 재혼했는데 새아빠가 날 별로 안 좋아해요. 그래서 따로 살죠."

리디아는 로렌소를 힐끗 본다. "너 몇 살이니?"

"열일곱 살요."

리디아가 생각했던 것보다 어리다. "그럼 몇 살 때쯤에 집을 나온 거야?"

발을 바라보던 로렌소는 고개를 들어 입에 문 풀잎을 잡아 뜯는다. "몰라요. 열셋? 열넷? 어쨌든 혼자 살 수 있는 나이였어요." 리디아는 반박하지 않으려고 조심하지만 그래도 로렌소는 그녀의 마음을 알아차리고 대꾸한다. "세상 모든 엄마가 아줌마 같은 건 아니라고요. 자식따위 안중에 없는 엄마도 있어요." 그러고는 풀잎을 발치로 버린다.

"유감이구나." 리디아가 말한다.

"상관없어요. 그딴 거 하나도 안 중요해요." 로렌소는 배기바지

마르타

주머니에 양손을 걸친다. "같은 카르텔에 있던 친구와 함께 가는 중이었어요. 그 녀석도 그만두고 싶어 해서 함께 떠났죠. 그러다 멕시코시티에서 헤어졌는데 그 뒤로 소식이 없어요."

"하지만 너한테 휴대전화가 있잖아."

"네, 하지만 그 새끼 휴대전화가 정지됐거든요."

"아."

두 사람은 몇 분간 말없이 걷다가 로렌소가 입을 연다. "헤페의 딸이 그렇게 된 건 유감이에요. 하지만 아무리 그래도 그렇지, 헤페가 아줌마 가족에게 한 짓은 너무했어요. 완전 미친 짓이라고요."

리디아는 얼굴을 찡그린다. "뭐라고?"

"라 레추사요. 라 레추사가 아줌마 가족에게 한 짓은 도가 지나쳤어요. 뉴스에서 킨세아녜라 드레스를 입은 그 여자애를 봤을 때······."

그 여자애. "내 조카야."

"그러니까요."

"내 대녀이기도 하지. 제니페르."

"네, 이미 카르텔에서 나와야겠다고 생각하고 있기는 했지만 나한테는 그 뉴스가 결정적이었어요. 그건 완전히 미친 짓이라고요."

리디아는 로렌소와 이런 이야기를 하는 게 힘들다. 로렌소에게 그들은 그저 시신이자 뉴스 속 이방인, 그가 직접 죽였던 사람들과 같은 사람들일 뿐이다. **킨세아녜라 드레스를 입은 그 여자애.** 그때 다른 말이 리디아의 마음에 걸려 그쪽으로 화제를 돌린다.

"딸이 어떻게 됐다고?" 리디아가 묻자 로렌소는 어리둥절한 표정이다. 리디아는 다시 정확하게 묻는다. "하비에르의 딸 말이야. 라 레추사의 딸. 딸이 그렇게 된 건 유감이라고 했잖아."

"네? 그 얘기 못 들었어요?"

"뭘? 딸한테 무슨 일이 생겼는데?"

신문에 세바스티안의 기사가 실린 날, 하비에르는 정체된 아카풀코의 아침 도로에서 운전사가 모는 자동차 뒷좌석에 앉아 그 기사를 읽었다. 하비에르는 평생 자신에게 닥칠 사건과 그 결과를 예측할 수 있는 기이할 정도의 능력을 발휘하며 살았다. 열한 살 때 아버지가 결장암에 걸리자 하비에르는 아버지가 곧 돌아가실 것을 알았다. 현모양처였던 어머니가 아버지의 죽음을 잘 받아들이지 못할 것이며 술과 새 남자들로 슬픔을 달랠 것이라는 사실도 알았다. 그래서 일찌감치 엄마가 자신을 버릴 것을 예측했고 실제로 그렇게 되었을 때도 잘 받아들였다. 이 재능 덕분에 하비에르는 웬만해서는 평정심을 잃지 않았다. 세상에 그를 놀라게 할 일은 없었다.

따라서 이런 기사가 날 줄 몰랐다는 것은 하비에르답지 않은 일이었다. 자신이 리디아를 너무 아낀 나머지 이런 일이 불가피하다는 걸 몰랐던가 싶었고, 그럴지도 모른다고 생각하니 리디아에게 살짝 화가 치밀었다. 기사를 읽기 전부터 그리고 평소처럼 차분하게 기사를 읽고 난 후 기자 이름이 익명으로 되어 있는 걸 보고도 하비에르는 이 기사를 쓴 사람이 리디아의 남편일 거라고 짐작했다. 세바스티안은 마약 카르텔 쪽을 잘 아는 기자로 유명했다. 처음에는 자신의 반응을 살펴볼 필요도 없었다. 기사를 읽고 별다른

마르타

감정이 들지 않았기 때문이다. 오히려 하비에르는 이 기사가 자신의 삶을 꽤 정확히 묘사했다고 생각했다. 물론 사소하지만 틀린 정보도 몇 개 있어서 한두 개의 사례는 과장되었다. 하비에르가 받아들일 수 있는 이상으로 정당한 비난이 많기는 했지만, 그 정도는 예상했다. 그런 세부 사항을 넘어서면 세바스티안은 아카풀코에서 활약하는 로스 하르디네로스의 본질을 제대로 이해하고 있었다. 그리고 뜻밖에 자신의 시가 실린 것을 보고 하비에르는 당황하면서도 기뻤다. 아마도 리디아가 남편에게 전해줬으리라. 리디아는 그 시를 외웠을까? (그렇게 생각하면 우쭐해졌다.) 순간적인 판단 착오로 휴대전화를 꺼내 몰래 시를 찍어뒀을까? 비록 시는 그의 비밀스러운 면을 드러내기는 해도 동시에 인간성을 잘 보여준다고 하비에르는 생각했다. 사람들은 그를 사랑하게 될 터였다. 신문을 접어 햇살이 떨어지는 옆자리에 내려놓았을 때 하비에르는 미소를 짓지도, 인상을 쓰지도 않았다.

대신 이 기사가 미래에 미칠 영향을 예상해보았다. 파문이 일 것은 당연했고, 더는 평범한 사람으로 살 수 없었으며, 자유는 영원히 침해받을 터였다. 언젠가는 이런 날이 올 줄 알고 있었다. 이렇게 빨리 다가올 줄은 몰랐지만 결국에는 적응할 것이다. 최악의 경우라고 해봐야 성가신 정도다. 어쩌면 재미있을 수도 있다. 언론이 로스 하르디네로스 같은 신생 카르텔에 이렇게 관심을 보인 적은 처음이었다. 엘 차포 구스만이나 파블로 에스코바르(각각 멕시코와 콜롬비아 출신의 마약왕으로 가난한 사람들을 위해 무상으로 아파트를 지어주는 등 각종 복지를 제공했다. - 옮긴이)도 몇 년에 걸쳐 명성을 쌓은 후에야 평범한 사람들에게 이름이 알려졌고, 그들이 처참하게 몰락한 후에도 여전히 많은 사람이 자비롭고 전설적인 인물이었던 그들을 사랑한다.

유일하게 하비에르를 불안하게 만든 것은 리디아, 그가 사랑하는 리디아가 그의 신뢰를 버리고 남편에게 시를 주었을 거라는 추측이었다. 그것은 예상치 못한 배신이었고 그 때문에 가슴이 위험할 정도로 빨리 뛰었다. 하지만 어쩌면 리디아가 배신한 게 아닐지도 모른다. 어쩌면 좋은 의도로, 그의 진짜 자아를 인정하는 차원에서 시를 줬을 수 있다. 시가 선물이었을 수 있다.

리디아는 누구 못지않게 하비에르를 잘 알았다. 기사를 읽은 그의 첫 반응은 정확히 그녀가 예측한 대로였다.

같은 시간에 몇 킬로미터 떨어진 도심 외곽, 온종일 반짝이는 터키색 바다를 내려다볼 수 있는 전망을 자랑하는 대농장에서 하비에르의 부인 역시 기사를 읽고 있었다. 그녀는 평생 한 번도 아름다웠던 적이 없지만 한때는 미인이었던 것처럼 보이려고 무척 노력했다. 그래서 머리카락은 은발로 염색하고, 공들인 마스카라와 우아한 색의 립스틱을 바르고, 과학적으로 보정해주는 비싼 속옷으로 가슴을 끌어 올리고, 끝을 사각형으로 자른 반짝이는 손톱은 원래 색보다 딱 한 단계만 더 짙은 분홍색 매니큐어를 발랐다. 담배를 끊은 지 거의 3년이나 됐지만 지금은 담배를 피우고 있었다. 떨리는 멘솔 담배 끝에서 연기가 구불구불 피어올랐다. 그녀에게도 이름이 있었지만 그 이름으로는 거의 불리지 않았다. 대신

'엄마' 혹은 '나의 여왕' 혹은 '부인'으로 불렸다. 매일 조용한 슬픔이 새롭게 모습을 드러내는 동시에 이제는 세상 어떤 것도 자신을 놀라게 할 수 없다고 믿는 나이가 되었다. 그녀가 담배를 피우려고 입술을 내밀자 입가 주위로 가는 주름이 생겼다. 담배 필터에 황금색과 산호색이 섞인 립스틱이 묻었고, 한쪽 어깨 너머로 연기를 내뱉었다. 긴장한 가정부가 소리 없이 다가와 그녀가 들고 있는 잔에 커피를 따랐다. 얼룩덜룩한 푸른색 지평선 위로 갈매기들이 끼룩거렸고 부겐빌레아꽃이 노래했다. 하지만 그녀는 말없이 앉아서 세바스티안이 쓴 기사를 세 번째로 다시 읽었다. 심란했다. 마음속 깊이 눌러둔, 질식해서 죽은 양심과의 격투가 흰 종이에 검은색 볼드체로 버젓이 실려 있는 것을 보니 불안했다. 그녀는 끝내 마음을 진정하지 못했다. 그날 오후, 딸 마르타는 바르셀로나 기숙 학교에서 전화해 간단한 질문 하나로 그녀를 파괴해버렸다. "엄마, 이 기사 사실이야?" 그 순간 딸을 달래주지 못했기 때문에 그녀는 그 후에 일어난 일이 자신의 탓이라고 영원히 자책하게 된다.

사흘 후 제니페르의 킨세아녜라가 있기 전날, 기숙 학교 학장은 전화로 마르타가 자살했다는 소식을 전해주었다. 마르타는 방 에어컨 통풍구에 룸메이트의 스타킹으로 목을 맨 채 발견되었다. 유서는 오로지 아버지에게만 남겼다.

"한 사람 더 죽어도 별로 상관없겠죠."

19

엘메르

과달라하라 외곽에서 리디아는 초콜릿 향을 들이마시며 우뚝 멈춰 선다. 한 손을 들어 올려 입을 막는 리디아를 로렌소가 돌아본다.

"네, 그러니까 헤페의 딸이 아줌마 남편이 쓴 기사를 읽은 모양이에요."

"맙소사." 리디아가 말한다.

"몰랐어요?"

리디아는 말문이 막힌다.

"누군가 딸에게 기사를 보냈고 기사를 읽은 딸은 충격을 받아서 자살한 거죠. 아빠에게 유서를 남기고요. 완전 꼬여버렸어요." 소년 시카리오가 말하는 동안 리디아의 마음은 열심히 조각을 맞춘다. "그래서 헤페의 꼭지가 돈 거죠. 아줌마가 자기를 배신했다고, 이 모두가 아줌마 남편의 책임이니까 대가를 치르게 하겠다고 했어요. 완전 제정신이 아니었죠."

"잠깐만." 왜냐하면 리디아의 뇌가 정지했기 때문이다. 너무 꽉 찼다. **마르타.** 기억이 하나씩 의식 속으로 떠오르더니 비눗방울처럼 터져버린다. 책방에 온 하비에르는 시험을 앞둔 마르타와 화상 통화를 했다. 마르타는 시험을 걱정했고 하비에르는 그런 딸을 격려해주었다. 또 쉰 살 생일 선물로 마르타에게서 스카이 콩콩을 받았다고 웃으며 말했다. 딸을 기쁘게 해주려고 스카이 콩콩을 탔다가 등에 경련이 일었다고 했다. 마르타를 낳은 것만이 인생에서 유일하게 잘한 일이라고 했다. 내 하늘이자 달 그리고 모든 별. 달갑지 않지만 리디아는 마음이 아팠다.

"몰랐다고? 아빠가 카르텔 두목이라는 걸 딸이 모른 거야?"

"그런가 봐요."

"어떻게 모를 수가 있지?" 너무 터무니없는 일이지만 리디아는 곧 자신의 위선을 깨달았다. 그녀 역시 몰랐다. 첫 번째 도미노 패가 흔들거리며 쓰러지자 한꺼번에 이해가 된다.

로렌소는 어깨를 으쓱인다. "나도 몰라요. 하지만 헤페는 아줌마 가족에게 말 그대로 피의 복수를 했죠. 로스 하르디네로스의 기자 회견이나 마찬가지였어요. 보통 지령이 떨어지면 최소한의 정보만 주어져요. 기껏해야 죽여야 할 사람들의 이름 정도죠. 하지만 그땐 달랐어요. 도시 사람들 모두가, 게레로주 사람들 모두가 그 사연을 알게 됐죠."

리디아는 다시 발을 떼지만 머리는 몸에서 분리된 모터처럼 미친 듯이 돌아간다. 그녀는 생각지도 못한 기습 공격을 당했다. 지금까지 수백 킬로미터를 도망치는 동안 머릿속에서 부질없고 바보 같은 후렴구가 계속 돌아갔다. **이럴 리 없어. 도저히 있을 수 없는 일이야.** 리디아는 하비에르를 오판했다. 무언가를 놓쳤다. 기사가 나오기 전날 밤에 세바스티안과 나눴던 대화를 수천 번 되돌려봤다. 세바스티안은 만약을 대비해 며칠간 호텔에서 지내야 하지 않겠냐고 물었다.

"아니. 괜찮을 거야." 리디아는 그렇게 말했다.

"100퍼센트 확신해?"

"응. 100퍼센트."

그 말이 리디아의 뇌리를 떠나지 않았다. 매일 밤 잠 속까지 따라왔다. 인정사정없이 배를 뒤틀었다. 리디아는 온갖 사소한 이유로 호텔에 가고 싶지 않았다. 루카를 집 아닌 다른 곳에서 지내게 하고 싶지 않았다. 루카가 학교를 빠지는 게 싫었고 책방 문을 닫는 것도 싫었다. 일상이 깨지는 게 싫었다. 그리고 하비에르가 그들을 해치지 않을 거라고 진심으로 믿었다. 세바스티안과 함께 있었던 그 순간으로 돌아가 다른 대답을 할 수만 있다면, 그 말을 다시 주워 담고 지울 수만 있다면 리디아는 무엇이든 내놓을 것이다. 100퍼센트라니. 그 얼마나 주제넘고 무모한 발언인가! 당연히 만약의 사태를 모두 예상할 순 없다. 하지만 왜 그 사실을 좀 더 일찍 깨닫지 못했을까? 일이 이렇게 될 거라고 예상하지는 못했어도 예상 밖의 일이 일어날 수 있다는 건 예상했어야 했다. **왜, 왜, 왜?** 그녀의 몸은 금이 간 유리 같다. 사실 이미 깨졌지만, 그저 일시적인 중력의 속임수 덕분에 그대로 붙어 있을 뿐이다. 한 번만 잘못 움직여도 그녀는 박살 날 것이다.

마르타의 죽음은 모든 걸 바꿔놓았다. 당연하다. 모든 게 바뀌었다. 충격 너머로 여러 감정이 서로 경쟁을 벌이며 치솟아 오르지만

엘에르

리디아는 그 모두를 차단해버린다. **절대 안 돼.** 그녀는 하비에르의 죽은 딸에 대해 아무런 감정도 느끼지 않을 작정이다. 아니, 그 이름조차 입에 올리지 않을 것이다. 하비에르의 고통은 외면할 것이다. 하비에르가 두케사 임페리알 호텔로 보냈던 쪽지가 생각난다. **당신과 나의 고통을 정말로 유감스럽게 생각해. 우리는 이 슬픔으로 영원히 하나가 되었어.**

아냐.

아냐.

하비에르의 슬픔은 그녀와 같지 않다. 리디아는 하비에르에게 공감하지 않을 것이다. 분노할 것이다. 무의미하게 죽은 가족을 생각하며 분노할 것이다. 하비에르가 그녀에게 만들어준 분노에서 빠져나오지 않을 것이다. 대신 걸을 것이다. 하비에르를 뒤에 남겨둔 채 살해된 가족 열여섯 명의 이름을 반복해서 부를 것이다. 모두 다 아무 죄도 없는 사람들이다. 특히 세바스티안은. 그는 자기 소임을 다한 고귀한 사람이다.

리디아는 그들의 명단을 작성해서 이름을 부르고 또 부르며 기억할 것이다. 세바스티안, 제미, 알렉스, 제니퍼, 아드리안, 파울라 아르투로, 에스테파니, 니코, 호아킨, 디아나, 비센테, 라파엘, 루치아, 라페엘리토. 그리고 엄마. 다시 반복. 남편, 언니, 두 조카, 이모, 두 사촌, 그들의 아름다운 아이들. 그리고 엄마. 리디아는 계속 그들의 이름을 부를 것이다.

곁에서 로렌소가 뭐라고 말하지만 그 목소리는 리디아의 암송 뒤로 물러난다. 로렌소에게서 떨어지고 싶다. 그래서 대신 루카 옆으로 가서 아이의 따뜻한 손가락을 꽉 잡는다.

그들은 사람들로 좀 더 붐비는 동네를 지난다. 호기심 많은 개
가 있고, 아이들은 자전거를 타고, 여자들은 유모차를 민다. 하얀
카우보이모자를 쓴 남자가 늙은 조랑말을 타고 가면서 휴대전화로
통화하는 걸 보고 루카는 웃음을 터뜨린다. 자매와 비슷한 나이로
보이는 여자애들이 선로 부근에 두세 명씩 짝을 지어 서 있다. 엄
마 속옷처럼 생긴 옷을 입고 하얀색 하이힐이나 무릎까지 올라오
는 부츠를 신었다. 입술에는 형광빛이 도는 분홍색 립스틱을 발랐
다. 여자애들은 중앙아메리카 억양이 들어간 스페인어로 지나가는
남자들을 부른다. 남자들에게 함께 맥주를 마시자거나 담배를 피
우자거나 쉬었다 가라고 조른다. 루카는 그들의 외모와 옷차림이
어딘가 이상하다는 걸 알고 있다. 다들 한창 바쁜 시간에 너무 나
른해 보이는 자세도 어딘가 부적절하다는 걸 알고 있다. 하지만 무
슨 일이 벌어지고 있는지는 모른다. 슬픈 표정으로 고개를 저으며
시선을 피하는 남자들과 음흉한 시선으로 여자아이들을 바라보며
휘파람을 불다가 그들과 함께 컴컴한 입구로 들어가는 남자들의
차이를 이해하지 못한다. 엄마에게 물어보지만 엄마는 고개를 저
으며 손을 꽉 잡을 뿐이다.

제복을 입고 모여 있는 남자들을 몇 번 마주치기도 한다. 제복
입은 남자들은 난민들이 지나가는 걸 알아차리고 흥분하지만 그
럴 때마다 다닐로는 어깨에 올리고 있던, 여전히 칼집에 든 마체테
를 내려서 옆으로 휘두르며 걸어간다. 다닐로는 춤이라고 해도 될

법한 복잡한 스텝을 밟으며 노래를 부른다. "과달라하라, 과달라하라! 그대는 시골 아가씨의 영혼을 지녔고 아침에 핀 깨끗한 장미의 향기가 나지." 제복 입은 남자들은 다닐로를 발견하고 관심을 다른 데로 돌린다. 라피에드레라에 도착할 때까지 다닐로 덕분에 목숨을 일곱 번은 구한 듯하다. 리디아는 다닐로의 손을 잡고 고맙다고 말하지만, 그는 그저 어깨를 으쓱이며 앞으로도 안전한 여행을 하기 바란다고 말한다. 그러고는 뒤돌아 그들이 온 방향으로 어슬렁어슬렁 걸어간다. 멀어지는 다닐로에게서 노랫소리가 들린다. "그대는 막 물을 머금은 흙의 맛."

"아저씨가 엘 노르테까지 우리랑 함께 가주면 좋겠다." 다닐로의 뒷모습을 바라보며 레베카가 솔레다드에게 말한다.

"내가 너희들을 돌봐줄 수 있어." 로렌소가 대꾸한다.

두 자매는 고개를 돌려 로렌소를 바라본다.

"필요 없어. 우리끼리도 충분해. 그래도 말은 고마워." 레베카가 말한다.

로렌소는 어깨를 으쓱인다. 하지만 솔레다드는 이 촐로(스페인계와 아메리카 원주민 피가 섞인 라틴 아메리카인. - 옮긴이)가 참을 수 없이 싫은데다 원래 돌려서 말하는 데 소질이 없다. 그래서 로렌소에게 몸을 돌리고 말한다.

"넌 아직 거기 있어? 우리가 함께 가자고 하기라도 했어? 난 그런 기억이 없는데."

"젠장, 뭘 그리 빡빡하게 굴어? 어차피 목적지가 같은 거 아냐?"

"그래?"

"과달라하라가 네 거라도 돼?"

솔레다드는 몸을 돌려 레베카에게 말한다. "가자."

두 자매는 걷기 시작하고 루카는 그들을 따라간다. 리디아는 움직이지 않는다. 로렌소는 지금 당장이라도 주머니 속 휴대전화를 꺼내 하비에르에게 전화할 수 있다. 리디아의 목을 부러뜨리고 사진을 찍어서 거액의 현상금을 탈 수 있다. 리디아를 죽이고 로스 하르디네로스의 영웅이 될 수 있다. 하지만 거들먹거리는 카르텔 조직원이라는 방패 이면에 로렌소도 그저 겁에 질린 소년이 아닐까? 살기 위해 혈혈단신으로 도망치는 소년. 그리고 로렌소가 정말로 그들을 죽이지 않을 거라면 도움이 될 만한 정보를 더 많이 알아낼 수 있을지도 모른다. 리디아는 로렌소에게서 이미 많은 정보를 얻었고 좀 더 그 애와 이야기하고 싶다. 더 많은 정보를 캐내고 싶다. 루카와 두 자매는 모퉁이를 돌면서 리디아를 바라본다. 루카는 레베카의 손을 잡고 있다. 저 아이들의 삶은 급속도로 빠르면서도 느리고, 리디아에게는 결정을 내릴 시간이 늘 부족하다. 오로지 본능을 따라야 하고 이 순간, 그녀의 본능은 강하게 말한다. 어서 가라고, 로렌소에게서 멀어지라고.

"하나만 물어봐도 될까?" 리디아가 묻는다.

로렌소는 어깨를 으쓱인다.

"하비에르가 아직도 우릴 찾고 있을까?"

"당연하죠."

예상했던 일이지만 막상 확인을 받으니 가슴이 답답하다. 몸이 납덩이처럼 무겁게 느껴진다. "하지만 여기가 더 안전한 거지?"

어깨끈이 줄로 된 배낭을 메고 있던 로렌소는 실눈을 뜨고 주위를 보며 말한다. "글쎄요. 어디든 아카풀코보다는 더 안전하겠죠."

"하지만 다른 플라사에도 하비에르의 협력자가 있지?"

"물론이죠. 요즘에는 다른 카르텔과 연합해서 처리하는 일이 훨씬 많아요. 헤페의 영향력은 대단해요. 라이벌 조직에도 첩자가 있으니까요."

"그게 어느 카르텔이지?"

"몰라요. 내가 씨발 전문가라도 되는 줄 알아요?"

응. 그래. 리디아는 그렇게 생각하고는 입을 한쪽으로 비뚤인다. "난 그냥 가장 안전한 루트가 어디일지 알고 싶을 뿐이야."

"내가 아는 한 안전한 루트 따위는 없어요. 그냥 죽어라 도망쳐야 한다고요."

리디아는 로렌소의 얼굴을 바라본다. 넓적한 얼굴은 어린 티가 난다. 눈꺼풀은 두툼하고 윗입술에는 살짝 잔털이 나 있다. 한쪽 광대뼈 위에 도망치다 다친 흔적이 남아 있다. 아직 미성년자다. 적어도 사람 셋을 죽인.

"로렌소, 아무에게도 말 안 할 거지?" 리디아는 그렇게 물으며 로렌소와 눈을 마주치려 하지만 로렌소는 시선을 피한다.

"안 한다니까요. 말했잖아요. 난 그쪽하고 끝났어요. 손 씻었다고요." 로렌소는 양손을 바지 주머니에 밀어 넣는다.

리디아는 미심쩍은 표정으로 고개를 끄덕인다. "고맙다."

"천만에요."

로렌소에게서 등을 돌리기가 생각보다 힘들다. 아직 두렵기 때문이다. 날카로운 칼날이 살을 파고들어 그녀의 척추를 끊어놓을 수 있다. 그녀가 선로 옆에서 시신으로 발견될 수도 있다. "행운을 빈다, 로렌소." 리디아는 그렇게 말하고 돌아선다. 루카와 두 자매에게 합류한 뒤에는 뒤를 돌아보고 싶은 마음이 한층 더 강해진다. 하지만 뒤를 돌아봤다가는 로렌소가 그것을 함께 가자는 뜻으로 혹은 그녀의 마음이 약해졌다는 뜻으로 받아들일지 모른다. 그래서 그저 뒤에 남겨진 로렌소의 모습을 상상한다. 거리를 둔 채 숨어서 따라오는 로렌소의 모습이 떠오르지만, 의심을 확인하려고 뒤돌아보지는 않는다. 그저 계속 걷는다. 루카와 자매를 데리고 계속 걷는다. 몇 시간이 지나 난민 쉼터 앞에 도착해서야 잠깐 확인해보기로 한다. 리디아는 쉼터에 들어가기 직전에 뒤돌아 텅 빈 거리를 훑어본다. 계속 바라보며 그림자까지 샅샅이 뒤진 후에야 하느님께 감사한다. 로렌소가 사라졌다.

쉼터에 도착하자 다들 기진맥진하다. 이 도시는 난민들을 위한 서비스가 잘 되어 있다. 게다가 겸손하면서 용감한 다닐로 아저씨를 만났고 또 공짜로 초콜릿을 받기까지 했다. 하지만 루카는 낯선 사람들의 진심 어린 친절을 받아들이기가 힘들다. 생일 파티에서 일가족을 전부 총으로 쏴 죽이고 시체 옆에서 그들이 먹던 닭고기를 먹는 악당들과 이렇게 좋은 사람들이 같은 세상에 산다는 사실이 불가능하게 느껴진다. 이 두 사실을 생각할 때마다 루카는 혼란스러워서 머릿속이 쿵쿵 울린다.

솔레다드와 레베카는 쉼터 욕실 앞에 서서 돌아가며 망을 본다. 살갗에 내려앉은 길가의 먼지를 벗겨내고 몸에 비누칠한 다음, 따뜻한 물이 쏟아지는 샤워기 아래 서서 시커먼 물이 발치에 고였다가 배수구 주위를 빙글빙글 돌아 영원히 사라지는 모습을 지켜본다. 그들에게는 사치스러운 행복이다. 솔레다드는 하수관을 타고 내려가는 물 분자들이 섞이고 퍼져서 도시 밑으로 지나가는 다른 하수관 속 물과 합쳐져 양이 많아지고 속도가 붙어서 미지의 목적지를 향해 빠르게 흘러간다고 상상하기를 좋아한다. 자신의 살갗에서 씻어낸 때가 희석되고 희석되어 마침내 완전히 사라진다고 생각하면 즐겁다.

비록 이반에게 받은 휴대전화가 있기는 해도 솔레다드는 지금까지 그걸로 전화하거나 문자를 보내지 않았다. 선불폰이라서 충전해둔 금액이 다 떨어졌기 때문이다. 설사 쓸 수 있다 해도 두 가지 이유로 쓰지 않을 것이다. 첫째, 아는 사람들 중에 사촌 세자르를 제외하고 휴대전화를 소지한 사람이 아무도 없다. 둘째, 리디아처럼 솔레다드도 휴대전화를 썼다가 이반이 어떻게든 그들의 위치를 알아낼까 두렵다. 그래서 휴대전화는 주로 사진을 저장해두는 용도로 쓴다. 또한 자신이 얼마나 멀리 왔는지, 엘 노르테에 가면 삶이 얼마나 나아질지 환기하는 역할을 한다.

샤워하고 나온 자매에게 쉼터 담당자가 혹시 이메일을 보내거나 전화하고 싶은 사람이 있는지 물었을 때 그들은 제대로 대답할 수 없을 정도로 흥분한다. 드디어 아빠에게 전화할 기회가 생긴 것이다. 레베카는 전화기를 써본 적이 없다. 전화기를 들어서 귀에 대고 멀리 있는 사랑하는 사람의 익숙한 목소리를 들어본 경험이 없다. 솔레다드 역시 유선 전화기로 전화를 걸어본 적이 없다. 두 자매에게 전화기는 여전히 기적과도 같은 문명의 이기다.

"이걸로 어떻게 전화를 걸지?" 담당자가 자매를 조용한 방으로 안내해준 다음, 문을 닫고 나가자 레베카가 언니에게 묻는다.

솔레다드는 얼굴을 찌푸린다. "루카를 데려와."

작은 방에는 전원이 켜진 컴퓨터와 바퀴 달린 사무용 의자 하나, 꽃무늬 천이 씌워진 작은 소파가 있다. 전화기는 책상 위, 컴퓨터 모니터 옆에 있다. 레베카는 얼른 루카를 데려오고 루카는 컴퓨터 앞에 앉아 자매의 아버지가 일하는 호텔 이름을 물어본 다음 순식간에 전화번호를 알아낸다. 루카가 노란색 노트에 전화번호를 적고 일어나서 나가려는데 솔레다드가 전화도 걸어달라고 부탁한다.

"아빠 이름이 뭐야?" 신호음이 가는 동안 루카가 송화구를 손으로 막으며 묻는다.

"엘메르. 메인 주방에서 일하는 엘메르 아바르카 로보를 바꿔달라고 해." 솔레다드가 말한다.

루카는 그 말대로 한다. 하지만 루카가 얼른 솔레다드에게 전화를 바꿔주려고 하자 호텔 접수원이 말한다. "미안하지만 엘메르는 오늘 출근하지 않았어. 잠깐만."

여자의 목소리가 잠시 희미해지더니 이내 여자가 또렷하게 말한다.

"근데 넌 누구니?"

"전 그분 딸들과 함께 있어요. 제가 대신 전화한 거예요."

"그렇구나."

"잠깐만요. 솔레다드를 바꿔드릴게요."

루카는 그렇게 말하며 전화기를 솔레다드에게 넘긴다. 솔레다드는 루카가 앉았던 자리에 앉고, 긴장된 기대로 얼굴이 환해진다. 아빠가 화내지 않으면 좋으련만. 그들이 아무 경고도 없이, 제대로 작별 인사도 못 하고 떠날 수밖에 없었던 상황을 아빠가 이해해줘야 할 텐데. 최근 몇 주간 2교대로 녹초가 된 아빠가 불 꺼진 아파트에 혼자 돌아와 그녀가 쓴 편지를 보는 장면이 솔레다드의 머리를 떠나지 않았다. 솔레다드는 아빠가 느꼈을 괴로움을 밀어내며 입술을 깨물었다가 말한다.

"여보세요?"

"여보세요?" 전화기에서 여자 목소리가 들린다. 아직 그 접수원이다. "엘메르를 찾니? 네가 엘메르 딸이야?"

"네, 전 솔레다드예요. 아빠 거기 계세요? 아빠와 통화할 수 있을까요?"

"유감이지만 엘메르는 오늘 출근하지 않았어, 솔레다드."

솔레다드는 어깨를 축 늘어뜨리고 의자에 기댄다. "그렇군요. 그럼 아빠에게 메시지를 남길 수 있을까요? 아주 중요한 메시지예요. 언제 다시 전화를 쓸 수 있을지 모르거든요. 여기 제 동생 레베카도 있어요. 아빠에게 우리가 잘 지낸다고 말해드리고 싶어요."

"솔레다드."

여자는 그렇게 솔레다드의 이름을 불렀을 뿐이다. **솔레다드.** 하지만 머뭇거리며 말하는 그 네 음절에 솔레다드는 가슴이 철렁 내려앉는다. 그래서 등을 똑바로 펴고 기다린다.

"미안하지만 아빠는 당분간 출근하지 않으실 거야."

솔레다드는 책상 가장자리를 움켜잡고 동생에게 등을 돌린다. 루카는 문손잡이를 향해 손을 뻗지만 솔레다드가 루카의 어깨를 잡는다. 그녀의 입은 벌어져 있지만 상황을 깨닫게 해줄 어떤 질문도 나오지 않는다. 알고 싶지 않다.

"미안하다, 솔레다드. 아버지가 사고를 당했어. 사실 사고는 아니지. 아버지는 지금 병원에 계시단다."

솔레다드는 양 무릎을 딱 붙인 채 자리에서 벌떡 일어난다. 의자가 뒤로 굴러간다. "왜요? 무슨 일이 생겼죠?"

레베카도 자리에서 일어나고 루카는 레베카 곁으로 다가간다.

"아빠는 괜찮나요?" 솔레다드가 묻는다.

여자가 목소리를 낮춘다. "상태가 안정됐다고 들었어. 그게 우리가 마지막으로 들은 소식이야."

솔레다드는 숨을 헉 들이쉰다. **상태가 안정되었다니.** "무슨 일이 있었나요?"

"지난주에 출근하다가 습격을 받았어."

솔레다드는 다시 의자에 주저앉으려고 하지만, 의자는 사라지고 없어서 하마터면 엉덩방아를 찧을 뻔한다. 루카가 의자를 잡아 제자리로 가져가고 솔레다드는 의자에 앉는다.

"칼에 찔렸어. 정말 유감이다." 여자가 말한다.

"어느 병원에 입원했나요?"

"국립 병원에. 정말 유감이야, 솔레다드."

솔레다드는 전화를 끊는다. 루카는 1분도 안 돼서 산페드로술라에 있는 국립 병원 전화번호를 알아낸다. 이번에도 대신 전화하지만 모두가 들을 수 있도록 스피커폰 버튼을 누른다. 2,190킬로미터 떨어진 6층짜리 초록색과 푸른색으로 칠해진 건물 중환자실 병동에서 깨끗한 하얀색 간호복을 입고, 푸른색 청진기를 목에 건 간호사가 쏜살같이 간호실로 들어가 어질러진 책상 위에 차트를 던진다. 루카, 솔레다드, 레베카는 그녀가 전화기 드는 소리를 듣는다. 셋 다 몸을 앞으로 내민다.

"저희 아버지가 그 병원에 입원했다고 들었어요." 솔레다드가 말한다. 그녀의 목소리는 부어 있고 퀴퀴하다. "아버지 이름은 엘메르 아바르카 로보예요. 아버지의 직장 동료가 지난주부터 입원했다고 하던데요."

뒤에서 무언가가 딸각거리고 삐삐 우는 소리가 들린다. 사람들 목소리, 아기 울음소리도. 간호사는 곧바로 대답하지 않는다.

"여보세요?" 레베카가 말한다.

"지금 찾아보는 중이야." 간호사가 답한다. 폴더와 차트를 뒤적인다.

솔레다드는 팔을 뻗어 책상 반대편에 있는 동생의 손을 잡는다. 둘의 손가락 마디는 딱딱하게 변해서 반짝거린다.

"아버지 동료 말로는 칼에 찔렸다고 했어요."

"아." 갑자기 기억이 났다는 듯이 간호사가 말한다. "그래, 엘메르. 아버지는 이 병원에 입원 중이셔. 유감스럽게도 상태가 그리 좋지는 않아. 하지만 지금은 안정됐어. 출혈이 심했단다."

레베카는 언니의 손을 잡지 않은 손으로 입을 틀어막는다. 솔레다드는 얼굴에, 턱에 손가락을 파묻는다. "아빠와 통화할 수 있을까요?"

"안돼. 지금은 의식이 없으셔. 병원에 올 수 있니?" 간호사가 묻는다.

레베카는 말없이 고개만 흔들고 솔레다드가 대답한다. "우린 온두라스에 없어요. 여긴 멕시코예요."

레베카는 다른 질문을 한다. "아빠가 의식이 없다는 게 무슨 말이에요? 그게 무슨 뜻이죠?"

"아버지가 머리를 다치셔서 수면제를 처방했다는 뜻이야. 부기가 가라앉고 외상이 치료될 때까지 주무셔야 해."

솔레다드는 허리를 숙여 상체로 무릎을 감싼다.

"머리를 다쳤다고요? 그게 무슨 말이죠?" 레베카가 말한다.

"그래. 얼굴을 칼에 찔리셨어."

"맙소사." 자매는 울음을 터뜨린다.

루카는 한쪽 발에서 다른 쪽 발로 더 빠르게 체중을 옮겨 싣는다. 계속 뒷걸음질 치다가 마침내 문 옆 벽에 등이 닿는다.

"배를 한 번, 얼굴을 두 번 찔리셨어." 간호사는 계속 말한다. 자매가 얼마나 괴로울지 알고 있지만 어차피 이 사실은 알려야 한다. 그렇다면 빨리 하는 게 낫다. 반창고를 뗄 때처럼. 끔찍한 진실을 알고 그걸 받아들여야 비로소 다음 단계로 나아갈 수 있다. "가장 큰 피해를 준 자상은 안와하공 오른쪽……."

"안와하공요? 그게 뭐죠? 제발 쉬운 말로 설명해주세요." 솔레다드가 부탁한다.

엘메르

세상에서 가장 잔혹한 도시에서 일하며 산전수전 다 겪은 간호사라 해도 가족에게 이 사실을 전하기는 힘들 것이다.

"그건 눈을 말한단다." 간호사가 설명한다.

"아빠가 눈을 찔렸나요?" 솔레다드가 묻는다.

"그래."

"맙소사." 레베카가 다시 이렇게 말한다.

"그래." 간호사가 말한다.

간호사는 현재 아버지가 편안히 휴식을 취하고 있으며 안정된 상태고, 깨어나도 안전하다고 판단될 때까지 수면제를 계속 투여할 거라고 말해준다. 그게 언제까지 계속될지는 알 수 없다. 또한 자상이 심하기 때문에 아버지에게 뇌 손상이 있을 거라고 경고한다. 그 손상이 어느 정도일지는 휴식기가 끝난 후에야 알 수 있다고 덧붙인다.

"얘들아." 간호사가 나직이 말하더니 전화기 너머로 문 닫는 소리가 들리고 이어서 주위가 조용해진다. "누가 아버지에게 이런 짓을 했는지 알고 있니?"

솔레다드는 흐느끼다가 대답한다. "네, 알 것 같아요. 누가 그랬는지."

레베카의 검은 눈은 한층 더 커지고 짙어진다. 얼굴에 폭풍이 지나간다.

그때 간호사가 말한다. "내 말 잘 들어."

두 자매는 거칠게 숨 쉰다. 몸을 떨고 있다.

"절대 여기 돌아올 생각은 하지 마라. 꿈도 꾸지 마. 알아들었니?" 간호사가 말한다.

자매의 얼굴은 눈물범벅이고 코에서는 콧물이 줄줄 흐른다. 레베카는 코를 크게 훌쩍이며 방 안에 작은 울음을 풀어놓는다.

"아버지는 최고의 치료를 받고 계셔. 알았지?" 간호사 역시 울먹이며 말을 잇는다. "우리는 아버지가 건강을 회복할 수 있도록 무엇이든 다 할 거야. 그런데 만약 너희들이 여기로 돌아와 대기실에 앉아서 손을 쥐어짜며 운다면 그게 무슨 도움이 되겠니? 그러다가 너희마저 눈을 찔리기라도 하면? 내 말 알아듣겠니?"

자매는 대답하지 않는다.

"너희들 몇 살이지?"

"열다섯 살요." 솔레다드가 말한다.

"열네 살요." 레베카가 말한다.

"좋아. 너희 아빠는 너희들이 백 살까지 살기를 바라실 거야. 너희들이 여기로 돌아오면 그건 불가능해. 그러니 계속 가."

그들은 산페드로술라 국립 병원에서 간호사가 코 푸는 소리를 듣는다.

"내 이름은 안젤라야. 나중에 또 전화할 기회가 생기면 내게 전화하렴. 새로운 소식을 알려줄게."

"고맙습니다." 레베카가 말한다.

간호사는 헛기침을 한다. "너희들이 전화했다고 아버지께 전해줄게."

그들은 전화를 끊은 뒤에 말없이 앉아 있다. 솔레다드는 일어났다가 다시 앉았다가 다시 일어나기를 적어도 열 번은 반복한다. 레베카는 소파 끝에 걸터앉아 화장지를 잘게 찢는다. 루카는 움직이지 않는다. 그가 여기 있다는 사실을 자매들이 잊어버리면 좋으련만. 그에게 말을 걸지도 않고 아무것도 묻지 않으면 좋으련만. 루카는 이 방에서 나가야 하는데 움직일 수가 없다. 그의 아빠는 죽었다. 루카는 손을 들어 죽은 아빠의 모자 차양을 만진다. 외할머니네 집 뒷마당에 간호사나 담요나 목숨을 구할 수 있는 기계도 없이 누워 있던 아빠를 떠올린다. 소리 없이 고이던 피를 떠올린다. 루카는 우두커니 서서 벽과 뒤섞인다.

이내 문을 노크하는 소리가 들린다. 다른 곳에 주의를 돌릴 수 있어서 솔레다드는 오히려 감사하는 마음으로 문을 연다.

"다 끝났니? 기다리는 사람이 있을 때는 15분만 사용할 수 있어." 담당자가 다른 난민과 함께 문간에 서 있다.

"네, 죄송해요. 금방 나갈게요." 솔레다드가 말한다.

담당자가 문을 닫기 전에 루카는 방에서 슬그머니 빠져나간다.

방에 단둘만 남게 되자 솔레다드가 레베카에게 속삭인다. "미안해."

"뭐가?" 레베카는 찢고 있던 화장지에서 눈을 들어 언니를 바라본다.

"미안해. 미안해. 다 내 잘못이야, 레베카. 날 용서해줘."

레베카는 얼른 방을 가로질러서 두 팔로 솔레다드를 껴안는다. 그녀의 손목에 감긴 무지개 팔찌로 아직 젖어 있는 언니의 검은 머리카락을 누른다.

"쉬이이."

"전부 내 잘못이야." 솔레다드는 계속 그 말을 반복한다. 마침내 레베카는 솔레다드에게서 몸을 뗀 다음, 언니의 두 어깨를 잡아서 마구 흔든다.

"바보 같은 소리 마. 이건 누구의 잘못도 아냐. 그 개새끼 탓이 지."

동생의 품에서 솔레다드의 몸이 한층 더 작게 움츠러든다. 솔레 다드가 울면서 말한다. "하지만 내가 잘못된 선택을 했어. 너와 아 빠 중에서 선택해야 했어. 우리가 떠나면 아빠가 위험해지리라는 걸 알고 있었어. 이반이 내게 경고했거든. 그래도 난, 이반이 정말 로 그럴 줄은 몰랐어. 우리가 떠나면 이반이……."

솔레다드는 굳이 문장을 끝맺지 않는다. 자신이 어떻게 생각했 든 중요치 않기 때문이다. 그녀가 틀렸다. 자매는 함께 몸을 떨며 숨을 들이쉬고 레베카는 엄지로 솔레다드의 눈물을 닦아준다.

"그만 울어. 그만해, 솔레. 아빠도 똑같은 선택을 했을 거야. 몸 이 회복되면 언니를 아주 자랑스러워할 거야. 두고 보라니까."

솔레다드는 화장지를 뽑아서 눈물을 닦고 코를 푼다. "네 말이 맞아."

"아빠는 괜찮아질 거야."

"그래야지."

딸각딸각, 삐삐 소리가 나는 산페드로술라의 병실에 하얀 운동 화를 신은 간호사 안젤라가 침통한 얼굴로 들어선다. 환자의 지갑 에서 나온 신분증 덕분에 안젤라는 환자의 이름이 엘메르라는 걸 알고 있었다. 하지만 이 환자에게는 찾아오는 사람도, 환자의 상태를 묻는 사람도 없었다. 아까 전화가 걸려오기 전까지는. 가끔은 그편이 더 수월하기도 하다. 환자에게 필요한 치료를 해주고 통증을 줄여주고 슬픔이라는 추가적인 부담 없이 환자의 부서진 몸을 보살필 수 있기 때문이다. 안젤라는 이 도시에서 오랫동안 간호사로 일한 터라 종종 가족의 고통 때문에 환자의 고통이 뒷전으로 밀려난다는 사실을 알고 있다.

오늘 저녁은 병동이 비교적 조용하다. 덕분에 안젤라는 엘메르의 바이털 사인을 확인하고 배변 주머니를 갈아준 뒤 잠시 그의 곁에 앉을 수 있는 여유가 생겼다. 밖은 아직 환하지만 그래도 안젤라는 머리맡 테이블의 등을 켠다. 부드러운 불빛이 위안이 되기 때문이다. 안젤라는 잠시 눈을 감았다가 엘메르에게 말을 건다. 동료들은 더는 이런 환자에게 말을 걸지 않는다. 너무 힘들고 부담스럽기 때문이다. 유일하게 안젤라만 그렇게 한다. 이제 이 도시에서 폭력은 감당할 수 없을 정도다. 갱들은 누가 살인을 더 많이 저지르는지 겨루고, 소름 끼치는 방법으로 상대보다 앞서려 한다. 중환자실이야 늘 바쁘지만 그보다 더 붐비는 곳은 영안실이다. 다른 간호사들은 이 상황을 이겨내려고 부적절한 유머 감각을 발휘한다. 환자들의 생존 가능성을 예상해서 찡그린 얼굴부터 환히 웃는 얼굴 그림으로 은밀히 등급을 매긴다. 안젤라는 간호사들의 그런 행동을 비난하지 않는다. 그들은 교대 근무가 끝나면 아이들이 기다리는 집으로 돌아가야 한다. 늘 즐거운 상태를 유지하고 싶다. 마당에서 이웃들과 함께 저녁을 먹고 맥주도 마시고 싶다. 하지만 간호사로 20년간 근무했는데도 안젤라는 여전히 그러지 못한다. 그러고 싶지도 않다.

안젤라는 엘메르의 침대 옆으로 의자를 좀 더 끌어당긴다. 링거 튜브를 만지지 않도록 조심하며 그의 손을 들어 올리고, 엄지로 손등을 쓰다듬으며 나직이 말한다. "엘메르, 오늘 멕시코에서 당신의 두 딸이 전화했어요. 솔레다드와 레베카는 잘 지내고 있어요, 엘메르. 두 딸은 무사해요. 엘 노르테로 가고 있대요."

20

계획

그날 저녁, 끔찍한 소식으로 인한 초반의 충격이 가라앉고 두 자매가 새로운 고통 속에서 마음이 차분해질 무렵 로렌소가 쉼터에 나타난다. 부엌에서 일손을 돕던 리디아는 가스레인지에 놓인 큼직한 냄비 속 콩을 휘젓고 있다가 거실로 이어지는 열린 문 사이로 로렌소를 발견한다. 멀리서 보니 로렌소는 기차에서 봤을 때만큼 위협적이지 않다. 첫인상과 달리 키도 덩치도 크지 않다. 쉼터의 다른 난민들처럼 로렌소도 완전히 지쳐 보인다. 따뜻한 음식 냄새가 맞아주는 실내에 들어올 수 있어서 안도한 표정이다. 그런데도 리디아는 본능적으로 로렌소의 시야에서 벗어나려고 움직이다가 기다란 나무 스푼을 냄비 속으로 떨어뜨린다.

"젠장!" 리디아가 큰소리로 외친다.

그러고는 잠시 눈을 질끈 감고 입도 꾹 다문다. 그러자 주방 담당자가 그녀에게 걱정하지 말라고 위로하면서 부젓가락을 준다. 리디아는 그걸로 콩 속에서 나무 스푼을 건져 올린다.

그녀는 종이 접시에 배식하는 일도 거든다. 난민들은 학교 식당처럼 한 줄로 서서 음식을 받아간다. 로렌소 차례가 되자 리디아는 콩을 한 스푼 떠서 그 애의 접시에 올린다. 로렌소는 리디아와 눈을 마주치지도 않고 별다른 말도 없이 고개만 끄덕인다. 로렌소의 이상한 반응에 리디아는 한층 더 두려워진다. 내가 로렌소를 화나게 했나? 저 애가 지금이라도 마음이 바뀌어서 카르텔에 전화하면 어쩌지?

"좀 더 줄까?" 리디아는 로렌소에게 묻지만 로렌소는 이미 밥을 주는 곳으로 이동한 뒤다.

두 자매와 루카는 로렌소 뒤에 서 있다. 기다리는 동안 솔레다드는 누군가의 손이 겨드랑이 옆으로 들어와 가슴을 잡는 걸 느낀다. 참새가 날아가듯 재빨리 벌어진 일이다. 침입자의 손길에 솔레다드는 온몸이 움츠러든다. 누구인지 확인하려고 고개를 홱 돌리니 뒤에 세 남자가 서로 바라보고 있다. 솔레다드는 안중에도 없이 대화에 집중하고 있어서 누가 가슴을 잡았는지 판단할 수 없다. 그녀에게 철저히 무관심한 남자들의 표정을 보니 솔레다드는 혹시 착각했나 하는 의심마저 든다. **아니야. 난 미치지 않았어.** 솔레다드는 그렇게 생각하고 이를 악물며 가슴 앞에서 팔짱을 낀다. 그러고는 계속 등을 구부려 경고의 자세를 취한다.

저녁 식사 후에는 다들 거실에 모여서 텔레비전을 보지만 로렌소는 없다. 로렌소가 없으니 리디아는 안도감이 드는지, 걱정이 되는지 알 수가 없다. 둘 다다. 로렌소를 계속 감시하면서 다시는, 두번 다시 그 애를 보고 싶지 않다.

뉴스는 너무도 뻔한 내용이라서 아무도 보고 싶어 하지 않기 때문에 텔레비전은 '심슨 가족'이 나오는 채널에 돌려져 있다. 루카는 엄마가 '심슨 가족'을 달가워하지 않았던 기억이 난다. 리디아는 바트가 버릇없는 아이라고 생각했고, 루카가 "내 바지나 먹어"(바트의 유행어로 주로 어른들에게 반항할 때 바지를 내리고 엉덩이를 흔들며 말한다. - 옮긴이) 같은 말을 하는 걸 원치 않기 때문이다. 하지만 엄마가 모르는 사실이 있다. 엄마가 집을 비울 때면 아빠와 루카는 늘 '심슨 가족'을 봤다. 아빠는 신발을 벗고 소파에 누워 발가락을 꼼지락거렸고, 루카는 담요처럼 아빠의 가슴 위에 가로로 엎드렸다. 함께 만화를 보는 동안 아빠는 루카의 등을 문질러주었다. 이는 둘만의 은밀한 의식이었다. 두 사람은 만화 속 인물의 목소리를 흉내 냈고 아빠는 늘 리모컨을 곁에 두었다. 그래야 갑자기 엄마가 돌아오면 '아트 닌자'(영국에서 제작한 어린이 시트콤. - 옮긴이)로 채널을 재빨리 돌릴 수 있기 때문이다. 루카는 타일이 깔리고 형광등 불빛이 쏟아지는 이 방에서 팔짱을 끼고 신발을 신은 채 접의자에 앉아 있는 사람들과 '심슨 가족'을 보고 싶지 않다. 그래서 운동화 끈을 세 번이나 풀었다 묶었다 하면서 꾹 참고 견딘다. 마침내 '심슨 가족'이 끝나자 엄마는 솔레다드와 레베카에게 아버지의 쾌유를 빌며 함께 묵주 기도를 하자고 제안한다. 또한 기도를 하면 마음도 진정되고 흥분이 가라앉아 잠도 편안히 잘 수 있으리라는 걸 엄마는 알고 있다. 그들은 테이블이 있는 거실 구석으로 이동하고 다른 여자들도 합류한다. 자매들은 고마워하고, 루카는 생전 처음으로 묵주 기도가 하고 싶어진다. 루카는 기도문을 읊조리는 여자들의 목소리에 귀를 기울인다. 먼저 엄마가 혼자 선창한다.

주님께서 함께 계시니 여인 중에 복되시며.

그러자 다른 여자들이 함께 답한다.

이제 와 저희 죽을 때 저희 죄인을 위하여 빌어주소서.

아멘.

다시.

루카는 푸른 돌로 만든 할머니의 묵주를 양손으로 쥐고서 기도가 끝날 때마다 한 알씩 넘긴다. 묵주를 어찌나 꼭 쥐고 있는지 살갗에 일시적으로 묵주 알의 형태가 새겨지는 듯하다. 할머니도 그랬을까? 주름진 손으로 이 묵주를 꼭 쥐고 한 알씩 넘긴 적이 얼마나 많았을까? 그렇게 생각하니 여자들의 이구동성 속에서 할머니의 목소리가 들리는 듯하다. 천상 모후이신 성모 마리아. 루카는 목이 메서 더는 말할 수 없다. 그래서 기도에 자신의 목소리를 보태지 않는다. 하지만 괜찮다. 듣는 것도 나름 경의를 표하는 행동이니까. 어쨌든 루카는 묵주 알에서 흘러나온 에너지가 손끝으로 들어가는 것을 느낀다. 맥박처럼, 심장 박동처럼. 묵주는 일종의 사슬이고, 묵주를 꼭 붙잡으면 할머니와 아드리안을 비롯한 그들 모두와 계속 연결될 것이다. 축구공 스탠드가 있고 경주용 자동차가 그려진 이불이 있는 루카의 작은 침실과도, 집과도, 아카풀코와도 계속 연결될 것이다. 루카는 눈을 감고 자신을 아빠와 이어주는 묵주 기도에 귀를 기울인다.

그동안 구부정하게 앉아 있던 두 자매는 이제 맞잡은 손 위로 몸을 작게 웅크리고 있다. 머릿속 생각에서 깨어나 눈을 뜬 루카는 저 자세를 알아본다. 많이 본 자세이기 때문이다. 하지만 저런 자세를 취한 엄마의 모습은 비교적 낯설다. 루카는 저것이 슬픔의 자세라고 생각한다. 두 자매와 엄마의 고통이 진심으로 안타까웠기에 루카는 하느님께 저들의 고통을 줄여달라고 부탁한다.

그날 밤 루카는 꿈도 꾸지 않고 단잠을 잔다.

리디아와 루카 그리고 솔레다드와 레베카는 앞으로 가능한 한 함께 여행하자고 입 밖으로 내어 말한 적은 없지만, 네 사람 모두 본능적으로 그렇게 합의했다고 받아들인다. 이번 여행에서는 어찌나 많은 일이 터지는지 1시간이 1년 같지만 단지 그래서만은 아니다. 트라우마에서 비롯되는 유대감, 말로 설명할 수 없는 경험을 함께한다는 연대감 때문이다. 시련과도 같은 이 여정과 그들이 만나는 사람들, 늘 그들을 따라다니는 공포, 그들을 잠식하는 슬픔과 피로를 다른 사람은 결코 완전히 이해할 수 없다. 그들에게는 계속 북쪽으로 가야 한다는 공동의 결의가 있고, 그것이 그들을 하나로 납땜해버려서 이제는 가족이나 다름없다. 또한 리디아에게는 이기적이면서 전략적인 선택이기도 하다. 이렇게 넷이서 다니는 게 또한 겹의 위장이 되어서 처음에 리디아를 보고 죽은 신문기자의 실종된 부인이 아닐까 의심했던 사람들도 갸웃하게 되기를 바랐다. 잠들기 전이면 리디아는 마음속의 가장 흉한 상자를 닫고 대신 미래를, 미국을 생각한다. 덴버가 아니라 두꺼운 어도비 벽으로 지은 사막의 작고 하얀 집을 생각한다. 예전에 애리조나주의 사진을 본 적이 있다. 선인장과 도마뱀, 불그레한 풍경, 뜨겁고 푸른 하늘. 머리를 자르고 깨끗한 배낭을 멘 루카가 큼직한 노란색 스쿨버스에 올라타 창가에 앉아 손을 흔든다. 그 집에는 자매가 머물 침실도 있다. 솔레다드의 아기가 태어나고, 아마도 딸일 것이다. 기저귀 냄새. 부엌 싱크대에서 하는 아기 목욕.

네 사람 모두 로렌소를 떼어내고 싶어 한다. 특히 리디아가. 쉼터는 편안하고 그들은 녹초가 되었다. 로렌소만 없다면 여기에 하루 이틀 더 묵고 싶으리라. 하지만 그런 이유로 리디아와 루카, 솔레다드와 레베카는 아직 밖이 어두운데도 일어난다. 남자들이 자는 침실 앞을 소리 내지 않고 조심조심 지나간다. 그렇게 동이 트기도 전에 쉼터를 나선다.

리디아는 한시바삐 과달라하라에서 벗어나고 싶다. 단지 로렌소 때문이 아니다. 이 도시는 파리지옥풀이나 다름없다. 리디아는 동트기 전의 쪽빛 거리 곳곳에서 그 증거를 본다. 난민들은 엘 노르테를 향해 여기까지 파죽지세로 이동한다. 그러고는 따뜻한 환영을 받고 약간의 위로도 얻고, 선로에서 벗어나 비교적 안전하기도 한 터라 여기서 하루 더 쉬면서 숨을 고르기로 한다. 그러다 사흘이 되고 100일이 된다. 저길 보라. 발길이 뜸한 주차장 한쪽 구석에 마분지 조각을 깔고 누워서 자는 남자가 있고, 신발도 신지 않은 엄마와 지저분한 옷을 입은 갓난아이도 있다. 저쪽에는 말라깽이 십 대 소년이 뭐가 들었는지 모를 갈색 종이 봉지를 꽉 움켜쥔 채 멍한 눈을 하고 있는데 몸에는 주삿바늘 자국이 있다. 저기와 저기, 또 저기에는 수많은 어린 소녀가 어둠침침한 곳에서 하이힐을 신고 휘청거린다. 어둠 속에서 소녀들의 흰자가 환하게 빛난다. 리디아는 루카와 두 자매를 서둘러 쉼터에서 끌고 나와 선로

쪽으로 간다. 동이 트며 주위가 점점 밝아진다.

반면 솔레다드와 레베카는 이 구간을 여행하기가 점점 더 싫어진다. 어젯밤 쉼터에서 만난 여자에게 들은 이야기 때문이다. 그들이 곧 시날로아주를 통과할 거라고 하자 그 여자는 그곳이 두 가지로 유명하다고 했다. 여자아이들 실종과 악랄한 카르텔. 하지만 그런 것들로 유명한 어딘가를 거치지 않고서 엘 노르테로 가는 방법은 없다. 특히나 그들은 더 안전하다는 이유로 퍼시픽 노선을 선택했다. 따라서 아마도 가장 안전한 루트에서 이 구간이 가장 위험할 것이다. 어쨌거나 빨리 나설수록 빨리 통과하게 된다. 또한 솔레다드는 아빠가 당한 일을 허사로 만들지 않겠다는 새로운 결의에 불타고 있다. 어서 빨리 엘 노르테로 가서 행복하고 풍요로운 삶을 살아야 한다. 가족의 희생이 아깝지 않은 삶을 살아야 한다. 따라서 등 뒤에서 희망찬 기차 소리가 들리는지 귀를 곤두세운 채 선로를 따라 북서쪽으로 걸어가는 동안 그들에게는 다급한 불안감이 감돈다. 이제 리디아는 강박적으로 어깨 너머를 힐끗거린다. 마침내 기차가 다가오자 그들은 미리 이야기를 나누거나 고민하지도 않고 쉽게 기차에 올라탄다. 그 사실을 뒤늦게 깨달은 리디아는 깜짝 놀란다.

"우린 고민조차 하지 않았어." 컨버스 벨트로 루카를 쇠창살에 안전하게 묶은 뒤에 리디아가 솔레다드에게 말한다.

"전문가가 되어가는 거죠." 솔레다드가 대답한다.

하지만 리디아는 고개를 흔든다. "아냐, 무감각해지는 거야."

솔레다드는 얼굴을 찌푸린다. "그래도 익숙해지는 게 당연하잖아요. 적응한 거죠."

리디아는 아빠의 야구 모자 아래로 삐죽 나와 있는 루카의 숱 많은 머리카락을 만진다. 머리가 너무 길다. 리디아는 굵은 컬 하나를 손가락으로 감는다. 그 다정한 행동 속에서 그녀는 순간적으로 다시 엄마의 정원으로 돌아가 세바스티안의 시신 위로 몸을 내민다. 구부러진 국자 손잡이가 무릎을 파고든다. 리디아는 남편의 이마를 그리고 모낭에서 아직 자라 그녀의 손목을 간질이는 굵은 머리카락을 쓰다듬는다. 세바스티안은 민트 향이 나는 샴푸를 썼다. 리디아의 뼈에서 흐느낌이 올라오지만 덜컹거리는 기차 소리 속에서 흩어져버린다. 리디아는 루카에게서 솔레다드로 시선을 옮기고 말한다.

"이제부터는 기차에 탈 때, 기차에 탈 때마다 너희들에게 이게 얼마나 무서운 일인지 말해줄게. 너희도 내게 말해주렴. 이건 정상적인 일이 아니라고."

"정상적인 일이 아니죠." 솔레다드가 고개를 끄덕인다.

그들 위로 하늘이 밝아지고 지평선 부근에 가로로 길게 뻗은 희미한 오렌지색 띠가 점점 넓어지지만 선로가 땅과 만나는 곳은 아직 어둡다. 기차 지붕에 앉아 있는 난민의 수는 어제와 비교도 안되게 적다. 이른 시간이라서 그럴 수도 있지만 리디아는 과달라하라가 난민들을 빨아들인다는 자신의 직감이 맞다는 걸 확인한다. 기차가 과달라하라를 벗어나자 그녀의 가슴은 안도감 비슷한 감정으로 뻥 뚫린다. 북쪽으로 30분쯤 달리니 길고 뾰족한 잎이 달린

땅딸막한 용설란이 사방을 뒤덮는다. 선로 양쪽을 따라 멀리까지 보이는 용설란의 길쭉한 회녹색 잎은 그들을 향해 흔드는 백만 개의 손 같다. 독특하고 잘 보존된 건물이 있는 도심 외곽에 이르자 기차는 살짝 속도를 줄인다. 발효된 용설란의 달착지근하고 끈적한 냄새가 난다. 테킬라다. 그들 뒤에 있는 화물칸에서 두 사람이 사다리를 타고 내려가더니 안전하게 뛰어내릴 장소가 나오기를 기다린다. 루카는 그들을 지켜보려 하지만 기차가 모퉁이를 돌자 두 남자는 사라진다. 루카는 아무 증거도 없이 저들이 안전하게 착지했다고 생각하며 위안으로 삼아야 한다. 오로지 굳은 결의로 그런 진실을 창조해야 한다.

기차는 우레와 같은 소리를 내며 테픽으로, 아카포네타로, 엘 로사리오로 달려간다. 그 다음에는 오랫동안 그저 풀과 땅, 나무와 하늘만 있는 허허벌판을 통과한다. 가끔씩 건물이 나오고 아주 드물게 소가 보인다. 아름다운 전원이고 아침 공기가 상쾌하다. 리디아는 갑자기 기만적인 감정을 느낀다. 난민에서 잠시 관광객이 된 듯한 혼란과 억눌린 기쁨이 강렬하게 느껴진다. 마치 휴가 중에 차창 밖으로 이국적인 풍경을 바라보는 듯하다. 하지만 그런 감정은 금세 사라진다.

로렌소에게서 점점 멀어지는데도 그 애의 존재가 주는 불쾌감은 사라지지 않는다. 로렌소는 놀라울 정도로 쉽게, 우연히 그들을 찾아냈다. 심지어 그들을 찾아다니지도 않았다. 하지만 하비에르가 모든 자원과 인맥을 동원해 그들을 찾고 있다. 리디아는 바보같이 남쪽으로 고개를 돌린다. 마치 기차 지붕 위에 서 있는 하비에르가 보일 거라는 듯이. 마치 그가 콧등 위로 안경을 올리고 다가올 거라는 듯이. 하지만 그런 일이 일어나지 않으리라는 걸 알고 있다. 하비에르가 그들을 데리러 온다면 그건 카디건을 입고 가슴팍에 시집 한 권을 든 채 미소 짓는 하비에르가 아닐 것이다. 그녀를 죽이라는 명령을 받은 냉혈한으로 얼굴 없는 암살자이거나 후드 티를 입은 소년일 것이다. 시카리오는 아무런 죄책감도 없이 루카에게 총을 쏠 것이다. 리디아는 쳇바퀴를 굴리는 햄스터 신세일지 모른다. 사형 집행인은 이미 이 기차에 탔을 수 있다. 그래도 그녀는 열심히 쳇바퀴를 굴릴 것이다. 어쩌면 휴대전화로 멕시코 전역에 퍼져나가는 그녀와 하비에르의 사진보다 더 멀리 달아날 수 있을지 모른다. 두 자매 사이에 앉은 리디아는 몸을 부르르 떨며 세바스티안의 결혼반지 속에 손가락을 밀어 넣는다.

망고 과수원에 둘러싸인 작은 마을이 나오면서 라 베스티아는 아무 경고도 없이 시날로아주로 들어선다. 솔레다드는 배낭을 머리 밑에 넣어 베개로 삼고 누워서 손으로 쇠창살을 잡고 있다. 얼굴이 잿빛이다.

"괜찮니?" 리디아가 묻는다. 괜찮지 않은 게 뻔한 상황에서 하기에는 부적절한 질문이지만, 달리 할 말이 없다.

솔레다드는 입을 열었다가 아무 말 없이 다시 다물고는 고개를 젓는다.

"내가 루카를 임신했을 때는 올리브가 입덧에 도움이 됐어." 리디아는 나직이 말한다. 그러자 마음이 장황한 반론을 늘어놓는다.

내가 루카를 임신했을 때는 열다섯 살이 아니었어. 내가 루카를 임신했을 때는 화물 열차 위에서 수천 킬로미터를 이동할 필요도 없었고. 내가 루카를 임신했을 때는 강간으로 인한 임신도 아니었어.

"올리브요?" 솔레다드는 인상을 쓰고는 머리를 이쪽저쪽 돌려본다. 눈을 감지만 소용없다. 심호흡을 두 번 하고는 기차 가장자리로 달려가 토한다.

레베카는 걱정이 되어 눈을 크게 뜨고 언니를 지켜본다. 이내 배낭을 루카에게 넘기고, 언니에게 기어가 등을 두드려주며 구역질이 가라앉기를 기다린다.

선로가 바다 근처로 이동하면서 공기에서 짭조름한 냄새가 난다. 망고 과수원이 사라지면서 모래밭 야자수가 나타나고, 작은 마을 외곽에 몇십 명의 난민이 모여 있는 캠프가 나온다. 다가오는 기차를 보고 난민들이 환호하지만 기차는 속도를 늦추지 않는다. 올라타기에는 너무 빠르다. 그래서 난민들은 낙담한 채 요란하게 지나가는 기차를 바라보기만 한다. 루카는 손을 흔들고 몇몇 사람도 루카에게 손을 흔든다. 대다수가 많지 않은 그늘 속 자리로 다시 돌아가 다음 기차가 오기를 기다리는데 한 남자만 시도하기로 마음먹는다. 다른 사람들이 지켜보는 가운데 남자는 선로 옆으로 달린다. 사람들은 와 하는 함성과 소리를 지른다. 여기저기서 경쟁하듯 떠들어대고 상반되는 충고를 한다. 남자는 간신히 한 손으로 사다리를 잡지만 다리가 기차의 속도를 따라잡지 못한다. 팔은 기차에 붙었지만 다리는 허공에 뜬다. 지켜보던 남자들은 더 크게, 더 흥분해서 소리를 지른다.

"루카." 리디아는 루카의 관심을 끌려고 하지만, 루카는 몸을 내밀고 사다리에 매달린 남자를 뚫어지게 바라본다. 모두 마찬가지다.

남자가 성공하지 못할 것은 분명해 보인다. 저 자세로는 몸을 끌어올릴 수는 없다. 한 팔이 빠르게 달리는 라 베스티아에 그를 묶어버렸다. 다들 숨을 죽인다. 남자는 턱을 들고 있어서 루카는 그의 표정을 볼 수 있다. 그의 표정이 결의에서 수용으로 넘어가는 순간을 볼 수 있다. 남자는 사다리에서 손 떼는 순간을 늦춘 채 삶이 온전한 마지막 몇 초를 즐기는 듯하다. 마침내 손이 사다리를 놓자 남자는 떨어진다. 짧은 순간이지만 아직은 남자가 선로에서 벗어난 곳에 착지할 수 있다는 희망이 있다. 가끔은 그런 일이 일어나기도 한다. 행운의 물리학과 생물학의 요행으로. 하지만 아니다. 이 남자는 즉시 짐승의 바퀴 밑으로 빨려 들어간다.

남자의 짓이겨진 비명이 칙칙폭폭 달리는 기차 소리보다도 더 크게 울린다. 루카는 뒤를 돌아본다. 난민들이 기차가 떠난 선로에 모여 절단된 남자의 사지를 바라보고 있다. 리디아는 다친 남자를 위해 울지 않고 기도한다. 남자가 저 사고에서 살아남지 않기를, 자비로운 죽음이 그를 빨리 찾아가기를. 그리고 이 사고가 루카에게 어떤 인상을 남겼든 더는 해를 미치지 않게 해달라고 더욱 간절히 기도한다. 루카는 회복 탄력성이 좋은 아이이지만, 틀림없이 그 내면도 영원한 부식을 일으키지 않고서 견딜 수 있는 한계치에 곧 도달할 것이다.

"걱정하지 마, 아모르시토. 저 남자는 괜찮을 거야." 리디아가 말한다.

"저 아저씨는 두 동강이 났어, 엄마." 루카가 반박한다.

리디아는 세상 모든 엄마가 아이들 앞에서 보여주는 자신감을 가장하며 밝은 목소리로 말한다. "의사 선생님이 치료해주실 거야." 그녀는 속임수라는 험악한 모성의 갑옷을 입는다. 그러고는 레베카를 돌아보며 얼른 화제를 바꾼다. "너희들은 국경에 도착하면 어떻게 할 거니? 국경을 어떻게 넘을지 계획이 있어?"

"네, 우리 사촌이 작년에 애리조나주로 넘어갔거든요. 거기서 차를 타고 메릴랜드주로 갔어요. 지금 거기 살고 있는데 우린 사촌이랑 함께 살 거예요. 사촌이 갔던 루트대로 가서 같은 코요테를 따라가려고요."

"너희들 사촌은 그 코요테를 어떻게 찾아냈대?" 리디아는 자신이 받은 교육이 여기서는 아무 도움도 안 된다는 사실을 끊임없이 깨닫는다. 그녀에게는 이 여행에서 진짜로 가치가 있는 정보가 하나도 없다. 어떤 난민도 그녀보다는 많이 알고 있다. 어떻게 유명한 코요테를 찾아내서 국경을 넘게 해주는 대가로 바가지 쓰지 않고 수수료를 지불할 수 있을까?

다행히 레베카는 이런 방면으로 아는 게 많다. "우리 마을 사람들이 전부 다 그 코요테를 고용했어요. 다들 추천하더라고요. 아무나 고르면 안 되거든요. 돈만 뺏어가고 손님은 카르텔에 팔아버리는 코요테가 많아요."

리디아는 평생 코요테를 만나본 적이 없다. 아마 코요테를 만났던 사람조차 만난 적이 없을 것이다.

"아줌마도 우리 코요테에게 부탁하세요. 따로 생각해둔 사람이 없다면요."

리디아는 고개를 끄덕인다. "생각해둔 사람 없어."

레베카가 미소 짓는다. "그럼 함께 갈 수 있겠네요. 사촌 세자르 말로는 이 남자가 최고래요. 이틀만 걸어가면 국경 반대편에서 누군가 대기하고 있다가 승합차에 태워서 피닉스까지 데려다준대요. 거기서 목적지까지 가는 버스표를 주고요. 돈이 많이 들지만 믿을 수 있죠."

"얼만데?" 리디아가 묻는다.

레베카는 솔레다드를 바라본다. 솔레다드는 포갠 두 팔로 턱을 괸 채 여전히 누워 있고 레베카는 계속 언니의 등을 문지른다. "얼마였지, 솔레?"

솔레다드는 머리를 들지도, 눈을 뜨지도 않은 채 대답한다. "1인당 4,000."

리디아는 깜짝 놀란다. "훨씬 더 비쌀 줄 알았는데. 적어도 10,000페소는 될 줄 알았어."

"달러요." 솔레다드가 셔츠 소매로 입을 가린 채 조용히 말한다. "4,000달러."

맙소사. 리디아는 숨을 헉 들이쉰다. 책방에서 일할 때 달러도 받았기에 환율에는 익숙하지만 이런 거금은 생소하다. 그녀는 머릿속으로 열심히 계산한다. 거액이지만 그 정도 돈은 있다. 그보다 더 많다. 그 돈을 내고도 약간 남아서 미국에서 새로운 생활을 시작할 수 있을 정도다. 하지만 그때 셀라야에서 신부님이 했던 말이 생각난다. **한 사람도 빠짐없이 돈을 다 털릴 겁니다. 한 사람도 빠짐 없이요. 엘 노르테까지 가는 데 성공한다면 땡전 한 푼 없이 가게 될 겁니다. 내가 장담하죠.**

그래도 오늘 뭘 먹거나 어디서 자게 될지 말고 그 너머를 볼 수 있다는 건, 계획이 있다는 건 좋은 일이다. 아직 준비가 되지는 않았지만 이젠 그녀도 미래를 생각한다. 비록 과거는 전혀 돌아볼 준비가 되지 않았지만. 과거를 돌아보지 않아도 미래를 완성할 수 있기를 바란다.

"그럼 이 코요테는 어디에서 만날 거야? 그 사람이 너희를 기다리고 있니?" 리디아가 레베카에게 묻는다.

"네, 그 사람 이름은 엘 차칼이고……."

어련하실까. 뭐하러 코요테가 로베르토나 루이스, 호세 같은 본명을 쓰겠어? 차칼(갯과 포유류인 '자칼'의 스페인어. - 옮긴이)**이라는 가명을 쓰겠지.** 리디아는 생각한다.

"노갈레스에 살아요. 우리가 도착하면 차칼의 휴대전화로 전화할 거예요. 보세요." 레베카는 왼쪽 손목에 찬 무지개색 팔찌를 풀더니 팔찌 안쪽의 작은 구멍에 손가락을 집어넣어 쪽지를 꺼낸다. 거기에 코요테의 전화번호가 적혀 있다.

"그래. 알겠어." 리디아는 고개를 끄덕인다.

이제 그들에게는 확실한 계획이 생겼다.

믿기 힘들지만 화물 열차 지붕에 앉아서 가는 일도 지루해질 수 있다. 엄청나게 심심하고, 늘 들리는 칙칙폭폭 소리와 금속의 끼익 소리는 더는 난민들의 귀에 들어오지 않는다. 기차가 속도를 줄이거나 정차하는 도시에서는 난민들이 내리기도 하고 또 타기도 한다. 태양은 하늘 위로 높이 떠올라 무자비한 햇살을 쏟아붓고, 급기야 살갗은 너무 뜨거워진 나머지 익는 냄새가 나고 약간 그을기까지 한다. 눈부신 햇살에 풍경은 탈색되어버린다.

기차는 멈추지 않고 마사틀란을 그대로 통과한다. 여기서부터 한동안 선로가 바다와 나란히 달린다. 모래사장과 푸른 바다를 보니 루카는 집이 생각나고, 기분이 좋아지기보다는 마치 그 부분이 머릿속에서 삭제된 듯하다. 다행기 기차는 해변을 뒤로 한 채 내륙으로 들어선다. 하지만 다시 지겨운 시간이 이어지고 얼룩덜룩한 갈색과 초록, 잿빛 풍경이 이어진다. 쿨리아칸에서 몇 킬로미터 떨어진 외곽에 이르러 단조로움을 깨는 비명이 들리자 오히려 반가울 지경이다. 누군가의 목소리가 사이렌처럼 같은 단어를 반복한다. "이민국이다, 이민국!"

주위에서 난민들이 서둘러 소지품을 집어 든다. 아예 집어들 생각조차 안 하는 사람들도 있다. 그들은 다가오는 트럭이 일으키는 흙먼지를 바라보고는 반대편으로 뛰어내린다.

"솔레다드, 얼른 일어나. 우리 가야 해." 레베카가 겁에 질려 긴장한 목소리로 말한다.

기차는 속도를 늦추지만 멈추지 않는다. 지붕 위의 사람들은 기다리지 않고 뛰어내린 다음 흩어져 쏜살같이 달린다.

"젠장!" 솔레다드는 욕하며 배낭을 어깨에 멘다.

"무슨 일이야, 엄마?" 루카가 묻는다.

원칙적으로 리디아와 루카에게는 이민국이 위협이 되지 않는다. 그들은 멕시코인이기에 과테말라나 엘살바도르로 추방되지 않는다. 대다수 난민과 달리 그들은 멕시코에 머무는 게 불법이 아니다. 그저 기차에 올라타면 안 된다는 사소한 규정을 어겼을 뿐이다. 따라서 그냥 주위 사람들이 겁에 질려서 덩달아 겁에 질렸을 수 있다. 공포에 전염되었을 수 있다. 하지만 그렇지 않다는 걸 리디아는 안다. 제복을 입은 이민국 요원들은 법과 질서를 집행하려고 여기 오는 게 아니다. 리디아는 오로지 본능에서 비롯된 뼛속 깊은 공포를 통해 시민권이 자신을 보호해줄 수 없다고 확신한다. 그들이 중대한 위험에 처했다는 사실을 모골이 송연할 정도로 느낄 수 있다.

이민국 트럭들이 무리를 지어 다니는 짐승처럼 한곳으로 모인다. 트럭 안에 탄 남자들은 무장을 했고 복면을 썼다. 리디아는 루카의 벨트 버클을 미친 듯이 더듬거리지만, 손이 너무 떨려서 세 번이나 시도한 끝에야 벨트를 풀 수 있다.

"엄마?" 루카가 목소리를 높여 묻는다.

하지만 리디아는 나직한 목소리로 답한다. "도망가야 해."

21

떡잇감

흰색과 검은색으로 되어 있고 뒤쪽에 거대한 롤 바(차량이 뒤집힐 때 탑승자를 보호할 목적으로 설치한 안전장치. - 옮긴이)가 달린 트럭 세 대가 자갈을 튀기고, 흙먼지를 날리며 길이 없는 벌판을 전력으로 가로 지르더니 점차 선로로 다가온다. 각 트럭 뒤에는 적어도 네 명의 요원이 서 있다. 안에는 더 많이 탔을 것이다. 모두 전쟁이라도 나 가는 차림이다. 루카는 입을 딱 벌린 채 그들을 바라본다. 부츠를 신고, 무릎 보호대를 차고, 헬멧을 썼으며, 징이 박힌 큼직한 방탄 조끼를 입고, 장갑을 꼈다. 검은 바이저를 써서 눈이 보이지 않고 얼굴에는 검은 발라클라바를 썼다. 다들 몸 이곳저곳에 무기가 달 렸고 아주 큼직한 기관총을 사선으로 메고 있다. 루카는 고작 난민 몇 명을 잡는데 왜 저런 무기가 필요한지 도저히 이해할 수 없다. 또한 저렇게 무장한 모습을 보니 이민국 연방 요원과 위장한 카르 텔 조직원의 차이를 구분할 수 없다. 어차피 루카 눈에는 둘이 별 로 달라 보이지 않는다. 총은 다 똑같기 때문이다. 루카는 바지에 오줌을 지린다.

하지만 아무도 신경 쓰지 않는다. 화물칸 지붕 가장자리로 사람들이 흘러넘친다. 사다리는 사람들로 가득하고 몇몇 사람은 자기 차례가 올 때까지 기다리지 않고 그냥 뛰어내린다. 루카는 그들이 땅에 착지하는 모습을 보며 움찔한다. 한 남자는 뛰어내린 뒤에 다시 일어나지 못한다. 부러진 다리를 움켜잡은 채 땅에서 몸부림친다. 대다수가 땅에 떨어지면서 휘청거리고 헐떡거리지만 빨리 회복해야 한다. 그들은 비틀거리다가 속도를 낸다. 루카는 궁금한 점이 많지만, 지금은 그걸 물어볼 때가 아니라는 걸 안다. 그래서 엄마의 말을 들으며 엄마가 시키는 대로 한다. 그들이 마지막으로 사다리를 내려간다. 유일하게 좋은 점은 이제 사다리에 아무도 없다는 것이다. 다들 사라졌다. 루카는 난민들이 산토끼처럼 벌판을 가로질러 뛰어가는 모습을 볼 수 있다. 하지만 그렇게 뛰어봐야 아무 소용없다. 루카는 그 이유를 두 눈으로 볼 수 있다. 이민국은 이 급습 작전을 완벽하게 계획했기 때문이다. 지금 기차가 달리는 곳은 허허벌판 한가운데로 작물은 다 수확되었고 사방이 평평하며 갈색이고 헐벗었다. 난민들이 아무리 빠르거나 영리하거나 산토끼 같을지라도 숨을 곳이 없다. 기차에서 내린 순간부터 그들은 궁지에 몰린 셈이다. 몸을 숨길 마을도, 건물도, 나무도, 덤불도, 도랑도 전혀 없다. 루카는 엄마에게 이 사실을 알리려고 입을 연다. 차라리 기차에 그대로 있는 편이 낫겠다고. 하지만 그때 기차가 급정거하자 다들 앞으로 휘청하고 레베카의 손이 사다리를 놓친다. 솔레다드가 얼른 몸을 앞으로 내밀어 레베카의 손을 잡으려 하지만 놓쳐버린다. 그러자 솔레다드는 레베카의 머리카락 몇 가닥을 붙잡는다. 서둘러 고무줄로 묶었던 머리에서 머리카락 몇 가닥이 느슨하게 빠져나왔기 때문이다. 솔레다드는 움켜쥔 머리카락으로 동생을 끌어당기고 둘은 함께 운다. 다들 목구멍이 오그라들 정도로 겁에 질리고 기차가 급정차하는 동안 루카는 아무 말도 못 한다.

기차에서 내린 그들은 무작정 달린다. 도망칠 수 있을 거라고 생각해서가 아니라 도망쳐도 소용없다는 생각과 싸우기 위해서다. 공포심에 내몰려 뛸 수밖에 없기 때문이다. 만약 여기서 잡히면 여기까지 힘들게 계속해온 전진이 급격히 끝나기 때문이다. 여기까지 오는 동안 했던 모든 고생이 수포로 돌아가게 된다. 이제 최선의 결과는 직분에 충실한 요원에게 잡히는 것이다. 그들을 억류하고 조사한 다음, 그들의 여행 전부를 지워버리고 원점으로 돌려보낼 사람. 그것이 최선의 결과다. 반면 이 체포는 행정 업무가 아닐 수도 있다. 그들을 조사하고 지문을 채취하고 집에 돌려보내려고 대기 중인 요원은 아무도 없을지 모른다. 대신 이 체포는 훨씬 더 악랄한 범죄로 이어질 수 있다. 납치나 고문, 금품 강탈, 손가락을 자르고 사진을 찍어서 미국에 있는 가족에게 협박 문자를 보내는 범죄로. 가족이 돈을 보내지 않으면 천천히 고통스럽게 죽어갈 것이다. 이런 사연은 들판의 바위처럼 흔하다. 이걸 모르는 난민은 없다. 그래서 모두 달린다.

고랑을 낸 밭을 따라 몸이 움직일 수 있는 한 최대한 빨리 루카와 함께 달려가는 동안 리디아의 머릿속에는 오로지 뛰어야 한다는 생각밖에 없다. 그들 앞에서 두 자매가 달린다. 루카는 최대한 빨리 달리지만 다리가 너무 짧다. 어차피 상관없다. 기차는 멈추라고 명령을 받은 지점에서 멈췄고 트럭은 기차 뒤로 선로를 건넜다. 트럭에 있던 한 요원이 확성기에 대고 말한다.

"그만 뛰어라. 너희는 갈 곳이 없다. 난민 형제여, 자리에 앉아서 쉬어라. 우린 너희를 데리러 왔다. 너희가 협조하든 안 하든 우린 너희를 데려갈 거다. 우리를 기쁘게 할지, 화나게 할지는 너희에게 달렸다. 난민 형제여, 우린 너희에게 줄 물과 음식이 있다. 자리에 앉아서 쉬어라."

복면 쓴 남자의 넓은 가슴에서 흘러나온 목소리가 확성기의 끽끽거리는 소음과 함께 헐벗은 벌판을 가로지른다. 루카는 그렇게 소름 끼치는 목소리는 들어본 적이 없다. 그들의 의지를 꺾고 그들이 얼마나 무력한 처지인지 깨닫게 하려는 의도로 하는 말인데 몇몇 사람에게는 효과가 있다. 도망치는 무리 속에서 몇몇이 걸음을 멈춘다. 그들은 양손으로 허리나 무릎을 짚은 채 가슴을 들썩인다. 그러고는 무력한 분노와 절망, 수용이 뒤섞인 표정으로 하늘을 올려다본다. 땅바닥에 앉아 다리를 편 채 양손에 얼굴을 묻는 사람들도 있다.

하지만 루카는 그 목소리를 듣고도 약해지지 않는다. 오히려 더 빨리 달린다. 예전에 외할머니댁에 갔을 때 할머니가 지하실에 가서 냉장고에 넣어둘 진저에일 한 병을 가져오라고 했던 때가 떠오른다. 루카는 할머니의 심부름을 해야 한다는 걸 알지만 지하실은 소름 끼치는 곳이다. 불을 있는 대로 다 켜고, 가는 내내 큰 소리로 노래해도 지하실에서 나와 계단을 겨우 절반 올라갔을 때 사악한 무언가가 따라오고 있다는 확신이 들면서 몸이 얼어붙었다. 틀림없이 그 사악한 녀석이 바로 뒤에서 목덜미를 스쳤고, 이제 곧 발목을 붙잡아 심연 속으로 확 끌어당길 것이라고 생각했다. 저 확성기가 그때와 똑같은 느낌을 불러일으키지만 천 배는 더 끔찍하다. 왜냐하면 이건 진짜니까.

루카는 바지가 젖은 채 리디아의 손을 잡고 달린다. 초록색 샤워실 안에 숨어 있었던 기억도 루카와 함께 달린다. 그때 엄마가 비명을 지르며 모든 것이 느려진다. 카랑카랑하고 형체가 있는 엄마의 비명은 완벽한 새의 형상처럼 부글부글 흘러나오더니 하늘로 날아간다. 하지만 엄마는 그러지 못한다. 새와 반대 방향으로, 아래로, 아래로 내려간다. 천천히, 천천히 고꾸라진다. 루카는 총에 맞은 사람들을 보는 데 익숙하기 때문에, 이민국 요원들이 아주 아주 많은 총을 들고 있는 걸 봤기 때문에, 가족들 전부가 총에 맞아 죽었기 때문에 자연히 엄마도 총에 맞아 죽는 거라고 생각한다. 그렇지 않고서야 왜 저런 비명을 지르겠는가. 그렇지 않고서야 왜 엄마가 쓰러지겠는가. 엄마는 아주 천천히 앞으로 구른다. 처음에는 두 손이, 그다음에는 머리와 어깨가 땅에 닿는다. 빠르게 달리고 있었기 때문에 상체가 먼저 떨어진다. 그다음에 등, 엉덩이 무릎이 떨어진다. 엄마가 무릎으로 땅을 딛고 있기 때문에 더는 엄마의 손을 잡을 수 없다. 엄마는 두 손과 무릎으로 땅을 딛고 있다. 루카는 엄마의 팔을 향해 손을 뻗는다. 엄마의 팔을 잡아당기기가 두렵다. 이상한 속임수로 팔과 무릎이 몸을 받치고 있을 뿐 조금만 건드리면 몸 전체가 와르르 무너져 다시는 살아나지 못할까 두렵다. 루카는 그 두려움을 밀어내고 팔을 잡는다.

"엄마, 가자. 빨리 뛰어, 엄마."

루카는 엄마 주위에 피가 없다는 걸 알아차린다. 하느님 감사합니다. 그제야 다시 숨이 쉬어진다.

"못 뛰겠어. 미안하다, 루카. 엄마는 못 뛰겠어. 발목을 다쳤어." 엄마가 일어선다. 발목 때문이었구나! 그냥 발목을 다친 것뿐이다. 엄마는 발에 체중을 실어본다. 살짝 아프지만 심하지는 않다. 절뚝거리며 한 바퀴 돌아본다. 걸을 수는 있지만 달릴 수는 없다.

"알았어." 루카가 땀에 젖어 축축한 얼굴로 말한다.

몸을 돌려보니 아직도 달리고 있는 솔레다드와 레베카가 보인다. 멀리 떨어진 그들이 달릴수록 형체가 점점 더 작아진다. 이 끔찍한 순간에 루카는 극도로 행복해진다. 왜냐하면 엄마는 아직 말할 수 있고, 두 누나는 계속 달리고 있기 때문이다. 루카는 엄마의 배를 끌어안고 엄마는 한 팔로 루카를 감싼다. 엄마가 살아 있기만 하다면 다른 것은 아무 상관없다고 루카는 생각한다.

리디아는 손으로 루카의 머리를 감싼 채 자신이 우는 모습을 들키지 않으려고 루카의 머리를 옆구리에 꽉 댄다. 자신의 얼굴이 먼지투성이라서 눈물을 흘리면 그 자국이 그대로 남아 설사 눈물이 마른 뒤에도 그녀가 울었다는 걸 알 수 있다는 사실을 모른 채.

"괜찮아, 미호. 우린 멕시코 시민이고 얼마든지 여기에 있을 권리가 있어. 이 나라를 여행할 권리가 있어. 저들은 우릴 어쩌지 못해. 우린 안전해."

루카는 엄마의 말을 믿는다. 하지만 정작 리디아는 자신의 말을 믿지 못한다. 사람들을 한곳으로 모으기 위해 트럭 세 대가 흩어진다. 가장 멀리 간 트럭이 벌써 두 자매를 지나치더니 옆으로 돌아서 그들을 가로막는다.

"난민 형제여, 그만 뛰어라. 자리에 앉아서 쉬어."

근처에 있던 트럭에서 한 요원이 훌쩍 뛰어내리더니 가지고 있던 무기 중에서 가장 큰 총에 손을 올리고 리디아와 루카에게 다가온다. 그러고는 말 대신 총을 움직여 가야 할 방향을 알려준다.

십 대 시절 리디아의 외삼촌이 죽자 외숙모는 할리스코주 방목장에서 소를 키우는 남자와 재혼했다. 그 결혼식에 참석하려고 리디아의 가족은 이틀이나 해안을 따라 차를 몰아야 했다. 리디아는 방목장에 처음 도착했을 때를 잊을 수 없다. 귓가에서 요란하게 불던 바람, 겁먹은 소 떼를 모는 목축견들. 검은색과 흰색의 목축견은 지칠 줄 몰랐고, 큰 아치를 그리며 긴장한 소들을 에워쌌다. 겁먹은 소들은 이리저리 우왕좌왕 몰려다녔다. 그날 리디아를 제외한 가족들은 아치를 그리며 행복하게 헐떡헐떡 뛰어다니는 목축견들을 칭찬했다. 어쩌면 저렇게 훈련을 잘 받았을까! 힘든 기색이 전혀 없네! 겁에 질린 소를 불쌍히 여기는 사람은 리디아뿐이었다. 다들 소도 동물이라는 사실을 잊은 듯했다. 트럭 세 대가 아치를 그리며 겁에 질린 난민들을 에워싸자 리디아는 그 기억이 떠오른다. 리디아는 일부러 혹은 우연히라도 자신을 동물에 비유해본 적이 없던 터라 그 기억을 떠올리자 참담한 절망감이 든다. 이 들판에서 저 요원들은 얼마나 짐승 같은가. 리디아는 먹이가 된 기분이다.

솔레다드와 레베카를 포함한 난민들은 한곳으로 모이고, 요원들의 명령에 따라 가장 가까운 포장도로를 향해 행진한다. 다들 땀이 줄줄 흐르고 옷차림이 흐트러졌으며 뛰고 난 뒤라서 숨이 가쁘다. 솔레다드와 레베카는 거의 제일 멀리까지 달려갔으나, 트럭이 앞을 가로막아 돌아설 수밖에 없었다. 레베카는 잠시 걸음을 멈추고 양손으로 무릎을 짚으며 숨을 고른다. 솔레다드는 땅에 침을 뱉는다. 다들 분노와 절망감을 느끼며 마지못해 명령을 따르지만, 그들의 걸음이 느려지면 요원들이 총부리로 거칠게 찔러댄다. 루카는 난민들이 몇 명이나 되는지 세어본다. 뿔뿔이 흩어지기 전에 몇 명인지 세어두지 않았기 때문에, 기준이 되는 숫자가 없기 때문에 도망친 사람이 있는지 알 길이 없다. 하지만 상관없다. 여기서 지평선까지 펼쳐진 연갈색 땅이 훤히 보이기 때문이다. 누구도 달아나지 못했다. 루카 옆에서는 리디아가 절룩거리며 걷고 있다. 발목의 통증은 가라앉아 이제 약하게 욱신거린다. 그들은 길가에 서서 기다린다. 무엇을 기다리고 얼마나 기다려야 하는지 아무도 말해주지 않는다. 모두 스물세 명이다. 절망감이 미세한 먼지처럼 그들의 얼굴에 한 겹 내려앉았다. 기다리는 동안 리디아는 고개를 숙인 채 분홍색 모자 아래서 요원들을 바라보며 이번 체포의 목적이 무엇일지 단서를 찾아내려 한다. 분노에 찬 한 남자는 협조할 생각이 전혀 없다.

"여기 책임자가 누구죠?" 앉으라는 명령을 받았는데도 남자는 자리에서 일어나 그들을 지키는 요원의 어깨 너머로 말한다. 책임자로 보이는 남자를 향해서. 그는 픽업트럭의 내린 뒷문 위에 앉아 한 발로는 땅을 짚고 다른 발은 대롱대롱 흔들고 있다. 느긋하게 앉아 있던 요원은 놀랄 정도로 빨리 일어나더니 방금 말한 남자

에게 다가간다. 리디아는 숨을 죽인 채 그들을 지켜본다. 왜냐하면
둘의 말다툼을 통해 앞으로 어떤 시간이 닥칠지 알 수 있기 때문이
다. 리디아는 자신도 모르게 루카의 살갗 속으로 손톱을 밀어 넣는
다. 루카가 꼼지락대자 그제야 자신의 행동을 깨닫고 루카의 팔을
놓아준다. 그러고는 아이의 살갗에 생긴 작은 손톱자국을 문질러
준다.

"책임자는 왜 찾지?" 요원은 난민 코앞에 서고 리디아는 그것이
고의적인 행동임을 깨닫는다. 요원은 상대를 겁주고 싶은 것이다.
유치하면서도 효과적인 행동이라고 리디아는 생각한다.

"난 멕시코인입니다. 당신은 날 억류할 권리가 전혀 없어요. 이
부대 책임자가 누굽니까?" 남자가 말한다. 요원은 머리 하나가 더
커서 남자가 고개를 들고 올려다봐야 한다. 그의 턱이 요원의 방탄
조끼 맨 위까지 올라온다.

"내가 책임자야." 요원은 그렇게 말하더니 한 손으로 옆에 있는
동료의 어깨를 잡는다. "그리고 이 친구도 책임자고. 저기 총을 든
남자 보여? 저 친구도 책임자야. 나처럼 이런 유니폼을 입은 사람
들은 전부 다 책임자지. 그리고 우린 누구든 억류할 수 있는 자격
이 있어. 자리에 앉아."

요원들은 몇 분 동안 나직한 목소리로 대화를 나누더니 대다수
가 세 대의 트럭 중 두 대에 나눠 타고 떠난다. 결국 다섯 명의 요
원만 난민들과 함께 길가에 남는다. 멀어지는 두 대의 트럭과 함께
이번 급습이 공정한 행정 절차일지 모른다는 난민들의 희망도 함
께 사라진다. 요원이 적다는 건 목격자도 적다는 뜻이다. 억류된 난

민들은 긴장한 눈빛으로 서로를 바라보지만 아무도 움직이지 않는다. 남은 요원 다섯 명이 무기가 많지 않다고 해도, 난민들이 도망치고 싶다 해도 주위에는 갈 곳이 없다. 그런 환경인 터라 요원들이 꺼낸 수갑은 불필요하면서도 놀랍게 느껴진다. 진짜 수갑이 아니라 플라스틱 끈으로 된 것이다. 리디아는 남자들에게만 수갑을 채울지도 모른다는 희망을 품는다. 요원들은 맨 끝줄부터 한 명씩 일어나게 한다. 그러고는 몸수색을 하며 무기와 휴대전화, 돈을 찾아낸다. 배낭을 가져가고 팔을 등 뒤로 돌려 손목에 수갑을 채운다. 돈을 빼앗기자 한 남자가 반발하고, 요원은 마치 백핸드를 치듯이 무전기로 남자의 얼굴을 후려친다. 루카는 눈이 휘둥그레진다.

"미호, 저기 봐. 저 구름 좀 보렴." 엄마가 루카를 끌어당기더니 손으로 가리킨다.

"코끼리 같아."

"그래. 저기도 좀 볼래? 코끼리가 코로 뭘 집어 올리고 있을까?"

루카는 실눈을 뜬다. 엄마가 무엇을 하는지 알고 있다. 주의를 다른 곳으로 돌려 저런 장면을 보지 않게 하려는 것이다. 엄마에게 그럴 필요 없다고, 이미 훨씬 더 처참한 광경을 봤다고 말할 수도 있다. 하지만 루카는 이렇게 주의를 돌리는 것이 자신에게뿐 아니라 엄마에게도 중요하다는 사실을 알고 있다. 엄마는 여전히 자신이 엄마 역할을 할 수 있으며, 5미터 떨어진 곳에서 끔찍한 일이 벌어지고 있어도 루카를 안심시킬 수 있다고 믿고 싶어 한다. 요원에게 맞은 남자가 부드럽게 흐느끼는 소리가 들린다. 눈을 돌려 확인하지 않아도 그 남자의 코나 입술에서는 선홍색 피가 흘러내리

고 있을 것이다. 루카는 코끼리 모양의 구름에 집중한다. 엄마를
위해 해줄 수 있는 일이기 때문이다.

"꽃을 집어 올리는 것 같아."

엄마는 루카의 볼에 자신의 볼을 댄다. "엄마 생각에는 생쥐와
악수하는 것 같은데."

열아홉 명의 난민 남자에게 전부 수갑을 채운 뒤 요원들은 솔레
다드와 레베카에게로 간다. 레베카에게 먼저 다가가자 솔레다드가
레베카 앞으로 나선다.

"다들 영웅이 되고 싶어 하지." 한 요원이 중얼거리자 옆에 있던
남자가 웃는다.

그들은 솔레다드를 돌아 세우고 오랫동안 몸을 더듬는다. 남자
를 몸수색했을 때보다 훨씬 더 오래. 루카는 옆에서 엄마가 몸을
떠는 게 느껴진다. 요원들은 솔레다드의 헐렁한 흰색 티셔츠 밑자
락을 들어 올리고는 허리를 숙여 안을 들여다본다. 손을 넣어 솔레
다드의 몸을 더듬거린다.

"뭐 좀 있어?" 동료 요원이 묻는다.

"응, 아주 볼만 해."

솔레다드에게 수갑을 채울 때는 브래지어의 흰 윤곽선이 그대
로 드러날 정도로 티셔츠를 뒤로 확 잡아당긴다. 그리고는 티셔츠
자락을 모두 모아 등 뒤에서 손목과 함께 수갑에 묶는다. 티셔츠가
위로 살짝 올라가면서 솔레다드의 갈색 배가 드러나고 난민 남자
들은 땅으로 시선을 돌리는 의리를 보인다.

"이게 더 낫네." 솔레다드에게 수갑을 채운 요원이 말한다. 그러

고는 솔레다드에게서 몰수한 배낭을 다른 배낭이 있는 트럭 짐칸에 던진다. 솔레다드가 다시 땅바닥에 앉으려 하자 그는 솔레다드의 팔꿈치를 잡더니 문이 열린 트럭 짐칸을 가리키며 말한다. "넌 저기 가서 앉아."

솔레다드의 얼굴에는 아무런 감정도 드러나지 않는다. 솔레다드는 그저 그 말대로 하고, 그들이 레베카에게 똑같은 짓을 하는 동안 시선을 돌린다. 이내 레베카는 솔레다드 옆에 앉고 둘은 서로에게 기댄다. 맞닿은 어깨의 온기로 서로를 위로한다. 이번에는 리디아가 자신의 차례를 견딘다. 그들은 리디아를 돌려세워 루카를 등지게 한다. 그러고는 모자를 벗겨 얼굴을 뜯어본다. 리디아가 눈이 부셔서 실눈을 뜨자 그들은 아무 말 없이 다시 모자를 씌워준다. 그러고는 가슴과 엉덩이를 더듬는다. 다리에 부착된 마체테를 발견하고는 낄낄거리며 칼집을 푼다. 한 요원이 픽업트럭 짐칸에 마체테를 던지자 퉁 소리가 난다.

"걱정 마, 미호, 아무 일 없을 거야." 리디아는 돌아보지 않은 채 루카에게 말한다.

루카는 책상다리를 하고 앉아 팔꿈치를 무릎에 대고 있다. 솔레다드와 레베카는 말없이 루카를 바라본다. 마치 자기들의 단호한 눈빛만으로 루카 주위에 보호막이 생기게 할 수 있다는 듯이.

요원은 억양도 없고 분노나 적의도 드러나지 않는 어조로 리디아에게 말한다. 리디아가 전화로 은행 업무를 보며 자동응답시스템에 대답할 때와 똑같은 어조다. "입 닥쳐." 요원은 그렇게 말하더니 리디아의 다리 사이로 손을 넣어 새끼손가락으로 가랑이를 앞뒤로 쓰다듬는다. 리디아는 입을 꾹 다물고 울음을 터뜨린다.

루카가 일어나려고 몸을 내밀자 레베카가 루카를 부른다. "미국에서 세 번째로 큰 도시가 어디지?"

루카는 어리둥절하다. "뭐?"

레베카는 다시 한번 묻는다.

"그거야 쉽지. 시카고잖아. 다섯 번째와 여섯 번째로 큰 도시를 정하기가 훨씬 더 까다로워. 왜냐하면 거기는 매해 인구수가 크게 변하거든. 근데 그건 왜 묻는 거야?"

뒤로 손이 묶인 채 트럭 짐칸에 앉은 레베카는 어깨를 으쓱인다. "그냥 궁금해서."

요원들은 리디아의 몸수색을 마치고 그녀를 다시 루카 옆에 앉힌다. 그러고는 루카를 부른다.

"이리 와, 꼬마야."

루카는 일어선다. 양팔을 들고 다리를 벌려서 몸을 X자로 만든다. 경관들은 루카의 배낭을 가져가 다른 배낭과 마찬가지로 트럭 짐칸에 던진다. 루카는 불평하지 않는다. 그들은 호주머니를 뒤집는다. 루카는 불평하지 않는다. 이번에는 루카가 쓰고 있던 아빠의 빨간 야구모자를 벗긴다.

"모자 멋지네. 양키스 팬이니?" 한 요원이 말한다.

"그건 줄 수 없어요. 우리 아빠 거예요." 루카가 말한다.

"그래? 지금 아빠는 어디 있지?"

"아빠는 죽었어요." 루카는 그 사실을 큰 도끼처럼 휘두른다.

요원은 무표정하지만, 고개를 끄덕이고는 모자를 다시 루카의 머리에 씌워준다. 루카는 뒤로 돌아서 등 뒤로 양손을 가져간다. 그들이 수갑을 채울 수 있도록. 요원들은 웃음을 터뜨린다.

"됐다, 치키토. 너한테는 수갑을 채우지 않을 거야. 저기 엄마 있지? 가서 엄마 옆에 앉아라."

이유는 알 수 없지만 루카는 수갑을 차지 않았다는 사실이 부끄럽다. 하찮은 사람이 된 기분이다. 얼굴이 붉게 달아오르지만 가서 엄마의 무릎에 앉는다. 마지막으로 엄마의 무릎에 앉은 지가 적어도 2년은 되었다.

승합차 두 대가 도착하자 요원들은 뒷문을 열고 난민들을 안으로 밀어 넣는다. 안에는 자리도, 창문도 없다. 승합차에는 아무 글자도 적혀 있지 않다. 이는 아마도 그들 모두 죽게 되리라는 뜻임을 리디아는 안다. 머릿속에 온갖 생각이 오가는 동시에 아무 생각도 나지 않는다. 자세한 내용이나 정확한 숫자, 날짜는 기억나지 않지만, 2014년에 게레로주에서 43명의 대학생이 버스를 타고 이동하다가 실종된 사건이 기억난다. 2011년, 산페르난도에서는 193명이 학살되었다. 불과 몇 달 전에는 베라크루스 공동묘지에서 168개의 두개골이 발견되었다. 만약 리디아와 루카가 사라진다면 누가 그들의 실종을 알아차릴까? **우린 이미 사라진 사람들이야. 이미 존재하지 않아.** 리디아는 이렇게 생각한다. 루카를 바라보니 살갗 밑으로 두개골 형상이 보인다.

남자들이 어두컴컴한 승합차에 먼저 올라탄다. 그들은 다리를 뻗고 손은 등 뒤로 수갑이 채워진 불편한 자세로 앉아 상대와 몸이 겹치지 않도록 조심한다. 몇 사람은 이미 울고 있다. 첫 번째 승합차가 다 차자 문이 닫힌다. 리디아와 루카는 두 번째 승합차에 마지막으로 올라탄다. 솔레다드와 레베카는 아직 이민국 트럭 짐칸에 앉아 있다.

"내 딸들." 리디아는 그녀를 들어 올려 승합차에 태우면서 몸을 더듬거리는 요원에게 말한다.

"뭐?"

리디아는 트럭 짐칸에 앉은 두 자매를 턱으로 가리킨다.

"저 애들이 당신 딸이라고?" 온두라스 억양이 심하고 피부색이 루카와는 완전히 다른, 중앙아메리카 소녀 둘이 리디아의 딸일 수 없다는 사실을 리디아도, 요원도 알고 있다.

"네. 우린 함께 있어야 해요." 리디아가 말한다.

"앉을 공간이 없어. 차가 꽉 찼다고." 루카를 들어 올려 리디아 옆에 앉히며 요원이 말한다.

그러고는 승합차의 왼쪽 문을 쾅 닫는다. 리디아는 한쪽 다리를 내밀어 발로 오른쪽 문을 막는다.

"부탁이에요." 말 없는 두 자매를 바라보며 리디아가 말한다. 솔레다드와 레베카도 그녀를 바라본다. 복잡한 감정이 아이들의 얼굴을 스친다. "제발요. 우린 함께 있어야 해요."

"걱정하지 마. 우리가 태워다 줄 거야." 리디아의 다리를 승합차 안으로 집어넣으며 남자가 말한다.

문이 쾅 닫힌다. 리디아는 이 안이 캄캄하다는 사실이 오히려 감사하다.

22
몸값

요즘 리디아가 제일 두려운 것은 쥐도 새도 모르게 살해되거나 잔인한 폭력에 시달리는 루카를 지켜보는 것이다. 하지만 그것 말고도 이자들이 누구를 위해 일하든지 간에 그녀의 정체를 알아내 살인보다 더 끔찍한 짓을 저지를까 두렵다. 설사 저들이 그녀를 적극적으로 찾아다니지 않았다고 해도 우연히 그녀의 정체를 알아낼 수 있다. 로렌소가 그랬듯이. 만약 저들이 카르텔을 위해 일한다면 (점점 더 그럴 거라는 확신이 든다) 그녀를 알아볼 것이다. 설사 로스 하르디네로스 밑에서 일하지 않는다고 해도 그녀를 가치 있는 상품으로 생각할 것이다. 협상 카드나 화해의 선물, 굴욕적인 상품, 자기들도 얼마나 잔인해질 수 있는지 보여주는 수단으로 얼마든지 활용할 수 있기 때문이다. 리디아의 지갑 속에는 아직 유권자 카드가 들어 있다. 대체 왜? 왜 그걸 진작에 버리지 않았을까? 여기서 살아남는다면 한 발짝이라도 더 떼기 전에 그것부터 없애버리리라. 리디아는 저 먼 나라의 기숙사에서 스타킹으로 환풍구에 목맨 마르타를 생각한다. 슬픔에 잠긴 하비에르를 생각한다. 하비에르가 한 짓을 용서하고 싶은 마음은 없다. 하지만 이제 그의 딸이 어떤 사고를 당했는지 알고 있으니 기회가 있으면 그를 논리적으로 설득할 수 있을지 모른다. 지금은 심하게 손상되었지만, 그에게 아직 남아 있는 좋은 아버지로서의 됨됨이에 호소할 수 있을지 모른다. 그녀와 루카를 살려주는 자비를 베풀어 달라고 애원할 수 있을지 모른다.

옆에서 루카가 그녀의 팔에 머리를 댄다. "엄마, 무서워."

"알아, 아모르시토."

"레베카 누나는 어디로 데려간 거야?"

"모르겠구나, 아모르시토."

리디아는 머리로 루카의 머리를 감싼다. 그것만이 아들에게 줄 수 있는 유일한 위로이기 때문이다. 지금 솔레다드와 레베카가 겪고 있을 일은 생각하지 않으려 한다. 상상의 문을 닫아버리려 애쓰자 몸이 부르르 떨린다. 식은땀이 등줄기를 타고 흘러내린다. 승합차 안의 뜨거운 공기는 축축하고 텁텁하다. 공포의 악취가 진동한다. 하지만 루카가 리디아의 머리카락 아래로 작은 손을 넣어 그녀의 목덜미를 잡자, 살갗에 닿는 축축한 손바닥의 느낌에 리디아는 정신이 번쩍 든다. 그들은 여기서 살아남을 것이다. 반드시 그래야 한다. 리디아는 어둠 속에서 온몸으로 루카를 감싼다.

마침내 승합차의 뒷문이 열리자 계속 어둠 속에 있었던 탓에 햇빛이 고통스럽다. 난민들은 땀투성이에 어지럽고 목이 마르다. 승합차 안이 워낙 습한 터라 루카의 바지는 마르지 않았다. 오래된 오줌의 톡 쏘는 냄새가 났지만 아무도 투덜대지 않는다. 어쩌면 그 냄새의 진원지가 루카만이 아닐지도 모른다. 난민들은 엉덩이를 움직여 열린 문 쪽으로 간 다음 아래로 폴짝 뛰어내린다. 시멘트 바닥에 떨어지지 않으려고 조심하면서. 머리 위에는 침침한 형광등이 달려 있다. 여기는 큰 창고 안이고 담당자들은 유니폼을 입지 않았다. 리디아는 이내 그 사실이 무엇을 의미하는지 깨닫는다. 이곳은 경찰서나 감옥, 난민 강제 수용소가 아니다. 아무런 특징도 없는 우중충한 창고인 것이다. 젠장.

한쪽 구석에 다용도 싱크대가 있고 거기 달린 수도꼭지에서 물이 흐르고 있다. 그 물을 마셔도 된다는 담당자의 말에 난민들은 한 명씩 수도꼭지 아래 입을 대고 탁한 물을 마신다. 물에서 녹과 푹 삶은 달걀 맛이 난다. 루카는 몸을 내밀어도 물을 마실 수 없다.

"수갑 좀 풀어주실래요? 아들을 도와줘야 해요." 리디아가 보초를 서는 남자에게 말한다.

남자는 대답하지 않고 대신 루카를 들어 올려 수도꼭지에 입을 대고 물을 마실 수 있게 해준다.

"이게 무슨 냄새야?" 남자는 그렇게 말하더니 루카에게서 나는 냄새임을 깨닫고 루카를 바닥에 얼른 내려놓는다. "에잇, 더러워!"

루카는 울음이 나오려는 걸 꾹 참고 엄마 옆에 가서 선다. 그들은 명령에 따라 바닥에 앉고, 오랫동안 벽을 따라 일렬로 앉아 주위 소리를 듣기만 한다. 지저분한 싱크대 속으로 끊임없이 똑똑 떨어지는 물소리, 근처에서 금속 롤러가 끼익끼익 돌아가는 소리, 가끔 어떤 난민이 다른 난민에게 몰래 속삭이는 소리, 옆방에서 웃고 떠드는 경비들의 거침없는 목소리. 그들은 거기서 담배도 피우고

몸값

371

있다. 루카는 담배 냄새를 맡을 수 있다. 난민들은 질문하지도 않고 불평하지도 않는다. 아무도 움직이지 않는다. 몇 사람은 조용히 함께 기도한다. 체감하기로는 몇 시간이 흐른 뒤에 마침내 한쪽 벽에 있던 문이 트랙을 따라 굴러간다. 예상치 못한 햇볕이 무자비하게 쏟아지자 난민들은 모두 실눈을 뜬다. 트럭 한 대가 들어온다. 짐칸에는 난민들의 배낭이 쌓여 있고, 솔레다드와 레베카가 운전석을 등진 채 뒤쪽을 바라보며 앉아 있다. 여전히 등 뒤로 돌린 손목에는 수갑이 채워져 있다. 문은 얼른 다시 닫힌다.

"엄마! 누나들이 왔어." 루카는 그렇게 말하며 일어나려 한다. 하지만 리디아는 다시 앉으라고 말한다.

"루카, 아직은 누나들 보지 말고 말 걸지도 마. 잠깐 기다려. 누나들 상태가 어떤지 보자."

루카는 '상태가 어떤지'라는 엄마의 말이 무슨 뜻인지 잘 모르지만 자리에 앉는다. 누나들이 왔다! 루카는 다시는 누나들을 못 만나게 될까 걱정했다. 엄마는 더러운 불빛 속으로 몸을 내밀더니 루카의 코앞에 얼굴을 들이민다. 루카는 엄마의 얼굴을 볼 수밖에 없다.

"루카, 이 사람들은 아주 나쁜 사람들이야. 알겠니?"

루카는 입을 꾹 다문다. 그러고는 신발 밑창에서 풀려나온 작은 고무 실을 바라본다.

"지금은 다른 사람들의 관심을 끄는 행동을 하지 않도록 각별히 주의해야 해. 알겠어? 앞으로 어떻게 될지 알아내기 전까지 아주 조용히 있어야 해."

루카가 고무 실을 쭉 잡아당기자 실이 툭 끊어진다.

"알겠니, 미호?"

루카는 대답하지 않는다.

리디아는 두 자매가 온 걸 보고 놀랐다. 그녀 역시 다시는 그들을 못 만날 거라고 생각했다. 요원들은 두 자매에게 볼일을 마치면 계속 데리고 있거나, 팔거나, 죽일 수 있다. 솔직히 리디아는 그들이 그럴 거라고 예상했다. 가능한 한 아무것도 예상하지 않으려고 하기는 했지만. 지난 몇 시간 동안 아무런 표시도 없는 곳에 그 가정을 얕게 파묻어 두고는 그 일을 마음에서 밀어냈다. 왜냐하면 그걸 담아둘 공간이 없기 때문이다. 두 자매는 상태가 안 좋아 보인다.

솔레다드는 한쪽 눈이 멍들었고 역시 그쪽 뺨에 긁힌 상처가 있다. 마구 헝클어진 머리카락은 모래투성이다. 레베카는 한쪽 관자놀이에서 피가 흐른다. 살갗 위로 가느다란 선홍색 줄이 생겼다. 입술은 부풀고 살갗이 벗겨졌다. 경비가 차례로 그들의 발목을 잡아 트럭 뒷문 쪽으로 끌어당기더니 쌀 포대를 던지듯 바닥에 내동댕이친다. 솔레다드와 레베카는 말로도, 표정으로도, 몸으로도 불평하지 않는다. 둘 다 기운이 없고 전혀 움찔거리지도 않는다. 그들은 난민들이 앉은 줄 거의 맨 끝에 떨어지고, 떨어진 자리에서 움직이지 않는다. 레베카는 곧장 두 눈을 감는다. 솔레다드는 눈을 감지 않는다. 턱을 들고 몸을 앞으로 내밀어 일렬로 앉은 사람들을 쭉 훑어본다. 그러다 다른 사람들보다 약간 더 눈에 띄는 루카를 발견하고는 그 애를 향해 고개를 끄덕인다.

"솔레다드." 루카는 솔레다드가 들을 수 있을 정도로 크게 부른다. 지금 이 순간 솔레다드의 이름을 부르는 행동이 그녀가 본래 자신으로 돌아오는 데 필요한 깃발이라는 사실을 무의식적으로 알기 때문이다.

"레베카." 루카는 레베카의 이름도 부른다. 하지만 레베카는 눈을 더 질끈 감는다. 준비가 되지 않은 것이다. 레베카는 양 무릎을 더 가까이 끌어당기고 거기에 얼굴을 묻는다.

두 자매와 같은 트럭을 타고 온 다섯 남자는 이제 난민들의 배낭을 거칠게 바닥으로 던진다. 그들은 군청색 유니폼 바지에 흰 티셔츠를 바지 밖으로 내놓은 차림새다. 리디아는 저들이 카르텔을 위해 일하는 진짜 이민국 요원인지 아니면 저 유니폼과 트럭이 그저 정교하게 만들어진 가짜 제복과 소도구인지 의아하다. 상관없다. 그들은 트럭 짐칸에 서서 배낭을 바닥에 집어 던진다. 루카는 난민들이 정신을 번쩍 차리고 등을 곧추세우는 것을 느낄 수 있다. 공기 중에 보글보글 올라오는 긴장감이 감돈다. 사무실에서 나온 남자 몇 명이 합류하고 이내 책임자가 그들 앞에 선다. 다른 사람들은 그를 사령관님이라고 부른다.

"여기 멕시코인이 있나?" 사령관이 묻는다.

"저요." 리디아 말고도 서너 명이 더 대답한다.

사령관은 레베카 바로 옆에 앉은 첫 번째 남자에게 다가간다. 그러고는 자신의 부츠 끝으로 남자의 낡은 신발을 툭 친다. "자네가 멕시코인이라고?"

"네, 선생님."

"거짓말하는 거 아니지?"

"네, 선생님."

"나한테 거짓말 안 할 거지?"

"네, 선생님."

"어디 출신이지?"

"오악사카요."

"오악사카시?"

남자는 고개를 끄덕인다.

"오악사카시는 어느 주에 속하지?"

남자는 머뭇거리다 불확실한 말투로 대답한다. "오악사카주요?"

"그래, 아미고. 오악사카시는 오악사카주에 있어. 축하한다. 학교 다닐 때 공부를 잘했나 보군."

남자는 앉은 자리에서 몸을 꼼지락댄다.

"그럼 현재 오악사카주의 주지사는 누구지?" 사령관이 계속 묻는다.

"주지사요?"

"그래, 주지사. 오악사카주의 주지사. 네가 살았다는 주 말이야."

남자는 다시 머뭇거린다. "그건, 음, 최근에 주지사 선거가 있었는데 주지사는, 지난번 주지사는 음······." 남자는 고개를 흔든다.

"주지사 이름은 당연히 알겠지?" 사령관이 말한다.

"에스페란사?"

사령관은 뒤에 서 있던 경비를 향해 돌아선다. 경비는 휴대전화로 오악사카를 검색하더니 고개를 젓는다. "오악사카주의 주지사는 이노호사예요."

사령관은 다시 남자를 돌아본다. "자, 자네가 어디에서 왔는지 다시 한번 말해봐."

남자는 침을 삼키더니 나직이 말한다. "오악사카요."

사령관은 권총을 뽑더니 남자의 미간을 쏜다.

레베카는 살갗과 뼈까지 움찔한다. 리디아는 비명을 지른다. 줄지어 앉아 있던 난민들이 모두 비명을 지른다. 루카는 흐느끼면서 비명을 지른다. 두 손으로 귀를 틀어막고 눈을 꼭 감은 채 몸을 앞뒤로 흔든다. "아니야, 아니야, 아니야." 사령관은 짜증 난다는 듯이 헛기침을 한다. 그 작은 소리는 창고 안에 울려 퍼지는 어떤 소리보다 크다. 레베카는 눈을 휘둥그렇게 뜨고 입을 살짝 벌린 채 옆에 쓰러진 남자를 바라본다. 레베카의 무릎 위로 쓰러진 남자는 여전히 눈을 뜨고 있다. 남자의 피가 레베카의 다리로 흘러내린다. 레베카는 움직이지 않는다.

"여기서 또 나한테 멕시코인이라고 거짓말하고 싶은 사람이 있다면 부디 재고하시길." 사령관이 말한다. "자, 이제 다시 묻지. 여기 멕시코인 있나?"

루카는 미친 듯이 고개를 젓지만 리디아는 심호흡한 뒤에 입을 연다. "저요." 이번에는 리디아 혼자다.

사령관은 몸을 돌려 리디아에게 다가온다. "당신 아들인가?"

리디아는 숨도 쉬지 않고 말한다. "우린 게레로주 아카풀코에서 왔어요. 주지사는 엑토르 아스투딜로 플로레스, 주도는 칠판싱고예요."

리디아가 미처 말리기도 전에 루카가 벌떡 일어난다. 몸을 떨고 있지만, 똑바로 서서 고개를 뒤로 젖히고 눈을 감는다. 그러고는 또랑또랑한 목소리로 엄마의 뒤를 이어 말한다. "아카풀코 지역은 8세기 올메크 문명일 때부터 문화적 영향력을 행사했으나, 1520년대에 코르테스가 도착한 후에야 주요 항구로 자리 잡게 된다. 현재 아카풀코의 인구는 60만이 넘고 뚜렷한 우기와 건기가 있는 열대 기후이며……."

"이걸 정말 외운 건가?" 사령관이 루카의 말을 자르며 리디아를 바라본다.

"네." 리디아가 대답한다.

사령관이 루카를 바라보며 미소를 짓자 얼굴이 완전히 달라 보인다. 할아버지처럼 인자해 보인다. 둥글둥글해 보인다. 숱이 많은 눈썹, 관자놀이 부근의 희끗희끗한 머리카락. 조금 전에 수갑을 차고 있던 남자의 미간을 쏜 사람이다.

"아카풀코의 주요 산업은 관광……."

"미호, 그만해." 리디아가 말한다.

루카는 얼른 입을 다물고 다시 엄마의 무릎에 앉더니 몸을 옆으로 튼다. 자신의 몸으로 엄마를 가린다. 사령관은 허리를 숙여 양손으로 무릎을 짚으며 묻는다.

"그런 걸 다 어디서 배웠지?"

루카는 어깨를 으쓱인다.

"지어냈니?"

"아뇨."

"나한테 거짓말 안 할 거지?"

"네." 탈수 상태가 아니었다면 루카는 다시 오줌을 지렸을 것이다. 루카는 엄마의 목에 얼굴을 묻는다.

사령관은 다시 허리를 펴고 말한다. "그래서 당신들은 아카풀코에서 왔다고?"

인제 와서 부인하기에는 너무 늦었는데도 리디아는 머뭇거린다. 다른 대안이 없기 때문에 이미 진실을 말했다. 답을 바꿀 수는 없다. "네."

"그렇게 좋은 곳을 왜 떠났지?"

사령관은 리디아의 얼굴을 바라보지만 그녀를 알아보는 기색을 전혀 찾을 수 없다. 카르텔에 살해된 세바스티안의 얼굴은 전국적으로 알려졌지만, 그녀의 얼굴은 아니다. 루카나 엄마, 제니페르 혹은 그녀가 사랑하는 열여섯 명의 가족 중 누구도 얼굴이 알려지지 않았다. 그녀가 누구인지 말해줄 수 있는 것은 오로지 휴대전화로 전달되는 그 사진뿐이다. 리디아는 숨을 깊이 들이쉰다. 거짓말하지 않을 것이다. 약간의 진실을 말할 것이다.

"아카풀코는 극도로 잔인하고 무서운 도시가 됐어요. 더는 사업에 들어가는 비용을 감당할 수 없었죠."

"그래서 떠났군."

"네."

"훌륭한 아들에게 더 나은 삶을 찾아주려고." 사령관이 루카를 향해 이를 다 드러내며 미소 짓는다.

"네."

"똑똑하군."

리디아는 대답하지 않는다.

"그럼 자리에서 일어나." 사령관이 지시한다.

루카는 새끼 사슴처럼 폴짝 일어나 리디아를 도와준다. 리디아는 등 뒤로 손목이 묶인 탓에 루카에게 몸을 기댄 채 힘겹게 일어선다. 발목은 아직 아프지만 통증이 많이 줄었다. 살짝 찌릿한 통증만 남았다. 집에 있었다면 얼음찜질을 했을 테고, 이걸 핑계로 그날 저녁에는 요리하지 않고 세바스티안에게 토르타(멕시코식 샌드위치. - 옮긴이)를 사 오라고 했을 것이다.

"또 있나?" 사령관이 난민들에게 묻는다.

레베카는 입을 벌린 채 자신의 무릎에 쓰러진 죽은 남자를 바라본다. 솔레다드는 대답할까 고민하는 듯한 표정이지만, 리디아는 다급하게 고개를 저으며 솔레다드의 입을 막는다.

"수갑 풀어줘." 사령관이 보초에게 말하자 한 남자가 날카로운 칼을 들고 리디아에게 다가간다. 살갗에 칼날이 닿는 불쾌한 느낌에 리디아는 몸을 움찔하지만 잠시 뒤에 수갑이 딱 끊기고 양팔이 풀려난다. 리디아는 아직 플라스틱 끈이 묶여 있는 한쪽 팔을 내밀고, 보초는 끈을 잘라 손목에서 빼낸다. 보초에게 고맙다고 말해야 할까? 리디아는 아무 말도 하지 않는다.

"가서 짐을 가져와." 사령관이 리디아에게 지시한다.

루카도 리디아를 따라가고 둘은 배낭 더미에서 각자의 배낭을 집어 든다. 마체테와 칼집을 찾아봐야 소용없다는 걸 알지만 그래도 찾아본다. 역시나 없다.

"따라와." 사령관은 사무실로 돌아가고 리디아와 루카는 그를 따라간다.

사무실에 들어가자 사령관은 앉으라고 말한다. 낡은 철제 책상에는 노트 한 권이 놓여 있고, 사령관은 책상 뒤에 놓인 사무용 가죽 의자에 앉는다. 노트 위에 놓인 금색 펜은 가장자리에 글씨가 새겨졌다. 문밖에는 아직 식지 않은 주검이 놓여 있는데 저런 펜과 잔뜩 쌓인 서류를 보니 기분이 이상하다. 필시 지금은 인생 최악의 순간이다. 잠깐만, 아니다. 가족이 모두 살해되었다. 그보다 더 끔찍한 일은 없다. 이번에도 그녀와 루카만 주변 사람 모두에게 닥친 끔찍한 운명에서 도망치는 듯하다. 언제까지 그렇게 될까? 운은 언제 다할까? 지금? 사령관이 휴대전화에서 그녀의 사진을 찾아내 알아보고 하비에르를 위해 이마에 총알을 박을까? 리디아는 숨이 얕아지고 가빠진다.

"어디 보자." 사령관은 그렇게 말하더니 책상 서랍을 열고 휴대전화를 꺼낸다. 그걸 보자 리디아의 귀에 심장이 방망이질하는 소리가 들린다. "저기 파란색 포스터 앞에 서." 사령관은 벽에 붙어 있는 푸른색 종이를 가리킨다. 리디아는 그걸 바라본다. 그 말에 따르는 게 내키지 않는다. 따르지 않는 것도 내키지 않는다. 리디아가 포스터 앞에 서자 사령관이 사진을 찍고는 루카에게 말한다. "다음엔 너." 루카는 사령관의 말대로 하고는 다시 엄마 옆 의자에 앉는다.

"신분증 있나?" 사령관이 묻는다.

"네."

"좀 볼까?"

오악사카 출신이라고 거짓말했던 난민에게 쐈던 총성이 아직 리디아의 귓가에 쟁쟁하다. 리디아는 떨리는 손으로 배낭을 열고 지갑을 찾아낸다. 거기서 유권자 카드를 꺼낸다. 그녀가 멕시코인이라는 증거이자 하비에르 크레스포 푸엔테스가 찾는 여자라는 증거. 이 신분증이 구조선인 동시에 어뢰처럼 느껴진다. 리디아는 사령관의 살갗에 손이 닿지 않으려고 조심하며 그의 손바닥에 신분증을 내려놓는다. 사령관은 지갑도 달라는 뜻으로 손가락을 까딱인다. 그러고는 신분증을 찍은 다음, 지갑 속 원래 자리에 집어넣는다. 그다음에는 지갑에 들어 있던 돈을 꺼내 세어본다. 75,000페소가 약간 모자라는 금액으로 대략 3,900달러다. 리디아는 강도에 대비해 돈을 어떻게 나눠서 보관할지 고심했다. 우에우에토카 난민 쉼터에서 만난 여자가 반드시 돈을 여러 곳에 나눠서 보관하라고 충고해준 적이 있다. 그래야 강도를 만났을 때 전부 다 털리지 않을 수 있다는 것이다. 그래서 리디아는 전 재산의 3분의 1만 지갑에 넣어두었다. 그래도 꽤 많은 금액이다. 대다수 사람은 그녀에게 그 이상의 돈이 있으리라고는 생각하지 못할 것이다. 나머지 돈은 정확히 15,000페소로 십 등분 해서 여러 곳에 숨겨두었다. 왼쪽 겨드랑이 밑 브래지어 속에 바느질로 꿰매두기도 하고, 팬티 오른쪽 엉덩이 속에 넣어두기도 했다. 루카의 배낭 밑바닥에 있는 숨겨진 수납 칸에 은행 봉투째 넣어두기도 하고, 잘 펴서 엄마의 황금색 스니커즈 속에 넣어두기도 했다. 리디아는 그러길 잘했다고 생각하는 동시에 만약 사령관에게 나머지 돈의 일부를 들

몰감

키면 처벌받을까 두렵다. 사령관은 서랍을 열더니 75,000페소 대부분을 봉투에 넣고 지폐 서너 장만 다시 지갑에 넣는다.

그걸 본 리디아는 믿을 수가 없다. **지금 뭐 하자는 거지? 저 괴물에게도 나름의 도덕률이 있다는 건가? 우리에게 돈을 남겨주겠다고?** 보초 하나가 사무실 구석에 서서 그들을 지켜보고 있다. 아까 오악사카 주지사를 검색했던 남자다. 사령관이 노트에 이름과 빼앗은 돈의 액수를 적는 동안 보초는 리디아를 뚫어지게 바라본다. 사령관은 자신이 직접 적은 이름을 바라보며 얼굴을 찡그리더니 볼펜 끝으로 노트를 톡톡 친다. 보초가 헛기침한다.

"뭐 걸리는 거라도 있나, 라파?"

벽에 몸을 기댄 채 비스듬히 서 있던 라파는 똑바로 서더니 고개를 살짝 흔든다. "저 여자가 낯이 익어서요. 사령관님은 저 여자가 낯익지 않으십니까?"

사령관은 노트에서 고개를 들고 리디아의 얼굴을 좀 더 자세히 바라본다.

"모르겠는데. 당신이 우리에게 낯익은 사람인가?"

리디아는 목구멍이 바싹 마른다. "제가 흔한 얼굴이라서요."

사령관은 다시 서류에 주의를 돌리지만, 라파는 리디아의 얼굴에서 눈을 떼지 않는다. 리디아는 라파의 표정을 보고 그가 기억의 서류함을 뒤지며 그녀를 어디에서 봤는지 찾아내려 한다는 걸 알 수 있다. 라파의 입과 눈, 뚫어지게 바라보는 시선에서 그가 무슨 생각을 하는지 알 수 있다. **내가 저 여자를 어디서 봤더라?** 리디아는 패닉에 빠져 온몸이 떨린다. 무슨 일을 처리하는지 몰라도 제발 빨리 끝나게 해주세요, 하느님. 저 남자가 기억해내기 전에. 리디아는 티 나지 않게 얼굴을 가리려고 몸을 살짝 비틀고 루카에게 몸을 내민다. 하지만 그녀를 뜯어보는 남자의 시선이 여전히 악의적인 시계처럼 느껴진다. 그들의 익명성이 점점 만료된다.

하지만 사령관은 다음 단계로 넘어간다. "이름이 뭐냐, 꼬마야?"

루카는 곁눈질로 리디아를 바라본다. "사실대로 말씀드려." 리디아가 말한다.

"루카 마테오 페레스 키사노."

"몇 살이지?"

"여덟 살요."

사령관은 고급 펜으로 리디아의 이름이 적힌 줄 아래 +1이라고 쓰고 루카의 이름과 나이를 적는다.

"어디에 정착할 계획이지?"

"아직 확실하지 않지만, 덴버를 생각하고 있어요." 리디아가 말한다.

사령관은 그것도 적는다.

"여기서 무슨 일이 벌어지는지 알고 있지?" 사령관이 묻는다.

리디아는 뭐라고 대답해야 할지 모른다. "폭력과 납치, 금품 갈취, 강간"이라고 대답하고 싶지는 않다. "사악하고 악랄한 소행"이라고 말하고 싶지도 않다. "여기서 빨리 나가지 않으면 내가 죽겠죠"라고 대답하고 싶지도 않다. 적당한 대답이 없다.

"가끔은 불행한 결과가 있기도 하지." 사령관은 사무실 밖의 죽은 남자가 있는 쪽을 향해 막연히 손을 흔들더니 루카에게 미소 짓는다. 루카의 얼굴은 완전히 무표정하다. "하지만 이 결과를 기억하게 될 거야. 그 기억 때문에 침묵을 지킬 거고. 따라서 행복한 미래가 보장되는 거지."

'행복한 미래'라는 단어가 종소리처럼 리디아의 심장을 관통한다. 리디아는 미동도 하지 않는다. 사령관은 펜 뚜껑을 씌우고 노트를 덮은 다음, 책상 위에 양손을 깍지낀 채 몸을 앞으로 내민다.

"여기 있는 사람들은 어차피 대다수가 나쁜 놈들이란다, 얘야. 그 사실을 잊으면 안 돼. 저들은 죄 없는 자들이 아니야. 조직 폭력배거나 마약상들이지. 도둑이거나 강간범이거나 살인자들이야. 북쪽 대통령 말마따나 나쁜 허기bad hambres란다." 사령관은 대선 토론에서 난민들을 bad hombres(나쁜 사람들. 'hombres'는 스페인어로 남자라는 뜻. -옮긴이)라고 표현하려다가 무심코 bad "hambres"(스페인어로 허기라는 뜻. -옮긴이)로 말해버린 미국 대통령을 흉내 내 일부러 틀리게 발음했다. 이제 저 말은 모순덩어리 농담으로 쓰인다. 나쁜 허기. 사령관은 그 말이 옳다고 인정한 것이다. "저들은 고향에서 문제를 일으켰기 때문에 고향을 떠나야만 했어. 좋은 사람들은 절대 도망치지 않아."

루카가 입을 벌리자 리디아는 루카가 말하려는 것을 눈치채고 온몸으로 말하지 말라는 신호를 보낸다. 루카는 입을 다문다.

"하지만 대부분은 무사히 풀려날 거다." 사령관이 말을 잇는다. "자기 몸값을 스스로 지불하는 사람도 있지. 너랑 네 엄마처럼 말이야. 그럴 수 없는 사람들은 엘 노르테에 돈을 보내줄 가족이 있을 거야. 이곳에 겨우 하루 이틀 머물다가 몸값을 내면 자유의 몸이 되는 거야. 알겠니? 걱정할 것 없다." 사령관은 의자에서 일어나지만 계속 그 자리에 서 있다. "당신에게 이 일을 비밀로 하라고 말할 필요는 없겠지?"

리디아는 고개를 끄덕인다. "네, 세뇨르."

"고자질쟁이들이 겪은 끔찍한 일을 말해주지 않아도 되겠지?"

리디아는 다시 고개를 끄덕인다. 대체 누구에게 말한단 말인가.

"좋아. 그럼 이걸로 우리 거래는 끝났어. 라파?" 사령관이 뒤에 서 있는 보초를 돌아본다. "이 모자를 배웅하고 다음 사람을 들여보내."

라파가 돌아서자 그것만으로도 드디어 여기서 나갈 수 있다는 희망이 생긴다. 풀려나는 것이다. 도저히 믿기지 않는다. 리디아는 루카의 손을 잡고 몸을 떨며 의자에서 일어난다. 책상 뒤쪽 구석에서 라파가 철문을 연다. 리디아가 미처 알아차리지 못한 문이다. 라파가 손을 뻗어 철문 위쪽에 채워진 빗장을 풀고 문을 여는 쇠막대를 밀자, 열린 문틈 사이로 햇살 한 조각이 쏟아진다. 리디아는 기적적인 빛을 향해 움직인다.

하지만 루카는 움직이지 않고 리디아의 팔은 루카의 무게에 걸린다.

"어서 가자, 루카." 느닷없이 히스테릭한 어조로 리디아가 말한다. 그러고는 루카를 끌어당기지만 루카는 그녀의 손을 뿌리친다. "루카, 지금 뭐 하는 거야?" 리디아는 루카의 팔을 잡는다. 너무 짜증이 나서 루카를 죽일 수도 있을 것이다.

"누나들을 두고 갈 순 없어." 루카가 말한다.

루카는 가슴 속에서 새처럼 파닥거리는 심장이 느껴진다. 예전에 발코니를 통해 우연히 집 안으로 들어왔던 참새와 비슷하다. 나가는 길을 찾지 못한 참새는 계속 유리창을 들이받았고, 결국 아빠가 수건으로 잡아서 밖으로 날려 보냈다. 루카의 심장은 그와 비슷한 공포를 느낀다. 따라서 피투성이 심장이 유리창인 갈비뼈를 계속 들이받아 만신창이가 되어 죽거나, 아니면 갈비뼈가 산산이 부서질 듯하다.

리디아는 경외심에 차서 아들을 바라본다. **대체 뭐 하자는 거지?** "루카……."

"안돼, 엄마. 누나들은 돈을 낼 수 없어. 돈이 하나도 없다고." 루카가 말한다.

사령관은 다시 의자에 털썩 앉아 양 팔꿈치를 팔걸이에 놓고 손가락으로 삼각형을 만든다. 이런 대화가 오가는 게 즐거운 듯하다. 루카는 사령관에게 몸을 돌린다.

"몸값을 지불하지 못하는 사람은 어떻게 되죠?"

"꼬마야, 네 의리는 훌륭하다만……."

"어떻게 돼요?"

사령관의 표정이 순간적으로 무서워지고, 리디아는 다시 루카를 향해 손을 뻗는다. 하지만 이내 사령관의 표정이 누그러지더니 리디아에게 말한다. "괜찮아. 그 애를 해치지는 않아. 네 용기가 대단하구나. 자리에 앉아라."

리디아는 문을 바라본다. 문은 열려 있다. 문 너머로 약해지는 햇살이 보이고, 보장된 자유를 포기하기가 몸서리치게 싫다. 하지만 루카를 두고 갈 수는 없다. 이 악몽에 더 오래 머무는 것보다 누나들을 두고 가는 게 더 두려운 루카는 의자에 앉아 있다. 그런 일을 겪고도, 어쩌면 그런 일을 겪었기 때문에 그녀의 아들은 자신의 구원보다 양심의 소리를 더 중요시한다. **우리가 이 위기에서 살아남는다면 난 네가 정말 자랑스러울 거야.** 리디아는 생각한다. 그녀의 키가 5센티미터는 줄어들고 온몸이 허파가 있는 안쪽으로 무너져내린다. 리디아는 보초에게서 얼굴을 돌린 채 아들 옆에 앉는다.

"이 애가 말하는 누나가 누구지?" 사령관이 묻는다.

"무지개 팔찌를 한 두 자매요." 리디아가 말한다.

"아들이 아주 의젓하군." 사령관이 말한다.

리디아는 사령관의 칭찬에 재치 있게 대답하려니 매우 불안하다. "그 자매에게는 도와줄 가족이 없어요."

"우리뿐이에요." 루카가 말한다.

사령관은 거친 숨을 내쉬며 펜 끝으로 노트를 가볍게 톡톡 친다. "저 자매는 내다 팔 거다. 저 정도 미모면……." 사령관은 휘파람을 불더니 다시 루카를 바라본다. "하지만 네 용감하고 의리 있는 행동을 보상해주고 싶구나. 아주 인상적이어서 말이지." 그러고는 허리를 곧게 펴고 다시 리디아에게 말한다. "돈 있지?"

리디아는 머뭇거린다.

사령관은 씩 웃는다. "당신 생김새나 말투를 보면 틀림없이 돈이 더 있을 거야. 그렇지?"

리디아는 눈을 감는다. 어둠 속에서 솔레다드와 레베카가 보인다. 우에우에토카 외곽 고가 도로에서 두 자매를 처음 만났을 때의 모습이다. 노래하는 듯한 목소리, 고가 도로 아래로 대롱거리던 다리. 생기 넘치고 활기찬 태도. 그 순간 또 다른 장면도 떠오른다. 하얀 레이스, 제니페르의 킨세아녜라 드레스를 물들인 검붉은 얼룩. 창자가 끊어지는 듯한 흐느낌이 복받치지만 입 밖으로 나오지는 않는다. 리디아는 눈을 뜬다. 고개를 끄덕인다.

사령관이 언성을 높인다. "라파, 여자애들을 데려와." 그러고는 리디아에게 말한다. "75,000페소."

리디아는 숨을 헉 들이쉰다.

"한 사람당."

그녀에게 남은 돈 거의 전부다. 사령관은 그녀와 루카의 몸값으로 빼앗아간 금액보다 더 많은 돈을 요구하고 있다. 리디아는 그 금액이 이미 정해졌다는 사실을 깨닫고 소름이 끼친다. 저들이 인간을 돈으로 환산한 가치가 그 금액이다. 만약 리디아가 그 돈을 내지 않으면 다른 사람이 저 자매를 살 것이다. 또한 만약 저 보초가 그녀의 얼굴이 낯익은 이유를 기억해낸다면 그녀의 몸값도 치솟을 것이다. 그 가능성을 기억해내자 이 방에 재깍거리는 폭탄이 있는 듯하다.

루카가 그녀의 얼굴을 뚫어지게 바라보고 리디아는 아들을 위해 망설이지 않는다.

"돈 낼게요."

23

다시, 시작

리디아와 세바스티안이 결혼한 이후로 계속 저축한 돈은 이제 거의 사라졌다. 사령관이 리디아와 루카의 몸값을 가져간 뒤 지갑에 남겨둔 지폐 몇 장이 전부다. 총 4,941페소, 대략 243달러다. 평소라면 상당히 많은 돈이다. 몇 주 동안의 식비다. 월세를 내거나 병원비를 내거나 자동차 가스를 충전할 수 있다. 하지만 지금 상태에서 그 돈은 있으나 마나 한 금액으로 느껴진다. 없는 것이나 마찬가지다. 엘 노르테에 도착하면 밑바닥에서 시작해야 한다. 벌써 새신발이 필요하다. 루카의 신발은 밑창이 닳았고, 엄마의 황금색 스니커즈는 앞코의 금박이 벗겨지고 있다. 243달러에서 신발 두 켤레 값을 빼면 얼마 남지 않는다. 리디아는 가난뱅이가 된 기분이다. 하지만 다행히 아직 은행에 엄마의 돈이 남아 있다. 코요테에게 국경을 넘게 해주는 대가로 주기에 충분한 돈이다. 지금으로서는 그 생각밖에 할 수 없다.

마침내 보초가 문을 열고 그들이 비틀거리며 밖으로 나갈 때 어차피 리디아의 머릿속에 돈 걱정은 없다. 그녀의 얼굴을 찾아 기억을 더듬는 보초의 얼굴, 골똘히 생각하는 표정만 남아 있을 뿐이다. 리디아는 아직도 뒤에 그가 서 있다는 것을 알고 있다. 그는 언제든 기억해낼 수 있다. **그래, 맙소사, 저 여자야. 로스 하르디네로스가 찾는 여자.**

그들은 달린다. 여기가 어디인지, 선로나 도시에서 얼마나 멀리 떨어졌는지 알 수 없다. 창고에서 나오니 시골 풍경이 펼쳐져 있고 아득한 기차 소리나 자동차 소리도 들리지 않는다. 하늘에 남아 있는 붉은 빛을 향해 울퉁불퉁한 땅 위를 달린다. 막 태양이 지면서 분홍색이 자주색으로 변하는 서쪽으로. 바퀴 자국과 도랑과 보이지 않는 짐승들이 파놓은 구멍을 지나고, 바위와 뿌리와 뒤틀린 식물 무더기를 가로지르며 남쪽에서 북쪽으로 가는 도로가 나오기를 바란다. 삔 발목의 통증은 발을 구부릴 때만 느껴진다. 그래서 리디아는 발을 구부리지 않으려고 한다. 두 소녀도 절름거리지만 솔레다드는 기운이 넘치는 듯하고 통증에도 아랑곳없이 달린다. 달리는 동안 루카는 숨이 가쁜 치어리더처럼 모두를 격려한다.

"빨리 와, 레베카. 할 수 있어. 엄마도 힘을 내. 어서 가자."

솔레다드가 맨 앞으로 나간다. 엘 노르테까지 계속 달려갈 기세다. 마침내 길이 나오자 그들은 걸음을 멈춘다. 차는 한 대도 보이지 않고 주위에 내려앉은 황혼은 아직 분홍빛이다. 솔레다드는 리디아 옆에 서더니 그녀의 손을 잡고 몸을 떨며 말한다.

"고맙습니다."

리디아는 죄책감을 느낀다. 이 아이들을 두고 오려 했다. "루카 덕분이야."

솔레다드는 루카의 정수리를 잡고 허리를 숙여 얼굴을 바라본다. "네가 우리 목숨을 구해줬어. 알고 있니? 너와 네 엄마가." 솔레다드는 리디아의 손을 놓지 않는다.

루카는 미소 짓고 레베카는 울기 시작한다. 루카는 고음의 긴장된 울음소리에 깜짝 놀란다. 레베카의 얼굴은 고통으로 일그러지고 날카로운 흐느낌 사이로 숨을 토해낸다. 입고 있는 청바지는 그녀의 피와 죽은 남자의 피로 얼룩졌고, 단추가 떨어져서 앞이 여며지지 않는다. 리디아는 배낭에서 캔버스 벨트 하나를 꺼내 청바지의 벨트 구멍 사이로 집어넣는다. 레베카는 움찔하고 몸을 떨지만 리디아의 친절한 손길을 견뎌낸 뒤 직접 벨트를 채운다. 솔레다드는 뒤에 서서 동생의 검은 머리카락을 모아 하나로 묶는다. 그러자 목에 생긴 자주색 멍이 드러난다. 솔레다드는 손끝으로 멍을 부드럽게 만진다. 레베카는 움찔하며 언니를 돌아보고 둘은 서로 껴안는다. 레베카는 몸을 떨며 울고, 다른 사람들은 곁에서 기다려준다. 레베카가 다시 걸을 수 있을 때까지. 브래지어가 없는 레베카는 가슴 앞에서 팔짱을 낀다.

그들은 길을 따라 북쪽으로 걷고 노을은 자주색에서 남색으로, 다시 푸른색으로 변한다. 마을 외곽을 지날 무렵에는 어둠 속을 걷고 있다. 리디아는 걷는 내내 어깨 너머를 돌아보며 멀리서 다가오는 불빛이 없는지, 총성이 들리지 않는지 살핀다. 피로보다는 두려움이 훨씬 크다. 리디아는 아이들이 빨리 걸을 수 있는 한 계속 이끌고 나아간다. 물은 진작에 바닥난 터라 다들 목이 마르다. 하지만 여기는 가게도, 강도, 시내도 없다. 작은 마을로 들어가는 것은 너무 위험해 보인다. 아직 그 창고에서, 그 남자들에게서 충분히 멀어지지 않았다. 사람들에게 모습을 드러내고 싶지 않지만 온종일 아무것도 먹지 못해서 배가 고프다. 아드레날린이 분출되는데도 그들은 점점 기운이 빠진다. 가끔 자동차 전조등이 다가오면 얼른 길에서 물러나 아무 데나 가만히 숨어 있는다. 말하지 않아도 모두 알고 있다. 이 새로운 두려움이 앞으로 계속 가져가야 할 짐이며, 아직 완벽하게 도망치지 못했고 안전하지 않다는 사실을. 지나가는 저 차들 중 어디에라도 아까 그들을 납치했던 남자들이 타고 있을 수 있다. 그자들이 사령관에게 알렸든 알리지 않았든 다시 쫓아와 아까 트럭 뒤에서 솔레다드와 레베카에게 했던 짓을 다시 하고, 또 하고, 또 하기로 마음먹었을 수 있다. 리디아의 머리채를 잡아끌어 차 트렁크에 쳐넣고, 루카를 떼어내 길가에서 총으로 쏴 죽인 다음 밤새 차를 몰아 아카풀코로, 하비에르에게로 데려갈 수 있다. 하비에르가 거기서 그녀를 기다리고 있다.

마침내 북쪽으로 도시의 들쑥날쑥한 불빛이 어슴푸레 드러난다. 교차로를 지나자 차량 통행이 끊이지 않는다. 차가 너무 많아서 더는 차가 지나갈 때마다 도로에서 도망칠 수 없다.

"물을 구할 수 있을 거야. 곧 가게가 나오거나 누군가가 물을 줄거야." 리디아가 말한다. 정말 그렇게 될 조짐은 전혀 보이지 않지만 그래도 리디아는 그렇다고 믿고 싶어서 그렇게 말한다. 또한 발걸음을 재촉하는 격려이기도 하다. 땅이 평평해지고 곧 도심의 불빛이 시야에 들어온다. 차 한 대가 지나가더니 속력을 줄이고 갓길로 들어가 정차한다. 리디아는 한쪽 팔로 루카가 더 걷지 못하게 막는다. 솔레다드와 레베카는 몸이 굳고 서로에게 더 바싹 붙어 선다. 차가 그들을 향해 후진하자 자매는 길에서 벗어나 달리지만 갈곳이 없다. 리디아는 제자리에 서 있다. 이제는 마체테가 없다는걸 잊어버리고 자신도 모르게 마체테를 꺼내려고 허리를 숙였다가 나직이 욕을 중얼거린다. 243달러에서 신발 두 켤레와 마체테값까지 빼야 한다. 리디아는 루카를 자기 뒤로 보낸다. 운전석 문이 열리더니 한 남자가 내린다. 카우보이 부츠를 신고 청바지에 버튼다운 셔츠를 입었다. 남자는 그들에게 다가오지 않고 차 옆에 선다.

"괜찮습니까?" 남자가 어둠을 향해 외친다.

"괜찮아요." 리디아가 대답한다.

"난민들인가요?"

리디아는 대답하지 않는다.

"밤에 이 도로에서 난민들을 많이 봅니다. 상태가 아주 안 좋은사람들도 있고요." 남자가 설명한다. "어디서 왔는지는 아무도 모르죠. 당신들은 선로에서 한참 벗어났어요. 어쩌다 여기까지 오게된 겁니까?"

리디아는 입을 굳게 다물지만, 남자는 그들의 과묵한 반응에 개의치 않고 계속 이야기한다.

"난 의삽니다. 이 근처에 내 병원이 있어요. 원하시면 안전한 곳으로 데려다드리죠."

솔레다드는 코웃음을 치지만 레베카는 솔레다드의 팔을 꽉 잡으며 말한다. "웃지 마."

그러자 솔레다드는 더 신경질적으로 웃는다.

"내가 말을 잘못했나요?" 남자가 묻는다.

"안전한 곳!" 솔레다드가 웃으며 외친다.

루카는 엄마 옆으로 바싹 다가가 묻는다. "누나가 왜 웃는 거야, 엄마? 왜 저래?"

"쉬이이. 너무 힘든 일을 겪어서 그래. 사람은 가끔 이상해지기도 해. 곧 원래대로 돌아올 거야, 미호." 리디아가 말한다.

남자는 자동차 뒤쪽으로 걸어가 트렁크를 연다. 리디아는 루카의 목을 잡고 두 걸음 물러난다. 하지만 트렁크에 손을 집어넣은 남자가 꺼낸 것은 1갤런짜리 플라스틱 물통이다. 남자는 물통을 길가에 내려놓는다.

"여러분이 물을 마실 수 있게 물통을 여기 둘게요. 난……." 남자는 말을 멈추더니 다시 트렁크로 몸을 돌린다. "이 안에 쿠키도 있는 줄 알았는데 우리 아들이 먹었나 봅니다. 아무튼 물은 두고 갈게요." 남자는 손에 열쇠 꾸러미를 들고 있고 루카는 열쇠끼리 짤그랑 부딪치는 소리를 들을 수 있다. "혹시 치료가 필요한 사람이 있다면 내가 도울 수 있습니다. 배고프면 내가 음식을 대접할 수 있어요."

리디아는 어둠을 뚫고 길가에 서 있는 두 자매를 바라본다. 그녀의 눈은 빛에 적응된 터라 두 자매의 얼굴이 보이지만 표정은 읽을 수 없다.

"마을까지 얼마나 되죠?" 솔레다드가 묻는다.

"그리 멀지는 않아. 3에서 5킬로미터 정도야. 30분쯤 걸어가면 도시 변두리가 나올 거다." 의사가 말한다.

"여긴 어디죠?" '도시'라는 말에 흥분해서 루카가 묻는다. 도시라면 여기가 그의 예상보다 크다는 뜻이다.

"나볼라토란다. 쿨리아칸에서 서쪽으로 30킬로미터 정도 떨어졌지."

루카는 잠시 눈을 감고 머릿속 지도를 본다. 나볼라토가 보인다. 쿨리아칸이라는 큰 점 옆에 있는 작은 점이지만 이곳에 관한 어떤 정보도 저장되어 있지 않다. **30킬로미터라니. 대체 어떻게 선로로 돌아가지?** 리디아는 생각한다. 두 자매는 더 걸을 수 있는 상태가 아니다.

"나볼라토에 난민 쉼터가 있나요?" 리디아가 묻는다.

"아뇨. 없을 겁니다. 하지만 성당은 있어요. 성당은 늘 난민들을 돕죠."

"쿨리아칸은요? 거기에는 쉼터가 있나요?"

"아마 있을 겁니다. 잘 모르겠네요."

리디아는 한숨을 크게 내쉰다. 네 사람이 살아서 함께 창고를 나왔을 때 느꼈던, 가슴이 먹먹할 정도로 감사하는 마음이 여전히 남아 있기는 하지만 피로와 계속되는 두려움 뒤에서 점점 희미해진다.

"배고프니?" 의사가 묻는다.

"네." 루카가 대답한다.

"태워다줄까?"

이번에도 리디아는 두 자매를 본다.

다시, 시작

"싫어요." 솔레다드가 단호하게 말한다.

리디아는 자신의 실망감, 이 남자를 믿고 싶어 하는 간절한 마음을 느끼고 깜짝 놀란다. 하지만 세상에 선의가 있다는 작은 증거라도 보고 싶다. 한 가닥 희망이 필요하다. 남자는 그들 반대쪽을 비추는 자동차 전조등 불빛을 등진 채 서 있고, 리디아는 남자의 윤곽선만 볼 수 있다.

"어쨌든 고맙습니다."

리디아는 그렇게 말하고 남자 쪽으로 조심스럽게 몇 걸음 내디딘다. 루카는 총총 뛰어간다. 물이 든 플라스틱 물통은 자동차 뒤쪽 범퍼 부근 남자의 발치에 놓여 있다. 루카는 물통의 뚜껑을 벗기고 들어 올리지만 너무 무거워서 물이 왈칵 쏟아진다. 루카는 남자가 물통을 잡아준 덕분에 물을 마시고 또 마신다. 잠시 얼굴을 돌렸다가 다시 오랫동안 들이켠다. 리디아는 루카 뒤에 서서 자기 차례를 기다린다. 뒤에서 두 자매가 다가오는 소리가 들리지만 그들은 어둠에서 나오지 않는다.

"저기, 강요하고 싶지는 않지만 밤에 이 도로에 있는 건 안전하지 않아. 이 부근은 사고가 자주 일어나지. 흉흉한 소문도 돌고. 아마 너희들도 이미 알 거다."

솔레다드는 다시 코웃음을 치지만 이번에는 한 번에 그친다. 더는 그 말이 우습게 들리지 않는다. 의사의 얼굴이 걱정으로 주름진다. 그는 열쇠고리에 달린 소형 플래시를 켠다. 그러고는 가느다란 빛으로 두 자매의 다리를 비추며 어둠 속에서 자신이 본 것과 맡았던 냄새가 짐작대로인지 확인한다. 역시나 상당한 양의 피가 보인다. 레베카의 청바지만 그런 것이 아니다. 이제는 리디아도 볼 수 있다. 솔레다드의 청바지도 피로 물들어 있고 그 피는 아직 마르지 않았다. 루카는 아직도 물을 마시고 있다. 의사가 플래시를 끄고는 말한다.

"제발 내가 도울 수 있게 해다오."

솔레다드는 가슴 앞에서 팔짱을 낀다. 레베카는 입을 굳게 다문다. 그때 루카가 큰 소리로 말한다.

"아저씨가 진짜 의사인지 우리가 어떻게 알죠?"

"아." 남자는 검지를 들어 올리더니 뒷주머니에서 지갑을 꺼낸다. 거기에 신분증이 들어 있다. 남자의 사진과 함께 '닥터 리카르도 몬타녜로 알칸'이라고 적혀 있다. 루카는 신분증을 뚫어지게 들여다보고는 다시 건네준다.

"신분증으로는 아무것도 증명할 수 없어요." 솔레다드가 말한다. "의사라고 해도 카르텔 조직원일 수 있으니까요. 아저씨가 의사든, 교사든, 성직자든, 연방 경찰이든 여전히 사람을 죽일 수 있어요."

의사는 고개를 끄덕이며 지갑을 다시 청바지 뒷주머니에 넣는다. "네 말이 맞다."

"그리고 왜 우리를 돕고 싶다는 거죠?" 솔레다드가 묻는다.

남자는 목에 건 금 십자가를 만지며 말한다. "내가 주릴 때 너희가 먹을 것을 주었고, 내가 목마를 때 마시게 하였고."

리디아는 자기도 모르게 성호를 그으며 그다음 성경 구절을 말한다. "나그네 되었을 때 영접하였다." 그리고는 레베카에게 물통을 건넨다. 레베카는 조금만 마시고 솔레다드에게 건넨다.

"이 아저씨를 따라가야 해." 루카가 선언한다.

남자는 먼저 솔레다드에게 자신의 휴대전화를 뒤질 수 있게 해준다. 자신의 페이스북 페이지며 아내, 아이들과 찍은 사진도 보여준다. 솔레다드는 너무 배가 고프고 지쳐서 마음이 누그러진다.

의사는 자신의 병원에 데려가고 싶어 하지만 그들은 거절한다. 그래서 도심으로, 백색 도료를 바른 2층짜리 건물로 데려간다. 1층에 가게가 있고 2층 창가에는 술집들이 있다. 큼직한 빨간 글씨는 이 건물이 '테초로호 모텔'이라고 주장한다. 1층 가게에는 빨간색 차양이 달렸고, 야외 계산대에는 긴 앞치마를 두른 아가씨 둘이 서서 수상쩍다는 표정으로 다가오는 손님을 응시한다. 그들 뒤에는 반짝이는 은박지에 담긴 과자와 형광색 음료수가 진열되어 있다. 또 석쇠가 있어서 고기 굽는 냄새가 풍기고, 음질이 나쁜 싸구려 라디오에서는 아코디언 연주가 많이 들어간 노르테뇨(멕시코 북부의 지역 음악. ─옮긴이)가 흘러나온다. 의사는 그들에게 저녁을 사주고 방값까지 내준다.

"원한다면 내일 아침에 다시 와서 쿨리아칸까지 데려다줄 수 있습니다." 의사는 그렇게 말하고는 그들이 고맙다고 말하기도 전에 가버린다.

저녁을 먹은 뒤 네 사람은 작은 방에 들어가 문을 잠근다. 그러고는 만약을 대비해 묵직하고 널찍한 탁자를 끌고 가서 문손잡이 바로 밑에 놓는다. 그런 다음 리디아는 아이들의 바지를 모두 모은다. 방에는 욕실이 없지만 한쪽 구석에 변기와 노란색 세면대가 있다. 수도꼭지에서 나오는 물은 모래색이지만 리디아는 개의치 않는다. 루카와 솔레다드와 레베카의 바지가 변색되면 오히려 지우려고 하는 핏자국이 더 눈에 띄지 않을 것이다. 세면대 비누대에 놓인 금이 간 비누로 바지를 문지르고 또 문지른다. 마침내 청바지를 비틀어 짜니 수돗물의 원래 색깔인 회갈색 물이 나온다.

빨래를 다 마쳤을 때는 방에 있는 두 개의 싱글 침대 중 하나에 누워 있는 루카가 부드럽게 코를 골고 있다. 두 자매도 서로 마주 보고 몸을 웅크린 채 잠들어 있다. 솔레다드는 동생의 머리에 팔베개를 해주었고, 둘이 함께 벤 베개 위로 곱슬거리는 검은 머리카락이 펼쳐져 있다. 리디아는 가방을 뒤져 칫솔을 꺼낸 다음 치약을 짠다. 갈색 수돗물을 바라보며 잠시 고민하지만 평소처럼 수돗물로 칫솔을 적신다. 집에서는 침대에 눕기 전까지 정해진 절차가 있었다. 어떤 때는 20분이 걸리기도 했다. 마사지 크림부터 토너, 영양 크림, 치실, 양치, 구강 청결제, 립밤까지. 가끔은 족집게로 눈썹을 뽑기도 하고 손톱을 깎거나 다듬기도 한다. 물론 이따금씩 각질 제거와 팩도 한다. 핸드크림도 바르고 발이 차가울 때는 폭신한 양말도 신는다. 기다리다 조급해진 세바스티안은 루카가 깨지 않도록 침실에서 속삭이듯이 외쳤다. "맙소사. 여보, 에펠 타워도 이보다는 더 빨리 지어졌겠다!" 하지만 리디아가 막상 준비를 마치고 침실로 가면 세바스티안은 늘 이불을 젖히며 맞아주었다. 리디아가 침대에 누우면 다시 이불을 덮어주고 팔로 끌어안았다. 키스하는 그의 입에서는 늘 향긋한 냄새가 났다.

리디아는 녹슨 거울에 비친, 강렬한 노란색 불빛 속 자신의 얼굴을 외면한다. 이를 다 닦고 물로 입안을 헹군다. 탁한 물로 얼굴과 목을 씻고 지난 이틀간 입었던 셔츠로 물기를 닦는다. 마침내 루카 옆으로 들어가 누웠을 때는 '생각하지 마' 주문을 외우기도 전에 피로가 마취제처럼 퍼지며 모든 것을 덮어버린다. 그렇게 잠든다.

몇 시간쯤 지나 아직 새벽이 되기 전에 레베카가 검은 잠에서 리디아를 깨우더니 조용히 속삭인다.

"언니가 이상해요."

리디아는 루카에게서 몸을 떼어낸다. 루카는 입맛을 다시고는 벽 쪽으로 돌아누우며 몸을 더 둥글게 만다. 부실한 커튼이 달리고 지나치게 밝은 가로등 밑에 있는, 방의 하나뿐인 창문으로 빛이 충분히 들어오고 있다. 리디아는 옆 침대로 다가간다. 솔레다드가 침대에 앉아서 배를 움켜잡은 채 몸을 앞뒤로 흔들고 있다.

"솔레다드? 괜찮니?"

솔레다드는 이를 악물고 몸을 앞으로 숙인다. "그냥 심한 배탈이에요."

리디아는 레베카를 올려다본다. 레베카의 얼굴에는 걱정이 자욱하다. "넌 루카 옆에 앉아 있으렴. 루카가 깨지 않게 해줘." 리디아가 말한다.

레베카는 루카의 발치에 앉는다.

"일어날 수 있겠니?" 리디아가 묻는다.

솔레다드는 기운을 내 침대에서 내려온다. 그녀가 앉아 있던 자리에 검은 얼룩이 있고 피 냄새가 난다. 리디아는 솔레다드를 부축

해 침대를 돌아서 방구석의 변기로 데려간다. 그러고는 얇은 커튼으로 솔레다드를 최대한 가려주며 죽은 아기를 몸 밖으로 내보내기를 기다린다.

의사는 약속대로 이튿날 아침에 돌아와 차로 그들을 쿨리아칸까지 데려다준다. 어제 리디아가 빤 청바지는 아직 축축하고 뻣뻣하지만 두 자매는 청바지를 입었다. 그래도 태양 덕분에 머지않아 바지가 마른다. 태양은 그들의 옷과 머리카락, 피부에서 수분을 빨아들인다. 레베카는 어제보다 몸이 가볍지만 솔레다드는 더 무겁다. 리디아는 솔레다드를 위해 생리대를 사고 싶지만 가격이 너무 비싸다. 그래서 염치없게도 의사에게 부탁한다. 의사는 전혀 난처해하지 않고 망설임 없이 리디아의 부탁을 들어준다. 또 아침을 사주고 자외선 차단제까지 사주며 꼭 바르라고 한다. 루카에게는 만화책도 한 권 사준다. 그러고는 역시나 고마움을 표시하려는 그들의 노력을 덜어주려고 느닷없이 사라져버린다.

리디아는 어서 빨리 다시 기차에 타고 싶다. 이 지역의 악몽 같은 기억에서 벗어나고 싶다. 빨리 북쪽으로 이동하고 싶다. 선로를 따라 도심을 가로지르며 리디아는 어제 그녀를 유심히 바라봤던 보초와 마주칠까 두렵다. 그가 차를 타고 출근할까 두렵다. (그건 그렇고 그놈들도 출근이라는 걸 할까? 그걸 출근이라고 부를까? 아침마다 부인과 아이들에게 작별 키스를 하고서 오늘 하루도 여자를 강간하고 금품을 갈취하기 위해 집을 나설까? 그러고는 저녁이면 지쳐서 집에 돌아와 포트 로스트를 먹을까?) 그가 리디아를 보고, 네 사람이 선로를 따라 북쪽으로 걸어가는 걸 보고 퍼즐 조각이 딱 맞춰지며 기억해낼까 두렵다. 사진 속 하비에르 옆에서 미소 짓고 있는 얼굴을. 리디아는 루카의 등을 부드럽게 밀며 더 빨리 걷게 한다. 철골로 만든 철도교를 따라 흙탕물이 흐르는 강을 건너자 조차장이 나온다. 쭉 뻗은 선로 한쪽에는 거대한 바위 무더기가 있다. 몇몇 난민이 더러운 색의 쓰레기와 잔해, 진흙, 잡초에 둘러싸인 채 기차를 기다리고 있다. 그중에 한 소년이 있는데 루카보다는 나이가 조금 많지만 레베카보다는 확실히 어리다. 소년은 서 있고 다른 난민들은 어깨를 웅크린 채 소년을 등지고 있다. 소년의 눈동자는 초점이 없고 물음표 자세를 취하고 있다. 손은 몸 앞으로 내민 채 덜덜 떨고 구부러진 다리로 몸을 이상하게 흔들고 있다.

"엄마, 쟤 왜 저래?" 루카가 묻는다.

루카는 저렇게 이상한 아이는 본 적이 없다. 소년은 그들을 알아차리지 못한 듯하다. 사실 어떤 것도 알아차리지 못한 듯하다. 엄마는 고개를 젓지만 솔레다드는 한마디로 대답해준다. 마약. 그들은 빨리 소년을 지나치고 소년이 주위를 맴도는 듯한 난민들에게서도 멀어진다. 조차장을 빠져나오려는데 옷을 잘 차려입은 세 여자가 선로 위 다리에 나타난다. 그들은 머리 위로 손을 흔들며 그들을 부른다. "형제님, 우리에게 음식이 있어요!" 모여 있던 남자들이 일어나 청바지에 묻은 흙을 털고는 여자들에게 가서 음식을 받는다. 세 여자 중 하나는 큰 소리로 성경 구절을 읽고 나머지 둘은 타말(사탕수수로 만든 반죽에 고기나 채소 등의 소를 넣고 옥수수 껍질로 싸서 찐 음식. - 옮긴이)과 아톨(곡물을 갈아 묽은 죽처럼 만든 음료. - 옮긴이)을

나눠준다. 루카는 의사 선생님에게 아침을 얻어먹은 덕분에 배고
프지 않지만, 공짜 음식은 절대 거절하면 안 된다는 걸 배웠다. 그
들은 받은 음식을 감사히 먹는다. 세 여자가 냄비를 챙기고 버린
쓰레기를 모으자 리디아는 그들도 여기를 떠나야 하지 않을까 생
각한다. 이곳은 지저분하고 위험하게 느껴진다. 하지만 여기 주차
된 기차 중 하나가 짐을 싣고 곧 북쪽으로 떠난다는 말이 들린다.
남자들은 이미 사다리를 올라가 기차 지붕에 짐을 늘어놓는다. 직
원들은 그런 난민들을 그저 바라볼 뿐 저지하지 않는다. 정부가 기
차에 타는 난민들을 저지하는 방법은 너무 무분별하고 마구잡이
다. 오악사카와 치파스, 멕시코주에는 수백만 페소와 달러를 들여
선로 옆에 장벽을 짓지만 다른 곳은 모른 척한다. 심지어 여기에는
한쪽 구석에 경찰차가 주차되어 있고, 경찰이 기차에 올라타는 난
민을 지켜보고 있다. 경찰은 종이컵에 든 커피를 한 모금 마신다.
조차장 전체가 덫 같지만 리디아는 너무 감사해서 의심할 겨를이
없다.

두 자매는 온몸이 아프고 기운이 없는데 특히 솔레다드는 유산
까지 한 터라 더욱 그렇다. 다행히 정차한 기차에 올라탈 수 있는
행운이 따라주어 그들은 조심조심 기차에 오른다. 리디아보다 먼
저 사다리를 올라가는 솔레다드에게서 아직 피 냄새가 난다. 그들
은 기차 지붕을 따라 계속 이동하고 마침내 넷이 함께 편안히 앉을
수 있는 화물칸에 도착한다. 그들이 막 자리를 잡고 리디아가 배낭
에서 캔버스 벨트를 꺼내는 순간, 소녀 하나가 화물칸 지붕 가장자
리로 머리를 내밀더니 냉큼 올라와 망설임 없이 솔레다드에게 다

다시 시작

가간다. 소녀는 루카보다 어려서 여섯 살쯤 되어 보이는데 혼자다. 짧은 검은 머리카락은 햇볕에 반짝이고 청바지에 갈색 가죽 부츠를 신었다. 소녀가 솔레다드 바로 옆에 쪼그려 앉자 솔레다드는 소녀의 대담하고 친밀한 접근에 깜짝 놀란다. 소녀는 들어 올린 얼굴을 솔레다드 코앞에 대고는 속사포처럼 말한다. 솔레다드는 뒤로 몸을 뺀다.

"일자리 필요해? 우리 이모가 여기서 식당을 하는데 웨이트리스가 필요하대. 가서 일할래?" 소녀는 빠르게 묻더니 솔레다드의 팔을 붙잡고 끌어당긴다. "빨리 가자. 나랑 함께 가. 내가 어딘지 보여줄게." 솔레다드는 자신의 팔을 잡아당기는 소녀에게 놀라서 하마터면 따라가려고 일어날 뻔한다. 따라가면 안 된다는 건 알고 있다. 이 소녀는 무례하고 거의 협박하듯이 행동한다. 하지만 솔레다드의 머리와 몸이 갈등을 일으킨다. 머리로는 이 강압적인 소녀를 믿으면 안 된다는 걸 알지만, 몸은 본능적으로 소녀의 귀여운 모습과 아름답고 순진한 얼굴에 이끌린다. 솔레다드는 이 두 개의 진실 사이에서 순간적으로 팽창하는 기분이 들지만 이 마법은 금세 풀린다. 경찰이 여전히 종이컵을 든 채 경찰차에서 내리더니 기차 아래 진흙 위에 서서 소녀에게 외쳤기 때문이다.

"시메니타, 그 사람들 내버려 둬라! 거기서 내려와."

소녀는 경찰 쪽으로 고개를 홱 돌리더니 얼른 솔레다드의 팔을 놓고 화물칸 가장자리로 달려가 사다리를 내려간다. 그러고는 잠시 뒤에 멀리서 모습을 드러내며 바위와 잔해 사이로 쏜살같이 도망친다.

경찰이 소녀의 뒤에 대고 외친다. "네 아빠에게 오늘은 아무도 못 건드린다고 전해라!"

솔레다드는 어서 기차가 브레이크를 푸는 소리와 엔진이 덜컹거리는 소리를 듣고 싶다. 마침내 기차가 움직이자 그들은 행복이나 안도감이 아닌 잠시 미뤄두었던 불안을 느낀다.

이동하는 동안 루카는 표지판을 눈여겨본다. 머릿속 지도에서 익숙한 이름을 확인하거나 익숙지 않은 지명은 새롭게 점을 찍기 위해서다. 구아무칠, 바모아, 로스모치스. 쿨리아칸을 벗어난 지 대략 세 시간쯤 되었을 때 아주 외딴 곳 어느 지점에서 그들이 타고 가는 선로가 다른 선로들과 합쳐지더니 선로가 점점 더 늘어나 적어도 열두 개는 되는 듯하다. 기차 속도가 줄어들자 루카는 여기 모여 있는 많은 난민을 볼 수 있다. 이번에도 역시 장벽이나 경찰은 없다. 그들이 라 베스티아에 타려고 여기 모였다는 명백한 사실은 아무도 신경 쓰지 않는 듯하다. 기차가 멈추자 백 명쯤 되는 사람이 멈춘 기차에 수월하게 올라탄다. 하지만 그때 기관차 엔진이 꺼지고 직원들이 기차에서 내리더니 근처 주차장으로 흩어져 차에 올라탄다. 기차 지붕에 있던 사람들은 다들 신음하고 욕을 내뱉는다. 그 후로 라 베스티아는 사흘 밤을 움직이지 않는다.

24

조금만 더

선로 양쪽으로 경작지가 펼쳐져 있다. 루카는 농부가 가끔은 트랙터를 타고 혹은 걸어 다니며 줄줄이 심긴 작물을 돌보는 모습을 지켜본다. 이 비옥한 땅에서 자라기를 바라는 작물이 뭔지는 모르지만. 농부는 긴 호스로 오도 가도 못 하게 된 난민들의 물병을 채워준다. 호스에서 나오는 물은 미지근하지만 깨끗하다. 가끔은 트럭을 탄 일가족이 와서 트럭 짐칸에서 음식과 음료수를 판다. 하지만 그들이 오지 않을 때면 루카는 심하게 배가 고팠다. 그럴 때는 얼마 되지 않는 음식을 나눠주는 동료 난민들의 온정에 의지한다. 밤이 되면 추워서 몇몇 사람들이 작게 모닥불을 피운다. 빈 화물칸에서 다닥다닥 붙어 자는 사람들도 있지만, 그 안은 사람들로 붐비고 냄새가 난다. 그리고 화물칸이 바람을 막아주기는 해도 자는 동안 금속에서 올라오는 한기가 뼛속까지 파고든다. 그래서 리디아와 루카는 옷을 다 껴입은 채 모닥불 근처에 앉아 담요로 몸을 둘둘 말고 잔다. 알록달록한 부리토처럼. 다들 지치고 신경이 날카롭다. 무미건조하고 황량한 이곳에서 기다린 지 이틀째 되던 날에는 기다리기를 포기하고 걸어가는 사람들도 나온다. 루카는 저들이 어디로 걸어가는지 상상조차 할 수 없다. 왜냐하면 여기에 정차하기 한참 전부터 마을이라고는 찾아볼 수 없었기 때문이다. 만약 앞으로 한참을 가도 마을이 없다면 어쩐단 말인가. 걱정된 루카는 선로를 따라 걸어가는 난민들을 지켜보며 그들을 위해 기도한다. 나흘째 아침이 되자 철도 회사 직원들이 출근해 떠날 준비를 한다. 난민들은 환호성을 지르며 기차에 올라타지만, 루카는 엄마의 손을 꼭 잡으며 더 기다려야 한다고 우긴다.

"왜냐하면 이 기차는 오른쪽 선로로 갈 거란 말이야. 선로가 갈라지면 분명히 동쪽으로 갈 거야."

루카는 그렇게 설명하며 열두 개의 각기 다른 선로가 합쳐지기 시작했다가 그 이후에 다시 합쳐지는 지점을 가리킨다. 고가 도로 너머로 여러 개의 선로가 세 개로 줄어들더니 나중에는 다시 두 개로 줄어든다. 어제 루카는 레베카와 함께 그곳을 둘러보고 왔는데 두 개의 선로가 하나는 동쪽으로, 하나는 서쪽으로 갈라지는 지점을 발견했다. 하지만 리디아는 마음이 급하다. 이미 너무 오래 기다린 터라 이 기차를 그냥 보내는 건 상상도 할 수 없다. 그래서 화를 내며 고개를 젓는다.

"꼬마 말이 맞아요." 리디아보다 적어도 열 살은 많아 보이는 두 남자가 빈 선로 저쪽에 앉아 있는데 그중 한 남자가 말한다. "선로가 두 개인데 평행으로 달리다가 다음 마을이 나오는 지점에서 갈라지죠. 저 기차는 치와와주까지 갈 겁니다."

"우린 퍼시픽 노선 기차를 기다리고 있어요." 옆에 있던 남자가

조금만 더

말한다. 두 사람은 일란성 쌍둥이 같다. 둘 다 얼굴이 햇볕에 거칠어졌고, 단정하게 다듬은 콧수염을 길렀으며, 따뜻한 음색의 나직한 목소리로 말한다. "노갈레스나 바하로 가고 싶다면 여기서 왼쪽 노선으로 달리는 기차를 타야 합니다."

"고맙습니다." 리디아가 말한다.

"그걸 어떻게 아세요?" 솔레다드가 묻는다. 솔레다드는 그런 것들을 어떻게 아는지 배우고 싶다.

"우린 매해 이 여행을 하니까. 벌써 여덟 번째란다."

리디아는 입을 딱 벌린다.

"왜요?" 솔레다드가 묻는다.

두 남자는 똑같이 어깨를 으쓱이더니 첫 번째 남자가 말한다. "우린 일자리가 있는 곳이라면 어디든 가."

"그랬다가 아내와 아이들을 만나러 돌아오지." 두 번째 남자가 덧붙인다.

"그러고는 또 가는 거야." 두 사람은 함께 웃는다. 마치 이 여행이 몇 년 동안 계속해온 코미디 공연이라도 된다는 듯이.

솔레다드는 기차에 타려고 매고 있던 배낭을 내려 바닥에 내던지며 말한다. "우리는 사흘이나 기다렸어요. 그 기차는 어디 있죠? 영영 안 오면요?" 해가 지고 뜨면서 시간이 계속 흐르다 보면 신경질적이 되기 마련이다. 온두라스는 어제보다 조금도 더 멀어지지 않았다.

"올 거다, 얘야. 그리고 네 인내심은 보상받을 거야." 남자가 솔레다드에게 고개를 끄덕이며 말한다. 그러고는 배낭 앞주머니에 손을 넣어 비닐에 싼 육포를 꺼내 솔레다드에게 두 조각을 주고 다른 사람에게도 나눠준다. "기차는 곧 올 거다." 남자가 모두를 안심시킨다.

루카는 짭조름하고 질긴 육포를 감사한 마음으로 베어 물고 이로 찢는다. 두 번째 남자가 몸을 앞으로 내밀더니 솔레다드에게 부드럽게 말한다. 솔레다드는 배낭을 깔고 앉아 양쪽 팔꿈치를 무릎에 대고 있다. "그리고 걱정 마라. 넌 곧 시날로아주를 벗어나게 될거야. 넌 살아남을 거야. 넌 살아남은 자의 얼굴을 하고 있거든."

솔레다드가 잠시 고개를 숙이자 루카는 그녀를 걱정한다. 누나가 울고 있을 거라고 생각한다. 그동안 겪었던 온갖 고생에 마침내 무너지고 짓눌린 것이다. 하지만 솔레다드가 고개를 들었을 때 루카의 예상은 빗나간다. 남자의 말이 솔레다드의 얼굴에 내려앉았고, 솔레다드는 정말로 아스텍 전사 같아 보인다.

기다리는 동안 쌍둥이 형제는 자신들의 이야기를 해준다. 유카탄반도에 있는 고향 이야기, 아내와 자식들 이야기, 엘 노르테에서 일했던 농장들 이야기, 또 셋째 동생 이야기도. 이들은 원래 세쌍둥이였다. 제일 잘생겼던 셋째는 6년 전 아이오와주 농장에서 콤바인을 몰다가 콤바인이 머리 위 전깃줄에 걸리는 바람에 감전되어 죽었다. 동생 이름인 에우제니오를 말할 때 그들은 성호를 긋는다. 루카는 그들이 동생 이름을 부를 때 발휘되는 마력을 느끼고 자신도 성호를 긋는다. 왜냐하면 이미 세상을 떠난 사랑하는 사람의 이름을 부르는 것은 난민들에게 여덟 번째 성사이기 때문이다(원래 가톨릭에는 일곱 가지 성사가 있다. - 옮긴이). 루카도 나직이 그 이름을 불러본다. "세바스티안 페레스 델가도." 하지만 아직 그 이름은 너무 쓰리고 너무 날카롭다. 입안이 슬픔으로 가득 차서 루카는 잠시 얼굴을 묻어야 한다. 팔꿈치의 검은 천사들을 통해서만 숨을 쉬어야 한다. 루카는 다른 것을 생각한다. **노르웨이 수도는 오슬로. 일본 군도를 이루는 섬은 총 6,852개.**

쌍둥이 형제는 매우 차분한 사람들이다. 따뜻한 빵이자 은신처 같다. 그리고 그들이 약속한 대로 곧 기차가 도착한다. 기차가 잠깐 정차한 덕분에 쉽게 기차에 오른다. 쌍둥이 형제는 리디아와 아이들이 사다리를 오르도록 도와준 뒤 그들끼리 편하게 있을 수 있도록 다른 칸으로 간다.

"엘 노르테에서 보자, 마니토. 아이오와주에 오거든 날 찾아와라. 함께 햄버거 먹자." 형제 중 하나가 루카에게 말하고 하이파이브를 한 뒤 일행을 따라 기차 지붕 위를 가로지른다.

레베카는 그들 바로 옆에 앉는다.

"일등석이에요. 제가 전용 객실을 준비했죠." 리디아가 루카를 벨트로 묶는 동안 솔레다드가 농담을 하며 양팔을 벌린다.

기차가 출발하고 푸에르테강을 건너면서 풍경은 급격히 초록색에서 갈색으로 바뀐다. 한 시간 반 동안 농지를 칙칙폭폭 가로지르니 마침내 다른 주로 진입한다고 알려주는 표지판을 지난다. 루카는 큰 소리로 표지판을 읽는다.

"소노라주에 오신 것을 환영합니다."

"꺼져라, 시날로아주야." 레베카는 시날로아주를 떠나게 돼서 속이 시원하다. 하지만 눈에 보이지 않는 경계선을 지났다고 해도 최근에 더욱 심해진 그들의 변함없는 공포감은 별로 누그러들지 않는다.

바카바치, 노보호아, 시우다드 오브레곤. 들어봤고, 들어봤고, 들어봤다. 사막이 위용을 떨친다. 루카는 이내 바다 냄새를 맡지만 이번에는 아카풀코가 전혀 떠오르지 않는다. 여기에는 초록색이 없다. 나무도, 산도, 무기질 토양도 없다. 나이트클럽이나 여객선, 미국인들도 없다. 그저 모래와 먼지뿐이고 모든 게 메마르다. 땅에서 솟아난 바위를 보며 잔혹한 아름다움을 느낀다. 여기서는 나무마저 목말라 보인다. 리디아는 루카에게 물을 마시라고 잔소리할 필요가 없다. 루카는 물통에 든 물을 자주 마시고, 아빠의 야구모자 안에서 머리카락은 땀으로 젖는다. 해가 질 무렵에 그들은 에르모시요에 도착한다. 루카가 본 도시 중에서 제일 건조하고 갈색이고 낯설다. 하지만 루카는 그 이상한 분위기가 싫지 않고 점점 더 흥분될 뿐이다.

"레베카, 이제 거의 다 왔어." 루카가 말한다.

지난 며칠간 루카는 축 처진 레베카에게 산소를 불어 넣으려고 했다. 루카는 자그마한 인간 풀무이고 레베카는 점점 꺼져가는 불이다.

"어디에 거의 다 왔다는 거야?" 레베카가 묻는다.

하늘에서는 빛이 빠지는 중이고, 기차는 느려지고, 그들 앞 화물칸에서는 쌍둥이 형제가 내릴 준비를 한다.

"엘 노르테에 다 왔다고." 루카가 말한다.

루카의 기대와 달리 레베카는 의심스럽다는 표정이다. 루카는

조금만 더

의기소침해져서 후드 티 지퍼 안쪽으로 턱을 집어넣지만, 리디아가 루카에게 몸을 내밀고 한 번 더 말해보라고 한다.

"엘 노르테에 다 왔다고. 우린 지금 노갈레스 정남쪽에 있어. 엘 노르테까지 대략 500킬로미터밖에 안 남았어." 루카가 말한다.

"500킬로미터." 솔레다드가 그 말을 반복한다. "그게 무슨 뜻이야? 우리가 지금까지 몇 킬로미터를 왔는데?"

"온두라스부터?"

"응."

루카는 고개를 들고 실눈을 뜬 채 계산한다. "3,000킬로미터가 넘어."

솔레다드의 눈이 커진다. 얼굴에 머뭇거리는 미소가 번지고 솔레다드는 미소를 지우려고 노력하지 않는다. 그러더니 고개를 끄덕이며 말한다. "3,000킬로미터가 넘는다고? 우리가 3,000킬로미터를 넘게 왔어?"

"응."

"그리고 이젠 500킬로미터만 가면 돼?"

"응, 그렇다니까. 거의 다 왔어."

"500킬로미터를 가려면 얼마나 걸릴까?" 솔레다드가 묻는다.

루카는 고개를 흔든다. "모르겠어. 서너 시간?"

"왜? 계속 기차를 타고 가고 싶어? 이제 금방 어두워질 거야." 레베카가 걱정스러운 목소리로 말한다.

"기차가 멈추고 있어." 리디아가 말한다.

쌍둥이 형제는 이미 기차에서 내려 상당히 멀리 걸어간 터라 그 순간에 그들이 하는 말을 놓치기 십상이다. 하지만 리디아와 루카, 솔레다드와 레베카는 이제 다들 그 소리에 익숙하다. 최근에 겪은 경험과 악몽 덕분에 그 소리를 알아차린다. 쌍둥이 형제는 이렇게 외친다.

"이민국! 이민국이야! 도망쳐, 빨리! 곧 요원들이 올 거야!"

이번에는 공포가 점점 커지거나 쌓이지 않고 한 번에 그들을 강타한다. 리디아는 루카의 몸에 묶은 벨트를 홱 잡아당긴다. 어찌나 빠르고 거칠게 벨트를 푸는지 루카는 눈물이 찔끔 난다. 두 자매는 이미 사다리를 절반이나 내려갔고, 뛰어내리기에 적당한 곳이 나올 때까지 기다리지 않는다. 시날로아주에서의 기억이 생생한 터라 빠르게 움직인다. 아픈 몸은 장애물이 아니라 원동력이 된다. 두 자매는 울퉁불퉁한 땅 위로 성급하게 뛰어내리고 가슴 위로 배낭끈을 채우지 않은 탓에 배낭이 등을 툭 친다. 그다음에는 루카가, 그다음에는 리디아가 뛰어내린다. 다행히 기차가 이미 도시에 진입한 터라 낮은 제방을 재빨리 내려가니 금세 골목과 길과 벽과 정원과 집과 야외 주차장과 막대 아이스크림을 할짝거리다 입을 딱 벌린 채 그들을 바라보는 맨발의 소녀와 장바구니가 달린 자전거를 탄 여자와 한쪽 눈에 안대를 한 개와 그들의 발목까지 올라오는 잔디가 나온다. 그다음에는 콘크리트 도로가 나오고, 쌍둥이 형제는 다른 방향으로 가버렸다. 그들 뒤에는 아직 서너 명의 난민이 있다. 리디아가 발목을 삔 지 나흘이 되어 다행히 통증은 사라졌다. 발목은 그녀의 체중을 잘 지탱해준다. 리디아는 앞서 달리는

조금만 더

두 자매를 보며 만약 지금 여기서 저 아이들과 길이 엇갈리면 어떻게 될지 생각한다. 과연 다시 만날 수 있을까? 리디아는 미친 듯이 루카를 잡아끌면서 최대한 빨리 두 자매를 쫓아간다. 그들은 한 소년이 양 무릎으로 축구공을 튕기고 있는 그늘진 정원을 지난다. 물 빠진 청바지를 입고 플립플롭을 신은 여자가 나무 화분 속 허브에 물을 주다가 그들을 보고 멈칫한다. 그러더니 머리를 움직이지도 않고 언성을 높이지도 않은 채 "여기요!"라고 말한다. 어찌나 들릴 듯 말 듯 한 지 리디아도 못 들을 뻔했다. 하지만 여자의 얼굴이 리디아의 주의를 끈다. 여자는 이번에도 몸을 전혀 움직이지 않고 턱으로만 정원 뒤쪽 구석에 있는 헛간의 컴컴한 입구를 가리킨다. 그러고는 역시나 언성을 높이지 않은 채 "빨리요!"라고 말한다.

리디아는 이 제안의 장단점을 생각하느라 머뭇거리지 않는다. 한 손을 루카의 어깨에 올려 아이를 잡아 세우고는 최대한 나직이 외친다. "레베카, 이쪽으로."

그러자 두 자매가 돌아보며 재빨리 달려온다. 리디아는 이미 루카를 대문 안으로 밀어 넣었고, 루카는 요란한 분홍색 꽃들이 핀 나무 아래를 달려 헛간의 어둑한 문 안으로 들어가고 있다. 리디아는 곧바로 루카를 뒤따라가고 이제 두 자매도 합류해 네 사람은 서늘하고 퀴퀴한 좁은 공간 속으로 비집고 들어간다. 헉헉거리는 그들의 숨소리가 유달리 요란하다. 리디아는 귀에서 심장이 피를 뿜어내는 소리, 끔찍하고 천박한 맥박 소리를 들을 수 있다. 그녀는 무릎 위로 고개를 숙이고 머리 뒤에서 두 손을 깍지낀다. 루카는 한 팔을 엄마의 허리에 두른다. 모두 가능한 한 조용히, 미동도 없이 앉아 있다. 몇 분이 흐르자 엄마가 소년을 부르며 말하는 소리가 들린다. "어서 와. 저녁에 먹을 오레가노를 다 땄어. 이제 그만 들어가자." 몇 분간 정적이 흐르자 여기 들어오기 전까지 미처 생각해볼 겨를이 없었던 공포가 우르르 몰려들어 목구멍에 자리 잡는다. **이 여자는 우리를 여기에 가둔 거야. 이제 경찰에 신고하겠지. 경찰보다 훨씬 악질인 놈에게 신고할 거야. 이제 우린 끝났어. 내가 왜 저 여자를 믿었을까? 왜 계속 달리지 않았을까?** 물론 뒤늦은 공포다. 이미 결정을 내렸기 때문이다. 그렇다고 지금 나갈 수도 없다. 앞서가던 유리한 처지를 포기하고 지금은 여기 갇혔는데 이민국 요원들은 이 근방을 이 잡듯이 뒤지기 때문이다. 리디아는 자신이 할 수 있는 유일한 방법으로 마음을 진정하려 한다. **생각하지 마, 생각하지 마, 생각하지 마.** 그때 문이 쾅 닫히는 소리가 나고 여자가 다시 아이에게 외친다. "들어오기 전에 대문 닫고 와라!" 그러자 아이가 문을 닫으며 삐걱하고 쨍그랑거리는 소리, 아이가 떨어뜨린 축구공이 통통 뛰는 소리가 들린다. 그러더니 자동차 혹은 트럭 소리가 나고 차 문이 열렸다가 쾅 닫히는 소리, 발소리, 새로운 목소리가 들린다.

"낯선 사람 본 적 있니? 난민 같은 사람들." 목소리가 말한다.

리디아의 가슴 속에서 심장이 방망이질한다. 솔레다드와 레베카는 서로 마주 보고 서 있다. 어둠 속에서 손을 맞잡고 고개를 숙인 채 기도한다. 소년의 대답은 들리지 않지만, 그때 문이 벌컥 열리더니 다시 엄마 목소리가 들린다.

"빅토르, 어서 들어오라니까."

조금만 더

그러자 대문 너머에서 남자 목소리가 들린다. "아이에게 난민을 봤는지 물어보는 중이었습니다. 기차에서 뛰어내린 난민 몇 명이 이 길로 들어왔거든요."

"우린 아무도 못 봤어요. 조금 전까지 제가 아이랑 밖에 있었거든요. 어서 들어와라."

문이 다시 닫힌다.

"어떤 소녀가 난민들이 이쪽으로 갔다고 했습니다."

"그럼 우리 집이 나오기 전에 방향을 틀었나 보네요. 우린 오후 내내 정원에 있었거든요. 휴대전화 있으시죠? 난민들을 보면 전화할게요. 아니면 그냥 경찰서에 신고하든지요."

목소리가 낮아지면서 순간적으로 말소리가 들리지 않는다. 리디아는 눈을 크게 뜬다. 마치 그렇게 하면 더 잘 들린다는 듯이. 바로 이 순간 저 여자는 헛간 입구를 가리키면서 초대한 소리 죽여 "저 헛간에 네 명이 있어요"라고 말할 것이다. 이민국 요원은 권총집에서 권총을 꺼낼 것이다. 리디아는 그 생각에 몸서리치며 다시 눈을 감는다. 세바스티안의 결혼반지에 손가락을 집어넣는다. **생각하지 마, 생각하지 마, 생각하지 마.** 그러자 기적적으로 그 생각을 잊게 된다. 손가락이 아무 생각 없이 세바스티안의 텅 빈 반지 속으로 들어가자 재미있는 생각이 떠오른다. 이 반지가 《호빗》에 나오는 마법의 반지라서 반지 안에 손가락을 넣고 루카를 꼭 잡으면 두 사람이 안 보이게 될 거라는, 안전해질 거라는 생각. 그때 풍향이 바뀌어서 다시 여자의 말소리가 들린다.

"저녁에 먹을 오레가노를 너무 많이 땄네요. 좀 가져가세요."

발소리가 다시 멀어지고 차에 시동 거는 소리가 나자 여자는 문을 열고 집으로 들어가 다시 문을 닫는다. 솔레다드와 레베카는 그제야 리디아와 루카 옆에 앉는다. 그들의 심장 박동은 천천히 다시 정상으로 돌아간다. 그들은 어둠 속에서 속삭이기 시작한다.

"지금 나갈까요?" 솔레다드가 묻는다.

"아직 아냐. 이민국 요원들이 계속 이 부근을 뒤지고 있어. 완전히 어두워질 때까지 기다리자."

레베카는 무릎을 세운 다리 위로 몸을 숙인 채 울고 있다. 루카가 그녀의 손을 잡자 레베카는 움찔하며 손을 뺀다. 루카는 마음이 상하지만 물러서지 않고 다시 레베카의 손을 잡는다. 그러자 레베카는 마음이 누그러져서 프라이팬 위의 버터처럼 녹아내린다. 루카는 레베카의 머리를 자신의 어깨에 기대게 하고 머리카락을 쓰다듬으며 말한다.

"괜찮아. 나쁜 일은 일어나지 않았어. 괜찮아."

"더는 못하겠어. 너무 무서워."

"그만해." 솔레다드가 말한다.

"그냥 죽어버리고 싶어. 다 끝내고 싶어." 레베카는 아무런 억양 없이 무덤덤하게 말한다.

"결정을 내리는 건 네 몫이 아냐." 솔레다드가 말한다.

"집에 가고 싶어."

"집은 없어. 우리가 새로운 집을 만들 거야. 이것만이 앞으로 나아갈 수 있는 길이고, 그래서 우린 계속 나아갈 거야. 앞으로. 이제 그만 울어."

조금만 더

솔레다드는 양 엄지로 동생의 눈물을 닦아준다. 언니의 엄한 사랑은 효과가 있어서 레베카는 몸을 똑바로 세우더니 코를 한 번 크게 훌쩍이고는 그걸로 절망감을 털어낸다.

"거의 다 왔어. 아까 루카가 하는 말 들었잖아. 500킬로미터 남았다고. 맞지, 치키토?" 솔레다드가 말한다.

"맞아." 루카가 대답한다.

"500킬로미터만 가면 돼." 솔레다드가 말한다. "그럼 다 끝나. 이 악몽도, 이 여행도, 전부 다. 우린 엘 노르테에 있을 거고 거기서는 아무도 우릴 해치지 못해. 우리는 안전하고 행복하게 살 거야. 아빠도 건강이 회복될 거고 그럼 아빠를 모셔올 거야. 그다음에는 엄마랑 할머니도. 모든 게 더 나아질 거야. 두고 봐."

레베카는 그 말을 하나도 믿지 않는다. 그런 일을 당하고도 저렇게 순진한 언니가 이해조차 되지 않는다. 레베카의 순수는 치유되었고 이제는 그녀도 알고 있다. 이 세상에 그들을 위한 안전한 장소 따위는 없다는 것을. 엘 노르테도 다른 곳과 똑같을 것이다. 최근에 레베카는 세상이 끔찍하다는 증거를 얻었고, 희망은 그 증거의 독성을 견뎌내지 못한다. 과거에 살았던 산페드로술라는 끔찍한 곳이었다. 현재의 멕시코도 그렇고, 미래의 엘 노르테도 그럴 것이다. 황금색으로 얼룩진 구름 숲의 추억마저도 썩고 부패하기 시작한다. 이제 그 시절을 돌이켜보면 기억나는 것은 엄마의 목소리도 아니고, 메마른 허브 향기도 아니고, 밤에 들리던 청개구리 합창 소리도 아니고, 팔과 머리카락에 닿던 구름의 서늘한 감촉도 아니다. 아버지를 비롯한 마을의 모든 남자를 도시로 내몰았던 가난이다. 갈수록 심해지는 카르텔의 협박과 물자 부족, 늘 존재하던 허기다. 그래서 레베카는 오로지 언니를 위해 고개를 끄덕인다.

"지금까지 우리가 한 고생이? 나중에는 다 그럴 만한 가치가 있었다고 생각하게 될 거야. 우린 그 고생을 뒤로하고 새롭게 시작할 거야." 솔레다드가 말한다.

레베카는 바닥을 바라보지만 눈에는 초점이 없다. "마치 그런 일이 없었던 것처럼." 그녀가 말한다.

그들이 헛간에 머무는 동안 빅토르와 엄마는 집에서 저녁을 먹고 이웃 사람들은 하나둘씩 퇴근해서 가족에게 돌아간다. 에르모시요의 하늘을 가로질러 구름이 지나가고 오렌지색 태양은 지평선 너머로 가라앉는다. 도심 외곽에 있는 소노라 사막은 하늘로 열기를 올려보낸다. 황혼이 땅을 식히고 사람들이 잠자리에 들 준비를 하는 동안 사막은 갑자기 생명체들로 바글거린다. 리디아와 두 자매는 동네가 아주 조용해질 때까지 기다렸다가 가장 어두울 때 빠져나가기로 계획한다. 루카는 너무 배가 고파서 잠도 오지 않는 터라 주인 여자가 차가운 콩과 마른 토르티야가 담긴 냄비를 들고 왔을 때 감지덕지한다. 여자가 떠날 때까지 기다리지도 않고 토르티야로 콩을 뜬다. 서둘러 먹느라 하마터면 손가락을 깨물 뻔한다. 빛은 전혀 들어오지 않지만 그들의 눈은 어둠에 적응되었다.

여자가 그들에게 속삭인다. "여기서 잠시 쉬었다가 가세요. 하지만 해가 뜨기 전에는 나가주세요."

조금만 더

419

25

베토

새벽이 되기 전에 리디아와 루카, 두 자매는 도심 안쪽으로 걸어가고 에르모시요 기차역에 돈을 많이 들여 지은 거대한 장벽을 보게 된다. 세금을 이런 데 쓰고 있다. 그 장벽은 콘크리트로 만든 담인데 맨 위에 면도날형 철조망을 둘러놓았다. 장벽 안쪽에서 기차 한 대가 지붕에 잠든 난민을 태운 채 덜커덩덜커덩 지나간다. 잠든 난민들은 가슴 위에서 팔짱을 끼고 모자로 얼굴을 가렸다. 그들이 서 있는 담 바깥쪽에는 여섯 남자가 가슴에 배낭을 껴안은 채 잠들어 있고, 맨발의 남자가 혼자 망을 보고 있다. 그들이 다가가자 남자가 인사를 건넨다.

"왜 맨발이세요?" 리디아가 묻는다.

"신발을 도둑맞았습니다." 남자가 말한다.

솔레다드는 남자의 온두라스 억양을 알아차린다. "아, 온두라스 분이시네요. 안 됐어요."

남자는 고개를 끄덕이더니 턱을 긁적거리며 말한다. "그래도 수염은 도둑맞지 않았어."

리디아는 그 남자를 지나쳐 도심으로 더 깊이 들어간 후에도, 얼른 아침으로 먹을 음식을 구하고 물통에 물을 채워야 하는 상황에서도 계속 그를 생각한다. 어떻게 그런 상황에서 농담이 나올까? 너무 가난해서 신발 살 돈조차 없는데. 리디아는 칫솔에 치약을 짠다. 머리는 기름지고 피부는 푸석하다. 이런 불편은 매일 느낀다. 만약 누가 신발을 훔쳐 간다면 아마 그녀는 이 여정을 포기할 것이다. 신발이 없다는 건 가장 큰 수치다. 일가친척 열여섯명이 죽어도 살아갈 수 있다. 세상에 맨발을 드러내지 않는 한.

그들은 넓고 포장된 보도가 있는 넓은 공원을 찾아낸다. 전날 밤에 열린 콘서트 때문에 오렌지색 이동 화장실이 일렬로 늘어서 있다. 루카는 분수 안으로 몸을 내밀어 팔꿈치까지 물에 담근다. 자신의 인간성이 위기에 처했다는 느낌이 점점 강해지자 리디아는 미약하게나마 방어하기 위해 노점상에게 10페소를 주고 커피를 산다. 카페인이 다른 삶의 꿈처럼 혈류를 강타한다. 리디아는 천천히 한 모금씩 마시며 커피에서 피어오르는 증기에 얼굴을 가져다 댄다. 그러고는 남자와 그의 도둑맞은 신발을 생각한다. 그 남자를 보고 나니 어서 신발을 꼭 사야겠다는 생각이 든다. 그래서 남은 돈 중 일부로 신발을 사겠다고 결심한다. 오늘, 여기 에르모시요에서. 리디아는 두 자매의 발을 본다. 둘의 신발 역시 낡았다. 컨버스 운동화를 신었는데 솔레다드는 검은색이고 레베카는 회색이다. 햇볕에 색이 바래고 낡았지만 적어도 편안하고 잘 길들었다고 리디아는 자신을 타이른다. 돈이 좀 더 있으면 좋으련만. 그들은 가게가 문을 열 때까지 공원에서 기다리다가 가게로 들어간다. 리디아는 수중에 있는 돈의 거의 절반을 주고 자신과 루카가 신을 좋은 등산화 두 켤레를 구입한다. 바느질이 튼튼하고 밑창이 두꺼운 평범한 등산화다. 아니, 그렇지 않다. 이 등산화는 특별하다. 신화에서 헤르메스가 신는 날개 달린 신발이다. 사막을 지나 엘 노르테까지 그들을 데려다줄 신발이다. 돈을 건네줄 때 리디아는 가슴에 구멍이 뻥 뚫리는 듯하다.

에르모시요 선로 옆에는 난민들이 많이 모여 있다. 몇몇 사람들은 아예 여기 눌러사는 듯하다. 노부부가 방수포를 씌운 체크무늬 소파에 앉아 있고, 한 여자는 커피 테이블이 있어야 할 듯한 자리에서 불이 꺼지지 않도록 살핀다. 비싼 게이트 밖에서는 난민들이라 베스티아를 기다리고 있다는 사실에 아무도 신경 쓰지 않는다. 콘크리트 장벽은 선로를 가로질러 설치된 게이트에서 끝나고, 게이트 안쪽에서는 두 경비가 작은 막사 그늘에 앉아 기차가 오면 게이트를 열려고 대기하고 있다. 게이트는 장벽과 마찬가지로 위에 가시철조망이 달려 있지만 아래로 얼마든지 기어 다닐 수 있다. 루카는 60센티미터쯤 되는 틈을 바라보며 게이트 안으로 쉽게 들어갈 수 있겠다고 생각한다. 여기서는 누구든 게이트 아래로 들어갈 수 있고 경비들은 난민을 막을 생각도 없어 보이지만, 막상 아무도 시도하지 않는다. 다들 게이트 밖에서 기다리는 데 만족한다. 다른 난민들은 리디아에게 언젠가는 기차가 우리에서 나오고 다들 올라탈 거라고 말한다.

거기서 다른 난민들과 함께 기차를 기다리는 시간이 솔레다드에게는 평생 가장 길게 느껴진다. 루카에게 엘 노르테에 거의 다 왔다는 말을 들은 뒤로 지평선에서 엘 노르테의 냄새가, 맥너겟과 막 출시된 나이키 운동화 냄새가 나는 듯하다. 멀리서 희미하게 빛나는 엘 노르테가 보이는 듯하고 어서 가고 싶어서 온몸이 씰룩거린다. 솔레다드는 척추를, 눈을, 폐를 북쪽으로 내민다. 다른 사람들이 차갑고 단단한 땅에 앉아 콘크리트 벽에 기대어 자는 동안 솔레다드는 달빛 속에서 선로를 서성인다. 이렇게 엘 노르테에 가까이 오니 무슨 일이 벌어질까 두렵다. 새로운 공포가 그들을 덮쳐 이뤄지기 직전인 꿈을 훔쳐 갈까 무섭다. 솔레다드는 눈을 붙여보려고 한다. 골치가 지끈거리고 나서야 자신이 숨을 죽이고 있다는 걸 깨닫는다.

아침이 되자 이웃 주민이 장벽 위로 호스를 내려준 덕분에 난민들은 이를 닦고, 세수하고, 물통에 물을 받는다. 아줌마 부대가 선로를 걸어 내려오더니 축복의 말과 함께 집에서 만들어 포장한 샌드위치와 피클을 나눠준다. 막사에 있던 경비 한 명은 루카를 부르더니 마름모꼴 철조망 사이로 포도 맛 롤리팝을 건네준다. 리디아는 혹시 로렌소가 있는지 혹은 로렌소처럼 그녀를 알아보는 사람이 있는지 계속 경계한다. 이렇게 출발이 지연될 때마다 로렌소가 그들을 따라잡을 거라는 걱정이 커진다. 언제 어느 때고 로렌소가 나타나 그들을 향해 걸어올지 모른다. 혹은 누군가가 시간이 많이 남아도는 탓에 곰곰이 생각하다가 불현듯 그녀를 어디서 봤는지 기억해낼 수 있다. 그래서 리디아는 얼굴을 가려주는 흉측한 분홍색 모자를 벗지 않는다.

베토

"엄마, 운동화로 갈아신어도 돼?" 루카가 묻는다.

루카는 어제부터 새 등산화를 신고 있는데 아직은 새 신이라서 뻣뻣하다. 새 신발을 길들여야 하지만 처음부터 오래 신기는 힘들다. 사막에 가기도 전에 발에 물집이 잡히면 아무 소용없다. 루카의 예전 운동화는 양쪽 끈을 묶어서 배낭에 매달아 두었다.

"그래. 어서 갈아 신어." 리디아가 말한다.

리디아는 루카가 벗은 등산화를 집어 들고 예전 운동화처럼 양쪽 끈을 묶는다. 그러고는 자신도 신발을 갈아신는다.

정오가 되어 갈 무렵 막사 무전기에서 끽끽 소리가 나자 난민들은 등을 곧추세우고 주의를 기울인다. 몇 분 뒤, 멀리서 기차가 나타나자 보초들이 비싼 게이트를 활짝 연다. 우리가 열리고 이제 그들은 기차가 천천히 다가오는 동안 기다리기만 하면 된다. 난민들은 무리 지어 기차에 기어오른다. 여자와 아이들 먼저. 남자들이 도와주고 보초가 지켜본다. 한 보초는 기차 지붕에서 난민의 가방이 떨어지자 위로 던져주기까지 한다.

리디아는 솔레다드와 눈을 마주치며 말한다. "두려워해야 한다는 걸 잊지 마."

"이건 정상이 아니에요." 솔레다드가 대답한다.

하지만 그들은 금세, 쉽게 올라간다. 기차는 사람들이 다 탈 때까지 제대로 속도를 내지 않는다. 마치 기관사가 난민들을 안전하게 태우려고 배려하는 듯이. 그들을 응원하는 듯이. 리디아는 어쨌든 성호를 긋는다. 그리고 그럴 때마다 매번 루카의 이마에도 십자가를 그린다.

그들이 에르모시요를 떠나 북쪽으로 이동하며 소노라 사막으로 들어가는 동안 이상한 일이 벌어진다. 처음에는 아주 소수로 시작된다. 두 명, 그러다 다시 두 명이 남쪽으로 걸어간다. 리디아는 저들이 어디에서 왔는지 도무지 알 수가 없다. 그들이 오는 방향에는 끝없이 황량하고 거대한 사막만 펼쳐져 있는 듯하기 때문이다. 의심의 여지 없이 난민들이다. 왜 그런지는 몰라도 리디아는 그렇다고 확신한다. 하지만 남쪽으로 간다는 사실 말고도 저들은 약간 다르다. 그게 무엇인지 콕 집어서 말할 수는 없다. 그러다 에르모시요에서 북쪽으로 몇 킬로미터 떨어지지 않은 곳에 이르렀을 때 또다른 선로가 나타나 그들의 선로 옆으로 다가온다. 멕시코는 대부분 단일 선로이기 때문에 일정한 간격을 두고 이런 대기 선로가 있는데 일종의 나들목인 셈이다. 따라서 기차는 옆 선로로 빠져서 반대 방향에서 오는 기차가 지나갈 때까지 기다릴 수 있다. 이런 식으로 남행과 북행 열차가 서로를 지나쳐 같은 선로로 목적지까지 계속 달릴 수 있다. 그런 대기 선로에 남행 열차가 정차해 있고, 그 열차가 가까워질수록 솔레다드는 허리를 곧추세운다. 혹시라도 헛것을 보나 싶어서 눈가에 손을 대고 태양을 가린다. 하지만 아니다. 사실이다. 남행 열차 지붕은 난민들로 가득하다. 솔레다드가 탄 기차가 속도를 늦추며 느릿느릿 옆으로 지나가자 그쪽 열차의 난민들은 손을 흔들고, 경례하고, 큰 소리로 인사한다.

"저 사람들은 어디로 가는 거죠?" 레베카가 허공에 대고 묻는다.

옆 선로는 채 2미터도 떨어져 있지 않다. 그때 루카 또래로 보이는 한 소년이 남행 열차 지붕 위에서 일어난다. 옆 열차와의 간격을 바라보며 건너뛸 수 있을지 가늠하는 듯하다. 남자들이 소년에게 소리치며 격하게 손사래를 치자 소년은 근처에 있던 사다리를 타고 내려가 땅으로 폴짝 뛰어내린다. 그러고는 북행 열차 옆에서 함께 달린다. 이제 기차는 꽤 느리게 달리는 중이고, 루카는 놀라서 화물칸 가장자리 너머로 몸을 내민 채 아래서 달리는 소년을 바라본다. 소년은 루카를 올려다보더니 씩 웃는다. 그러고는 루카가 있는 화물칸의 이동 사다리를 움켜잡고 올라온다. 루카는 앞으로 내밀었던 몸을 다시 똑바로 세우고 화물칸 가장자리 너머로 소년의 머리가 올라오기를 기다린다. 사막의 햇살을 받아 검게 반짝거리는 머리가 나타나자 멈춰 있던 남행 열차 난민들이 소년의 승리에 환호를 보낸다. 소년은 손을 흔들며 미소 짓는 사람들에게 큰소리로 외친다.

"신과 함께 하시길! 전 반대쪽으로 갑니다!"

다시 환호가 쏟아지고 한 남자가 "조심해라! 신의 은총이 함께 하길"이라고 외친다.

기차는 다시 속도를 내고, 딸각거리던 바퀴는 다시 고성을 지르며 덜커덩거린다. 소년은 쪼그리지도 않고 서서 그들에게 걸어오더니 조심성 없게 털썩 주저앉는다. 대다수 난민과 달리 소년에게는 짐이 없고 햇볕을 받아 갈색으로 그을린 얼굴을 가려줄 모자도 없다. 그 때문에 햇볕에 그대로 노출된 이목구비는 메마르고 광이 난다. 입술은 갈라져서 하얀 각질이 일어났지만 소년의 환한 미소를 망치지는 못한다. 소년은 주먹 인사를 하자는 뜻으로 루카에게 주먹을 내밀고 루카는 여덟 살 소년답게 반사적으로, 아무 생각 없이 주먹을 가져다 댄다.

"¿Qué onda, güey?" 북쪽 출신이라는 사실을 단번에 드러내는 접경 지역 속어를 사용해 소년이 말한다.

루카는 저 말이 정확히 무슨 뜻인지 모른다. 주변에서 저렇게 말하는 사람을 본 적이 없기 때문이다. 하지만 친근한 인사라는 것 정도는 알 수 있어서 루카도 인사를 건넨다. 더는 놀랄 일이 없을 거라고 믿었던 리디아는 갑자기 나타난 소년의 존재에 깜짝 놀란다. 저 아이를 어떻게 받아들여야 할지 모르겠다. 소년은 사교적이고 친근하고 카리스마 넘친다는 인상을 준다. 하지만 지금 리디아는 새로 만나는 사람이라면 누구나 경계한다. 이 아이는 아주 어려 보이기는 해도 갱단에서 새로 영입하는 아이들이 대부분 주로 그 나이대라는 사실을 리디아는 알고 있다. 이 아이는 왜 혼자일까? 그리고 왜 루카에게 친한 척하지? 리디아는 방어적으로 루카에게 한 팔을 두른다. 아이는 얼굴이 동그랗고 눈도 코도 뺨도 다 동그랗다. 눈꺼풀이 부어 보이지만 검은 눈동자는 맑고 또렷하다. 아이는 약간 쌔근거리더니 사람들이 다 지켜보는 앞에서 청바지 주머니에 손을 넣어 흡입기를 꺼낸다. 흡입기를 맹렬하게 흔들어 입에 대고 빨아들인 다음 심호흡한다. 약간 기침을 한다.

"약이 다 떨어졌어." 빈 흡입기를 다시 주머니에 넣으며 아이가 어깨를 으쓱인다. "하지만 약이 있던 때를 기억하면 도움이 돼."

루카는 미소를 짓지만 리디아는 눈살을 찌푸리며 묻는다.

"괜찮겠니?" 그들에게 접근하는 사람이라면 당연히 경계하게 되지만 그래도 리디아는 아직 엄마다. 그리고 저렇게 쌔근거리는 숨은 가짜로 꾸며낼 수 없다.

소년은 다시 한 번, 두 번 기침하고는 화물칸 지붕 너머로 덩어리를 뱉어낸다. 그러더니 쌔근거리며 말한다. "괜찮아질 거예요."

그들은 소년에게 위급한 징후가 나타나는지 지켜본다. 설사 나타난다 해도 어떻게 도와야 할지는 잘 모르지만. 소년은 등을 곧추세우고 먼 곳을 바라본다. 다리를 프레첼 모양으로 접고서 천천히 호흡하는 데 집중한다. 그러는 동안 리디아는 소년의 운동화에 구멍이 뚫린 것을 보고 안도한다. 약이 떨어진 흡입기와 구멍 난 운동화를 신는 소년이 갱단이나 카르텔 소속일 리 없다.

다시 호흡이 차분해지자 소년은 루카를 돌아보며 말한다. "난 베토야. 넌 이름이 뭐야?"

"안녕, 베토. 난 루카야."

베토는 고개를 끄덕인다. 그들이 탄 기차는 선로 바로 옆에 붙어 있는 마을을 지난다. 마을이라기보다 땅과 같이 녹슨 색 집들이 모여 있고, 외길을 사이에 두고 경쟁하는 두 타코 가게가 마주 보고 있다.

"이제 숨은 잘 쉬어져?" 루카가 묻는다.

"응, 괜찮아. 빨리 뛸 때마다 그래. 하지만 진정하고 기다리면 지나가더라고. 겁내면 더 악화될 뿐이거든."

루카는 고개를 끄덕인다.

"또래 친구를 만나니까 좋다." 베토가 단언한다. "여기서 또래 아이들은 별로 못 봤어. 넌 몇 살이야?"

"여덟 살."

"난 열 살이야. 거의 열한 살이기는 하지만." 베토는 아주 현명한 노인처럼 말한다.

루카는 베토에게 묻고 싶은 게 산더미지만, 그 질문들을 모두 머릿속에 단단히 묶어둔 탓에 문밖으로 빠져나오는 게 하나도 없다. 루카의 침묵으로 생긴 틈에 리디아가 끼어든다.

"베토, 넌 혼자 여행하니?" 루카는 엄마가 못마땅한 투로 말하지 않으려고 애쓴다는 걸 느낄 수 있지만, 그 노력은 완전히 성공하지 못한다. 하지만 베토는 개의치 않는 듯하다. 아예 알아차리지도 못한 듯하다.

"네, 저 혼자예요." 베토는 이가 두 개 빠진 아래턱 잇몸을 드러내며 웃는다. 송곳니와 어금니가 나란히 빠져서 구멍이 널찍하다. 베토는 구멍 속으로 혀를 밀어 넣는다.

이번에는 솔레다드가 묻는다. "남쪽으로 가는 거야?"

"그랬지. 일시적으로. 하지만 이제는 북쪽으로 가." 전혀 농담하는 기색 없이 베토가 말한다.

솔레다드는 어떻게 대답해야 할지 모르지만 다행히 베토가 화제를 바꾼다.

"와, 누나 진짜 이쁘다."

솔레다드는 눈만 깜빡일 뿐 대답하지 않는다.

"진짜 성가시겠다. 그지?"

솔레다드는 웃음을 터뜨린다.

베토는 다시 루카에게 말한다. "너희 일행은 어디서 온 거야?"

루카는 엄마를 힐끗 바라보고, 엄마는 보일 듯 말 듯 하게 고개를 끄덕인다. "엄마랑 난…… 푸에블라에서 왔어. 누나들은 에쿠아도르인이고." 루카는 거짓말하기로 마음먹는다.

베토는 고개를 끄덕인다. 거짓말이라고 해도 베토에게는 전혀 상관없다. 베토에게 그런 지명은 남극이나 화성과 다를 바 없다.

"넌? 넌 어디서 왔니?" 루카가 묻는다.

"난 티후아나에서 왔어. 우린 TJ라고 불러. 난 거기서 태어났어. 돔페에서."

참으로 괴상한 정보다. 너무 괴상해서 루카는 자신이 제대로 이해한 건지 알 수 없다. 이번에도 돔페라는 낯선 단어가 등장한다. 루카는 무슨 뜻인지 알려달라는 뜻으로 엄마를 보지만 엄마도 어리둥절한 표정이다.

"돔페가 뭐야?" 루카가 묻는다.

베토는 씩 웃는다. "돔페는 사람들이 쓰레기를 버리는 곳을 말해. 쓰레기차가 와서 쓰레기를 버리는 곳. 돔페."

"베르테데로vertedero를 말하는 거야? 쓰레기 하차장?" 루카가 올바른 스페인어로 바꿔서 묻는다.

"응, 응, 쓰레기 하차장." 베토가 말한다.

리디아는 루카보다 영어를 약간 더 잘하기 때문에 이 소년의 모국어가 멕시코에서 사용하는 스페인어도, 미국 영어도 아닌 두 가지가 섞인 접경지대 잡종 언어에 더 가깝다는 사실을 알아차린다. 하지만 그걸 깨달았다고 해도 돔페에서 태어났다는 말이 무슨 뜻인지는 여전히 알 수 없다. 루카는 말 그대로 머리를 긁적인다. 그걸 본 리디아는 가족들이 몰살된 후로 루카의 저 동작을 처음 본다는 걸 깨닫는다. 사실 전에는 저 동작을 한 번도 눈여겨보지 않았고, 따라서 루카가 한동안 저 동작을 하지 않았다는 것조차 몰랐다. 하지만 엄지를 귀 위쪽에 대고 세 손가락으로 그 위의 머리를 긁적이는 저 동작을 다시 보니 저것이 루카의 지적 호기심을 나타낸다는 걸 깨닫고 가슴이 벅차오른다. 무언가가 아주 궁금하거나 흥미로울 때만 나타나는 동작이다. 따라서 저 동작이 다시 나타났다는 사실은 루카가 살아남을 거라는 증거처럼 느껴진다. 15일간 650킬로미터를 이동하고도 순간적으로 순수한 호기심에 빠져들 수 있다는 의미이다. 리디아는 희망으로 가슴이 벅차다.

"그럼 넌 쓰레기 하차장에서 태어난 거야?" 루카가 무례를 범하지 않으려고 노력하며 조심스럽게 묻는다. 그러나 사실 이 질문은 전혀 무례하지 않다. 왜냐하면 베토는 자신의 출신을 전혀 부끄러워하지 않기 때문이다. 더 나아가 자신의 출신지를 듣고 상대가 불편해할 수 있다는 사실조차 모른다. 출신지는 그저 출신지일 뿐이기에 베토는 자신의 이야기가 가져올 결과는 전혀 생각하지 않고 이야기를 들려준다.

"응. 그렇다고 하차장 안에서 태어난 건 아니야. 근처에서 태어났다는 거지. 콜로니아 파우스토 곤살레스에서. 들어본 적 있어?"

루카는 고개를 젓는다.

"유명한 곳이야." 베토가 자랑스럽게 말한다.

리디아는 티후아나의 콜로니아에 대해 조금 알고 있다. 책에서 읽었기 때문이다. 그녀가 좋아하는 작가 루이스 알베르토 우레아가 쓰레기 하차장과 베토처럼 거기에서 사는 아이들을 주제로 책

○ 베토

을 썼다. 그런 친밀감 때문에 리디아는 이미 베토를 조금은 아는 듯한 느낌이 들지만, 그 느낌은 그림자 인형극처럼 반쯤 비어 있다. 비록 저 소년의 환경을 조금은 안다 해도 저 소년에 대해서는 모르기 때문이다. 그래도 친밀감은 효과를 발휘해 그녀의 마음을 녹인다. 사전 지식이 없었다면 베토에게 계속 냉담하게 굴었을 것이다.

베토는 자신의 인생사를 들려준다. 말 그대로 쉴 새 없이, 잠시도 숨을 돌리지 않고. 자신이 아기일 때 엘 노르테로 간 아빠는 기억하지 못하지만, 엄마는 기억한다. 엄마는 엘 돔페가 폐쇄되기 전까지 거기서 쓰레기 줍는 일을 했다. 그리고 형 이그나시오도 기억한다. 형은 아직 돔페에 있다. 베토가 직접 페인트칠한 하늘색 십자가 아래. 십자가에는 형의 이름 이그나시오와 '내 아들, 열 살'이라고 적혀 있다.

베토는 루카에게 자신이 열 살이라고 다시 한번 말하고는 형 이그나시오가 쓰레기 트럭 뒤 타이어에 깔려서 죽었을 때도 열 살이었다고 설명한다. 형은 쓰레기 더미 속에서 흠집 하나 없이 완벽하고 둥글고 기적 같은 축구공을 집으려던 중이었다. 그런 축구공은 전례가 없는 보석이었다. 당시 여덟 살이었던 베토는 형 근처에 서 있었는데 형의 비명에 너무 놀란 나머지 죽어가는 형을 대신해 축구공을 잡지 못했다. (축구공은 여드름투성이의 오마르라는 아이가 가져가버렸다.) 땅이 부드러웠던 덕분에 형은 트럭에 눌려서 납작해지지는 않았다. 그보다는 쓰레기 더미 속에 처박혔고 그 후로 지옥 같은 사흘을 보냈다. 하늘색 십자가를 세운 지 얼마 지나지 않아 베토의 엄마도 사라졌다. 처음에는 술을 마시고 인사불성이 되어서, 그다음에는 약에 빠져서, 그러다 마침내 하늘나라로 갔다.

베토는 열한 살이 되는 게 두렵다. 형을 배신하는 것 같은 기분이 들기 때문이다. "하지만 열한 살이 안 되는 게 더 나쁜 일이겠지?" 베토는 그렇게 말하며 웃고 리디아와 두 자매도 함께 웃으려고 애쓴다.

루카는 웃지 않지만 이야기를 들은 대가로 베토에게 무언가를 줘야 할 것 같은 느낌이 든다. 그래서 무릎에 놓여 있던 배낭 옆 주머니 지퍼를 열어 오렌지 망고 향이 나는 튜브형 립밤을 꺼내 베토에게 건넨다. 베토는 아무 말 없이 립밤을 받아들더니 뚜껑을 열고 입술에 문지른 다음 크게 "아아아아" 하고 외친다. 그러고는 고맙다는 말도 없이 다시 루카에게 건네준다. 하지만 루카는 "아아아아"가 감사 표시라는 걸 알고 있다.

"잠깐만. 티후아나는 국경 도시 아니야?" 마침내 고개만이 아니라 몸 전체를 베토에게 돌리며 솔레다드가 묻는다.

"맞아." 루카가 대답하며 맞다고 인정하는 눈으로 솔레다드를 바라본다.

솔레다드는 그런 루카의 눈빛을 거부한다. "여기서 지도 볼 줄 아는 사람이 너만 있는 거 아냐." 그러고는 다시 베토에게 묻는다. "그러니까 넌 접경지대에 살고 있었는데 왜 여기 있는 거야? 왜 남쪽으로 가고 있었어? 그리고 아까 그 열차에 타고 있던 난민들도 다 남쪽으로 가는 거야?"

"아, 그 사람들은 추방자들이야."

베토

솔레다드는 몸을 움츠린다. "전부 다?"

"응." 베토는 어깨를 으쓱인다. "TJ는 추방자들 천지야. 티후아나에는 북쪽보다 남쪽으로 가는 사람들이 더 많아. 옷을 보면 일반 난민들과 추방자들을 구분할 수 있어."

"옷?" 루카가 묻는다.

"응. 난민들은 다 똑같은 차림새잖아. 더러운 청바지, 찢어진 신발, 야구 모자."

"넌 모자 없잖아." 루카가 말한다.

베토는 어깨를 으쓱인다. "난 진짜 난민이 아니니까. 그냥 그런 척하는 거야."

"그럼 추방자는 뭐가 다른데?" 솔레다드가 베토를 다시 원래 주제로 돌아가게 한다.

"추방자들의 머릿속에는 엘 노르테에 두고 온 아이들의 울음소리가 떠나지 않아."

다들 베토를 바라본다.

"농담이야. 추방자들에게는 배낭이 없어." 베토가 말한다.

리디아는 손가락을 튕겨 소리를 낸다. "맞다, 배낭. 그게 없었어."

"왜 그 사람들에게는 배낭이 없어?" 루카가 묻는다.

"추방자니까. 그 사람들은 미국에 살았어. 아주 오랫동안. 아마 10년은 살았을 거야. 갓난아기 때부터. 그러다 어느 날 아침 출근길에, 혹은 하굣길에, 혹은 공원에서 축구 경기를 하다가, 혹은 쇼핑몰에서 새 신을 사려고 쇼핑하다가 일이 터지는 거지. 그럼 체포될 때 차림 그대로 추방돼. 그러니까 이민국 요원에게 체포될 때

마침 배낭을 들고 있지 않았다면 그냥 빈손으로 가게 되는 거지. 여자들은 가끔 가방이나 핸드백을 들고 있기도 해. 그 사람들은 집에 가서 짐을 챙길 여유가 없어. 하지만 적어도 좋은 옷을 입고 있기는 하지. 신발도 깨끗하고."

리디아는 앞에 들고 있던 배낭을 움켜쥔다. 그런 일은 생각하기도 싫다. 미국에 도착한다는 꿈만이 지금 유일한 버팀목이다. 만약 운이 좋아서 가장 급하고 결정적인 첫 번째 꿈을 이룬다면, 그 후에 일어날 끔찍한 일들은 생각할 준비가 되어 있지 않다.

솔레다드는 세웠던 허리를 구부정하게 꺾으며 입술을 깨문다. "그러니까 추방되면 그냥 다 포기하고 집으로 가는 거야? 왜 다시 국경을 넘지 않아?"

"그러는 사람들도 있어. 하지만 지금은 티후아나에서 국경을 넘는 게 불가능해. 돈이 아주 많거나 카르텔과 한패가 아니라면. 카르텔은 국경을 넘는 땅굴을 파놓았거든. 몇 년 전에는 국경을 넘기가 쉬웠어. 난민들을 데리고 국경을 넘도록 도와주면서 돈을 버는 형들도 있었고. 그땐 국경에 쳐진 철책이 구멍투성이였어. 사다리도 있었고 배를 탈 수도 있었고 국경을 넘을 방법이 엄청 많았지."

"그런데 지금은?"

"지금은 전쟁터가 따로 없어. 드론과 CCTV 천지에 고액 연봉을 받는 골키퍼처럼 국경을 지키는 국경 수비대까지 있지. 게다가 추방자들에게는 돈이 있어. 엘 노르테에서 일한 덕분에 다들 부자라고. 그러니까 다시 미국으로 돌아가기 전에 휴가를 즐길 여유가 있지. 그래서 집에 다녀오는 거야."

솔레다드는 입술 안쪽을 초조하게 깨문다.

"하지만 걱정 마." 베토가 말한다. "노갈레스는 그보다 나을 거야. 국경을 넘기가 더 수월할 거라고. 사막을 건너가고 싶어 하는 사람은 없으니까 그쪽에는 국경 수비대가 많지 않아. 그래서 내가 TJ에서 국경을 넘지 않은 거야. 노갈레스에서 넘어갈 거거든."

베토는 입술을 꾹 다물고 루카는 립밤의 오렌지와 망고 향을 맡는다. 그 향을 맡으니 기분이 좋아진다.

"이 기차가 거기로 가는 거지? 노갈레스로?" 베토가 몸을 뒤로 빼며 양 팔꿈치에 체중을 싣고 다리는 앞으로 쭉 뻗으며 묻는다.

"그러길 바라고 있어." 루카가 말한다.

"주요 교차점이 하나 더 있어." 베토가 말한다. "벤하민힐에서 선로가 갈라지지. 하나는 노갈레스까지 북쪽으로 직진하고 하나는 바하가 있는 서쪽으로 가. 처음에 남행 열차를 탔을 때는 중간에 내려서 노갈레스행 기차로 갈아탈 예정이었어. 근데 기차가 정차하질 않더라고. 그래서 아까 대기 선로가 나올 때까지 남쪽으로 계속 내려온 거야." 베토는 한숨을 쉬고는 말을 잇는다. "이 기차는 다시 티후아나로 가는 게 아니면 좋겠다. 라 베스티아를 타고 기껏 시골이나 둘러보다가 다시 돔페로 돌아갈 수는 없잖아."

솔레다드는 신음하며 말한다. "그럼 우리가 기차를 또 갈아타야 할 수도 있다는 말이야? 국경이 코앞인데?"

"두고 보자고." 베토는 그렇게 말하며 주머니에 손을 넣어 해바라기 씨를 한 움큼 꺼낸다. 그러고는 씨를 우적우적 씹더니 구부정하게 숙인 허리를 펴지도 않고서 지붕 가장자리 너머로 껍질을 뱉는다. 베토는 다른 사람들에게도 먹으라고 권하지만, 그 애의 손은 땀범벅이라서 다들 호의를 거절한다.

"여행한 지 며칠이나 됐어?" 솔레다드가 묻는다.

"사나흘밖에 안 돼. 오늘이 사흘째인가 나흘째인가 그럴 거야. 저쪽은 누나 동생이야?"

베토는 턱으로 레베카를 가리킨다. 레베카는 그들에게 몸을 반만 돌린 채 기차 옆으로 지나가는 비현실적인 풍경을 바라본다. 가루처럼 메마른 땅에서 수북이 자라난 볼품없는 초록 식물들, 그 위로 펼쳐진 새파란 하늘, 톱니 모양의 산봉우리가 솟아 있는 갈색 산, 선로와 평행으로 뻗은 고속도로에서 갈수록 드물게 보이는 자동차.

"응. 저 애는 레베카야. 난 솔레다드고."

"근데 저 누나는 왜 저렇게 조용해? 말을 안 해?"

레베카는 베토 쪽으로 고개를 돌리지만, 눈은 풍경에서 떼지 않는다. "예전엔 말했어. 하지만 이젠 안 해."

베토는 허리를 똑바로 펴고 손끝에 묻은 소금과 씨앗 가루를 털어내며 말한다. "알았어."

두 시간 뒤 기차는 천천히, 하지만 멈추지 않고 작은 마을 벤하민힐을 통과한다. 엉켜 있던 선로들이 뒤로 물러나며 다시 하나의 선로가 되자 루카스는 그들이 가장 동쪽에 있는 선로로 달린다는 사실에 안도한다. 이 노선은 노갈레스를 향해 정북으로 계속 이어질 것이다.

산타아나, 로스하노스, 밤부토. 다 들어본 도시다. 초저녁에 루

베토

카는 하늘에 낮게 뜬 비행기를 발견한다. 비행기는 점점 커지더니 그들이 탄 기차와 충돌하나 싶을 정도로 낮게 내려온다. 사람들은 다들 몸을 수그리고 기차 지붕에 납작 엎드린 채 노갈레스 국제공항 활주로를 통과한다.

26

노갈레스

노갈레스에 도착하니 벌써 미국에 온 듯한 착각이 든다. 기차는 속
도를 현저히 줄인 채 도심 한복판을 칙칙폭폭 통과한다. 거리는 지
금까지 루카가 본 것 중에서 제일 넓다. 자동차들도 더 크다. 빌딩
꼭대기에 거대한 코카콜라 캔이 놓여 있고, 수많은 송신탑이 하늘
을 향해 뻗어 있다. 그다음 순간, 그들 모두 동시에 그것을 본다. 거
대한 초록색 고속도로 표지판. 표지판에는 하얀색 화살표와 함께
딱 세 글자만 적혀 있다. USA.

솔레다드는 울기 시작한다. 울음을 참으려는 노력조차 하지 않
는다. 눈물이 볼을 타고 흘러내리고, 코를 가득 채운 콧물이 넘치
도록 내버려 두고는 손등으로 닦는다. 하지만 레베카가 한 팔로 언
니를 끌어안자 솔레다드는 더 심하게 울며 동생에게 속삭인다.

"우리가 해냈어."

베토는 기차 위에서 일어나더니 (그런 거침없는 행동에 리디아는 극도
로 신경질적이 된다) 별다른 악의 없이 말한다. "아직은 성공한 게 아
니야."

루카는 베토의 종아리를 꼬집는다.

"아야. 아직은 아니지만 곧 성공할 거라고. 꼭 그럴 거야." 베토가 말한다.

"우리가 얼마나 먼 길을 왔는지 넌 몰라. 저 간판을 본 것만으로도 성공이야." 솔레다드가 말한다.

기차는 느리게 달리고 크게 흔들린다. 다들 익숙해져 있지만 베토만은 약간 비틀거린다. 앞으로 한두 발짝, 뒤로 반 발짝. 그러자 리디아는 더는 참지 못하고 소리를 지른다. "죽기 전에 제발 좀 앉아줄래? 네 몸은 고무가 아니야!" 그러고는 의도치 않게 버럭 화를 낸 것이 부끄러워진다. 하지만 베토는 대들지 않고 자리에 앉아 리디아를 보며 씩 웃는다. 리디아는 가슴을 움켜잡으며 고맙다고 말한다.

그들은 기다리다가 마침내 기차가 정차하자 다들 보도로 내려간다. 여기는 기차역이 없지만 신호등에 걸려서 정차한 것이다. 이곳은 국경까지 몇 킬로미터씩 걸어가야 할 필요가 없을 정도로 가까우면서도 국경 수비대와 우연히 마주치지 않을 정도로 멀다.

아스팔트 도로에 발을 내딛자마자 리디아는 온몸에 전율이 흐른다. 이 여행의 피로가 말끔히 날아가고 그간의 트라우마와 슬픔, 죄책감, 공포는 새로운 가능성이라는 꺼풀 아래로 들어간다. 리디아는 사다리로 몸을 돌려 루카의 양쪽 겨드랑이에 손을 넣어 들어 올린다.

"엄마, 그만해. 나 혼자 할 수 있어." 리디아는 잠시 유예되었던 루카의 특성, 즉 부모의 과보호를 부끄러워하는 성격이 베토의 등장으로 인해 다시 나타났음을 깨닫고 기뻐한다.

"미안." 리디아가 말한다.

"배 안 고파요?" 베토가 묻는다. "난 배고파 죽겠어요. 론체를 먹어야겠어요. 함께 갈래요?"

"론체?" 루카가 묻는다.

"점심을 말하는 거야." 리디아가 통역해준다.

"응, 나도 론체 먹고 싶어." 루카가 말한다.

"론체 좋지." 솔레다드도 동의한다.

리디아는 그들에게 남은 현금을 생각한다. 100달러가 약간 넘는다. 점심은 먹어야 하지만 이 돈으로는 오래 버틸 수 없다.

베토는 리디아가 망설이고 있다는 걸 눈치채고 "제가 살게요"라고 말한다.

그들은 대로를 따라 북쪽으로 걸어가다가 베토가 발견한 노점에서 매운 비리아(토마토 국물에 고기와 양파를 넣어서 푹 끓인 스튜. - 옮긴이) 5인분을 주문한다. 베토가 돈을 꺼내려고 지갑을 활짝 열자 리디아는 그 안에 든 두툼한 돈뭉치를 보게 되고 그와 동시에 다시 두려움이 밀려든다. 그들은 어리석게도 이 꼬마를 너무 쉽게 믿어버렸다. 아무리 신발에 구멍이 뚫렸고 빈 흡입기를 가지고 다닌다 해도. 노갈레스에서 저렇게 큰돈을 가지고 돌아다니는 열 살짜리 꼬마는 없다. 아이가 저런 돈을 얻을 방법은 하나뿐이다. 리디아는 몸이 굳지만, 노점 주인은 향긋한 김이 피어오르는 스티로폼 그릇을 그녀에게 건넨다. 리디아는 음식을 외면할 수 없어서 열심히 먹는다. 마지막으로 잘 먹었던 때가 쿨리아칸에서다. 의심스러운 점은 먹고 난 뒤에 해결하면 된다.

"아, 잘 먹을게, 고마워." 솔레다드가 입안 가득 음식이 든 채로 말한다.

베토는 고개를 끄덕인다.

"그거 보러 가자. 나 보러 가고 싶어." 솔레다드가 말한다.

"그냥 여기서 봐." 베토가 스푼으로 가리킨다.

솔레다드는 스푼이 가리키는 방향으로 눈을 돌린다. 그들이 발가락을 북쪽으로 향한 채 서 있는 지점에서 채 반 블록도 떨어지지 않은 곳에서 빨간색과 흰색 줄무늬, 파란색 바탕에 별들이 그려진 성조기가 강렬한 햇살 속에서 펄럭이고 있다.

"바로 저기야? 저기 아니지?" 잠시 눈앞의 음식도 잊은 채 솔레다드가 묻는다.

"저기야." 베토는 고개를 끄덕이며 입안으로 한가득 음식을 밀어 넣는다.

"하지만 저긴 너무……." 솔레다드는 말을 어떻게 끝맺어야 할지 모른다.

이 막다른 길은 콘크리트로 만든 어항 같다. 오른쪽은 가게들이 늘어서 있고, 왼쪽은 엄청나게 크고 투박한 정부 청사들이 있으며 정면에는 벽이 있다. 그 뒤로 더 높은 두 번째 벽이 있고, 그 뒤로 더 높은 세 번째 벽이 있다. 그 벽 위에는 면도날형 철조망과 CCTV가 설치되어 있다. 하늘을 향해 높이 뻗은 그 세 번째 벽 뒤에서 성조기가 미풍에 뻣뻣하게 흔들린다. 거기서 불과 몇 미터 떨어지지 않은 장벽 안쪽에서 멕시코 국기가 펄럭인다.

"저거 봐." 베토가 멕시코 국기를 가르치며 말한다. "저게 문제야. 저기 미국 국기 보이지? 아주 환하게 빛나잖아. 새것처럼. 그런데 우리 국기를 좀 보라고. 낡아서 꼬질꼬질해. 심지어 빨간색은 빨갛지도 않아. 분홍색이지."

루카와 두 자매는 멕시코 국기 쪽으로 걸어간 다음, 그걸 지나쳐 벽이 오픈 스크린으로 되어 안쪽을 볼 수 있는 곳으로 간다. 리디아는 예전에 이미 다 본 베토와 함께 뒤에 남는다. 어차피 베토와 둘만의 시간이 필요하다. 돈에 대해 묻고 싶기 때문이다.

"우린 자존심도 없는 나라 같잖아요. 국가 이미지에 신경도 안 쓰는 것 같다고요." 베토가 말한다. "왜 미국 국기가 꼭 저렇게 높아야 해요? 더 높은 깃대를 구하는 게 뭐 그리 어렵다고."

리디아는 고개를 든다. 베토의 말이 맞다. 여기 걸린 멕시코 국기는 나달나달하고 햇볕에 색이 바랬다. 반면 그 뒤에 걸린 빨간색과 흰색, 푸른색 성조기는 깨끗하다. 마치 오늘 아침에 새것으로 바꾼 듯이.

"모르겠구나. 매주 국기를 새 걸로 바꾸면 돈이 많이 들지 않을까? 굳이 그래야 할 이유가 없잖니." 리디아가 말한다.

베토는 화분에 스푼을 던지더니 스티로폼 그릇을 들고 후루룩 마신다.

"그런 게 다 국수주의지." 리디아가 말한다.

"그게 뭐예요?"

"돈 낭비라고."

"그렇겠죠." 베토는 어깨를 으쓱인다. "미국인들은 깃발에 꽤 집착하더라고요." 그러고는 남은 국물을 다 마시고 스티로폼 그릇을 스푼과 마찬가지로 화분에 던진다.

"돈 얘기가 나왔으니 말인데 뭐 좀 물어봐도 될까?" 리디아가 묻는다.

"그럼요." 말은 그렇게 하지만 돈 이야기가 나오니 베토는 다른 쪽 발로 체중을 옮긴다.

리디아는 헛기침한 뒤에 말문을 연다. "아까 보니까 지갑에 돈이 꽤 많이 들었더구나."

베토는 호주머니에 손을 걸친다. 리디아는 루카와 두 자매를 바라보며 베토가 버린 스푼과 그릇을 주우려고 허리를 숙인다. 반쯤 남은 그녀의 그릇은 화분 가장자리에 내려놓고, 베토의 그릇을 근처 쓰레기통으로 가져가서 버린다. 돌아와 보니 베토는 그녀의 그릇이 놓인 화분 가장자리에 앉아 있다. 리디아는 그릇을 집어 들고 베토 옆에 앉으며 한 숟갈 떠먹는다.

"그거 내 돈이에요. 훔치지 않았어요." 베토가 말한다.

"알아. 널 나무라는 게 아니야."

"나쁜 짓을 해서 번 돈도 아니고요."

리디아는 계속 먹으며 씹는 중간에 말한다. "내가 참견할 바가 아니지, 알아. 하지만 내가 궁금한 것도 당연해. 가끔 돈은 문제를 일으키거든. 특히 여기서는. 특히 집이 부자거나 일을 하는 것도 아닌데 어린아이가 큰돈을 가지고 있을 때는."

베토는 발치에 떨어져 있는 씹던 껌을 바라본다. "나한테 부자 삼촌이 있을 수도 있잖아요."

리디아는 얼굴을 찡그린다. "베토, 넌 좋은 아이 같아. 하지만 우린 여기까지 오면서 아주 힘들었어. 정말이지 더는 감당할 여유가 없구나."

구부정하게 앉아 있던 베토는 허리를 펴고 방어적으로 대답한다. "그냥 물건을 팔아서 받은 돈이에요."

리디아는 빈 스티로폼 그릇에 스푼을 넣고 잠시 베토의 다음 말을 기다린다. 하지만 베토가 말이 없자 다시 묻는다. "무슨 물건?"

베토는 몸을 앞으로 내밀어 양쪽 팔꿈치로 무릎을 짚는다. 베토의 발이 땅에 닿지 않기 때문에 쉬운 자세는 아니다. "쓰레기장에서 총을 발견했어요." 베토는 그렇게 말하고는 리디아를 돌아보며 반응을 가늠하고 다시 말을 잇는다. "마약도요."

리디아는 고개를 끄덕인다. "그랬구나."

"사실은 그걸 팔지도 않았어요. 쓰레기장 관리인에게 가져다줬죠. 그 아저씨 물건일 거라고 생각했거든요."

"그래서 사례금으로 받은 돈이니?"

"네, 그런 셈이죠. 아저씨가 자기 밑에서 일하고 싶냐고 묻길래 내가 정말로 원하는 건 쓰레기장에서 나가 북쪽으로 가는 거라고 했어요. 그랬더니 아저씨가 돈을 주더라고요."

"그렇게 많이?"

베토는 어깨를 으쓱인다. "형도 죽고 그래서 날 불쌍하게 여겼던 것 같아요. 그 사건이 있고 또 엄마까지 돌아가신 후로 쓰레기장 사람들은 늘 날 불쌍하게 여겼거든요."

리디아는 입술을 깨문다.

노갈레스

"아저씨는 돈을 세지도 않았어요. 그냥 자물쇠로 잠긴 함에서 두둑한 돈뭉치를 꺼내 내게 줬어요. 그러면서 국경을 넘고 싶다면 노갈레스로 가라고 했죠."

"돈을 세보지도 않고?"

"네."

거짓말 같지는 않다. 베토는 아주 정직한 아이 같고, 사실 그녀에게 설명해야 할 이유도 없다. 하지만 너무 믿기지 않는다. 왜 누가 아이에게 그렇게 큰돈을 준단 말인가. 베토는 어떤 경우에도 화를 낼 것 같지 않아 보여서 리디아는 더 밀어붙인다.

"아저씨가 잠들었거나 했을 때 네가 가져온 건 아니고?"

베토는 깔깔 웃는다. "그러려면 먼저 배짱이 있어야죠." 그러더니 고개를 저으며 말한다. "아니면 죽고 싶어서 환장했거나요."

"알겠다."

"난 죽고 싶지 않아요. 살고 싶다고요." 베토가 똑 부러지게 말한다.

"다행이네."

"이런 상황에서도요."

리디아는 자기도 모르게 들고 있던 스티로폼 그릇을 쭈그러뜨린다. 그 바람에 국물이 손바닥으로 흘러내린다. 리디아는 청바지에 손을 닦고는 베토의 둥근 얼굴을 바라본다. 이 아이는 철학자다. 거칠지만 마음에 없는 말은 하지 않고 아이의 솔직한 말은 그녀를 자극한다. **이런 상황에서도 저 애는 살고 싶어 하는구나.** 리디아는 과연 자신도 같은 마음인지 알 수 없다. 어차피 엄마에게는 허락되지 않는 질문이다. 그녀의 생존은 욕구라기보다 본능이다.

"솔직히 말하면 아저씨도 그렇게 거액을 줄 생각은 아니었을 거예요. 그때 꽤 취해 있었거든요." 베토가 불쑥 고백한다.

"아." 이제야 이해가 된다.

"내가 엘 노르테에 취직하면 갚겠다고 했더니 아저씨가 이렇게 말했어요. '국경을 넘은 뒤에는 무조건 계속 걸어라. 절대 뒤돌아보지 말고.'"

리디아는 고개를 끄덕인다. "그게 다야?"

"그게 다예요. 그래서 내가 여기 있는 거예요."

"그렇구나."

루카가 리디아와 베토를 바라본다. 그들이 아직 있다는 것을 확인하는 부메랑이다. 그러더니 다시 북쪽을 바라본다.

"그럼 널 쫓아오는 사람은 아무도 없는 거야?"

"그럴 거예요. 난 세금도 냈고, 감옥에 갈 일도 하지 않았고, 아이 양육비도 늘 제때 보내니까요." 베토는 헛기침하고 보도에 침을 뱉더니 실눈으로 북쪽 벽을 바라본다. "난 자유의 몸이에요."

리디아는 웃음을 터뜨린다. "너 진짜 별종이구나."

"늘 듣는 말이에요. 별종."

리디아는 자신의 그릇도 쓰레기통에 던진다. "이젠 너도 행운이 따를 때가 된 것 같다."

"맞아요. 이제 제 차례죠. 다 뒤집어 엎을 거예요."

"국경은 어떻게 넘을 거야? 계획이 있니?"

베토는 허리를 더 곧게 세우고 그들이 앉은 자리에서 장벽을 뚫어지게 바라본다. TJ에서처럼 장벽 너머가 전혀 보이지 않는다. "가끔씩 그냥 대사관 출입문으로 가서 망명을 신청하는 아이들이 있어요. 중앙아메리카 사람들은 망명이 가능한 경우가 있거든요. 그런 얘기 들어보셨어요?"

"그럼, 난민 캐러밴에 대해 들은 적이 있지."

리디아는 과테말라와 온두라스 출신의 난민들이 긴 행렬을 이루며 멕시코와 미국의 접경지대까지 걸어가 망명을 요구한다는 사실을 알고 있다. 그들은 안정된 삶을 사는 사람들은 상상도 할 수 없을 정도의 궁핍한 환경에서 도망쳤다. 리디아는 부엌에서 저녁 요리를 하며 라디오에서 흘러나오는 그들의 사연을 들었다. 엄마들은 유모차를 밀며 수천 킬로미터를 이동하고, 어린아이들은 바닥에 구멍이 뚫린 분홍색 크록스를 신고 걷는다. 수많은 가족이 안전한 이동을 위해 함께 다니면서 몇 주 동안 북쪽을 향해 걸으며 인원을 늘린다. 기회가 생길 때마다 히치하이크해서 트럭 짐칸에 타거나, 라 베스티아를 타고, 축구장과 교회에서 자면서 엘 노르테까지 가서 난민 신청을 한다. 리디아는 그들의 사연을 들으며 부엌에서 양파와 고수를 다졌다. 그들은 폭력과 가난, 정부보다 더 강력한 갱단에서 도망쳤다. 리디아는 그들의 두려움과 결의, 체념을 들었다. 그들은 미국에 가거나 아니면 가는 도중에 길에서 죽기를 원했다. 고향에 있어 봐야 살아남을 확률은 더 희박해지기 때문이다. 라디오에서 북쪽으로 걸어가는 엄마들이 아이들에게 불러주는 노랫소리가 흘러나오자 리디아는 갑자기 감정이 복받쳤다. 다진 채소를 뜨거운 기름 속에 넣자 팬이 지글거렸다. 리디아가 느낀 감정은 복잡했는데 불의에 대한 분노이기도 했고 걱정, 연민, 무력감이기도 했다. 하지만 사실은 사소한 감정이었다. 마늘이 떨어졌다는 사실을 깨달았을 때는 집안일에 대한 짜증으로 금세 지워져 버렸다. 저녁에는 밋밋한 음식을 먹게 될 터였다. 세바스티안은 불평하지 않지만, 리디아는 그의 얼굴에 나타나는 못마땅한 기색을 눈치채고 짜증이 났다. 그런 남편에게 시비를 걸지 않기 위해서는 잘 참아야 했다.

옆에서 베토가 말한다. "어디에서 왔든 위험에 처한 사람이 난민 신청을 하면 돌려보내서는 안 된다고 들었어요."

리디아에게는 근거 없는 믿음으로 들리지만 그래도 묻지 않을 수 없다. "중앙아메리카 출신만 가능하니? 난민 신청 말이야."

베토는 어깨를 으쓱인다. "왜요? 아줌마도 위험에 처했어요?"

리디아는 한숨을 쉰다. "아닌 사람도 있니?"

27
코요테

두 자매는 공중전화로 코요테에게 전화한다. 이제는 전화를 이용하는 데 도가 튼 느낌이라서 루카의 도움 없이도 전화한다. 솔레다드는 코요테에게 노갈레스에 도착했고, 함께 국경을 넘고 싶어 하는 사람이 세 명 더 있다고 말한다.

"그 사람들은 걸을 수 있니? 이건 고된 여행이야. 체력이 좋아야 해." 코요테가 묻는다.

"네. 체력 좋아요." 솔레다드가 장담한다.

"넌 지금 어디 있지?"

솔레다드는 전화기를 귀에 바짝 대고 주위를 둘러본다. "모르겠어요. 국경 바로 옆이에요. 선로 근처요."

"미국 국기가 보이니? 크고 흰 건물에 달린 거 말이야."

"네."

"아, 어딘지 알겠다."

코요테는 한 시간 안에 갈 테니 거기서 두 블록 떨어진 광장에서 만나자고 말한다. 솔레다드는 흥분해서 전화를 끊고 다른 사람들에게 소식을 전한다.

"같이 올 수 있으면 오라고 했어요. 지금 가서 만나야 해요."

자매는 아빠에게 먼저 전화하고 싶어서 세 번이나 했지만, 국제
전화인 데다 코드를 몰라서 결국에는 루카에게 도움을 청한다. 하
지만 국제 전화를 걸기에는 돈이 부족해서 그냥 기도하기로 한다.

"아빠는 괜찮으실 거야." 레베카가 단언한다. 자꾸 말하다 보면
정말로 그렇게 될지 모른다.

니뇨스 에로에스 광장에는 화려한 등받이가 있고 번쩍이는 노
란색으로 칠한 벤치들이 있지만, 그늘 속 벤치들은 이미 다른 사람
들이 차지한 터라 루카와 베토는 화분 가장자리에 걸터앉고 리디
아는 근처의 낮은 계단에 앉는다. 두 자매는 각자 가슴 앞에서 팔
짱을 꼭 끼고 서로에게 머리를 기울인 채 조용히 광장을 한 바퀴
돈다. 리디아는 자매가 지나갈 때마다 그 애들 쪽으로 고개를 돌리
는 사람들을 지켜본다. 눈을 뗄 수 없는 그들의 아름다움과 피로가
역력한 모습이 시선을 끄는 것이다.

리디아는 걱정거리가 너무 많은 탓에 콕 하나만 집어서 들여다
볼 수가 없다. 이렇게 탁 트인 곳에 있다가 누군가 그녀를 알아볼
까 걱정된다. 누군가 그녀를 본 후에 곧바로 휴대전화를 내려다볼
때마다 아드레날린이 작은 경주마처럼 리디아의 온몸을 돌아다닌
다. 특히 위장과 관절이 쿡쿡 쑤신다. 리디아는 배낭을 발치에 두
고 벽에 바짝 붙어 앉는다. 그렇게 하면 자신이 잘 보이지 않을 거
라고 생각한다. 난민이 되어서 좋은 점은 그것이다. 투명 인간이나

마찬가지다. 아무도 그들을 보지 않는다. 사실 사람들은 그들을 보지 않으려고 애쓴다. 리디아는 만약 노갈레스에 하비에르의 알콘이 있다면 그들도 그런 일반적인 무관심에 물들기를 바란다. 또 돈도 걱정이다. 코요테가 얼마를 요구할지, 엄마의 계좌에서 돈을 어떻게 인출할 수 있을지, 설사 인출한다 해도 국경을 넘고 나면 돈이 얼마가 남을지 걱정이다. 코요테도 걱정이다. 엄마의 돈이 그들의 마지막 희망인데 그 돈을 전혀 모르는 사람에게 준다는 건 미친 짓이다. 무슨 질문을 해야 그의 성품을 확인할 수 있을까? 돈을 받은 후에는 그가 무슨 이득이 있어서 그들을 목적지까지 안전하게 데려다줄까? 그가 사막 한복판으로 데려가서 버리고 가지 않는다는 법이 없다. 하지만 궁극적으로 그녀에게는 선택권이 없다.

화분 가장자리에 앉은 루카와 베토는 리디아 곁에서 조용히 이야기한다. 두 발을 흔들며 발꿈치로 아래쪽 벽을 찬다. 베토는 부러진 잔가지를 연필처럼 잡고 화분 속 땅을 긁는다. 루카는 관목에서 이파리 두 개를 뽑더니 줄기를 엮어서 손가락에 두른다. 리디아는 그 모든 것이 걱정되면서도 걱정해봐야 아무 소용없다는 걸 새삼 깨닫는다. 최악의 일은 일어날 수도 있고, 안 일어날 수도 있다. 걱정한다고 달라질 건 없다. **생각하지 마.** 리디아는 양쪽 팔꿈치로 무릎을 짚는다.

광장에 도착한 엘 차칼은 두 자매를 쉽게 찾아낸다.

"맙소사." 그는 그렇게 말문을 열며 고개를 젓는다.

솔레다드는 엘 차칼이 자신들을 평가한다는 걸 느낄 수 있다.

그들의 얼굴 각도, 성가신 아름다움을. 그 때문에 엘 차칼이 망설이는 걸 느낄 수 있고, 자신들의 얼굴이 그에게 불러 일으키는 감정이 다름 아닌 망설임이라는 게 마음에 든다. 또한 엘 차칼이 망설임을 떨쳐내는 걸 보며 안도한다. 그는 고개를 까딱거리더니 묻는다.

"솔레다드?"

"저예요. 이쪽은 제 동생 레베카고요." 솔레다드가 이렇게 말하며 동생 팔꿈치를 꼬집자 레베카는 고개를 까딱거린다.

엘 차칼은 키가 작다. 자매보다 약간 더 클 뿐이다. 잘생긴 얼굴은 광대뼈가 두드러지고 말끔하게 면도했다. 볼이 다른 부위보다 약간 더 붉어서 활기찬 인상을 준다. 깨끗한 리바이스 청바지에 빨간색 갭 티셔츠를 입은 그의 몸은 군살 없는 근육질이다. 새것으로 보이는 아디다스 운동화만 제외하면 난민으로 보인다. "다른 사람들은 어디 있지?" 그가 묻는다.

"저기 앉아 있어요. 저쪽에요." 솔레다드는 그렇게 말하며 그쪽으로 걸어가고 코요테도 뒤따른다.

"맙소사, 여자랑 아이 둘?" 그들을 본 코요테는 고개를 젓는다.

그 말을 들은 루카와 베토는 화단에서 폴짝 뛰어내린다.

"난 걱정할 필요 없어요. 사실 스물세 살인데 성장 장애라서 작을 뿐이죠." 베토가 말한다.

쓰레기장에서 살았던 한 소년이 성상 장애였기 때문에 베토는 그 단어를 알고 있다. 그 애는 베토와 동갑이었는데도 여섯 살 이후로 키가 자라지 않았고 베토는 계속 자라서 키가 그 애의 두 배가 되었다. 샌디에이고에서 초빙된 목사에게서 그 단어를 듣기 전에는 그런 병에 걸린 줄도 몰랐다. 하지만 어차피 상관없다. 그 단어를 안다고 해서 그 애의 키가 다시 자라는 건 아니니까. 베토는 코요테를 보며 씩 웃는다.

"스물세 살이라고?" 엘 차칼이 묻는다.

"게다가 난 천사의 목소리를 가졌어요." 베토는 그렇게 말하더니 한 손을 가슴에 올리고 노래를 부른다. 아주 큰 소리로 그럭저럭 음정이 맞게 부른다. 루카는 저 노래를 들어본 적은 있지만 제목은 모른다. 랩을 하는 대목이 나오자 엘 차칼은 한 손을 들어 조용히 하라고 한다. "그래도 잘했죠? 이래 봬도 돔페의 제이 발빈이었다고요." 베토가 말한다.

코요테는 눈도 깜빡이지 않고 베토를 바라본다. 그러자 베토는 광장 한복판에서 즉흥적으로 탭댄스를 춘다.

"알았어, 알았으니까 그만 앉아라." 엘 차칼은 이목을 끄는 걸 좋아하지 않는다.

베토는 다시 화분 가장자리로 폴짝 올라간다.

리디아가 일어선다. "아들과 난 게레로주에서 여기까지 왔어요. 라 베스티아도 탔고요. 우린 할 수 있어요. 우리 때문에 뒤처지진 않을 거예요."

레베카가 리디아의 말에 힘을 실어준다. "믿기 힘들겠지만 저 꼬마애는 뭐든 할 수 있어요. 사막에서 일주일이라도 걸을 수 있을 걸요."

코요테는 얼굴을 찌푸리더니 솔레다드를 돌아본다. "네 사촌에게서 내가 실적이 좋다는 얘기 들었지?"

"네."

"왜 그런 줄 아니?"

솔레다드는 고개를 젓는다.

"애들은 데려가지 않기 때문이야. 나는 낙오자가 생기는 게 싫다. 사막에서 사람들이 죽는 것도 싫어. 그래서 죽지 않을 사람만 고르지."

루카는 엄마의 손을 잡으며 말한다. "난 죽을 생각 없어요."

엘 차칼은 루카를 돌아보며 말한다. "죽을 생각이 있어서 죽는 사람은 없어."

"그렇겠죠." 루카가 수긍한다. "하지만 난 죽지 않을 생각이라고요." 리디아는 숨을 죽인다. 지금 루카는 코요테에게 강한 인상을 주려는 것이다.

"그래?" 코요테가 몸을 내밀어 야구 모자를 쓴 루카의 얼굴을 더 자세히 들여다본다.

"네. 나도 생각해봤거든요."

"생각해봤다고! 하하하. 죽는 걸 생각해봤어?"

"물론이죠."

"그래서?"

"그래서 난 아직 죽는 데 관심 없어요."

코요테는 고개를 끄덕인다. "그렇구나."

"그러니까 난 살아남을 거예요."

"알았다."

코요테

"아저씨가 도와주든 도와주지 않든." 루카가 그렇게 말하자 리디아가 루카의 목덜미를 살짝 꼬집는다. "하지만 물론 아저씨가 도와주면 크게 유리할 거예요."

코요테는 더 크게 웃더니 양손을 들어 올리며 말한다. "알겠다! 알았어."

베토는 다시 땅으로 폴짝 뛰어내린다. 조용히 해야 할 때가 언제인지 알고 있기에 한마디도 하지 않는다.

"좋아." 코요테는 다시 한번 그렇게 말하더니 리디아를 바라본다. "돈은 낼 수 있나요?"

리디아는 최대한 무표정하고 담담하게 말하려고 노력한다. "얼마죠?"

"당신은 5,000, 아이들은 각각 6,000."

"달러요?" 리디아는 입을 딱 벌린다.

"물론이죠."

자매는 각각 4,000달러였다. "하지만 내가 듣기론……"

코요테가 그녀의 말을 자른다. "이건 협상이 아닙니다. 당신 말고도 국경을 건너려는 사람은 줄 섰어요. 난 돈이 궁하지 않습니다. 나랑 가고 싶으면 그 돈을 내세요."

리디아는 입을 다문다. 돈이 부족하다. 정확히 얼마가 부족한지는 모르지만 충분하지 않다. 갑자기 배가 꼬이고 며칠 만에 처음으로 눈물이 날 것 같다. 코끝이 찡하면서 콧물이 차오른다. 오히려 안도감이 밀려온다. 자신이 과연 다시 울 수 있을지 의심스러웠기 때문이다.

"페소로 하면 얼마죠?" 베토가 주머니에서 돈뭉치를 꺼내 지폐를 센다.

코요테는 베토의 팔을 끌어내리며 말한다. "빨리 치워. 너 죽으려고 작정했니? 아니면 강도라도 당하고 싶어?" 베토는 돈을 다시 주머니에 집어넣고, 코요테는 혹시 본 사람이 있는지 주위를 살핀다. "잘 들어라. 나랑 국경을 넘으려면 바보처럼 굴어서는 안 돼. 그게 제일 중요하다. 알겠니?"

베토는 멋쩍은 표정이지만 진지하게 받아들인다. 그러고는 진심으로 후회하며 말한다. "알았어요. 죄송해요."

코요테는 고개를 끄덕인다. "내 명령이 떨어지기 전에는 어떤 행동도 하지 마라. 알겠니?"

베토는 다시 고개를 끄덕인다.

"내 허락 없이는 오줌을 누거나 재채기를 해서도 안 돼. 그리고 길거리에서 돈다발을 꺼내 돈을 세는 일은 절대 하지 마라."

"알겠어요."

엘 차칼은 다시 솔레다드를 돌아본다. "다른 사람들과 함께 아파트에서 지내려면 비좁을 거야. 하지만 이틀만 지내면 된다."

"아파트요?" 솔레다드가 묻는다. 그러고는 물통에 든 물을 마시기 위해 배낭을 내린다. 루카와 베토는 소지품을 챙긴다.

"그래. 내가 국경을 넘기 전에 사용하는 아파트야. 다른 사람들이 도착할 때까지 거기서 하루 이틀 지내거라." 코요테는 걷기 시작하고 리디아는 그를 따라가기 위해 배낭을 집어 들며 말한다.

"전 은행에 먼저 가야 해요."

코요테가 그녀를 돌아보더니 눈썹을 치켜세우며 말한다. "은 행?" 마치 잠시 달에 들렀다 가자는 부탁이라도 받은 듯이.

"네. 당신에게 줄 돈을 인출해야 해요." 리디아가 말한다.

"은행! 그럼 돈을 더 부를 걸 그랬네요." 엘 차칼은 그렇게 말하며 웃는다. 리디아는 뜻밖에 유쾌한 그의 태도, 잘 웃는 모습을 보니 기운이 나지만 도저히 함께 웃지는 못한다.

다행히 근처에서 엄마의 계좌가 있는 은행을 발견한 리디아는 루카와 자매를 은행 앞에서 기다리게 한다. 은행 건물은 새로 백색 도료를 바른 듯해 리디아는 상대적으로 자신이 얼마나 지저분하고 지쳐 보이는지 의식하게 된다. 리디아는 걸음을 멈추고 유리창에 비친 자신의 모습을 살핀다. 사흘째 하늘색 버튼다운 셔츠를 입고 있다. 겨드랑이는 축축하고 머리는 꼬질꼬질하다. 몸에서 냄새가 안 나기를 바랄 뿐이다. 더는 자신에게서 냄새가 나는지 안 나는지조차 분간할 수 없다. 어릴 때는 화장을 하지 않았지만 서른이 된 후로는 아침마다 공들여서 화장하고, 이마에 생긴 주름을 가리기 위해 파우더를 가볍게 발라주었다. 책방에서는 마스카라를 살짝 바르고 누드 색 립글로스를 발랐다. 머리는 이틀에 한 번씩 감았고 창고 정리를 할 때는 주로 포니테일로 묶었다. 하지만 지금 유리창에 비친 여자는 그때의 리디아와 전혀 닮지 않았다. 더 마르고 피부는 더 그을렸으며 목과 팔에는 근육이 생겼다. 샤워를 하지 않은 이 여자는 눈 밑에 다크 서클이 있고 얼굴은 음울해 보인다. 집 욕실 벽 나무 고리에 걸린 작은 화장품 파우치가 있다면 좋은 갑옷이 되어줄 것이다. 하지만 자신이 다른 사람처럼 보인다는 사실은 위안이 되기도 한다. 어쩌면 하비에르의 사진 속 여자와 그녀가 동일인이라는 사실을 아무도 모를 수 있다. 마음 같아서는 분홍색 모자도 벗어서 배낭에 넣어버리고 싶다. 수영복 차림으로 교회에 가는 사람처럼 우스꽝스럽기 때문이다. 하지만 아무리 외모가 변했어도 모자를 쓰지 않으면 자신을 너무 드러내는 기분이 든다. 불가능한 걸 바라는 일은 그만두자. 머리 위 받침대에 CCTV가 설치되어 있고, 리디아는 거기에 찍히고 싶지 않다. 그래서 고개를 숙인 채 은행 문을 열고 안으로 들어간다.

형광등 불빛, 에어컨 바람이 나오는 대기실. 리디아의 팔에는 즉시 소름이 돋는다. 어느새 그녀의 몸은 전기로 만들어내는 안락함에 익숙지 않게 되었다. 리디아는 양팔을 문질러 열을 낸 뒤 가방에서 엄마의 은행 카드를 꺼내 다시 ATM으로 잔액을 확인한다. 여전히 212,871페소가 들어 있다. 리디아는 벌어진 입술 사이로 한숨을 내쉰다. 하루에 6,000페소 이상은 인출할 수 없고, 리디아는 여러 이유에서 이 순간을 미뤄왔다. 특히나 필요한 서류 없이 그 돈을 어떻게 빼야 할지 잘 모르기 때문이다. 어차피 이동하는 동안에는 돈을 은행에 두는 게 더 안전할 터였다. 하지만 리디아에게는 인출을 미루는 편이 더 쉽기도 했다. 엄마가 정말로 죽었다는 끔찍한 사실을 승인할 준비가 안 되었기 때문이다. 돈을 찾으면 엄마의 돈을 훔치는 듯한 기분이 들 것이다. 하지만 차라리 그렇게 느끼고 싶다. 왜냐하면 리디아는 아직 애도할 수 없기 때문이다. 마치 그녀와 루카만 도망치고 나머지 가족은 여전히 아카풀코에서 평소처

코요테

럼 살아간다고 생각하면 한결 마음이 편하기 때문이다. 리디아는
세바스티안이 매일 아침 샤워한 뒤 젖은 몸에 푸른색 수건을 두른
채 욕실 벽에 걸린 화장품 파우치 옆으로 지나간다고 상상한다. 그
속임수의 플러그를 최대한 늦게 뽑고 싶다.

하지만 은행에 이런 돈이 있다는 것은 기적이다. 일회용 낙하
산이다. 출금 전표에 엄마의 이름을 쓰고 의자에 앉아서 기다린다.
이윽고 지점장이 칸막이 자리로 부르고, 리디아는 의자에 앉으며
옆 의자에 배낭을 내려놓는다. 책상 반대편에서 그녀를 마주 보는
사람이 여자라는 걸 알았을 때 리디아는 행운이라고 생각한다. 여
자는 남색 재킷을 입었고 머리카락 한 가닥이 은색이다. 얼굴은 친
절해 보인다. 리디아는 잠시 여자의 얼굴을 뜯어보고 재빨리 결정
을 내린다. 이 여자에게 모두 이야기할 것이다. 전부 다. 친절한 얼
굴을 한 이 낯선 여자의 자비에 매달릴 것이다.

지금까지 리디아가 자신의 사연을 말한 적은 세 번뿐이다. 칠판
싱고의 교회 위층 사무실에서 카를로스에게 제일 먼저 말했고, 우
에우에토카의 난민 쉼터에서 세실리아 수녀님에게 두 번째로 말
했다. 두 번 다 굉장히 힘들었지만 두 번 다 그 대가로 구원 비슷한
것을 받았다.

"무슨 일로 오셨나요?" 지점장이 책상 위에서 양손을 깍지끼며
묻는다. 몸을 뒤로 빼지도 않고 리디아의 배낭을 수상한 눈으로 바
라보지도 않으며 공손하다. 사각형 갈색 명찰에는 '파올라'라고 적
혀 있다.

"저희……." 리디아는 말문을 열지만 코끝이 찡해지면서 목이

멘다. 눈을 질끈 감고 다시 천천히 입을 뗀다. "저희 엄마의 계좌를 폐쇄하려고요."

"알겠습니다. 제가 도와드리죠. 어머님께서……, 그러려면 어머님께서 동행하시거나 아니면……."

"엄마는 돌아가셨어요."

"아, 저런. 상심이 크시겠네요." 파올라는 다정하게, 하지만 기계적으로 말한다. 이런 경우에 으레 하는 말이기 때문이다.

리디아는 이렇게 형식적으로, 이렇게 차갑게 시작하고 싶지 않았다. 그래서 고개를 저으며 의자를 책상으로 좀 더 가까이 끌어당긴다. 파올라는 몸을 뒤로 빼지 않는다.

"절 좀 도와주세요." 리디아가 말한다.

파올라는 고개를 끄덕이며 "당연하죠"라고 말하더니 팔을 뻗어 리디아의 손을 토닥이고는 다시 책상 위에서 손깍지를 낀다. "그럼 필요한 서류는 어머님 사망신고서하고 혹시 유언장이 있다면 복사본……."

리디아는 헛기침하며 파올라의 말을 자른다. 그러고는 파올라의 얼굴이 아니라 둘 사이에 놓인 파올라의 손을, 손가락에 낀 금으로 된 심플한 결혼반지를 바라본다. 그렇게 고개를 숙인 채 말한다.

"엄마는 살해됐어요. 가족 전부가 아카풀코에서 카르텔에 살해되었죠. 남편과 언니를 포함해 열여섯 명이요." 리디아는 책상 위로 몸을 내민 채 아주 나직이 말하고 파올라의 호흡이 달라진 걸, 아니 사실상 멈췄다는 걸 알 수 있다. 눈을 들어 여자의 얼굴을 바라보니 거기도 정적이 감돈다. 리디아의 처지를 공감하면서 몸이 마비되어버린 것이다. 그리하여 리디아는 얼른 다음 말을 입 밖으로 쫓아낸다. 마음이 약해지기 전에. 자신이 여기에 왜 왔는지 잊어버리기 전에. 울기 전에. "우리 아들과 난 도망쳤어요. 지금 은행 앞에 있어요. 돈이 있었는데 시날로아주에서 납치를 당해서 다 빼앗겼어요. 이제는 코요테에게 줄 돈이 필요해요. 국경을 넘기 위해서요. 엄마에게 남은 자식은 나뿐이에요."

이제 책상 위에 손은 하나뿐이다. 결혼반지를 낀 손. 다른 한 손은 파올라의 얼굴로, 파올라의 입으로 올라갔다. 덕분에 파올라의 허물없는 반응이 나오려는 걸 막았을 것이다. "맙소사." 파올라가 말한다. 달리 무슨 말을 하겠는가. 파올라는 아래쪽 서랍을 열고 화장지 한 상자를 꺼내 둘 사이에 놓는다. "아카풀코에서 일어난 생일 파티 학살에 관한 기사를 읽었어요. 그게 당신이었군요. 맙소사. 정말 유감이에요."

"고마워요. 내 조카 제니페르의 킨세아녜라였어요."

파올라는 화장지 하나를 구겨서 코 밑에 댄다. 리디아도 화장지를 한 장 뽑는다. 두 사람은 서로의 눈을 바라본다. 리디아가 속삭인다.

"아이가 있으세요?"

파올라는 고개를 끄덕인다. "셋요."

"이 돈이 없으면 우린 죽을 거예요. 이 돈만이 우리 아들을 살릴 수 있어요."

파올라는 바퀴 달린 의자를 뒤로 밀어내더니 "여기서 기다리세요"라고 말한다.

한없이 길게만 느껴지는 시간이 흐르고 마침내 파올라가 서류가 든 폴더를 들고 돌아와 다시 의자에 앉는다. 리디아는 등을 곧게 편다. 파올라는 폴더를 펼치고 마우스를 클릭해 모니터를 다시 활성화한다. "신분증 있나요?"

"네." 리디아는 배낭을 뒤져서 유권자 카드를 찾아내 파올라에게 건넨다. 그녀는 잠시 그걸 들여다보더니 리디아의 얼굴을 더 자세히 들여다본 뒤 폴더 위에 내려놓는다.

"은행 카드는요?"

"여기 있어요." 리디아는 그 카드도 건넨다.

"당신이 어머니 계좌의 관리인인가요?"

"아뇨."

"어머니 사망신고서도 당연히 없겠죠?"

"네."

"유언장 복사본은요?"

"없어요." 리디아는 패닉에 빠지지 않으려고 한다. 이 여자는 당연히 그녀를 도와주려 할 것이다. 파올라는 그녀의 처지를 이해한다. 이런 서류가 전혀 없고, 게레로주로 돌아가 살해되지 않는 한 그 서류를 구할 수 없는 처지라는 것도 알고 있다. 하지만 그래도 도와줄 수 없다면? 파올라는 리디아가 빠져나갈 구멍을 찾아주려고 노력하지만, 끝내 리디아에게 이 돈을 인출할 법적 권리가 없다는 불가피한 비보만 확인하게 된다면? 리디아는 심호흡하려고 노력하지만 갑자기 모든 것이 흔들린다.

"무슨 일을 하셨죠?" 파올라가 묻는다.

"아카풀코에 제가 소유한 책방이 있어요. 지금은 아닐 수도 있지만 아마 아직 제 소유일 거예요."

파올라는 컴퓨터 자판을 친다. "책방 이름은요?"

"단어와 페이지요."

파올라는 다시 자판을 치더니 리디아가 볼 수 있도록 모니터를 돌려준다. 파올라는 서류를 작성하고 있던 게 아니었다. 리디아를 검색하고 있었다. 그녀의 이야기를, 그 말이 거짓말이 아닌지 확인하고 있었다. "이게 당신인가요?"

파올라는 리디아가 업데이트할 예정이었던 책방 웹사이트를 연다. '연락' 페이지에 검은색 레깅스와 헐렁한 스웨터를 입은 그녀의 사진이 있다. 리디아가 다시는 못 입을 옷이다. 그 옷은 지금 아카풀코에 있는 집의 세탁 바구니에 들어 있다. 사진 속 자신의 행복한 얼굴을 보니 리디아는 숨이 턱 막히고 흐느낌이 새어 나온다. 양쪽 칸막이벽이 천장까지 솟아오르면 좋으련만. 그녀의 눈은 두 개의 선이, 입은 하나의 선이 된다. 리디아는 고개를 끄덕이고 파올라는 책상 위로 손을 뻗어 리디아의 손을 꼭 잡는다. 그러고는 자리에서 일어나 책상을 돌아가더니 옆자리에 놓인 배낭을 바닥에 내려놓고 그 자리에 앉는다. 그리고 조그맣게 속삭인다.

"내 조카가 지난 8월에 실종됐어요. 사흘이 지나서 그 애를 발견했을 때는 머리가……" 파올라가 말을 멈추고 잠시 침묵이 흐르자 리디아는 그녀가 말을 끝맺지 않을 거라고 생각한다. 하지만 파올라는 힘을 모으고 있었을 뿐이다. "머리가 잘려 있었어요." 리디아의 손을 잡은 파올라의 손이 떨린다. 그들은 서로의 손을 꼭 잡는다. "정말 아름다운 아이였죠." 파올라가 말한다.

이번에는 리디아가 파올라의 처지에 공감해 몸이 마비된다. 리디아는 자신이 느끼는 깊은 슬픔에 깜짝 놀란다. 그녀에게 아직 다른 사람을 위해, 파올로의 살해된 조카를 위해 슬퍼할 감정이 남아 있단 말인가? 그렇다. 지독한 공허감이 들 정도의 고통과 만난 적도 없는 소년을 향한 절망이 느껴진다. 납치된 모든 소년에게 느끼는 무수한 슬픔이 루카가 이어놓은 점들처럼 이 집에서 저 집으로 이어진다. 그 고통은 너무 크고 기하급수적으로 증가한다. 각각의 잔인한 죽음이 스스로 100배, 1,000배 증폭된다. 이 은행에 있는 사람은 누구나 크든 작든 그런 슬픔을 알고 있다. 노갈레스에 사는 사람이라면 누구나. 여러 개의 플라사로 나뉘어서 하비에르 같은 사람들의 통치를 받는 도시에 사는 사람이라면 누구나. **대체 왜?**

리디아는 다 놓아버린다. 지난 몇 주 동안 마음속에 담아두었던 감정의 격류가 한꺼번에 비집고 나오려 한다. 나무 의자에 앉은 채 몸을 작게 웅크리고 조용히 흐느낀다. 그녀의 몸은 슬픔 덩어리고, 파올라는 이방인이다. 하지만 리디아의 등에 놓인 파올라의 손은 하느님의 손이다. 세바스티안의 손이고, 제미의 손이고, 제니페르의 손이다. 엄마의 손이다. 리디아는 파올라의 무릎 위에서 흐느끼고 파올라는 리디아와 함께 흐느낀다. 그들은 자신의 처지 때문에 그리고 상대의 처지 때문에 흐느낀다. 다 울고 나자 두 사람은 책상 위에 있는 화장지로 얼굴을 닦는다.

파올라는 리디아의 무릎을 거칠게 쓰다듬더니 화장지로 코를 팽 푼다. 그러고는 3점 숏을 던지듯이 칸막이 안쪽에 있는 쓰레기통으로 던져서 넣는다. "이 일로 해고될지도 모르지만 당신 돈을 인출해줄게요." 파올라가 나직이 말한다.

리디아는 머리가 지끈거린다. 고마우면서도 믿을 수 없는 마음에 눈을 질끈 감는다. 그 여파로 코가 시큰하다.

몇 분 뒤 파올라는 현찰이 두둑이 든 봉투를 건넨다. 그러고는 서류 캐비닛 맨 아래 서랍을 열쇠로 열더니 자신의 가방에서 추가로 500페소를 꺼내 리디아에게 건네며 말한다. "당신 아들을 위해서예요."

리디아는 파올라를 껴안는다. 그녀에게 고마움을 표현할 길이 없다. 불가능하다.

28

그의 흔적

아파트는 기묘하게 멋지다. 가구가 거의 없고 삭막하기는 해도. 언덕 위에 지어진 아파트 1층이라서 반지하에 큰 방 네 개, 거실(검정 가죽 소파 두 개, 평면 TV, 벽에 걸린 음울한 그림), 부엌 하나(냉장고에는 마요네즈 한 병과 달걀 두 개뿐이다), 침실 두 개(둘 다 완전히 텅 비었는데 하나는 타일 바닥에 철사 옷걸이만 떨어져 있고, 다른 방은 높은 창틀에 뿌리는 살충제만 놓여 있다). 리디아는 표면이 매끈한 부엌 조리대 위에 두 사람 몫의 수수료를 내려놓는다. 엘 차칼이 요구한 금액은 11,000달러였다. 리디아가 내놓은 돈은 절반은 페소, 절반은 달러다. 은행에 현찰이 충분치 않아서 달러나 페소만으로 줄 수가 없었다. 리디아는 엄마의 계좌에 있던 돈 전액과 파올라에게 받은 500페소, 지갑에 남아 있던 동전까지 돈 두 뭉치를 건넨다. 환율이 올라간 탓에 그녀가 준 돈은 대략 10,628달러다. 몇 주 전, 페소가 강세였을 때 찾았다면 11,000달러가 되었을 것이다. 하지만 오늘은 372달러가 부족하다. 코요테는 돈을 세더니 휴대전화로 환율을 계산한다. 돈이 부족한 것을 알자 다시 리디아에게 돈을 밀며 고개를 젓는다.

"부족해요."

"하지만 아주 조금 모자라는 거잖아요. 국경을 넘어가면 돈을 마련할 수 있을 거예요. 일자리를 구하는 대로 돈을 갚을게요."

"그렇게는 안 됩니다."

고작 372달러 때문에 모든 게 수포로 돌아간다고는 상상도 할 수 없다.

"돈이 있었는데 오는 길에 빼앗겼어요." 리디아는 절박한 목소리로 말한다.

"당신만 그런 거 아닙니다." 코요테는 눈 하나 깜짝하지 않는다.

"사실이에요. 우리 몸값을 내주셨어요." 솔레다드가 말한다.

"그 돈으로 우리를 구해주셨어요." 레베카는 그렇게 말하고는 언니를 돌아본다. "세자르에게 부탁해보자."

솔레다드는 사촌에게 또 돈을 보내 달라고 부탁해야 한다는 생각에 걱정스러운 표정이지만 고개를 끄덕인다. 부엌에는 극도로 긴장된 분위기가 감돌며 이 사람 얼굴에서 저 사람 얼굴로 옮겨 다닌다. 오로지 코요테만 태평하다.

"적어도 하루나 이틀은 기다렸다가 떠날 겁니다. 아드님과 함께 여기서 지내세요. 출발하기 전까지 돈을 마련해오면 함께 갈 수 있습니다." 코요테가 말한다.

이틀. 아카풀코에 살 때 그들은 매우 검소하게 생활했다. 저축한 돈은 절대 손대지 않고, 직장에는 대개 도시락을 싸가고, 옷은 더는 수선해서 입을 수 없을 때만 새로 샀다. 어쩌다 한 번씩 외식하고 영화는 가끔씩 봤다. 돈을 낭비한다고 해봐야 그 정도였다. 작년 결혼기념일에 세바스티안은 그녀에게 작은 유리병에 든 라벤더 오일을 사줬다. 리디아는 매일 밤 자기 전에 베개에 한 방울씩 뿌렸다. 그게 얼마나 큰 사치였던가. 하지만 이제 와서 생각해보면 햇볕이 잘 드는 방 두 개짜리 자그마한 아파트와 신발장이 터질 듯 쌓여 있던 신발, 먼지 쌓인 책, 옥수수와 말린 콩, 시리얼이 들어 있던 찬장, 복도 벽장 속에 개켜져 있던 침대 시트와 식탁보, 싱크대 옆 식기 건조기 속에 있던 거품 모양 와인 잔 두 개가 전부 사치스럽게 느껴진다. 지금 그녀에게는 아무것도 없는데 뭘 팔 수 있을까? 이틀 만에 400달러를 어떻게 마련한단 말인가. 리디아는 돈을 빌릴 수 있는 사람이 있는지 머릿속을 뒤져본다. 죽었다. 모두 죽었다. 덴버에 사는 삼촌의 전화번호를 안다면 전화했을 것이다. 미친 듯이 생각하다가 부끄럽게도 몸이 떠오른다. 몸을 팔면 얼마나 받을 수 있을까? 생각만 해도 역겹고 불쾌하다. 다행히 그 대안은 진지하게 생각하지 않고 간신히 떨쳐버린다. 길이 있을 것이다.

베토와 루카는 뒤에 있는 검은색 소파에 앉아 자동차 게임을 하고 있다. 하지만 집 안에 흐르는 심상치 않은 기운을 느끼고 부엌으로 온다. 그러고는 마치 자석에 이끌리듯 리디아 양옆에 선다.

"무슨 일이야, 엄마?" 루카가 묻는다.

"아무것도 아니야, 아모르시토, 걱정하지 마."

하지만 사람들이 설명해주지 않아도 상황을 파악하는 데 익숙한 베토는 조리대에 놓인 돈다발을 보고 리디아의 얼굴을 보더니 이번에는 엘 차칼의 얼굴을 보며 묻는다. "얼마나 부족해요?"

엘 차칼은 조리대에 놓여 있던 휴대전화를 집어 들고 화면 속

숫자를 읽는다. "372달러." 그러고는 다시 전화를 내려놓는다.

"페소로 하면 얼마죠?" 베토가 묻는다.

코요테는 계산한다. "7,500페소쯤."

베토는 리디아가 보는 앞에서 주머니에 손을 넣어 돈다발을 꺼내 돈을 센다. 베토는 이미 자신의 비용을 지불했지만 아직 돈이 많이 남았다. **우린 겨우 오늘 아침에 만났어. 저 애는 그 돈이 얼마나 큰 돈인지도 모를 거야.** 리디아는 그렇게 생각하지만, 얼른 의심을 떨쳐버린다. 베토가 차액을 내준다.

리디아는 베토를 껴안는다. "고맙다."

엘 차칼은 다른 난민들이 도착하면 함께 국경을 넘을 테니 기다리는 동안 편히 쉬라고 말하며 아무런 지시 없이 가버린다. 리디아는 과연 그가 다시 돌아올지 의문이다. 그들은 전 재산을, 엘 노르테로 도망갈 수 있는 마지막 기회를 그에게 주었다. 그가 도둑 같지는 않지만 만약 그렇다면? 혹은 버스에 치이기라도 한다면? 리디아는 주먹을 불끈 쥐면서 자신에게 되뇌인다. **생각하지 마.**

다들 코요테가 가자마자 신발을 벗어 던진다. 맨발의 상쾌함이란! 발가락을 마음껏 꼼지락거릴 수도 있다. 발 고린내가 진동한다. 루카와 베토는 부엌과 침실 사이의 복도를 오르락내리락 뛰어다니며 찐득한 발에 닿는 서늘한 타일의 감촉을 만끽하고 바닥에 조그만 유령 발자국을 찍는다. 솔레다드는 티셔츠 자락을 바지 속에 넣더니 자신이 할 수 있는 묘기를 보여준다. 벽에 기댄 채 물구나무를 선 것이다. 두 팔이 그녀를 단단하게 받친다. 두 아이는 손벽을 친다. 아이들은 텔레비전을 틀어보지만 켜지지 않는다. 아이들이 낮잠을 자는 동안 리디아는 부엌 서랍 속에서 귀퉁이가 닳은 책을 찾아낸다. 예전에 읽었던 스티븐 킹의 비교적 오래된 소설이다. 책을 읽다 보니 잠시 예전으로 돌아간 듯하다. 시간을 거슬러 이 책을 처음 읽던 때의 자신과 소통하는 듯이. 그런 교감이 신성하면서도 행운처럼 느껴진다. 아이들이 깨어나자 73페이지까지 읽은 리디아는 마지못해 책을 소파 위에 그대로 엎어놓는다. 다들 샤워하고 싶어 하지만 실망스럽게도 온수가 나오지 않는다. 부엌에는 음식도, 냄비도 없고 그저 프라이팬 하나뿐이다. 그래도 리디아는 프라이팬으로 물을 데우고 다들 그걸로 몸에 붙은 먼지와 땀을 닦아낸다. 저녁으로 아무것도 먹지 못한 채 비교적 최근에 먹은 비리아의 기억으로 만족하며 일몰과 함께 잠이 든다.

이튿날 아침 일찍, 어떻게 어떤 음식을 구해야 할지 의논하고 있을 때 문이 열린다. 엘 차칼이 두 남자 그리고 중년 여자 하나를 데리고 계단을 내려오자 리디아는 안도감에 온몸에서 힘이 빠진다. 그는 아직 여기에 있다. 그들을 버리지 않았다. 안도감은 이내 공포로 바뀐다. 저 사람들은 누구지? 리디아는 그들의 얼굴을 바라보며 혹시 아는 사람인지, 어떤 사람인지 알아낼 수 있는 단서를 찾으려 한다. 두 남자는 서로 아는 사이 같다. 야구 모자를 눈 바로 위까지 푹 눌러쓴 젊은 남자들로 다른 사람은 무시한 채 둘이서만 조용히 속닥거린다. 소매가 긴 상의와 청바지를 입고 있어서 문신이 있는지 없는지 알 수 없다. 리디아는 속이 울렁거리지만 더 큰 허기가 그걸 쫓아버린다.

"너무 멀리 가지는 마세요. 출발 시각에 여기 없으면 기다리지 않을 겁니다." 코요테가 말한다.

엘 차칼이 떠나자 실내에는 긴장이 감돈다. 두 자매와 루카는 어젯밤에 잤던 침실로 들어가 버리고 새로 온 여자는 욕실에 들어가 문을 잠가버린다. 리디아는 새로 온 사람들에 대해 최대한 많이 알아내고 싶지만, 그와 동시에 그들과 거리를 둔 채 눈에 띄지 않고 희미한 사람으로 남고 싶기도 하다. 그리고 어쨌든 배가 고프다. 루카도 마찬가지고.

"배 안 고프세요?" 리디아는 소파에 앉아 있는 새로 온 남자들에게 묻는다.

그들은 그렇다고 말한다.

"음식 살 돈을 주시면 제가 요리할게요."

오믈렛을 만들 것이다. 루카에게는 따뜻하고 익숙한 음식이다. 남자가 약간의 돈을 주자 리디아는 루카와 식료품점에 가려고 집을 나선다.

"새 등산화 신어. 길들여야지." 리디아가 루카에게 말한다.

그들이 아파트에서 나와 겨우 반 블록 갔을 때 뒤에서 누군가 부르는 소리가 들린다.

"저기요! 잠깐 실례해요, 부인!"

리디아가 겁에 질려 뒤를 돌아보니 아까 엘 차칼을 따라왔던 여자가 서둘러 달려와 말한다. "괜찮으면 나도 함께 가고 싶어서요. 몇 가지 살 게 있거든요." 그녀는 보라색 가방을 들었고, 고급 식당에라도 가는 사람처럼 검은 바지에 헐렁한 블라우스를 입고 웨지 샌들을 신었다. 날씬한 몸매에 짧게 자른 검은 머리는 살짝 희끗희끗하다. 한쪽 손목에 찬 금팔찌는 가짜라기에는 너무 세련되었다. 전혀 난민처럼 보이지 않는다고 리디아는 생각하다가 자신도 그렇다는 사실이 기억난다. 적어도 처음에 이 여정을 시작할 때는 그랬다.

"난 마리솔이에요." 여자가 악수를 청하며 리디아에게 손을 내밀자 팔찌가 쨍그랑거린다.

"난 리디아예요."

"만나서 반가워요."

"이 애는 내 아들 루카예요."

"안녕, 루카!"

모퉁이에 한 노인이 집 현관에 앉아 있다. 리디아는 노인에게 가까운 식료품점이 어디에 있는지 묻는다. 노인은 가르쳐준다.

"과일을 좀 사야겠어요. 원래 매일 샐러드를 먹는데 여기 돌아온 후로 위장이 엉망이 됐어요."

"돌아와요?" 리디아가 묻는다.

"캘리포니아에서요."

"어머! 벌써 캘리포니아에 사세요?"

"네, 16년 살았죠. 이젠 외국인이나 다름없답니다."

둘은 함께 웃는다.

"그럼 왜 돌아오셨어요?" 리디아가 묻는다.

"내 뜻이 아니었어요."

리디아는 움찔한다.

그의 흔적

"딸들은 아직 거기 있답니다. 샌디에이고에요." 마리솔은 가방에 손을 넣어 반짝거리는 케이스에 든 아이폰을 꺼내어 엄지로 잠금 해제하더니 스크롤을 내려 사진을 보여준다. 예쁜 여자아이 둘의 사진인데 솔레다드와 레베카 나이 정도 된다. 마리솔은 자랑스러운 표정이다. 둘 중에서 나이가 더 어린 쪽이 킨세아녜라 드레스를 입고 있다.

"이 애가 데이지랍니다. 생일에 치아파스 드레스를 입고 싶어 했죠. 샌디에이고에서 태어나서 스페인어는 할 줄도 모르는데 말이죠." 마리솔은 그렇게 말하고는 전화를 꺼서 다시 가방에 넣는다. "그리고 우리 큰애 아메리카는 지금 대학생인데 날 대신해 동생을 돌보고 있어요. 살림도 하면서요." 마리솔의 목소리가 흔들린다.

"여기 온 지 얼마나 되셨어요?"

"거의 3주요. 하지만 그 전에 불법 체류자 수용소에 두 달 넘게 있었어요." 마리솔은 고개를 젓고 입을 굳게 다문다. 리디아도 잘 아는 표정이다. 목소리가 떨리고 슬픔으로 가슴이 저미지만 어떻게든 무너지지 않으려는 결의다. 루카는 그들의 대화를 안 듣는 듯하지만 사실 듣고 있다는 걸 리디아는 안다. 그들보다 두세 발짝 앞서서 걸으며 오가는 차들을 바라보는 루카는 요즘 어떤 대화든 귀담아듣는다.

"어쩌다 그렇게 되셨어요?" 리디아가 묻는다.

마리솔은 큰 숨을 들이쉬더니 대답한다. "우린 아메리카가 네 살 때 합법적으로 미국에 이민을 갔죠. 남편이 엔지니어였거든요. 미국에서 일했고 그래서 우리에겐 비자가 있었어요. 그러다 데이지가 태어났고 많은 세월이 흘렀죠. 흐르는 시간을 알아차리지도 못할 정도로요."

함께 걸어가는 동안 리디아는 본능적으로 마리솔 곁에 다가간다. 그들은 햇볕이 쏟아지는 언덕 비탈을 따라 오르락내리락 걸어가고, 모퉁이를 돌고, 조용한 교차로를 건넌다. 새 등산화를 신은 루카의 발걸음이 무겁다.

"그러다 5년 전 로헬리오가, 남편이 목숨을 잃었어요." 마리솔은 성호를 긋고 리디아는 자기도 모르게 숨을 헉 들이쉬며 말한다.

"정말 유감이에요."

마리솔은 고개를 끄덕인다. "너무 갑작스러운 죽음이었죠. 퇴근하고 집으로 오다가 차에 치인 거예요."

목숨을 잃었다는 말에 마리솔의 남편도 살해된 줄 알았던 리디아는 일순 심술궂은 배신감을 느낀다. 그렇게 정상적이고 끔찍하지 않은 죽음을 맞았다는 사실이, 그렇게 남편을 잃었다는 사실이 부러울 지경이다. 하지만 이내 생각이 바뀐다. 마리솔의 남편이나 세바스티안이나 죽은 건 마찬가지다. 마리솔의 팔을 꽉 잡은 리디아는 다시 진정한 연민을 느낀다.

"남편이 죽으면서 우리 비자는 소멸됐어요. 오악사카로 돌아가야 했죠. 데이지만 시민권이 있기 때문에 미국에 머물 수 있었어요."

"말도 안 돼요. 데이지가 몇 살이죠?"

"열다섯요."

"아." 물론 리디아는 전에도 이런 사연을 들은 적이 있다. 하지만 실제로 이런 일을 겪는 엄마와 이야기를 하는 것은 다르다. 리

그의 흔적

디아는 루카와 떨어지는 건 상상도 할 수 없다. 세상 무엇보다 슬픈 일이다. 리디아는 앞에서 걸어가고 있는 루카에게 달려가 꼭 끌어안고 싶은 충동을 참는다.

리디아는 늘 헌신적인 엄마였지만, 아이가 학교에 가거나 잠들면 아이의 부재를 못 견디는 상호의존적인 엄마는 아니었다. 혼자만의 시간을 늘 소중히 여겨서 자신의 속마음을 들여다보고, 모성애의 끊임없는 감정적 외침에서 잠시 벗어날 수 있는 시간을 즐겼다. 아카풀코에서 살던 시절에는 루카가 곁에 있을 때마다 그녀의 마음과 정신을 침범하고 루카의 에너지 때문에 방 안의 다른 것들이 눈에 전혀 들어오지 않는 상황이 아주 살짝 짜증이 나기도 했다. 루카를 진심으로 사랑했지만 학교 정문 앞에서 루카와 헤어진 후에야 비로소 숨이 쉬어지던 날도 있었다. 하지만 이제 그건 옛일이다. 지금은 할 수만 있다면 스테이플러로 루카와 그녀를 이어버리고 싶다. 루카를 그녀의 살갗에 꿰매고 그녀와 루카를 영원히 붙여버리고 싶다. 루카의 두피에서 그녀의 머리카락이 자라고 루카와 결합한 쌍둥이 엄마가 되고 싶다. 루카를 안전하게 지킬 수만 있다면 여생 동안 자신만의 생각 따위는 포기할 수 있다. 리디아는 모퉁이에서 기다리는 루카를 바라보다가 그 너머, 길 건너를 보게 된다. 한쪽 면에 그래피티가 그려진 건물이 있다. 거대한 물음표인가? 아니다. 물음표가 아니다. 그걸 깨달은 순간 리디아는 우뚝 멈춰 선다. 그러고는 루카를 향해 손을 뻗는다.

"미호."

"괜찮아요?" 마리솔이 묻는다.

그건 물음표가 아니라 낫이다. 낫 아래 검은 페인트로 비스듬하게 경고가 적혀 있다. '로스 하르디네로스가 온다.' 구부러진 낫 날에 올빼미가 앉아 있다. 라 레추사. 그리고 아까 리디아가 미처 보지 못한 무언가가 더 있다. 얼굴 없이 그려진 하비에르의 독특한 안경. 그 정확한 모양을 보니 리디아의 기억 속에서 하비에르가 살아난다. 렌즈가 있어야 할 자리에 누군가가 낙서를 해놓았다. '그는 아직 널 찾고 있다.'

날 찾고 있는 거야. 하비에르가 날 찾고 있어, 맙소사. 리디아는 획 돌아서며 말한다. "루카, 이리 와."

"하지만 엄마⋯⋯."

"오라니까!" 리디아가 채찍을 내려치듯 쏘아붙인다.

마리솔이 뛰어와 리디아를 따라잡더니 다시 한번 묻는다. "괜찮아요?"

17일 동안 2,575킬로미터를 이동했다. 그런데도 엘 노르테로 가는 문턱에 망할 놈의 로스 하르디네로스가 있다. 하비에르의 안경은 실제와 똑같다! 마치 그린 사람이 하비에르를 잘 아는 듯이. 마치 하비에르를 여기 노갈레스에서 직접 본 듯이. 리디아는 쓰러질 것 같다. 무릎이 꺾일 것 같다. 바람이 몸을 통과한다. 몸에 구멍이 숭숭 뚫렸다는 듯이. 이미 거의 유령이라는 듯이. 마리솔이 손을 뻗어 리디아를 진정시킨다.

"저쪽으로 가면 안 돼요." 리디아는 그렇게 말하고 빨리 걷는다. 하지만 너무 빨리 걷지는 않는다. 구멍가게 벽에 기대어선 세 소년의 주의를 끌지 않을 정도로만 빨리 걷는다. 리디아는 팔이 덜덜 떨리고 공포로 무릎이 흐물흐물하다.

"괜찮아요, 괜찮아." 마리솔은 한쪽 팔로 리디아의 어깨를 감싸고 둘은 같은 보폭으로 걷는다. 리디아의 걸음은 우연히 마리솔과 같아지고 리디아의 다른 쪽 팔 밑에는 루카가 있다. 그들은 이미 반대 방향으로 반 블록쯤 걸어왔고 이제 모퉁이를 돌아 더 그늘진 거리로 들어선다. 과연 지금 가는 방향이 아까보다 더 안전할까? 마리솔은 그들이 어디로 가는지 알고 있을까? 그들을 이상한 곳으로 끌고 가는 건 아닐까? 그런 생각이 들자 리디아는 마리솔의 팔에서 몸을 뺀다.

"고마워요. 이젠 괜찮아요. 난, 우린 괜찮아요." 리디아는 그렇게 말하며 루카의 팔을 꽉 잡고 말을 잇는다. "방금 해야 할 일이 생각났어요. 이따 아파트에서 봐요."

마리솔은 어리둥절한 표정으로 걸음을 멈춘다. "아."

"금방 갈게요." 리디아는 그렇게 말한 뒤 루카를 다른 길로 끌고 간다. 마리솔은 길 한복판에 홀로 남겨둔 채.

길에서 벗어나야 한다. 시야에서 사라져야 한다. 그들을 알아볼지도 모르는 사람들에게서 멀어져야 한다. 로스 하르디네로스가 여기 노갈레스에 있다. 어쩌면 동맹을 맺었을지 모른다. 어쩌면 테스트 마켓이거나 영역 다툼을 벌이는 중일 수도 있다. 아니면 그저 그녀를 사냥하고, 찾아내고, 다시 하비에르에게 데려가 그의 딸이 죽은 대가로 세바스티안의 일가족을 몰살하는 목표를 완수하기 위해서일 수도 있다. 리디아는 마치 현장에 있는 듯이 그 장면을 볼 수 있다. 배경은 바르셀로나의 기숙사 방이고 위에서 삐거덕거리는 소리가 난다. 남청색 스타킹을 신은 마르타의 발이 좌우로 살짝 흔들리고, 왼쪽 발에는 아직 투박한 검은 신발이 신겨져 있지만 오른쪽 신발은 바닥에 떨어져 있다. 리디아는 그 장면을 몰아내고 마음의 문을 꽉 닫는다. 하비에르가 여기까지 따라왔을 거라는 확신, 그녀를 찾을 때까지 누구의 영토든 가로질러서 끝없이 따라올 거라는 확신을 쫓아버린다. 오로지 엘 노르테에서만 그의 힘이 약해질 것이다. 폭력을 행사하는 자는 반드시 벌을 받는 엘 노르테에서만. **적어도 하비에르처럼 폭력적인 남자는 반드시 처벌받을 거야.** 리디아는 생각한다.

여기는 보도가 없어서 도로 가장자리에 곧바로 주택 정원으로 들어가는 문과 점포 입구가 있다. 자동차는 보행자를 빙 둘러가야 한다. 숨을 곳이 없다. 그들은 다음 모퉁이를 돌아서 왔던 길로 되돌아간다. 리디아는 모자를 쓰고 있지 않다. 왜 모자를 두고 왔을까? 그 후줄근한 분홍색 모자가 싫었다. 식료품점에 다녀올 동안만이라도 그 모자에서 벗어나 보통 사람인 척하고 싶었다. 그래피티를 보기 전까지는 짧은 여행이라도 나온 듯했다. 어제 은행에서는 일이 잘 풀렸고 아파트도 편안했다. 그리고 엘 노르테는 코앞에 있다! 그래서 방심했나 보다. 멍청하긴.

문설주에 서 있던 할머니가 지나가던 그들을 부른다. "과일, 빵, 우유, 달걀 살래요?"

리디아가 찾고 있던 식료품점은 아니지만 어쩌면 더 나을 수도 있다. 할머니는 집 앞쪽에 있는 어두컴컴한 방을 임시 가게로 만들어서 생필품을 팔고 있다. 그들은 고개를 숙여 안으로 들어가고 리디아는 열린 문 너머로 계속 길을 바라본다. 그러고는 달걀과 토르티야, 양파, 아보카도, 약간의 과일을 산다.

"모자도 있나요?" 리디아가 묻는다.

"모자?" 할머니는 고개를 젓는다.

"그럼 스카프는요? 머리를 가릴 만한 물건이면 다 좋아요."

"미안하지만 없어요."

"그렇군요. 어쨌든 고맙습니다."

"잠깐만." 할머니는 손가락을 튕겨서 딱 소리를 내더니 비틀거리며 부엌으로 들어간다. 그러고는 꽃무늬와 벌새가 그려진 푸른색 얇은 천을 가지고 나온다. 접시 닦는 수건이다. 할머니는 그게 값비싼 와인이라도 되는 듯이 리디아에게 건네며 그걸로 머리를 가리라는 시늉을 한다.

"얼마죠?" 리디아가 묻는다.

"100페소요."

리디아는 고개를 끄덕이고는 그 천을 손수건처럼 머리에 둘러 묶는다.

"저 아이는?" 할머니가 턱으로 루카를 가리키자 리디아는 어리둥절한 표정으로 루카를 돌아본다. "국경을 넘을 거요?" 할머니가 묻는다. 이번에는 턱으로 북쪽을, 접경지대를 가리키면서.

리디아는 잠시 머뭇거리다 사실대로 말한다. "네, 그럴 거예요."

"아이에게는 코트가 필요할 텐데. 밤에 아주 추워요." 할머니가 말한다. "두꺼운 스웨터랑 점퍼가 있어요. 잠깐 기다려봐요."

할머니는 다시 부엌으로 사라진다. 선반 혹은 벽장을 열고 물건을 뒤지더니 바닥 위로 상자를 끄는 소리가 들린다. 루카는 남겨진 정적 속에서 킥킥거리지만 리디아는 너무 긴장돼서 함께 웃을 수가 없다. 그저 부엌으로 이어지는 문과 도로로 이어지는 문을 번갈아 가며 바라본다. 부엌에서 나오는 할머니의 손에는 푸른색 털실로 짠 무언가가 들려 있다. 할머니가 계산대에 펴자 리디아는 비로소 그게 무엇인지 볼 수 있다. 모자와 목도리다. 루카에게는 너무 큰 듯하지만 털실이 두껍고 따뜻하다. 리디아는 손끝으로 부드러운 털을 쓰다듬다가 고개를 끄덕인다.

"얼마죠?"

할머니는 루카를 향해 손을 흔들며 말한다. "선물이에요. 행운을 가져다줄 거예요."

그들은 최대한 빨리 그리고 최대한 조심스럽게 거리를 걷는다. 지나치는 모든 창문과 문이 부비트랩처럼 느껴진다. 리디아는 걸음을 세면서 마음을 진정하려고 노력한다. 루카는 달걀과 토르티야를 들고 리디아는 채소와 과일을 들고 간다. 걸어가며 마리솔을, 그녀가 보여준 친절과 슬픔을 생각한다. 두려움 너머로 리디아는 아까 느닷없이 길 한복판에 마리솔을 남겨두고 가버려서 미안한 마음이 든다. 마리솔이 따라오지 않았다는 사실, 어느 쪽으로 가야 한다고 억지를 쓰거나 그들을 다른 방향으로 데려가려고 하지 않았다는 사실은 그녀가 악질 거짓말쟁이가 아니라는 증거다. 마리솔은 아마 그녀의 주장대로 캘리포니아에 있는 딸에게 어떻게든 돌아가려고 하는 추방된 엄마일 것이다. 그들의 거처가 있는 아파트가 나오자 리디아는 숨을 죽이고 뒤돌아본다. 거리에는 자동차 한 대뿐이다. 자동차가 천천히 다가오고 리디아는 숨을 죽인다. 차가 지나가며 안에 타고 있던 노부부가 루카에게 다정하게 손을 흔든다.

"하느님 감사합니다." 문지방을 넘어 안으로 들어간 뒤 문을 닫으며 리디아는 큰 소리로 말하고 잠시 문에 기대어 숨을 돌린다. 그런 다음 루카와 함께 계단을 내려간다. 아래쪽에서 사람들 목소리와 웃음소리가 들린다. 집 안은 바깥보다 따뜻하다. 사람들의 온기로 축축하다. 마지막 계단을 디딘 리디아는 들고 있던 봉지를 바닥에 떨어뜨린다.

"짜잔!"

로렌소가 검은 가죽 소파에 앉아 있다.

리디아는 아무 반응도 할 수 없다. 바닥에 떨어진 봉지에서 아보카도 한 개가 또르르 굴러 나온다. 리디아는 겁에 질려서 말문이 막히지만 기를 쓰고 입을 연다. "네가 왜 여기 있지?" 그러고는 제자리에서 뒤뚱거리는 아보카도를 집어 든다.

"아줌마랑 같은 이유죠. 엘 노르테에 가려고요."

손에 놓인 아보카도가 정물 같다. "근데 우리를 어떻게 찾아냈어?"

"씨발, 착각하지 마세요. 아줌마를 찾은 게 아니라 엘 차칼을 찾은 거예요. 여기 와서 저 이쁜 언니들을 본 후에야 아줌마도 여기 있다는 걸 알았다고요."

마리솔은 부엌에서 물을 마시고 있고, 모자를 푹 눌러쓴 두 남자는 조리대 앞 의자에 앉아 카드 게임을 하고 있다. 리디아는 로렌소 맞은편 소파 뒤로 가서 서고 로렌소는 다시 소파에 벌렁 드러눕는다.

"어쨌거나 이 남자가 노갈레스 최고의 코요테니까요. 그게 아줌마만 아는 비밀이라도 되는 줄 알았어요?" 로렌소가 말한다.

"넌……." 리디아는 이 질문을 어떻게 끝맺어야 할지 몰라서 그냥 미완성된 채로 남겨 둔다.

이제 로렌소는 검은 반바지를 입었고, 살갗은 한두 톤 더 그을렸지만 그 외에는 전과 똑같다. 다이아몬드가 박힌 귀걸이, 살짝 탈색되었어도 여전히 깨끗한, 챙이 납작한 야구 모자. 양말은 난민치고 놀랍도록 새하얗지만 비싼 운동화는 닳은 흔적이 보인다. 로렌소는 몸을 일으키더니 두 발을 바닥으로 내린다. "이봐요, 아줌마가 날 불편해하는 거 아는데 난들 어쩌겠어요. 그건 아줌마 문제라고요. 하지만 아줌마를 따라온 게 아니라고 맹세하죠. 아줌마를 찾아다닌 게 아니에요. 지난번에 말했듯이 난 그 염병할 로스 하르디네로스와는 끝났다고요. 손 씻었어요."

리디아는 잠시 로렌소를 뜯어본다. 달리 할 수 있는 일이 없기 때문이다. 하비에르가 여기 있다고 알리는 그래피티나 갑자기 나타난 로렌소나 만나는 사람마다 의심스러워 보이는 이 감정이나 모두 그녀가 어찌할 수 없다. 부엌에서 나와 리디아가 장 본 물건을 정리하려고 가져가는 마리솔, 조리대에 앉아 카드 게임을 하는 남자들, 소파에 앉아 히죽거리는 로렌소. 이들 중 누구든 그녀를 해칠 수 있다. 누구든 잠든 루카를 죽일 수 있다. 아직은 하지 않았다. 그러니 아마 앞으로도 하지 않을 것이다. 리디아는 허벅지를 문지른다. 어쩌면 여기 로렌소가 있는 것은 그냥 우연일지 모른다. 그 그래피티도.

"알겠다." 리디아가 말한다.

"그러니까 진정하세요."

리디아는 잠시 로렌소를 바라보다가 말한다. "하지만 그 말이 사실이라면," 그러고는 잠시 뜸을 들이며 뭐라고 말해야 할지 집중한다. "네가 알아둬야 할 게 있어."

"그래요? 뭔데요?"

"여기 로스 하르디네로스가 있어."

계산된 폭로다. 이 정보를 공유하는 것이 여러 면에서 그녀에게 이득이 될 수 있다.

"노갈레스에요?" 로렌소가 묻는다.

리디아는 고개를 끄덕인다. 어쩌면 로렌소는 그녀에게 빚을 졌다고 생각할지 모른다. 어쨌든 이건 로렌소의 반응을 지켜볼 기회고, 로렌소는 반응을 보인다. 얼굴이 창백해진다. 미소와 건방진 자세가 사라진다. 등을 똑바로 세우고 헛기침을 한다. 어깨가 저절로 굽는다. 그러니 저 반응은 진짜다. 로렌소는 두려워하고 있다.

"어떻게 알았어요?" 로렌소가 묻는다.

"그래피티를 봤어." 리디아는 로렌소 맞은편 소파 팔걸이에 걸터앉는다. 조리대에 앉은 두 남자가 그들의 대화를 듣고 있다. 카드를 손에 쥔 채.

"이 근처예요?"

"서너 블록 떨어진 곳에 있더라." 리디아는 루카를 돌아보며 말한다. "누나들에게 가봐. 베토는 뭐 하는지 보고." 루카는 복도를 쪼르르 내려가 어젯밤에 다 함께 잤던 침실로 들어간다. 리디아는 다시 로렌소에게 말한다. "오믈렛 먹을래?"

리디아와 마리솔이 요리하는 동안 솔레다드는 아파트를 빠져나간다. 다섯 명일 때는 넓게 느껴졌던 공간이 아홉 명으로 늘어나니 비좁아졌다. 특히 역겨운 전직 마약상 로렌소 때문에.

그들은 도심에서도 극서쪽에, 국경에서 겨우 몇 발짝 떨어진 곳에 있다. 솔레다드는 집 앞길을 따라 언덕을 오르락내리락하며 국경 너머 텅 빈 땅을 바라본다. 이곳의 국경은 자연 지형을 따라 생긴 것이 아니라 사막을 가로질러 임의로 만든 날카로운 철책이 밀려드는 도심을 막아내고 있다. 철책 북쪽으로는 거의 아무것도 보이지 않는다. 아마 정말로 아무것도 없을 것이다. 혹은 무엇이 있든지 간에 튀어나오고 주름진 풍경 속에 숨어 있을 것이다. 세 번째로 언덕을 내려갔을 때 조금 더 다가가 보니 땅이 아래로 쑥 꺼지는 곳이 있다. 길옆에 작은 맨땅이 있고 거기에 경사로 같아 보이는 작은 둔덕이 세워져 있다. 둔덕은 철책보다 높은데 철책이 아래로 쑥 내려가 도로보다 낮기 때문이다. 그 경사로를 오르자 솔레다드는 심장이 새처럼 날아오른다. 도움닫기를 하다가 철책을 껑충 뛰어넘을 수 있을 것만 같다. 여기서라면 그럴 수 있을 것 같다. 솔레다드는 자갈투성이 제방을 1미터쯤 아래로 내려간다. 땅속까

그의 흔적

지 파고든 붉게 녹슨 철책이 보인다. 솔레다드는 붉은색 굵은 기둥 두 개를 움켜쥔 채 이마를 철책에 댄다. 그러자 분명히 깨닫게 된다. 철책은 그저 심리적 장벽일 뿐이고, 철책을 넘을 수 없는 진짜 이유는 반대편에 설치된 첨단 장치 때문이라는 사실을. 저쪽에 울퉁불퉁한 풍경을 따라 쭉 이어진 흙길이 있다. 그 길이 어디로 이어지는지는 몰라도 미합중국 국경 수비대 차량의 묵직한 타이어가 주기적으로 밟아준 덕분에 매끄럽게 다져졌다. 솔레다드는 국경 수비대를 볼 수 없지만 그들이 있다는 걸 느낄 수 있다. 그저 시야에 없을 뿐이다. 산비탈에 드문드문 보이는 높은 기둥 위에 설치된 윙윙거리는 전자 장치가 그들이 근처에 있다는 증거다. 저 장치가 카메라인지 센서인지 조명인지 스피커인지는 모르지만, 무엇이든지 간에 그녀가 여기 있다는 걸 그들은 알고 있다. 솔레다드는 철책 사이로 손을 넣은 다음 손가락을 꼼지락거려 철책 반대편으로 내밀어본다. 그녀의 손가락은 엘 노르테에 있다. 솔레다드는 철책 사이로 침을 뱉는다. 그저 미국 땅에 자신의 일부를 남기기 위해서.

솔레다드

리디아는 남자에게 마체테를 빌려서 양파와 아보카도를 자른다. 이 부엌에는 칼 한 자루도 없기 때문이다. 서랍에 종이 접시는 있지만 포크는 없다. 그래서 그들은 토르티야로 달걀을 떠서 함께 먹는다. 로렌소는 다른 데 정신이 팔린 듯하다.

"더 먹어야 해. 사막을 지나려면 열량이 많이 필요해." 로렌소가 음식이 반이나 남은 접시를 조리대에 내려놓자 리디아가 말한다.

로렌소는 한 팔을 옆으로 축 늘어뜨린 채 리디아를 바라본다. 어리둥절한 표정이다. 그녀는 로렌소의 접시를 가져가 달걀 한 스푼과 아보카도 한 조각을 더 담는다. 그러고는 다시 로렌소에게 내밀며 말한다.

"자. 바나나도 줄까?"

로렌소는 양쪽 팔꿈치를 조리대에 내려놓더니 토르티야를 집어 들고 마침내 한 입 먹는다. 그러고는 입에 음식이 든 채로 말한다. "왜 이렇게 친절한 거예요?"

리디아는 다른 사람들이 남긴 종이 접시를 모으고 바나나 뭉치에서 자신이 먹을 바나나 하나를 떼어낸다. 그러고는 꼭지를 떼고 껍질을 벗기며 말한다. "그들에게서 도망친다는 게 뭔지 아니까. 두렵다는 게 뭔지 아니까."

저녁을 먹은 뒤에는 고통스러운 노력 속에서 하루가 지나간다. 리디아는 두 남자와 대화를 나누려고 해보지만 그들은 무뚝뚝하고 거의 온종일 카드 게임만 한다. 어쩌다 자기들끼리 이야기를 나눌 때면 리디아는 그들의 억양을 알아내려고 귀를 곤두세우지만 결국 에는 포기해버린다. 그럴 필요가 없기 때문이다. 만약 저들이 악당 이라면 그녀가 누구인지 알고 있거나, 이미 그녀를 알아보고 그녀 의 목숨을 보상금과 바꾸기로 마음먹었다면 어차피 곧 알게 될 것 이다.

다들 쉴 수 있을 때 쉬기 위해 일찌감치 잠자리에 든다. 리디아 와 두 자매, 두 소년은 전날 밤에 잤던 침실에서 자고 마리솔도 함 께 잔다. 혹시라도 그들이 자는 동안 누가 들어오지 못하도록 문 앞에 짐을 쌓아둔다. 둘둘 만 청바지를 베개 삼아 구석에서 웅크리 거나 반듯이 누워서 잔다. 레베카는 루카를 곰 인형처럼 한 팔로 끌어안은 채 자고 두 아이는 같이 부드럽게 코를 곤다. 베토는 X자 모양으로 팔다리를 활짝 벌리고 입까지 딱 벌렸다. 조용한 두 남자 는 다른 침실에서, 로렌조는 소파에서 잔다.

루카는 깊은 돌우물이 나오는 꿈을 꾼다. 우물 바닥에는 총에 맞은 가족 열여섯 명의 시신이 있다. 루카가 그 사실을 아는 이유 는 우물을 들여다봐서가 아니라—사실 루카는 낮에 그 우물 앞을 지날 때마다 가까이 가지 않으려고 조심했다—우물 밑바닥에서 떠드는 소리가 들리기 때문이다. 우물 안에서 울려 퍼지는 웃음소리와 활기찬 대화가 들린다. 아빠가 제니페르 누나와 제미 이모에게 농담하는 소리가 들린다. 알렉스 이모부가 아드리안이랑 레슬링을 하고, 이모부가 간지럼을 태우자 아드리안이 꺅 비명을 지르며 웃는 소리가 들린다. 심지어 할머니가 모두를 살짝 꾸짖는 소리도 들린다. 정말로 못마땅해서가 아니라 가볍게 야단치는 것이 나름대로 할머니가 이 상황에 합류하는 방식이기 때문이다. 그걸 이해하는 순간 루카는 이 꿈이 진짜라는 걸 깨닫는다. 할머니에 대한 이 통찰은 할머니가 살아 있을 때는 전혀 몰랐던 것이기 때문이다. 그러니까 그들은 아직 거기, 우물 바닥에 있다고 루카는 확신한다. 그리고 그들에게로 가고 싶다. 함께 있고 싶다. 우물 속 신성한 물이 생명이고 필수 요소이며, 그의 모든 욕구를 충족시키고 저들 모두를 다시 살려내리라는 걸 루카는 알고 있다. 그래서 루카는 간다. 마침내 두려움 없이, 머뭇거리지 않고 우물로 걸어간다. 하지만 루카가 다가가자 목소리와 웃음소리가 그친다. 그저 눈에 보이지 않는 물방울이 똑똑 떨어지고 졸졸 흐르는 소리만이 어둑하고 깊은 우물 속에서 울려 퍼진다. 그래서 루카는 대신 밧줄을 잡아당긴다. 두레박을 끌어 올릴 생각이다. 어쩌면 그걸 타고 아래로 내려갈 수도 있다. 모두와 재회할 수도 있다. 하지만 냄새가 나는 순간, 무언가 잘못되었음을 깨닫는다. 두레박이 다 올라오기도 전에 그걸 알 수 있다. 썩은 내다. 두레박을 빛에 비춰 보니 핏덩어리만 가득하다. 손가락, 눈알, 치아. 아빠의 귓불, 제니페르 누나의 머리카락. 이 모두가 두레박 속 악취가 나는 피 위에 둥둥 떠 있다.

악몽에서 깨어난 루카는 가슴이 두근거리지만 두렵지는 않다. 좀 더 정확히 말하면 평소보다 더 두렵지는 않다. 그리고 두려움보다는 짜증이 더 크다. 옆에서 자고 있는 베토가 방귀를 뀌었기 때문이다. 루카가 악취 속에서 눈을 깜빡거리며 누워 있는 동안 베토는 또 방귀를 뀐다. 냄새가 나기 전까지는 좋은 꿈이었다. 아빠, 루카는 어둠 속에서 큰 소리로 말한다. 그러고는 옆으로 누우며 소맷부리로 코를 가린다.

새벽에 현관문 열쇠가 돌아가고 묵직한 부츠가 나무 계단을 쿵쿵 내려오는 소리에 다들 잠을 깬다. 엘 차칼은 다섯 명을 더 데려왔다. 베라크루스에서 온 두 형제, 촌초와 슬림. 그리고 그들의 두 아들인 십 대 소년 다비드와 라카르딘. 두 형제는 덩치가 크고 튼튼한데 심지어 아들들까지 덩치가 크고 튼튼하다. 다들 어찌나 닮았는지 누가 누구 아들인지 구분할 수 없다. 목소리가 우렁차고 팔뚝이 굵고 목은 단단하다. 다들 청바지에 체크 무늬 셔츠와 큼직한 군화형 신발을 신었다. 이 네 사람만으로도 아파트는 터져 나갈 듯한데 한 명이 더 있다. 니콜라스라는 다섯 번째 남자는 보통 체격인데도 앞의 네 사람과 비교하니 왜소해 보인다. 마리솔처럼 니콜라스 역시 추방자다. 눈썹이 어찌나 진한지 루카는 누가 마커로 그려놓은 것 같다고 생각한다. 니콜라스는 애리조나 와일드캣츠 티셔츠를 입고 테가 굵은 안경을 썼다. 애리조나 대학교에서 박사 과정을 밟는 중인데 지금은 휴학했다고 한다.

엘 차칼은 모두에게 낮잠을 자두라고 말한다. 최대한 휴식을 취하고 물도 많이 마셔두라고. "필요한 물건을 꼭 챙겨두세요. 밤에 입을 따뜻한 점퍼와 오래 걸을 튼튼한 신발이 필요합니다. 밝은색은 안 돼요. 사막과 섞일 수 있는 색, 위장할 수 있는 색만 가능합니다. 이 조건에 맞는 물건이 없으면 함께 갈 수 없습니다." 리디아는 색은 미처 생각하지 못한 터라 머릿속으로 재빨리 옷을 떠올린다. 괜찮을 듯하다. 코요테는 말을 잇는다. "물은 제가 준비할 겁니다. 일몰 전에 출발합니다."

이제 사람들과 기대감으로 북적이는 집은 숨이 막힐 듯하다. 리디아와 마리솔은 침실에서 무릎을 꿇고 앉아 짐을 쌌다 풀기를 반복한다.

"애들에게 이 옷을 왜 보내달라고 했는지 모르겠어요. 다 두고 가야 하게 생겼는데. 샌디에이고에 가면 옷을 다시 사야겠어요." 마리솔이 작은 검은색 캐리어를 뒤적이며 말한다. 지난번 거리에서 리디아가 했던 이상한 행동은 다 잊은 듯하다. 아니면 아무렇지 않은 척하거나.

"어제 일은 미안해요." 리디아는 상황을 설명하고 싶지만, 자신의 처지를 드러내지 않고서는 할 수 있는 말이 거의 없다. "너무 겁이 났거든요. 난, 우리는 잔혹한 일을 하도 많이 겪어서 가끔은 뭐가 현실인지 분간이 안 가요. 누구를 믿어야 할지……."

"괜찮아요." 마리솔이 그녀의 말을 자른다. "사과하지 마세요. 경계하는 게 당연해요. 당신은 그럴 권리가 있어요."

리디아는 숨을 깊게 들이쉰다. "살고 싶다면 그래야죠."

티셔츠를 둘둘 말고 있던 마리솔은 동작을 멈추고 리디아를 올려다본다. 리디아는 고개를 끄덕인다.

이번에는 마리솔 혼자 식료품점에 다녀오더니 사 온 물건의 절반은 나중을 위해 냉장고에 넣어두고, 나머지 절반으로 리디아와 함께 요리한다. 꽤나 푸짐하다. 이번에도 달걀 요리가 있고 쌀과 콩, 토르티야, 플랜틴(바나나의 한 종류로 단맛이 덜해 요리에 자주 활용된다. - 옮긴이)과 아보카도도 빠지지 않는다. 심지어 치즈 조금과 견과류 약간, 요거트도 약간 있다. 모두 비싸지만 힘든 여정을 앞두고 몸이 필요로 할 단백질이 풍부하다. 덩치 큰 형제와 아들들은 음식이 나오자 행복해하며 다른 사람들이 충분히 먹도록 많이 먹지 않는다. 하지만 다른 사람들이 다 먹은 후에도 음식이 남자 남김없이 다 먹어 치운다. 솔레다드와 베토가 설거지하는 동안 다른 사람들은 소파와 의자에 앉아 이야기를 나눈다.

루카는 엄마의 다리 사이로 들어가 바닥에 앉아 어른들의 이야기에 귀 기울인다. 다 낯선 사람들이지만 집 안에는 파티 분위기가 감돈다. 그 때문에 루카는 입을 다물고 경계하게 된다. 베라크루스에서 온 거구의 형제는 사교적인 성격이라서 이야기를 들려주고 노래를 부른다. 그들의 목소리는 의도와 관계없이 집 안에 쩌렁쩌렁 울려 퍼진다. 그들은 이 세상을 어떻게 살아야 하는지 아들들에게 몸소 보여준다. 몸이 차지하는 것보다 훨씬 더 큰 공간을 목소리로 채우고, 사람들이 그들의 성격을 오해할 여지를 남겨두지 않고, 주위 사람들이 그들의 특별한 성격을 불편해하지 않게 하는 법을. 또 엘 노르테에서 살았던 시절도 이야기해준다. 인디애나주에서 옥수수와 콜리플라워를 땄고, 버몬트주의 유제품 공장에서는 상품 포장 일을 했고, 급료는 모두 베라크루스에 있는 집으로 보냈다고 한다. 슬림의 아들 리카르딘은 가슴에 달린 주머니에 하모니카를 넣어 다니는데 리카르딘이 하모니카를 불면 그의 아버지는 노래에 맞춰 자기 다리를 찰싹찰싹 친다. 그 소리에 이끌린 베토는 부엌에서 나와 거실 한가운데로 가더니 작은 커피 테이블을 옆으로 밀어서 공간을 만들고는 거기서 브레이크 댄스를 춘다. 레베카는 침실로 들어가 휴식을 취하고, 처음에 왔던 조용한 두 남자도 사라졌지만 나머지는 다 거실에 모여서 이야기하고 종이컵에 담긴 인스턴트커피를 홀짝거린다. 루카는 리카르딘에게 끌린다. 그가 잘 웃고 하모니카를 불기 때문이다. 루카가 자신을 바라보고 있다는 걸 눈치챈 리카르딘은 하모니카를 들어 올리며 말한다.

"불어볼래?"

루카는 고개를 끄덕이고 자리에서 일어난다. 우선 해도 되는지 확인하려고 엄마를 바라본 뒤 엄마의 격려를 받아 리카르딘에게 다가가 하모니카를 어떻게 부는지, 어떻게 공기에서 음악을 끌어내는지 배운다. 소파에 앉아 있는데도 리카르딘은 루카보다 크기 때문에 루카는 그의 얼굴을 올려다봐야 한다. 하모니카를 입으로 가져가는 리카르딘의 손이 어찌나 큰지 하모니카가 보이지 않는다. 마치 야구 글러브로 잡은 듯하다. 그의 손가락이 좌우로, 다시 좌우로 움직이며 손가락 아래 있는 평평한 금속판이 잠깐씩 보인다. 루카는 열심히 지켜보고 마침내 리카르딘은 하모니카를 건네주며 말한다.

"자, 어서 불어 봐."

루카는 하모니카를 입으로 가져가 숨을 내쉰다. 그러고는 자신이 이렇게 아름다운 소리를 낼 수 있다는 사실에 깜짝 놀란다.

"와!" 리카르딘이 루카를 보며 웃는다. 루카는 미소 지으며 하모니카를 돌려주려 하지만 리카르딘은 밀어내며 말한다. "계속 불어 봐. 얼른!"

루카가 입에 댄 하모니카를 좌우로 움직이며 다른 소리를 내려고 하는 동안 리카르딘은 그 큼직한 손으로 손뼉을 친다. 하모니카 불기는 어렵지 않다.

"멋지다, 친구. 나도 해봐도 돼?" 베토가 말한다.

루카는 베토에게 하모니카를 건넨다. 두 아이가 돌아가며 하모니카를 부는 동안 촌초는 마리솔에게 캘리포니아에 있는 그녀의 가족에 대해 묻는다. 마리솔은 석 달쯤 전에 정기 이민 심사에 갔다가 체포되었다고 말한다.

"잠깐만요, 정말로 거기 가셨어요?" 박사 과정을 밟고 있는 니콜라스가 묻는다.

"물론이죠. 난 규칙을 따르니까!"

"그게 뭔가요?" 이번에는 리디아가 묻는다.

"정기 이민 심사요?" 마리솔이 묻는다.

"네."

"일종의 약속이죠. 대개 1년에 한 번씩 찾아가서 ICE 담당관에게 보고하는 거예요."

"하지만 왜요? 비자를 받으려고요?"

"아뇨, 날 계속 감시할 수 있도록 하는 거죠." 마리솔이 말한다.

리디아는 어리둥절하다. "ICE는 무슨……?"

"이민 세관 집행국Immigration and Customs Enforcement요." 니콜라스가 ICE가 무엇의 약자인지 설명해준다. "전 한 번도 ICE에 간 적이 없어요."

"이젠 상관없나 보네요. 우리 둘 다 같은 신세가 된 걸 보면요. 괜히 버스비만 날렸어요." 마리솔이 말한다.

"난 이해가 안 돼요. 그럼 정부에서는 당신이 미국에 머물고 있다는 걸 계속 알고 있었다는 뜻인가요?" 리디아가 말한다.

"그럼요. 몇 년 동안 그랬죠. 남편이 죽은 뒤에 난 그들이 정해준 날짜 안에 출국하지 않았어요. 그러고는 보고하라는 통지서를 받았죠. 그래서 매년 갔어요. 한 해도 거르지 않고."

"그런데도 당신을 추방하지 않았어요? 당신이 불법 체류자였는데도요?"

"석 달 전까지는 그랬죠."

"왜요?"

마리솔은 어깨를 으쓱인다. "난 어떤 범법 행위도 하지 않았으니까요. 그리고 내 딸은 시민권자고요."

"직원 재량에 맡긴 거죠." 니콜라스가 말한다. "추방 여부는 직원의 재량에 달려 있고 그래서 나쁜 놈들을 추방하는 데 집중했어요. 갱단이나 범죄자들요."

"하지만 이젠 보고하려고 나타난 사람들까지 추방하고 있죠." 마리솔이 말한다.

"당신도 그렇게 추방된 건가요?" 리디아가 묻는다.

마리솔은 고개를 끄덕인다. 그녀는 이민 세관 집행국을 방문한 후 투석 기사로 일하는 병원에 곧장 갈 계획이라서 암적색 유니폼을 입고 있었다. 화요일 아침이었고, 두 딸은 학교에 있었다. 물론 이번 보고를 앞두고 몇 달 동안 온 가족이 걱정했다. 요즘에는 다들 걱정한다. 예전에는 이런 보고가 형식적인 절차였고, 정부에게는 과중한 시스템을 쉽게 통제할 수 있는 방법이었다. 이민자들은 정부에 협조함으로써 법적 지위를 향상할 기회이기도 했다. 하지만 이제는 이민자들이 체포되는 경우가 급격히 늘어났고 몇몇 사람은 아예 보고 자체를 하지 않는다. 마리솔은 예외였다. 딸들을 어둠 속 삶으로 끌어내리고 싶지 않았다. 딸들에게 고향은 샌디에이고뿐인 터라 마리솔은 설마 추방될 거라고는 생각하지 않았다. 완벽한 영어를 구사하는 중산층 여성에 합법적으로 미국에 왔고 집을 소유하고 있으며 병원에서 일하는 전문직인 자신을. 석 달 후인 지금도 마리솔은 여전히 그런 현실을 믿을 수가 없다. 그녀의 이야기가 끝나자 리카르딘은 하모니카로 블루스의 짧은 악구를 반복해서 불었고, 그 때문에 가슴 아픈 이야기가 웃긴 이야기로 변해 버려 다들 웃음을 터뜨린다.

"그래서 두 달 동안 수용소에 있었어요?" 니콜라스가 묻는다.

마리솔은 고개를 끄덕인다.

"거기는 어땠어요?"

마리솔은 그 질문을 생각하려고 잠시 말을 멈춘다. 그러고는 그때를 생각하며 몸을 움찔한다. "그게……." 수용소에 관한 자신의 기억을 망라하는 하나의 단어를 찾아내려고 머리를 쥐어짜지만 강력한 단어를 찾아낼 수가 없다. "끔찍하죠. 당신이 예상하는 대로일 거예요. 난 추운 감방에 깔개 하나 깔고 그 위에서 잤어요. 거긴늘 끔찍하게 춥죠. 냉동 창고처럼요. 담요도 베개도 없고 은박지뿐이었어요. 아침에 일어나면 온몸이 뻣뻣하고 쑤셨죠. 목은 결리고요. 내가 가지고 있던 렌즈 세척액이 다 떨어졌는데 새로 가져다주지도 않더군요. 덕분에 나중에는 내가 갇힌 감옥을 보지 않아도 되긴 했죠."

마리솔이 말하는 동안 니콜라스는 움찔한다. "나라면 못 견딜 거예요. 전 폐소공포증이 있거든요."

"네, 정말 비인간적인 곳이죠." 마리솔이 한숨을 쉰다. "하지만 변호사가 일이 잘 풀릴 거라고 했고 그래서 난 마음을 굳게 먹었어요. 고생한 대가가 있을 거라고 생각했죠."

"잘 버티셨어요." 니콜라스가 말한다. "전 체포되고 이틀 뒤에출국했습니다. 이민국에서 절 엘파소로 보내려고 하자 제가 자진해서 떠나겠다고 했죠. 그 수용소에서 하루를 더 보내느니 차라리사막을 횡단하는 게 낫다고 생각했거든요."

"하지만 완전히 시간 낭비였어요! 난 두 달이나 딸들과 떨어져그 감방에 앉아 있었죠." 마리솔은 그렇게 말하더니 눈을 질끈 감았다가 다시 뜬다. "거기에는 딸, 자식과 떨어진 엄마들이 너무 많았어요." 그러고는 고개를 숙이더니 속삭임에 가까운 소리로 말하지만 주위가 조용해서 다들 그녀의 말을 들을 수 있다. "거기 있는여자들은 대부분 국경에서 자식과 헤어졌어요. 이민국 직원에게 잡혔을 때요. 품에 안고 있던 아이를 그대로 빼앗긴 여자들도 있었어요. 아마 그 여자들은 제정신이 아닐 거예요. 심지어 아이들이 어디에 있는지도 몰라요. 아직 말을 못 하거나 이름을 기억하지 못할 정도로 어린아이들도 있었거든요."

리디아는 자신의 다리 사이에 앉아 있는 루카 위로 몸을 내민다. 그러고는 루카의 티셔츠를 손가락으로 꼬집는다. 듣고 있기가 힘들다. 다들 본의 아니게 그녀를 바라본다. 그들은 리디아가 같은 생각을 하기를 바라지 않는 터라 얼른 눈을 돌린다. 마리솔은 다시 니콜라스에게 화제를 돌린다. "당신은 학생 비자가 나오지 않나요? 박사 과정이라면서요."

"한 학기를 쉬었어요." 니콜라스는 어깨를 으쓱인다. "그럴 때는 따로 서류를 제출해야 한다는 걸 몰랐죠."

"그래서, 그게 다예요? 서류를 제출하지 않아서 추방됐다고요?" 마리솔이 묻는다.

"네." 니콜라스는 고개를 끄덕이고 등을 똑바로 세우며 손바닥을 위로 가게 해서 양손을 벌린다. 마치 자신이 마술로 여기 오게 됐다는 듯이. 그의 추방은 터무니없을 정도로 의아하다.

리디아는 그 어떤 것도 생각하지 않을 것이다. 특히나 국경에서 아이와 헤어지는 엄마들은. 엄마와 강제로 떨어지는 아이들. 절대 그럴 수는 없다. 이렇게 멀리까지 와서 루카와 헤어지는 일은 불가능하다. **안 돼.** 리디아는 손으로 루카의 머리카락을 쓸어내린다. 손가락을 가위 모양으로 만든 다음 애리조나주에 도착하면 머리를 잘라줘야겠다고 생각한다. 지금으로서는 그것 말고 다른 생각은 견딜 수 없다.

한낮에는 다들 낮잠을 잔다. 오후에는 잠을 자두고 일어나서 멕시코의 마지막 끼니를 먹은 뒤 출발할 것이다. 각자 잘 자리를 찾아 몸을 눕는다. 촌초와 슬림은 조용한 두 남자와 함께 뒤쪽 침실에서 자고 그들의 아들인 다비드와 리카르딘은 복도와 부엌 바닥에서 잔다. 로렌소와 니콜라스는 가죽 소파를 하나씩 차지한다. 솔레다드만 잠이 오지 않아서 다시 집 밖으로 나가 서성인다. 로렌소는 다들 자는 동안 창가로 가서 솔레다드를 지켜본다.

덥고 조용한 아파트로 돌아온 솔레다드는 소파에 앉아 그녀를 바라보고 있는 로렌소를 발견하고 깜짝 놀란다. 로렌소는 신발을 벗고 있지만 잠은 안 잔 듯하다. 솔레다드는 로렌소를 빠르게 지나쳐 부엌으로 간다. 물통에 수돗물을 담고 오랫동안 물을 들이켠다. 자신의 등을 바라보는 로렌소의 시선이 느껴지지만 돌아보지 않는다. 다시 물통에 물을 채우고는 레베카와 다른 사람들이 자고 있는 침실로 향한다.

"어이, 왜 그렇게 서둘러?" 맞은편 소파에서 씩씩거리며 자는 니콜라스를 깨우지 않으려고 조심하느라 로렌소가 나직이 말한다. 그 때문에 추파를 던지는 로렌소의 말투가 오히려 위협적으로 들린다.

하지만 솔레다드는 두렵지 않다. 이 아파트에는 열두 명이나 있고 로렌소는 여기서 아무 짓도 할 수 없다. 게다가 최근 몇 달 동안 겪은 일 덕분에 그녀는 아주 강해졌다. 이젠 겁나는 게 없을 정도다. 솔레다드는 몸을 돌려 실눈으로 로렌소를 바라본다. 그러고는 분명하게 말한다. "얼른 쉬려고 서두르는 거야. 너도 쉬어두는 게 좋을걸."

로렌소는 자세를 바꿔서 두 다리를 앞으로 쭉 펴고 뒤쪽 쿠션에 머리를 기대며 말한다. "그러시든지."

그때 로렌소가 들고 있는 휴대전화가 솔레다드의 눈에 들어온다. 로렌소는 몸을 내밀어 소파 발치 팔걸이 쪽으로 전화를 던진다. 솔레다드는 몸이 굳는다. 몸을 돌려 침실 쪽으로 한 발짝 갔다가 마음을 바꿔 다시 로렌소를 돌아본다. "그 전화기 작동해?"

로렌소는 소파에서 머리를 든다. "당연하지. 액세서리로 들고 다니는 줄 알아?"

솔레다드는 거실로 두 발짝 다가간 뒤 물병을 조리대에 내려놓고 잠시 그 근처를 서성인다. 로렌소 같은 놈에게 빚을 지고 싶지 않지만 언제 또 기회가 생길지 모른다. "전화 한 통 해도 돼?"

로렌소는 씩 웃는다. "그 대가로 뭘 줄 건데?"

솔레다드의 입안에서 시큼한 무언가가 퍼진다. 솔레다드는 대답하지 않고 로렌소의 말이 재미있는 농담이라도 된다는 듯이 웃는 척한다. 공허한 미소지만 그 가짜 미소는 효과를 발휘해 갑자기 로렌소가 부드러워지면서 희망에 찬 표정이 된다. 그의 마음속에서 솔레다드는 이미 벌거벗었다. **더러운 놈**. 리디아는 생각한다.

로렌소는 휴대전화를 내민다. "어서 써."

솔레다드는 로렌소와의 거리를 줄이지 않기 위해 최대한 팔을 뻗어 전화를 받으며 고맙다고 말한다. 침실 문은 환기가 되도록 이미 열어놓았고 불은 꺼져 있다. 문에서 가장 가까운 자리에서 자고 있는 레베카와 루카는 서로 껴안은 채 꿈을 꾸고 있다. 그렇게 붙어서 자면 안 된다고 리디아가 반대했지만, 너무 오래전이라서 이제 아이들은 기억도 못 한다. 솔레다드는 방으로 두 걸음 들어가서 잠든 동생 옆에 주저앉는다. 그러고는 머뭇거리다 동생을 깨운다.

"레베카." 솔레다드가 동생의 어깨를 살짝 만지며 속삭인다. 루카는 눈을 번쩍 뜨지만 레베카는 계속 잔다. "미안." 솔레다드가 루카에게 사과하지만 루카는 벌써 다시 잠들었다. "레베카." 솔레다드가 좀 더 거칠게 동생을 흔들며 말한다. 레베카는 째근거릴 뿐 움직이지 않는다. 솔레다드는 일어나서 조용히 아파트를 나와 계단을 올라간 다음 바깥으로 나간다.

그러고는 주머니 속 작은 사각형 주머니에서 병원 전화번호가 적힌 쪽지를 꺼내 거기 적힌 번호를 누른다. 두 번의 시도 끝에 산 페드로술라 국립 병원의 전화가 울린다.

"여보세요?"

전화를 몇 차례 돌린 후에야 전화기 너머로 안젤라 간호사의 익숙한 목소리가 들린다. 솔레다드는 아드레날린이 분비되어 목과 어깨가 긴장하는 걸 느낄 수 있다. 남은 생애 동안 이 순간을 회상할 때면, 다시 이 순간으로 돌아올 때면 솔레다드는 간호사가 뭐라고 할지 이미 알고 있었다고 믿게 될 것이다. 간호사의 입에서 나온 말이 머나먼 멕시코의 휴대전화로 이동하기도 전에, 그 말이 무선 기지국과 위성을 지나 미국 국경인 이 도시에서 빌린 휴대전화에서 다시 울려 퍼져 대답을 기다리고 있는 그녀의 귀로 들어가기도 전에 솔레다드는 이미 잘 알고 있었다. 로렌소가 그 전화를 빌려주는 순간, 그보다 더 전인 처음 노갈레스 보도에 서서 미합중국 국경을 표시하는 쇠창살을 움켜잡을 때부터, 나볼라토의 차갑고 더러운 변기에 원치는 않았지만 그래도 사랑했던 아기를 몸 밖으로 내보낼 때부터, 라 베스티아의 쿵쿵거리고 웅웅거리는 박동을 처음 뼛속까지 느낄 때부터, 이반에게 처음 강간당했을 때부터, 그보다 한참 더 전으로 거슬러 올라가 산페드로술라를 두 눈으로 봤을 때부터, 아빠가 그녀를 들어 올려 목말을 태우고 아기 솔레다드가 작은 팔로 땀이 맺힌 아빠의 이마를 감싸고 아빠가 구름 숲에서 마체테를 휘두르며 길을 냈을 때부터 알고 있었다고 믿게 될 것이다. 태어난 순간부터, 아빠가 처음으로 그녀를 품에 안고 넘치는 사랑으로 아름다운 얼굴을 응시할 때부터 그 사실을 알고 있었다고 믿게 될 것이다.

"정말 미안하다." 안젤라가 말한다.

혼자 거리에 선 솔레다드는 허리를 숙여 양손으로 무릎을 짚는다. 울지는 않지만 대신 몸을 떨고 또 떤다. 앞뒤로 서성이지만 공포로부터 도망칠 곳은 어디에도 없다. 백 번도 더 넘게 "안 돼"라고 외치지만 목이 메서 말이 나오지 않는다. 솔레다드는 몸에서 아드레날린을 털어내려고 양팔을 흔들지만 슬픔은 사악한 괴물처럼 그녀를 덮쳤다. 솔레다드는 그 슬픔의 무게를 오로지 자기 혼자서 견뎌야 한다는 것을 깨닫는다. 레베카는 반드시 사막에서 살아남아야 하는데 만약 등에 이 괴물을 짊어진 채 사막을 건너야 한다면 살아남지 못할 수도 있다. 그러니 동생에게는 말하지 않을 것이다. **모두 내 탓이야.** 솔레다드는 무릎으로 털썩 주저앉는다. 날카로운 자갈이 청바지를 뚫고 무릎을 찌른다. 하느님이 아빠를 빨리 천당으로 데려갔기를, 아빠를 죽게 만든 자신을 아빠가 어떻게든 용서했기를 기도하고 또 기도한다.

"미안해, 아빠. 날 용서해줘, 아빠, 제발." 솔레다드는 그렇게 말하고 또 말한다.

그러고는 다리가 후들거려서 갓돌로 가서 앉는다. 엄마와 할머니도 이 사실을 알고 있을까? 두 분을 다시 보거나 하다못해 목소리라도 다시 들을 수 있을까? 왜냐하면 아빠만이 엄마, 할머니와 연결되는 유일한 통로였는데 이제 아빠가 죽은 것이다. 산에서 내려와 도시에서 일하는 다른 아저씨가 그 소식을 들었을 테고, 슬픔에 잠긴 아저씨는 그 끔찍한 소식을 데리고 버스에 타서 3시간 동안 좁은 길을 달려 구름 속으로 들어갈 것이고, 엄마와 할머니에게 그 소식을 전할 것이다. 솔레다드는 그 생각을 하며 눈을 감는다. 그러고는 그 소식을 밀어낸다. 산전수전 다 겪은 터라 자신이 한계에 도달했음을 알기 때문이다. 그 고통으로 더 깊이 들어갔다가는 영원히 사라지리라. 이제 중요한 것은 오로지 레베카뿐이다. 레베카는 아직 구할 수 있다.

갓돌에서 일어난 솔레다드는 이미 유령이다. 솔레다드 안의 가장 깊숙한 곳에서는 한때 타올랐던 불꽃의 그은 심지가 남아 있을지 모르지만 더는 느낄 수 없다. 솔레다드는 아파트 문을 열고 계단을 내려간다.

30

국경을 넘다

해가 지평선을 향해 기울 무렵에 엘 차칼이 돌아온다. 다들 몇 개 안 되는 짐을 챙기고, 남은 음식으로 저녁을 차려서 먹은 후 인스턴트커피를 마시고 있었다. 베토는 짐이 하나도 없다. 마리솔은 검은 웨지 샌들을 벗어버리고 아디다스 등산화로 갈아신는다. 마지막으로 계단을 올라가 밖으로 나가는 동안 아무도 말하지 않는다. 밖에는 픽업트럭 두 대가 주차되어 있고, 그중 한 대는 짐칸의 절반이 검은색을 칠한 플라스틱 물통 수십 개로 가득 차 있다. 로렌소가 하얀 트럭으로 다가가자 리디아는 루카를 푸른색 트럭 쪽으로 민다. 베토와 두 자매, 마리솔도 모두 그들을 뒤따라 물통과 함께 앉는다. 니콜라스도 이쪽으로 와서 마리솔 옆에 앉는다.

"대학에서 사귄 여자 친구는 있어요?" 마리솔이 묻는다.

니콜라스는 고개를 젓는다.

"내 딸도 샌디에이고에서 대학을 다니죠. 사회학 전공이에요. 당신은요?"

니콜라스가 이마 위에서 눈썹을 꿈틀대며 말한다. "전 진화생물학과 사막 생물 다양성을 전공합니다."

"아." 마리솔은 적당한 추가 질문을 생각해낼 수가 없다.

"그게 대체 뭐예요?" 베토가 묻는다.

니콜라스가 웃으며 말한다. "유기체가 어떻게 진화하고, 환경이 그 진화에 어떤 영향을 끼치는지 혹은 그 반대를 연구하는 거야."

베토는 멍한 표정으로 니콜라스를 바라본다.

"구체적으로 말하면 특정한 사막 나비의 이동 패턴과 그 패턴의 변화가 특정한 꽃에 미치는 영향을 연구하지."

"사막 나비요?" 베토가 의심스럽다는 듯이 말한다.

"응."

"나비가 어디로 가는지 연구한다고요?"

"그래."

"그게 다예요? 그걸 연구한다고요?"

니콜라스는 베토에게 씩 웃어 보인다.

"와, 나도 대학 가고 싶다." 베토가 말한다.

엘 차칼은 다른 트럭의 리프트 게이트가 제대로 작동하는지 확인하고는 이제 그들이 있는 트럭으로 걸어온다. 그러고는 사람들을 한 명씩 보면서 준비물을 제대로 갖췄는지 확인한다. 그가 신은 신발은 튼튼하면서 가벼운 등산화로 난민이 신은 것처럼 보일 정도로 먼지투성이다. 비록 등산화를 살 정도로 여유가 있는 난민일 테지만. 옷차림은 그들이 처음 만났을 때처럼 몸에 딱 맞는 청바지에 티셔츠를 입었는데 오늘은 회색 언더 아머 티셔츠다. 트럭 운전석에 놓인 그의 배낭은 아주 작다. 방수 고어텍스로 만든 겉옷은 그의 가는 허리에 두를 수 있을 정도로 가볍다. 그의 볼은 늘 그렇듯이 다갈색 얼굴 속에서 활기찬 분홍빛을 띤다. 엘 차칼은 몸 구석구석이 사막에서 살아남는 데 적합하도록 만들어진 듯하다. 그는 근육질의 마르고 자그마한 몸을 효율적으로 움직이며 난민들을 살펴본다. 신발 상태와 기분은 어떤지, 배낭 무게는 어느 정도 되는지. 감기에 걸려 재채기를 하거나 콧물이 나오는 사람은 여행에 합류할 수 없다. 베토 앞에 선 엘 차칼은 걸음을 멈추고 묻는다.

"넌 배낭이 어디 있지?"

다들 몸 앞에 배낭을 움켜쥐고 있는데 베토만 아무것도 없다.

"난 배낭 필요 없어요. 필요한 건 전부 여기 들어 있어요." 베토는 그렇게 말하며 손가락으로 머리를 톡톡 친다.

"너의 그 미친 머리가 밤에 널 따뜻하게 해준다고?"

"그게 무슨 말이에요? 따뜻하게? 농담이 심하시네. 지금 우린 용광로에 있다고요. 기온이 38도는 될 거예요." 베토가 말한다.

지금은 4월이고 이번 주는 유달리 덥다. 오늘만 해도 36도까지 치솟았다.

"그래서 넌 겉옷이 없어? 코트나 스웨터도 전혀 없어?" 엘 차칼이 묻는다.

"난 괜찮아요."

"트럭에서 내려라." 엘 차칼이 빗장을 풀며 뒷문을 내린다.

"왜 이래요, 아저씨. 정말이에요. 난 괜찮다니까요. 겉옷은 필요 없어요." 베토가 말한다.

"내려." 엘 차칼이 다시 말한다. "내가 분명히 말했다. 너에게 뭐가 필요한지 말했고, 제대로 준비되지 않으면 어떻게 될 건지도 말했어."

"하지만……."

"행여라도 네가 제대로 준비되지도 않았는데 널 데리고 사막을 횡단하겠다는 코요테를 만나거든 절대 그자에게 돈을 주지 마라. 왜냐하면 그자는 널 눈곱만큼도 생각하지 않고 넌 사막에서 죽을 테니까. 알겠니? 자 어서 내려라, 빨리."

"겉옷을 구해 올게요! 구해온다고요!" 베토는 미친 듯이 언성을 높인다.

"너무 늦었어." 코요테는 짜증 난다는 듯이 한 손으로 트럭 짐칸을 툭 치며 말한다. "겉옷을 구해 오면 다음번에 데려가 주마."

베토는 자리에서 일어나 천천히 문 쪽으로 걸어간다. 몸의 모든 세포가 내켜 하지 않는 듯하다. 루카는 엄마의 팔을 끌어당기지만 리디아는 아무 말도 하지 않는다. 진작에 확인했어야 했다. 베토는 백 살 먹은 노인네 같아도 실은 겨우 열 살이고, 그들이 이번 여행에 참여할 수 있도록 돈을 빌려주었다. 그러니 베토에게 "자, 베토, 제대로 된 겉옷을 챙겼니?"라고 물어보는 게 뭐 그리 어려웠을까? 하지만 리디아는 물어보지 않았고 이제는 너무 늦었다. 그녀가 할 수 있는 일은 아무것도 없다. 리디아는 루카의 손을 꼭 쥔다. 이런 결과를 예측하지 못하고 이 상황에서 영웅적으로 행동하지 못하는 것에 대한 미약한 사과다. 다른 사람들은 무력하게 베토를 바라보지만 니콜라스는 배낭 지퍼를 연다. 베토는 리프트 게이트에 털썩 주저앉고 발을 대롱대롱 흔들며 늑장을 부린다. 머릿속을 뒤지며 간청하거나 항의할 말을 찾고 있다.

"이거 받아." 니콜라스가 두툼하고 기모가 들어간 후드 달린 점퍼를 소년의 무릎에 던진다.

베토의 얼굴이 즉시 환해지고 리디아는 안도감에 미소 짓는다. 루카도 웃는다. 베토는 두툼한 갈색 옷을 집어 들고 다시 벌떡 일어나 점퍼의 두 팔을 허리에 묶는다. 니콜라스는 다시 배낭 지퍼를 잠근다.

엘 차칼은 젊은 박사 과정 학생을 바라보며 묻는다. "당신이 입을 옷은 있고?"

"보온용 겉옷이 있어요. 거기다 비옷도 있고요."

코요테는 고개를 끄덕이고 다시 리프트 게이트를 닫는다. 베토는 벌써 루카 옆자리로 돌아와 앉았지만, 엘 차칼은 픽업트럭 옆으로 돌아가 양손을 트럭 가장자리에 댄 채 소년의 귀에 대고 나직이 속삭인다. 베토는 한쪽 무릎을 세우고 다른 쪽 다리는 옆으로 접은 채 몸을 돌려 그를 마주 본다.

"니콜라스가 도와준 걸 다행으로 알아라. 난 절대 아이들을 데리고 다니지 않아. 바로 이런 이유 때문이지. 난 보모가 아니야. 그리고 누구든 멍청하다는 이유로 죽는 건 원치 않는다. 널 데리고 가는 걸 후회하게 하지 마라."

베토의 얼굴에는 드물게 정적이 흐르고, 리디아는 그런 베토가 딱해 보여 조심스럽게 행동하는 평소와 달리 나서고 싶어진다.

"내가 뭐가 중요하다고 할 때는 그 말을 새겨들어라. 알겠니?" 엘 차칼이 말하고 베토는 열심히 고개를 끄덕인다. "내가 중요하다고 할 때는 그 말을 따르지 않으면 네가 죽는다는 뜻이기 때문이야. 이 여행은 장난이 아니다. 내가 점프하라고 하면 점프해. 내가 입 닥치라고 하면 입 닥쳐. 내가 겉옷이 필요하다고 하면 넌 염병할 겉옷이 필요한 거야." 엘 차칼은 뒤로 한 발짝 물러나서 양쪽 트럭 짐칸에 탄 사람들을 바라본다. 그리고는 그들이 모두 들을 수 있게 언성을 높인다. "여러분도 마찬가집니다. 알겠죠? 이건 아주 힘든 여행입니다. 두 번 하고도 반의 밤을 보내는 동안 힘들게 걸어야 하고 내가 여러분의 유일한 생명줄입니다. 그게 싫은 사람이 있다면 혹은 해낼 자신이 없다면 지금이 그만둘 수 있는 마지막 기회입니다."

코요테는 사막을 횡단할 때면 난민들에게 자신의 말을 절대적으로 따라야 한다는 것을 납득시키기 위해 총을 가지고 다닌다. 그리고 일부러 허리 아래로 내려오는 권총집에 넣어서 난민들이 볼 수 있게 한다. 주로 사람들에게 겁을 주는 수단으로 사용될 뿐 정말로 써야 하는 상황이 오는 경우는 거의 없다. 베토는 아까 코요테가 다른 트럭 옆에 서 있을 때 그 총을 슬쩍 봤지만 전혀 무섭지 않았다. 하지만 말에 깃든 미묘한 진지함에는 영향을 받는다. 베토도 무엇이 진실인지 구분할 수 있다.

"네, 죄송해요." 베토가 말한다. 베토는 괜찮다고 말해주기를 바라는 순진한 얼굴로 코요테를 올려다본다. 아이의 간절한 마음이 리디아에게 세바스티안의 기억을 불러일으킨다. 손등 위로 자를 내려칠 때처럼 따끔하게. 아빠의 기억이 언제까지 루카를 지탱해 줄까? 언젠가는 루카도 낯선 어른을 저런 눈으로 바라보게 될까?

슬픔으로 인한 아드레날린이 온몸을 삼키지만, 리디아는 눈을 감고 지나가기를 기다린다.

엘 차칼은 고개를 끄덕이고는 조수석 문을 열고 올라탄다.

해가 지는 사막 속에서 트럭은 남서쪽으로 달린다. 난민들로 가득한 트럭 두 대가 노갈레스를 벗어나 황야로 달려가는 일은 여기서는 흔한 풍경이다. 아무도 그들을 막아서지 않을 것이다. 그들을 본 사람이라면 누구나 그들이 뭘 하려는지 알지만, 여기서는 아무도 신경 쓰지 않는다. 얼굴을 감추려는 사람은 리디아뿐이다. 그녀는 다른 차량이 다가와 옆으로 지나갈 때마다 트럭 짐칸에서 허리를 구부정하게 숙이고 빛바랜 모자로 얼굴을 가린다.

"왜 남쪽으로 가?" 트럭이 도심에서 벗어나자 루카가 묻지만, 리디아는 그 답을 모른다.

트럭은 거의 포장이 안 된 도로로 접어들더니 마침내 비포장도로로 들어서고 또 마침내 길이라고 할 수도 없는 길에 들어선다. 리디아는 그제야 안도한다. 이 길은 사방이 패였고 바퀴 자국투성이이며 타이어 밑에서 자갈이 굴러다닌다. 이제 사막에는 그들뿐이다. 주위 몇 킬로미터 이내에 다른 차는 보이지 않는다. 난민들은 트럭 짐칸에서 가장자리에 매달려 불편하게 통통 튀어 오르고 예기치 못하게 움푹 파인 곳을 지나갈 때는 뼛속까지 흔들린다. 리디아는 루카가 트럭 밖으로 튀어 나가지 않도록 붙잡지만, 트럭은 조심스럽게 천천히 나아간다.

마침내 트럭이 서쪽으로 방향을 틀고 그다음에는 북서쪽으로 나아가자 루카는 지금 그들이 그 접경지대를 향해 직각으로 올라가는 건가 하는 의문이 든다. 철책이 없고 아주 오래전 누군가가 지도에 그려놓은 선만이 한 나라와 다른 나라를 가르는 유일한 국경인 지대. 거의 한 시간 가까이 다른 차량은 보이지 않자 시간을 때우기 위해 니콜라스가 이 사막에 사는 동물들을 읊는다. 어쩌면 그들이 여행하는 도중에 우연히 만나게 될 수도 있다. 오셀롯, 보브캣, 긴코너구리, 페커리, 채찍꼬리도마뱀, 퓨마, 코요테, 방울뱀.

"방울뱀?" 마리솔이 말한다.

토끼, 메추라기, 사슴, 벌새, 재규어.

"재규어!" 베토가 외친다.

"드물긴 하지만 아직 소노라주에서 멸종되진 않았으니까 당연히 있지. 여우, 스컹크." 니콜라스가 말한다. "그리고 나비는 아직 시작도 안 했어."

루카는 싫든 좋든 여권도 없이 마음대로 국경을 오가는 동물들을 생각하자 위안이 된다. 레베카는 그들의 이야기를 반은 듣고 반은 흘려듣는다. 앞으로 이 사막에서 만나게 될지 모르는 야생동물은 별로 생각하고 싶지 않다. 어차피 걱정되지도 않는다. 레베카는 먼 고향에 있는 그녀만의 야생 지대를 생각한다. 그 숲도 시끄럽고 눈이 큰 생물체가 바글거린다. 구름 숲이 아직 존재한다는 게 믿기지 않는다. 레베카는 눈을 감고 그곳으로 돌아가고 싶다. 볼과 속눈썹에 닿던 부드럽고 서늘한 구름을 느끼고 싶다. 큼직하고 통통한 이파리에 후드득 떨어지던 빗방울 소리도 듣고 싶다. 그 밝고 투명한 천상의 장소에 관한 기억이 점점 희미해진다. 이제는 눈을 감아도 할머니의 노랫소리나 칠라테 냄새가 기억나지 않는다. 그 모두가 지워졌고 그 소멸의 슬픔은 온몸으로 짊어져야 하는 무거운 짐처럼 느껴진다. 이제 이 사막에서 숨을 쉬니 콧속으로 들어오는 공기는 물기가 없고, 가르마를 탄 자리는 햇볕에 그은다.

레베카는 언니의 어깨에 머리를 기대고 색이 변하는 풍경을 지켜본다. 그들 앞에서 지는 태양은 땅을 오렌지색과 분홍색으로 바꿔버린다. 하늘 역시 선명한 분홍색과 자주색과 푸른색과 노란색으로 가득 차고 이 색은 서서히 깊어지더니 다시 서서히 암흑으로 미끄러진다. 하지만 마침내 색이 사라지자 어둠은 지금껏 루카가 봤던 어떤 어둠보다도 더 깊고 광대하다. 몸 앞으로 끌어당겨 세운 무릎조차 보이지 않는다. 눈앞에서 꼼지락거리는 손가락도 보이지 않는다. 루카는 어둠 속에서 엄마의 손을 찾아 더듬거리고 루카가 거기 있다는 걸 확인한 엄마는 루카를 끌어당겨 날개로 감싼다. 해가 진 후로는 다들 말이 없다. 그들의 눈은 하품하듯이 벌어져 빛의 흔적을 조금이라도 잡으려 한다. 각자 자기 마음속에 머무른 채 앞으로 다가올 시간을 생각한다.

리디아는 어린 시절에 봤던 TV 프로그램이 생각난다. 요즘 루카가 보는 것처럼 매끈하게 잘 만들고 개성 없는 만화가 아니라 전 세계로 방영되는 인형극이었는데 눈이 크고 꺽꺽거리는 목소리의 괴물들이 서로 말대답하는 내용이었다. 잊을 수 없는 프로그램이다. 엄청나게 저예산이라서 손으로 만든 꼭두각시와 진짜 쓰레기로 만든 소품을 이용했다. 리디아는 주제곡을 기억한다. 주제곡이 흘러나올 때면 인형들은 다 함께 시끄러운 대용량 쓰레기통을 타고 지구를 한 바퀴 쌩 돌았다. 다만 이 쓰레기통은 전차처럼 생겼고 모두 다 타야만 작동했다. 한 명이라도 빠지면 그건 그냥 파리가 들끓고 여기저기 끈적거리는 액체가 고여 있는 낡고 평범한 쓰레기통이었기 때문이다. 하지만 일행이 다 모이면 쓰레기통은 깜빡거리면서 하늘로 발사되었고 배기관에서는 별이 터져 나왔다. 쓰레기통에 왜 배기관이 있는지는 리디아도 모른다. 그 프로그램을 봤을 때 겨우 여섯 살이었으니까. 하지만 맙소사, 그 인형극에는 뭔가가 있었다.

왜 지금 그 인형극이 생각나는지 리디아도 모른다. 오랫동안 그 인형극을 잊고 살았고, 이 푸른색 픽업트럭은 마법의 쓰레기통도 아니다. 하지만 리디아는 폐품으로 만든 그 별이 폭발하는 장면을 지켜볼 때처럼, 인형들이 밖으로 튀어 나가지 않으려고 쓰레기통 가장자리를 꽉 움켜쥐고 중력이나 물리학이나 행성 대기의 현실은 깡그리 무시한 채 날아다니는 걸 볼 때처럼 몸이 아래로 쑥 내려갔다가 위로 솟아오르는 기분을 느낀다. 그 인형극에서는 무엇이든 가능했다.

"우리가 어렸을 때 했던 인형극 기억해요? 쓰레기통을 타고 날아다녔던 인형극요." 암흑 속에서 리디아가 마리솔에게 묻는다.

마리솔도 기억한다.

트럭을 탄 지 두 시간째 접어들자 길 앞쪽에 빛이 보이고 트럭은 검문소에서 멈춘다. 희미한 조명 덕분에 솔레다드는 이민국 직원들의 유니폼을 알아볼 수 있다. 그걸 보자마자 레베카는 울음을 터뜨리더니 발버둥 치면서 언니의 품을 파고든다. 솔레다드는 동생을 진정시키고 한 팔로 동생의 이마를 감싼다. 그러고는 레베카의 얼굴을 자신의 목 옆으로 가져가 눈을 감으라고 한 뒤 그들만 아는 고대 언어로 부드럽게 흥얼거리며 동생을 위로한다.

"다 지나갈 거고 우리는 안전해질 거야. 눈 감아, 동생아."

레베카는 솔레다드의 목에 대고 심호흡한다. 그녀의 눈물이 언니의 목과 어깨가 만나는 지점의 부드러운 갈색 살갗을 소리 없이 적신다. 엘 차칼은 트럭에서 내리더니 두 직원에게 다가간다. 손전등을 들고 AR-15 소총으로 무장한 그들은 익숙한 태도로 엘 차칼을 맞이하고, 엘 차칼은 그들에게 봉투를 건넨다. 그들은 대략 2분 정도 이야기를 나눈다. 코요테가 다시 트럭에 올라타자 두 경비는 트럭으로 다가오더니 손전등으로 난민의 얼굴을 하나씩 비춘다. 손전등 불빛이 얼굴에 닿지만, 레베카는 언니의 어깨에서 얼굴을 들지 않는다. 솔레다드는 이를 악물고 불빛을 정면으로 노려본다. 눈에 눈물이 고여도 눈을 깜빡이지 않는다.

"어이, 이 애는 우리가 가져야겠어." 한 경비가 차창을 다 내린 트럭 운전석에 앉아 있는 엘 차칼에게 말한다.

엘 차칼은 차창 밖으로 몸을 내밀지만, 그가 미처 대답하기도 전에 루카가 벌떡 일어나 외친다.

"당신은 누나를 가질 수 없어! 당신은 누나를 소유할 수 없어. 누구도 누나를 소유할 수 없어. 누나는 독립적인 사람이고 우리와 함께 갈 거야."

깜짝 놀란 리디아는 루카에게 몸을 내민다. 손전등 불빛이 루카에게로 이동하더니 둥근 빛이 어둠 속에서 루카의 얼굴을 찾아낸다. 루카의 검은 눈동자가 반짝거리고 양손은 작은 주먹을 불끈 쥐었다.

"워, 꼬마 대장님 나셨네!"

"루카, 앉아!" 리디아는 루카를 잡아 억지로 무릎에 앉힌다.

하지만 경비는 웃고 있다. 그가 트럭 짐칸으로 몸을 내밀자 솔레다드는 동생을 더 꼭 끌어안는다.

"걱정 마라, 꼬마야. 그냥 장난이었어." 경비가 루카에게 말한다. 그러고는 다시 손전등으로 솔레다드를 비춘다. "저렇게 용감하고 무서운 보디가드를 뒀다니 운이 좋구나, 세뇨리타."

"네." 솔레다드는 기계적으로 대답한다.

경비는 다시 루카를 돌아보며 말한다. "그렇게 계속 싸워라, 꼬마야. 엘 노르테에 가면 그런 패기가 필요하게 될 테니까."

리디아는 다시 숨을 쉬지만 여전히 루카를 꽉 끌어안는다. 손전등 불빛이 그녀의 얼굴을 비출 차례가 되자 리디아는 숨을 죽인다. 눈을 뜬 채 시선을 내리고 저 남자들이 하비에르를 위해 일하지 않기를 기도한다. 그녀의 얼굴이 저들의 휴대전화 메시지에 저장되어 있지 않기를 기도한다. 손전등 불빛이 머뭇거리다가 마침내 마리솔에게로 옮겨가자 리디아는 참았던 숨을 내쉰다.

"성공들 하시오!" 경비가 트럭에서 물러나며 외친다.

"곧 또 봅시다!" 트럭이 출발하자 엘 차칼이 그들에게 손을 흔든다.

노갈레스의 아파트를 떠난 지 세 시간도 더 지난 후에 픽업트럭 두 대가 멈춰 선다. 이제는 전조등도 껐고 차체에는 사막 먼지가 두껍게 쌓여 있다. 계기판과 후미등의 은은한 불빛을 제외하면 주위는 완벽한 어둠에 잠겨 있다. 여기는 미국에서 채 1킬로미터도 떨어지지 않았다. 엘 차칼은 그들을 트럭에서 내려 줄서게 하고는 이제부터 앞사람과 뒷사람만 신경 쓰라고 말한다. 너무 어두워서 그가 보이지는 않지만, 그의 목소리에는 따뜻한 생기가 감돌아서 눈에 보일 듯하다. 밤의 어둠을 배경으로 색을 뿜어내는 듯하다. 엘 차칼은 믿을 수 있는 권위와 안전 그 자체다. 그의 에너지는 전염성이 강해서 다들 그의 인도를 따르면 성공할 수 있다고 믿는다. 그의 본명도 모르지만 모두 자기 목숨을 그에게 맡겼다. 엘 차칼은 이제부터 빨리 걸어야 하고 절대 뒤처지면 안 된다고 말한다. 한 명도 낙오되지 않는 것이 무엇보다 중요하다.

"이 소리를 들으면 걸음을 멈추세요." 엘 차칼은 낮고 짧은 휘파람 소리를 낸다. "내가 이 소리를 내면 절대 움직이지 말고 조용히 하라는 뜻입니다. 내가 다시 움직이라고 할 때까지요. 다시 움직이라는 신호는 이겁니다." 이번에는 혀로 두 번 쯧쯧거리는 소리를 낸다. 아주 또렷하다. "만약 잡히면, 다들 듣고 있습니까? 중요한 얘깁니다. 만약 잡히면 우리 중에서 누가 코요테인지 말하지 마십시오. 알겠습니까?"

"왜죠?" 로렌소다.

"이유는 알 필요 없지만 혹시라도 허튼 생각하지 못하도록 말해주지." 엘 차칼이 말한다. "만약 우리가 잡히고, 그들이 내가 코요테라는 걸 알게 되면 날 제외하고 모두 추방할 거야. 그렇지? 난 체포되고, 넌 집으로 돌아가는 거야. 만약 카르텔에서 누가 코요테를 밀고해서 자기들 수입을 끊어놓았는지 알게 되면 혹독한 대가를 치르게 될 거다. 카르텔과는 이미 충분히 문제가 있지 않아?"

로렌소는 긍정하는 듯한 소리를 낸다.

"그러니까 아무 말도 하지 마세요, 여러분. 만약 잡히면 모두 추방됐다가 다시 시도하는 겁니다. 일단 나한테 돈을 낸 사람은 세 번까지 시도할 수 있어요. 동의합니까?"

다들 동의한다. 엘 차칼은 조도가 낮은 램프를 켜고는 몇 분간 준비한다. 다진 마늘이 든 유리병 뚜껑을 열더니 방울뱀이 다가오지 못하도록 신발에 마늘을 바르라고 지시한다. 마늘 냄새를 맡으니 리디아는 집에서 요리하던 때가 떠오르지만, 향수에 빠지는 것보다 뱀이 훨씬 더 두려운 터라 자신과 루카의 새 등산화에 마늘을 듬뿍 바른다. 그 일이 끝나자 코요테는 각자에게 들고 가야 할 물을 나눠준다. 물통은 무겁고 들기 불편하지만 사막에서 물보다 중요한 것은 없다. 리디아는 캔버스 벨트를 물통 손잡이에 집어넣어 배낭 아래쪽 끈에 연결한다. 걸을 때마다 물통이 출렁거리며 골반을 툭툭 치자 리디아는 끈을 줄여서 물통이 움직이지 않도록 한다. 루카는 한 통만 들고 간다. 그것도 겨우 들고 갈 수 있다. 남자들은 각각 4갤런씩 든다. 니콜라스의 멋진 배낭에는 긴 빨대가 달려서 배낭에 든 물을 직접 마실 수 있다. 다들 사막의 열기와 국경을 넘은 뒤 안전한 곳에 도착할 때까지 걸어가야 할 거리, 그들이 가지고 가는 물의 양은 생각하지 않으려 한다.

난민들은 엘 차칼이 지정해준 대로 선다. 코요테가 맨 앞에 서고 그다음이 촌초와 슬림, 베토와 루카, 리디아, 두 자매, 마리솔이 그 뒤를 따른다. 나머지 남자들은 뒤쪽에 선다. 이들은 놀랄 정도로 빠르게 북쪽을 향해 이동한다. 리디아는 거의 보이지 않는 루카의 윤곽선을 보려고 애쓴다. 그들의 허파를 들락날락하는 신선한 공기가 차갑다. 며칠 동안 집 안에서 답답했던 터라 별빛이 쏟아지는 사막을 가로질러 북쪽으로 걸으니 오히려 즐겁다. 아무도 말하지 않지만 울퉁불퉁한 땅에 발이 닿는 소리와 힘을 주느라 몸에서 나는 작은 소리가 대화를 대신한다. 다들 넘어지지 않으려고, 헛디디지 않으려고, 앞사람과 부딪히지 않으려고 집중한다. 발목이 돌아가는 위험에 처하지 않도록 긴장을 늦추지 않는다. 눈에 띄지 않아도 어디에나 존재하는 국경 수비대와 마주칠지 모른다는 불안을 억누르려고 다들 노력하지만, 대다수는 실패한다.

이 사막 구간에는 철책이 없다. 왜냐하면 불필요하기 때문이다. 이곳은 대략 사사브에서 동쪽으로 30킬로미터, 노갈레스에서 서쪽으로 30킬로미터 떨어진 곳인데 파자리토 산이 국경 철책을 대신한다. 그리고 춥다. 루카는 아카풀코를 떠나기 전에 디아만테의 월마트에서 샀던 옷을 전부 다 입고 있다. 청바지에 티셔츠, 후드티, 따뜻한 점퍼, 두꺼운 양말까지. 새 등산화는 이중 매듭으로 단단하게 맸다. 아빠의 야구모자는 배낭 옆쪽 주머니에 조심스럽게 넣어두고 지금은 지난번 할머니에게 공짜로 받은 따뜻한 털모자와 목도리를 둘렀다. 이렇게 다 껴입자 등줄기를 따라 땀이 흐르는데도 코와 손가락은 얼어붙을 듯이 차갑다. 장갑도 샀더라면 좋았을 텐데. 가끔씩 엘 차칼이 빠르게 휘파람을 불면 다들 꼼짝하지 않고 숨을 죽인다. 다시 걸으라고 명령하는 두 번의 혀 차는 소리가 들릴 때까지. 어떤 지점에 이르자 루카는 보이지 않는 기계의 웅웅거리는 기계음을 듣는다. 촌초가 루카 곁에 다가오더니 근처 기둥 높은 곳에서 깜빡거리는 빨간 불을 가리킨다. 거의 그들 바로 위에 있다. 불이 돌아간다. 깜빡거리는 빨간 불이 이들에게서 고개를 돌리자 엘 차칼은 혀를 두 번 차고, 그들은 아주 빠르게 움직인다. 거의 뛰다시피 어둠을 가른다. 작은 둔덕 위에 올라가 좌우로 고개를 돌리는 기계의 눈에서 벗어날 때까지.

"축하한다. 넌 방금 처음 만난 미합중국 국경 수비대 카메라를 따돌린 거야." 촌초가 루카에게 큰 소리로 속삭인다.

루카는 어둠 속에서 씩 웃지만 리디아는 가슴이 철렁 내려앉는다. 그게 의미하는 바를 깨닫자 슬픔이 스쳐 간다.

"우리가 벌써 미국으로 넘어왔다고요?" 리디아가 속삭인다.

"네." 촌초가 말한다.

리디아는 국경을 넘는 순간이 비장할 줄 알았다. 한 발짝만 내디디면 멕시코를 벗어나 미합중국에 들어가는 식으로 모든 일이 순식간에 벌어질 줄 알았다. 그 순간이 오면 잠깐이라도 걸음을 멈추고 물리적으로든 비유적으로든 자신이 남기고 가는 것, 그러니까 어디에나 존재하는 하비에르와 그의 심복들에 대한 두려움을 돌아보며 생각에 잠길 수 있을 줄 알았다. 18일 동안 2,600여 킬로미터를 견딘 끝에 그의 손아귀에서 벗어나는 기분을 느끼고 싶다. 하지만 그보다 훨씬 더 전, 학살이 일어나기 전의 삶, 아카풀코에서의 행복한 유년기도 돌아보고 싶다. 여섯 살 생일이 있던 여름에 매일 입었던 오렌지색 수영복. 십 대 때 라 케브라다 절벽에서

국경을 넘다

뛰어내린 일. 아직 아무런 부끄럼 없이 아빠 손을 잡을 수 있을 정도로 어렸을 때 아빠와 함께 바라비에하 해변을 거닐던 일. 엄마의 사랑스러운 수백 가지 불만. 대학, 세바스티안, 책방. 출산 후 처음으로 루카를 안았던 순간. 리디아는 작은 죽음을 맞이하듯 이런 장면이 주마등처럼 스쳐 가는 순간이 있을 줄 알았다. 다른 세계로 넘어가는 문이라도 있을 줄 알았다. 저 사막의 방울뱀처럼 고통의 허물을 벗고 그것을 멕시코 땅에 남겨둘 수 있기를 바랐다. 하지만 국경을 넘는 순간은 이미 지났고 리디아는 국경을 넘는 줄도 몰랐다. 돌아보지도 못했고 국경 너머에서 새 삶을 시작하는 데 도움이 될 만한 어떤 간소한 의식도 치르지 못했다. 이제는 아무것도 돌이킬 수 없다. 그저 전진할 뿐이다.

하늘은 맑고 머리 위에는 별들이 떠 있지만, 달은 이제 막 뜬 터라 떠오르는 동안에도 앞길을 전혀 비춰주지 못한다. 사막을 횡단하기에 이상적인 조건이라고, 어둠을 가르며 휘청거리는 동안 엘 차칼이 말해준다. 한 시간 동안 이들은 말없이 힘들게 사막을 걷는다. 11시가 되자 바위 밑에 피신한다. 엘 차칼이 말하기를 지금이 국경 수비대가 주로 순찰을 도는 시간이며 특히 이 지역을 많이 돈다고 설명했기 때문이다. 엘 차칼은 쉬라고 하지만 아무도 쉬지 못한다. 두려움 속에 앉아서 고장 난 램프처럼 눈을 깜빡거린다. 그렇게 세 시간이 지나고 그들은 주변에서 나는 사막의 온갖 낯선 소리에 귀를 기울인다. 때로는 멀리서, 때로는 근처에서 나는 꿀꿀, 킁킁, 딸각, 끼악 소리를 들으며 그런 소리를 내는 생명체가 무엇인지 볼 수 없으니 무섭다. 갑옷도 없이 야생동물 사이에 앉아 저들은 날 보고, 냄새 맡고, 내가 여기 있다는 걸 느낄 수 있지만 나는 설사 저들이 다가온다고 하더라도 볼 수 없으니 기묘하면서도 약해지는 기분이 든다. 기다리는 동안 그들은 모두 기도한다. 심지어 로렌소도 자신이 한때 신을 믿었다는 사실이 기억난다.

31

사막 횡단

새벽 2시가 되기 직전에 엘 차칼은 그들에게 다시 움직이라고 한다. 동이 트기 전에 야영지에 도착해야 하기 때문이다. 그는 이번과 똑같은 루트로 수십 번을 다녔기에 정확히 어디로 가야 하고 얼마나 걸리는지 잘 알고 있다. 낮의 열기를 피해 걸으면 훨씬 적은 물로도 사막을 횡단할 수 있다. 하지만 지금은 늦봄이고 밤이 점점 짧아지는 터라 동이 트기 전까지 여유가 많지 않다는 사실도 알고 있다. 그는 사람들에게 최대한 빨리 걷도록 밀어붙인다. 그들은 아마 국경에서 북쪽으로 5킬로미터 정도 올라왔을 테지만 아직 몇 시간은 더 걸어야 안전해지고 가장 가까운 마을이 나온다. 그때가 되면 그가 그만 걸으라고 휘파람을 불 것이다. 이번에는 반쯤 잠든 채 걷던 베토가 앞에 있던 슬림과 부딪쳐 두 사람은 함께 뒤엉켜 갈라진 땅 위로 넘어진다. 베토가 킥킥거리며 사과하자 엘 차칼은 퉁명스럽게 나무라고는 손가락을 입술에 댄다. 슬림은 두툼한 손으로 베토의 입을 막아 소리가 새어 나가지 못하게 한다.

거의 절반가량 내려온 언덕 아래쪽에 서 있던 루카의 눈에 희미하고 하얀 길의 흔적이 뱀처럼 구불구불 돌아 풍경을 가로지르는 게 보인다. 그들은 옹기종기 모인 볼품없는 나무 밑에 서 있지만, 아래쪽에는 몸을 가릴 만한 것이 전혀 없다. 오른쪽으로 몇백 미터 떨어진 곳에 픽업트럭 네 대가 주차되어 있다.

"젠장." 엘 차칼이 큰 소리로 말한다.

삶이 전멸한 상태에서도 루카에게는 한 가지 즐거운 특전이 주어졌으니 바로 어른들이 가끔씩 큰소리로 욕하는 세상을 갑자기 공유하게 된 것이다. 심지어 직접 그 욕을 해보기도 했다. 하지만 저 픽업트럭을 보고 엘 차칼이 '젠장'이라고 말하는 걸 들은 지금은 매우 불안하다.

"대체 이 밤에 왜 여길 온 걸까요?" 촌초가 엘 차칼에게 나직이 묻는다.

엘 차칼은 고개를 젓는다. "모르겠어요. 저기서부터 흔적이 시작됐네요." 그러고는 길 저쪽을 가리키며 말을 잇는다. "여기 아무도 없을 때 우리가 가끔 저 길로 가기도 합니다. 왕래가 거의 없는 길이죠. 하지만 저건……." 그는 발치에 침을 뱉는다. "등산하러 온 사람들이 아닙니다." 엘 차칼은 목에 걸고 있던 쌍안경을 들어 올려 실눈으로 들여다본다. 너무 어두워서 트럭의 윤곽선과 넷 중 한 트럭의 운전석에 켜진 실내등 불빛만 보인다. 아직은 매우 어둡지만 암흑은 점차 사물을 분간할 수 있는 회색으로 옅어진다. 곧 동이 틀 것이다. 엘 차칼은 일렬로 서 있던 난민들을 모이게 하고 말한다.

"저 밑에 길이 시작되는 곳에 픽업트럭 네 대가 주차되어 있습니다. 저긴 외딴곳이라서 지금까지 누가 있는 걸 본 적이 없어요. 그러니까 내 짐작으로는 둘 중 하나인데 첫째, 카르텔이 물건을 운반하려고 기다리는 것일 수 있습니다. 그런 경우라면 뒤를 조심하세요. 누군가 당신을 따라올 수 있으니까."

리디아는 몸이 굳어지고 어둠 속에서 루카를 향해 손을 뻗어 아이를 끌어당긴다.

"더 확률이 높은 두 번째 가설은 저들이 염병할 자경단이라는 겁니다. 이 밤에 파워 레인저 흉내를 내면서 놀고 있는 거죠. 그렇다면 전방을 주시하세요. 저 개새끼들은 자기 집 벽난로 위에 박제한 난민 머리를 올려놓는 걸 세상에서 제일 좋아하니까."

루카는 얼굴을 찡그린다. 비록 자신의 머리가 박제되어 어딘가에 있는 미국인 오두막의 번쩍이는 선반 위에 놓여 있다고 생각하면 약간 웃기기는 했지만.

리디아에게는 이 이야기가 전혀 웃기지 않다. 자신들이 벌써 안전하다고 믿을 정도로 순진하지는 않지만, 이제는 자신들에게 닥칠 위협이 바뀌었다고 생각했다. 여기 엘 노르테에서는 총을 든 사람을 만나 명령을 따르라고 강요받을 가능성보다는 국경 수비대를 마주치거나 그들에게 루카를 빼앗길 일을 더 걱정해야 한다. 리디아는 그들 중 누가 더 잔인할지 순위를 정하지는 않는다. 그들이 어떤 옷을 입었든, 어떤 억양을 쓰든, 얼굴이 어떻게 생겼든 중요치 않다. 이 황량한 야생에서는 누굴 만나든 그걸로 삶에 종지부를 찍을 수 있다.

"어떻게 할 건가요?" 마리솔이 묻는다.

엘 차칼은 이미 배낭을 내리고 있다. "여기서 기다릴 겁니다. 몸을 숨길 곳이 여기뿐이에요. 어쨌든 저 트럭은 카르텔이라기보다 자경단 같습니다."

"그 둘을 어떻게 구분합니까?" 촌초가 묻는다.

엘 차칼은 목에 걸린 쌍안경을 촌초에게 건넨다. 덩치 큰 촌초가 쌍안경을 들여다보는 동안 엘 차칼이 말한다. "카르텔 트럭이라고 하기에는 수수합니다. 그리고 만약 저들이 내 짐작대로 자경단이라면 아마 저쪽 길을 따라 난민을 사냥하러 갔을 겁니다. 그러니 우리는 여기서 기다립시다. 저들은 언젠가 트럭으로 돌아갈 거고 저들이 떠나면 우리도 지나갈 수 있습니다."

"만약 저들이 카르텔이라면요?" 마리솔이 묻는다. 리디아는 자기도 모르게 몸을 부르르 떨며 두 손으로 얼굴을 문지르고 후드를 쓴다. "저들과 저들이 기다리는 물건 사이에 끼어서 독 안에 든 쥐가 되는 거 아닐까요?"

"여길 통과하는 비용은 이미 냈습니다. 난 그들이 정한 규칙을 따릅니다." 엘 차칼이 말한다.

"대체 어떤 카르텔의 규칙이죠?" 리디아는 더는 참지 못하고 묻는다. 사막의 이 구역이 자기들 소유라고 주장하는 카르텔이 누구인지 알아야겠다.

"로스 하르디네로스인가요?" 로렌소가 묻는다.

엘 차칼은 대답하지 않고, 이어지는 침묵 속에서 로렌소는 리디아와 눈을 마주친다. 로렌소는 우리에 갇힌 동물처럼 서성인다. 마침내 끔찍한 가정이 리디아의 의식 속으로 침입한다. 미국인에게 잡혀 루카를 빼앗기는 게 더 나쁠까, 아니면 멕시코인에게 잡혀 하비에르에게 돌아가는 게 더 나쁠까? 리디아는 노력 끝에 그 생각을 털어낸다. 둘 다 일어나지 않을 것이다. 그들은 성공해야 한다. 리디아는 허벅지 위에서 주먹을 불끈 쥐고 저리는 다리를 쭉 편다.

촌초는 쌍안경을 다시 엘 차칼에게 건네고 배낭을 내린다. 슬림과 그들의 두 아들도 역시 배낭을 내리고 말없이 물통을 바닥에 내려놓고는 배낭에 기댄다.

엘 차칼은 물통에 든 물을 한 모금 마신 뒤에 말한다. "우리가 이동할 수 있기 전에 해가 뜰 경우를 대비해서 몸을 숨길 곳을 찾으세요."

이 볼품없는 나무 밑도 몸을 숨기기에 그다지 적합한 곳은 아니지만 그래도 옆에 울창한 덤불이 있다. 솔레다드와 레베카, 리디아는 모두 뒤돌아 앉아 이미 절반쯤 내려온 언덕길을 지켜보며 어둠 속에서 악몽이 모습을 드러내기를 기다린다. 루카는 엄마와 등을 맞댄 채 앉아서 난민이 되면 이동할 때보다 멈춰 있는 시간이 더 많아지는 게 신기하다고 생각한다. 그들의 삶은 이동과 정지의 불규칙한 쳇바퀴가 되었다. 베토는 잠이 든다. 니콜라스도 잠든다. 마리솔도 잠들고 싶다. 다들 녹초가 되었다. 동쪽 하늘이 점차 밝아지더니 열두 명의 남자가 나타나 맞은편 언덕길을 천천히 내려가며 아래쪽에 주차해둔 네 대의 트럭으로 다가간다. 이제는 엘 차칼이 쌍안경의 도움을 받아 그들의 정체를 확실하게 파악할 수 있을 정도로 환하다. "역시 자경단이네요." 그가 말한다.

군복처럼 얼룩덜룩한 무늬의 옷을 입고 눈에 띄는 무기를 들어서 잘 모르는 사람이 본다면 군인이라고 생각할 그들은 트럭에서 휴식을 취한다. 쿨러를 열고 거기서 음식과 음료를 꺼내더니 트럭 뒤쪽에 모여 앉아 커피가 담긴 보온병을 옆 사람에게 건넨다. 이제는 꽤 가까이에 있어서 바람이 특정한 방향으로 바뀌면 웃음의 파편과 짤막한 말소리까지 들을 수 있다. 그렇게 잠깐씩 소리가 들릴 때마다 소름이 끼친다. 이쪽 소리도 저쪽으로 전해질 수 있다는 뜻이기 때문이다. 난민들은 모두 자신의 몸을 의식하게 된다. 아무도 재채기를 하거나 방귀를 뀌고 싶지 않다. 어서 저들이 떠나기를 기도한다. 자경단의 아침 식사는 영원히 계속되는 듯하더니 마침내 그들이 짐을 챙기고 떠날 준비를 할 때 트럭 한 대의 운전석 실내등을 켜뒀다는 사실을 알게 된다. 그 때문에 배터리가 방전되었다.

그들이 점퍼 케이블을 찾아내고, 다른 트럭을 데려오고, 배터리끼리 연결하고, 트럭에 시동이 걸리고, 그 일을 5~10분간 서로 축하하고 마침내 일렬로 나아가며 시야에서 사라졌을 때는 사막에 햇볕이 쨍쨍 내리쬐고 있다.

엘 차칼이 오늘 낮에 쉬려고 했던 은신처까지는 아직 1.5킬로미터가량 더 가야 한다. 이제 이들은 이글거리는 햇살의 위험에 처한 것에 만족해야 한다. 엘 차칼은 니콜라스와 베토를 흔들어 깨우며 말한다.

"갑시다. 두 배로 속도를 내야 해요."

루카는 차가운 땅에 앉아 온몸을 떨고 난 뒤라서 사지가 뻣뻣하다. 몸을 다시 움직일 수 있어서 행복하고 사지에 다시 온기가 퍼지니 행복하다. 그들이 가는 길은 루카가 상상했던 미국의 길과 완

사막 횡단

전히 다르다. 루카는 미국의 길은 모두 대로처럼 넓고 완벽한 포장 도로이며 길 양쪽으로 형광등이 켜진 가게가 늘어서 있을 거라고 생각했다. 그런데 이 길은 멕시코에서 봤던 최악의 길처럼 흙투성이다.

북서쪽으로 지금까지 지나온 언덕들보다 더 높은 언덕이 솟아 있고, 길을 건넌 후에 엘 차칼은 가장 근처의 비탈을 오르기 시작한다. 비탈은 가파르고 다들 어떻게 하면 능률적으로 오를지 집중한다.

"왜 비탈을 돌아가지 않죠?" 로렌소가 불평한다.

"내가 선택한 길로 가야 하니까." 엘 차칼이 말한다.

"하지만 저 길이 더 수월해 보이는데요." 로렌소가 북쪽을 가리킨다.

"그럼 그 길로 가."

엘 차칼은 로렌소를 싫어한다. 둘 사이에 긴장이 감도는 걸 루카도 느낄 수 있다. 왜냐하면 로렌소는 누구와 함께 있든 긴장된 분위기를 만들기 때문이다. 다만 대다수 사람은 예의를 차리기 위해 그 갈등을 숨기려 하지만, 코요테는 굳이 그러려고 하지 않는다. 루카는 그 점이 마음에 든다. 대신 로렌소가 무슨 말을 할 때면 엘 차칼은 어이없다는 듯이 눈을 치뜨지 않고 오히려 이목구비를 전혀 움직이지 않는다. 그러고는 눈을 반쯤 감은 채 다른 곳을 보며 로렌소가 한 말이 사라지기를 기다린 후에 다시 얼굴을 움직이며 할 말을 계속한다.

언덕 정상에 이르러 반대편 경치를 보자 루카는 흥분과 두려움이 섞인 불편한 감정에 온몸이 떨린다. 루카가 어찌나 심하게 떠는지 리디아는 시야 가장자리로 루카의 떨리는 팔다리를 보고 아들을 돌아본다. 루카는 엄마와 눈을 마주치려 하지 않는다. 눈 앞에 펼쳐진 풍경을 보고 가슴이 벅찰 뿐이다. 그들 모두 그랬다.

저 멀리 이 언덕과 비슷한 언덕이 백 개는 더 있다. 아마 저 언덕들 너머로 눈에 보이지 않는 언덕이 백 개는 더 있을 것이다. 갈수록 언덕은 더 높고 가파르고 무시무시해지기 때문이다. 머리 위에서 부서지는 햇살은 눈을 찌를 듯이 환하다. 언덕들은 바람에 눌린 황금색 풀, 뾰족뾰족한 식물, 볼품없는 나무들로 뒤덮여 있다. 사방에 있는 거대한 바위는 언덕 주름 속에 끼어 있기도 하고, 무너질 듯한 절벽 틈새에 앉아 있기도 하고, 땅이 움푹 꺼진 곳에 고집스러운 가족처럼 모여 있기도 하다. 몇몇 바위는 어찌나 거대한지 그 밑에 있는 언덕이 작아 보일 지경이다. 하늘은 무자비하고 지나가는 구름은 빛의 방향을 바꿔 눈속임하는 터라 거리를 가늠할 수 없는데, 정작 뜨겁고 가차 없는 둥근 태양은 전혀 가려주지 않는다. 루카는 걸음을 멈추고 털모자를 벗어 점퍼 주머니에 쑤셔 넣는다. 갑자기 땀이 줄줄 흐른다. 목도리와 점퍼도 벗어 배낭에 집어넣는다. 아빠의 야구 모자를 다시 꺼내 밴드의 희미한 냄새를 한 번 맡은 뒤 머리에 눌러 쓰고는 다시 배낭을 메려는데 코요테가 멀리서 바라보더니 고개를 저으며 말한다.

"그 모자는 쓰면 안 된다. 빨간색은 1킬로미터 떨어진 곳에서도 눈에 띌 거다."

루카는 엄마를 보며 얼굴을 찡그리지만, 엄마마저 고개를 끄덕이자 어쩔 수 없이 모자를 벗어 엄마에게 건넨다. 리디아는 모자를 다시 루카의 배낭에 넣으려 한다.

"내 걸 쓰렴." 리디아가 자신의 모자를 벗어 루카에게 건넨다.

"하지만 그건 분홍색이잖아." 루카가 이의를 제기한다.

"거의 아니야."

"내가 쓸게요!" 베토가 말한다.

리디아는 웃으며 말한다. "네게 줄 모자가 하나 더 있으면 좋을 텐데." 그러고는 자신의 모자를 루카에게 씌우고는 다시 루카의 배낭을 열어 아빠의 야구 모자를 집어넣으려 한다. 배낭은 꽉 찼다. 리디아는 머뭇거리다가 배낭 안에서 흰색 티셔츠를 꺼내 베토에게 건넨다. "모자 대신에 이걸 쓰렴."

베토는 티셔츠 목 부분에 얼굴을 집어넣고 천이 얼굴 주위로 늘어지게 해서 태양으로부터 피부를 보호한다. 그러고는 리디아를 향해 씩 웃으며 고맙다고 말한다.

다들 갑자기 치솟는 열기를 느끼고 잠시 걸음을 멈춘다. 옷을 하나둘씩 벗고 다시 전열을 가다듬는다. 슬림과 촌초는 물통에 든 물을 나눠 마신다. 이 근처에 왜 사람들이 보이지 않는지, 이곳을 통과하면 왜 잡히지 않고 국경을 넘을 수 있는지 이해가 간다. 이런 데서는 어떤 생명체도 살아남지 못할 듯하다.

"현실 세상 같지가 않아." 엄마가 말한다.

루카 옆에서 로렌소가 모자를 벗고 이마를 훔친다. 루카가 우에우에토카의 난민 쉼터에서 처음 저 모자를 봤을 때는 완전히 새것이었다. 하지만 이제 챙은 여전히 납작해도 태양이 모자 색을 검정에서 회색으로 바꿔놓았다. 루카는 그 변화를 알아차리고 깜짝 놀란다. 소노라주의 태양이 얼마나 강력한지 그 눈길 아래 있으면 무엇이든 재빨리 부식된다는 사실을 잘 몰랐다. 루카는 엄마의 모자를 벗어 자세히 바라보고 이 모자가 더는 분홍색이 아님을 깨닫는다. 그저 분홍색의 바랜 기억이 남아 있을 뿐 지금은 지저분한 모래색이다. "거의 아니야"라는 엄마의 말은 이런 뜻이었다. 로렌소는 양손으로 무릎을 짚고 절망적인 풍경을 바라보더니 입을 연다.

"여길 지나간다고? 말도 안 돼."

"그래서 엄청 힘들다고 했나 봐요." 베토가 씩씩거리더니 주머니에서 빈 흡입기를 꺼내 입에 대고 빤다.

"괜찮아?" 루카가 흡입기를 가리키며 묻는다.

베토는 어깨를 으쓱이며 숨을 고르려고 한다. 그러고는 햇볕 때문에 눈이 부셔서 실눈을 뜨더니 루카의 배낭을 가리키며 말한다. "왜? 거기 알부테롤(천식 환자의 기관지 확장 목적으로 사용하며 효과가 빠르다. - 옮긴이)이라도 들었어? 그렇다면 내가 빼앗아갈 거야!"

두 소년은 웃음을 터뜨리고 베토의 입에서는 공기가 빠지는 풍선 같은 소리가 난다.

"이리 와, 미호." 리디아는 루카에게 자기 앞에서 걸으라고 손짓한다. "너도, 베토. 걸을 수 있겠니?"

베토는 말하는 데 숨을 낭비하지 않고 그저 고개만 끄덕이며 움직인다.

각각의 언덕은 올라가는 데 한나절, 내려가는 데 한나절은 걸릴 듯하다. 난민들은 엘 차칼을 따라 일렬로 언덕을 내려간다. 이제는

사막 횡단

침묵을 지키며 첫 번째 계곡으로 들어선다. 앞으로 자신들이 해내야 할 엄청난 일 앞에서 마음을 다잡으려고 노력한다. 바람이 풍경을 가로지르고 레베카의 머리를 채찍질해 검은 토네이도를 일으킨다. 발아래서 마녀 같은 노란색 풀이 바스락거리고 루카의 마음은 지독한 흥분이 흘러넘친다. 그들은 지금 미합중국에 있고 벌써 영화 촬영장에 들어온 듯하지만, 여기는 진짜 사막이다. 전갈이나 방울뱀, 퓨마처럼 사람을 죽일 수 있는 동물들이 살고 있다. 얼얼하면서 울렁거리는 혼란이 훅 밀려들고 루카는 신나는 동시에 겁이 난다.

"루카." 바로 뒤에 서 있던 엄마가 루카를 부른다. 가끔씩 엄마는 루카가 무슨 생각을 하는지 들을 수 있는 듯하다. "괜찮니?"

루카는 고개를 끄덕인다.

"네가 자랑스럽구나, 미호." 엄마는 다른 사람이 듣지 못하도록 조그맣게 속삭인다. 그러고는 팔의 근육을 만들어 보인다. "넌 아주 강해. 아빠도 자랑스러워했을 거야."

엘 차칼은 물이 어디에 있는지 안다. 그곳에 가면 구호단체 직원들이 사막을 횡단하는 난민을 위해 놓아둔 물이 있다. 하지만 그것과 상관없이 난민들에게는 물을 아껴 마시라고 한다. 가끔은 물이 없을 때도 있기 때문이다. 가끔은 국경 수비대나 자경단이 물을 먼저 발견하고 없애버린다. 하지만 오늘은 거기에 물이 있다. 푸른 깃발이 달린 막대로 표시까지 해두었다. 나무로 만든 받침대 위에 방수포로 덮어둔 대형 플라스틱 물통 세 개가 놓여 있다. 물은 차

지 않지만, 리디아가 지금껏 마신 물 중에서 제일 달다. 물을 아껴
마신 탓에 골치가 지끈거렸는데 물통에 담긴 물을 다 마시고 나니
즉시 통증이 줄어든다. 물을 마실 수 있다는 게 기적 같다. 리디아
는 다시 물통을 채우고 좀 더 마신다. 루카는 조금밖에 마시지 않
는다.

"마실 수 있는 만큼 잔뜩 마셔, 아모르시토." 리디아가 말한다.

"하지만 그럼 배탈이 날 거야. 우린 빨리 걸어야 하잖아."

"배탈이 나도 죽지 않아. 마셔."

그들은 물이 있는 곳에서 10분간 쉬며 물통에 물을 담아 마시
고 또 마시고 다시 물통을 채운 다음, 더 아래로 내려가 계곡 바닥
을 가로지른다. 엘 차칼은 그들에게 조용히 하라고, 늘 엔진 소리
가 들리는지 귀를 곤두세우라고 경고하지만 바람이 너무 시끄러워
서 아무 소리도 들을 수 없다. 베토는 촌초에게 말을 건다.

"아저씨는 어디에서 왔어요?"

촌초는 천천히 대답한다. 대답하기 싫어서가 아니라 원래 그렇
다. "베라크루스."

"멕시코에 있어요?"

촌초는 다시 뜸을 들인 후에 답한다. "응."

"멕시코에서 아저씨같이 덩치 큰 사람들도 태어나는 줄은 몰랐
어요."

촌초가 웃음을 터트리고 다른 사람들도 따라 웃는다.

베토는 촌초의 동생인 슬림과 그들의 두 아들에게 시선을 옮기
며 묻는다. "베라크루스 사람들은 다 아저씨처럼 키가 큰가요?"

사막 횡단

"아니. 훨씬 더 크지." 촌초가 느릿느릿 대답한다.

베토는 쓰레기장에서 만났던 사람 중에서 키가 컸던 사람들을 생각한다. 그때 엘 차칼이 나직하게 경고의 휘파람을 분다. 그와 동시에 마리솔도 문제를 발견하고 무심코 소리를 지른다. 그러고는 계곡을 가로질러 저 멀리 산등성이를 가리킨다. 그곳에서 옅은 황갈색 가루 같은 먼지가 피어오른다. 엘 차칼은 다시 한번 휘파람을 불며 그들에게 몸을 숙이라고 명령한다. 그러자 그들은 순식간에 그 명령을 따른다. 마치 총에 맞은 듯이 열다섯 명 모두가 제자리에서 바닥에 엎드린다. "가능하면 그늘로 들어가세요." 엘 차칼이 말한다.

이곳은 햇볕이 쨍쨍 내리쬔다. 햇볕 아래 있으면 발각되고 햇볕에서 벗어나면 숨는 게 된다. 아무리 작을지라도 움직이는 색 위에 사막의 햇살이 떨어지면 그 색은 등대 불빛처럼 사방으로 퍼진다. 리디아와 루카는 바위 그늘 밑으로 들어가 가리아 엘립티카(긴 술처럼 생긴 꽃이 피는 나무. ─옮긴이) 옆에 바싹 붙어 앉는다. 가지에서 늘어진 수 꽃차례가 연초록색 커튼처럼 드리우고, 거기 붙은 꽃이 리디아의 머리카락으로 들어간다. 이렇게 어두운 틈새에 틀어박혀 배낭 뒤에서 몸을 웅크리고 있으니 산등성이에서는 그들이 보이지 않을 것이다. 그쪽에서는 산비탈을 가로질러 먼지기둥이 비뚤배뚤한 선을 그리며 점차 피어오르고 있다. 다른 사람들은 몸을 숨기기 위해 꼼지락댄다. 바싹 말라붙은 풀 위에 납작 엎드리기도 하고, 몸을 비틀어 뾰족한 카사바 이파리 그늘 속으로 들어가기도 하고, 상록수 나무 그늘 밑에 들어가 몸을 웅크리기도 한다. 다들 미동도 하지 않고 침묵한다. 베토조차도 황금색 풀 사이에 조용히 등을 대고 누워 있고 발가락은 하늘을 향한다. 3분이 지나자 마침내 바람 속에서 희미한 엔진 소리가 들린다. 다시 1분이 지나자 그다지 멀지 않은 비탈에 차량이 나타난다. 또렷한 흰색과 초록색으로 된 쉐보레 타호. 미국 국경 수비대 차량이다.

엘 차칼은 얼굴에 아무런 감정도 드러내지 않은 채 나직이 말한다. "움직이지 마세요." 그는 서 있는 듯한 바위 뒤 그늘로 들어가 마리솔과 니콜라스 사이에 잘 숨어 있다. 다시 움직일 때까지 시간이 걸리리라는 걸 알고 있으므로 늘 편안한 자세로 앉는다. 엉덩이를 바닥에 대고 두 무릎을 세운 채 쌍안경으로 쉐보레 타호의 운전석을 본다. 운전석에서는 국경 수비대원이 군용 쌍안경을 들어 역시 그들이 있는 쪽을 바라본다.

우리는 보이지 않아. 루카는 자신에게 그렇게 말하고 눈을 감는다. **우리는 사막 식물이야. 바위야.** 그러고는 숨을 깊이, 천천히 들이쉬며 들어오고 나가는 숨에 따라 가슴이 들썩이지 않도록 주의한다. 미동도 하지 않고 소리도 내지 않는 것은 난민이라면 반드시 단련해야 하는 일종의 명상이다. **우리는 바위다, 우리는 바위다, 우리는 바위다.** 루카의 살갗은 돌 표면처럼 딱딱해진다. 팔은 움직일 수 없고 다리는 제자리에 영원히 고정된다. 등과 발바닥의 세포는 밑에 있는 땅과 하나가 된다. 루카는 땅속으로 자라난다. 몸의 어느 곳도 가렵거나 씰룩거리지 않는다. 그의 몸은 더는 몸이 아니라 석판이기 때문이다. 그는 천 년 동안 이곳에서 움직이지 않았다. 이 가리아 엘립티카도 척추에서 자라났고 발목 주위에서는 토착 식물이 자랐다가 죽었다. 참새와 들종다리는 머리카락 속에 둥지를 틀고, 뻣뻣한 어깨 위로 비와 바람과 태양이 쏟아져도 루카는 한 번도 움직이지 않는다. **우리는 바위다.** 산등성이를 가로질러 시끄럽고 경망스럽게 달리던 타호가 마침내 그 옆 골짜기의 나직한 가장자리를 넘어 사라진다.

엘 차칼은 잡담으로 시간을 낭비하지 않는다. 태양은 한층 더 높이 떠서 하늘의 뜨겁고 환한 선반에 놓여 있다. 한 시간 전에는 야영지에 도착했어야 한다. 타오르는 태양 아래서 걷는 건 안전하지 않다. 녹초가 될 것이다. "갑시다. 서둘러요!" 엘 차칼이 말한다. 그들은 바닥에 엎드렸을 때처럼 이번에도 재빨리 일어나 가방을 챙기고 다시 이동한다.

늦은 아침이 되어 태양이 그들의 고갈된 몸에 남아 있는 수분을 모두 빨아들이고 있을 때, 레베카가 이제 그만 포기하고 싶은 심정일 때 그들은 가파른 언덕 가장자리 뒤쪽, 그늘지고 움푹한 땅에 도착한다. 나무 군락이 좋은 야영지를 가려주고 있다. 들쭉날쭉한 산등성이 밑에 옻나무와 장미 관목이 뭉쳐 있는 터라 바깥에서는 야영지가 전혀 보이지 않는다. 그들은 짙은 그늘 속에 있고 태양에서 벗어나니 마음이 놓인다. 공터 주위에는 이곳을 다녀간 다른 난민들의 흔적이 즐비하다. 누군가 버린 생수병, 땀 자국이 있는 찢어진 검은색 티셔츠, 루카의 신발보다 훨씬 더 작은 사이즈의 낡은 분홍색 운동화. 엘 차칼은 나무 아래, 바위가 모두 치워진 부드러운 모래 바닥으로 곧장 가더니 나무 옆에 배낭을 던지고 즉시 잘 준비를 한다. 다른 사람들도 그를 따라 잘 준비를 한다. 아무 데나

드러누워서 잘 수 있는 남자들에게는 쉬운 일이다. 마리솔은 땅에 엎드려 쭉 뻗은 양팔 위에 머리를 뉜다. 그러고는 금방 잠이 든다. 두 자매는 쉽게 잠들지 못하고 몇 번 움직이더니 마침내 안식을 찾는다.

리디아는 너무 피곤하지만 쉽게 잠들지 못할 거라고 생각한다. 그래도 어쨌든 담요를 깔고 루카와 함께 그 위로 쓰러진다. 사막의 태양이 어찌나 밝은지 심지어 이 짙은 그늘 속에서도 실눈을 뜨게 된다. 리디아가 눈을 떠 주위를 둘러보니 그늘 너머로 적갈색 풍경이 넓게 펼쳐져 있고 단호한 태양에 의해 모든 것이 쩍쩍 갈라져 다양한 톤의 갈색으로 바랜다. 촌초는 리디아가 깬 것을 알아차리고는 진지하게 고개를 끄덕인다. 리디아는 그것을 그녀와 잠든 루카를 지켜주겠다는 약속으로 받아들인다. **어서 자요. 당신들에게 아무 일도 일어나지 않도록 할 테니까.** 이것이 그녀가 그 모호한 끄덕임에 함축되어 있다고 선택한 의미다. 그렇게 보호해주겠다는 약속으로 믿으며 리디아는 금세 다시 잠든다.

사막 횡단

32

폭우

그들은 어둠이 내려앉을 때까지 기다리지 않는다. 태양이 골짜기 서쪽 끄트머리 산마루 근처로 들어가고 쩍쩍 갈라진 땅 위로 그들의 그림자가 일렁이는 검은 줄무늬처럼 드리우자마자 엘 차칼이 말한다.

"이제 떠날 준비를 하세요. 오늘 밤은 힘들 겁니다. 험한 지형을 13킬로미터나 걸어야 합니다. 잘 따라오세요. 낙오하는 사람은 기다려줄 수 없습니다. 한 사람 때문에 전체를 위험에 빠뜨릴 순 없어요. 그러니 잘 들으세요. 아주 중요합니다. 이건 생사가 걸린 일입니다." 엘 차칼은 모두가 들을 수 있도록 헛기침한다. "여기서 서쪽으로 가면 오늘 아침에 우리가 건넌 길이 나옵니다. 그 길이 북쪽으로 이어져서 오늘 우리가 가려는 길과 평행으로 나 있습니다. 알겠어요?"

다들 고개를 끄덕인다.

"만약 무리에서 이탈하면, 넘어지거나 발목을 삐었거나 좀 쉬고 싶다거나 오줌을 누고 싶다거나 긁고 싶다거나 자고 싶다거나 어떤 이유로든 다른 사람을 계속 따라갈 수 없다면, 그 길로 가세요. 그 길의 이름은 루비 로드입니다. 국경 수비대와 주민들이 그 길을 정기적으로 지나다녀요. 그 길로 나가면 여기서 죽지는 않을 겁니다. 서너 시간 후면 누군가 당신을 발견할 겁니다."

끔찍한 일이다. 아직은 그들 중 누구도 그런 상황을 상상할 수 없다. 이렇게 모든 일이 순조로울 때는 그런 법이다. 지금으로서는 루비 로드가 무슨 일이 있어도 피해야 할 길이고 공포의 결정체다. 그들로서는 앞으로 불과 몇 시간 후에 그곳에서 구조되기를 바랄 정도로 다급한 상황이 닥치리라고는 상상도 할 수 없다.

"우린 이쪽 길로 갈 겁니다." 엘 차칼이 손으로 가리킨다. "북쪽. 그럼 루비 로드는 어느 쪽이라고요? 여러분 모두 알아야 합니다. 로렌소! 루비 로드가 어느 쪽이지?"

로렌소는 대답하지 않는다.

"서쪽이잖아." 엘 차칼이 분노하며 말한다. "서쪽이 어디라고?"

로렌소는 휴대전화를 들여다보지만 사막에서는 신호가 잡히지 않는다.

"저쪽이요." 루카가 서쪽을 가리킨다.

"그렇지." 코요테가 루카의 머리카락을 헝클어트린다. "이 애는 사막에서 살아남겠군."

그들은 걸으면서 견과류와 육포를 먹는다. 박사 과정생인 니콜라스는 은박으로 한 번에 먹을 수 있는 양만큼 포장된 단백질 페이스트까지 가지고 있다. 보기도 역겹고 냄새도 고약하지만 영양분으로 가득 차 있다. 그래서 그런지 니콜라스는 기운이 넘친다. 그날 저녁에는 리디아 바로 뒤에 와서 걷는데 걷는 동안 나직이 잡담까지 한다. 리디아는 혹시 저 단백질 페이스트에 카페인이 들어 있는지 의아하다.

"무슨 짓을 하든 아리바카에만 가지 마세요. 만약 목이 말라서 죽어간다면 거기 사람들은 접이식 의자를 끌고 나와 당신을 지켜보면서 레모네이드를 마실 겁니다." 니콜라스가 말한다.

"아, 그렇게 못된 사람들은 아니에요." 엘 차칼이 앞에서 그들의 대화에 끼어든다. "아리바카에도 좋은 사람은 있습니다. 접경지대에서 사는 게 원래 녹록지 않죠."

니콜라스는 짙은 눈썹을 치켜세운다. 비록 아리바카가 700명이 조금 안 되는 소도시이며 텅 빈 도로를 45분이나 달려야 가장 가까운 도시가 나올 정도로 외졌다 해도, 애리조나주 남부에 사는 대다수 사람과 마찬가지로 니콜라스 역시 그곳이 얼마나 야박하고 척박한 도시인지 익히 알고 있다. 오래전 자경단의 한 일원이 아홉 살짜리 소녀와 그 애의 아빠를 죽이고서 불법 체류자들에게 누명을 씌우려고 한 적이 있다. 자경단은 한 무리의 난민이 사람들을 죽이고 다닌다는 헛소문을 퍼뜨려 사람들을 겁에 질리게 했고 분노하도록 선동했다. 그리하여 플로레스네 집으로 쳐들어가 어린 브리세니아의 머리를 쐈다. 브리세니아는 청록색 파자마 바지를 입고 손톱에는 빨간색 매니큐어를 바른 채 거실 소파에 웅크린 자세로 죽었다. 하지만 니콜라스는 아리바카에 한 번도 간 적이 없으며 젊고 진보적인 사고방식을 가졌기 때문에 아직도 그 작은 도시의 사람들이 그 살인 사건을 부끄러워하고 있다는 사실을 모른다.

니콜라스는 그토록 야만적인 비극을 겪어본 적이 없고 믿음의 근본이 흔들릴 정도로 원시적인 충격을 경험한 적도 없다. 한마디로 큰 심경의 변화를 겪은 적이 없다. 따라서 이런 곳에서도 뉴턴의 운동 제3법칙인 작용과 반작용의 법칙이 이뤄지고 있다는 사실을 모른다. 악한 일이 벌어질 때마다 구원받을 가능성도 똑같이 존재하는 법이다. 어쨌거나 의미 없는 논쟁이다. 리디아는 자수하거나 도움을 청하지 않고서는 탈출할 수 없는 아리바카에 갈 생각이 없다. 그녀와 루카는 안전한 투손으로 갈 것이다.

그들은 아무 사고 없이 거의 5킬로미터가량 이동한다. 태양 아래서 색이 바랬던 낮이 지나고 다시 색이 돌아오는 사막은 장관이다. 리디아는 사막이 지구에서 가장 완벽한 장소가 되는 순간이, 아니 순간보다 더 긴 시간이 있다는 걸 깨닫는다. 황혼이 내린 직후의 15분간에는 기온, 빛, 색 모두가 아무런 흠 없는 절정에 도달한다. 롤러코스터가 추락하기 직전 아주 천천히 정점을 향해 재깍재깍 나아갈 때처럼. 하늘에서는 빛이 점점 더 사그라들고 리디아는 살갗에서 한낮의 열기가 빠져나가는 냄새를 맡을 수 있다. 앞에서 루카의 배낭이 앞뒤로 흔들린다. 아카풀코에 있는 엄마의 집 파티오에서 유리잔 표면에 이슬이 맺힌, 얼음이 든 팔로마를 식탁에 두고 자리에서 일어난 후 처음으로 리디아는 살아남을지도 모른다는 느낌이 든다. 그러자 환희에 가까운 이상한 감정이 밀려든다. 갑자기 주위가 칠흑처럼 캄캄해지더니 너무 추워진다. 어젯밤보다 훨씬 더 춥다. 그녀가 착각하는 게 아니라면 추위 때문에 열 다섯 명의 발걸음이 빨라진다. 땅은 울퉁불퉁하고, 돌이 박혔으며, 느닷없이 솟아오르고, 보이지 않는 동물들의 은신처가 곳곳에 파여 있다. 리디아는 넘어지는 사람이 없게 해달라고 기도한다. 두 자매가 평소와 달리 조용하다는 사실을 알아차리고 혹시 아이들이 기운이 빠진 건 아닌지 걱정한다. 저 아이들은 힘든 일을 겪은 지 얼마 되지 않아 사막 횡단에 나섰다. 리디아는 새 등산화를 신은 루카의 발을 위해 기도한다. 솔레다드와 레베카 그리고 자신의 발을 위해서도 기도한다. **하느님, 우리의 발이 튼튼하고 물집이 잡히지 않게 해주시고 오로지 인간의 발이 닿아야 할 곳만 딛게 해주세요.**

엘 차칼은 무자비하게 빠른 속도로 걷는다. 약속 장소는 국경에서 북쪽으로 겨우 15킬로미터가 넘는 거리지만, 그 구간에는 북아메리카에서 가장 험난한 지형이 포함되어 있고 해발 고도는 2,000미터까지 올라간다. 이틀하고 한나절이 걸리는 그들의 경로는 도저히 지나갈 수 없는 최악의 구간을 돌아가다가 혹시나 절박하게 목이 마를 경우를 대비해 가축들을 위한 물 저장고로 향한다. 그러는 동안 사람들이 지나다니는 등산로와 국경 수비대가 순찰을 돈다고 알려진 길은 최대한 피한다. 오늘 밤이 지나고 새벽이 다 되어 애리조나주 투마카코리 카르멘에서 서쪽으로 몇 킬로미터 떨어진, 동굴처럼 생긴 야영지에 도착하면 그들은 이번 밀입국에 거의 성공한 셈이다. 하지만 난민들은 아직 그 사실을 모른다. 자세한 사항은 하나도 모른다. 엘 차칼은 웬만하면 비밀로 하는 걸 좋아하기 때문이다. 일이 틀어져서 누구 하나가 낙오하거나 방황하다 국경 수비대에 발각될 경우 그 사람이 국경 수비대에 전부 다 털어놓기를 원치 않기 때문이다. 그들이 알아야 할 사실은 그저 엘 차칼을 따라가라는 것이다. 그가 하라는 대로 하는 것이다. 그의 말을 잘 듣고 순종하고 견디면 그가 어떻게 해서든 이번 여정에서 살아남게 해줄 것이다. 내일 저녁이 되면 그들은 조금만 걸어도 된다는 사실에 놀랄 것이다. 캠핑카 두 대가 대기하고 있는 야영지에 다가가면 기쁨의 환호성이 퍼질 것이다. 캠핑카는 그들을 태우고 거친 비포장도로를 달려 마침내 그들 모두가 상상했던 미국의 매끈한 고속도로, 넓고 평평한 19번 도로로 데려갈 것이다. 그 도로에 있는 국경 수비대 검문소는 매주 몇 시간 동안 닫히는데 코요테는 믿을 만한 정보를 얻기 위해 정기적으로 돈을 준 덕택에 닫히는 시간이 언제인지 안다.

거기서 투손까지는, 도심의 긍정적인 익명성을 얻기까지는 차로 45분만 달리면 된다. 아주 가깝다. 그들은 그 사실조차 모른다. 하지만 격한 등산을 시작한 지 다섯 시간이 된 지금, 그들이 내려가는 어느 이름 없는 계곡의 검은 경사면에서 발밑으로 자갈이 위험하게 미끄러지고 몸의 피로가 정신에도 반영되기 시작할 때 하늘이 쩍 갈라지더니 폭우가 쏟아진다. 모두 충격을 받는다. 심지어 우비가 준비된 니콜라스와 엘 차칼도 판초를 꺼내어 입을 겨를도 없이 비에 흠뻑 젖는다. 그들의 몸은 은신처를 찾아 피하길 원하는 본능을 잠시 진정시킨 후에 다시 발걸음을 떼어 비의 커튼을 터덜터덜 가르며 나아간다.

루카의 청바지는 빗물에 젖어 무거워진다. 젖은 청바지가 허벅지 사이에서 그리고 왼쪽 골반 뒤쪽의 한 지점에서 쓸리는 터라 루카는 다리를 벌린 채 걸어야 한다. 새 등산화를 신어서 다행이다.

노갈레스의 아파트에서 지내는 이틀 동안 엄마가 그걸 신어서 길들이라고 해서 다행이다. 그런 엄마의 말에 불평하지도, 따지지도 않아서 다행이다. 비록 그러고 싶기는 했지만. 하지만 그렇게 각별한 노력을 했는데도 발을 내디딜 때마다 왼쪽 발꿈치 뒤에서 바늘구멍만 한 점이 느껴진다. 처음에는 무시하다가 이내 그 점에 이렇게 말한다. 아무리 작고 하찮은 통증도 목적지에 도달하지 못하도록 막을 수 없다고. 그런 고통 정도는 눈 하나 깜짝하지 않고 백 개도, 천 개도 견딜 수 있다고 호통친다. 난 루카야! 내 일가족은 전부 살해당했어! 난 천하무적이라고!

"엄마." 루카가 통증 때문에 부드럽고 몽글몽글한 목소리로 말한다.

"왜 그러니, 미호?"

"나 물집이 생겼어." 루카가 고백한다. 통증이 극심해서 도저히 계속 걸을 수가 없다.

엄마는 입을 굳게 다물더니 대열에서 이탈해 길 한쪽으로 루카를 끌고 간다. 다른 사람들은 걸음을 멈추지 않는다. 심지어 속도를 줄이지도 않고 계속 같은 속도로 걷는다. 리디아가 한쪽 무릎을 꿇고 루카의 바짓단을 걷어 올려 양말까지 끌어 내렸을 때는 일행이 다 지나간 후다. 어둠 속에서 빗줄기를 헤치고 보기가 힘들지만 엘 차칼은 손전등을 쓰지 말라고 했으니 리디아는 루카의 발꿈치로 얼굴을 가져가 자세히 들여다본다. 루카의 양말은 흠뻑 다 젖었다. 손으로 뒤꿈치를 쓸어내리니 조그만 물집이 잡힌다. 그녀가 루카를 위해 해줄 수 있는 것은 아무것도 없다. 루카의 살갗이 축축하고 청바지도 축축하고 모든 것이 축축하기 때문이다. 반창고를 붙이는 건 불가능하다. 하지만 시도해봐야 한다. 리디아는 배낭을 내리고 측면에 달린 수납공간의 지퍼를 찾아낸다. 출발하기 전에 그곳에 반창고 한 움큼을 넣어두었다. 반창고는 당연히 다 젖었지만 그중에서 가장 덜 젖은 것, 가운데에 있는 것을 골라낸다. 그런 다음 겉옷의 지퍼를 내리고 자신의 몸을 우산 삼아 비를 가린 채 루카의 발목 위로 몸을 숙인다.

"신발 벗어." 리디아가 말한다.

"하지만 엄마, 다른 사람들이 가버릴 거야. 시간이 없다고."

"빨리." 리디아가 쏘아붙인다.

루카는 그 말에 따라 신발 끈을 잡아당기고 신발을 벗는다. 신발은 공중제비를 돌아 땅에 떨어진다.

"여기 앉아." 리디아가 자신의 배낭을 가리키자 루카는 그 위에 앉는다. "양말도 벗고." 리디아는 그렇게 말하고 빗줄기 사이로 앞을 바라본다. 어둠 속으로 사라지는 일행의 뒷모습이 아직 보이는 듯하다. 그녀는 입술 사이에 반창고를 밀어 넣는다. 그러고는 루카가 벗은 젖은 양말을 주머니에 넣은 다음 후드 티 아래로 티셔츠를 잡아당겨 루카의 발을 최대한 닦아준다. 루카의 조그만 발가락이 빨개진다. 리디아는 루카의 발을 자신의 따뜻한 겨드랑이에 집어넣고는 루카의 어깨로 손을 뻗어 아직 그 애가 메고 있는 배낭의 지퍼를 연다. 배낭 안 오른쪽, 거의 바닥 부근에 새 양말이 들어 있다. 리디아는 자신이 겁에 질려 덤벙댈까 걱정한다. 배낭을 무턱대고 더듬거리다 양말을 찾지 못할까, 양말을 찾기는 찾는데 떨어뜨리는 바람에 다 젖어서 무용지물이 될까 걱정한다. 결국 아무 소득 없이 낙오되고 여기서 죽게 될까 걱정한다. 가족 파티에서 카르텔이 쏜 총에 맞아서 죽는 게 아니라 이 사막에서 홀로 죽게 될까 봐 걱정한다. 그 물집 하나 때문에, 비 때문에 둘 다 죽게 될까 봐 걱정된다. 아니다. 돌돌 말아놓은 부드러운 양말 뭉치가 손끝을 스친다. 양말은 아직 보송보송하다. **하느님 감사합니다.** 리디아는 양말을 꺼내 루카의 발이 있는 자신의 겨드랑이로 밀어 넣고 배낭의 지퍼를 채운다. 다른 사람들은 다 떠났다. 더는 그들이 보이지도 들리지도 않지만, 오감은 그들을 찾아 헤맨다. 리디아는 그들이 가고 있는 방향으로 자신의 마음을 보내 뒤따라가게 한다. **하느님, 제발 그들을 찾게 해주세요.** 리디아는 기도한다. 반창고 포장지를 벗겨 땅에 뱉고는 셔츠 자락으로 루카의 발을 한 번 더 닦아준다. 메마른 숨으로 젖은 발을 불어주고 반창고의 끈끈한 부위를 뒤꿈치 위의 옴폭 파인 부분에 붙인다. **하느님, 제발 붙게 해주세요.** 그러고는 마른 양말을 펼쳐 루카의 한쪽 발에 밀어 넣는다. 발을 꿈지럭거려 양말 속에 밀어 넣고 발가락 위로 솔기가 오게 하고 다친 발꿈치 주위를 마른 면이 감싸게 하기까지 몇 시간은 걸린 듯하다. 리디아는 또 다른 양말 한 짝도 신겨줄까 생각한다. 신발과 살갗 사이에 보호막을 한 겹 더 두는 것이다. 그게 물집에 도움이 될까, 아니면 오히려 안 좋을까? 한 겹 덧대는 효과는 있지만 발이 더 쩔 것이다. 하지만 결정적으로 생각할 시간이 없다. 리디아는 나머지 양말 한 짝을 브래지어 끈 밑에 밀어 넣고 땅 위로 넘어진 등산화 한 짝을 들어 올린다. 신발 끈을 느슨하게 풀고 발등을 덮는 혀를 잡아당겨 셔츠 자락으로 등산화 안쪽을 닦는다. 루카가 신발에 발을 넣는다. 리디아가 끈을 묶으려 하자 루카가 말린다.

"내가 할게, 엄마."

루카가 재빨리 능숙하게 신발 끈을 묶는 동안 리디아는 루카 위로 겉옷을 펼친다. 루카는 "이제 아무 문제 없어, 엄마. 고마워"라고 말하고는 리디아의 배낭에서 일어난다. 시험 삼아 몇 걸음 걸어 보더니 훨씬 낫다고 말한다.

리디아는 배낭의 옆 지퍼를 다시 채우고 배낭을 어깨에 메면서 이미 루카를 뒤따라간다. 사실은 뛰어간다. 발밑에서 물이 철벅거린다. "가자, 미호, 빨리. 사람들을 따라잡아야 해." 리디아가 말한다.

그들이 대열을 이탈한 시간은 아마 모두 합쳐 2분 30초쯤 될 것이다. 어쩌면 3분. 완전히 낙오되기에 충분한 시간이다. 일행의 소리는 전혀 들리지 않는다. 그들 주위로 비가 퍼붓는 소리만 들리기 때문이다. 리디아는 패닉에 빠지고, 느끼는 공포가 모두 가슴 속에 뭉쳐 단단한 공이 된다. **이렇게 죽는구나.** 리디아는 생각한다. 루카에게 빨리 걸으라고 재촉하는 그녀의 목소리는 극도로 흥분해 있지만, 루카는 쿨리아칸 외곽에서 있었던 일을 아직 기억한다. 이민국 직원들에게 쫓겼을 때 엄마가 발목을 삐고 쓰러졌던 일. 무슨 일이 있어도 발목을 삐어서는 안 된다고 루카는 생각하고, 그 걱정 때문에 루카의 발걸음은 지나치게 조심스러울 정도로 느려진다. 그러니 어쩌면 그들은 조심하다 죽게 될지도 모른다.

"서둘러, 미호, 제발." 리디아는 목구멍에서 점점 쌓이는 비명과 싸우고 이제는 새로운 의구심이 든다. 만약 그들이 잘못된 방향으로 서둘러 가고 있다면? 사실은 길에서 약간만 벗어났는데 한 걸음 내디딜 때마다 일행에게서 점점 더 멀어진다면? **이 길로 갔을 거야. 그렇지?** 이 빗속에서, 이 어둠 속에서 그들의 발자취를 찾기란 불가능하다. 그저 가는 수밖에 없다. 이동하는 수밖에. 계속 이동하는 수밖에. 리디아는 절박해진 마음에 침묵을 지켜야 한다는 중요한 규칙을 깨고 그들을 불러보지만 아무 대답도 없다. 그들은 한동안 어둠을 가르며 걷고 넘어지고 서두른다. 그리고 몇 분마다 한 번씩 다시 그 규칙을 깨고 그럴 때마다 이름을 부르는 리디아의 목소리는 점점 더 크고 절박해진다.

솔레다드.

레베카.

베토.

도와줘.

니콜라스.

촌초.

어디에 있어요?

이제 루카는 그녀의 앞이나 뒤가 아니라 옆에서 그녀의 손을 잡은 채 걷고 있다. 리디아가 어쩌다 루카의 눈 속 어둠을 바라보면 루카가 차분하다는 걸 알 수 있다. 루카는 그녀처럼 패닉에 빠지지 않는다.

"괜찮아, 엄마. 이 길을 따라 가는 게 맞아." 마침내 루카가 말한다.

리디아는 루카의 말을 믿는다. 믿어야만 하기 때문이다. 그리고 루카는 이런 쪽에 능숙하다. 안 그런가?

차칼.

마리솔.

슬림.

여보세요?

돌아오는 대답은 어깨를 채찍처럼 갈기는 굵은 빗줄기와 후드 위로 후드득 떨어지는 통통한 빗방울 소리뿐이다. 리디아는 어둠을 밀치고 나간다. 아직 정상적으로 작동하는, 멀찍이 떨어진 마음 한구석에서 이대로 가다가는 사막에서 40일 동안, 40만 년 동안 헤맬지도 모른다는 농담을 한다. 가톨릭 신자로서 그녀가 생각했던 지옥은 완전히 잘못되었다. 지옥에는 불도 없고 몸이 끔찍하게 타오르지도 않는다. 지옥은 축축하고 춥고 어둡고 길을 잃는다. 그녀의 뇌는 탭댄스를 추고 수축한다. 그러다, 그러다, 어둠 속에서 움직이는 형체가 보인다. 그림자가 보인다. 잘 식별할 수 없는 움직임, 저 멀리 주위를 에워싼 변함없는 암흑보다 살짝 더 옅은 검은 점이 보인다. 리디아는 꺅 비명을 지르고 가슴에 희망이 퍼지는 걸 느낄 수 있다. 루카의 손을 꽉 잡고 더 빨리 걷도록 잡아끈다. 그러고는 보이지 않는 풍경 속에서 움직이는 검은 점을 향해 돌격한다. 그리고 그것은 상상의 산물이 아니다. 환영도 아니다. 검은 점은 궤적을 따라 쿵, 쿵 흔들린다. 앞으로 나아간다. 리디아는 그 점에 시선을 고정한 채 따라간다. 루카를 끌어당긴다. 달린다. 발밑의 미끄러운 바닥에는 주의를 기울이지 않은 채. 형체는 점점 커지고 가까워지더니 배낭이 된다. 리카르딘의 배낭이다. 리디아는 다시 한번 부른다.

리카르딘.

다비드.

그러자 형체가 멈추고 돌아선다. 그들은 발견된다. 구제된다.

살았다. 살았어. 리디아는 운다.

리카르딘은 리디아를 자신의 앞으로, 사촌 다비드 앞으로 보낸다. 거기에는 두 자매 솔레다드와 레베카가 있다. 리디아로서는 두 자매가 그들이 사라진 줄도 몰랐을 거라고 믿는 편이 더 마음 편하다. 너무 깜깜하고 빗줄기가 거세어서 머리에 쓴 후드 가장자리 너머로 무언가를 보기가 쉽지 않다. 고작해야 앞으로 뻗은 팔과 진흙탕을 휘젓는 발만 보일 뿐이다. 리디아는 자신들이 사라진 걸 자매가 알았는지, 그래서 그 사실을 엘 차칼에게 말했는지, 혹은 그에게 기다려 달라고 부탁했는지 알고 싶지 않다. 진실을 모르는 한 자신이 같은 처지였다면 어떻게 했을지 자문할 필요가 없다. 어쨌든 이젠 괜찮다. 상관없다. **괜찮아.** 리디아는 어둠 속에서 성호를 긋는다. 어깨를 축 늘어뜨린다. 끝없이 내리는 빗줄기를 들이마신다.

33

낙오

폭우가 멈춘다. 내릴 때처럼 느닷없이. 비가 그치자 그들에게서 흘러나오는 불편한 음악이 새로운 합창이 되어 루카의 귀에 들어온다. 밑에서 신발이 쩌걱쩌걱거린다. 다리가 스칠 때마다 비에 젖은 청바지가 뻣뻣하게 웅얼거린다. 이는 딱딱 부딪치고 어찌나 추운지 머릿속에서 뇌가 덜덜 떠는 소리가 들리는 듯하다. 루카는 비를 맞은 뒤에 몸이 젖고 추운 것이 비를 맞는 자체보다 더 끔찍한 것 같다고 생각한다. 아카풀코만의 태평양 물에 몸을 담갔다가 콘데사 해변의 뜨겁고 마른 모래사장으로 나가면 바닷물이 몸을 감싸고 있었을 때가 더 나았던 것처럼 느껴지듯이. 우리의 몸은 뜨거운 것과 차가운 것을 혼동할 수 있다. 하지만 그때 다시 비가 내리자 루카는 자신의 생각이 완전히 틀렸음을 깨닫는다. 그날 밤은 고통스럽게 지나간다. 한차례 폭우가 쏟아졌다가 그치기를 반복하면서. 리디아는 아까 느꼈던 안도감, 자신들이 구제되었다는 느낌을 간직하려고 노력한다. 하지만 배낭과 청바지에 살갗이 쓸리고 이내 다시 비가 온다. 다들, 적어도 한두 번은 다들 절망한다. 그저 매

순간 앞으로 겪을 고통이 줄어든다는 생각만이 그들을 지탱해준다.

"비가 오면 좋은 점이 하나 있죠. 다들 비를 맞기 싫어한다는 겁니다." 계곡을 가로지르며 엘 차칼이 말한다.

리디아와 루카는 줄의 앞쪽인 원래 자리로 돌아갔다. 앞에는 촌초와 슬림, 베토가 있고 바로 뒤에 솔레다드와 레베카가 있다. 그 뒤로 마리솔, 니콜라스, 로렌소, 다비드, 리카르딘 그리고 이름을 밝히지 않은 조용한 두 남자가 있다. 그들이 밟고 가는 이 구역의 바위는 넓적하고 매끄러우며 빗물에 젖어 번질거린다. 루카는 어둠 속에서도 바위의 형태를 알아볼 수 있다. 그들은 바위로 된 천연 계단에 도착해 계단을 내려간다. 그러자 양옆으로 높은 협곡 벽이 나타나고 그들은 협곡 바닥을 따라 걷는다. 빗물이 시내가 되어 발목을 적신다. 그들은 협곡 왼쪽을 따라 엘 차칼을 바짝 뒤쫓는다. 그쪽 땅이 제일 말랐고, 절벽에 돌들이 불규칙적으로 튀어나와 있다. 루카와 같은 학교에 다녔던 용감무쌍한 필라르가 여기 있다면 이곳을 등반하고 싶다고 했을 것이다. 루카도 등반할 수 있다. 이제는 그렇다고 확신한다. 필라르가 상상도 못 했던 일들을 할 수 있다. 코요테가 말하는 동안 여명의 암회색 햇살이 협곡 절벽을 스친다. "비가 오면 카르텔은 자기들 SUV에 들어가 있죠. 국경 수비대는 거처에서 나오지 않고요. 그들이 비를 피하는 동안 우리는 몰래 지나가는 겁니다."

"난민들만 빗속에 돌아다닐 엄두를 내죠." 촌초가 말한다.

"미친 사람들만." 슬림이 형의 말을 정정한다.

하지만 사막의 비는 변덕스럽다. 밤의 덮개가 서서히 걷히는 동안 루카는 거대한 먹구름이 라 베스티아의 바퀴처럼 아직 어두운 밤하늘을 가로지르는 걸 지켜본다. 구름은 모이고 찌그러지고 무너진다. 구름이 지나간 후에는 잿빛 공간만 남는다. 이제 곧 태양이 떠올라 그 공간을 뜨거운 색으로 채워주리라. 이제 곧 국경 수비대가 돌아오리라.

그들은 서둘러 걷는다.

"얼마나 더 가야 해요?" 베토가 묻는다. 오랫동안 아무도 말하지 않았고, 베토는 답이 궁금하다기보다 다른 사람의 힘찬 목소리가 듣고 싶기 때문이다.

"한 시간 좀 못 남았다." 코요테가 대답한다.

중년의 엘 차칼을 만난 사람들은 대부분 그가 코요테로 일하기 때문에 그런 별명이 붙었다고 생각한다. 하지만 사실 그는 열두 살때부터 가족에게 그 별명으로 불렸다. 타마울리파스주에서 후안 페드로라는 이름의 소년으로 살던 시절, 그는 길가에서 강아지 한 마리를 발견했다. 어미는 차에 치어 죽었고, 후안 페드로가 도착했을 때는 다른 새끼들은 이미 뿔뿔이 흩어졌거나 다른 사람들이 데리고 간 후였다. 한 마리만 엄마의 차가운 사체 옆에 앉아 슬퍼하고 있었다. 후안 페드로는 강아지를 집으로 데려갔고 세심하게 돌보며 애정을 쏟아부었는데도 강아지는 자라면서 다리가 긴 야생동물처럼 변했다. 마을 사람들은 그 개를 '자칼'이라고 불렀다. 자칼의 야성적인 기질을 좋아했던 후안 페드로는 그 별명이 마음에 들었다. 하지만 사람들이 그를 '자칼의 엄마'라 부르는 건 별로 마음에 들지 않았다. 후안 페드로는 한동안 그 별명을 참았다. 그러다 마침내 사람들이 '엄마'를 완전히 떼어버리고 줄여서 '엘 차칼'로 부르자 기뻐했다.

하지만 그런 별명이 붙었음에도 엘 차칼은 코요테가 될 생각이 전혀 없었다. 애초에 코요테가 되려고 하는 사람은 별로 없다. 오래전, 일자리를 찾는 젊은이였을 때 국경을 한 번 넘은 뒤로는 다시 국경을 넘을 생각이 없었다. 당시에는 국경을 넘기가 훨씬 쉬웠지만 그렇다고 꽃놀이는 아니었다. 애리조나주로 넘어가는 건 그랬다. 그와 함께 국경을 넘었던 다른 난민들은 매우 지치고 힘들어했다. 하지만 엘 차칼은 고도가 높은 이 사막 지대가 마음에 들었다. 자신과 잘 맞았고 가슴이 탁 트이면서 몸에서 기분 좋게 열이 났다. 그는 피닉스의 작은 식당에서 몇 달간 설거지를 하면서 시간이 날 때마다 계곡으로 등산하러 다녔다. 그리고 얼마 후에 고향으로 추방되었다. 다음에 국경을 넘을 때는 가이드도 없이 혼자 해냈다. 미친 짓이었지만 별로 어렵지 않았다. 지도와 나침반의 도움을 받았고 게다가 즐겁기까지 했다. 고강도 체력 단련과 마라톤을 즐기는 사람이 있듯이 그는 근육과 정신을 혹사하는 게 좋았다. 생존이 위협받는 상황에 처하는 것도 좋았다. 그래서 다시 국경을 넘었다. 일행 없이 혼자서 넘었고 넘을 때마다 점점 더 강해지고 똑똑해졌다. 자신만의 루트를 개척하고 방향을 완벽하게 파악했다. 그 다음에는 고향에 사는 친구들을 데리고 함께 넘었다. 그들은 그 지역을 손바닥 보듯 훤히 알고 험난한 지형에서도 쉽게 길을 찾아내는 능력에 매우 감탄한 나머지 그를 고용해 자신의 여자 친구, 자녀, 사촌, 부모를 데려오게 했다. 그렇게 우연히 엘 차칼은 인간 밀수로 큰돈을 벌게 되었다.

평생 고향에서 평범하게 살았던 그로서는 잘하는 일을 찾게 되어 신났다. 그의 명성이 점차 높아지고 국경 수비가 엄격해지면서 예전에 개발했던 루트를 더는 이용할 수 없게 되자 엘 차칼은 사막으로 더 깊이 들어가는 루트를 개발할 수밖에 없었다. 루트는 점점 더 힘들고 위험해졌으며 엘 차칼은 수수료를 올릴 수밖에 없다는 걸 깨달았다. 그때 카르텔이 끼어들었다.

이제 그는 돈을 예전처럼 많이 벌지 못한다. 게다가 예전처럼 이 일이 즐겁지도 않다. 예전에는 자신이 살짝 영웅이 된 기분이었다. 사람들을 약속의 땅으로 이끄는 전능한 가이드였다. 하지만 이제는 두 나라에 걸친 작은 땅을 통과하는 대가로 국경 수비대와 카르텔 양쪽에 돈을 낸다. 그들은 그의 수익과 자유를 침범한다. 그들이 호의를 요구하면 엘 차칼은 거절할 수 없다. 가끔은 원치 않는 무언가를 가져가라는 부탁을 받기도 한다. 그리고 아주 가끔은 원치 않는 누군가를 데려가라는 부탁도 받는다. 엘 차칼은 곧 은퇴할 것이다. 돈은 충분히 모았고 이제 서른아홉이 다 되다 보니 이 반복적인 여정이 더는 모험으로 느껴지지 않는다. 고향으로 돌아갈 것이다. 어쩌면 어릴 때부터 사랑했던 파멜라와 결혼할지도 모른다. 어쩌면 파멜라가 마침내 그의 청혼을 승낙할지 모른다. 그러지 않을 이유가 없다. 하지만 그때까지는 난민들을 엄격하게 대하려고 노력했다. 정이 드는 건 매우 위험하기 때문에 그는 난민들과 거리를 둔다. 전체의 이익을 위해 자유롭게 결정을 내릴 수 있어야한다. 특정한 누군가를 너무 좋아하게 되면 위기 상황에서 힘든 결정을 내리기가 더 어려워진다. 가망이 없는 사람을 남겨두고 가기가 더 힘들어진다. 하지만 최근에는 자신의 냉담한 행동이 어디까지 위악인지 가늠하기 힘들다. 축 처진 자신의 영혼이 걱정되어 엘 차칼은 목에 북주를 걸고 다닌다. 그의 오른쪽 팔에는 '주께서 나와 함께 하신다'라는 문신이 새겨져 있다. 대개는 그렇다고 믿는다. 이 말이 사실이길 바란다.

뒤에서 비명이 들리자 그들은 본능적으로 몸을 숙인다. 하지만 엘 차칼은 그대로 서서 소리가 나는 쪽을 돌아본다. 사람들의 머리 위를 지나 뒤에서부터 잿빛 계곡을 가르며 악몽처럼 빠르게 다가오는 검은 물줄기가 보인다. 물줄기는 그들 뒤에 있는 바위 계단을 내려오고 있다.

"일어나요! 어서!" 엘 차칼이 소리친다. 그의 목소리는 협곡 절벽에 부딪혀 울린다. 이번만큼은 조용히 해야 한다는 규칙을 어기고 다시 소리를 지른다. "일어나요! 빨리!"

엘 차칼은 바위에서 바위로 뛰어간 다음 허리보다 약간 높은 곳에 넓적하게 튀어나온 바위를 향해 손을 뻗어 그 위로 몸을 끌어올린다. 다른 사람들도 그를 따르고 엘 차칼은 손을 내밀어 그들을 끌어올린다. 처음에는 루카와 베토, 그다음에는 두 자매, 리디아 그리고 이제 로렌소. "저들을 도와줘!" 엘 차칼이 로렌소에게 소리치자 로렌소는 몸을 숙여 마리솔에게 손을 내밀어 끌어당긴다. 이런 식으로 난민들은 하나씩 절벽을 올라 다가오는 물줄기에서 도망친다. 줄 앞쪽에 있던 이들은 다시 움직여서 뒤에 오는 사람들에게 공간을 만들어주고, 더 높은 곳에 튀어나온 바위를 발견해 다시 그 위로 올라가 절벽을 타고 오른다. 이제 그들은 협곡 바닥에서 거의 벗어났다. 여기서 보니 아주 확실해진다. 쏜살같이 흐르는 물, 다른 길, 튀어나온 바위로만 이뤄진 더 높은 길을 발견하고 거기 올라가서 보니 저 협곡 바닥이 예전에는 강바닥이었음을 알 수 있다. 하느님 맙소사.

촌초와 슬림 그리고 두 아들은 줄 앞쪽에 있었는데도 아직 협곡 아래쪽에 있다. 남아 사람들을 도와주고 있기 때문이다. 바위에 올라선 사람들은 뒤늦게 올라오는 사람들을 위해 뒤로 물러선다. 그들은 널리 퍼져나가고 서둘러 위쪽 바위를 올라 더 높은 곳으로 간다. 그리고 이제 슬림은 첫 번째 바위에 서서 조카 다비드를 향해 손을 뻗는다. 그가 조카의 양 손목을 움켜잡자 그들의 굵은 팔이 부딪치고 슬림은 조카를 끌어올린다. 이제는 촌초도 위로 올라왔지만, 아직 슬림의 아들 리카르딘이 남았다. 물살이 어찌나 빠르고 양이 급격히 불어나는지 처음에는 리카르딘의 발목까지 왔다가 다리 전체가 잠기는 게 아니라 리카르딘의 등 전체를 동시에 후려쳐 그를 앞으로 쓰러뜨린다. 리카르딘은 헝겊 인형처럼 급류의 목구멍에 빨려 들어간다. 다들 비명을 지르고 고함치며 그를 따라가고 엘 차칼과 두 형제는 리카르딘을 따라 이 바위에서 저 바위로 펄쩍펄쩍 뛰어간다. 사실 리카르딘이 아니라 그의 배낭을 따라가는 것이지만. 이제 보이는 건 수면에 떠 있는 리카르딘의 거대한 배낭뿐이기 때문이다. 어둠 속에서 리디아를 구원해주었던 바로 그 배낭이다. 이윽고 리카르딘의 팔이 수면 밖으로 나와 허우적거리고 리카르딘은 간신히 몸을 뒤집는다. 하지만 배낭이 즉시 가라앉으며 그의 팔을 빠져나가더니 떠나버린다. 리카르딘은 의무적으로 배낭을 향해 손을 뻗다가 그게 중요한 게 아님을 깨닫고 축 처지는 자신의 몸에, 지금까지 늘 힘이 넘쳤던 거구에 주의를 돌린다. 아빠와 삼촌은 그의 위쪽에 있는 둑에 있고 코요테도 함께 있다. 순식간에 벌어진 일이다. 느닷없이 물이 쏟아지더니 엄청나게 깊고 강한 급류가 되었다. 그들은 리카르딘을 향해 팔을 뻗고 소리를 지른다. 리카르딘은 아버지의 목소리를 들을 수 있지만, 아무것도 할 수 없다. 급류가 그의 양팔을 잡아 누르고, 다리는 발버둥을 치고, 계속 입안에 든 물을 뱉어내지만 뱉어내자마자 입안은 다시 가득 찬다. 단지 물만이 아니라 물과 흙과 나뭇가지와 파편으로. 그는 익사할 것이다. 리카르딘은 자신이 익사하리라고 확신하고 사막에서 갑자기 불어난 물에 익사하다니 웃기는 일이라고 생각한다. 그러다가 그렇게 웃긴, 조금이라도 웃긴 죽음은 맞이하고 싶지 않다는 걸 깨닫는다. 그래서 복부 근육에 온 힘을 모아 몸을 반으로 접어 상체 윗부분이 수면 위로 떠 오르게 한다. 한 번, 두 번 그러다 아버지의 손을 잡고 놓치고 그러다 쾅 소리가 나면서 바위에 머리가 부딪치고 곧바로 또 다른 바위에 부딪힌다. 이제 입에서 피 맛이 나고 앞니와 입술에서 피가 난다. 앞니가 깨져서 예전보다 뾰족해졌다. 하지만 여기서 죽지는 않을 것이다. 여기서 이렇게 멍청하고 품위 없게 죽고 싶지 않다. 더구나 그에게는 그를 살릴 수 있는 크고 강한 몸이 있다. 그래서 리카르딘은 바위에 서 있는 아버지를 올려다보고 간신히 몸을 돌려 다음 바위는 먼저 발로 친다. 그다음 바위도, 그다음 바위도. 이제는 거의 급류를 따라 이 바위에서 저 바위로 튀어 다니는 듯하다. 그다음 바위가 나오자 리카르딘은 물의 가속도를 이용해 삼촌이 서 있는 바위로 몸을 내던진다. 이번에도 삼촌의 손을 놓치지만, 그들은 큰 소리로 격려해주고 서로 교대해가며 빠르게 흘러가는 그를 따라잡는다. 리카르딘은 자신의 계획이 옳다고 확신하고 다시 시도할 수만 있다면 성공할 거라고 생각한다. 그래서 다시 한번 물속에서 몸을 비튼다. 다만 이번에는 다음 바위가 다가올 때 다리를 뻗다가 물속 틈에 다리가 끼어버린다. 급류가 그의 몸을 앞으로 밀치지만 다리는 수면 아래서 계속 비틀린다. 리카르딘은 뼈가 툭 부러지는 걸 느껴 통증에 비명을 지르지만 이제 아버지와 삼촌은 바로 그의 머리 위에 서 있다. 통증은 심하지만 그들의 손이 그를 붙잡는다. 아버지는 그의 팔을, 삼촌은 그의 셔츠에 달린 후드를 붙잡아 급류의 흐름을 거슬러 그의 틀어진 다리 쪽으로 끌어당긴다. 코요테가 다가와도, 그들의 튼튼한 손 여섯 개가 달라붙어 상반신을 급류에서 끌어내 땅 가장자리에 걸쳐놓아도 리카르딘은 전혀 안심되지 않는다. 리카르딘의 몸은 어색하게 비틀어졌지만 이제는 붙잡을 데가 있고 그들이 그를 잡고 있다. 리카르딘은 익사하지 않을 것이다. 젖은 몸에서 떨어지는 물이 밑에 있는 땅을 더 짙은 색으로 물들이고, 손가락은 땅을 더듬거리지만 하반신은 아직 물에 잠겨서 움직일 수 없다.

리카르딘이 안도하지 않는 이유는 알기 때문이다.

"다리가 부러졌어요. 부러진 게 확실해요. 다리가 부러졌어요."
리카르딘은 울지 않는다.

다른 사람들이 이 하류까지 따라오지 않은 게 다행이다. 물속 틈에서 다리를 빼내는 끔찍한 일을 직접 보고 비명을 듣는 일은 누구도 원치 않을 테니까.

유일한 문제는 누가 리카르딘 곁에 남을 것이냐이다. 슬림과 촌초는 여러 번 국경을 넘은 터라 사정을 잘 알고 있다. 따라서 끔찍한 운명을 군말 없이 받아들인다. 그들은 엘 차칼이나 다른 난민들에게 사정하지 않는다. 도움을 청하거나 기다려달라고 부탁하지도 않는다. 걷지도 못한 채 이 사막에 홀로 남는다는 생각에 히스테리에 빠지는 게 합리적인 반응인데도 그러지 않는다. 최종 결정을 한 사람은 촌초다.

"내가 가장 연장자니까 내가 남아야지."

슬림은 고개를 끄덕인다.

"내가 대자와 남을 테니 너희들은 먼저 출발해. 리카르딘의 기력이 돌아오면 내가 루비 로드로 데려갈게. 넌 다비드를 데려가서 우리 두 집안을 위해 일자리를 구해."

두 형제는 서로 꼭 껴안으며 등을 툭툭 두드리는 노동자 특유의 포옹을 나눈다. 그러더니 슬림이 아들의 젖은 머리를 품에 안는다.

"미안해요, 아빠." 리카르딘이 말한다.

슬림은 고개를 젓는다. "하느님 감사합니다. 넌 목숨을 건졌어. 그게 제일 중요해."

네 사람은 헤어지기 전에 함께 기도한다.

"전화를 보거든, 사람들에게 구조되거든 테레사에게 전화해. 투손에 도착하면 나도 테레사에게 전화해서 둘이 무사히 도착했는지 확인할게." 슬림이 형에게 말한다.

촌초는 고개를 끄덕인다.

"그리고 이거 받아라." 슬림은 물통 하나를 리카르딘 옆에 내려놓는다.

"아빠……."

"받아, 리키." 슬림은 그렇게 말하고는 쪼그리고 앉아 아들의 눈을 바라보고 어깨를 꽉 잡아주더니 모자를 아래로 잡아당기며 일어난다. 그러고는 재빨리 얼굴을 돌린다.

그 뒤에서는 촌초가 아들을 껴안는다. 다비드의 목덜미에 닿은 그의 손이 야구 글러브 같다. 둘 다 180센티미터가 훨씬 넘는다. 촌초는 아들의 정수리에 키스하고 슬림 쪽으로 아들을 살짝 밀면서 "말썽부리지 마라" 하고 말한다.

"뜨는 해를 등지고 계속 걸으세요. 여기서 루비 로드까지는 1킬로미터 정도 됩니다."

부러진 다리로 1킬로미터. 루카는 생각한다.

코요테가 난민들을 이끌고 다시 길을 나설 때, 계곡에서 올라와 진홍색 새벽 속으로 들어갈 때 루카만 아직 아래쪽 바위에 앉아 있는 리카르딘과 그의 삼촌을 돌아본다. 다른 사람들은 계속 걸어가고 루카는 기계 속 톱니처럼, 에스컬레이터처럼 그들을 계속 앞으로 나가게 하는 단합된 의지를 느낄 수 있다. 그들은 엔진을 멈출 수 없고 심지어 느려지게도 할 수 없다. 그들의 집단정신에 새롭게 썩은 부분이 있기는 해도 엔진은 계속 움직일 것이다. 코요테마저도 기운이 없어 보인다. 하지만 그들은 계속 나아간다. 계속 나아간다.

그들은 루카를 지나쳐 가고 루카는 제자리를 맴돈다. 그들 뒤에서 촌초가 야구 모자를 눈 바로 위까지 끌어내리고 리카르딘의 젖은 얼굴은 통증으로 일그러진다. **걷지도 못하는데 어떻게 저기서 나올 수 있을까?** 루카는 의문이다. **루비 로드까지 어떻게 갈 수 있을까?** 그러다 루카는 그 생각을 버리고 대신 기도한다. **저들이 루비 로드까지 갈 수 있게 해주세요.**

"루카, 어서 와." 엄마가 말한다.

루카는 일행을 따라잡기 위해 뛰어간다.

34

동굴

마침내 그들이 도착한 동굴은 따뜻하고 보송하며, 떠오르는 태양이 뒤쪽 벽을 오렌지색과 분홍색, 노란색으로 물들이고 있다. '동굴'이라는 단어를 들었을 때 루카가 예상했던, 검은 구멍이 입을 떡 벌리고 안으로 들어갈수록 더 넓어지는 동굴이라기보다 아이스크림 스쿠프로 땅을 파서 움푹 파인 공간이 비바람을 맞아 깨끗해지고 부드러워진 듯하다. 동굴 입구 위에는 구리 못이 몇 개 박혀 있는데 엘 차칼은 배낭에서 주위 풍경과 똑같은 흙색 줄무늬가 그려진 종이를 꺼내 못에 꽂아 동굴 속에 옅은 그늘을 만든다.

아침 햇살을 받은 사람들은 어제와 달라 보인다. 그들 중 몇몇은 자기가 살기 위해서라면 다친 사람을 사막에 버려두고 올 수 있다는 걸 이미 알고 있었다. 예를 들어, 마리솔은 딸들에게 돌아가기 위해서라면 자신이 어떤 야비한 짓도 할 수 있다고 믿었다. 로렌소는 엘 노르테에 가기 위해서라면 갓난아기라도 밟고 갈 것이다. 하지만 나머지 사람들에게는 이런 상황에서 자신이 순순히 그들을 두고 왔다는 게 불쾌한 발견이었다. 다들 다리를 다친 사람이 자신이 아니고 리카르딘이어서 얼마나 다행인지, 자기가 얼마나 운이 좋은지 알고 있다. 그리고 자신이 행운아라는 사실을 깨달은 것 자체가 저주받고 불운한 기분이 들게 한다. 양심 없는 사람이 된 기분이다.

"남자들 먼저 밖으로 나가죠." 동굴 입구에 종이를 고정한 뒤 코요테가 명령한다.

로렌조는 끙 소리를 내지만 다른 사람들은 군말 없이 밖으로 나간다. 레베카는 온몸이 흠뻑 젖었고 젖은 머리카락에서 흘러내린 기름이 후드에 모여 축축한 냄새도 난다. 발가락은 꽁꽁 얼어붙었고 신발 속 발은 쓰리지만 그래도 옷을 벗기가 겁난다.

"벗어야 몸이 마르지." 솔레다드는 바닥에 털썩 주저앉아 젖은 운동화를 벗는다. 발가락이 콕콕 쑤신다. "신발만 벗어도 기분이 좋아." 솔레다드가 말한다.

다들 옷을 벗고 서로 바라보지 않는다. 베토는 달리 입을 옷이 없어서 속옷만 입고 앉아 있다. 리디아는 어제 베토가 임시 모자로 썼던 여분의 티셔츠를 찾아내 건네준다. 비가 허파에 악영향을 미친 탓에 베토가 리디아에게서 받은 티셔츠에 머리를 집어넣어 끌어내리고 양팔을 들어 올리자 숨이 씨근거린다. 리디아는 배낭에서 비닐봉지에 넣어둔 여분의 옷을 찾아낸다. 다행히 젖지 않았다. 루카의 옷도 마찬가지다. 솔레다드는 자리에서 일어나 스웨터를 벗은 다음 동생이 옷을 갈아입을 수 있도록 그걸 레베카 앞에 커튼처럼 둘러준다. 다들 젖은 몸에서 옷을 벗겨내고 헐렁한 티셔츠 속으로 들어가 속옷을 갈아입는다. 청바지는 쫙 펴서 동굴 밖 바위에 널어 말린다.

촌초와 리카르딘이 사라지면서 전에 없던 침통한 분위기가 감돌기는 해도 동굴과 이 순간은 각별한 위로가 된다. 비가 주는 시련을 겪고 나니 리디아는 물기가 없는 것이 이렇게 좋다는 걸 새롭게 깨닫는다. 남자들이 동굴 안에서 옷을 갈아입는 동안 그녀는 루카와 함께 동굴 입구에 걸어놓은 종이 앞에 앉아 맨다리를 햇볕 속에서 쭉 뻗는다. 아직 이른 아침인데도 사막의 기온은 급속도로 올라간다. 그들이 앉아 있는 바위는 물기가 없고 태양은 쓰리고 따가운 살갗을 따뜻하게 해준다. 루카는 엄마에게 엘 노르테에 도착하면 뭘 할 건지 묻고 싶지만 엄마에게 답이 없을까 두렵다. 게다가 아직 엘 노르테에 도착하지도 않았는데 괜히 입방정을 떨고 싶지 않다. 하지만 한 가지 질문만은 도저히 머릿속에서 떨쳐낼 수 없다.

"레베카랑 솔레다드 누나는 어떻게 될까? 정말로 메릴랜드주에 갈까?" 루카가 묻는다.

리디아는 시간이 흐르며 점점 밝아지는 햇살 때문에 실눈을 뜬 채 루카의 발을 자신의 무릎으로 가져와 물집이 잡혔던 자리를 살펴본다. 어젯밤에 붙인 반창고는 놀랍게도 아직 뒤꿈치에 잘 붙어 있는 터라 건드리지 않는다. 목 아래쪽 움푹 파인 부분에 내려앉는 세바스티안의 따뜻한 결혼반지가 느껴진다. 그녀의 갈색 무릎 위로 훈훈한 미풍이 스치고 루카는 발가락을 꼼지락거린다.

"그게 처음부터 그 애들 계획이었잖아." 리디아가 조심스럽게

동굴

말한다.

"하지만 계획을 바꿀 수 없을까? 우리가 부탁하면 말이야."

지나가는 비로 말끔하게 닦인 하늘은 새파랗고 비가 내린 흔적은 이미 땅에서 모두 증발해버렸다. 그 폭우가 꿈처럼 느껴진다. **늘 그렇지.** 리디아는 생각한다. 매일 새로운 공포를 겪고 그게 끝나면 초현실적인 거리감이 느껴진다. 방금 그들이 겪은 일이 믿기지 않을 정도다. 인간의 마음은 놀랍다. 인간은 놀랍다.

"뭐든 가능해, 루카." 리디아는 그렇게 말하며 발가락 너머 붉은 풍경을 바라본다. 어쩌면 정말로 계획을 수정해야 할지 모른다. 난민들은 반드시 융통성이 있어야 한다. 매일, 매시간 마음을 바꿔야 한다. 고집을 부려야 할 것은 하나뿐이다. 생존.

새파란 낮의 하늘에 흰 달걀 껍데기처럼 부서질 듯한 달이 떠 있다.

"누나들이 우리랑 함께 있어도 돼? 우리랑 함께 살아도 돼?" 루카가 묻는다.

"응. 누나들이 그러고 싶다면." 리디아는 선선히 대답한다.

이제는 그녀 역시 솔레다드나 레베카와 헤어지는 게 상상이 안 된다. 또 다른 이별은 상상이 안 된다.

"그리고 베토도?" 루카가 묻는다.

"맙소사. 하하. 두고 보자."

루카는 엄마에게 촌초 아저씨가 리카르딘 형을 루비 로드까지 무사히 데려갔을 거라고 생각하는지 묻지 않는다. 지금쯤이면 누군가 그들을 발견해서 괜찮을 것 같냐고 묻지 않는다. 이미 마음속에서 그 질문의 답을 정했기 때문이다. 자신이 원하는 답으로.

그들이 가지고 있는 물은 얼마 남지 않았다. 폭우에 시달렸던 일을 생각하면 물이 부족하다는 사실이 우습다. 엘 차칼은 필요한 만큼 물을 마시되 가능한 한 많이 남겨두라고 말한다.

그들은 그 큰 동굴에서 아침 내내 잔다. 오후 중반이 되자 목이 마르고 땀이 나고 배가 고프다. 한낮의 위압적인 더위 앞에서는 동굴 안의 상대적인 안락도 녹아내렸다. 그들은 불편해도 참고 자려고 노력한다. 오늘 밤이 마지막 밤이라는 걸 알고 있으며 다들 여기서 벗어나 어서 목적지에 도달하고 싶다. 공기도 물도 색채도 없는 이 산간벽지에서 벗어나 저 아래쪽 길로, 삶으로 이어질 길로 가고 싶다.

동굴 입구에 걸어둔 위장용 종이가 동굴을 드나드는 바람에 펄럭이지 않도록 밑부분을 돌덩이로 눌러둔 탓에 더위를 식혀줄 바람도 들어오지 않는다. 휴식을 취하기가 힘들어진다. 덥고 짜증이 난 레베카가 일어나보니 다른 사람들은 다들 자고 있다. 다들 숨소리를 내며 불안한 잠을 자고 있다. 베토가 제일 시끄러운데 숨을 들이쉴 때마다 요란하게 씨근거리는데도 전혀 움직이지 않는다. 한 팔을 베개처럼 베고 공기 중에서 산소를 끌어오기 위해 입을 활짝 벌린 채 자고 있다. 레베카는 맨발을 운동화 속에 밀어 넣고 베토를 넘어간다. 비에 젖었다가 다시 마르는 과정에서 운동화가 껄끄럽고 모양이 비뚤어졌지만 레베카는 개의치 않는다. 그저 소변 볼 곳만 찾으면 된다. 레베카가 잠든 사람들을 넘어가고 돌아가는 동안 로렌소가 눈을 뜬다. 지나가는 레베카의 매끈한 갈색 다리를 올려다본 보상으로 헐렁한 흰 티셔츠 안의 노란색 면 팬티를 보게 된다. 레베카는 동굴 입구에 걸린 종이를 들어 올리고 밖으로 빠져 나간다. 로렌소는 소리 없이 일어나 신발도 신지 않은 채 레베카를 따라간다.

레베카는 동굴 옆으로 돌아가 부드러운 바위를 뒤로하고 소변 볼 곳을 찾아 말라빠진 덤불이 얽힌 곳으로 들어선다. 볼품없는 나무들이 나오자 그중 한 그루 밑으로 들어가 팬티를 무릎까지 내리고 그늘에 쪼그려 앉는다. 그때 로렌소의 소리가 들린다. 덤불의 가시와 돌에 발이 찔려 투덜거리는 소리다. 레베카는 벌떡 일어나고 그 바람에 오줌 줄기가 한쪽 다리를 타고 흘러내린다. 레베카는 팬티를 끌어 올리고 티셔츠를 아래로 내린다.

로렌소는 매력적으로 보이려고 한쪽 입꼬리를 올리며 미소 짓더니 바위를 가로질러 레베카 쪽으로 아픈 발을 내디딘다. "신발을 신고 와야 했는데. 난 너처럼 똑똑하지 못해서 말이야."

레베카는 두 걸음 물러선다. 로렌소에게서 멀어진다. 방금 소변을 본 자단나무의 거친 껍질 위에 한 손을 댄다. 나뭇가지가 머리 위로 나직이 내려와 있어 작은 가지에 머리카락이 엉킨다.

"그냥 오줌 누러 나왔어. 너처럼." 로렌소가 말한다. 웃통을 벗은 채 고무 밴드가 달린 사각팬티만 입고 있던 로렌소는 레베카 앞에서 팬티를 내리더니 충혈된 페니스를 꺼낸다. 레베카는 보고 싶지 않아서 로렌소 뒤의 길, 자신이 동굴 옆으로 돌아 나온 길을 바라본다. 로렌소 쪽으로 걸어가지 않고서는, 역겹게 발기한 페니스를 들이밀고 있는 로렌소 옆으로 지나지 않고서는 그 길로 돌아갈 수 없다. 뒤돌아 뒤에 있는 나뭇가지 아래로 몸을 숙이는 레베카는 벌써 울고 있다.

나뭇가지가 떠나는 그녀의 머리카락을 잡아당긴다. 로렌소는 빠르게 움직인다. 신발이 없는데도 예상보다 훨씬 빠르고, 레베카는 얼마 못 가 붙잡힌다. 로렌소는 처음에는 레베카의 손목을 거칠게 홱 잡아당기더니 뜨겁고 축축한 입으로 그녀의 볼과 목, 귀를 덮친다. 레베카는 잡히지 않은 팔을 흔들며 저항하지만 이내 그 팔마저 붙잡힌다. 이제 레베카는 옴짝달싹할 수 없다. 양 손목에 로렌소의 힘센 손이 족쇄처럼 채워지고 로렌소는 자신의 체중을 모두 실어 그녀를 누른다. 울퉁불퉁한 바위로 그녀를 밀치고 단단해진 페니스로 레베카의 배를 누른다. 레베카는 눈물이 흐르지만 너무 무력해서 아무것도 바꿀 수 없다. 그래도 시도해보려고 무릎을 움직여 보지만 이제는 로렌소의 체중에 눌려 다리도 움직일 수 없다. 그리하여 자신에게 남은 유일한 것, 머리를 이용한다. 머리로 한 번, 두 번 로렌소를 들이받지만 그는 웃으면서 자기도 거칠게 하는 게 좋다고 말할 뿐이다. 레베카는 저항하고 울면서 잡힌 손을 빼내려 하고, 이로 물어뜯고 팔꿈치로 밀치려고도 하고, 둘 사이에 팔을 넣어 로렌소를 밀어내려고도 하지만 소리는 지르지 않는다. 꾹 참는다. 왜냐하면 여기는 미국이고 만약 소리를 질러서 운이 좋으면 슬림이나 다비드가 그 소리를 들을 테지만, 운이 나쁘면 국경 수비대가 들을 것이다. 그녀가 언제 운이 좋았던 적이 있었던가? 레베카의 머리가 축 처진다. 목도 축 처진다. 레베카는 일그러진 얼굴로 위협하는 로렌소 너머를 올려다본다. 로렌소 위의 텅 빈 푸른 하늘을 올려다보며 어서 최악의 일이 벌어지기를 기다린다. 그 일이 끝나기를 바란다.

하지만 그렇게 되지 않는다. 아무 일도 일어나지 않는다. 로렌소의 잔혹한 손이 뻣뻣해진 그녀의 몸을 따라 아래로 내려가는 순간, 로렌소가 그녀의 팬티를 끌어 내린 순간, 누군가의 목소리가 들리기 때문이다.

"야, 이 깡패 새끼야. 지금 당장 그 애에게서 떨어지지 않으면 네 염병할 대가리를 날려버릴 거야."

갑자기 난폭한 손이 물러간다. 압력도 물러간다. 레베카를 짓누르던 잔인한 무게가 그녀에게서 떨어지고, 레베카는 몸을 떨며 바위에서 미끄러져 내려온다.

로렌소는 일어나 다시 팬티를 끌어 올리며 말한다. "씨발, 우린 그냥 재미 좀 보고 있었던 거예요. 진정해요, 아저씨."

레베카는 몸을 부들부들 떨며 로렌소의 그림자에서 벗어나 최대한 빨리 달아난다. 팔다리가 어찌나 떨리는지 쿵쿵 울리는 듯하다. 뼈만 남은 듯한 몸이 요동친다. 레베카는 몸을 움찔거리며 떨고 다리가 자신을 지탱해주지 못할 듯하지만 이내 로렌소에게서 벗어나 엘 차칼 옆에 선다.

엘 차칼은 로렌소를 향해 총을 겨누고 있다. 솔레다드도 거기에 있다. 레베카는 울면서 언니에게 다가가지만 솔레다드는 동생을 지나친다. 솔레다드의 눈은 사막의 가혹한 햇볕 속에서 단단하고 새까맣다. 축 늘어진 사각팬티를 입은 로렌소를 바라보는 솔레다드의 눈이 반짝거린다. 솔레다드는 키가 크고 근육질인 그의 체구와 능글맞게 웃는 입술과 맨발을 바라본다. 로렌소가 한 손으로 여전히 바위를 짚은 채 옆으로 서 있는 터라 핏방울 세 개와 함께 그려진 낫 문신도 볼 수 있다. 팬티 속에서 불룩 나온 페니스의 형태도 볼 수 있다. 솔레다드는 아주 조심스럽게 옆에 있는 코요테에게 손을 내민다.

엘 차칼은 트라우마에 관한 학술적 이론은 전혀 모르지만 여기 사막에서 이와 비슷한 일을 천 번은 목격했다. 실질적으로 그 분야의 전문가다. 따라서 솔레다드에게 총을 주면 안 된다는 걸 알고 있다. 하지만 한편으로는 로렌소가 너무 역겹다. 17년간 사막을 가로질러 사람들을 운반하면서 엘 차칼은 선한 자와 악한 자를 구분할 수 있게 되었다. 이렇게 힘든 상황에서도. 그리고 가끔은 구할 가치가 없는 인간도 있다는 걸 안다. 따라서 어쩌면 그다음에 벌어진 일은 전적으로 우연이 아니었을지 모른다. 아마 엘 차칼은 솔레다드의 몸짓을 기꺼이 다른 뜻으로 오해했을 것이다. 솔레다드가 팔을 뻗어 권총에 손을 올리자 엘 차칼은 순순히 총을 내린다. 전략적인 개입으로 긴장감을 풀려는 것이라고 생각한다. 그래서 솔레다드가 총을 가져갈 때 별다른 반응조차 하지 않는다.

그다음 일은 순식간에 벌어진다. 솔레다드는 느닷없이 앞으로 나가더니 총을 들어 올려 동생을 강간하려고 했던 놈에게 겨눈다. 젠장. 이건 엘 차칼의 예상과 다르다. 그는 솔레다드를 따라가 총을 향해 팔을 뻗으며 말한다. "솔레다드."

솔레다드는 총을 휙 돌려 엘 차칼을 겨냥한다. 아주 짧은 순간이지만 엘 차칼로 하여금 움직이면 안 된다는 걸 깨닫기에는 충분하다. 솔레다드는 다시 몸을 돌려 로렌소를 겨냥한다. 이제 로렌소는 웃지 않고 양손을 가슴 앞으로 들어 올리며 말한다.

"어이."

아마 그는 미안하다는 말을 하려고 했을 것이다.

35

엘 엘

솔레다드는 방아쇠를 잡아당기고 레베카는 아무런 반응 없이 지켜본다. 몸을 움찔하지도 않고 꿈틀거리지도 않고 숨을 헉 들이쉬지도 않는다. 눈을 돌리지도 않는다. 솔레다드는 로렌소를 계속 쏘고 싶다. 총알이 시날로아주에서 이민국 직원들의 머리통을 뚫는 걸 상상한다. 이반의 뇌가 머리 위의 천장으로 후드득 튀는 걸 상상한다. 로렌소를 영원히 계속 쏘고 싶다. 이제는 사막을 떠날 필요도 없다. 여기 서서 총을 쏘는 만족감이야말로 그녀가 여생 동안 필요한 것이기 때문이다. 마치 시간에 버클이 채워진 듯하다. 그녀가 여기 서서 저 총을 들고 있는 동안 몇 년, 몇 시간이 흐르는 듯하다. 그러더니 서서히 깨닫게 된다. 자신을 위해 총알을 하나 더 쓸 수 있고 그렇게 해서 아빠에게 갈 수 있다고. 그러자 이런 짓을 하고도 아빠에게 갈 수 있을지, 아빠가 있는 천국으로 갈 수 있을지 의문이 든다. 솔레다드는 손에 든 총을 바라본다. 마치 멀리 떨어져 있다는 듯이 팔 끝에 있는 총을 바라본다. 그리고 그걸 바라보는 동안 총이 천천히 그녀를 향해 돌아선다. 총알이 나오는 구멍이 그녀를 마주

본다. 하지만 그때 다른 손이 그녀를 막는다. 강하면서도 부드러운 네 개의 손이 총구를 땅으로 향하게 한다. 엘 차칼은 솔레다드의 손가락을 잡아당겨 손아귀에서 따뜻한 금속 덩어리를 떼어낸다.

손을 바라보고 있던 솔레다드가 마침내 고개를 들어 동생을 본다. 레베카의 얼굴은 솔레다드가 느끼는 감정을 그대로 비춰준다. 거기에는 아무것도 없다. 뜨거운 사막 바람에 자유롭게 날리는 그 색칠한 종이처럼 텅 비어 있다. 기쁨도, 안도감도, 후회도, 못 믿겠다는 마음도 없다. 두 자매는 손을 꼭 잡고 동굴을 향해 다시 조심스럽게 걸어간다. 눈을 크게 뜬 채 돌과 가시 돋친 나무들 사이로 조심스럽게 길을 찾아간다.

엘 차칼은 시신을 내려다보며 서 있다. 죄책감이 든다. 그가 데리고 가던 사람이 사막에서 죽은 적이 처음은 아니다. 젠장, 심지어 오늘 마지막으로 죽는 사람이 아닐지도 모른다. 하지만 이 죽음만큼은 막을 수 있었다. 이 죽음에는 그의 책임도 있다. 엘 차칼은 시신 위로 성호를 그어주지만, 시신이 아닌 신에게 말한다.

"용서하소서, 세뇨르."

근처에서 누군가 총성을 들었을지 모르므로 그들은 빨리 이곳을 떠나야 한다. 코요테가 동굴로 돌아오자 사람들은 이미 마르고 뻣뻣해진 옷을 입고 있다. 다들 충격을 받은 듯하다. 특히 두 소년이. 베토는 빈 흡입기를 흔들며 공허하게 빨아보지만 숨을 들이쉴 때마다 쇄골 위의 살갗이 절망을 빨아들일 뿐이었다. 베토는 허리를 숙이고 양손으로 무릎을 짚는다. 눈을 감고 천천히 심호흡하는 데 집중한다. 마리솔이 등을 문질러준다.

"가도 되겠어요? 출발해야 합니다." 엘 차칼이 마리솔에게 말한다.

마리솔이 베토에게 몸을 숙이자 그녀의 블라우스 자락이 그에게 작은 커튼처럼 드리운다. 만약 베토가 투손의 응급실에 입원했다면 간호사가 침대에 저런 커튼을 쳐주었으리라. 베토는 대답하지 않지만 여전히 눈을 감은 채 고개를 끄덕인다. 마리솔은 엘 차칼에게 엄지를 들어 보인다. "괜찮아요." 베토의 호흡은 방울뱀처럼 시끄럽다.

두 자매는 기계적으로 옷을 입고 배낭을 싼다. 얼굴은 무표정하다. 마리솔과 니콜라스는 자매를 도와 배낭 지퍼를 채워주고 신발을 가져다준다. 말 없는 두 남자는 동굴 밖에 따로 서 있다. 슬림과 다비드는 창백한 얼굴에 음울한 표정이다. 일행 중 한 명이 죽었다는 사실을 알고 나자 지금까지 너무 자세히 생각하지 않으려고 간신히 피해왔던 일을 생각하게 된다. 형과 아들, 사촌과 아버지는 지금쯤 비슷한 결말을 맞았을지 모른다. 혹은 전혀 비슷하지 않을 수도 있다. 훨씬 더 비참한 죽음을 맞았을 수 있다.

리카르딘이 큰아버지의 튼튼한 목에 한 팔을 두른 채 둘은 함께 걸어서 계곡을 빠져나왔을 것이다. 어쩌면 임시 목발을 만들어서 이 바위에서 저 바위로 비틀비틀 오르며 협곡에서 나왔을 수도 있다. 리카르딘은 어떻게든 통증을 견뎌서 그 박살 나고 비뚤어진 다리로 1킬로미터를 더 걸어갔을 것이다. 루비 로드까지 가는 데 얼마가 걸리든 사막의 이글거리는 태양 아래서는 틀림없이 비축해둔 물을 다 마셨을 것이다. 최후를 위해 몇 모금은 남겨두었을지도 모른다. 만약 그들이 루비 로드까지 갔다면 누가 발견해주기를 기다리는 동안 몸에서 수분을 다 빨아들이는 태양 아래서 그늘도 없이 얼마나 버틸 수 있을까? 한 사람이 소노라 사막에서 탈수로 죽을 때까지 얼마나 걸릴까? 몸의 수분이 너무도 부족해서 더는 '계속 걸어', '팔을 흔들어', '도움을 청해', '눈 감지 마', '일어나, 일어나!' 같은 기본적인 명령도 따르지 못하게 되면 어떻게 될까? 옆에서 동행이 쓰러질 때, 몸이 더는 한 발짝도 내딛지 못할 때 그걸 의식할 수 있을까? 신장이 기능을 멈추고 간이 정지하고 살갗이 뼈 위에서 오그라들 때 그걸 느낄 수 있을까? 두개골 속에서 뇌가 망가지는 걸 느낄 수 있을까? 아니면 그 모든 증상이 시작되기 전에 의식을 잃을까?

자비를 베푸소서.

엘 차칼은 사람들에게 빨리 움직이라고 말한다. 못에 걸려 있던 종이를 빼서 동그랗게 구긴다. 다시는 이곳으로 돌아오지 않을 것이다.

리디아는 로렌소의 죽음이 유감스럽지 않다. 솔레다드가 그 애를 죽였다는 사실이 마음 아프지도 않다. 다만 언젠가 이 사실은 그녀가 아주 좋아하게 된 소녀에게 감정적 여파를 미칠 것이다. 그런데도 리디아는 자기 안에서 중요한 무언가가 고장 났을까 봐 걱정된다. 루카는 당연히 충격을 받았다. 하지만 그녀는 이제 어떤 죽음을 봐도, 아무리 갑작스럽고 잔인한 죽음이라 해도 더는 충격 받지 않는 듯하다. 마치 멍을 봤을 때처럼 손가락으로 눌러보며 얼마나 아픈지 확인해야 할 정도다. 루카는 양쪽 발꿈치에 반창고를 붙였고 깨끗한 양말을 신었으며 등산화는 끈을 느슨하게 묶은 채 레베카의 손을 잡고 있다. 둘 사이에 존재하는 마법은 부풀어 올라서 힘의 장처럼 둘을 감싼다. 루카의 존재는 레베카에게 활력을 불어넣고 멍한 상태를 지워주며 색으로 채워준다. 반대로 루카는 차분해지며 본래 자신으로 돌아간다.

"잠깐만 다녀올게요. 그 애를 봐야겠어요." 색칠한 종이를 배낭에 밀어 넣는 엘 차칼에게 리디아가 말한다.

"잠깐만요." 코요테는 그렇게 말하더니 로렌소가 누웠던 자리로 가서 허리를 숙인다. 로렌소가 벗어 던진 티셔츠와 반바지, 운동화가 거기 있다. 엘 차칼은 로렌소의 바지 주머니에 손을 넣어 마인크래프트 캐릭터들이 그려진 검은 천 지갑을 꺼낸다. 지갑을 열자 찍찍이가 찌지직 떨어지는 소리가 난다. 지갑 안에는 신분증이 없다. 코요테는 시신과 함께 놓아둘 물건이 있기를 바랐다. 죽은 자의 신원을 알려주는 행동은 지극히 사소한 친절이며 그 정도 친절은 베풀 수 있기 때문이다. 그래도 누군가는 지갑을 알아볼 수 있고 지갑은 살갗이 사라지고 나서 한참 후에도, 살점이 완전히 뜯어 먹히고 분해되고 나서 한참 후에도 남아 있을 것이다. 사막에서 시신은 놀랍도록 빨리 사라진다. 따라서 하얗게 바랜 뼈 옆에 개인 물품이 있으면 도움이 된다. 엘 차칼은 리디아에게 지갑을 건네며 말한다. "옆에 이걸 놓아두세요."

엘 차칼은 다시 짐을 싸러 가고 리디아는 로렌소의 비싼 운동화 한 짝 안에 든 휴대전화를 발견하고 집어 든다. 루카는 그녀를 지켜보지만 이제는 레베카 곁에서 진정되었다. 리디아는 루카에게 고개를 끄덕인 후 동굴 밖으로 나가 아직 식지 않은 로렌소의 시신으로 간다. 이런 모습의 로렌소를 보는 건 잘못된 일 같다. 로렌소는 죽었을 뿐 아니라 옷도 벗고 있다. 무방비 상태인 맨발을 보려니 민망하다. 로렌소는 눈을 뜨고 있다. 리디아는 눈을 감겨줄까 생각하지만 그 정도로 신세를 지지는 않았다. 로렌소를 만지고 싶지도 않다. 하지만 발끝으로 로렌소의 다리를 슬쩍 건드리고 반응을 지켜본다. 다리는 흔들거리다 멈춘다. 로렌소는 정말로 죽었다. 리디아는 여전히 아무 느낌도 들지 않는다. 그녀의 그림자가 로렌소의 얼굴 위로 드리우고 리디아는 성모송을 외운다. 구원을 비는 기도도 읊는다.

예수님, 저희 죄를 용서하시며 저희를 지옥 불에서 구하시며 모든 영혼을 천국으로 이끌어주시며 특히 당신의 자비를 가장 필요로 하는 영혼을 돌봐주소서. 아멘.

충분치 않다.

그녀는 로렌소를 위해 기도하는 게 아니다. 입을 어찌나 굳게 다무는지 이가 살 속을 파고든다. 리디아는 자신에게 은총을 내려달라고 기도한다. 자신이 잃은 모든 것을 위해 기도한다. 자신이 저지른 모든 실수를 위해 기도한다. 남편에게 결코 할 수 없는 사과를 위해 기도한다. 하비에르를 오판한 것에 대해 기도한다. 다들 죽었는데 혼자만 살아남은 것을 기도한다. 그동안 그토록 무감각했던 것을 기도한다. 단체로 죽은 그들과 살아남은 루카를 위해 기도한다.

갑자기 근처 자단나무에서 바람이 휙 불어와 리디아의 머리카락을 흩날린다. 리디아는 로렌소 옆에 쪼그리고 앉는다. 그러자 엄마의 파티오에서 같은 자세로 앉았던 난폭한 기억이 떠올라 어깨가 굳고 갑자기 온몸으로 그 기억을 느낀다. 날카로운 통증, 세바스티안의 분홍색 손톱 뿌리 쪽의 반월. 사랑이 있었다. 사랑이 있었다. 그녀에게는 가족이 있었고 이제 그들은 모두 죽었다. 갑자기 그들의 몸은 파티오를 가로질러 기괴한 형태로 널브러졌다. 빨갛게 물든 제니페르의 흰 드레스. 그 애의 아름다운 머리카락. 아드리안의 발치에 버려진 축구공.

엄마.

그러자 멍 밑에서 날카롭고 심오한 슬픔의 저장고가 차오른다. 그녀의 인간성이 아직 온전하다는 증거다. 하지만 지금은 그것을 다시 제자리에 묻어야 한다. 아직은 이 감정을 만끽할 수 없다. 리디아는 쩍쩍 갈라진 바닥에 구멍을 내고 거기에 자신의 모든 고통을 다 밀어넣는 상상을 한다. 그 구멍을 흙으로 막는 상상을 한다. 더러운 손으로 흙을 꾹꾹 누른다. 리디아는 로렌소의 쭉 뻗은 가느다란 한쪽 팔 아래로 검은 천 지갑을 밀어 넣는다. 벌거벗은 로렌소의 가슴과 어깨 윤곽에서 골칫덩어리리는 껍질 아래 감춰왔던 진실을 이제야 볼 수 있다. 이 애는 아직 어리다. 리디아는 일어나서 아래 누워 있는 젊은 몸의 잔해를 다시 한번 바라본다. 바로 그 순간이다.

바로 그 순간 리디아는 성호를 긋는다. 리디아는 투마카코리산맥 어딘가에 있는 이 동굴 뒤쪽에서 자신에게 일어난 모든 일의 잔인한 껍질을 벗긴다. 껍질은 따끔거리는 두피에서 흘러내려 어깨를 지나 몸을 따라 아래로 떨어진다. 리디아는 그것을 내쉰다. 땅에 뱉어낸다. 하비에르. 마르타. 전부를. 이 순간 이전의 삶 전부를. 이제는 죽고 없는 사랑했던 사람들을. 엄청난 회한을. 여기에 두고 갈 것이다.

리디아는 로렌소의 발치에 선다.

그러고는 그에게서 몸을 돌리며 말한다.

"널 용서한다."

리디아가 로렌소의 휴대전화를 기억해냈을 때는 이미 가려고 돌아선 뒤였다. 리디아는 다시 허리를 숙여 누군가의 눈에 띌 만한 곳에 휴대전화를 내려놓는다. 손을 뻗어 그것을 본다. 자신의 손 안에 있는 무해하고 반짝거리는 물건, 검은색 플라스틱과 희미하게 빛나는 금속을. 손가락으로 휴대전화를 움켜잡고 자리에서 다시 일어난다. 전원 버튼을 켠다. 이걸 어떻게 켜는지 알고 있다. 더 멋있고 최신형이기는 해도 그녀의 휴대전화와 같은 기종이기 때문이다. 그녀의 전화는 전원을 끄고 심 카드를 제거한 채 양말 속에 들어가 배낭 밑바닥에 있다. 그녀의 위치를 추적하는 건 불가능하다. 그렇다면 로렌소는? 그의 휴대전화 신호가 기지국 사이를 핑핑 오가며 로렌소가 있는 곳을 삼각 측량한다는 걸 생각해본 적 있을까? 전화기는 그녀의 손안에서 살아나 환하게 빛난다. 암호나 자물쇠도 걸려 있지 않아 그냥 화면이 바로 뜬다. 강렬한 햇살 때문에 손으로 가려야 볼 수 있다. 리디아는 자단나무로 걸어가 그늘로 들어간다. 읽지 않은 문자 메시지가 일곱 개나 있다. 그녀의 엄지가 화면 위를 맴돈다. 그러다 고개를 휙 들어 주위와 어깨 너머를 살핀다. 여기는 산간벽지고 그녀 혼자 있다. 뭐가 두렵단 말인가. 리디아가 엄지로 화면을 치자 메시지가 우르르 올라오더니 열린다. 엘 엘티 Él('그'를 뜻한다. - 옮긴이)이라는 사람이 보낸 것이다. 리디아는 전화기 위로 몸을 구부리고 순식간에 정보를 파악한다. 그걸 보자마자 곧바로 깨닫는다.

El Él.

L. L.

La Lechuza(라 레추사).

가슴이 철렁 내려앉는다. 그는 그녀를 뒤쫓고 있었다.

19일이나 지나고 2,617킬로미터나 왔는데도.

몇 분 전만 해도 해방된 기분이었다. 그에게서, 그를 향한 공포에서 풀려났다고 생각했다. 그는 그녀가 가려는 곳까지 쫓아올 수 없다. **안 돼.**

"안 돼!" 리디아는 큰소리로 외친다.

하마터면 전화를 던질 뻔한다. 하마터면 쉽게 배반하고 기만하고 본성이 못된 로렌조의 죽은 갈비뼈를 걷어찰 뻔한다. 로렌소의 머리를 잡아 저 바위에 내리쳐 다시 저 애를 죽이고 싶다. 맙소사. 도움이 안 되리라. 무슨 짓을 해도 지금 그녀가 사지에서 느끼는 이 잔인한 충동을 달래지 못할 것이다. 이 잔인함의 일부라도 배출할 수 있는 마법적인 욕은 존재하지 않는다. 그녀는 토네이도다. 폭발한 화산이다. 허리케인이다.

리디아는 다시 문자 메시지를 읽는다. 스크롤을 뒤로, 뒤로 넘긴다. 11일 전 과달라하라에서 로렌소는 그들을 배신했다. 자신은 로스 하르디네로스에서 완전히 손을 씻었다고 주장하며 이 정보가 헤페에게 주는 작별 선물이라고, 선의의 표시라고 했다. 그러고는 하비에르에게 몰래 찍은 리디아의 옆얼굴 사진을 보냈다. 사진 속 그녀는 루카를 감싸고 있고, 두 사람은 라 베스티아 지붕 위에서 실눈을 떴다. '당신의 친구들이 과달라하라에 있습니다, 대장.' 문자는 그렇게 적혀 있었다.

하비에르는 그 문자를 받았을 때 바르셀로나의 검시관 사무실에 있었다. 아내는 지금 딸의 신원을 확인하고 시신을 집으로 가져가는 데 필요한 서류를 작성하려고 왔는데 전화나 들여다본다고 핀잔을 주었다. 그 순간 하비에르는 아내에게 전에 없던 경멸을 느껴 굳이 대꾸하지도 않았다. 다소 역겨운 심정으로 아내를 바라보다 다시 휴대전화 화면으로 주의를 돌렸다.

'내가 허락하기 전까지 넌 자유의 몸이 아냐. 그 여자를 내게 데려와.' 하비에르는 그렇게 답장을 보냈다.

"아…… 안 돼." 리디아는 자단나무 아래서 큰소리로 외친다. "안 돼."

휴대전화 배터리는 거의 다 찼지만 신호를 나타내는 막대가 하나뿐이다. 리디아는 전화기를 머리 위로 들고 이리저리 움직인다.

자단나무 그늘에서 나가 로렌소의 시신을 넘어 뒤에 있는 바위벽을 오른다. 여기는 막대가 두 개다. 세 개다. 리디아는 자신을 말릴 새도 없이 연락처를 열어 엘 엘의 전화번호를 찾아내 영상 통화 버튼을 누른다. 벌써 신호음이 울린다. 리디아도 아는 노래다. 파바로티가 부르는 〈네순 도르마〉. 웃긴다. 잘난 척하고 재미없는 선곡이다. 자기가 고상한 줄 안다. 거지 같은 시를 쓰고 오페라 좀 듣는다는 이유로. 그는 살인자다. 쓰레기다. 부르주아다. 하지만 이제 리디아는 그의 손바닥 안에 있다. 그녀도 알고 있다. 그녀는 소노라 사막 한복판의 동굴 위에 있다. 그가 보낸 시카리오의 시신을 내려다보며 서 있고 이제는 그녀가 우위에 있다. 이제부터 시작될 인생에는 그가 따라오지 않을 것이다. 그는 그녀를 쫓아오지 않을 것이고 그녀는 두려워하지 않을 것이다, 아무렴. 그녀와 루카는 자유의 몸이 될 것이다. 여기서 끝날 것이다.

그의 얼굴보다 목소리가 먼저 들린다.

"말해." 그가 말한다. 그녀가 죽었다는 소식을 고대하며.

"뭘 말해요? 내가 죽었다고? 우리 아들이 죽었다고?"

"맙소사, 리디아." 그가 그녀의 이름을 부른다. **리디아.** 예전에 그의 입에서 나왔을 때와 똑같다. **리디아.**

"실망시켜서 미안하지만, 우린 살아 있어요."

"리디아." 그가 다시 그녀의 이름을 부르자 리디아는 너무 혼란스럽다. 그를 향한 증오가 엄청나기 때문이다. 지금껏 그녀가 느꼈던 감정 중에서 제일 강렬하다. 누에스트라 세뇨라 데 라 솔레다드 성당 제단 앞에서 세바스티안의 손을 잡고 키스했던 날 그에게 느졌던 사랑보다도 강렬하다. 루카를 몸 밖으로 밀어내 세상에 태어나게 했던 날에 느꼈던 말로 표현하기 어려운 격한 감정보다도 더 깊다. 아빠가 작별 인사도 없이 죽었을 때 그녀의 삶에 뚫린 구멍보다 훨씬 더 검다. 이 증오는 살아 있는 서큐버스(여자 악령. 밤에 자고 있는 남자를 덮쳐 성관계를 맺고 정력을 빼앗아간다. - 옮긴이)로 그녀의 심장에서 나와 날개를 펴고 두 사람 사이에 놓인 몇천 킬로미터를 날아가 아카풀코 전체를 에워싸고, 그가 서 있는 방에 어둠을 드리우고, 그를 내려다보다가 덮쳐서 그의 입안으로 들어가 안에서부터 그를 질식시킬 정도로 사악하고 거대하고 민첩하다. 그를 어찌나 증오하는지 2,617킬로미터나 떨어졌는데도 단지 그가 죽었으면 하는 마음만으로도 그를 죽일 수 있다. 그런데도 그는 그녀의 이름을 부른다. "리디아."

그의 얼굴이 핼쑥하다. 볼이 쑥 들어갔다.

"난 당신이 죽기를 바란 적 없어. 당신도 알 거야, 리디아. 만약 내가 당신이 죽기를 원했다면 당신은 이미 죽었을 거야."

리디아는 눈을 깜빡거린다. 휴대전화를 얼굴에서 멀리 떨어뜨린다. 입을 다물고 사막 풍경을 바라본다. 그러다 불현듯 그의 말이 사실이라는 걸 깨닫는다. 지금까지의 모든 계획과 전략, 자축은 그저 환상에 불과했다.

"내가 어떻게 당신을 해칠 수 있겠어, 리디아."

리디아는 어이가 없어서 입을 벌리고 숨을 헉 들이쉰다. "어떻게 날 해칠 수가 있냐고? 해쳐? 당신은 날 해쳤어요, 세뇨르. 날 고문했어요. 내 세상을 전부 다 파괴했다고요."

"아냐, 리디아. 난 결코 그런 뜻으로……."

"입 닥쳐!" 리디아가 그의 말을 자르고 소리를 지른다. "당신 뜻이 뭐든 난 관심 없어. 당신이 자신의 괴물 같은 면을 어떻게 정당화하는지도 관심 없고. 난 그저 이 모든 게 끝났다는 말을 하려고 전화한 거야. 알겠어? 다 끝났다고."

전화기 반대편에서 하비에르가 우아하게 한숨을 쉰다. 그의 모습이 눈에 선하다. 한때 그녀가 사랑했던 그의 익숙한 버릇이다. 그 한숨 소리를 듣자 정신이 아찔하다.

"하지만 이 일은 절대 끝날 수 없어, 리디아. 우리 둘 다 전부를 잃었어." 하비에르가 슬프게 말한다.

아냐.

"개똥 같은 소리 집어치워, 하비에르. 당신은 겨우 하나를 잃었어. 하나!"

그가 젖은 눈을 들어 올리더니 잠시 멈췄다가 말한다. "하나이자 유일한 것이지."

리디아는 심장이 방망이질하지만 목소리를 더 낮춘다. "가장 중요한 것이긴 해. 하지만 그렇다고 해도 당신이 내게 그런 짓을 할 권리는 없어! 전혀 없다고!"

하비에르는 그녀의 고향인 아카풀코의 기분 좋은 햇살 아래 있고 팔꿈치 옆에는 에스프레소 한 잔이 놓여 있다. 리디아는 더럽고 무일푼인데다 집도 없고 남편도 없고 부모도 없이 사막에 서 있다. 하비에르가 앞쪽 어딘가에 전화기를 기대어 세우자 전화기 속 그의 영상이 더는 흔들리지 않는다. 하비에르는 안경을 벗고 렌즈를 닦는다. 그의 입술은 찡그린 듯하다. "모르겠군, 모르겠어." 그가 눈을 격하게 깜빡거리며 말한다.

"난 살아남을 거야. 왜냐하면 내겐 아직 루카가 있으니까. 내겐 루카가 있어."

그의 입은 깊게 파인 자상이 된다.

"이젠 그만 끝내야 해." 리디아가 말한다.

하비에르는 다시 안경을 쓰고 콧등 위로 올린다.

"당신이 보낸 시카리오를 내가 죽였어."

"뭐라고?"

"그래. 그 앤 죽었어. 봐." 리디아는 바위 가장자리로 다가가 휴대전화로 바위 아래 로렌소를 비춘다. 나중에 그녀는 이 일을 후회할 것이다. 자신의 목적을 달성하기 위해 로렌소의 시신을 이용하고, 설사 진심은 아니었다고 해도 로렌소의 죽음을 축하한 것을. 왜 로렌소가 하비에르가 마지막으로 보낸 일곱 개의 문자 메시지를 읽지 않고 답도 하지 않았는지 나중에는 의아할 것이다. 심지어 로렌소가 구원 받을 가능성이 있었던 게 아닐까 하는 의문도 들 것이다. 하지만 지금은 아니다. 리디아는 전화기로 다시 자신의 얼굴을 비춘다. "그러니까 이걸로 끝내자고. 아니면 앞으로도 계속 사람들을 죽일까?"

하비에르의 입에서 반은 흐느낌이고 반은 웃음인 소리가 나온다. 그는 자신의 슬픔을 이유로 들어서 무죄를 주장하고 싶다. 리디아는 슬픔이 일종의 정신 착란임을 안다. 알고말고.

그녀도 미치기 일보 직전이다.

입안에 감도는 역겨움이 담즙처럼 씁쓸하다. "잘 있어요, 하비에르."

리디아는 전화를 끊지도 않고 그냥 땅으로 던져버린다. 카메라는 텅 빈 하늘을 향해 입을 딱 벌린다.

동굴 앞, 오후 사막의 기온이 최고조에 달한다. 그들은 보통 태양이 지고 안전하게 출발하는 시간보다 세 시간 빠르게 서둘러 언덕을 내려가 아래 계곡으로 들어간다. 루카는 레베카와 함께 그녀를 기다리고 있다. 리디아는 루카의 손을 잡는다.

36

19번 도로

"얼마 안 남았습니다." 엘 차칼은 계속 얼마 안 남았다고 말한다. "대부분 내리막길이에요. 3킬로미터도 안 됩니다. 기운 내세요. 할 수 있어요. 거의 다 왔습니다."

하지만 그들을 힘들게 하는 건 험한 지형이나 먼 거리가 아니다. 열기다. 난민들이 주로 밤에, 달이 차고 기우는 시간에 사막을 횡단하는 데는 이유가 있다. 어둠 속에 숨기 위해서가 아니다. 어차피 국경 수비대에게는 헬리콥터와 동작 감지 카메라, 서치라이트, 모든 야간 장비가 다 있다. 적외선 고글까지 있으니 어둠은 아무 소용없다. 그런데도 밤에 가는 이유는 살인적인 태양 때문이다. 더는 물을 나눠서 마실 수 없다. 몸이 물을 필요로 하기 때문이다. 더는 물 없이 걸을 수 없다. 그들은 남은 물을 마시지만 그걸로는 부족하다. 물을 몸에, 살갗에 쏟아붓는다. 물은 그들의 옷과 목과 머리카락을 적신다. 베토는 숨을 쉬기 위해 계속 걸음을 멈추고 허리를 숙인다. 평소보다 더 힘들다. 어지럽고 기침이 나오기 시작한다. 엘 차칼은 나직이 욕을 내뱉는다. 겨우 3킬로미터다. 그들은 먼

길을 왔고 종점이 코앞이다. **젠장, 힘을 내라고.** 속도가 너무 느리다. 악몽이다.

지난 몇 년간 했던 사막 횡단 중에서 최악이다. 아이를 데려오면 안 된다는 걸 알고 있었다. 그런데도 아이가 둘, 여자는 넷이나된다. 문제가 생길 줄 알았다. 하지만 다시 생각해보면 저 여섯 명은 지금까지 사막에서 살아남았다. 그가 인정하는 것보다 강한 사람들이다. 심지어 저 천식이 있는 아이도. 젠장. 저 애가 천식 환자인 걸 알았더라면 절대 데려오지 않았을 것이다. 교활한 놈. 저 녀석의 목을 비틀고 싶다. 하지만 먼저 저들을 그늘로 데려가 물을줘야 한다.

"어서요! 속도를 내요!" 엘 차칼이 말한다. 낭비할 시간이 없다.

베토는 정말로 노력하지만 움직일 수 없다. 속도를 낼 수가 없다. 기침하고 캑캑거리고 고개를 흔들고 양손으로 무릎을 짚는다. 태양이 그의 뒤통수 위로 쨍쨍 내리쬔다. 태양의 열기가 그의 검은 머리카락을 먹고 삼킨다. 머리는 너무 뜨겁고 목은 불탄다. 베토는 농담을 하고 싶다. 말하지 않고, 소중한 숨을 사용하지 않고 할 수 있는 농담이 뭐가 있을까 생각한다. 가슴이 아프다. 너무 무섭다. 가슴에 엄청난 압력이 느껴진다. 코끼리나 하마, 아니면 쓰레기장에서 쓰레기를 짓이기던 맥 트럭의 무지막지하게 큰 특대형 타이어가 가슴에 올라간 듯하다. 베토의 허파를 짓누른다. 쓰레기가 쏟아진다. 베토는 숨을 쉴 수가 없다. **숨을 못 쉬겠어.** 농담이 나오지 않는다.

마리솔은 그의 등을 쓰다듬으며 귀에 속삭인다. 이런 모습을 본

19번 도로

적이 있기 때문이다. 그녀의 딸 데이지도 어릴 때 천식이 있었다. 이렇게 심하지는 않았지만 그래도 마리솔은 이런 모습에 익숙하다. 데이지는 갓난아기 때 크루프(후두 점막에 가막이 생겨서 목소리가 쉬고 호흡 곤란을 일으키는 질환. - 옮긴이)에 걸렸고 걸음마를 뗐을 때는 알레르기 테스트를 받았다. 개, 강아지, 꽃가루에 알레르기가 있었다. 마리솔과 남편 로겔리오는 아이를 조심히 돌봐야 했다. 알레르기가 유발될 때마다 데이지가 며칠씩 힘들어했기 때문이다. 그러면 데이지를 응급실로 데려가 알부테롤 치료를 받아야 했다. 한번은 다른 아이 집에 놀러 갔다가 아주 끔찍한 천식 발작이 일어난 적도 있었다. 마리솔은 부엌에서 다른 엄마와 차를 마시고 있었는데 아무리 기다려도 데이지가 내려오지 않았다. 이미 발작이 일어난 것이다. 마리솔은 미친 듯이 가방 속을 뒤졌지만 흡입기가 없었다. 집 욕실 세면대 옆에 두고 왔다. 그들은 쏜살같이 그 집에서 나왔고 마리솔은 안전벨트도 매지 않았다. 차를 빼다가 진입로 가장자리에 주차된 자동차의 범퍼를 들이받았지만, 차를 세우고 쪽지를 남겨두지도 않았다. 집에 도착하자 욕실로 들어가 샤워기로 뜨거운 물을 틀어 김이 서리게 하고는 데이지에게 흡입기를 세 번 빨게 했다. 한 번 더. 데이지는 뚜껑을 내린 변기에 앉아 있었고 마리솔은 증기 속에 서서 휴대전화를 움켜잡고 911을 누를 준비를 했다. 긴장되고 무서운 순간이었다. 하지만 몇 분 지나자 데이지의 작은 가슴에서 나던 씩씩 소리가 줄어들었다. 휘파람을 부는 듯한 소리도 줄어들었다. 데이지는 다시 숨을 쉬었다.

베토의 상태는 악화된다. 이번 주 내내 했던 그릉그릉하는 기침이 사라졌다. 씩씩거리는 소리도 사라졌다. 마른기침만 마구 쏟아진다.

마리솔은 베토의 괴로운 기침보다 더 크게 언성을 높인다. "진정하고 천천히 호흡해." 하지만 그녀의 심장 박동은 놀란 토끼처럼 빠르다.

여기에는 그늘이 없다. 엘 차칼은 풍경을 이 잡듯이 뒤지며 더 나은 장소, 태양으로부터 조금이라도 피신할 수 있는 곳을 찾아 빙빙 돈다. 휴식을 취해야 한다면 그늘에서 취해야 한다. 태양 아래서 1분이 지날 때마다 체내 수분량은 크게 줄어든다. 하지만 근처에는 아무것도 없고 아이는 움직이지 못한다.

"똑바로 서 봐." 마리솔이 말한다.

베토는 힘겹게 몸을 편다. 하지만 이번에는 숨을 내쉴 때 기침했더니 다시 공기가 들어오지 않는다. 베토는 패닉에 빠져 눈이 휘둥그레지고 손을 목으로 가져간다. 목의 살갗이 안쪽으로 빨려 들어간다. 그러더니 아주 조그맣게 씩 소리가 나고 베토가 다시 기침한다. 또 기침한다. 숨을 들이쉴 수가 없다. 아이의 입술은 새파랗게 질렸고 이제는 손톱마저 퍼레진다. 순식간에 벌어진 일이다. 베토는 목 부근에서 손을 펄럭거린다.

마리솔은 베토의 손에서 빈 흡입기를 빼앗아 흔든 다음 아이의 입에 넣어주고 쥐어짠다. 하지만 흡입기는 하늘처럼 텅 비었다. 황량하다. 아무것도 없다. 베토는 엉덩방아를 찧고, 그런 자신이 좀 웃긴다고 생각한다. 그는 타고난 광대이고 늘 사람들을 웃게 했는데 이건 좀 웃기기 때문이다. 기저귀를 찬 아기처럼 두 다리를 뻗고 엉덩방아를 찧었기 때문이다. 하지만 사실은 전혀 웃기지 않다. 이제는 몸부림을 치고 있고 마른기침마저 멈췄기 때문이다. 이제 모두 베토 주위에 모인다. 다들 겁에 질렸고 숨을 죽이고 있지만 그들이 할 수 있는 일은 아무것도 없다. 비록 여기서 일직선으로 10킬로미터 떨어진 애리조나주 리오 리코라는 작은 마을의 프런티지 로드에는 오렌지색으로 환하게 칠한 건물에 약국이 있지만. 그 약국 계산대 뒤에는 각기 다른 네 상표의 최신식 알부테롤이 든 흡입기가 있다. 물론 처방전 없이 살 수 있는 대체품도 있고, 증상이 심할 때 사용할 수 있는 스테로이드도 있다. 베토가 정신을 잃자 니콜라스는 흉부 압박을 시작한다. 지금 상황에서 그게 올바른 대처인지 모르지만 보고만 있을 순 없다. 그래서 마리솔도 합세한다. 베토의 머리를 뒤로 젖히고 코를 쥔 다음 아이의 입에 숨을 불어넣는다. 온 힘을 다해 불어넣지만 베토의 작은 가슴은 올라오지 않는다.

그들은 다들 무릎으로 땅을 디디고 서 있다. 마리솔과 니콜라스가 베토를 살리려고 노력하는 동안 다른 사람들은 기도한다. 그들은 오랫동안 그렇게 서 있다. 이제는 자신들의 노력이 헛수고라는 사실을 깨닫는 게 당연할 정도로 오랫동안. 아무도 시간이 흘렀다는 사실을 인정하고 싶어 하지 않는다. 아무도 그만하자는 말을 먼저 꺼내고 싶어 하지 않는다. 엘 차칼조차도. 베토가 죽었다는 사실을 제일 먼저 인정하는 일은 자신들의 불멸의 영혼에 치명적으로 위험하다는 걸 다들 느끼고 있다. 솔레다드와 레베카가 울고, 리디아도 울고, 루카도 운다. 하지만 다들 그렇게 우는데도 눈물은 나지 않는다. 몸에 눈물을 만들 수분이 남아 있지 않다. 마침내 엘 차칼이 니콜라스의 어깨에 손을 올리며 말한다.

"그만."

니콜라스는 동작을 멈추더니 다시 몸을 숙여 숨을 불어넣으려는 마리솔을 말린다. 그리고는 베토 위로 팔을 뻗어 그녀의 어깨에 손을 올린다. 둘은 베토를 사이에 둔 채 서로에게 몸을 기울인다. 자신들의 몸으로 텐트를 만든다.

"안 돼." 마리솔이 말하며 베토의 몸에 손을 올린다. 아이의 이마에, 고요한 심장에. 아이의 손을 잡아 배 위에 올려놓는다.

손은 아직 부드럽고 베토는 너무 조그맣다.

다른 죽음이나 상실도 가슴이 찢어질 듯 고통스러웠다.

하지만 그래도 그건…… 합리적인 결과라는 느낌이 들었다. 정직한 결과라는 느낌이 들었다. 이 일에는 위험 부담이 있었고 그들은 거기에 동의했다. 그리고 그 결과로 때로는 부당한 대가를 치르기 마련이다.

하지만 이건. 맙소사.

마리솔은 베토 위로 쓰러진다. 베토가 쉬지 못했던 모든 숨을 꿀꺽꿀꺽 삼켜서 자신의 주먹 속에 쥐어짠다. "하느님." 그리고는 베토 위에서 운다. 마침내 엘 차칼이 그녀를 베토에게서 떼어낼 때까지.

엘 차칼은 한 명씩 끌어낸다. 그들과 베토 사이에 끼어들어 팔이나 어깨를 만지고 놓아준다. 슬림과 다비드는 서로의 어깨에 한 손을 올린 채 침울한 표정의 코요테 옆에 서 있다.

"우리가 데려갈게요." 슬림이 말한다.

엘 차칼은 그를 올려다본다. 태양의 각도와 부족한 물의 양, 지친 몸에 쌓인 피로를 고려한다.

"안 됩니다." 엘 차칼은 고개를 젓는다. 그러고는 배낭에서 색칠한 종이를 꺼내 슬림에게 말한다. "이걸로 베토를 감쌀 겁니다. 도와주세요."

엘 차칼은 배낭에서 휴대전화를 꺼내 전원을 켜고는 지도에 이곳의 위치를 표시한다. "내가 다시 데리러 올 겁니다."

다들 그를 바라보지만 아무도 움직이지 않는다.

"약속하죠. 그러니 지금은 갑시다." 엘 차칼이 말한다.

이번에는 루카도 뒤돌아보지 않는다.

초록색과 흰색으로 이뤄진 미국 국경 수비대 트럭이 자주 다니지 않는 이름 없는 길 끝의 외딴 캠프장에 캠핑카 두 대가 대기 중이다. 캠핑카는 이틀 동안 여기 주차되었는데 앞쪽에 설치한 기둥 위로 방수포를 덮어 지붕을 만들었고 옆에는 맥주와 음식이 가득 든 쿨러가 있다. 가운데 피운 모닥불 주위로 접이식 의자들이 둥그렇게 놓여 있고 접어 넣을 수 있는 안테나와 한쪽에 채널을 돌릴 수 있는 다이얼이 달린 구식 라디오에서는 컨트리 음악이 흘러나온다. 접이식 의자에 앉아 있는 두 남자는 국경 수비대 요원이 지나갈 때마다 묵례하거나 손을 흔든다. 국경 수비대에게 눈동자를 찍는 작업을 하고 있다. 어느 날 수비대원들은 걸음을 멈추고 그들과 10분쯤 얘기를 나눴다. 남자들은 그들에게 캠핑카 내부를 봐도 좋다고 말했다. 숨길 게 없다.

엘 차칼과 남은 열 명의 난민이 약속 시간보다 2시간 30분 먼저 캠프장에 걸어 들어올 때 대기하고 있던 남자들은 그들을 맞이할 준비가 되지 않았다. 19번 도로에 있는 국경 수비대 검문소도 아직 열려 있다. 적어도 3시간은 지나야 떠날 수 있다. 그때까지 누군가 들르기라도 한다면 어쩐단 말인가? 이 허허벌판에서 열한 명을 어디에 숨긴단 말인가? 캠핑카 안은 너무 더워서 앉아 있을 수도 없다. 기다리는 동안 에어컨을 틀기에는 가스가 부족하다.

엘 차칼은 어깨를 으쓱이며 이렇게 말할 뿐이다. "선택의 여지가 없었어."

그곳은 안으로 쑥 들어간 아담하고 편안한 캠프장이라서 무자비한 바람 소리로부터 비교적 보호받을 수 있다. 그래서 그들은 다가오는 차량이 있으면 나타나기 전에 먼저 소리가 들리기를 바라며 라디오를 끄고 정적 속에 앉아 있다. 하지만 소리는 들리지 않는다. 그들은 신성한 물을 마시고 마시고 또 마신다. 캠핑카 그늘에 앉아 게토레이도 마신다. 마리솔은 몸이 눈물을 만들어낼 수 있을 정도로 수분을 확보하자 눈도 깜빡이지 않고 펑펑 운다. 울려고 한 것도 아닌데 그냥 눈물이 흐른다. 지류처럼 거침없이 얼굴을 타고 흘러내린다. 손바닥에 고여 반짝거린다. 리디아와 루카는 계속 눈을 감고 입은 다물고 있다.

아무도 말하지 않는다.

5시 15분이 되자 두 남자는 짐을 꾸리더니 그들에게 차에 타라고 한다. 마리솔과 두 자매가 제일 먼저 탄다. 리디아는 엘 차칼에게 무언가 말하고 싶다. 고마움을 전하고 그의 상처 받은 양심을 달래주는 말을 하고 싶다. 하지만 아무 말도 나오지 않는다. 리디아는 그의 팔에 잠깐 손을 얹고, 엘 차칼은 타이어 밑의 땅을 바라본다. 고개를 한 번 끄덕이고는 땅에 핀 야초 무리와 반짝이는 조약돌을 바라본다. 리디아는 캠핑카에 올라탄다. 리디아를 뒤따르던 루카는 맨 아래 계단에 서서 움직이지 않는다. 루카 역시 엘 차칼 앞에서 멈춘다.

"베토에게는 하늘색 십자가를 세워주세요." 루카가 말한다.

코요테는 고개를 한 번 끄덕인다. 눈에 눈물이 글썽인다. 이런 상황에서 눈물을 흘린 적은 처음이다. "하늘색 십자가." 엘 차칼이 반복한다.

루카는 고개를 끄덕인다.

"꼭 그렇게 하마, 미호." 코요테가 말한다.

그러자 루카는 몸을 앞으로 내밀더니 코요테의 귀에 뭐라고 속삭인다. 코요테는 팔을 뻗어 루카를 껴안고 루카도 그의 목을 끌어안는다. 둘은 잠시 그렇게 껴안고 있다가 재빨리 서로 몸을 떼고 루카는 계단을 오른다. 리디아는 차창 너머로 엘 차칼이 접이식 의자에서 배낭과 다시 물을 채운 물통을 들어 올린 다음, 사막으로 향하는 모습을 지켜본다.

"아저씨에게 뭐라고 했어?" 루카가 옆에 와서 앉자 리디아가 묻는다.

루카는 어깨를 으쓱인다. "우리를 여기까지 데려다준 아저씨는 좋은 사람이라고 했어."

두 남자는 좌석과 침대 밑의 공간을 보여준다. 그들은 저 속에 몸을 구겨 넣고 겹쳐서 들어가야 한다. 솔레다드는 이 단계에서 난민들의 옷을 몽땅 벗겨 문제를 일으키지 못하게 하는 코요테도 있다고 들었다. 난민들의 옷을 빼앗는 것은 코요테가 보내주기 전까지 아무도 도망치지 못하게 하는 일종의 보험이다. 심지어 벌거벗은 난민들에게 기저귀를 채우는 경우도 있다고 들었다. 어둠 속에 몇 시간 동안 숨어서 갈 수 있도록. 솔레다드는 허벅지를 문지르며 자신이 입고 있는 청바지에 감사한다. 또 다른 캠핑카에서는 운전사가 슬림과 다비드를 훑어보며 묻는다. "들어갈 수 있겠소?"

슬림은 고개를 끄덕인다. "어떻게든 들어가야죠."

"45분밖에 안 걸린다고 했죠?" 다비드가 묻는다.

"그쯤 되지." 운전사가 말한다.

다비드는 그때까지 아껴둔 영어 구절을 말한다. "Piece of cake(식은 죽 먹기죠)."

루카는 가슴 속에서 심장이 두근거린다. 시동 걸리는 소리가 들리고 차량의 진동이 느껴진다. 운전사가 운전대를 돌리고 머리 뒤로 커튼을 치며 큰 소리로 말한다.

"다음 정거장은 투손입니다!"

가는 길은 느리다. 고통스러울 정도로. 도로에는 깊이 파인 구멍과 급격한 커브가 있고 길은 한 번에 한 대만 지나갈 수 있을 정도로 좁다. 따라서 맞은편에서 차가 오면 차를 멈추고 다른 차가 지나갈 때까지 기다려야 한다. 마침내 살짝 더 넓은 길에 접어들고

19번 도로

잠시 후에 운전석에 앉은 남자가 나직이 말한다. "국경 수비대가 떴어요. 아무도 움직이지 말아요." 운전사는 다가오는 차량의 요원들에게 손을 흔든다. 그들은 최근 며칠간 로보 탱크 남쪽에서 야영했던 두 남자 중 하나인 그를 알아본다. 요원들의 이름은 라미레스와 카스트로다. 그들은 저 차를 세워서 수색해야 하지 않을까 생각한다. 하지만 저 남자는 카우보이모자를 쓰고 최근에 콧수염이 유행하기 한참 전부터 기른 듯한 백인 남자다. 게다가 교대 시간도 거의 다 끝나간다. 퇴근 전에 서류 작업을 하고 싶어 하는 사람은 없다. 요원들은 그에게 경례하며 몇 센티미터만 남겨두고 캠핑카 옆으로 지나간다. 캠핑카 뒤쪽에서는 난민들이 숨을 죽인 채 창문 바로 밖에서 국경 수비대 차량이 자갈 위로 우드득 지나가는 소리를 듣는다. 그러다 운전사가 캠핑카를 다시 도로 중앙으로 가져가면서 운전대에서 딸각딸각하는 소리가 난다. 이제 캠핑카는 다시 전진한다.

"다 잘 됐습니다." 운전사가 외친다.

루카는 작고 캄캄한 공간 속에서 엄마 옆에 바짝 붙는다. 공간이 충분한데도 엄마 품으로 파고들며 마치 엄마와 붙어 있어야만 살 수 있다는 듯이 몸을 밀착한다. 왜냐하면 이제 여기는 미국이 코앞이고 몇 분만 지나면 새 삶을 시작해야 하는데 루카는 그러고 싶지 않기 때문이다. 일단 안전해지고 나면 지금까지 간신히 쫓아냈던 괴물들이 난입할 테고, 그 괴물들과 함께 새로운 괴물까지 따라올 것임을 본능적으로 아는 것이다. 괴물들은 떼로 몰려올 것이다. 발톱으로 문을 긁어대는 괴물들이 느껴진다. 하지만 아직은 아니다.

루카는 엄마 품으로 비집고 들어간다. 엄마는 양팔로 그를 껴안고 손으로 엉덩이를 받친다. 루카가 들어올 공간을 마련해주고 다시 한번 루카의 방패가 되어준다. 어둠 속에서 루카의 작은 손을 끌어당기더니 손가락을 편 다음 아빠의 헐렁한 황금 고리 속으로 루카의 쭉 뻗은 새끼손가락을 넣어준다. 그들 아래 펼쳐진 길은 울퉁불퉁하다. 가축들이 못 지나가게 하려고 깔아놓은 쇠 격자 위로 캠핑카가 우당탕 지나가자 다들 깜짝 놀라고 루카는 다시 엄마의 가슴에 머리를 기댄다. 리디아는 손으로 아이의 이마를 감싸고 눈을 감는다. 볼품없는 캠핑카가 마지막으로 덜컹거리더니 갑자기 타이어 밑으로 평평한 도로가 펼쳐진다.

국경 수비대 검색대는 예상대로 닫혀 있다. 그들은 멈추지 않고 검색대를 통과한다. 똑같은 캠핑카 두 대가 속도를 내며 짙어지는 황혼을 가르고 북쪽으로 향한다. 옆에 있는 솔레다드와 레베카는 서로 머리를 맞댄 채 함께 손깍지를 끼고 함께 숨을 내쉰다. 그들은 미동도 없다가 함께 움직인다. 이제 각자 비밀이 생겼다. 비록 고생하기는 했어도 이 순간 둘은 함께 있고, 희망보다 더 큰 무언가로 가득 차 있다.

리디아가 있는 캄캄한 곳에서는 밖을 볼 수 없지만 지금은 사막이 세상에서 가장 완벽해지는 시간임을 느낄 수 있다. 사막에서 자신을 과시하는 여러 색을 상상해본다. 반짝이는 잿빛 포장도로, 화

19번 도로

끈거리는 붉은 땅. 하늘을 가로질러 현란하게 흐르는 색들. 눈을 감으니 창공에 칠해진 물감이 보인다. 황홀하다. 자주색, 노란색, 오렌지색, 분홍색, 푸른색. 뜨겁고 밝은 완벽한 색들, 깃털 달린 머리 장식이 눈에 선하다. 그 아래로 풍경이 두 팔을 쭉 뻗는다.

에필로그

학살의 그날, 그 현장으로부터 53일 그리고 4,257킬로미터.

리디아가 상상했던 것처럼 어도비로 지은 사막의 작은 집은 아니다. 하지만 노란색 스쿨버스가 있고, 루카는 매일 아침 깨끗한 배낭을 메고 새 운동화를 신고 버스를 탄다. 더는 아빠의 야구 모자를 쓰지 않는다. 그 모자는 박물관의 진열품 수준이다. 또 다른 보물인 할머니의 묵주, 레베카가 사준 용 모양 지우개와 함께 푸른색 서랍장 위에 놓여 있다. 루카는 머리카락을 단정히 잘랐고 샴푸로 감아서 이제는 아빠처럼 살짝 민트 냄새가 풍긴다. 양옆에 가로수가 늘어선 길에 스쿨버스가 멈추면 루카는 온두라스에서 온 두 아이, 에콰도르 소녀, 소말리아 소년, 세 명의 미국 아이와 함께 버스에 탄다. 리디아는 버스가 떠날 때마다 세바스티안의 결혼반지에 손가락을 집어넣는다. **오늘이 우리 아이를 보는 마지막 날은 아닐 거야.**

리디아는 청소 업체에서 일한다. 엄마가 이 사실을 알았다면 정

에필로그

601

말로 아이러니하다고 생각했으리라. 리디아가 살던 집은 늘 지저분했기 때문이다. 보수는 많지 않지만 그래도 일단 이렇게 시작한다. 그들은 두 자매의 사촌 세자르 그리고 그의 여자 친구와 함께 산다. 여자 친구의 이모도 함께 살고, 돌아가면서 장을 보고 요리한다.

리디아의 영어는 도움이 되지만 엘 노르테에는 다른 언어가 많이 공존한다. 리디아가 아직 해독하지 못하는 암호도 있고, 뜻은 비슷하지만 완전히 같지는 않은 단어들 사이의 미묘한 차이도 모른다. 이를테면 이주자, 이민자, 불법 체류자 같은 단어들. 리디아는 여기에서 사람들이 사용하는 깃발이 있고 그 깃발은 경고가 될 수도, 환영이 될 수도 있다는 사실을 배운다. 여전히 배우는 중이다. 여기서도 책방은 변함없이 은신처가 되어준다. 그들이 사는 동네에는 책방이 딱 하나 있다. 처음 용기를 내어 그 책방을 방문한 날 리디아는 넋이 나간다. 책꽂이에 기대어 진정해야 할 정도다. 커피와 종이, 잉크의 냄새. 고향에서 그녀가 운영했던 작은 책방과는 완전히 다르다. 주로 종교 서적이 진열되어 있고 달력이나 장난감 대신 묵주와 붓다 조각상, 야물커(유대인 남자들이 정수리에 쓰는 동글납작한 모자. - 옮긴이)가 있다. 그래도 곧게 뻗은 책등은 암반처럼 변함없다. 해외 시 코너에는 하피즈, 히니, 네루다가 있다. 리디아는 스무 개의 사랑 시를 훑어보다가 〈절망의 노래〉를 읽는다. 조용한 서점 복도에서 시집 위로 몸을 숙인 채 절박하고 게걸스럽게 그 시를 읽는다. 그녀가 단어를 집어삼키는 동안 손가락은 다음 장으로 넘어갈 준비를 한다. 시집은 사막에서 마시는 물이다. 20달러나

하지만 그래도 리디아는 시집을 사서 허리춤에 넣어 다닌다. 시집이 살갗에 닿는 걸 느낄 수 있기 때문이다.

아침에 일어나서 루카가 아직 잠이 덕지덕지 붙은 눈으로 어젯밤 꿈에 또 아빠가 나왔다고 말하면 리디아는 질투하지 않으려고 노력한다. 그러고는 마치 그 꿈을 몸으로 흡수할 수 있다는 듯이 루카를 감싸며 묻는다.

"아빠가 뭐라고 했어?"

"아빠는 늘 아무 말도 안 해. 그냥 내 옆에 앉아 있거나 함께 산책해."

리디아도 세바스티안과 그러고 싶은 마음에 온몸이 욱신거린다. "그거 좋구나, 미호."

도서관까지는 1.5킬로미터 정도인데 토요일 아침이면 두 모자는 거기까지 걸어간다. 도서관을 세 번째로 방문하니 사서가 도서관 이용증을 만들라고 권한다. 리디아가 거절하자 사서는 스페인어로 말한다. 이용증을 만들어도 전혀 위험하지 않고 그들의 이민 신분에 상관없이 도서관을 사용할 자격이 있다고. 리디아는 처음에는 그 말을 의심하지만 사서를 믿지 못하면 누구를 믿겠는가? 그녀와 루카는 각각 이용증을 만들고 그로 인해 삶은 기적적으로 바뀌며 활기가 넘친다. 레베카도 가끔씩 그들과 함께 도서관에 가지만 솔레다드는 한 번도 가지 않는다.

두 자매는 이제 학교에 다니지만 학교 공부를 따라잡기가 쉽지 않다. 그들의 영어가 서툴러서도, 고국에서 제대로 배우지 못해서도 아니다. 둘 다 똑똑하고 빨리 배운다. 다만 그들은 너무 많은 일을 겪었고 너무 큰 트라우마가 남았다. 두 아이는 아직 어린 소녀다. 이제 평범한 학생으로 돌아가야 한다. 사물함에 재킷을 걸고 복도에서 남학생들과 시시덕거려야 한다. 자신들에게 전혀 익숙지 않은 형태로 퇴행해야 한다. 엘 노르테에서 중고생에게 기대하는 것이 무엇인지 그들은 아직 이해하지 못한다.

하루는 일을 마친 리디아가 버스를 타고 귀가하는데 앞자리에 앉은 소년이 정차한다고 알리는 줄을 잡아당기려고 자리에서 일어난다. 줄을 향해 머리 위로 뻗는 소년의 손목이 소매에서 살짝 나오자 X자 형태의 문신이 보인다. 낫과 삽이다. 정차 벨이 울리자 버스는 속도를 늦춘다. 리디아는 겁을 잔뜩 먹는다. 버스가 푸쉬이이 소리를 내며 정차하고 다시 몸을 휘청이며 소년에게서 점점 멀어지자 리디아는 창밖을 바라본다. 소년은 머리 위로 후드를 쓴다. 리디아는 평소 자신이 얼마나 하찮은 사람이 되었는지 받아들이려고 애쓰는데 이날만큼은 눈에 띄지 않는 존재라는 사실에 감사한다. 하비에르 생각을 안 하는 건 불가능하다. 대개는 하비에르를 마음속에서 차단해버리지만 그가 열쇠 구멍 속으로 슬그머니 들어올 때가 있다. 하비에르는 자신이 그녀에게 한 짓을 유감스러워할까? 아니면 정당화할까? 하비에르는 조금이라도 느끼는 감정이 있을까? 아니면 아예 다 막아버렸을까? 마르타의 죽음이 너무 버거워서 빠져나갈 구멍을, 인간미를 내던질 방법을 찾아냈을까? 리디아는 하비에르보다 강하다. 온몸의 세포 하나하나가 상실감을 느끼지만 견뎌낸다. 그 상실감은 희석되지 않고 증폭된다. 루카를 향한 사랑은 더 크고 요란해진다. 리디아는 생기로 가득 차 있다.

리디아는 지리에 소질이 있는 루카의 재능에 대해 이야기하고 싶다는 교장을 만나러 학교에 찾아간다.

"해마다 열리는 지리 대회에 루카를 꼭 내보내야 할 것 같아요." 교장은 전화로 그렇게 말했다.

리디아는 교장의 책상 맞은편에 있는 푹신한 의자에 앉아 대회 참가를 위한 서류를 작성한다. 교장은 리디아와 비슷한 나이의 여자다. 멀리서 수업 끝을 알리는 종이 울리자 갑자기 창밖 풍경이 아이들로 버글거린다. 아이들은 소리를 지르고 뛰고 기어오르고 그네를 탄다. 그 아름답고 행복한 소리를 배경으로 전혀 어울리지 않는 교장의 말소리가 들린다.

"아드님이 정식 이민자가 아닌 줄 몰랐네요." 교장은 의자를 좌우로 돌리며 힘들게 말을 짜낸다. 리디아는 그녀가 불편해하는 걸 느낄 수 있다. "죄송합니다. 루카는 우승한다 해도 자격이 박탈될 거예요."

리디아는 고작 지리 대회에 참가하지 못하는 일로 절망하는 건 어리석은 일임을 알고 있다. 그들이 최근에 겪었던 트라우마와 비교하면 그런 일 정도는 아무렇지도 않아야 한다. 리디아는 창문 너머로 꺄악 소리 지르는 아이들을 바라본다. 교장도 잠시 몽상에 빠지더니 넘어서는 안 될 선을 넘으며 나직이 말한다. 이전까지는 여러 번 무시했던 선이다.

"우리 부모님도 필리핀에서 온 밀입국자였어요. 루카보다 더 어린 저를 데리고 미국으로 오셨죠."

리디아는 어떻게 반응해야 할지 모른다. 그녀에게 일종의 연대감을 느끼는 건가? 이런 말에 기운을 내야 하나? 그저 피곤할 뿐이다. 터버린 손이 간지럽다.

"도움이 필요하시면 제가 실력 있는 이민 전문 변호사를 소개해드릴 수 있어요."

나무가 늘어선 거리에 있는 작은 집에서 그들은 울타리를 두른 뒷마당에 색을 칠한 열여덟 개의 돌을 묻는다. 베토의 돌은 하늘색이다. 아드리안의 돌에는 축구공 무늬를 그려 넣었다. 루카는 매일 학교에서 돌아오면 아빠의 무덤을 방문한다. 땅에 묻은 아빠의 돌에 메릴랜드주에서의 새 삶을 말해준다. 엄마랑 방을 함께 써서 너무 좋고, 솔레다드보다 레베카가 더 좋고, 가끔은 그 사실이 미안하기도 하지만 다른 사람들이 다 솔레다드를 좋아하니까 너무 미안하지는 않다고 말한다. 솔레다드는 레베카처럼 자신의 사랑을 필요로 하지는 않을 거라고 말한다. 또 새로 사귄 친구 에릭과 쉬는 시간에 하는 발야구며 포스퀘어(바닥에 그린 네 개의 사각형 안에서 공을 주고받는 게임. - 옮긴이), 새로운 선생님에 대해서도 이야기한다. 루카는 자주 울지만 말도 많이 하고 웃기도 하고 책도 읽는다. 그렇게 살아간다. 솔레다드와 레베카는 아빠의 무덤을 찾아가는 횟수가 점점 줄어들지만 마당에서 보내는 시간이 서서히 많아진다. 지난주에 잡초를 뽑던 리디아는 두 자매의 아버지 무덤 십자가에 기대어진 하트 킹 카드를 발견했다. 가끔씩 리디아는 부엌 창문 앞에서 설거지를 하며 두 자매 중 하나가 잔디에 조용히 앉아 있는 모습을 본다. 가끔은 그들의 입술이 기도하듯 움직이기도 한다.

두 모자 혹은 루카는 여전히 불을 켜고 잔다. 리디아는 대개 잠을 자지 않고 루카 옆에 일어나 앉아 있다. 예전에 세바스티안이 잤던 자리에 이제는 루카가 자고 있다. 리디아는 한 손으로 루카의 머리를 쓰다듬으며 아이가 또 아빠 꿈을 꾸기 바란다. 곧 세바스티안이 아들의 꿈에서 나와 자신의 꿈에도 찾아오길 바란다. 마치 세바스티안이 이 방에 물리적으로 존재하는 분자이자 원자라서 루카의 뇌에서 그녀의 뇌로, 루카의 귀에서 그녀의 귀로 이동할 수 있다는 듯이. 리디아는 그날 밤늦게까지 책을 읽는다. 램프의 부드러운 둥근 불빛이 끌어당겨 세운 그녀의 무릎에, 따뜻한 담요에, 루카가 내뱉는 숨에 떨어진다. 새로운 집에서 리디아는 《콜레라 시대의 사랑》을 다시 읽는다. 처음에는 스페인어로, 그다음에는 영어로. 아무도 그 책을 빼앗아갈 수 없다. 그 책은 리디아만의 것이다.

작가의 말

2017년 미국과 멕시코 접경지대에서는 21시간마다 난민이 한 명씩 죽었다. 매해 실종되는 많은 난민은 제외한 수치다. 내가 이 소설을 마무리하고 있던 2017년에는 지중해와 중앙아메리카, 소말리아 반도 등 전 세계적으로 90분마다, 그러니까 1시간 30분마다 난민이 죽었다. 내가 매일 밤 아이를 재울 때마다 열여섯 명의 난민이 죽었던 셈이다. 내가 처음 자료 조사를 시작한 2013년에는 이런 수치조차 찾기 힘들었다. 아무도 난민들의 행적을 기록하지 않았기 때문이다. 심지어 지금도 국제 이주민 협회에서는 현재 수치가 '실제 사망자 수의 극히 일부에 지나지 않을 수 있다'고 경고한다. 실종된 많은 난민은 애초에 포함하지도 않기 때문이다. 아마 내가 세탁기를 한 번 돌릴 때마다 200명이 죽는다고 하는 게 더 적절할 것이다. 현재 멕시코 전역에서 신고된 실종자 수가 대략 40만 명이고 조사관들은 주기적으로 수십 명, 때로는 수백 명의 시신이 묻힌 묘지를 찾아낸다.

실제로 2017년에는 전 세계에서 언론인에게 가장 위험한 나라로 멕시코가 꼽혔다. 전국적으로 살인율이 최고치에 달했고 그 살인 사건의 압도적인 대다수가 미제로 남았다. 피해자가 난민이든, 성직자든, 기자든, 어린아이든, 시장이든, 사회 운동가든 관계없이. 카르텔은 아무런 처벌도 받지 않았고 피해자는 어떤 조치도 취하지 않았다.

나는 미국 시민이다. 대다수 미국 시민이 그렇듯 우리 집안 역시 인종과 문화가 섞였다. 난 2005년에 불법 체류자와 결혼했다. 우리는 결혼 전에 5년간 연애했는데 연애가 길어진 이유는 남편이 내게 청혼하기 전에 영주권을 따고 싶어 했기 때문이다. 남편은 내가 지금까지 만난 사람 중에서 가장 똑똑하고 성실하며 도덕적이다. 대학을 졸업해 성공한 사업체를 운영하고 세금을 내며 건강 보험료로 많은 돈을 낸다. 하지만 오랫동안 노력했음에도 우리가 결혼하는 것 말고는 그가 영주권을 딸 수 있는 합법적인 방법이 전혀 없다는 걸 알게 되었다. 사귀는 동안 우리는 그가 언제든 강제 추방될 수 있다는 두려움에 떨었다. 한번은 볼티모어 외곽 70번 도로에서 후미등이 고장 난 채 운전했다는 이유로 경찰이 우리 차를 잡아 세웠다. 경찰이 번호판을 조회하는 동안 차에서 기다렸던 몇 분이 내 인생에서 가장 괴로운 순간이었다. 우리는 컴컴한 차 안에서 손을 꼭 잡았고 난 그와 영영 헤어지게 되는 줄 알았다.

그러니 나도 이 문제의 당사자라고 할 수 있다.

하지만 사실 이 이야기에 관한 내 개인적 흥미는 단순히 그런 차원만은 아니다.

내가 이 주제에 관심이 많은 데는 아마 남편이 이민자라는 사실보다 다른 두 요소가 더 영향을 미쳤을 것이다. 하나는 내가 열여섯 살 때 사촌 둘이 낯선 남자 넷에게 잔혹하게 강간을 당한 뒤 미주리주 세인트루이스 다리에서 강으로 던져진 사건이다. 내 동생 역시 죽도록 두들겨 맞고 강제로 다리에서 뛰어내려야 했다. 나는 이 끔찍한 사건을 주제로 내 자서전이자 첫 번째 작품인 《찢어진 하늘》을 썼다. 그 사건과 그에 대해 책을 쓰는 작업은 둘 다 내게 매우 큰 영향을 미쳤다. 난 늘 자연스럽게 가해자보다는 피해자에게 관심을 갖게 되었다. 상상도 할 수 없는 고난을 겪은 캐릭터, 끔찍한 트라우마를 극복해낸 사람들에게 관심이 갔다. 리디아와 솔레다드처럼. 폭력적이고 남성성을 강조하는 갱단이나 형사, 검찰 이야기에는 비교적 관심이 덜 간다. 혹은 어찌 됐든 그런 이야기는 이미 세상에 충분하다고 생각한다. 카르텔과 마약 밀매 조직의 세상을 배경으로 한 몇몇 소설은 흥미진진하고 중요하기도 하다. 자료 조사 초창기에는 그런 소설을 많이 읽었다. 그런 소설을 읽으면 중남미에서 벌어지는 폭력 사태의 기원을 알 수 있다. 하지만 그런 폭력 사태를 묘사하다 보면 멕시코에 대한 최악의 고정관념만 키울 수 있다. 그래서 나는 그런 이야기를 좀 더 친밀하게 풀어내 만연한 내러티브의 이면에 있는 사람들, 나 같은 보통 사람들을 상상하는 소설을 써보기로 했다. 만약 내가 주위의 모든 것이 무너지기 시작하는 곳에 살고 있다면 어떻게 대처할까? 내 아이들이 위험에 처한다면 난 어디까지 할 수 있을까? 나는 여자들, 종종 간과되어 온 그들의 이야기를 쓰고 싶었다.

그로 인해 이 주제와 씨름하기로 한 내 결정에 가장 큰 영향을 미친 요소를 마주하게 된다. 자료 조사를 하고 이 소설을 쓰는 데 4년이 걸렸다. 그러니까 2013년부터 소설을 쓰기 시작했는데 당시는 난민 캐러밴이나 국가적 시대 정신에 의한 장벽이 세워지기 한참 전이었다. 하지만 나는 당시에도 미국의 이민 정책에 대한 공공연한 담론의 대의에 분노했다. 그런 대화는 늘 정치적 문제로 바뀌거나 도덕적 혹은 인도주의적 문제는 철저히 배제되는 듯했다. 심지어 5년 전에도 그런 담론 안에서 라틴계 이민자들이 묘사되는 방식에 질색했는데 그 후로는 더욱 악화되었다. 최악의 경우 그들은 우리 자원을 빼가는 범죄자 폭도 집단이고 기껏 잘 봐준다고 해야 우리 집 앞에서 도와달라고 떠들어대는, 무력하고 가난하고 얼굴 없는 갈색 군중일 뿐이다. 우리는 그들을 같은 인간으로 생각하지 않는다. 스스로 결정을 내릴 수 있는 인간으로 보지 않는다. 그들 이전에도 종종 매도당했던 수많은 세대의 이민자들이 그들과 우리의 밝은 미래에 기여했는데도 그런 가능성을 가진 존재로 보지 않는다.

1940년대에 우리 할머니가 푸에르토리코에서 미국으로 이민을 왔을 때 할머니는 부유한 집안에서 자란 아름답고 매력적인 여자였으며 잘생긴 해군 사관의 어린 신부였다. 할머니는 미국인들도 자신을 그렇게 봐줄 줄 알았다. 하지만 알고 보니 미국인들은 푸에르토리코인과 라틴계 이민자에 대한 고정관념이 있었다. 할머니는 모든 면에서 새로운 이웃을 혼란스럽게 했다. 피부색, 머리카락, 억양, 생각 등에서 미국인들이 생각하는 푸에르토리코인과 달랐다.

할머니는 성인이 된 후 대부분 시간을 미국에서 보냈지만 이 나라에서 환영받지 못한다고 느낄 때도 있었다. 할머니는 미국인들의 끊임없는 오해에 분노했다. 그 분노를 끝내 극복하지 못했고 그 분노의 여운은 오늘날까지도 우리 가족 안에서 두드러지게 나타난다. 그 증상의 하나가 나다. 나는 무시당하는 데 늘 분노하고 인종과 문화에 관한 대다수 사람의 생각 속에 보이는 무지와 맞서 싸웠다. 미국 남쪽 국경을 향해 오는 사람들이 그저 얼굴 없는 갈색 군중이 아니라 자신만의 사연과 배경, 미국으로 와야 했던 이유가 있는 개개인임을 뼈저리게 인식한다. 내 척추에서, DNA에서 그걸 느낄 수 있다.

따라서 우리가 끝내 듣지 못하게 될 수천만의 사연을 기리는 방법으로 독특하고 개인적인 사연 하나를 픽션으로 선보이고 싶었다. 그렇게 함으로써 독자가 난민들을 개별화된 존재로 받아들이게 하고 싶었다. 뉴스에 나오는 난민들을 볼 때 저들도 사람이라는 사실을 기억하길 바랐다.

이것이 내가 책을 쓴 이유다. 하지만 이 작품을 쓰기로 결심했을 때 나는 글을 쓴다는 특권 때문에 몇몇 진실을 못 보게 되는 것은 아닌지, 내가 틀린 건 아닌지 걱정스러웠다. 이민자도 아니고 멕시코인도 아닌 사람으로서 거의 전적으로 멕시코를 배경으로 하고 전적으로 난민들 사이에서 일어나는 일을 써도 될지 걱정했다. 나보다 피부색이 살짝 더 검은 사람이 썼으면 좋았을 것이다. 하지만 이런 생각도 들었다. **만약 당신이 가교 역할을 할 수 있다면, 그냥 하면 되지 않을까?** 그래서 집필을 시작했다.

자료 조사 초반에 내가 이 이야기를 써도 된다는 확신이 완벽하게 들기 전에 아주 너그러운 학자이자 훌륭한 여성을 인터뷰한 적이 있다. 샌디에이고 주립대학 치카노(멕시코계 미국 시민. - 옮긴이)학과 학장인 노르마 이글레시아스 프리에토다. 나는 그녀에게 내 마음속 의심을 설명했다. 이 책을 꼭 써야 할 것 같지만 자격이 없다는 기분이 든다고. 그녀는 이렇게 말했다. "제닌. 가능한 한 많은 사람이 이런 이야기를 해야 해요." 그 후로 4년간 그녀의 격려가 날 지탱해주었다.

나는 신중하고 조심스럽게 조사했다. 접경지대 양쪽을 널리 여행하며 멕시코와 난민에 대해, 접경지대 곳곳에 사는 사람들에 대해 가능한 한 많이 배웠다. 이 책에 등장하는 통계는 모두 사실이고, 비록 몇몇 이름을 바꾸기는 했어도 대부분의 장소 역시 실존한다. 하지만 등장인물은 내가 여행하면서 만난 사람들이 반영되기는 했을지라도 모두 허구다. 로스 하르디네로스라는 카르텔은 없고 특정 카르텔을 기반으로 한 가상의 단체도 없다. 그래도 내가 조사하면서 알게 된 카르텔의 일반적인 특성과 구성 요소가 반영되기는 했다. 라 레추사도 실존 인물이 아니다.

이 책을 위해 자료 조사를 하면서 나는 내 어휘에서 아메리카인 American(원래 '아메리카 대륙에 사는 사람'이라는 의미인데 보통 '미국인'이라는 뜻으로 사용된다. - 옮긴이)이라는 단어를 없애기로 했다. 서반구(아메리카 대륙 및 유럽과 아프리카 서쪽 일부, 러시아 동쪽 끝, 오세아니아 일부 섬나라를 포함한다. - 옮긴이)에 속하는 다른 나라에서는 미국이 그 단어를 훔쳐 쓰고 있다는 사실에 분노한다. 아메리카 대륙에는 다양한 문화와 민족이 있고 그들도 자신을 아메리카인이라고 생각하며 이는 문화적 함의에 전혀 어긋나지 않기 때문이다. 내가 멕시코인과 대화를 나눌 때 그들이 미국 국민을 아메리카인이라고 부르는 경우는 거의 없었다. 대신 그들은 영어에는 있지도 않은 단어, 미합중국인estadounidense이라는 단어를 사용했다. 내가 멕시코를 여행하고 조사하는 동안 아메리칸 드림이라는 개념 자체도 미국이 전매특허를 낸 기분이 들었다. 티후아나의 국경 장벽에는 멋진 그래피티가 그려져 있는데 그것은 내 모든 노력의 원동력이 되었다. 나는 그걸 찍어서 내 컴퓨터 바탕 화면으로 깔았다. 의욕이 꺾이거나 마음이 흔들릴 때마다 나는 바탕 화면을 클릭해서 그 사진을 봤다.

"Tambien de este lado hay suenos."

(장벽 이쪽에도 꿈이 있다.)

아메리칸 더트

2021년 2월 3일 초판 1쇄 | 2021년 3월 3일 3쇄 발행

지은이 제닌 커민스
옮긴이 노진선
펴낸이 김상현, 최세현 **경영고문** 박시형

책임편집 김선도 **디자인** 정아연
마케팅 임지윤, 양근모, 권금숙, 양봉호, 이주형, 유미정, 전성택
디지털콘텐츠 김명래 **경영지원** 김현우, 문경국
해외기획 우정민, 배혜림 **국내기획** 박현조
펴낸곳 (주)쌤앤파커스 **출판신고** 2006년 9월 25일 제406-2006-000210호
주소 서울시 마포구 월드컵북로 396 누리꿈스퀘어 비즈니스타워 18층
전화 02-6712-9800 **팩스** 02-6712-9810 **이메일** info@smpk.kr

ⓒ 제닌 커민스(저작권자와 맺은 특약에 따라 검인을 생략합니다)
ISBN 978-89-6534-294-4(03840)

쌤앤파커스(Sam&Parkers)는 독자 여러분의 책에 관한 아이디어와 원고 투고를 설레는 마음으로 기다리고 있습니다. 책으로 엮기를 원하는 아이디어가 있으신 분은 이메일 book@smpk.kr로 간단한 개요와 취지, 연락처 등을 보내주세요. 머뭇거리지 말고 문을 두드리세요. 길이 열립니다.

AMERICAN
DIRT